Buch

Als Jonathan Goodliffe mit seiner Mutter und seinen Geschwistern in Median ankommt, besteht diese Ansiedlung in der Wildnis von Kansas aus ein paar armseligen Lehmhütten. Die Primitivität der vorgefundenen Lebensbedingungen bedrückt alle, aber Jonathan läßt sich von ihr nicht unterkriegen.
Er ist es, der Median vorwärtsbringt. In einem winzigen Haus hält er Schule für die Kinder, er bewährt sich als Vorbild und Mittelpunkt des aufstrebenden jungen Gemeinwesens und verhindert, daß es ein verrufenes Viehhändlerzentrum wird.
Dabei verschont ihn das Schicksal nicht mit harten Schlägen. Sein Vater, ein unsteter Abenteurer, erliegt dem Drang nach dem Westen, und er reißt die Mutter mit ins Verderben, als deren Beschützer sich Jonathan schon fühlen mußte, als er noch ein Knabe war. Und an dem Tag, als er die Mutter begräbt, betrügt ihn seine Braut mit dem Mann, den er für seinen besten Freund hält.
Jonathans Verbundenheit mit Median indessen wächst, und immer deutlicher, beglückter erkennt er, wie tief und endgültig er in der von ihm gegründeten Stadt Wurzeln geschlagen hat, allen Widrigkeiten zum Trotz.

. . . und Autorin

Pearl S. Buck wurde am 26. Juni 1892 in Hillsboro im amerikanischen Bundesstaat West Virginia geboren. Sie verbrachte ihre Kindheit und Jugend in China, wo ihr Vater als Missionar tätig war. Nach dem Studium in den Vereinigten Staaten kehrte sie als Missionarsgattin nach China zurück. Seit 1934 lebte sie wieder in ihrer amerikanischen Heimat. In vielen ihrer zahlreichen Romane und Erzählungen gibt sie ein eindrucksvolles, farbiges Bild von China und seinen Menschen. Für ihre Mittlerrolle zwischen dem ostasiatischen Land und dem Westen erhielt sie 1938 den Nobelpreis für Literatur. Sie starb am 6. März 1973 in Danby/Vermont.

Pearl S.
Buck

Und weiter führt der Weg nach Westen

Roman

Wilhelm Goldmann Verlag

Ungekürzte Ausgabe
Aus dem Amerikanischen von Albert Frey
Titel der Originalausgabe: The Townsman

Außer dem vorliegenden Band sind von Pearl S. Buck
als Goldmann-Taschenbücher erschienen:

Frau im Zorn. Roman (3999)
Geheimnisse des Herzens. Erzählungen (3874)
Die gute Erde. Roman (3654)
Die Liebenden. Erzählungen (3991)
Das Mädchen Orchidee. Roman (3504)
Ruf des Lebens. Roman (3912)
Über allem die Liebe. Roman (3736)
Und fänden die Liebe nicht (3850)
Die Wandlung des jungen Ko-sen. Roman (3534)
Der Weg ins Licht. Roman (3944)
Wer Wind sät ... Roman (3960)

Made in Germany · 1/82 · 1. Auflage · 1.-25. Tsd.

Umschlagentwurf: Atelier Adolf & Angelika Bachmann, München
Umschlagfoto: Fawcett, New York
Druck: Presse-Druck Augsburg
Verlagsnummer: 6395
Lektorat: Martin Vosseler · Herstellung: Peter Papenbrok
ISBN 3-442-06395-7

ERSTER TEIL

1

Von dem Fenster seines Zimmers unter dem Dach konnte Jonathan Goodliffe, wenn der Tag klar war, die weißen Segel der Schiffe auf der Irischen See erblicken. Der Tag mußte durchsichtig klar sein, der Himmel blau und nicht mit dem blassen englischen Nebel verwaschen, so daß das Meer darunter tief blau sein konnte, und dann vermochte die Sonne auf den Segeln zu glitzern. Das war sein Maßstab, wenn er den Tag beurteilte.

Das Haus lag so nahe von dem Städtchen Blackpool, daß er dorthin an die Küste wandern konnte, wenn er Lust hatte, denn er war fünfzehn Jahre alt. Sein Bruder Edward, um drei Jahre älter als er, hatte eine Stelle in einem Laden, wo die Seeleute kauften, was sie zu ihrer Ausrüstung brauchten, und kam oft genug sonntags oder auch im Laufe der Woche abends heim. Aber er und Jonathan waren verschieden geartet. Edward hatte schon als Knabe seine Arbeit jeden Tag mitten am Nachmittag liegenzulassen vermocht und war ohne ein weiteres Wort davongegangen. Das konnte Jonathan nicht. Er mußte ausharren, bis die Arbeit, die er sich vorgenommen hatte, beendet war, und darüber wurde es immer Abend. Er hätte abends sehr wohl nach Blackpool gehen können, aber er hatte mitangesehen, wie seine Mutter sich gesorgt hatte, weil Edward in den Jahren, als er noch daheim lebte, allzu häufig gegangen war, und nun hatte er, Jonathan, nicht das Herz, die Last ihrer Sorgen noch zu vergrößern. So half er ihr denn nach dem Abendessen beim Geschirrwaschen, und dann setzte er sich mit ihr und den jüngeren Kindern in das Wohnzimmer.

Vier dieser Kinder waren jünger als er. Er wußte, daß seine Mutter das letzte Kind nicht gewünscht hatte, obgleich sie zu ihm nie ein Wort über die Kinder gesprochen hatte. Soweit er es von ihr erfuhr, war das Kind einfach eines Tages dagewesen. Sie war so zart, daß diese großen

Kinder, die sie, eins nach dem andern, gebar, nichts mit ihr zu tun zu haben schienen. Er war für jeden Ausdruck in ihrem feinen Gesicht so empfindlich, daß er das Gefühl hatte, er könne den Augenblick erspüren, da ihr Wesen sich zu teilen begann. Er konnte es mitempfinden, wie ihr Geist sich gequält von ihm zurückzog, wenn ihr Körper wieder einmal sein Werk begann.

»Ich möchte dir das Bett machen, Jonathan!« rief sie durch die Türspalte.

»Ich wasche mich gerade«, erwiderte er.

»Was, jetzt? Nach dem Frühstück?« fragte sie verblüfft.

»Ich habe mich vorher nur ganz flüchtig gewaschen«, erklärte er.

Er hörte, wie sie den Atem tief einzog. »Nein, so was ...«

»Laß nur!« rief er. »Heute mache ich mir selber mein Bett.«

Sie gab keine Antwort, und nach einer Weile hörte er sie die Treppe wieder hinuntergehen. Doch ihr Kommen hatte seine Tränen rasch getrocknet. Er trat ans Fenster, schaute hinaus, und just in diesem Augenblick zerflatterten die letzten Streifen des Morgennebels, und er sah die kleinen weißen Flecke, welche die Segel der Schiffe auf der Irischen See waren. Ihr bloßer Anblick beruhigte ihn.

»Komm doch 'runter, Jonathan!« brüllte sein Vater ihm vom Garten her zu. »Was fällt dir nur ein, zu dieser Tageszeit müßig zu gehn und die ganze Arbeit stehenzulassen?!«

Er wandte sich vom Fenster ab. Der bloße Anblick seines Vaters war ihm heute zuwider. Und dann eilte er hinunter. In der Küche machte seine Mutter sich schwerfällig mit dem Geschirr zu schaffen. Sie sah auf, als er eintrat, und es entging ihm nicht, daß auch sie geweint hatte. Er sehnte sich danach, sie zu umarmen, sich an sie zu drücken, doch das hatte er schon seit langem nicht mehr getan. Sein Vater hatte dem ein Ende gemacht.

Gerade jetzt hätte er sie ganz bestimmt nicht zu küssen

vermocht, obgleich er nicht wußte, warum. In seinen Augen war sie immer schön, und heute hatte sie etwas Rührendes, als sie, so schmächtig in ihrem kleinen blauen Baumwollkleid, an dem Schüttstein stand. Er war nicht groß für sein Alter, doch schon jetzt größer als sie.

»Ich werde ein paar von die Wicken für dich pflanzen, Mutter.«

»Von den«, korrigierte sie. »Nicht von die!« Aber sie korrigierte ihn so freundlich, daß er es ihr nicht übel nahm Heute war er sogar froh, daß sie ihm etwas an seiner Redeweise aussetzte.

Sie war Lehrerin in einem Pensionat gewesen, bevor sie geheiratet hatte, und sie wußte mit den Worten Bescheid.

»Und ich werde mich sehr daran freuen«, sagte sie ruhig. »Nach allem, was ich gehört habe, müssen sie sehr hübsch sein, wenn sie blühen.«

Sie lächelte, und plötzlich würgte es ihn in der Kehle.

»Ach, Mutter«, stieß er hervor. Sie wandte sich um und sah ihn an. Und dann eilte sie auf ihn zu, und er legte die Arme um sie und war wieder dem Weinen nahe.

»Laß mich dir doch helfen«, flüsterte er. »Laß mich die schwere Arbeit tun. Du brauchst mich nur zu rufen. Ich werde mich in der Nähe des Hauses herumtreiben.«

»Du bist mein guter Junge«, sagte sie ihm ins Ohr.

»Na, iß jetzt ordentlich, Mutter«, sagte er streng.

»Ja, ja, gewiß«, versprach sie. Sie stand wieder am Schüttstein, und ihre Augen waren abgewandt.

Er war in die Schule gegangen. Aber er wußte, und sie spürte sein Wissen. In all den langen Monaten hatte er getan, was er nur konnte, um schwere Gegenstände für sie zu heben, er hängte die Wäsche an die Leine, und jeden Morgen machte er sein Bett, bevor er hinunterging. Und manchmal hatte er Angst vor sich selber, weil er seinen Vater so von Herzen haßte.

Doch als Maggie auf die Welt gekommen war, mußte er sie

dennoch gern haben. Er hatte alle Kinder gern gehabt, wenn sie einmal da waren. Jamie hatte er gern gehabt, weil es doch ein Vergnügen war, einen jüngeren Bruder zu haben, so daß er selber nicht länger Edwards einziger jüngerer Bruder war, und dann hatte er Jamie auch gern, weil der so voll von Scherzen und Späßen steckte. Und dann kam Ruth auf die Welt, und er hatte sie gern, weil sie seine erste Schwester war. Und Arthur war vom Tag seiner Geburt an zart gewesen, und mit drei Jahren war er noch immer zart, so daß man ihn liebhaben mußte, weil er doch so gut und geduldig war. Und Maggie war bald acht Monate alt, und er hatte sie gern, weil sie so frisch und selbständig war, und weil sie nicht so hübsch war wie Ruth, und darum bedurfte sie seiner Liebe nur um so mehr.

Maggie war ein tüchtiges Mädchen. Mit vier Monaten hatte sie zwei kräftige weiße Zähne, mit fünf konnte sie sich schon allein aufsetzen, und jetzt, mit acht Monaten, konnte sie vom Stuhl bis zum Tisch gehn, um bei den Mahlzeiten von Jonathans Teller zu naschen. Er fütterte sie heimlich und war stolz, daß sie alles essen konnte.

Weder er noch die jüngeren Kinder besaßen die Macht, seine Mutter derart in Verwirrung zu bringen, wie sein Vater es vermochte. Vor Jahren schon hatte Jonathan, wenn er ins Haus trat, gelernt, sich zu fürchten, stehenzubleiben und zu lauschen, ob das Haus ruhig war, oder ob er seinen Vater im Schlafzimmer über dem kleinen Wohnzimmer, auf das seine Mutter so stolz war, schreien, zanken und auf und ab stapfen hörte. Wenn er in sein kleines kaltes Dachzimmer hinaufschlich, konnte er nicht genau hören, was sein Vater sagte, aber dennoch zitterte er und lauschte dem Dröhnen von seines Vaters Stimme.

Seine Mutter konnte er gar nicht hören. Die Mauern des Hauses waren aus alten, dicken Steinen und von vielen Händen immer wieder vergipst, und die Decke hielt dicht. Wenn es eines der Blackpooler Häuser gewesen wäre, deren er sich nur vage erinnerte, so wäre es einfach gewesen, alles zu hören. Es hatte vielleicht nie einen Streit über die Frage gegeben, ob man Blackpool verlassen sollte oder nicht, aber ihm war, als hätte er seinen Vater und seine Mutter darüber streiten gehört. Seiner Mutter war der Hafen verhaßt gewesen und die groben Seeleute, die ständig in den Laden schlenderten, den sie doch so sauber und nett hielt. Wohin sie auch übersiedelten, stets richtete sie irgendwie in einem der Räume einen kleinen Laden ein. Ihr Vater hatte ein Tuchgeschäft gehabt und war zu bescheidenem Wohlstand gelangt, und so hatte sie bis zu ihrem siebzehnten Jahr die Schule besuchen können und war dann drei Jahre lang Lehrerin gewesen. In ihres Vaters Geschäft hatte sie Clyde Goodliffe kennengelernt, der damals in Schnittwaren gereist war, und der alte Mr. Layton hätte ihn nach der Hochzeit gern ins Geschäft genommen, denn er selber hatte nur zwei Töchter und keinen Sohn.

In den letzten zehn Jahren hatten sie nun in diesem Hause gelebt. Clyde Goodliffe war gekommen und gegangen, hatte dieses oder jenes Grundstück gepachtet, aber bald wieder angewidert stehengelassen, weil es entweder zu naß oder zu trocken, zu steinig oder zu schmutzig war. Er hatte das eine oder das andere verkauft oder auch gar nichts. Aber seine Mutter hatte dafür gesorgt, daß sie alle in diesem niedrigen geweißten Haus blieben, das ein Heim war.

Jonathan liebte dieses Heim. Es beunruhigte ihn ständig, und manchmal, nachts, erschreckte es ihn, wenn er daran dachte, daß er es verlassen müßte, sobald er herangewachsen wäre. Viele Jungen verließen ihr Heim mit fünfzehn Jahren.

»Wozu soll ich einen Burschen von fünfzehn Jahren noch füttern?« knurrte sein Vater.

»Laß ihn noch ein Jahr in der Schule, bis er sechzehn ist«, bettelte seine Mutter. »Im Hause ist er so nützlich wie ein Mädchen, und im Laden hilft er mir wunderbar. Und es ist schon genug, daß Edward in diesem schmutzigen Blackpool sein muß.«

Sein Herz war nur seiner Mutter geweiht. Doch zwischen den beiden Menschen, die seine Eltern waren, hatte Jonathan Goodliffe seit langem gelernt zu schweigen, denn irgendwie wußte er, daß sie, trotz allem Zank, einander liebten, und diese Liebe schloß ihn aus ihrer Gemeinschaft aus. Wie sehr seine Mutter ihn auch lieben mochte, liebte sie seinen Vater doch noch mehr. Dieses Bewußtsein machte Jonathan demütig und still, und was er auch für seine Mutter tat, wollte ihm nie völlig genügen.

Am dreizehnten Januar des Jahres 1866, um halb fünf nachmittags, kam er kalt und hungrig aus der Dorfschule zum Tee heim. Wenn sein Vater nicht im Hause war, trank Jonathan mit seiner Mutter und den kleineren Kindern den Tee in der Küche. Den ganzen Tag lang in der feuchten Kälte des Schulzimmers hatte er sich diese Stunde vor dem Herd ausgemalt, wenn seine Knie heiß waren, sein Gesicht brannte, seine Hände und Füße sich endlich erwärmten und er den kochenden Tee schlürfte. War sein Vater daheim, dann wurde der Tee auf dem Tisch aufgetragen, und Jonathan mußte bescheiden seinen Platz einnehmen und auf das großsprecherische Gerede seines Vaters lauschen.

Er stapfte Schritt für Schritt über die gepflasterte Straße und hielt einen Schirm gegen Wind und Rieselregen offen. Es war bereits dunkel, und die zwanzig Häuser von Dentwater waren beleuchtet, als ob der Abend hereingebrochen wäre. Einer nach dem andern waren die vier älteren Schüler der Schule in diese Häuser verschwunden, bis endlich nur Archie Bainter übrigblieb, der ein wenig jünger war als er.

»Na, da bin ich, Jonathan«, sagte Archie, als ein Licht aus dem Dunst aufblitzte.

»Da bist du«, erwiderte Jonathan. »Morgen sehen wir uns wieder.«

»Tja, vielleicht, vielleicht auch nicht«, sagte Archie feierlich.

»Wo gehst du denn hin?« fragte Jonathan betroffen. Er blieb unter seinem Schirm stehen und starrte in Archies ausdrucksloses Gesicht.

»Ich hab die Schule satt«, sagte Archie.

»Das haben wir doch alle«, meinte Jonathan trocken.

»Ja, aber jetzt werd ich sie los«, sagte Archie.

»Brennst nach Amerika durch?« neckte ihn Jonathan und lachte dazu. Das war ein alltäglicher Spaß in Dentwater. »Brennst nach Amerika durch?« riefen die Leute einander zu und meinten damit, daß man daran sei, die größte Dummheit zu machen.

»Das nicht«, sagte Archie verdrossen. »Aber ich geh.«

»Ich geh auch – aber nach Hause«, erklärte Jonathan. »Ein guter Tee wartet auf mich, und ich bin durchfroren.«

Er ging weiter und dachte nicht mehr an Archies kindische Reden. Archie hatte immer Schwierigkeiten in der Schule.

Nach drei Uhr waren keine jüngeren Schüler mehr da, nur die vier, die auf die Prüfung vorbereitet wurden. Wenn Jonathan die Prüfung bestand, dann durfte er selber Lehrer werden. Das war seine geheime Hoffnung. Er wollte weiterstudieren, vielleicht sogar an der Londoner Universität und eines Tages Schuldirektor werden. Seine Mutter wußte davon – aber sonst kein Mensch.

Er hätte schon längst mit dem Latein beginnen sollen, aber in der Dorfschule wurde es nicht gelehrt. Mr. Hopkins, der Lehrer, gab ihm jeden Tag, wann er nur konnte, Stunden. Er hätte Mr. Hopkins längst verraten sollen, daß er Lehrer werden wollte. Aber das klang so anmaßend, und darum hatte er es bleiben lassen. Eines Tages, wenn Mr. Hopkins alt war, dann könnte er, Jonathan, vielleicht diese Schule übernehmen – oder auch eine bessere. Und er würde mit seiner Mutter zusammenleben.

Er ging jetzt durch die Gartentüre, und aus dem niedrigen

Fenster schimmerte sanftes Kerzenlicht durch den Dunst. Wenn jetzt nur der Vater nicht daheim war! Dann würde Jonathan seiner Mutter berichten, was Mr. Hopkins zu seinem Latein gesagt hatte: »Du lernst so ungewöhnlich schnell, junger Mensch«, hatte er gesagt, »es ist eine richtige Schande, daß ich Stunden und Stunden auf einen Haufen Dickschädel vergeude und einem Kerl wie dir nur Minuten gönnen kann. Aber das ist nun einmal das Schulsystem, unter dem wir leiden.«

Und dann gab er jede Hoffnung auf. Er hörte seines Vaters Stimme dröhnen, als er jetzt die Türe öffnete.

»Ich sage, daß ich nach Amerika gehe, und dabei bleibt es!«

Jonathan schloß ganz still die Türe. Niemand bemerkte ihn. Alle starrten seinen Vater an, der in der Mitte der Küche stand. Er hatte einen Laib Brot gegen die Brust gepreßt und schnitt sich ein großes Stück ab. Auch Edward war da und lehnte sich an den Kamin. Er hatte die Hände in den Taschen und spitzte die Lippen unter dem jungen Schnurrbart. Jonathan sah seine Mutter an. Sie saß am Tisch, die kleine Maggie an der Brust, und ihr Gesicht, das sie seinem Vater zuwandte, war weiß und schmerzlich verzogen.

»O Clyde«, flüsterte sie, »du wirst doch nicht nach Amerika gehn?«

»Und warum nicht?« entgegnete Clyde Goodliffe. »Ich habe davon gehört, es ist der einzige Ort auf Gottes Erde, wo ein Mensch hoffen kann, zu einem Stück Boden zu kommen. Hier, in diesem verdammten England, muß man mit einem Stück Boden unter den Füßen auf die Welt kommen, sonst kann man sich sein Leben lang abrackern. Ich hab's satt, meine Knochen für das Land anderer Leute aufzuopfern.«

»Was du schon aufopferst!« rief sie heftig. »Ein langer, fauler Mensch, der nach Blackpool läuft, wo er nichts zu suchen hat, und hier wartet der Boden darauf, bestellt zu werden!«

»Ah!« rief er triumphierend. »Grad in Blackpool hab ich davon gehört.« Er legte den Brotlaib hin und bestrich das Stück, das er sich abgeschnitten hatte, reichlich mit Butter. »Hör, Mary, du steigst auf ein Schiff –«

»Freiwillig gewiß nicht!« warf sie ein, aber das überhörte er.

»Und du fährst nach New York, und von dort geht's zum Teil mit dem Zug – vielleicht auch den ganzen Weg mit dem Zug – nach Kansas. Kansas ist das richtige Land für uns. Die Erde ist so fett und schwarz, Wasser braucht sie überhaupt nicht – und sie kostet nichts – oder doch beinahe nichts. Die Leute brauchen unternehmungslustige Männer dort, großzügige Burschen, die das Land in die Höhe bringen werden. England ist eine klägliche Gegend.«

»England ist anständig zu dir, wenn du zu England anständig bist«, unterbrach ihn seine Frau.

Clyde Goodliffe schlug so energisch auf den Tisch, daß die dicken Teller tanzten.

»Und ich geh nach Amerika!« erklärte er streng. »Ich hab schon die Papiere unterzeichnet. Und ihr kommt alle mit mir! Der Mann hat mich gefragt: ›Haben Sie Hilfskräfte?‹ Und ich habe gesagt: ›Jawohl, drei Stück.‹ Und er hat gesagt: ›Gut – je mehr man dort drüben hat, desto besser.‹«

»Ich geh nicht mit«, sagte Edward mit seiner harten Stimme. Er war ein vierschrötiger junger Mensch, und seine Kameraden fanden ihn hübsch, weil er blondes Haar und rote Backen hatte.

»Wenn ich befehle, wirst du gehn!« brüllte sein Vater ihn an.

»Ich nicht, Vater!« sagte Edward. »Ich verdiene hier anständig, und Millie Turner und ich haben uns verlobt. Ich wollte es dir just heute abend sagen, Mutter.«

»Du und Millie – ja so was!« rief seine Mutter. Diese Mitteilung lenkte sie ab, und sie musterte Edward überrascht und voller Bewunderung.

Dies war die einzige Nachricht, die den Vater von seinem Vorhaben zurückhalten konnte. Der alte Turner besaß das bestgehende Geschäft für Bedarfsartikel der Seeleute in Blackpool, und in diesem Geschäft war Edward angestellt.

»Da wäre ja jedermann ein kompletter Narr, der, in meiner Lage, auswandern würde«, erklärte Edward triumphierend.

»Du, Edward, wärst jedenfalls ein kompletter Narr«, fügte seine Mutter hinzu. »Und du auch, Clyde, wenn du das Land verläßt, wo du fünf Jahre lang dein Geld verloren hast, und jetzt erstmalig nach all dem Düngen etwas herausschaut.«

»Prachtland!« knurrte Clyde Goodliffe. Er riß von dem Brotlaib große Stücke der Kruste ab und fuhr damit in die Butter, bevor er sie in den Mund steckte.

»Der Boden ist das wert, was man aus ihm herausholt«, erwiderte seine Frau. »Und wie steht's mit meinem Laden und dem Haus und dem Garten? O Clyde!« Sie brach in Tränen aus.

Die Tränen seiner Mutter zu trocknen, dafür gab es kein Mittel. Die Kinder waren es gewohnt und konnten sich dennoch nie daran gewöhnen. Sie ließen kläglich die Köpfe hängen und versuchten, zu essen und zu trinken wie zuvor. Ruth hatte ein Stück Butterbrot in der Backe und konnte es nicht hinunterschlucken. Tränen traten ihr in die großen nußbraunen Augen. Der blasse kleine Arthur schien sich in seinem Stuhl zusammenzuziehen, und nur Jamie war sichtlich ungerührt. Er hielt den Kopf gesenkt und kaute fleißig.

Wenn seine Frau weinte, dann begann Clyde vor Wut zu schwitzen. Die Tropfen traten ihm auf die Stirn, und er sprang auf und warf den Brotlaib auf den Boden.

»Verdammt alle miteinander!« brüllte er. »Immer haltet ihr einen Menschen fest mit eurem Kramladen und diesem Gerede, was ein Mann tun sollte, und was er nicht tun sollte, bis ich ganz verrückt werde. Bleibt bei eurem Kram! Aber ich geh nach Amerika, und wenn ich den Rest meiner Tage ein einsamer Mann sein müßte!«

Er gab dem Brotlaib einen kräftigen Fußtritt, stelzte aus der Küche und warf die Türe so heftig zu, daß der Bewurf von den geweißten Wänden absprang.

Hinter ihm blieben sie sitzen wie zuvor, nur daß die Mutter aufhörte zu weinen. Keiner sprach ein Wort. Sie strich das Haar zurück, ihre Hände zitterten. Dann setzte sie sich und streckte die Arme aus.

»Gib mir die Kleine, Jonathan«, sagte sie.

Er setzte ihr Maggie auf die Knie, und als er sich über sie beugte, bemerkte er, daß die Schale neben ihr noch unbenützt war.

»Soll ich dir Tee eingießen, Mutter?« fragte er.

»Ja, bitte, Jonathan«, erwiderte sie mit schwacher Stimme.

»Wann willst du Millie heiraten, Edward?« fragte seine Mutter.

»Ich weiß nicht, Mutter«, erwiderte er. »Ich hab gesagt: ›Bestimm den Tag, Millie!‹ Aber sie sagte: ›Ach, dazu ist's noch zu früh, Eddie.‹ Im Sommer vielleicht, meine ich.«

»Es hat keinen Zweck, lange zu warten, wenn es sich um ein Mädchen wie Millie handelt«, meinte auch seine Mutter.

Jetzt war sie beinahe wieder sie selbst, und die Kinder wurden wieder munter, Arthur trank seine Milch, Jamie strich Marmelade auf ein frisches Stück Brot, und Ruth sprang von ihrem Stuhl und lief zu ihrer Mutter hinüber.

»Wo wirst du denn wohnen, Edward?« erkundigte sich seine Mutter.

»Ich ziehe zum alten Turner ins Haus«, erklärte Edward feierlich.

»Nein, so was!« rief seine Mutter.

»Er will's haben, und die alte Dame auch«, erwiderte Edward. »Millie ist ihr einziges Kind, und von was anderem wollen sie nichts wissen.«

»Es ist ein schönes Haus«, meinte Jonathan respektvoll.

»Sehr gescheit von dir, daß du dem Vater nicht nachgibst«, sagte seine Mutter.

»Du darfst ihm auch nicht nachgeben, Mutter«, sagte Edward. Er stand auf. »Jetzt muß ich wohl gehn. Millie wartet auf mich. Hoffentlich findest du nicht, daß ich zu grob gewesen bin. Aber du siehst doch selber ein, wie albern es wäre, mit meinen Aussichten hier nach Amerika zu gehn.«

»Das sehe ich ein, Edward«, gab seine Mutter zur Antwort. Sie tauchte trockene Brotstücke in den Milchtee und fütterte das Kind damit.

Edward beugte sich über sie und küßte sie auf die Wange. Dann gab er auch der Kleinen einen Kuß.

»Na, guten Abend alle miteinander«, sagte er. Aber er blieb noch bei der Türe stehn. »Wirst du nachgeben, Mutter?«

Seine Mutter hob ihre kummervollen Augen. »Wie soll ich wissen, was ich mit ihm tun werde? Ich weiß nur, daß mir elend zumute ist, wenn ich daran denke, daß ich England verlassen soll. Es wär schon schlimm genug, Dentwater und dies Stückchen Heim zu verlassen, das ich für euch alle zusammengehalten habe. Aber England!«

Jonathan, der bei seiner Mutter blieb, entschloß sich, keine Fragen zu stellen. Woher sollte sie wissen, was da zu tun war? Woher sollte einer von ihnen es wissen? Er putzte Arthur den Mund, band ihm das Lätzchen ab, und das Kind glitt vom Stuhl hinunter. Jamie spielte bereits hinter dem Ofen mit seinem Schiff.

Plötzlich sah seine Mutter auf. »Zieh die Vorhänge zurück, Junge«, sagte sie. »Wenn dein Vater sich ausgetobt hat, wird er wieder heimkommen. Das tut er immer, wenn's auch spät werden mag. Und stell die Kerze auf das Fenstersims!«

2

Sie würden nach Amerika gehn. Jonathan wußte es, als er am nächsten Morgen zum Frühstück hinunterkam. Sie gingen nach Amerika. Die Nacht hatte es wieder einmal fertiggebracht. Es lag eine seltsame Kraft in der Nacht. Er hatte diese Kraft schon früher wirken gesehen. Sie verwandelte den Zorn des Vaters in gute Laune und den Widerstand seiner Mutter in Fügsamkeit. Als er gestern abend in sein Zimmer hinaufgestiegen war und die Kerze noch auf dem Fenstersims brannte, da war er unruhig gewesen. Seine Mutter war anscheinend den ganzen Abend sehr ruhig gewesen, obgleich sein Vater nicht zurückgekommen war. Die Kinder waren zu Bett, und sie saß noch bei ihrer Näharbeit. Als er mit seinen Schularbeiten fertig war, wäre er lieber bei ihr geblieben und hätte ihr vorgelesen. Sie ließ sich gern von ihm vorlesen. Doch diesmal wollte sie nicht.

»Geh lieber zu Bett, Jonathan«, sagte sie. »Es ist spät.«

»Für dich ist's auch spät«, wandte er ein.

»Ja, aber es ist meine Pflicht, auf ihn zu warten.«

Er kriegt sie immer wieder herum, dachte er traurig. Wodurch, das weiß ich nicht. Und dann, die Decke bis ans Kinn gezogen, lag er noch lange wach.

Und dann, am Morgen, brauchte er gar nicht erst die laute, heitere Stimme seines Vaters zu hören, um zu wissen, daß die Nacht wieder einmal ihr Werk getan hatte. Das hatte er befürchtet. Er selbst hatte verschlafen, und als er hinunterhastete, war der Ofen schon heiß, der Kessel stand darauf, und seine Mutter richtete den Tisch zum Frühstück. Neben dem Ofen stand sein Vater und rasierte sich vor einem trüben Spiegel und sprach, während er sich rasierte, und rundherum waren die Kinder und zogen sich an.

»Hello, Jonnie!« rief sein Vater ihm zu. »Hilf Artie die Schuhe zuschnüren, ja? Er verwickelt immer die Schuhbänder. Ich kann mir's nicht leisten, ihnen allen die Schuhe zuzuschnüren – bei dieser Menge Kinder hat das ja nie ein Ende. Na, wenn wir in Amerika sind, können sie barfuß herumlaufen. Die Sonne scheint dort sehr warm, sagt man.«

Jonathan hatte zu keinem Menschen ein Wort gesprochen, obgleich sein Vater während der Mahlzeit beständig von seinen Zukunftsplänen geschwatzt hatte. Durch die Mauer hindurch, die er in langer Gewohnheit zwischen sich und seinem Vater errichtet hatte, hörte er nur Fetzen der Reden, die mit leerer, prahlerischer Stimme vorgebracht wurden.

»Tausend Morgen Land ... keine Rede von düngen ... nur einfach den Samen ausstreuen ... eine Handvoll Menschen auf einem Gebiet zehnmal so groß wie England ... und ich werde ein Haus bauen, Frau, ein Herzogsschloß gegen die Hütte hier ... die Indianer werden davongejagt, sage ich dir ... das ist nicht so, wie's früher war ... jetzt gehört das Land englischen Leuten, wie wir es sind.«

»Ich gehe jetzt, Mutter«, sagte Jonathan an der Türe und wartete auf ihren Blick.

»Leb wohl, Junge«, sagte sie.

Aber ihr Geist war heute früh nicht bei ihm, und das merkte er, und so ging er einsam davon, wanderte über graue Straßen und trat in das frostige Schulzimmer, wo eine Lampe brannte. Mr. Hopkins war bereits da und schrieb mit weißen Ziffern ein Rechenexempel auf die schwarze Tafel.

»Guten Morgen, Jonathan Goodliffe«, sagte er wohlgelaunt. »Du bist ja früh da. So haben wir noch Zeit für die fünfte Deklination, bevor die andern Jungen kommen.«

Jonathan legte seine Bücher auf das Pult.

»Ich glaub, es wird wenig Zweck haben, daß ich noch Latein lerne, Sir«, sagte er.

Mr. Hopkins wandte sich brüsk um, die Kreide in der Hand, und musterte ihn erstaunt.

»Was ist denn los?« fragte er scharf.

»Wir gehen nach Amerika«, berichtete Jonathan.

»Nach Amerika?« wiederholte Mr. Hopkins. »Wozu das?«

Jonathan schüttelte den Kopf. »Ich weiß nicht, Sir«, sagte er.

Mr. Hopkins nahm mit einer Hand die Brille ab. »Ich hab noch nie von einem aus unserer Gegend gehört, daß er nach Amerika gegangen wäre«, sagte er ernst. »Das ist ja Wahnsinn! Du bist ein armer Junge, Jonathan Goodliffe! Aber du hast recht. Was sollen die Wilden drüben mit Latein anfangen?«

Jonathan fühlte, wie sich ihm die Kehle zuschnürte. Er konnte nicht sprechen.

Der Vormittag schleppte sich in seiner vollen Länge bis Mittag hin, und dann ging Jonathan heim. Aber sein Vater war nicht zu Hause, und seine Mutter war ungewöhnlich heiter gestimmt.

»Wir brauchen erst in einem Jahr zu gehn, Jonathan«, erzählte sie ihm, gleich als er eintrat. »Das heißt, du und ich und die Kinder gehen noch nicht. Dein Vater geht voraus. Wenn's ihm nach einem Jahr gefällt, dann kommen wir nach. Und wenn nicht, dann kommt er zu uns zurück. Das hab ich durchgesetzt«, schloß sie triumphierend.

Sie sahen einander an.

»Mutter!« rief er, und plötzlich begann sie zu lachen, und er lachte mit ihr.

»Ein Jahr!« meinte sie verschmitzt. »Wann hat er schon ein Jahr lang bei irgend etwas ausgehalten!«

»Dann kehre ich zu meinem Latein zurück«, sagte er fröhlich. »Mister Hopkins meint, die Wilden würden nichts mit Latein anzufangen wissen.«

»Und ich bestelle wieder meinen Garten«, sagte sie. »In diesem Jahr habe ich mit einem, vielleicht sogar mit zwei Rosenbüschen gerechnet. Gestern abend meinte ich, es hätte doch keinen Sinn mehr, aber heute, als er sagte, er würde uns für ein Jahr hierlassen, da sagte ich: ›Dann werde ich mir doch die Rosenbüsche von der Frau Vikar geben lassen.‹«

Das neue Jahr begann an dem Tag, da sein Vater sie verließ. Wenn Clyde Goodliffe sich etwas vorgenommen hatte, dann konnte er es gar nicht schnell genug ausführen. Er hatte die übertriebene Entschlossenheit des ungeduldigen, wankelmütigen Menschen. Binnen zwölf Tagen war er bereit, nach Amerika zu fahren. Die einzige Schwierigkeit war, daß er zwanzig Morgen Land von drei verschiedenen Besitzern gepachtet hatte. Er wollte es aufgeben und den Winterweizen an Stelle der Pacht zurücklassen.

»Sieht nicht so aus, als ob ich zur Ernte da wäre«, sagte er.

Aber Jonathan hatte bemerkt, daß seine Mutter das Land behalten wollte. »Land kann man leicht loswerden, aber schwer wiederbekommen«, hatte sie gesagt.

»Diese lumpigen Äcker werde ich nie wieder brauchen!« schrie Clyde verächtlich. »Zwanzig Morgen! In Kansas ist das just ein Küchengarten!«

»Ich weiß nicht, was du mit mehr anfangen willst«, erwiderte sie. »Die zwanzig hier sind dir doch schon zuviel!«

»Nichtsnutziger englischer Boden«, höhnte er, »braucht immer nur Dünger und Kalk und alles mögliche Zeug. – Ich will die Pacht los sein«, sagte sein Vater kurz.

»Der Laden wird schon dafür aufkommen«, fiel die Mutter ein. »Es wäre doch eine ausgemachte Narrheit, aufzugeben, was gerade angefangen hat, Ertrag zu bringen! Man kann hoffen, daß es nach den schlechten Ernten endlich in diesem Jahr eine gute Ernte geben wird.«

»Es war ein guter Winter mit viel Schnee«, sagte Jonathan.

»Macht, was ihr wollt, solange ich mein Geld nicht dafür hergeben muß«, erklärte Clyde. »Ich werde viel Geld brauchen, wenn ich euch alle nächstes Frühjahr hinüberschaffen soll.«

Seine dunklen Augen glänzten verschmitzt und doch zärtlich. »Das wär ja eine großartige Gelegenheit für einen Mann, sich von all seinen Sorgen zu befreien und ein neues Leben zu beginnen. Was würdest du sagen, Frau, wenn ich dich dem guten alten England überlassen und Abschied für immer nehmen wollte?«

»Wenn du so denkst«, entgegnete seine Frau, »dann wär ich froh, dich los zu sein.«

Er warf den Kopf zurück, daß seine haarige Brust sichtbar wurde, und brüllte vor Lachen.

»Verdammt will ich sein, wenn ich dich und deine ganze Brut nicht gern habe!« grölte er und warf ihren Kopf zwischen seinen beiden Händen hin und her wie einen Ball, bis sie laut aufschrie und lachte und sich wehrte. »Laß mich los, bitte, Clyde . . . Clyde . . . mir ist schon ganz schwindlig!«

Jonathan schlüpfte in den Hof hinaus. Plötzlich war ihm sehr elend zumute. Er konnte es nicht mitansehen, wie seiner Mutter blonder Kopf zwischen diesen haarigen Händen hin und her flog.

Er ist so grausam und roh mit ihr, dachte er leidenschaftlich. Seine Brust schwoll, und er hatte Lust zu weinen. Warum läßt sie es sich gefallen, dachte er wütend.

Die Tür öffnete sich, und sein Vater stand auf der Schwelle, bereit, fortzugehen.

»Was treibst du denn da, du närrischer Junge?« fragte er.

Jonathan, im Schlamm kniend, sah zu ihm auf.

»Ich richte die Stufen gerade«, sagte er mürrisch. »Sie sind schon seit langem verschoben.«

»Das habe ich noch gar nicht bemerkt«, sagte der Vater wohlgelaunt. »Immer mußt du irgendwas zurechtrichten, was?« Und er ging pfeifend über die Straße hinunter.

Jetzt geht er wieder ins Wirtshaus, dachte Jonathan bitter, und es stimmte ihn auch nicht heiter, zu wissen, daß er seinem Vater unrecht tat. Denn sein Vater war kein Trinker und verbrachte nur wenige Zeit mit andern Männern, die tranken. Das war das Verwirrende an ihm, dachte Jonathan. Es war nichts an ihm, woraus man ihm einen Strick drehen konnte. Wirkliche Laster hatte er nicht.

Wenn ich sehen würde, daß mein Dad Mutter schlägt, dachte Jonathan wild. Doch nein, sein Vater schlug auf die Möbelstücke, kickte einen Laib Brot durch die Küche oder warf einen Teller auf den Boden, aber er schlug nicht einmal seine Kinder. Und am gleichen Tag, da er sich über jede

Dummheit aufregte und Streit anfing, konnte er plötzlich innehalten und Milch in eine Schale gießen, die er der Katze unter den Ofen stellte. Ein Wirrkopf von einem Mann, dachte Jonathan mißmutig. Und heute, als er seinen Vater nach Blackpool gehen sah, setzte er in Gedanken hinzu: Immer hat er große Pläne mit dem, was nicht da ist, und nie sieht er, was getan werden müßte!

Und doch, an dem Tage, da die beiden älteren Söhne nach Blackpool gingen, um von Clyde Goodliffe Abschied zu nehmen, war es auf seltsame Art für sie alle ein kummervoller Tag.

Von Blackpool fuhr er umsonst auf einem Kohlenschiff, weil der Kapitän ein Bekannter von ihm war. Daheim hatte seine Frau hin und wieder still vor sich hin geweint, während sie ihm den Koffer packte.

»Hör doch auf, Mary! Soll ich dich all die Monate in meiner Erinnerung immer weinend und jammernd vor mir sehen? Ein Jahr lang wirst du Ruhe vor mir haben. Denk daran, Frau, und trockne deine Tränen. Ist das nicht ein Trost? Jetzt bist du auf dich allein angewiesen.«

»Aber ich will ja gar nicht«, weinte sie.

»Du mußt«, sagte er lachend.

»Wenn ich muß, so heißt das doch nicht, daß ich mich nicht nach dir sehnen werde«, sagte sie. »O Clyde, du lieber Kerl!« Sie legte den Rock hin, den sie in der Hand hielt, und schmiegte sich an ihren Mann, so sanft, wie nur sie es konnte.

»Schau keine andere Frau an«, flehte sie ganz leise.

»Keine Angst, Mary«, flüsterte auch er.

»Du kommst zurück, wenn es dir nicht gefällt, nicht wahr, Clyde?« bettelte sie. »Du wirst doch nicht stolz sein und aus lauter Eigensinn in Amerika bleiben, nicht wahr? Und uns dazu verleiten, daß wir England aufgeben, auch wenn Amerika nicht so ist, wie du es dir vorgestellt hast?«

»Wenn es nicht noch schöner ist, als ich es mir vorstelle, dann komm ich zurück«, erklärte er.

Und dann hatte er sie ganz fest geküßt, und sie griff wieder nach dem Rock und legte ihn in den Koffer. Sie gingen die Treppe hinunter, und er küßte die jüngeren Kinder und zog Jamie an der Nase, »ein letztes Mal«, sagte er, denn Jamie war sein Liebling, und sie sahen, wie er mit den beiden großen Jungen, die sein Gepäck trugen, abzog, Edward zur einen, Jonathan zur anderen Seite.

Sie nahmen die Koffer, Edward den kleineren und Jonathan den größeren. An der Straße, bevor es über den Hügel ging, machte Clyde noch einmal halt, wandte sich um, und schwenkte beide Arme grüßend der kleinen Gruppe am Tor zu, und Marys Schürze wehte wie eine Fahne. Als sie über den niedrigen Hügel und außer Sichtweite von Dentwater waren und nur noch Blackpool vor ihnen lag, da begann er zu reden, aber nicht von ihnen, sondern von Amerika.

»Zum erstenmal in meinem Leben fühle ich mich innerlich frei«, sagte er mit seiner rauhen, lauten Stimme. »In diesem winzigen Land bin ich beinahe erstickt. Seit hundert Jahren ist hier kein freier Raum mehr. Ein neues Land ist das rechte Land für Männer und Burschen.« Er erinnerte sich daran, daß Edward nicht nachkommen würde. »Laß dich nicht abhalten, wenn du nachkommen willst, Edward«, sagte er zu seinem ältesten Sohn. »Sobald ich was Rechtes finde, werde ich es dich wissen lassen, und dann kannst du es so oder so fertigbringen, daß du nachkommst, du und Millie. Ich will gleich groß anfangen. Das soll das Geheimnis von Amerika sein. Jeder fängt groß an. Die kleinen Leute sind verloren.« Keiner seiner Söhne war so kräftig gebaut wie er. Edward war fast so groß wie sein Vater, aber ihm fehlten noch drei Zoll, und die würden ihm immer fehlen.

»Jamie wird über mich hinauswachsen«, sagte Clyde immer. »Und er wird der einzige sein.« Aber bisher war Jamie nur ein kleiner sommersprossiger Junge.

»Es ist was Wundervolles, was ich jetzt für euch alle tun werde«, fuhr er fort. »Ihr werdet mir noch dafür danken, daß ich scharfsichtig genug war, das zu erkennen und mich zu meinem großen Entschluß durchgerungen habe.«

Vor ihnen lag Blackpool, dunkel vor einem grauen, windgepeitschten Meer.

Als sie zum Hafen kamen und zu den Schiffen gingen, wurde es seinen Söhnen bewußt, daß er abreiste. Die ganze Zeit über hatte es nur wie einer seiner rasch verwehenden Pläne gewirkt. Doch auf dem Kai wurde es plötzlich wahr. Dort lag das Schiff, das ihn nach Liverpool bringen sollte. Sie gingen an Bord und setzten das Gepäck ab, und dann kam der Augenblick des Abschieds. Sie hatten ihm nie zuvor Lebewohl gesagt. Trotz all seinem Gerede und Getue hatte er sie noch nie verlassen. In dieser Minute wirkte er mit einem Male gleichzeitig heldenhaft und kläglich. Er fuhr doch so weit fort! Da lag, vor seiner einsamen Gestalt, der Ozean und dahinter der unbekannte Erdteil. Wie sollte er das alles allein fertigbringen, da er doch daheim über die kleinste Kleinigkeit aus der Fassung geriet? Und doch war er ruhig und voll Mut.

»Lebt wohl, Jungen«, sagte er herzlich. »Edward, verlier dich nicht ganz und gar an Millie, geh auch deine Mutter besuchen.«

»Das werde ich, Vater«, versprach Edward feierlich.

»Und du, Jonathan«, fuhr sein Vater fort, »wenn ich euch alle nachkommen lasse, dann hilf deiner Mutter, damit alles in Ordnung erledigt wird. Sie hat dich so lieb, daß sie mehr als zur Hälfte bereit sein wird, zu fahren, wenn sie merkt, daß du es auch so willst.«

Jonathan wurde weich. »Ja, Vater«, sagte er ernst.

Clyde griff nach seiner Söhne Hände und schüttelte sie.

»Und jetzt seht zu, daß ihr weiterkommt. Es hat keinen Zweck, hier herumzustehen.«

Sie gehorchten ihm und gingen langsam vom Schiff ans

Land. Und sie gingen, bis sie an der Ecke angekommen waren, wo Turners Geschäft war, hier blieb Edward stehn.

»Ich muß wohl noch hineingehen und meine Arbeit fertigmachen«, sagte Edward.

»Dann geh ich heim«, erwiderte Jonathan. »Kommst du bald nach Hause, Edward?«

»Ja, und sobald die Sache bekannt ist, bring ich auch Millie mit.«

»Das wird Mutter freuen«, sagte Jonathan.

»Leb wohl denn, Jonnie«, sagte Edward schließlich.

Und: »Leb wohl, Ed«, erwiderte Jonathan.

Sie trennten sich, und beide dachten an den einsamen Mann, der nun nachts das Meer befahren sollte, und Jonathan, der in der Dämmerung des Nachmittags heimstapfte, wunderte sich darüber, daß er sich so verlassen fühlte, weil sein Vater nicht mehr da war.

Irgendwas muß doch an ihm dran sein, dachte er.

3

Er mußte seine Mutter glücklich machen. Diese Notwendigkeit hatte er immer empfunden, jetzt aber wurde es zu einer wahren Leidenschaft. Er allein konnte sie glücklich machen. Edward hatte Millie, aber seine Mutter hatte nur ihn. Er stand früh auf, zündete den Ofen in der Küche an, und der Haferbrei dampfte, bevor sie noch herunterkam. Nach dem Frühstück räumte er ab. Um Mittag eilte er heim, um ihr zu helfen, wenn sie den Kindern ihr Essen gab.

»Laß mich jetzt mein Hemd selber waschen, Mutter«, befahl er. »Und auch die Hosen mit die Schmutzflecken am Knie!«

»Mit den Schmutzflecken«, korrigierte sie sanft. »Gib auf deine Sprache acht, Jonathan. Die Grammatik ist das Merkmal des Menschen.«

Sie reichte ihm seine Kleidungsstücke, und dann sagte sie scheu: »Wenn du von deinem Vater das gute Herz hast und mir im Sprechen nachgerätst, werde ich zufrieden sein.«

»Wenn es nach mir ginge, möchte ich in allem dir nachgeraten«, erklärte er.

»Du bist immer Mutters guter Junge gewesen«, sagte sie.

»Hoffentlich bist du auch glücklich, Mutter«, sagte er verzückt. »Hoffentlich fehlt er dir nicht zu sehr!«

Er mußte doch wissen, ob sie mit ihm und den Kindern allein auch glücklich war. Und wenn sein Vater nie mehr heimkehrte — würde sie dann glücklich sein?

»Er fehlt mir«, erwiderte sie ruhig. »Aber das hat nichts mit dir zu tun.«

»Ob du glücklich bist oder nicht, hat sehr viel mit mir zu tun«, sagte er hitzig. »Wenn du nicht glücklich bist, spüre ich es sofort.«

»Wie das?« fragte sie und schaute ihn neugierig an.

»Es ist wie eine Wolke vor der Sonne«, gab er zur Antwort.

Sie lächelte wehmütig. »Ich werde also heiter sein müssen, ob mir danach zumute ist oder nicht?«

»Nein, das mußt du nicht«, sagte er, aber das war auch alles, was er hervorbrachte. Wenn er versuchte, ihr etwas von seinen Gefühlen für sie zu sagen, war es immer, als ob eine Beklemmung in der Brust, die er nicht überwinden konnte, ihn daran hinderte. Wenn sie heiter war, dann war er am glücklichsten, denn er merkte, daß sie sich wohlfühlte. War sie bedrückt, dann würgten ihn ihre Sorgen. Er mußte sie glücklich machen, damit er frei sein konnte.

»Ich bin froh darüber, daß du Millie so gern hast, Mutter«, sagte er, um von etwas anderem zu sprechen. Gestern nachmittag hatte Edward Millie mitgebracht.

»Ja, ich hab sie gern«, sagte seine Mutter.

»Sie ist aber ganz anders als du«, fuhr er fort.

»Das spricht nicht gegen sie«, meinte seine Mutter und lächelte ein wenig.

»Bei mir schon«, erklärte er hartnäckig. »Wenn ich heirate, muß ich ein Mädchen finden, das so ist wie du, Mutter.«

»Ach, es gibt Dutzende, die so sind wie ich«, sagte sie. »Da wird die Wahl schwer werden.«

»Ich werde wahrscheinlich Junggeselle bleiben«, sagte er.

»Du wärst die Richtige für mich«, wiederholte er.

Er dachte an Millie Turner. Sie war ein breitschultriges Mädchen mit kräftigen Knochen und einer Neigung zur Fettleibigkeit. Ihre blaßbraunen Augen, die unter den spärlichen Wimpern ein wenig hervorstanden, verrieten Eifer und Gutherzigkeit, und ihr dunkles Haar war schlicht und nicht sehr üppig. Aber sie hatte sich alle Mühe gegeben, behilflich zu sein und nicht als Gast zu wirken.

»Laß mich doch das Brot schneiden, Mutter«, hatte sie gesagt, als Edward sie zum Tee mitbrachte.

»Es ist mir ganz komisch zumute, wenn so ein großes, kräftiges Frauenzimmer zu mir ›Mutter‹ sagt. Sie ist um drei Jahre älter als Edward, und das sieht man ihr an ... nicht, daß sie's nicht von Herzen gut meinen würde«, fügte sie hinzu, »und im Geschäft wird sie tüchtig sein und alles tun, was sie ihrem Mann von den Augen absehen kann. Und das wird Edward passen.« Sie zwinkerte wieder. »Wie jedem Mann ...«

Sie ist glücklicher als je, dachte er froh. Sie fühlt sich wohler, wenn der Vater nicht da ist.

Sehr häufig während des Tages glaubte er, sie sei glücklicher. Sie unterhielten sich miteinander über die Bestellung der gepachteten Äcker, und als der Boden gepflügt war, kam sie hinaus und säte Hafer und Korn und ein wenig von dem neuen Mais, den sein Vater in einer Blechbüchse aus Amerika geschickt hatte.

Er hatte nie so hart gearbeitet wie in diesem Sommer, und ein für allemal stellte er fest, daß er kein Bauer war. Die Arbeit auf dem Acker war ihm verhaßt, das erschöpfende

Jäten und die Schwierigkeit, die Halme richtig zum Wachsen zu bringen.

Verdammt dumme, empfindliche Dinge sind solche Saaten, dachte er, wenn er in den feuchten Julitagen schwitzte. Jetzt, da die Schule aus war, schuftete er früh und spät draußen auf dem Land. Wie zäh und stark war doch das Unkraut!

Vor allem war es ihm verhaßt, vom Wetter abhängig zu sein. Zu wissen, daß all die Arbeit, all das Denken, das er daran gewandt hatte, damit die Saat, die er gesät hatte, Früchte trug, zunichte wurden, wenn es keinen Regen oder wenn es zuviel Regen gab, trieb ihn zur Verzweiflung. Und doch waren Sorge und Auflehnung zwecklos.

Das Gefühl, daß mein Verstand völlig nutzlos ist, kann ich nicht ertragen, dachte er. Wenn ein Mann Bauer ist, kann er ebensogut ein Trottel sein oder nicht – das Denken wird ihm jedenfalls nicht helfen.

Doch diesen Widerwillen verbarg er mit aller Sorgfalt vor seiner Mutter. Ihr war der Boden wertvoll.

In diesem Herbst ging es ihnen sehr gut. Sie gaben fast nichts von dem Geld aus, das der Vater hin und wieder sandte.

»Heb es für die Reise auf, wenn du es nicht brauchst«, schrieb er. Und so tat die Mutter es in eine Keksbüchse, die sie in ihrem Zimmer aufbewahrte.

Auch der kleine Laden bewährte sich. Es war ein gutes Jahr in England, die Ernten waren ausgezeichnet, und so durften die Kinder sich Zuckerzeug kaufen gehn.

»Wenn ich bestimmt wüßte, daß dein Vater zurückkommt«, sagte die Mutter zu Jonathan, »würde ich den Laden vergrößern, aber –«, sie schüttelte den Kopf.

»Du meinst noch immer, daß wir auch fahren werden, Mutter?« fragte er.

»Du wirst doch nicht verlangen, daß ich meinen Mann verlasse«, sagte sie.

Noch immer hatte er Angst vor der Nacht. Denn dann,

wenn die jüngeren Kinder zu Bett waren und er und sie allein am Tisch saßen, er mit einem Buch und sie nähend oder strickend, dann kam die Stunde, da ihre Blicke weit in die Ferne schweiften und er wußte, woran sie dachte. Im Sommer konnte er diese Stunde hinausschieben. Manchmal, wenn sie auf ihrem Rosenbeet arbeitete, wurde ihr Gesicht wehmütig und sie sagte: »Ich könnte es einfach nicht ertragen, dieses Stückchen Garten zu verlassen. Ich könnte auf anderm Boden keinen Garten pflegen. Nichts würde wachsen, wenn mein Herz nicht dabei wäre.«

Als Mr. Hopkins wiederkam und den Unterricht aufnahm und fragte: »Gehst du nach Amerika, Jonathan?« da erwiderte er mit einem Zweifel, der ihm teuer war: »Das ist weit entfernt davon, sicher zu sein, Mister Hopkins.«

»Gut«, meinte Mr. Hopkins. »Dann hast du noch immer Lust, Latein zu lernen?«

»Wenn es Ihnen recht ist, Mister Hopkins«, erwiderte er dankbar.

»Und dein Vater?«

»Er schuftet sich dort für einen Farmer ab, genauso wie hier«, erklärte Jonathan mit einem Grinsen.

Und das war tatsächlich Clyde Goodliffes Fall, aber stets mit der Hoffnung auf eigenen Grund und Boden. Andere Kerle, schrieb er, seien ihm zuvorgekommen. Kansas sei nicht mehr so aufnahmsfähig wie früher. Er kaufe noch kein Land, sondern spare nur, um die Überfahrt für sie zu bezahlen. Dennoch sei es herrlich, zu wissen, daß ein Mann, wohin er auch blickte, tausend Meilen vor sich habe, die auf ihn warteten. Seine Briefe waren ganz wie er – voll von großen Dingen, die alle ungetan blieben.

An den langen dunklen Abenden, wenn seine Mutter eine Weile gearbeitet hatte, wurde sie unruhig.

Dann legte sie die Arbeit nieder, schürte das Feuer. Und dann beschäftigte sie sich mit Nichtigkeiten. Manchmal überzählte sie ihr Geld, manchmal schichtete sie das Brot, oder sie ging ans Fenster und starrte hinaus. Und Jonathan über den Büchern, die er auf dem Küchentisch ausgebreitet hatte, wartete, bis sie wieder an die Kommode ging und die Briefe hervorholte. Wenn sie das tat, war sie für ihn verloren. Denn nun setzte sie sich, mit den Briefen auf dem Schoß, und las sie, einen nach dem andern, und grübelte darüber, vor allem über den letzten, dem längsten.

»Nach allem, was er schreibt, kann ich mir kein rechtes Bild vom Land machen. Du vielleicht, Jonathan?«

»Nein, Mutter«, sagte er kläglich.

»Alles flach, so weit man schauen kann«, fuhr sie fort.

»Klingt schrecklich langweilig, Mutter.«

»Ich weiß nicht – Bäume gibt es, schreibt er, und die Blumen wachsen wild, solche, die man hier überhaupt nicht kennt.«

»Seltene Farben, schreibt er.« Sie wiederholte es immer wieder.

Jonathan antwortete nicht. Er lernte jetzt nach und nach aus dem Kampf in seinem Innern, daß er ihr nicht recht geben durfte, wenn sie gegen seinen Vater sprach. Sonst beeilte sie sich, ihn zu verteidigen, sprach entweder für ihn oder doch für das Land, das sie nie gesehen hatte.

Und am schlimmsten war der Brief, den sein Vater schrieb, als er krank war. Malaria. Da geriet sie beinahe außer sich. Sie schrieb ihm einen langen Brief, blieb fast die halbe Nacht dabei sitzen und flehte ihn an, heimzukommen.

»Was, wenn dein Vater dort drüben einsam, mitten unter den Wilden, sterben würde«, flüsterte sie Jonathan zu. Doch ihr Brief kreuzte sich auf hoher See mit seinem Brief. Mit dem kalten Wetter gehe es ihm wieder gut, und er erzählte ihr von den Herbstfarben der Bäume, und wie er in England solche Farben nie gesehen habe, wo die Feuchtigkeit nur Grün und Grau aufkommen lasse. Ein wunderbares Land, sagte er immer wieder, und von eindringlicher Schönheit.

Selbst Edwards Heirat, die auf Januar verschoben worden war, vermochte kaum das Dunkel dieses feuchten Winters zu lichten. Sie alle waren erschienen, denn Edward hatte einen Wagen geschickt, um sie nach Blackpool zu bringen. Sie zogen ihre besten Kleider an, und Jonathan konnte sich an seiner Mutter nicht sattsehen, so süß sah sie aus, in dem weiten Rock und dem Cape und dem braunen Häubchen, dessen Rand mit rosafarbenem Band gesteppt war. Sie wußte ihre Kleider gut zu tragen und war unter allen Hochzeitsgästen die Schönste. Millie vermochte, selbst als Braut, nicht besonders hübsch zu sein. Es war eine feierliche Hochzeit, bis das Essen und Trinken seinen Anfang nahm, und dann setzten sich die Frauen zusammen und die Männer zusammen, und Jonathan bemerkte, daß seine Mutter immer der Mittelpunkt einer kleinen Gruppe war, die ihren Erzählungen von Clyde Goodliffe lauschte. Sie sah reizend und recht wichtig aus, wenn sie berichtete, was er geschrieben hatte.

»Ein schreckliches Land, so groß und weit, aber die Blumen sind wunderbar, und unendlich viel Boden gibt's, und der Himmel ist so rund, wie man ihn sonst nur auf hoher See sehen kann, und große Bäume gibt's und weit und breit schwarzen üppigen Boden, so tief, wie man nur graben kann.«

»Aber Sie werden doch England nicht verlassen, Mistreß Goodliffe«, sagte Mrs. Turner, die Mutter der jungen Frau. Sie war ein kleines runzeliges Geschöpf mit einem schmollenden Mund und breiten Hüften.

Und dann sagte jemand: »Sind Sie Jonathan Goodliffe?«

Er wandte sich um und sah neben sich ein Mädchen mit bräunlichen Wangen. Sie trug ein rotes Wollkleid mit einem weißen Spitzenkragen. Ihr schwarzes Haar war glattgestrichen, und ihre blauen Augen wirkten seltsam in dem dunklen Gesicht.

»Ja, das bin ich«, sagte er. Er war nicht eigentlich schüchtern, dazu war er viel zu selbstsicher, aber er hatte kaum je in seinem Leben mit einem Mädchen gesprochen.

»Constance Favor — Connie nennt man mich —, und in gewissem Sinn sind wir verwandt. Jetzt wenigstens, nachdem meine Cousine Millie Ihren älteren Bruder geheiratet hat.«

»Ich weiß nicht — irgendwie doch wohl«, sagte er.

»Und gehen Sie nach Amerika oder werden Sie bei Ihrem Bruder bleiben?« fragte sie.

»Das hängt von meiner Mutter ab«, erwiderte er besonnen. Er wandte den Kopf wieder seiner Mutter zu. Jetzt unterhielt sie sich mit Mr. Turner über Edward.

»Sie werden entdecken, daß er manchmal ein wenig eigensinnig ist, Mister Turner — das hat er von seinem Vater —, aber hat er einmal etwas angefangen, so hält er dabei aus — das hat er von mir. Und ich glaube nicht, daß Millie diesen Tag zu bereuen haben wird.«

»Hoffentlich nicht«, meinte Mr. Turner.

»Bestimmt«, meinte auch Mrs. Goodliffe.

Die frische, klare Stimme drang wieder an Jonathans Ohr.

»Wenn ich Sie wäre, ginge ich nach Amerika. Hier ist's öde! Ich ginge schnell wie der Blitz!«

»Warum?« fragte Jonathan.

»Ach, ich weiß nicht.«

»Connie — Connie!« rief Mrs. Turner. »Komm her, Kind!«

»Ach, mein Gott«, sagte das Mädchen. »Gerade jetzt, da wir uns miteinander bekannt gemacht haben! Tanzen Sie, Jonathan? Jetzt wird auch getanzt werden.«

»Ich habe noch nie getanzt.«

»Dann werde ich es Ihnen zeigen«, sagte sie. »Ich bin eine ausgezeichnete Tänzerin«, fügte sie hinzu, und in den Augen, die plötzlich das Gesicht erhellten, blitzte es schelmisch.

Sie ging, und er drängte sich zu seiner Mutter durch. Sie hatte die schlafende kleine Maggie auf dem Schoß, und Arthur lehnte sich an sie und rieb sich die Augen.

»Jonathan, hilf mir, die Kinder schlafen legen«, sagte sie. »Wenn getanzt wird, dann werden sie hier nur im Wege sein.«

»Wo sind Jamie und Ruth?« fragte Jonathan leise.

»Jamie ist im Laden«, sagte seine Mutter, »und sieht zu, wie die Seeleute kommen und gehen. Er hat gefragt, ob er hingehen dürfe, und ich habe ja gesagt. Und Ruth spielt dort im andern Zimmer mit einem kleinen Mädchen.«

So war er denn völlig frei. Wenn Connie ihn tanzen lehren wollte, hatte er keinen Grund, abzulehnen.

»Mutter«, fragte er, »hast du nichts dagegen, daß ich ein wenig mittanze?«

Sie machte runde Augen. »Ich habe ja gar nicht gewußt, daß du tanzen kannst!« rief sie.

Ihm wurde plötzlich heiß in der Brust, und die Hitze stieg auch in die Wangen auf.

»Constance Favor hat gesagt, daß sie mich's lehren will«, sagte er.

Seine Mutter musterte ihn mit einer Mischung von Zweifel und Staunen.

»Nun, das kann ja nicht schaden«, sagte sie, und der Zweifel wuchs, als sie Jonathan nachschaute.

Als er in das große Zimmer trat, wurde bereits getanzt, und die Tänzer summten und sangen im Takt dazu.

Jonathan spürte, wie Connie seine Hand mit festem Griff packte.

»Vorwärts!« kommandierte sie. »Ich hab schon nach Ihnen ausgeschaut. Und jetzt trachten Sie, nachzukommen!«

Da blieb keine Zeit übrig, an andere Dinge zu denken. Er wurde in die Tänzerreihen hineingerissen und mußte gut achtgeben, um die Figuren nicht durch seine Ahnungslosigkeit zu stören.

Manchmal meinte er, ohne diesen Tanz wäre sein ganzes Leben anders verlaufen. Wie aber hätte er das damals wissen sollen?

»Recht albern hast du ausgesehen«, sagte seine Mutter angewidert zu ihm. »Hast dich vorgebeugt, um ihr Geplapper anzuhören, und ihr Kleid war so tief ausgeschnitten, daß du ihr ja bis auf den Magen geschaut hast!«

Jetzt, in der Küche, verging er fast vor Scham.

»Das hab ich nicht. Mir liegt weder an ihr noch an irgendeinem andern Mädel«, sagte er ärgerlich zu seiner Mutter.

»Das ist eine seltsame Methode, seine Gleichgültigkeit zu zeigen«, entgegnete sie.

»Sie ist auch zu alt für dich, wenn du es so meinst!« fügte sie hinzu. »An der einen Turner sollte es genügen! Daran magst du dich erinnern. Millie Turner paßt ganz gut zu Edward. Sie ist nicht so keck wie Connie.«

»Mutter, Mutter«, bat er, »sprich nicht so – so, als ob ich an Heiraten denken würde! Wo ich sie doch heute abend erst kennengelernt habe!«

»Sie jedenfalls hat daran gedacht – solche Mädchen denken immer daran«, sagte seine Mutter. »Solche Mädchen haben nur Augen für alles, was Hosen anhat. Ach, Jonathan, du sollst doch Lehrer werden, und deinen Weg in der Welt machen! Edward wird dir nicht das Wasser reichen, wenn du deinen Weg machst, ohne dich in Dummheiten einzulassen.«

»Ich werde mich in nichts einlassen, Mutter«, murrte er.

Er ging die Stiege hinunter und fühlte, daß jetzt zwischen ihm und seiner Mutter etwas war, das sie in alle Ewigkeit voneinander schied. Nie würde er ihr mehr allzu nahekommen. Er wußte nicht, wie er sich ihr überhaupt noch nähern sollte.

In recht kläglicher Stimmung trat er in die Küche, um festzustellen, daß sie ihn vergessen hatte. Sie saß noch immer in ihrem guten braunen Kleid am Feuer. Aber sie hatte Maggie zu Bett gebracht und Haube und Cape abgelegt.

»Ich weiß nicht«, sagte sie traurig, »ich weiß nicht, aber am Ende werden wir doch wohl nach Amerika gehn müssen. Er kommt nicht zurück, Jonathan, das kann ich dir sagen.«

Sie sahen einander an.

»Warte, Mutter«, bat er. Irgendwie war es ihm jetzt mehr

als je wichtig, England nicht zu verlassen. »Warte bis zum Frühjahr!«

Seine Mutter wandte den Kopf. »Im Frühjahr sehne ich mich nur noch mehr nach ihm«, flüsterte sie. »Ich bin nun einmal vernarrt in ihn, Jonathan.«

Darauf konnte er nicht antworten. Alles drängte sich ihm jetzt ins Bewußtsein. Die Nacht, sein Vater, seine Mutter, die Musik und der Tanz mit Connies geschmeidigem, wohlgerundetem Körper in den Armen und die Wölbungen ihres Busens, wenn er hinunterschaute. Millie und Edward in ihrer Hochzeitsnacht! Er dachte an sie und verdrängte diese Gedanken im Ekel vor sich selber, und doch sah er sie vor sich, und der Anblick war ihm widerlich.

»Wie du willst, Mutter«, sagte er leise.

»Du hättest nichts dagegen, Jonathan?« fragte sie.

»Warum sollte gerade ich etwas dagegen sagen, Mutter?«

»Jungen sind doch gewöhnlich für Abenteuer zu haben«, sagte sie.

Er dachte mit Abscheu an das Meer. Er hatte das Meer nie geliebt, nicht einmal das Stückchen davon, das er in Blackpool zu sehen bekam.

»Alle sagen, es sei ein großes Glück für mich, daß ich so viele Söhne habe, um das Land zu bearbeiten«, hatte sein Vater geschrieben.

»Es wird ganz lustig für dich werden«, sagte seine Mutter.

»Vielleicht«, sagte er freudlos.

Es gab in Dentwater zahllose kleine Dinge, die er erst jetzt bemerkte, da er sie verlassen mußte, und jedes einzelne wurde ihm teuer. Wenn man ihn gefragt hätte, wovon der Abschied ihm am schwersten fallen werde, so hätte er zwischen den Stunden geschwankt, die er an seinem Pult am Fenster im Schulzimmer verbrachte, und jenen in der Küche des Häuschens, zumal den Abendstunden, wenn die Vorhänge zugezogen waren, oder den Stunden an den seltenen

Morgen, da er die Schiffe auf der Irischen See erblicken konnte. Er wußte, daß er es bald nicht mehr sehen würde.

Mr. Hopkins, der so streng sein konnte, wenn Jonathan die Endung eines regelmäßigen lateinischen Verbums nicht wußte, schien jetzt immer milde zu sein, und sein durchfurchtes, allzufrüh gealtertes Gesicht wirkte weniger reizbar als sonst. Wie schwer, wie unmöglich schien es doch, den Schreibtisch zu verlassen, mit dem großen Tintenfleck darauf, der ihm, Jonathan, so lieb und vertraut war!

»Es ist nun einmal so«, sagte er zu seinem Freund Archie und schluckte, »daß ich meiner Mutter wegen nach Amerika gehe, um darauf zu schauen, daß mein Dad sie auch gut behandelt. Sonst würde ich bleiben und die andern gehn lassen.«

Und kaum hatte er das gesprochen, so wußte er, daß dies wirklich der Grund war, weshalb er ging, wenn er es auch bis zu dieser Stunde nicht begriffen hatte. Natürlich mußte er nach Amerika gehn, damit sie jemanden hätte, der sie verteidigte und sich um sie kümmerte. Während er das überdachte, wurde es ihm in aller Stille zur Pflicht. Er hatte Constance Favor seit Edwards Hochzeit nicht mehr gesehen. Und jetzt vergaß er sie vollständig.

4

Was bald darauf schon aus seiner Mutter geworden wäre, wenn er seine Pflicht nicht klar vor Augen gehabt hätte, das fragte er sich nicht einmal. Nie war das Meer so entfesselt gewesen wie diesmal, und man hatte keine Zeit, an anderes zu denken als an die dringendsten Anforderungen, die von den drei Seekranken an ihn gestellt wurden – von seiner Mutter, von Ruth und von Arthur. Dadurch war auch Maggie ihm überlassen, die, einmal an den Wechsel gewöhnt, nur danach verlangte, sich so gut es ging auf den Beinen zu halten. Bevor die Familie Dentwater verlassen hatte, war Maggie soweit gewesen, daß sie überall herumlaufen konnte, und das versuchte sie auch jetzt, obgleich das Schiff sich hob und senkte und sie gegen die Stapel von Kisten im Zwischendeck geschleudert wurde. Dann purzelte sie auf den Boden und weinte, aber ihr Gejammer verlor sich im Anprall der Wogen. Wann immer er nur konnte, hielt Jonathan sie, auch gegen ihren Willen, fest, um ihr Schrammen und Wunden zu ersparen. Doch auch dazu hatte er wenig Zeit, wenn er sie nicht gerade auf den Knien hatte und fütterte.

»Zum Teufel mit dir, Jamie!« schrie er eines Tages, als der Steward ihm berichtete, Jamie sei oben im Salon entdeckt worden. Die Müdigkeit und das ununterbrochene Schwanken des Schiffes und Jamies Unverschämtheit, die auf dem Meer nur noch gewachsen war, hatten ihn reizbar gemacht. »Ich wollte, du wärst ebenso seekrank wie die andern! Kannst du nicht bleiben, wo du hingehörst? Mußt du immerfort in die erste Klasse hinübergucken, wo du nichts zu suchen hast?«

»Ich bin ebensogut wie die Leute dort«, schrie Jamie, und seine Sommersprossen verloren sich in der aufsteigenden Röte.

»Es kommt nicht darauf an, ob du ebensogut bist wie sie oder nicht«, erwiderte Jonathan, »sondern ob du es bezahlen kannst.«

Die Röte hatte sich von Jamies Wangen verzogen, und nun brüllte er den älteren Bruder an: »Dir ist's gleich, was die Leute von uns denken! Du bist grad so wie ein – Lakai –, läßt dir alles gefallen und machst das Maul nicht auf.«

»Von dir laß ich mir bestimmt nichts gefallen.« Jonathan gab ihm eine tüchtige Ohrfeige, aber vor Jamies erstauntem, gekränktem Blick schämte er sich dann.

»Ich wollte, ich wäre bei Vater!« schrie Jamie und biß sich dann auf die Lippen.

»Du fährst ja zu ihm«, sagte Jonathan. »Du willst ja nur bei ihm sein, weil er dich verwöhnt und dich alles machen läßt, was du willst.«

Sie wurden durch einen schwachen Schrei Arthurs unterbrochen. »Jonathan! Jonathan!«

»Gib eine Minute auf Maggie acht, Jamie«, befahl Jonathan dem Bruder. »Sie ist gerade dort hinuntergelaufen.«

Und er eilte zu der Koje, wo Arthur an dem einen und Ruth am andern Ende lagen. Ruth schlief, obgleich es mitten am Vormittag war, aber der kleine Junge saß aufrecht, jammervoll bleich und würgend. Nachdem er erbrochen hatte, fiel er zitternd in die Kissen zurück.

»Ich bin so krank«, flüsterte er kaum hörbar.

»Es wird dir bestimmt besser gehn«, sagte Jonathan aufmunternd, obgleich die Schwäche des Kindes ihm Angst machte. Vor einer Stunde hatte er ihn endlich dazu überredet, eine Kleinigkeit zu essen, doch seit sie an Bord waren, hatte Arthur nichts bei sich behalten können.

»Muß ich sterben?« wisperte er jetzt und richtete seine großen blauen Augen auf Jonathan.

»Um Himmels willen, nein!« rief Jonathan. Er bückte sich und nahm den schmächtigen Knaben in die Arme.

»Ich möchte nicht, daß man mich in eine Kiste steckt und ins Wasser wirft«, flüsterte das Kind, und seine Augen füllten sich mit Tränen.

»Wie ist dir nur so was Dummes in den Kopf gekommen?« fragte Jonathan ärgerlich.

»Jamie hat es mir gesagt«, beichtete Arthur.

»Dieser Jamie!« schalt Jonathan. »Warte, bis ich ihn erwische! Der wird's tüchtiger von mir kriegen als eben erst! Leg dich nur hin, Artie, ich muß Maggie suchen. Lieg schön still, sonst weckst du Ruthi, und dann wird sie auch wieder erbrechen müssen. Es dauert ja nur noch zehn Tage! Heute mittag hatten wir den halben Weg hinter uns.«

»Wir müssen nicht wieder zurückfahren?« fragte Arthur, und seine Stimmung hob sich ein wenig.

»Nein, niemals«, erwiderte Jonathan, sehr gegen sein eigenes Gefühl. Zu sich selbst sagte er beständig: Aber eines

Tages, wenn sie alle groß sind und Mutter wohlauf, dann fahre ich nach England zurück! Vielleicht fährt sie mit mir! Nur sie und ich! — Er würde dafür sorgen, daß sie auf ihre alten Tage Ruhe und Frieden hätte, wenn es soweit kommen sollte. — Sie würden nicht einmal nach Dentwater zurückkehren. Er würde eine gute Schule finden, etwa in Devonshire, und ein Häuschen. Und doch — wie vertraut war es dagelegen, als sie es verlassen hatten. Er spähte in die obere Koje, wo seine Mutter lag. Sie war wach und hatte die graue Schiffsdecke bis ans Kinn gezogen.

»Hat Maggie etwas zu essen gehabt?« fragte sie, als ihre Blicke sich trafen.

»Wie daheim«, beruhigte er sie. »Aber das Fleisch gebe ich ihr nicht, Mutter, auch wenn sie es haben will.«

»Gib ihr ein Stückchen«, sagte seine Mutter apathisch. »Sie ist groß genug, um Fleisch zu essen.«

Draußen donnerten die Wogen und dröhnten gegen die Flanken des Schiffes, daß es in allen Fugen zitterte.

»Großer Gott«, flüsterte seine Mutter und schloß die Augen. Aus ihrer Stirne brach der Schweiß, und sie preßte die Lippen fest zusammen.

Er hatte keine Zeit, und doch waren Tage und Nächte endlos. In dem überfüllten Zwischendeck gab es viele, die nach Amerika auswanderten, aber er hatte nicht die Muße, mit ihnen zu sprechen oder sich zu erkundigen, warum sie auswanderten. Zumeist waren es Familien, die zusammenhielten, doch es gab auch junge Leute, die offenbar allein waren. Einer von ihnen schlief in der Koje neben Jonathans Koje, und das war das erste Gesicht, das er jeden Morgen erblickte, wenn er in der trüben Stickluft aufwachte. Es war ein englisches Gesicht, bräunlich und mit einer großen Nase ausgestattet, doch schön, wenn man daran dachte, daß es einem sehr großen Mann gehörte. Es kam zwischen ihnen zu einer Art freundschaftlicher Beziehung, und den fremden Mann erheiterten Jonathans Schwierigkeiten und seine Bemühungen, so zu tun, als hätte er nicht die Pflege für seine drei Kranken auf sich und müßte überdies bei Jamie den Vater und bei Maggie die Mutter ersetzen.

»Alle Hände voll zu tun, was, junger Mann?« fragte der Engländer. »Na, gib mir die kleine Kröte herüber!«

Die »kleine Kröte« war Maggie, die gerade jetzt nach ihrem Essen brüllte. Er trug sie mit sich zum Frühstückstisch und brachte sie erst nach einer Stunde zurück.

»Ißt wohl, was man ihr gibt«, sagte er, und Maggie lächelte gesättigt. »Hat sich an meinem Haferbrei beteiligt, nachdem sie mit ihrem fertig war«, fuhr er bewundernd fort, »dann hat sie meinen Kaffee getrunken und hätte auch meine Pfeife geraucht, wenn ich es ihr erlaubt hätte. Ganz wie ich ist sie — immer bei Appetit!«

Er kam häufig wieder und holte Maggie, und als sie am letzten Tag an der Reling standen und beobachteten, wie der Hafen von New York auftauchte, reichte er Jonathan ein Stück Papier, darauf er mit großer, runder Schrift geschrieben hatte: »George Tenney, Screw Falls, Arkansas«.

»Hab dort einen Onkel mit einer Schaffarm«, sagte er. »Hat mir geschrieben: ›Willst du, Junge?‹ Ich würde die kleine rotköpfige Kröte gleich mitnehmen. Ich habe sie gern. Sie ist so komisch.«

Jonathan faltete das Papier zusammen und steckte es in seine Brusttasche. Dann ging er, Maggie in den Armen, hinunter. Jetzt war nur eines wichtig — die Kinder beisammenzuhaben, damit sie an Land gehn könnten. Seine Mutter und Ruth waren angezogen und lagen wartend auf ihren Betten. Er legte Maggie neben seine Mutter. Jamie hatte er zwischen zwei Rettungsbooten untergebracht. Der Junge hatte ihm versprechen müssen, dort zu warten, bis man ihn holte.

Seine Mutter war kläglich abgemagert, aber sie war doch imstande gewesen, sich hinter einer Decke anzuziehen, die Jonathan gespannt hatte. Und Ruth hatte sich soweit erholt, daß sie in den letzten zwei Tagen etwas essen und auch bei sich behalten konnte. Aber Arthurs zartes Körperchen war noch immer angegriffen. Er sah so ängstlich drein, als fürchtete er, man könnte ihn vergessen.

»Jonnie, du wirst doch nicht fortgehen und mich hier liegen lassen, nicht wahr?« flehte er mit seinem schwachen Stimmchen, als Jonathan melden kam, daß New York in Sicht sei.

»Ich werde dich in den Armen halten, bis wir Vater gefunden haben«, versprach Jonathan und setzte sich neben das Kind auf den Bettrand.

Er hatte es niemandem gesagt, aber seine große Angst war, daß sein Vater am Ende nicht da sein würde. Nachdem sie ihre Überfahrt bezahlt und die Rechnungen bei Metzger und Bäcker in Dentwater beglichen hatten, war ihnen fast gar kein Geld mehr geblieben. Den Laden hatten sie einem jungen Paar verkauft, das eben geheiratet hatte und nach den Flitterwochen das Häuschen beziehen wollte. Sonst hätten sie das Geld für die Rechnungen nicht aufgebracht.

Er hob Arthur auf, wickelte ihn in einen Schal, und es bedrückte ihn, als er spürte, wie leicht der Knabe war und wie zart seine Knochen. Kaum daß sie noch zusammenhielten.

»Leg die Arme um meinen Hals«, sagte er, »sei ein guter Junge!«

»Wo sind wir zu Hause?« fragte Arthur.

Jonathan sah ihn an. »Wenn ich das nur wüßte«, antwortete er. »Jedenfalls irgendwo in Amerika.«

Was würden sie anfangen, wenn ihr Vater sie nicht abholte? Ich werde Arbeit finden müssen, dachte er, sobald ich nur kann.

Clyde war mitten im Gedränge und spähte angestrengt nach ihnen aus. Jamie war der erste, der ihn erblickte.

»Ich kann meinen Dad sehen!« schrie er entzückt.

»Wo?« rief Mary.

Die Lippen zusammengepreßt, mit kurzsichtigen Augen, hatte sie die Anlegestelle abgesucht. Um keinen Preis hätte sie ihren Kindern gesagt, wie erschreckend diese neue Küste auf sie wirkte, ein nackter, kahler Platz und nichts von dem vollen, sanften Grün Englands. Sie wußte, daß Blackpool nicht schön war, aber im Entschwinden war es ihr schön erschienen, als es hinter ihnen lag. Doch hier gab es keine Bäume, nichts, was die steinerne Masse der Stadt, die sich am Ufer ausbreitete, verborgen hätte. Trotz all ihrer Bauten und Straßenzüge wirkte sie irgendwie noch wild und unausgeglichen, als wären die Gebäude hastig aufgerichtet worden und brauchten nicht länger als einen Tag zu bestehen.

Jamie brüllte: »Hallo! Hier, Dad! Dad! Dad!«

Jetzt sah Mary selber ihn ganz klar. Er trug den Anzug, den er bei seiner Abreise aus England getragen hatte. Aber es war auch guter, rauher brauner Stoff gewesen, den sie ganz zuletzt gekauft hatte. Sein Gesicht war stärker gerötet als früher. Das mochte von Sonne und Wind kommen. Er hatte von den beständigen trockenen Winden geschrieben, aber sie konnte sie sich nicht vorstellen. Er wirkte schwerer als früher, dicker und stämmiger. Vielleicht hatte die harte Arbeit ihm gut getan. Sie spürte, wie eine scheue, verhaltene Freude sie überkam, als sie ihn anblickte. Eine Frau hatte ihrem Mann zu folgen. Sie hatte getan, was recht war. Es wäre nicht gut gewesen, wenn sie sich geweigert hätte, England zu verlassen, oder ihn veranlaßt hätte, zu bleiben. Nachher hätte er ihr jeden Fehlschlag zum Vorwurf gemacht. Sie hatte getan, was er von ihr verlangt hatte. Was auch geschehen mochte – ihre Schuld würde es nicht sein. Sie fühlte sich leichter und wohler, als sie sich seit vielen Monaten gefühlt hatte. So mußte eine Frau empfinden, wenn sie sich auf ihren Mann stützen konnte.

»Nun, er ist doch hier!« sagte sie.

»Ja, er ist da«, gab Jonathan zu, und Stimme, Blick, Ausdruck wurden farblos wie Dunst. Hinter der Deckung dieses Nebels dachte er weniger als er fühlte, und zwar mit einem Ekel, der noch immer hitzig und nicht abgekühlt war, daß es immer wieder dasselbe sein werde, wenn diese beiden, die seine Eltern waren, beisammensein würden. Seine Mutter würde dem Vater immer nachgeben. Sie hatte ihm schon dadurch nachgegeben, daß sie überhaupt hier war.

Jetzt, da er sie alle hier hatte, konnte Clyde Goodliffe gar nicht genug für sie tun. Er war ein anderer Mensch, das fühlten sie alle sogleich, sie sahen es in dem Ausdruck seiner Züge, in der Freiheit seiner Gesten. In England war er verdrossen umhergegangen, und wenn er redete, so waren seine Worte entweder rücksichtslos oder betont selbstsicher. Die Rücksichtslosigkeit war nun zu einer geräuschvollen Fröhlichkeit geworden, und die Selbstsicherheit hatte sich verflüchtigt. Er war da, er hob seine Frau in die Höhe und küßte sie. Maggie war zuerst erschrocken, dann verärgert und brach in Tränen aus, und Arthur hielt sich eine Weile an Jonathan fest, weil er seinen Vater für einen fremden Mann hielt, und Jonathan spürte den väterlich kräftigen Schlag auf die Schulter, und seine Zweifel erstarben ein wenig. Vielleicht hatte Amerika seinem Vater gut getan, und vielleicht würden sie hier alle glücklicher sein.

»Der Teufel soll mich holen, wenn das nicht der glücklichste Tag in unser aller Leben ist, Mary!« schrie Clyde. »Schöner noch als unser Hochzeitstag! Alles ist wunderbar! Jetzt ist die Trockenheit da, aber der Weizen ist draußen, und es schadet ihm nichts, wenn die Trockenheit für eine Weile wiederkommt. Wir sind gesichert. Hunderte von Morgen, Mary, alles flach mit Weizen, hartem, rotem Weizen!«

»Ich dachte, du hättest von Korn geschrieben, Clyde«, sagte sie.

»Korn ist hier Weizen«, erklärte er, »und Mais ist Korn.«

»So was!« lachte sie.

Sie lachten alle, und Maggie hörte auf zu weinen.

»Und jetzt ins Hotel«, sagte Clyde. »Ich habe zwei Zimmer für uns genommen.«

»Aber wir bleiben doch nicht hier, Clyde? Nicht wahr?« fragte Mary.

»Erst wollen wir uns einmal New York anschauen«, erwiderte er. »Wir fahren noch lange nicht nach Westen weiter, Mary, und ich habe mir vorgenommen, daß wir uns zunächst drei gute Tage machen, bevor wir den Zug nehmen. Na, Maggie, komm doch zu deinem Dad!«

Er bückte sich, um Maggie aufzuheben, aber sie wollte nichts von ihm wissen. Sie klammerte sich an Jonathans Bein. Und da trat zum erstenmal wieder der alte Clyde zutage.

»Verdammter Balg!« sagte er gereizt. »Sie freut sich gar nicht, mich wiederzusehen!«

»Sie ist ja noch so klein – das ist alles«, sagte seine Frau.

»Albern nenne ich das«, sagte er gleichgültig und wandte sich ab. »Komm, Jamie«, sagte er. »Du und ich, wir nehmen's mit ihnen allen auf!«

Die drei wandten sich zum Gehen, Jamie zwischen seinen Eltern, und Maggie, die ihre Mutter mit diesem unheimlichen Mann fortgehen sah, schaute zu Jonathan auf.

Lange bevor die drei Tage um waren, hatte Maggie vergessen, daß sie sich je vor ihrem Vater gefürchtet hatte. Sie hatten alle alles vergessen, was je schiefgegangen war, und sie alle glaubten jetzt an ihn. Jeden Tag entschied er, was sie unternehmen, was sie sehen sollten, und sie folgten ihm wie in einem glücklichen Traum.

»Und jetzt hört mir zu«, erklärte er. »Ich habe mir den ganzen Winter lang ausgedacht, wie es sein sollte. Ich habe alles festgelegt.«

»Aber es darf nicht zuviel kosten, Clyde!« rief seine Frau.

»Du schweig, Mary!« schrie er, aber er lachte dazu. »Ich bin's, der das Geld verdient hat – von jetzt an ist's mein Geld! Und wo das hergekommen ist, gibt's noch mehr. Und Anschauen kostet noch nichts, was?«

In den drei Tagen gefiel ihr das Anschauen am besten. Die

andern Kinder, von Jamie abgesehen, waren noch von Marys geheimer Furcht vor den Kosten eingeschüchtert, die noch durch Jonathans Schweigen gesteigert wurde, als er die Besorgnis seiner Mutter spürte. Einmal ärgerte das Clyde besonders. Sie waren durch die Straßen gegangen und vor einem großen Hotel stehengeblieben.

»Schau einmal das hier an!« rief er, als hätte er es erbaut. »Sechs Stock hoch ist es, nicht gerechnet die Arabesken rund um das Dach und die Schornsteine.«

»Wir werden hier zu Abend essen«, erklärte Clyde Goodliffe. »Was kostet's denn, Mann?«

»Mit all den Kindern viel zuviel«, sagte der Mann. »Das heißt, wenn ihr an den großen Speisesaal denkt. In der Bar wär's natürlich nicht so schlimm –«

»Nein, nein, Clyde, bitte«, flehte Mary. »Das wollen wir doch nicht – wir passen nicht in so ein Haus!«

»Wir sind nicht in England«, entgegnete er.

Aber Mary unterbrach ihn. »Clyde, du redest wie ein vollkommener Narr. Wir sind einfache Leute, und das weißt du – und ich weiß es auch. Wenn du hier essen willst, dann geh und iß allein. Die Kinder und ich werden schon ein Wirtshaus oder etwas dergleichen finden. Komm, Jonathan – nimm die Kleinen. Dein Vater ist übergeschnappt.«

Und sie ging mit erhobenem Kopf weiter, an einer Hand führte sie Maggie und Arthur, und Jamie und Ruth wußten nicht recht, was sie machen sollten.

Ausnahmsweise empfand Jonathan Mitleid mit seinem Vater. »Wir werden doch wohl gehn müssen«, sagte er.

Aber Clyde hatte sie mit drei Schritten eingeholt und begann einen wütenden Streit mit ihr, der an diesem Tage seinen Anfang nahm und bis zu dem Tage ihres Todes dauern sollte.

»Du verstehst nicht, wie es in Amerika zugeht, Mary!«

»Ich verstehe, was richtig und passend für meinen Stand ist, in dem ich mich wohlfühle, weil ich darin geboren bin.«

»Hier gibt's weder hoch noch niedrig!«

»Wer redet von hoch und niedrig? Ich spreche von Torheit und Vernunft. Und es wäre Torheit, wenn wir uns in dieses große vornehme Hotel eindrängen würden und dort essen!«

»Aber wir sind doch ebensogut wie jeder andere!«

»Sei kein solcher Narr, Clyde Goodliffe. Mein Vater war Krämer, und deiner war Schäfer.«

»Darauf kommt es hier nicht an.«

»Darauf kommt es überall an, und es ist auch weder für uns noch für sonst wen eine Schande.«

»Hier ist ein Lokal, wo man für zehn Cent eine Portion Rindfleisch haben kann, und ich hätte gar nichts dagegen«, verkündete sie.

Und wenige Minuten später saßen sie um einen sauberen Tisch in einem Raum, der halb im Keller lag, und eine dicke Frau mit blau-weiß karierter Schürze sagte freundlich: »Sie brauchen natürlich für die beiden Kleinen nur eine Portion zu bestellen, und Milch können sie kriegen, so viel sie wollen. Das kostet nichts. Der Junge da sieht kümmerlich aus. Du mußt tüchtig futtern, kleiner Mann, damit du die andern einholst.«

Sie lächelte Arthur zu und stellte dicke weiße Teller auf den Tisch.

»Hierher gehören wir«, erklärte Mary fest, »und ganz Amerika wird mich nicht zu einer andern Ansicht bekehren.«

Niemand antwortete ihr, und so wurde sie wieder weicher. Bald darauf schien alles vorüber zu sein, und sie fütterte Maggie mit Brotbrocken, die sie in den Fleischsaft tauchte.

Als sie auf die Straße hinaustraten, ließ er eine vorüberfahrende Pferdebahn halten, und sie stiegen alle ein. Mary war froh, daß der Friede gerettet war, und ließ ihn für alle zahlen, bis auf die beiden Kleinsten. Aber auch das erledigte sie im Flüsterton.

»Du nimmst Arthur, Jonathan, und ich nehme Maggie. Es hat keinen Zweck, für die Kinder zu zahlen.«

»Wohin fahren wir denn, Clyde?« fragte sie laut, als die Pferdebahn rasselnd und schlingernd weiterfuhr.

»Nach der Battery! Das Aquarium anschauen«, sagte er stolz.

»Ja, das wird wohl das beste sein«, gab sie zu und sah so friedlich und fügsam drein, als hätte sie ihrem Mann noch nicht gesagt, er sei im Unrecht.

Jonathan, der sie stets beobachtete, spürte jetzt ihren Blick auf sich gerichtet. Sie beugte sich zu ihm.

»Wir wollen deinem Vater die Freude lassen«, flüsterte sie.

Ihre Augen, auf ihn geheftet, glänzten vor zärtlicher Heiterkeit. Er fühlte sich zu ihr hingezogen, ihr nahe, gerührt durch ihr geheimes Verständnis für dieses große Kind von einem Mann, das bei guter Laune erhalten und überlistet werden mußte. Und in dieser Gemeinsamkeit des Augenblicks war er wieder glücklich.

5

Der Zug schaukelte und schwankte unter ihnen, dröhnte, brauste, ratterte. Keiner von ihnen war je in einer Eisenbahn gesessen.

»Ich habe den Eindruck, daß er nicht gar so entsetzlich schnell fahren müßte«, flüsterte Mary. Sie saß auf dem plüschgepolsterten Sitz und hatte Arthurs Kopf im Schoß. Er fieberte, und seine Lippen waren schwarz und trocken.

»Du wirst schon merken, daß hier in Amerika alles schnell geht«, prahlte Clyde. Er war ebenso ruhelos wie Jamie, der sich jetzt damit beschäftigte, zwischen den Sitzen im Waggon hin und her zu torkeln. Der Waggon war gesteckt voll — alle Leute hatten anscheinend ihre Kinder bei sich, und so ließ man auch die Kinder der andern Leute gewähren.

Jamie, der eben vorüberschwankte, hatte das Wort »Indianer« aufgeschnappt.

»Werden wir denn gar keine Indianer zu sehen kriegen?« fragte er bekümmert.

»Man redet immer von ihnen«, meinte Clyde. »Aber die paar Indianer, die ich in Kansas gesehen habe, schauen nicht aufregender aus als jene, die man verprügelt hat. Ich begreife nicht, wie man sich vor ihnen fürchten konnte.«

Er hatte ihnen mitgeteilt, daß ihr Ziel ein Ort namens Median sei. Es sei ein schöner Ort, ganz neu und noch klein, aber sehr verheißungsvoll.

»Ich will ein sauberes Taschentuch eintauchen und Arties trockene Lippen befeuchten, während er schläft«, sagte Jonathan währenddessen leise zu seiner Mutter.

Am Morgen machte die Geschäftigkeit der Leute, die sich wuschen, ihr Frühstück aßen und sich auf den Tag vorbereiteten, den Waggon erträglich, aber als der Abend kam und sie wieder an der Schwelle einer unbehaglichen Nacht waren, senkte sich eine verdrossene Stimmung über sie alle.

»Sieh nach, was im Korb noch für Maggie übrig ist, Jonathan«, sagte sie. »Am besten ist's, sie jetzt alle zu füttern, bevor es dunkel wird.«

Jonathan öffnete den großen Weidenkorb, den sie in New York gekauft und mit Brot, Pökelfleisch, Käse, Obst und Konserven gefüllt hatten. In diesen vier Tagen, die sie im Zug verbracht hatten, waren alle frischen Lebensmittel aufgebraucht.

Jamie nahm sein Brot und nagte daran, während er das Gesicht an die schmutzige Fensterscheibe preßte. Doch als Jonathan auch Ruth ihren Anteil geben wollte, schüttelte sie den Kopf. Sie saß ganz still da, die Hand an der Wange.

»Was ist denn los?« flüsterte er.

»Zahnschmerzen!«

»Und darum bist du so still und kehrst uns den Rücken?« fragte er.

Sie nickte, und ihre Augen schwammen in Tränen, denn sie

merkte an Jonathans Stimme und Blick, daß er Mitleid mit ihr hatte.

»Es tut schon den ganzen Tag weh«, sagte sie leise.

»Und du hast kein Wort gesagt!«

»Ich wollte kein Wesen davon machen«, beichtete sie. »Weil doch Artie Fieber hat.«

Ihre Lippen zitterten, und sie wischte sich die Augen.

»Warte eine Minute«, sagte er.

Er erinnerte sich, daß er tagsüber mehrmals einen Mann mit harten Zügen, nur wenige Sitze von ihnen entfernt, gesehen hatte, der hin und wieder eine Flasche Whisky aus der Tasche zog und trank.

Er näherte sich dem Mann und sagte mutig: »Ich bitte um Verzeihung.«

»Was ist los, Junge?« fragte er mit nasaler Stimme.

»Meine kleine Schwester hat Zahnschmerzen«, erklärte Jonathan. »Dürfte ich einen Tropfen Whisky haben? Das würde ihr helfen.«

»Ist's auch bestimmt die Schwester, die Zahnschmerzen hat?« fragte der Mann.

»Ganz bestimmt ist sie es«, sagte Jonathan ruhig.

»Na, einer Dame kann ich nie was versagen«, erwiderte der Mann. Er zog die Flasche hervor, reichte sie Jonathan. Und Jonathan legte den Finger auf Ruths Kinn und tropfte ihr ein wenig von dem starken Getränk in den Mund. Sie schrie halblaut auf, so weh tat es ihr.

»Halt's aus, Ruthie — halt's nur einen Augenblick lang aus, und dann wird's helfen. Anfangs schmeckt's schlecht, aber wenn du's aushältst, so wird der Schmerz dumpf, und dann fühlt man sich eine Weile wunderbar gut.«

Er korkte die Flasche zu, wischte Ruths zitterndes Gesicht mit ihrem Rock ab und brachte dem Mann die Flasche wieder zurück.

Jetzt wurden die rauchenden Petroleumlampen angezündet. Sogleich verschlang das Dunkel die Landschaft und eine neue

Nacht erstreckte sich vor ihnen. Clyde nahm eine ganze Bank für sich allein ein und ließ die Beine in den Mittelgang baumeln. Maggie schlief auf einer Decke, die auf den Boden gelegt worden war. Jamie lehnte sich an Ruth. Der Whisky hatte ihre Zahnschmerzen betäubt, ganz wie Jonathan es ihr vorausgesagt hatte, sie fühlte sich erleichtert, war schläfrig, und ihr Kopf sank auf Jamies Kopf hinunter. Jonathan saß ihnen gegenüber im Halbschlaf, aus dem er sich immer wieder wachriß, um nach seiner Mutter zu schauen. So schleppten sich die Stunden dahin. Er stand auf und trat zu ihr.

»Soll ich Artie nicht auf meine Knie nehmen, damit du dich ausstrecken kannst?« fragte er.

Aber sie schüttelte den Kopf und sah auf den kleinen Knaben hinunter. »Mir will dieser lange Schlaf nicht gefallen«, sagte sie. »Es sieht aus, als ob er ohnmächtig wäre.«

Ihre Blicke trafen sich in Besorgnis.

»Sobald wir in Median sind, muß er zum Doktor«, versprach ihr Jonathan. – »Ja, aber ob es einen Doktor gibt?«

»An so einem Ort muß doch ein Doktor sein«, meinte er.

Der Zug fuhr aber nicht nach Median. Sie mußten in Fort Thomas aussteigen und von dort einen ganzen Tag lang in einem Pferdewagen weiterfahren.

Die lange Reise war überstanden, und nun saßen sie da, hatten sich schlecht und recht zum Aussteigen bereitgemacht, bis auf Arthur, der in seiner Erschlaffung dalag, den Kopf auf dem Schoß der Mutter. Es ging ihm nicht besser, aber auch nicht schlechter. Gerade jetzt schien er sich ein wenig erholt zu haben. Er bat um ein Ei.

»Hier gibt's kein Ei, Liebling«, erwiderte seine Mutter. »Aber wenn wir angekommen sind, kriegst du bestimmt eines. Dein Dad wird eines finden, nicht wahr?«

»Ja, natürlich«, meinte Clyde heiter. »Und ein paar Tage Sonne und Wind werden ihn schon kurieren. So was an Sonne und Wind hat's noch nie in einem Land gegeben.«

»Das glaub ich«, erwiderte Mary. All die Tage waren von hartem, leuchtendem Sonnenschein erfüllt gewesen.

»Der Himmel ist hier bestimmt größer als daheim«, sagte sie jetzt und spähte aus dem Fenster.

»Das kommt nur daher, daß nichts zwischen uns und dem Himmel ist«, sagte Clyde.

Keine Hügel, kein Baum, keine Erhebung, welcher Art sie auch sein mochte, nichts trennte den Himmel von dieser Erde. Die Erde lag flach in ihr Kreisrund gepreßt von dem Gewicht des Himmels, der tagsüber schwer und metallblau, nachts aber von Sternen übersät war. Unendlich wichtiger war hier der Himmel als die Erde. Denn die Erde änderte sich nicht. Auf Meile um Meile von flachem grünem Gras hielt nichts den Blick fest. Die Handvoll Häuser, daraus eine Siedlung bestand, war bedeutungslos und glitt vorüber. Das einzig Sehenswerte war der Himmel. Die Sterne waren unwahrscheinlich groß und hell, und der Mond bot bei Nacht einen unvergleichlichen Anblick. Sonnenaufgang und Sonnenuntergang waren durch nichts verborgen und schwenkten ihre Farben über den Himmel wie eine Armee ihre Fahnen. In der Nacht und am Morgen erschauerten sie, so kalt war es, und am Mittag waren sie der gnadenlosen Sonne ohne Erbarmen ausgeliefert, und Frauen und Kinder wurden krank von der Hitze. Seit sie an Land waren, hatte es nicht geregnet.

Doch jetzt war das alles zu Ende. Als sie sich Fort Thomas näherten, kamen andere Passagiere vorüber, um ihnen Lebewohl zu sagen. Die Hälfte der Reisenden hatte den Zug bereits in dieser oder jener Station verlassen, und da hatten die Leute alles, was ihnen von ihrem Proviant blieb, jenen gegeben, die weiterfuhren. Jetzt verteilte auch Mary Brot und Fleisch unter denen, die im Zug blieben, und behielt nur, was sie bis zum Einbruch der Nacht brauchen würden, wenn sie in Median zu Abend essen könnten.

Es war früher Morgen. Clyde Goodliffe wies auf einige Punkte rechts von ihnen.

»Das ist es«, sagte er. »Das ist das Fort.«

»Warum ist es ein Fort, Dad?« fragte Jamie.

»Einmal hat man's gegen die Indianer errichtet«, erklärte sein Vater. »Auf dem ganzen Weg nach Kalifornien liegen solche Forts, eine lange Reihe. Jetzt braucht man sie natürlich nicht mehr.«

Der Zug dröhnte weiter, und nun konnte Jonathan etliche verstreut liegende Holzbaracken sehen. Wenn Median auch so ausschaute, was sollte er dann beginnen?

Jonathan nahm Maggie auf den einen Arm und den großen Korb auf den andern, und nun standen alle da und trugen ihre Habseligkeiten. Freundliche Leute halfen ihnen, und der Mann, der den Whisky gespendet hatte, kam heran.

»Die Zahnschmerzen vergangen, Schwester?« rief er, und als sie nickte – sie war zu schüchtern, um den Mund aufzumachen –, da lachte er. »Whisky ist in diesen Gegenden fast für alles ein gutes Mittel«, sagte er. Er war unterwegs nach Oregon. Kansas, sagte er, sei ihm schon zu zivilisiert.

»Nun, ich bin recht froh, zu hören, daß es zivilisiert ist«, sagte Mary Goodliffe. »Ich habe gar kein Verlangen, in einer Wildnis zu leben.«

»Kansas ist nicht nach meinem Geschmack, Ma'am«, erklärte er. »Zu viel Leute!«

Er spuckte dicken, braunen Speichel auf den Boden.

Der Mann mit dem Kautabak war jetzt sehr nett zu ihnen. Er half Ruth auf den hölzernen Bahnsteig hinunter und stieg dann wieder ein, um alle ihre Bündel und Kisten zu holen, bis alles um die Familie aufgestapelt war und er gerade noch im letzten Augenblick auf den Zug aufspringen konnte. Als der Zug sich in Bewegung setzte, schrie er Jamie zu: »Wenn du einmal erwachsen bist, so komm nach dem Westen!«

»Wartet jetzt hier, bis ich nachgeschaut habe, ob Harvey Blake seinen Wagen bereit hat«, sagte Clyde. »Ich hab's so angeordnet, bevor ich weggefahren bin, aber man kann nie wissen, was hier zwischen damals und jetzt geschieht.«

»Gib mir Artie«, sagte Mary. Sie saß auf einem Bündel und streckte die Hände nach dem Kind aus.

Auf dem staubigen Bahnsteig waren sechs oder sieben Männer und drei Frauen gestanden. An jeder Station waren solche Leute aus den ungestrichenen Holzhäusern herausgekommen, waren schweigend dagestanden und hatten den Zug beobachtet. Sie sahen alle gleich aus, vom Wetter gebräunt, von der Hitze ausgetrocknet. Sie waren keine Indianer, und doch war Jonathan erstaunt, als jetzt eine der Frauen näher kam und mit sanfter Stimme sagte: »Ist der Kleine krank?« Eine fremde Sprache hätte ihn nicht weiter überrascht.

»Vielen Dank«, erwiderte seine Mutter. »Das kommt noch von der Überfahrt. Er ist so seekrank gewesen, daß er's noch nicht überwunden hat.«

»Wo wollt ihr hin?« fragte die Frau.

»Nach Median.«

»Kommen Sie doch zu mir und legen Sie den Kleinen auf mein Bett. Das dort ist unsere Hütte. Der kleine Junge tut mir aufrichtig leid.«

Sie verzog sich zu einem der Häuser, und nach und nach folgten ihr auch die andern Zuschauer, bis die Familie wieder allein war.

»Sind wir dort daheim, wohin wir jetzt gehen?« fragte Arthur und öffnete die Augen.

»Noch nicht, Liebling«, erwiderte sie.

Sie zog einen Zipfel ihres Schals über sein Gesicht, um ihn vor der Sonne zu schützen. Doch glücklicherweise waren gerade jetzt große Massen geballter, silbergeränderter Wolken aufgezogen und legten sich vor die Sonne. Die ersten Wolken, die sie seit Tagen zu sehen bekamen.

Mit seinem Finger deutete Jamie nach dem Horizont, wo dunkelgraue und silbrigweiße Wolken sich ballten und abgerundete Spitzen und Türme bildeten. Doch sie schienen unbeweglich zu sein, so gewaltig waren sie.

»Das sieht nach Sturm aus. So wär es wenigstens in England«, sagte Mary. »Aber hier haben die Wolken so viel Platz, ich weiß gar nicht, was sie bedeuten. Jetzt sind sie jedenfalls ein Segen.«

Dankbar saßen sie im Schatten einer Wolke, die vor der Sonne dahinzog, und dann, bevor die Wolke noch weitergewandert war, stand schon Clyde mit dem Wagen da. Er lenkte selber die beiden Pferde.

»In Median ist einer, der morgen zurückfahren will«, erklärte er. »Und so bringe ich den Wagen hin, und er bringt ihn zurück. Harvey will seine Zeit nicht verlieren. Er meint, ein Sturm ziehe auf.«

Er schwieg und schaute mit seltsamer Besorgnis zum Himmel auf. »Wenn's nicht Arties wegen wäre, hätte ich auch Lust zu warten und erst einmal zu sehen, wie's mit dem Sturm wird«, sagte er.

Mary Goodliffe sah erstaunt auf. »Ein Sommersturm wird uns schon nicht umbringen«, sagte sie.

»Die Stürme sind hier stärker, als du sie gewohnt bist«, erwiderte er.

Er stieg ab, lud alle Bündel und Säcke und den kleinen Koffer auf, dann kletterte die Familie in den Wagen, und die Pferde setzten sich in Bewegung über das flache grüne Land – ein Grün, das die beiden staubigen Wagenspuren, welche die Straße bildeten, kaum unterbrachen, denn dazwischen wuchs das gleiche Gras.

Es herrschte tiefste Stille, unterbrochen nur durch das Stapfen der Pferdehufe im dichten Staub, eine Stille, die man fühlen und hören konnte.

»Nicht ein einziger Baum ist da«, sagte Jonathan.

Keiner wagte ein Wort. Jonathan bemerkte, daß sie alle dösten. Selbst sein Vater hielt die Zügel nur schlaff in den Händen. Doch die Pferde waren anscheinend daran gewöhnt und trabten rüstig weiter. Die reine Luft, die Wärme, der langsame Rhythmus der Bewegung des Wagens hatte seine

Insassen in Schlaf gewiegt. Jonathan aber war dem Schlaf nie ferner gewesen als jetzt. Er hatte ein seltsames Gefühl der Bedrückung, darein sich eine gewisse Angst mischte.

Er hatte die schlafende Maggie auf den Knien, und es beängstigte ihn, daß er als einziger wach war. Denn mit Grauen sah er, wie die gewaltige, schimmernde Wolkenmasse, die so reglos am Horizont gelauert hatte, jetzt zu schwellen, zu wachsen, sich auszubreiten begann. Immer heller wurden die Ränder, immer höher ragten die Spitzen, immer stärker glitzerten die Türme. Und das Land, das so still dagelegen war, begann sich zu bewegen, oder so schien es doch wenigstens.

».Vater! schrie er. Und sein Schrei weckte Maggie, die laut zu weinen begann, und nun waren alle wach.

»He!« rief Clyde. Er wischte sich mit der Hand über den Mund. Eines der Pferde warf den Kopf zurück und wieherte.

»Sieh doch, Vater!« schrie Jonathan und wies nach dem Himmel.

»Aha, jetzt kommt's doch!« sagte Clyde und spähte hinauf. »Harvey hat's mir vorausgesagt. Ich werde wohl die Vorhänge anmachen müssen, damit wir auf alles gefaßt sind.«

Sie hielten an, und unter einem Sitz holte er Wachstuchvorhänge hervor. »Helft mir, Jungen!« befahl er.

Jonathan und Jamie machten sich an den Vorhängen zu schaffen.

Nie in seinem Leben hatte Jonathan solche Angst gekannt. In Sekundenschnelle war der ganze Himmel schwarz geworden bis auf die grauenvollen, bedrohlichen silbernen Ränder der schwarzen Wolken, bis auf die Blitze, wie er dergleichen noch nie gesehen hatte. Die Blitze auf englischen Himmeln waren sanftes Fackellicht, verglichen mit den riesigen, wütenden Schluchten, die diese hier durch den Himmel rissen, und der Donner war gedämpfter Trommelklang gewesen, verglichen mit diesem kaum unterbrochenen Getöse. Er spürte, wie der Schweiß an ihm herunterrann, seine Zunge war trokken, seine Augen lagen tief in den Höhlen. Selbstachtung,

Stolz, alles war von ihm gewichen, und nur das Entsetzen blieb. Am liebsten wäre er auf und davon gerannt. Kaum hörte er die Stimme seines Vaters, die durch den Aufruhr hindurch brüllte: »Hinein mit uns allen – da ist der Regen!«

Nun hatten Wind und Regen eingesetzt, eine Sturzflut von Regen, Regen, der durch jede Ritze einsickerte. Die Pferde standen still, denn nun vermochten sie ihren Weg nicht fortzusetzen.

Jonathan zitterte und weinte, obgleich er versuchte, sich zu beherrschen. Jedesmal, wenn der Blitz ihn ansprang, wenn der Donner auf ihn eindröhnte, war es ihm, als zerginge sein ganzes Sein, und er verlöre sich. Selbst seine Mutter sah er nur wie durch einen Nebel. Endlich, als der Donner schwächer wurde und der Regen wie eine dunkle Woge weiterbrauste, vermochte Jonathan sich wieder zu sammeln.

Hilflos saß er in seiner Erschöpfung da. Erst nach längerer Zeit wandte seine Mutter sich zu ihm.

»Fühlst du dich jetzt wohler?« fragte sie sanft.

Er nickte, und dann wollte er sprechen, wußte aber nicht, wie er alles erklären sollte.

»Ich war wie vom Schlag getroffen«, sagte er.

»Nicht vom Blitzschlag«, meinte sein Vater, »sonst könntest du es uns nicht mehr mitteilen.«

»Wir müssen sofort einen Arzt für Artie haben, Clyde«, sagte Mary eine Stunde später. Sie schwankte hin und her, während sie sprach.

»Ach, in dieser Luft wird er von selber gesund werden«, sagte Clyde heiter. »Die Luft ist wunderbar. Da gibt's kaum Arbeit für einen Doktor.«

Er wollte ihr nicht sagen, daß es in der Gegend von Median überhaupt keinen Arzt gab. Jetzt, da sie da war, würde sich das alles mit der Zeit schon ergeben. Und zudem stimmte es, daß alle Leute gesund waren. Nun, da er die Seekrankheit los war, würde der Junge sich schon erholen. Clyde wandte die Gedanken seinen Plänen zu. Und er sah mit Vergnügen, daß Jonathan zum Mann herangewachsen war und ihm helfen konnte. Nichtsdestoweniger war es merkwürdig, wie der Sturm den Burschen erschreckt hatte.

»Willst du nicht die Pferde übernehmen?« fragte Clyde.

»Nein, danke, Vater«, sagte Jonathan. »Ich habe bisher noch nie kutschiert.«

»Nimm sie nur«, sagte Clyde kurz und gab ihm die Zügel.

Jonathan biß sich auf die Lippen, aber er nahm die Zügel, und die Pferde spürten anscheinend die Veränderung, sie warfen die Köpfe zurück und versuchten, schneller zu laufen. Es war unmöglich, der Schlamm haftete an den Rädern.

Clyde beobachtete ihn. Ein schwächlicher Mann würde aus Jonathan werden, dachte er. Mary hatte ihm ihre Zartheit vererbt. Edward war der Tüchtigere von den zweien.

»Hat Edward nicht gesagt, daß er nachkommen wird?« fragte er brüsk.

»Kein Wort«, sagte Jonathan, ohne den Kopf zu wenden.

»Edward hat sich gut gebettet«, warf Mary ein. »Eines Tages werden wir vielleicht froh darüber sein, daß einer mit einem guten Geschäft daheim geblieben ist.«

»Jetzt sind wir hier daheim!« erklärte Clyde.

Eine seltsame, weitgedehnte Gegend für ein Heim, dachte Jonathan.

»Kann man Median schon sehen?« fragte er.

»Du kannst es sehen, wenn du hinschaust«, entgegnete Clyde. Er nickte, und alle schauten vorwärts. Gegen den gelben Himmel hob sich ein niedriges, rechteckiges Dach wenige Fuß über den Horizont, dann noch eines und noch eines, bis es ein halbes Dutzend waren.

»Das . . .«, sagte Jonathan leise.

»Das kann doch nicht Median sein!« rief seine Mutter.

»Das ist Median«, sagte Clyde halb verdrossen. In dem Schweigen, das ihn umgab, mußte er sich verteidigen. Mochten sie denken, was sie wollten. Schließlich bin ich es doch, der den ersten Anprall auszuhalten gehabt hat. Ein Jahr lang hatte er gearbeitet, ein hartes Jahr, ohne Heim, ohne Frau, und er hatte ihnen die Seereise bezahlt.

»Es wird ein großer Ort werden«, sagte er. »Man will es zum Hauptort des Bezirks machen, und dann wird's Straßen geben und Häuser und Banken und sogar eine Schule.«

»Jetzt gibt's also keine Schule?« fragte Jonathan.

»Man braucht keine«, erwiderte Clyde.

»Man wird keine brauchen, wenn wir dort sind«, sagte Jonathan. Aber in diesem Augenblick hatte er jede Hoffnung auf eine weitere Ausbildung für sich selber aufgegeben. Wer sollte ihn hier Latein lehren?

»Nicht für dich«, sagte Clyde.

»Es sind ja auch die Kleinen da«, mahnte Mary.

»Lesen, Schreiben und ein wenig Rechnen, das ist alles, was ein Mensch hier braucht«, erklärte Clyde. »Das ist einer der Reize Amerikas«, fuhr er fort. »Hier kommt ein Mensch mit seinen Händen und seinem Verstand vorwärts, und er braucht nicht die Nase in ein Buch zu stecken.«

»Vorwärts, ihr!« schrie er den Tieren zu.

6

Median war Schlamm. Sie sahen über die Seite des Wagens auf die Räder hinaus, die sich kaum bewegten, sie sahen die schwarze klebrige Masse, die an den Speichen bis zur Nabe haftete, eine glatte, schimmernde Substanz, dick wie Gummi. Die Pferde blieben stehn und schnaubten.

»Verdammt! Ich werde aussteigen und sie führen müssen!« brummte Clyde.

»Willst du nicht an die Straßenseite fahren, wo wir zu Fuß gehn könnten?« fragte Mary.

»Gehn? Wo?« erwiderte Clyde. Er kletterte am Pferderücken entlang, sprang ab und versank beinahe bis an die

Knie. »Vorwärts, ihr Biester!« sagte er und faßte das eine Pferd am Zaum.

Langsam setzte der Wagen sich wieder in Bewegung, immer nur Zoll um Zoll. Sie konnten das saugende Geräusch hören, als Clyde sich durch den Schlamm weiterarbeitete. Jetzt war es dunkel, und der schwache Schimmer der Wagenlaternen erhellte nicht einmal die Straßenseite. Nichts als die dicke Oberfläche des Schlamms, die glatt war, wenn sie sich nicht um Beine und Räder wellte.

»Ist ganz Kansas nichts als Schlamm, Clyde?« rief Mary. Eine Viertelmeile, und dann erblickten sie zu beiden Seiten des Schlamms Lichter. Der Wagen schwankte und blieb stehn.

»Da sind wir«, keuchte Clyde. Er warf den schwitzenden Pferden die Zügel über den Rücken, trat an die Seite des Wagens und streckte seiner Frau die Arme entgegen. »Ich werde euch hineintragen«, sagte er und hob sie samt dem kleinen Arthur auf. »He, hallo, Drear!« schrie er.

Eine Tür öffnete sich, und in dem Licht, das aus dem Haus strömte, wurde eine große, umfangreiche Gestalt sichtbar.

»He, hallo, Sie selber!« dröhnte eine tiefe Stimme.

Clyde stolperte die vier oder fünf Fuß zwischen Wagen und Tor und stellte seine Frau auf die Schwelle.

»Es kommt noch mehr!« schrie er und ging zurück. »Jetzt du, Ruthie, und Jamie, ihr beide!« Er hob sie auf und blieb stehn, um einen Blick auf Jonathan zu werfen. Doch Jonathan zog bereits Schuhe und Socken aus.

»Ich werde die Hosen aufrollen, Vater«, sagte er.

In der nächsten Sekunde glitt er in den dunklen Schlamm hinunter. Der Schlamm saugte seine Füße und seine Beine ein, bis es Jonathan angst und bange wurde. Er klammerte sich an den Wagen und ließ sich nur langsam tiefer sinken. Auf dem rechten Arm trug er Maggie.

»Leg mir die Arme um den Hals, Maggie«, rief er. Sie tat es, und nun setzte er vorsichtig auch den zweiten Fuß in den Schlamm. Es ging hinab ins Bodenlose, und schon war er bereit, sich wieder hinaufzuziehen. Doch es war schwerer, sich hinaufzuziehen, als sich sinken zu lassen. Und so ließ er sich sinken, denn bei aller Verzweiflung wußte er doch, daß es einen Boden geben mußte. Maggie begann jetzt plötzlich laut zu jammern.

»Na, da sind wir, Drear«, sagte Clyde. »Ein ganzer Haufen, wenn wir erst einmal alle beisammen sind.«

»Wir werden euch schon füttern«, sagte der Mann gutmütig, »und für Unterkunft sorgen, wenn's euch gleich ist, wo ihr schlaft.« Er wandte den Kopf und schrie: »Frau!«

»Was ist los?« antwortete eine schrille Stimme.

»Goodliffe ist da!« schrie er.

»Ja, so was!« schrie sie.

Aber sie kam in aller Eile heran, eine große, breitschultrige Frau in mittleren Jahren, mit scharfen Zügen und sandfarbenem Haar, das sie auf dem Kopf aufgesteckt trug.

»Ja, Gott schütze uns«, sagte sie und starrte das Gewimmel an. »Ich hab euch doch erst für morgen erwartet. Aber kommt nur!«

»Ich hab gesagt – vielleicht heute«, sagte Clyde.

Mary kam zur Besinnung, als sie eine andere Frau erblickte. »Könnte ich nicht einen Doktor für meinen kleinen Jungen haben?« fragte sie. »Er ist sehr krank.«

»Einen Doktor?« wiederholte die Frau verblüfft. »Ich hab in dieser Gegend seit fast einem Jahr keinen Doktor mehr gesehen. Im letzten Sommer war einer da, auf dem Weg zur Küste.« Sie wandte sich zu ihrem Mann. »Henry, wann hast du was von einem Doktor gehört?«

Er schüttelte den Kopf. »Weiß nicht«, sagte er. Dann traten sie näher und besahen das Kind. »Schläft er?« fragte die Frau.

»Er liegt nur so da«, erwiderte Mary. Ihre Lippen zitterten, und Tränen stiegen ihr in die Augen. »Clyde, wenn ich gewußt hätte, daß es in Medlan keinen Doktor gibt, wäre ich nicht gekommen«, sagte sie erbittert.

»Na, na, Mistreß Goodliffe«, rief die Frau. »Sie sind jetzt müde! Es ist doch eine wunderbare Gegend! Hier wird er sich schon erholen. Ich werde ihm ein wenig Maisbrei und Milch geben. Gut, daß wir eine Kuh haben! Legen Sie ihn nur auf mein Bett.« Sie ging zu einer Türöffnung und schob die Decke zurück, die den Vorhang bildete. Jonathan setzte Maggie nieder und nahm seiner Mutter Artie ab.

»Ich werde ihn tragen«, sagte er.

Er ging hinter Mrs. Drear in das Zimmer und legte den Kleinen nieder. Seine Mutter folgte ihm. Artie rührte sich nicht. Mrs. Drear beugte sich über ihn und legte ihm die Hand auf die Stirne.

»Ich habe hier schon Leute aus dem Rachen des Todes zurückkehren gesehen«, erklärte sie. »Das macht die Luft. Ich will ihm ein wenig heiße Milch holen.« Während Jonathan und seine Mutter am Bett standen, kam sein Vater herein.

»Drear ist ein braver Kerl«, sagte Clyde. »Er sagt, daß wir heute in diesem Zimmer übernachten können. Die andern drei Zimmer sind anscheinend von Burschen besetzt, die nach dem Westen gehen. Der Regen hat alles durcheinander gebracht. Sie konnten nicht rechtzeitig mehr weiter. Drear und seine Frau werden in der Küche schlafen.«

Mrs. Drear kam wieder, eine Schale in der Hand.

»Na, und jetzt, Leute«, befahl sie, »Jennet — das ist meine Tochter — wird euch was zu essen geben. Vorwärts, und überlaßt mir diesen kleinen Mann da!«

Sie setzte sich nieder und begann mit plumper Zärtlichkeit Artie die Milch zwischen die Lippen zu träufeln. Ohne die Augen zu öffnen, schluckte er, was sie ihm eingab.

»Er ist wieder ganz in Ordnung«, rief Clyde. »Kommt essen!«

»Ihr könnt gehn«, sagte Mary, »ich verlasse Artie nicht.« Der Regen hatte wieder eingesetzt und prasselte auf das Dach.

Jonathan nahm Maggie auf den Schoß und schickte sich an,

sie zu füttern, als das Wasser durch das Dach auf den Tisch zu rieseln begann. Die Tropfen spritzten ihm ins Gesicht. Er rückte weiter, und Jennet, das rothaarige Mädchen, die das sah, brachte eine Pfanne und setzte sie unter die undichte Stelle auf den Tisch, als wäre das etwas Alltägliches.

»Läßt das Dach immer Wasser durch?« fragte er.

Sie sah ihn an, und in ihren großen, grünlichen Augen blitzte es. »Nein«, erwiderte sie keck. »Nur wenn's regnet.«

Inmitten des lauten Gelächters, das Clyde und Mr. Drear anschlugen, verschwand sie. Ihr Gesicht blieb ernst, aber in ihren Augen glitzerte ein Lachen, das sie unterdrücken wollte.

Jonathan war dieses Lachen zuwider. Soweit er sehen konnte, gab es wahrhaftig keinen Grund zu lachen. Mistreß Drear ging hinaus, und er und seine Mutter waren allein.

»Wo werden wir alle schlafen?« fragte Mary. Sie war wie betäubt, das konnte er merken, und tief unglücklich.

»Es wird Strohsäcke geben«, sagte er. »Ich lege Maggie jetzt hier zu Artie.«

Artie war noch immer nicht erwacht. Sie sah ihm zu, während er Maggie ins Bett legte. Sie war so still, daß er unruhig wurde und ihr einen Blick zuwarf. Ihre Augen waren von Angst erfüllt.

»Dein Vater hat uns in ein furchtbares Land gebracht«, sagte sie.

»Mach dir nichts draus, Mutter! Ich werde schon irgendwas ausdenken.«

Was er ausdenken wollte, war, wie er sie wieder nach England zurückschaffen könnte. Er wollte Arbeit suchen, er wollte Ersparnisse machen, bis er so viel beisammen hatte, daß er sie zurückbringen konnte. Und während er sich diesen Vorstellungen hingab, stapfte sein Vater wohlgelaunt ins Zimmer und schnallte den Gürtel auf.

»Ich bin satt und schläfrig«, rief er. »Mistreß Drear wird Strohsäcke für die Kleinen auf den Boden legen, und du und ich, wir werden im Bett schlafen, was, Mary?«

»Mutter hat noch nicht gegessen«, sagte Jonathan wütend. »Geh nur, Mutter, ich werde solange hier sitzen bleiben.«

»Geh nur mit«, sagte Clyde mit unverwüstlichem Humor. »Und sobald Mistreß Drear draußen ist, ziehe ich mich aus.«

Während er sprach, kam sie herein, die Arme mit Decken beladen. »Legen Sie sich meinetwegen keinen Zwang an«, schrie sie. »Ich hab zu meiner Zeit schon so was gesehen. Wie viele Strohsäcke, Master Goodliffe? Der junge Herr da –«

»Ich möchte nicht hier schlafen«, fiel Jonathan ein, »wenn es Ihnen recht ist.«

»Ach, meinetwegen«, sagte Mrs. Drear lachend. »Schlaf nur im andern Zimmer! Jennet liegt in der einen Ecke, aber du mußt dich ja nicht in dieselbe Ecke legen.«

»Haha!« Clyde lachte dröhnend, aber Mary wurde im Nu kühl und distanziert wie eine Dame. Sie legte die Hand auf Jonathans Arm.

»Komm jetzt! Sieh nach Artie, Clyde«, sagte sie. Jonathan spürte ihre kleine Hand fest auf seinem Arm, als sie das Zimmer verließen. »Ein durch und durch gewöhnliches Frauenzimmer – als ob du eine Kellnerin anschauen würdest, Jonathan!« flüsterte sie, als er den Vorhang lüftete.

Am Morgen konnte er auch den Namen der Schenke sehen. Ein langes breites Brett war über die Türe genagelt, und darauf standen, mit weißer Farbe hübsch gemalt, die Worte »American House«. Und darüber auf einer Latte prangte ein steifer vergoldeter Vogel, der ein Adler sein sollte. Es regnete noch immer. Das Haus war voll von Leuten, denn zum Frühstück kamen allein sieben Männer über eine Leiter von der Dachkammer heruntergeklettert. Um sich zu waschen, hielten sie ein Blechgefäß unter die Traufe und brachten es ins Haus. Jonathan wartete, holte dann, als die Reihe an ihm war, gleichfalls Regenwasser, wusch damit Maggie Gesicht und Hände und brachte das Becken, mit frischem Wasser gefüllt, seiner Mutter. Auf den ersten Blick merkte er, daß schwarze Verzweiflung sie gepackt hatte.

Mary hatte mit Mrs. Drear wegen eines Hauses gesprochen, und Mrs. Drear hatte laut aufgelacht.

»Gott segne Sie, Herzchen«, sagte sie. »Häuser wachsen hier nicht – sie müssen gebaut werden.«

»Sie meinen, daß man hier kein Haus finden würde?« fragte Mary.

»Von unserem Haus abgesehen, gibt es hier nur sechs Häuser«, sagte Mrs. Drear. »Eines Tages werden wir eine große Stadt sein, aber alles muß erst einmal angefangen werden.«

Mary gab keine Antwort. Sie war sehr früh aufgestanden, hatte sich sauber angezogen und ihre Kinder versorgt. Artie ging es ein wenig besser. Doch sie war in die Küche gegangen, um heiße Milch zu holen, und was sie dort gesehen hatte, war zuviel für sie gewesen. Eine zerwühlte schmutzige Matratze lag noch auf dem Boden, und Jennet war, mit ungewaschenem Gesicht, das rote Haar ungekämmt, im Begriff, das Frühstück vorzubereiten.

»Ich esse keinen Bissen, bevor ich nicht in meinem eigenen Hause bin«, hatte sie Clyde erklärt, als sie zurückkam.

Er saß auf dem Bettrand und zog sich an. »Sei nicht so schwierig, Mary«, sagte er. »Die Leute haben mich durchgefüttert, als ich nichts zu essen hatte.«

»Clyde, wieviel Geld hast du?« fragte sie.

»Gar keines – oder so gut wie gar keines«, sagte er. »Aber man hat mir Arbeit versprochen. Drears wollen sich einen Hühnerstall bauen und sagen, daß ich das machen soll.«

»Du?« rief sie. »Du hast doch in deinem ganzen Leben noch keine Säge in der Hand gehabt!«

»Ich kann's wohl versuchen«, erwiderte er. »So viel Verstand braucht's doch nicht, eine Säge zu handhaben. Und Jonathan wird mir eben helfen.«

Sie antwortete nicht. Ja, Jonathan mußte helfen, bis sie in Ordnung waren.

»Ich muß ein Haus haben«, sagte sie halb zu sich selber. »Aber wie?«

»Wir werden uns eines aus Lehm bauen«, meinte er.

»Aus Lehm!« wiederholte sie.

»Ja, aus Lehm«, erklärte er fest.

Das war der Augenblick, da Jonathan mit dem Waschbecken eintrat.

»Jonathan«, sagte sie und wandte sich ihm mit kläglicher Miene zu. »Hier kann man die Häuser nur aus Lehm bauen!«

Elfeinhalb Tage verbrachten sie im »American House«. Am zweiten Tag klärte sich das Wetter, aber der Schlamm hielt sie noch immer gefangen. Die Türe des Gasthauses öffnete sich auf einen leeren Platz, und auf diesem Platz war das Gras unter den Wagen und den Hufen von Ochsen und Pferden verschwunden. Jetzt war nichts da als ein Feld von dikkem, dunklem Schlamm. Ein oder zweimal, höchstens viermal am Tage erkämpfte sich ein Wagen den Weg durch die zähe Masse. Das Wirtshaus wurde unerträglich voll. Streit und Gelächter und das Geschrei der Kinder beschwerten die Luft. Jennet hatte unendlich viel Arbeit, bis Jonathan es übernahm, die Näpfe mit dem Essen in die Stube zu tragen und auf den Tisch zu setzen. Im nächsten Augenblick waren sie auch schon geleert. Er begriff gar nicht, wie schnell diese Männer essen konnten. Die einzige Ruhepause am Tag war es, während sie aßen. Sie stopften sich zwischen den Fleischgängen große Stücke Brot in den Mund und spülten es mit Kaffee hinunter. Die Keulen gepökelten Schweinefleisches nahmen sie in die Hand und bissen große Stücke ab. Jonathan wurde vom bloßen Zusehen übel. Als er sah, daß Jamie bereit war, diese Gewohnheit zu übernehmen, gab er ihm einen Klaps.

Sein Vater sah es. »Weswegen schlägst du Jamie?« rief er.

»Ich hab ja gar nichts getan«, knautschte Jamie.

»Du weißt sehr gut, was du getan hast«, sagte Jonathan. »Und du weißt auch, daß Mutter es nicht leiden kann.«

»Und ich sage, wenn geprügelt werden muß, dann ist das meine Sache«, erklärte sein Vater.

Statt einer Antwort setzte Jonathan seinen Teller neben

Ruths Teller und aß langsam und gesittet, zerschnitt das Fleisch, bevor er es zum Mund führte, und trank schweigend seinen Kaffee.

In den wenigen Tagen hatte er Schule und Bücher vollständig vergessen. Zunächst mußte er die Mittel zu dem primitivsten Leben beschaffen – eine Art Heim, Abgeschlossenheit, Ruhe. Artie lag noch zu Bett, aber es ging ihm anscheinend ein wenig besser. Ruth blieb bei ihrer Mutter, abseits von dem Kommen und Gehen der rauhen Männer. Aber Jamie war erregt und glücklich. Er hängte sich an die Männer, lauschte ihnen, ahmte sie in ihrem Tun und Lassen nach.

Am siebenten Tag war der Schlamm trocken geworden und begann, Risse und Sprünge zu zeigen. Unter der harten Oberfläche war er noch immer weich, aber diese Oberfläche hielt stand. Am Mittag dieses Tages waren die Reisenden weitergezogen, und es gab einige ruhige Stunden, bis der Abend drei Männer ins Haus brachte, Viehtreiber aus Texas, die das Vieh nach Nordosten geschafft hatten.

In der Stille des Nachmittags setzte Jonathan sich auf eine Bank an einem Fenster des großen Raumes und zog ein Büchlein aus der Tasche. Im Augenblick gab es nichts zu tun, und in dieser Leere war er sich seines Bedürfnisses nach Lesen und Denken bewußt. Er hatte einige wenige Bücher mitgebracht, darunter auch den Virgil. Seit sie von Dentwater abgereist waren, hatte er aber noch kein Buch geöffnet. Kaum hatte er es jetzt aufgeschlagen, als Jennet eintrat. Sie hatte die Küchenschürze abgelegt, das rote Haar gebürstet und das Gesicht gewaschen. Sie setzte sich an den langen Tisch, gähnte und legte den Kopf auf die Arme.

»Ich könnte schlafen, bis meine Haare weiß werden«, sagte sie.

»Sie haben eine harte Arbeit«, sagte Jonathan höflich.

»Eine Hundearbeit«, gab sie gleichgültig zu. Dann richtete sie sich auf. »Wollen Sie wissen, was ich einmal tun werde?«

»Was denn?« fragte Jonathan, da sie nun einmal diese Frage von ihm erwartete.

»Ich will nach dem Westen gehn, geradewegs nach Kalifornien«, sagte sie. »Alle gehen nach dem Westen.«

»Was wollen Sie denn dort machen?« fragte Jonathan.

Zur Antwort hob sie den Kopf und schaute ihn unter den gesenkten Lidern an. Ihre Augen, klar und hellgrün wie die flüssigen Schatten der Bäume auf dem Wasser, glitzerten ihn an.

»Das möchten Sie wohl wissen, was?« sagte sie. »Aber ich sag's Ihnen nicht!«

Sie stand auf, ging zur Türe, lehnte sich an den Pfosten und schaute hinaus.

Bevor der Tag graute, wollte Mary ihren Mann schon aus dem Bett treiben. »Es ist ein schöner Morgen, Clyde. Solltest du nicht lieber aufstehn und deine Arbeit beginnen?«

Er war ein unverbesserlicher Langschläfer.

»Laß mich in Ruh«, knurrte er und regte sich nicht.

Sie blieb noch einige Minuten liegen, bis jeder Muskel in ihrem Körper danach begehrte, etwas zu leisten. Sie hielt es nicht länger aus und stand auf. Als sie aus dem Bett stieg, setzte Ruth sich auf und Maggie rollte von dem Strohsack auf den Boden, richtete sich auf, fiel aber, in den Falten des langen Nachthemdes verfangen, gleich wieder um. Jamie war bereits aufgestanden und irgendwo im Freien. Arthur regte sich und rief mit schwacher Stimme: »Kann ich was zu trinken kriegen, Mutter?«

»Sofort kriegst du was«, sagte Mary. In diesen letzten zwei Tagen hatte sich sein Zustand wohl gebessert, aber wie schwach war er noch! Gern hätte sie ihm ein Ei gegeben, doch in ganz Median war kein Huhn aufzutreiben.

»Ich hab immer vorgehabt, ein paar Hühner zu halten«, hatte Mrs. Drear gesagt, »aber ich hab keine kriegen können.«

»Clyde!« rief Mary scharf. Die Sonnenstrahlen strömten durch das kleine Fenster herein. »Es ist bald Mittag!«

Zwei volle Arbeitstage, hatte Clyde gesagt, und sie könnten ein Lehmhaus errichten. Natürlich, wenn sie keine übertriebenen Wünsche hätte. Ein Lehmhaus konnte man rauh oder glatt haben, sagte er, sechzehn Fuß breit und zwanzig Fuß lang.

»Ich hätte es gern glatt«, sagte sie, ohne abzuwarten, bis sie überhaupt wußte, was sie sich unter »glatt« vorzustellen hätte. »Und dann muß es, der Schicklichkeit halber, vier Räume haben, Clyde.«

Das war es, was er ihre übertriebenen Wünsche nannte. »Verdammt, Mary«, sagte er, »du kannst nicht vornehmer sein, als alle andern Leute in Amerika. Das ärgert die Leute. In Median hat kein Mensch in einem Lehmhaus vier Räume.«

Endlich hatte sie eingewilligt, daß sie sich zunächst mit zwei Räumen behelfen würde, wenn es nur recht schnell ginge. Jonathan wird mir schon helfen, dachte sie.

Sie sah, wie Clyde sich aus dem Bett aufrappelte und seine Kleider anzog. Sie eilte hinaus, um für sein Frühstück zu sorgen.

Im andern Raum war Jonathan schon bereit und trug seine ältesten Kleider. »Die Pferde sind bereit, Mutter«, sagte er. »Wo ist Dad? Ich habe sie an den Pflug gespannt.«

»Er wird schon kommen«, sagte sie. »Ich gebe mir Mühe, ihn wach zu kriegen. Wo ist denn Jamie? Er soll mithelfen.«

»Das hatte ich ihm auch gesagt«, erklärte Jonathan. Sie ging in die Küche hinaus, und er ließ sie gehn, ohne ihr zu berichten, daß er Jamie just vor einer halben Stunde aus einem Wagen gezogen hatte, der nach dem Westen fuhr. Der Junge hatte sich unter einer Decke versteckt, und erst in letzter Minute hatte der Besitzer, ein langer Neu-Engländer, ihn gefunden. Aber er hatte Jamie nicht merken lassen, daß er ihn entdeckt hatte. Statt dessen hatte er Jonathan aufgesucht und grinsend zu ihm gesagt:

»Kalkuliere, daß ich irrtümlich was im Wagen habe, was euch gehört.«

Jonathan folgte ihm und sah Jamie zwischen Matratzen, Töpfen, einer Uhr, Kleiderbündeln hinter einem kleinen Schreibtisch kauern. Er streckte die Hand aus, zog den Knaben mit festem Griff heraus und versetzte ihm einen tüchtigen Klaps hinter die Ohren.

»Was hast du da zu suchen?« fragte er ihn streng.

»Ich mag nicht hier bleiben«, erklärte Jamie. Sein rundes Gesicht war rot. »Ich will nach dem Westen gehn, wo's Gold gibt!«

»Gold«, sagte Jonathan verächtlich. Er hielt Jamie fest am Kragen, schleppte ihn ins Gasthaus zurück und setzte ihn auf die Türschwelle.

»Geh hinüber zur Scheune«, fuhr Jonathan fort, »und sieh nach, ob die Pferde gefüttert sind. Mister Drear sagt, daß wir sie uns heute samt dem Pflug ausleihen dürfen.« Sich vorzustellen, daß der kleine Jamie nach dem Westen durchbrennen wollte! Ganz wie diese rothaarige Jennet!

Clyde lenkte die Pferde, ließ den Pflug tief in den Lehm eindringen, und dann sahen sie sich um.

»Verdammte Bestien«, sagte er zu Jonathan. »Sie ziehen die Furchen, wie's ihnen gerade paßt!« Er machte halt und wischte sich die Stirne.

»Laß mich einmal versuchen«, sagte Jonathan. Er hatte es kaum aushalten können, zuzusehen, wie die Furchen verliefen. Er reichte seinem Vater den Spaten und warf einen scharfen Blick nach Jamie, der die Lehmstreifen aufhäufte.

Jonathan nahm die Zügel, hielt sie fest und zwang die Pferde, langsam zu gehn. Sie waren jung, und die Morgenluft regte sie an, und überdies wuchs Gras unter ihren Hufen. Aber er hielt sie erbarmungslos zur Arbeit an.

Seine Mutter hatte noch an der Türe leise zu ihm gesagt: »Halt sie zur Arbeit an, sonst wird das Haus nie fertig!«

»Das werde ich, Mutter«, hatte er versprochen.

Dann war er eine Meile weit über die leise zitternde Oberfläche der trocknenden Straße gegangen, um ein Lehmhaus anzusehen. Eine Frau hängte gerade Wäsche auf.

»Hätten Sie etwas dagegen, wenn ich Ihr Haus besichtige?« fragte er höflich. »Mein Dad baut gerade eines, wir sind eben erst angekommen, und ich wüßte gern, wie solche Häuser beschaffen sind.«

Sie war gern zu einem Schwatz bereit und führte ihn ins Haus. Was er in dem schmutzigen, fast fensterlosen Loch erblickte, hatte ihn fast krank gemacht. Es gibt keinen Grund dafür, daß ein Lehmhaus keine Fenster haben soll, dachte er, noch dafür, daß es schmutzig sein muß.

Und als er jetzt die Furchen tief und gerade zog, beschloß er, dem Haus irgendwie vier Fenster zu geben.

»Baut nie am Fluß«, hatte die Frau gesagt. »Dort kommen die Klapperschlangen heraus. Mein Mann hat uns was am Flußufer gebaut, damit man das Wasser zur Hand hätte, aber sobald wir ein Feuer angezündet haben, waren die Schlangen da. Na, da sind wir rasch wieder ausgezogen.«

»Es soll nicht am Fluß stehn«, sagte er kurz und fragte sich, ob sie unter Fluß den armseligen Bach verstand, der südlich von Median unter etlichen Pappeln durch das Schilf rieselte.

Am ersten regenlosen Tag hatte seine Mutter über die endlose Grasfläche geschaut, auf der Median stand.

»Wo sind überhaupt Bäume?« hatte sie gefragt, denn die Bäume fehlten ihr.

»Es gibt doch die Pappeln«, hatte Mrs. Drear gesagt, und das klang, als ob es einen Urwald gäbe.

»Wir werden Bäume pflanzen, Mutter«, hatte Jonathan erklärt.

Er suchte sich auf Henry Drears Grund und Boden ein Stück Land aus, zwei Morgen, deren Pacht in Arbeitsleistungen bezahlt werden sollte, so wie Drear es verlangte. Clyde tat sehr großartig.

»Wenn ich mit Pferdehandel beschäftigt bin, wie ich das vorhabe«, erklärte er von oben herab, »dann wird eben Jonathan für Drear arbeiten.«

Um neun Uhr stach die Sonne herab, und Clyde setzte sich knurrend und murrend hin, um sich auszuruhen.

»Dauert ziemlich lang, bis die Leute kommen«, sagte er.

Jonathan antwortete nicht. Er hatte nie etwas für die Ackererde übrig gehabt, und selbst in England die kleinen Felder zu pflügen, war eine rechte Fronarbeit gewesen. Hier streckte sich ein Feld bis an den Himmelsrand, und er wiederum liebte, wenn alles Grenzen hatte. Doch diese Furchen zu ziehen, den Lehm in Quadrate zu schneiden und zu festen Blöcken aufzustapeln, war gute Arbeit. Vielleicht bewirkte das die Luft, denn sie säuberte den Geist und nährte das Blut wie jede andere Nahrung.

»Gibt's hier immer Wind, Dad?« fragte er mit weitgeöffneten Augen.

»Immer«, erwiderte Clyde. »Und warte nur, bis er sich in sich selber verfängt und zum Zyklon wird. Eine wirbelige Sache ist so ein Zyklon, bohrt sich in die Erde ein, reißt am Himmel und bringt beide durcheinander.« Er holte die Pfeife hervor. »Eine große, mächtige Sache ist der Wind hier«, sagte er. »Wie alles andere in Amerika.«

Jonathan antwortete nicht. Er sah Henry Drear und drei Männer durch das Gras kommen und schämte sich, daß sie seinen Vater so früh die Tagesarbeit unterbrechen sehen sollten.

»Nimm wieder die Pferde, Dad«, sagte er brüsk. »Ich werde Jamie helfen.«

Doch zu seinem Ärger war Jamie bald verschwunden. Jonathan sah ihn und schrie ihm nach, aber Jamie wollte sichtlich nichts hören. »Ich werde ihn holen«, sagte er energisch.

»Laß das nur bleiben«, sagte Clyde. »Er ist ohnehin noch zu klein für diese Arbeit.«

Nun waren die Männer da. Einer von ihnen kutschierte ein Maultiergespann, und dann sah Jonathan etwas, das alle andern Eindrücke auslöschte. Einer der Männer war schwarz.

»Samuel Hasty, Müller, voriges Jahr aus Vermont gekommen«, stellte Henry Drear vor, »und der Kaufmann Lew Merridy mit seinen Maultieren, und das hier ist Stephen Parry.«

»Freu mich, Sie kennenzulernen«, sagte Samuel Hasty. Er war ein kleiner Mann mit einer langen Nase in einem langen Gesicht.

»Freu mich, Sie kennenzulernen«, sagte auch Lew Merridy herzlich und streckte erst Clyde und dann Jonathan die Hand entgegen.

Aber der schwarze Mann trat nicht hinzu und reichte auch niemandem die Hand. »Tag, Sir«, sagte er mit weicher, tiefer Stimme, und dann machte er sich sogleich an die Arbeit und hob die drei Fuß langen Streifen auf den Wagen.

»Verdammt noch mal«, sagte Clyde, »wie der Ort wächst!«

»Ja, Median wächst«, meinte auch Henry Drear. »Seine Einwohnerzahl verdoppelt sich alle ein, zwei Jahre. Vor zehn Jahren, als ich das ›American House‹ an der Straßenkreuzung baute, war ich der einzige weiße Mann auf hundert Meilen Entfernung, schätze ich. Jetzt gibt's hier an hundert Leute, nicht, Hasty?«

»Hundertunddrei«, sagte Samuel Hasty.

»Heute nacht sind bei mir Zwillinge auf die Welt gekommen«, teilte Lew schüchtern mit.

»Hundertundfünf, bei Gott!« Drear lachte dröhnend. »Verdammt, Lew, Sie sind wahrhaftig ein guter Bürger!«

Keiner von ihnen arbeitete, nur der Schwarze, der kein Wort sprach, und Jonathan, der sich sehr jung und unbeachtet fühlte, begann ihm zu helfen. Ob er wollte oder nicht, er konnte den Blick nicht von Stephen Parry abwenden. Er hatte noch nie einen Schwarzen so nahe gesehen. Als sein Vater von Negern und Indianern geschrieben hatte, da hatte seine Mutter geseufzt: »Das Land ist voll von Wilden!« Doch er fand nichts Wildes an dem Mann. Seine Haut war auch nicht kohlschwarz. Es war eine gewisse Helligkeit darin. Er war schokoladefarben, und sein Kopf war schön. Seine Hände waren höchst befremdend, dunkel und fleischig, doch die Handflächen zeigten ein blasses, stumpfes Rosa. Jonathan fühlte sich gehemmt vor ihm und versuchte doch, das zu überwinden.

»Es ist sehr nett von Ihnen, daß Sie uns helfen«, sagte er.

»Die Leute sein auch zu mir sehr freundlich gewesen«, sagte der Mann mit tiefer, weicher Stimme. »Die Leute hier in der Gegend sein mächtig freundlich.«

»Sind Sie schon seit langem hier?«

Der Mann zauderte, bevor er eine Antwort gab. »In der Zeit des großen Kriegs ich sein hier gewesen.« Nur dieser freundliche junge Mann beachtete ihn. »Ich sein davongelaufen, Sir, als der Krieg begonnen haben. Ich sein Sklave gewesen, Sir.«

Jonathan sah ihn an, Empörung in der Brust. Sklave? »Ich bin froh, daß Sie davongelaufen sind«, sagte er entrüstet.

»Wir sein jetzt alle frei«, erwiderte der Mann ruhig.

»Wollen Sie mitkommen und beim Abladen helfen?« fragte Merridy.

»Natürlich, Sir«, erwiderte Jonathan.

»Glauben Sie, daß Sie sich hier wohlfühlen werden?« fragte Lew Merridy.

»Ich weiß nicht«, meinte Jonathan.

Merridy sah ihn erstaunt an und lachte. »Ganz bestimmt«, sagte er. »Es ist ein großartiges Land für einen jungen Menschen wie Sie – das großartigste Land auf der Welt.«

Jonathan antwortete nicht. Er war noch nicht an die Redseligkeit der Amerikaner gewöhnt, noch an ihre schamlose Großsprecherei. England sei doch auch ein großes Land, sagte er sich, aber das würde er nicht so ohne weiteres aussprechen.

An jenem Abend wurde der Grundriß des Hauses gezogen. Den ganzen Tag hatten die Männer gepflügt, geschnitten, die Lehmstreifen dorthin gefahren, wo das Haus stehn sollte. Als der Nordstern am dunkelnden Himmel auftauchte, zog Drear eine gerade Linie von der Spitze des Sterns, schritt zwanzig Fuß ab und trieb die Stützpfähle in den Boden.

»So«, sagte er, »jetzt wird das Haus richtig stehn. Es ist auf den Nordstern ausgerichtet.«

Müde und hungrig kehrten sie in das Wirtshaus zurück.

»Kommt herein und trinkt ein Glas mit mir«, sagte Clyde an der Türe zu den Männern, die ihm geholfen hatten. »Es bringt Pech, wenn man nicht ein Glas trinkt, sobald der Grundriß eines Hauses gezogen ist.«

Nur Stephen Parry schüttelte den Kopf. »Vielen Dank, Sir, aber ich lieber weitergehn«, sagte er. Er hob grüßend die Hand an seinen alten Strohhut und ging seines Weges.

»Ein braver Kerl, Steve«, sagte Henry Drear, als sie eintraten. »Er ist ebensoviel wert wie irgendwer, und das weiß er auch, aber er will sich nicht eindrängen. Kansas ist gewiß ein freier Staat, alles, was recht ist, aber ein Neger darf sich nirgends zu einem weißen Mann setzen.«

»Es dreht einem den Magen um«, meinte auch Hasty.

Sie setzten sich an den Tisch, und irgendwoher aus der Tasche brachte Clyde eine Münze zum Vorschein. Drear rief, und Jennet tauchte auf, die Hände weiß von Mehl.

»Whisky!« befahl ihr Vater, ohne aufzuschauen.

Jonathan ging mit Jennet und bemerkte, daß ihr rotes Haar, das er nie anders als zerrauft gesehen hatte, jetzt gebürstet und zu einem Zopf geflochten war.

»Was für prachtvolles Haar Sie haben«, sagte er überrascht. »Es ist wunderschön!«

»Heute hatte ich Zeit, mich sauber zu machen«, sagte sie kurz. Sie wies mit dem Kinn auf eine niedrige Türe. »Dort drin«, sagte sie. »Der Whisky ist in einem Faß. Sie können ihn in einen Krug abfüllen, der oben drauf steht.«

Der Whisky roch so stark, daß es wie Feuer in Jonathans Nase stieg, aber als er ihn auf den Tisch brachte, tranken die Männer, als wäre es Tee.

Jonathan trank Wasser, das ihn wieder abkühlte.

Dann stand er auf und ging in das Nebenzimmer, wo er seine Mutter fand.

Sie saß neben dem Bett, in welchem Arthur lag, und sie flickte ein zerrissenes Kleidungsstück. Als er eintrat, schaute sie auf. »Wie ist's gegangen?« fragte sie.

»Nicht schlecht«, sagte er. »Morgen fangen wir mit den Mauern an.« Er verzog die Stirne. »Ist Jamie heimgekommen?«

»Ja, ja, und ich habe ihn mit einem Mann auf die Hasenjagd gehn lassen.«

»Er hat mich im Stich gelassen«, sagte Jonathan.

Mary lächelte. »Er ist doch nur ein Kind.«

»Er ist zwölf Jahre alt«, sagte Jonathan hartnäckig. »Und mit zwölf Jahren habe ich mich anders aufführen müssen.«

»Ich will dir was Nettes erzählen, Mutter«, sagte er. »Es war dunkel, und wir haben das Haus nach dem Nordstern ausgerichtet.«

Sie sah auf, ihre Züge erhellten sich, begriff, daß das poetisch war. »Oh, das ist aber sehr nett, Jonathan«, rief sie mit warmer Stimme.

Bei Morgengrauen arbeiteten sie bereits. Jetzt wurde mit dem Haus angefangen. Die Fundamente wurden ausgehoben, nicht tief, denn durch Regen und Schnee würde sich Erde zu Erde gesellen. In das Fundament wurden die ersten Lehmziegel gelegt und andere darüber, drei Stück tief, bis auf die Stelle, wo sich gegen Süden die Türe öffnen sollte.

»Und jetzt verstopft die Risse mit Erde und dann noch zwei Lagen Lehm«, ordnete Henry Drear an. Heute arbeiteten sie alle rasch und eifrig, und es wurde kaum ein Wort gesprochen. Stephen Parry trat an die eine Ecke, dann an die andere, kontrollierte, ob sie auch richtig im Winkel waren und ersetzte jeden Lehmziegel, der sich nicht genau einpassen wollte.

»Noch zwei Lagen, dann kommt das Fenster«, sagte Drear.

Jonathan meldete sich. »Es soll vier Fenster haben.«

Die Männer unterbrachen ihre Arbeit und schauten erstaunt auf.

»Vier Fenster!« wiederholte Drear verblüfft. »Ja, aber, Junge, vier Fenster fangen so viel Wind auf, daß er das Dach wegblasen wird!«

Jonathan spürte, wie sein Gesicht brannte. »Meine Mutter liebt Sonne und Licht«, erklärte er eigensinnig.

Sie sahen Clyde an, und er spuckte sich in die Hände. »Es ist verrückt«, erklärte er. »Wir bauen es, wie's am besten wird, und sie wird sich schon damit abfinden.«

»Sie wird's nicht, Vater«, sagte Jonathan. »Ein Lehmhaus ist schon schlimm genug, aber es wird der reinste Keller sein, wenn es nur ein einziges Fenster hat.«

»Ein Lehmhaus ist gar nicht schlimm«, sagte Merridy. »Kühl im Sommer, warm im Winter. Ich bin in einem Lehmhaus geboren und aufgezogen, und wenn man das Dach so aufsetzt, daß es bei Regen oder Schnee nicht einfällt, dann ist es ein gutes Haus. Aber mit dem Wind hat Drear recht. Zwei Fenster sind schon sehr viel – eines für jeden Raum.«

So ließen sie denn zwei Fenster, und da sie bis zum Abend arbeiteten, war das Haus bis zum Dach fertig. Morgen sollte es hölzerne Fensterrahmen bekommen, und dann würden Sparren das Gewicht eines Lehmdachs zu tragen haben. Die Holzarbeit war Stephen Parrys Sache, und Samuel Hasty gab das Material her, das ihm zur Hälfte in bar, sobald Clyde Geld hatte, bezahlt werden sollte, und zur Hälfte durch Arbeitsleistungen. »Und sobald ich einen Penny eigenes Geld habe«, nahm Jonathan sich vor, »wird auch ein hölzerner Fußboden gelegt.«

Das steinerne Häuschen in Dentwater hatte recht kümmerlich gewirkt, als sie darin gewohnt hatten und wußten, daß sie die ärmsten Leute im Ort waren. Aber mit diesem Erdhaufen verglichen, war es der Wohnsitz eines reichen Mannes gewesen. Er ging über Medians einzige Straße bis dorthin, wo sie rund um den leeren, öden Platz führte, der der Mittelpunkt von Median war.

Wenn ich hier bleiben muß, dachte er, werde ich auch hier Bäume pflanzen.

7

Der Frage, ob er hier bleiben mußte, galt sein ganzes Denken, aber das ließ er nicht durchblicken. Er mußte jetzt hier bleiben, weil es einfach keine Möglichkeit gab, anderswohin zu gehn.

Irgendwie begriff er, mittels jener zarten, unerklärlichen Gemeinsamkeit, die zwischen ihnen bestand, daß es in der Seele seiner Mutter genauso verzweifelt aussah wie in seinem eigenen Innern. Doch mochte es auch so sein, so verriet sie es mit keinem Wort. Sie zog in das Haus, sobald das Dach fertig war und noch bevor Fensterscheiben eingesetzt worden waren. Halb Median behalf sich ohne Glas. Die Fenster wurden mit Büffelhäuten oder alten Decken verhängt.

»Laß das Gras auf dem Boden, bis wir Holz haben können«, sagte sie zu Clyde. »Es ist sauberer als Lehm.«

Binnen weniger Tage machte sie aus einem Erdhaufen eine Art Heim. Mrs. Drear gab ihr ein altes Bett aus dem Wirtshaus, und Frauen, die sie noch nie gesehen hatte, kamen und brachten ihr einen Topf, eine Schüssel mit Nahrungsmitteln, eine geflickte Decke, einen hölzernen Stuhl. Aus Merridys »Warenhaus« bekam sie sechs Holzkisten. Dieser Laden hatte etwas Verblüffendes. Allerdings – alles war in schrecklichem Durcheinander.

»Wenn ich mich darum kümmern könnte«, sagte sie zu Jonathan, »würde ich es so einrichten, daß man alles finden könnte. Die Leute kommen viele Meilen hergefahren, sagt Merridy, um bei ihm einzukaufen, und die Wagen holen Lebensmittel und Stoff und Decken, und jeder muß warten, bis Merridy herausgesucht hat, was die Leute haben wollen.«

»Das ist eine gute Idee, Mutter«, sagte Jonathan. »Ich werde mich bei ihm verdingen, wenn er mich haben will.«

»Sobald der Hühnerstall fertig ist, an dem ich jetzt arbeite«, schrie Clyde, »und das wird nicht mehr als fünf oder sechs Tage dauern, werde ich ausziehen und Land suchen. Land müssen wir haben, solange es noch frei ist, und bevor alle Landhungrigen es einem vor der Nase weggeschnappt haben. Jetzt ist's schon spät. Vor zehn Jahren wär's besser gegangen, und jetzt wäre ich ein reicher Grundbesitzer mit Vieh und Pferden. Ich werde –«

»Ach, du!« rief Mary bitter. »Schweig doch, Clyde!«

In plötzlich aufwallendem Zorn ging er, und Mary nähte eine Weile eifrig an einem Vorhang, den sie aus einem Mehlsack anfertigte. Mrs. Drear hatte ihr einen ganzen Haufen geschenkt, alles gewaschen und zum Gebrauch bereit.

»Geh morgen zu Mister Merridy, mein Sohn«, sagte sie zu Jonathan. Er zimmerte ein Regal über dem tiefen Lehmkamin. Das war eine heikle Arbeit, denn er mußte zwei kurze feste Dübel in die dicke Lehmwand treiben, die das Regal tragen sollten. Doch er lernte jetzt, wie er Werkzeuge halten und verwenden mußte, die er in England nie gebraucht hatte. Und Stephen Parry hatte ihm Hammer und Säge geliehen und ein paar Nägel geschenkt. So hatte er Kisten zu einem Schrank für ihre Kleidungsstücke zusammengenagelt, und auf Kisten hatte er drei Bretter befestigt, die jetzt als Tisch dienten, und mit einer zerbrochenen Sense aus Drears Scheune hatte er die Innenwände des Hauses geglättet.

Am nächsten Tag war ihm klar, daß er sich verdingen mußte, wo er den besten Lohn erhielt. Es war mitten am Vormittag, als Mary, mit dem Aufhängen der selbstverfertigten Vorhänge beschäftigt, einen Wagen heranrollen sah. Es war Henry Drears Wagen. Sie kannte das rote Fahrgestell, und gleich darauf sah sie auch die gelben Buchstaben, mit denen an die Seite des Wagens die Worte »American House« gemalt waren. Es war Clyde, der regungslos auf dem Sitz kauerte und aussah, als ob er tot wäre.

»Was ist jetzt los?« murrte sie, ließ den Vorhang fallen und eilte hinaus.

Ja, da war er, ohnmächtig, aber nicht tot. Henry Drear hielt ihn fest, und die Pferde blieben vor dem Haus stehn.

»Er hat sich ins Bein gehackt«, sagte Henry Drear ungeduldig. »Ein ungeschickterer Mensch ist noch nie geboren worden. Das hab ich gestern meiner Frau gesagt, als ich ihn mit der Axt hantieren gesehen hab!«

»Er kann sich doch nicht selber ins Bein gehauen haben!« rief sie und wußte doch, daß er es getan hatte, denn seine dicke Wollhose war mit Blut getränkt, und Blut tropfte aus seinem Stiefel.

»Fast abgehauen, schätze ich«, sagte Drear. »Ist Jonathan in der Gegend?«

»Nein, er ist heute früh zu Merridy hinübergegangen«, sagte Mary, »und Jamie ist natürlich nie da, wenn man ihn braucht. Ruth!« rief sie.

Mit Ruth zusammen hielt sie Clydes schweres Gewicht, bis Drear selber absteigen konnte. Dann hißte er Clyde über seine mächtigen Schultern.

»Ich werde ihn hineintragen«, sagte er, »und ich rate Ihnen – gehen Sie zu Stephen Parrys Frau. Manche Leute sagen wohl, daß sie eine Hexe ist, aber es gibt Zeiten, wo man eine Hexe braucht. Einmal soll sie einem Mann auf dem Schafott den Kopf wieder angenäht haben.«

Henry Drear fuhr weiter, und Mary wickelte die Schürzenbänder um Clydes Bein. Ruth mußte den Knoten halten. Clyde hatte sich verletzt, würde vielleicht sterben und sie hilflos in dieser Wildnis zurücklassen.

Mary setzte sich, und zum erstenmal, seit sie England

verlassen hatte, begann sie laut zu weinen, und die Kinder, die sie sahen, weinten mit, Maggie heulte laut, Ruth schluchzte leise und bei Arthur war es eine Art Wimmern. Aber sie beachtete die Kinder nicht und weinte weiter, denn wenn sie einmal angefangen hatte, konnte sie sich nicht beherrschen.

»Ja, was sein denn hier los?« sagte eine weiche Stimme an der Türe. Ruth stellte sogleich ihr Schluchzen ein. Das war die Hexe! Maggie, die auf dem Boden saß, musterte sie erstaunt, aber Mary sah in ihr nur einfach eine Frau.

»Ach, kommen Sie, kommen Sie!« rief sie. »Mein Mann hat sich arg ins Bein gehackt, und Mister Drear sagt, daß Sie alles wieder heilen können.«

»Manches ich können heilen«, sagte Stephen Parrys Frau. Sie trat ein, ging an Maggie vorbei, lächelte ihr zu, trat ans Bett und begann Clydes Stiefel aufzuschnüren.

»Sein der Kleine auch krank?« fragte sie.

»Ich krieg ihn nicht hoch«, sagte Mary. »Ich weiß nicht, was mit ihm los ist.«

Die große dunkle Frau antwortete nicht. Aber Artie spürte ihren Blick auf sich ruhen, warm, eindringlich und so gütig, daß er gar keine Angst hatte. Er hörte auf zu weinen.

In aller Ruhe zog sie Clyde den Stiefel und die wollene Socke aus und legte die Wunde frei. Er hatte sich bis auf den Knochen verletzt, und die Wundränder klafften zitternd und rot. Sie schüttelte den Kopf.

»Es werden manche Tage dauern, bis diese Mann wieder können gehn«, sagte sie, »und vielleicht werden er nie wieder ganz gut können gehn.«

Sie ließ das Bein auf das Bett sinken, nahm den Kessel vom Feuer, öffnete ein Päckchen aus braunem Papier, schüttete etwas in die Blechschale, die auf einer Kiste stand, und goß Wasser darüber. Dann öffnete sie eine Baumwollkugel, die sie in ihrem Bündel hatte, tauchte die Rohbaumwolle in die Flüssigkeit und wusch die Wunde. Clyde stöhnte.

»Verdammt«, begann er, öffnete die Augen und wurde wieder ohnmächtig.

»Mir sein nur recht, wenn er nicht bei Besinnung«, sagte die Frau. Sie nahm Nadel und Faden von einer Spule in ihrem Bündel und tauchte sie in das Wasser. Und dann, als ob sie einen Riß in einem Kleidungsstück flicken würde, fügte sie die Wundränder aneinander.

»Er sollen sich nicht rühren«, sagte sie zu Mary. »Er müssen einfach liegenbleiben. Und wenn er kriegen Fieber, ich kommen wieder. Wenn er kriegen kein Fieber, sein alles gut.« Sie schnürte ihr Bündel, während sie sprach, und schickte sich zum Gehen an.

»Ich danke Ihnen, Mistreß Parry«, sagte Mary, »und sobald ich kann, werde ich Sie für Ihre Dienste bezahlen.«

»Da sein nix zu bezahlen«, sagte die große Frau. »Kein Mensch zahlen mir für so was. Und kein Mensch sagen Mistreß Parry zu mir. Ich sein einfach Sue.« Sie ließ ihr langsames, tiefes, friedliches Lächeln sehen und ging.

Jonathan ging durch Median von Merridys Laden über den Pfad nach Hause. Eines Tages wird das eine Straße sein, dachte er. Jetzt war er in besserer Stimmung, als er es seit der Abreise gewesen war. Heute früh hatte er seine Schüchternheit wie gewöhnlich verborgen und war zu Mr. Merridy gegangen, um ihm seine Dienste anzubieten. Er kam in einer günstigen Stunde. Mr. Merridy war unglücklich darüber, daß seine Frau nicht da war, und daß die Zwillinge sie wohl noch auf Monate hinaus vom Laden fernhalten würden.

»Ja, weiß Gott, ich brauche dringend jemanden«, sagte er bekümmert und sah sich in dem unordentlichen Raum um.

Ein mageres dunkelhaariges Mädchen in verschossenem rotgrünem Kattunkleid kam an die Türe, die in die Wohnung führte, und sagte energisch: »Papa, Mama verlangt nach dir.«

»Schon gut, Katie«, sagte Mr. Merridy. Er wandte sich wieder zu Jonathan. »So geht's den ganzen Tag. Kannst du gleich anfangen?«

»Ja, Sir.«

Das kleine Mädchen wartete an der Türe. »Kommst du, Papa?« rief sie. Aber aus stillen, klugen, braunen Augen musterte sie Jonathan. Sie ist gar nicht hübsch, dachte er.

»Du kannst mit uns zu Mittag essen«, sagte Merridy.

»Ich muß doch nach Hause gehn und meiner Mutter berichten. Vielen Dank«, erwiderte er. »In einer Stunde bin ich wieder hier.«

Und so hatte er den Weg zum Lehmhaus eingeschlagen, das er noch nicht sein Heim nennen konnte. Und doch, als er sich näherte, glaubte er den persönlichen Zauber zu verspüren, den seine Mutter selbst dieser rohen Lehmmasse zu verleihen imstande gewesen war. Stephen Parry hatte die Scheiben in die Fenster eingesetzt, und so sah man die Sonne darin glänzen.

Als er ins Haus trat, lag sie auf den Knien und rieb den Lehmboden.

»Was ist denn, Mutter?« rief er.

»Dein Vater hat alles vollgeblutet«, sagte sie. »Er hat sich schrecklich zugerichtet, und da kann man nichts tun, als das Gras aus dem Boden auszureißen.«

Auf dem Bett sah er seinen Vater liegen, redete ihn aber noch nicht an. Sein Vater hatte sich wahrscheinlich nur verletzt, um die Arbeit los zu sein, dachte er bitter.

»Na, Jonathan«, sagte Clyde schwach, »da bist du ja.«

»Hallo, Vater«, sagte Jonathan.

»Ich bin arg zugerichtet«, sagte Clyde.

»Tut mir leid«, erwiderte Jonathan. Er schämte sich seiner Kälte, trat zu seinem Vater und schaute zu ihm hinunter. Clyde sagte: »Jonathan, du wirst wohl den Hühnerstall für mich zu Ende bauen müssen.«

»Das kann ich nicht, Vater, höchstens am Sonntag. Ich habe bei Merridy Arbeit gefunden.«

»Nein, Jonathan, wirklich?« Mary wandte ihm ein strahlendes Gesicht zu.

»Ja, Mutter, eine ständige Arbeit. Über den Lohn haben wir noch nicht gesprochen, aber ich werde verlangen, was recht ist, und dann will ich mein Bestes tun.«

»Ach, du guter Junge!« rief seine Mutter, und zu seiner Überraschung trat sie auf ihn zu und küßte ihn, der neben dem Vater saß, auf das Haar. Dann, in ihrer Verlegenheit, bückte sie sich und küßte auch Arthur. »Jetzt, Liebling, sollst du was kriegen, damit du dich rascher erholst. Jonathan wird es dir bringen.«

Der Laden stand dem Gasthaus gegenüber auf dem leeren Platz. Es war ein einfaches Gebäude, Bretter über ein Holzgerüst genagelt und dann außen mit ungestrichenen Schindeln bedeckt und innen mit Latten verschalt, vergipst und weiß angestrichen. Der Laden hatte eine große, falsche Front, ein hohes Gerüst von bemalten Brettern, und oben stand in großen Lettern »Merridys Warenhaus« und darunter in fast ebenso großen Buchstaben »Median«. Von vorn, mit den beiden Schaufenstern als Augen und der immer offenen Tür als Rachen, sah der Laden ganz großartig aus. Doch hinter dieser bemalten Front war das Haus wie eine Kiste, ein rechteckiger Raum für den Laden und dahinter drei Räume für die Familie.

Zwischen Wohnung und Laden ging Katie hin und her, ein scharfäugiges, tüchtiges Kind, das sogleich bemerkte, wenn Jonathan etwas irgendwo versorgte, wo es nicht hingehörte. Und doch kam er mit wenig Reden und einer Spur trockenem Witz recht gut mit ihr aus. Sie erkannte auf der Stelle, was er vorhatte, und war hilfsbereit. Die Schaufenster waren sein Kummer. Merridy füllte sie mit allerlei Kram und Ladenhütern, und das störte Jonathan.

»Hätten Sie etwas dagegen, wenn ich ein wenig saubermache, Sir?« fragte Jonathan.

»Nein, nein«, sagte Merridy, »aber du wirst schon darauf kommen, Jonathan, daß es keinen Zweck hat, Zeit und Kräfte daran zu wenden. In Kansas pfeift man auf solche Sachen.«

Jonathan begann alles so säuberlich wie möglich zu sortieren – Tabak, Lampendochte, altes Kupfergeschirr, Knöpfe, Nägel in allen Größen, Leinwandballen, vom Regen vergilbt, einen Haufen kleiner, vermotteter Felle von Kaninchen, Maulwürfen und Hamstern, die als Tauschware in dem Laden gelandet waren. Er pfiff leise bei der Arbeit, um nicht auszusprechen, was er dachte. Was für ein Ramsch!

Jonathan sah auf. »Kriegen wir in Median eine Eisenbahn, Mister Merridy?«

»Brauchen könnten wir sie«, meinte Mr. Merridy. »Ich würde meine Waren leichter hierher bekommen, und der Ort würde aufblühen.«

Jonathan säuberte den Boden der Auslage, und jetzt nieste Mr. Merridy und schaute streng auf.

»Ich möchte schwören, daß es nicht gesund ist, all den alten Staub aufzurühren«, sagte er.

»Ich werde ihn mit Wasser besprengen«, sagte Jonathan, nahm einen Eimer und ging hinaus zur Pumpe. Katie pumpte, und ihre dünnen Arme schwangen auf und ab.

»Halt, ich tu's schon«, sagte er gutmütig und pumpte erst ihren Eimer voll. »Hast du nicht einen Fetzen, mit dem man etwas saubermachen kann?«

»Saubermachen? Was?« fragte sie.

»Fenster«, erwiderte er.

»Ma hätte sich mit den Fenstern abgegeben, wenn sie nicht die Zwillinge gekriegt hätte. Seit die Zwillinge gekommen sind, findet man kaum einen Fetzen mehr«, sagte sie. »Wir haben alles für Windeln gebraucht.«

Sie sah ihm zu, wie er die staubigen Bretter besprengte und putzte. Dann tauchte sie den Fetzen ins Wasser. »Ich werde sie abreiben«, sagte sie.

Er beobachtete sie, und es amüsierte ihn, wie sie beim Arbeiten auf und ab sprang. Wie eine Heuschrecke, dachte er.

»Es heißt, daß Median der Hauptort des Bezirkes werden

soll«, sagte Mr. Merridy. »Ja, warum auch nicht? Wir haben einen Fluß, der nicht austrocknet, und wir liegen an einer Straßenkreuzung. Wir müssen größer werden — immerfort größer werden. In den letzten zwei Jahren haben wir uns verdreifacht.«

8

Median war das kleine Herz eines mächtigen Körpers. Es gab Tage, da das Herz kaum schlug, und dann hatte Jonathan den Eindruck, Median sei von allen Teilen der Erde ebensoweit entfernt, als läge es allein auf einem anderen Planeten. An solchen Tagen kamen nur wenige Kunden. Jennet holte Speisesoda, oder Mrs. Drear brauchte getrocknete Äpfel.

Jonathan hieß alle willkommen, bis auf Jennet, die er nicht leiden konnte — oder so glaubte er wenigstens. Aber nur, wenn sie da war, konnte er sie nicht leiden. Wenn sie am Ladentisch stand, das Gesicht gleichzeitig frech und sanft, nahm er irgendwie Anstoß daran. Sie war nicht häßlich, aber das glasige Grün ihrer Augen war ihm zuwider, es machte ihn mißtrauisch, daß sie zu ihm sprach, als hätte sie ihn ihr Leben lang gekannt.

»Roten Kattun«, sagte sie. »Für ein rotes Kleid. Acht Yard.«

Er maß acht Yard gestreiften rotweißen Kattun, faltete sie zusammen und reichte ihr die Ware in betontem Stillschweigen. Zum Glück hatte sie eine seltsam blasse Haut und keine Sommersprossen, wie man sie sonst bei Rothaarigen findet. Doch das wollte er ihr nicht sagen.

»Ich werde Ihnen das Kleid zeigen, wenn ich damit fertig bin«, verhieß sie keck.

Darauf gab er keine Antwort. Ihre Anwesenheit war ihm zuwider, aber als sie gegangen war, konnte er den Gedanken an sie nicht loswerden. Sie war eines der Mädchen, die sich mit jeder Bewegung ins Gedächtnis eingraben.

Je länger er die Prärie betrachtete, desto deutlicher wurde es ihm, daß sie gar nicht so flach war. Sie hob sich gleichmäßig und eben, in langem, langsamem Anstieg gegen Westen. Wenn er Tag für Tag darüber hinschritt, glaubte er die Erde unter seinen Füßen als eben zu empfinden. Doch wenn er eine Meile weiter gehn könnte, würde er gemerkt haben, daß sich die Erde hob.

Es gab Tage, da der Laden von schreienden, ungeduldigen Menschen wimmelte, denen es eilte, ihre Wagen vollzuladen und weiterzuziehen, und andere wiederum warteten mit der gleichen Ungeduld auf den Proviant, das Salz, die Waren, die sie heimtragen wollten. Zwischen diesen beiden Gruppen herrschte ein Wettstreit und manchmal herzliche Antipathie. Jene Leute, die weiterwanderten, waren überzeugt, daß die Bleibenden alberne Narren waren, die einer eingebildeten Vorsicht halber alles preisgaben. Und jene Leute, die blieben, Lehmhäuser bauten, Land rodeten, um es zu bestellen, die Rindvieh, Schweine und Geflügel züchteten, den Samen ausstreuten und Obstbäume pflanzten, hatten für die überheblichen Träume der Weiterziehenden nur Verachtung.

Jonathan packte alle Waren sorgfältig ein und umwickelte sie mit einer besonders langen Schnur. Dann ging er zu einem mächtigen, haarigen Mann mit großem Hut hinüber, der auf ihn wartete und wütend an seinem Bart zog.

»Verdammt, wenn ich nicht schon drauf und dran gewesen wäre, weiterzuziehen«, donnerte er. »Ich hätt's auch getan, wenn der nächste Laden nicht drei Tagesreisen weit entfernt wäre. Und jetzt beeilen Sie sich, junger Mensch, und geben Sie mir Maismehl – einen Sack – und eine Speckseite und viel Bohnen, getrocknete Äpfel, ein Fäßchen schwarze Melasse und Zucker, Salz, Kaffee, einen Kessel – unserer ist gestern abend zersprungen –«

Schweigend schaffte Jonathan alles herbei. Dieser Mann würde weiterziehen und sich nie wieder blicken lassen. Am Ende des Tages, wenn sie den Laden zumachten, sagte dann

Mr. Merridy ernst: »Es verhält sich nun einmal so, Jonathan. Die ständigen Kunden kommen immer wieder. Du kannst sie getrost warten lassen. Aber die andern Kunden muß man rasch bedienen und aus ihnen herausholen, was nur geht.«

»Das Geschäft ist doch schließlich auf der Stammkundschaft aufgebaut, Mister Merridy«, meinte Jonathan. »Ich möchte meinen, daß man sie zuerst bedienen muß.«

»Nicht unbedingt«, erklärte Mr. Merridy, »durchaus nicht unbedingt, Jonathan. Ihr Geld ist nicht gar so sicher, wenn man ihre Einkäufe anschreibt, wie ich das tun muß, und dann muß ich mich mit dem Zeug zufrieden geben, das sie mir an Stelle von barem Geld bringen. Die andern aber müssen in bar bezahlen, weil wir sie ja nie wiedersehen.«

»Jonathan muß an meiner Stelle gehn!«

Hinter seinem weißen Vorhang hörte er nachts, wie sein Vater das verdrossen sagte. Er hatte seine Ohren gelehrt, sobald er einmal in seinen Winkel in dem Lehmhaus geschlüpft war, taub zu sein. Jetzt aber schnappten sie diese Worte aus der Dunkelheit auf, und er hatte sie gehört. Er war sich einer leisen Unterhaltung zwischen seinen Eltern bewußt, genauso wie er an jenem Abend, als er früher heimgekommen war, einen Streit in der Luft gespürt hatte.

»Ich brauche nicht länger auf dem Boden zu schlafen, Mutter«, sagte er heiter. »Gerade heute hat mir jemand zufällig etwas erzählt. Es scheint, daß die Leute sich Bettstätten einfach aus Querhölzern machen, die sie in die Wand eintreiben, und einem Pfosten. Ich will an den Fluß gehn und Pappelholz schneiden.«

»Ja, so was!« sagte Mary, ohne weiter darauf zu achten. Clyde durfte vor Jonathan kein Wort von dem verraten, was er den ganzen Tag über gedacht und gesagt hatte.

Jonathan nahm die Axt seines Vaters und legte sie über die Schulter. Jamie, den der Hunger heimgetrieben hatte, ging hinter ihm her.

»Ich komme mit«, sagte er. »Vielleicht gibt's Moschusratten dort.«

»Bisamratten heißen sie korrekt«, sagte Jonathan.

»Hier nennt man sie Moschusratten«, erwiderte Jamie.

»Du mußt ja nicht wie die Leute hier sprechen«, sagte Jonathan. »Die meisten von ihnen sind überhaupt nie in eine Schule gegangen.«

Seit langem war es ihm nicht mehr in den Sinn gekommen, an die Schule zu denken. Dazu war seit ihrer Ankunft in Median keine Zeit gewesen. Hier galt nur die Sorge um Unterkunft, Nahrung und den Laden.

»Hier brauch ich keine Schule«, sagte Jamie. »Hier gibt's keine Bücher zu lesen. Und wenn ich mit dir geh, wie Dad sagt, dann werde ich überhaupt keine Schule mehr brauchen.«

»Was sagt Dad?« fragte Jonathan schnell.

»Er und Mutter«, erwiderte Jamie. »Sie haben den ganzen Tag davon geredet. Immer wenn ich ins Haus gekommen bin, hat man nichts anderes zu hören gekriegt. Dad sagt, daß du an seiner Stelle nach dem Westen gehn sollst, damit wir uns dort ansiedeln. Er sagt, er könnte es bis zum Frühjahr nicht mehr fertigbringen, wenn er nicht jetzt schon aufbricht, und jetzt kann er mit seinem schlimmen Bein nicht fort, und so sollst du gehn und mich mitnehmen.«

»Und wer soll die Familie ernähren, wenn ich fort bin?« fragte er bitter. »Das sieht Vater ähnlich, daß er sagt, was ich tun soll, und nicht an Mutter und die Kleinen denkt.«

»Er sagt, daß er sich schon um sie kümmern wird.«

»Und was sagt Mutter dazu?«

»Wenn du gehst, sagt sie, dann geht sie auch«, wußte Jamie zu berichten. Er war einen Schritt hinter seinem Bruder, aber jetzt holte er ihn ein und rief: »Ach, Jon, sag nicht, daß du nicht gehn willst! Gehn wir doch miteinander! Mir ist dieses Drecknest hier zuwider. Alle Leute sagen, daß es im Westen draußen viel besser ist.«

»Dir gefällt's hier?« fragte Jonathan.

»Tausendmal besser als in England«, sagte Jamie. »Und dir?«

»Nein«, sagte Jonathan.

Jetzt waren sie am Fluß. Er zog sich vor ihnen fast so schnurgerade hin wie ein Graben, denn es gab keine Felsen, die sich der Strömung entgegengestemmt hätten, und der dunkle Boden war glatt und bot keinerlei Hindernisse.

»Du wirst doch gehn, nicht wahr, Jonathan?« fragte Jamie.

»Darüber muß man noch nachdenken«, erwiderte Jonathan streng. Nein, das mußte man nicht. Er würde seine Mutter und die Kinder nicht seinem Vater preisgeben. Er würde die kleine Sicherheit seiner Stellung nicht aufopfern. Er wollte noch einen Raum an das Haus anbauen. Was hatte es für einen Zweck, die Wurzeln aus dem Boden zu reißen, die sie eben erst geschlagen hatten, und woanders hinzugehn?

Jamie schaute von dem Loch auf, das er sich mit einem Stock gebohrt hatte. »Im Westen gibt's Gold!« sagte er.

»Wenn dir das Graben Spaß macht«, meinte Jonathan. Henry Drear hatte ihn Sonntag, als der Hühnerstall fertiggezimmert wurde, gelehrt, wie man mit einer Axt umgehn mußte, ohne den Beinen zu nahe zu kommen. Als der Hühnerstall fertig war, lag Jonathan die Axt bereits sicher in der Hand. Jetzt schlug er schnell die Äste ab, zerhackte den Stamm in zwei längere und ein kürzeres Stück.

»Ich bin fertig«, sagte er.

Jamie ist der einzige von uns, der Dad nachgerät, dachte er und schleppte das Holz allein nach Hause.

Noch immer stritten sich die Eltern. Jonathan wußte es, weil sie bei seinem Eintritt jäh verstummten.

»Komm, hilf mir, Ruth«, befahl er seiner Schwester, die gerade Maggies Haar kräuselte.

»Ich wollte, ich könnte dir helfen, Jonathan«, sagte Arthur. Er saß auf dem einzigen Stuhl des Hauses am Feuer, und eine Steppdecke war als Kissen hinter ihm zusammengelegt.

»Das kannst du nächstens auch«, sagte Jonathan. Er ging

hinter den Vorhang. »Paß auf, Ruth, dieser Pfosten kommt hierher, und dann werde ich einen Pfahl in die Wand treiben und den langen Pfahl anders herum, und dann werde ich sie in den Pfosten einzapfen. Und du kannst unterdessen die Säcke zusammennähen, die ich aus dem Laden mitgebracht habe, und wir wollen die Pfähle durchstecken, bevor ich sie festnagle, und dann werde ich ein gutes Bett haben, das nicht mehr auf dem Boden aufliegt.«

Seine Mutter kam ihm zusehen, und Maggie ging ein und aus, während sie arbeiteten. Und Jonathan hatte zum ersten Male den Eindruck, das Haus werde zu einem Heim. Draußen war es nicht mehr warm, aber im Kamin brannte ein Feuer. Sie waren besser dran als die meisten Leute, denn Jonathan konnte aus dem Laden Kisten heimbringen, die zu dünn waren, als daß man sie hätte als Bretter verwenden können, und mit diesem Holz gelang es, das grüne Pappelholz zum Brennen zu bringen. In den tiefen Fensternischen standen Gefäße mit Prärieblumen. Seit die Blumen geblüht hatten, waren sie viel glücklicher, obgleich es Blumen waren, die sie alle nicht kannten und denen sie daher auch keine Namen zu geben vermochten. Jonathan hatte zwei Bänke und einen Stuhl angefertigt und ein Stück rotweißkariertes Wachstuch als Tischdecke nach Hause gebracht. Wenn jetzt die Petroleumlampe brannte, so warf sie ihr Licht auf weiße Kattunvorhänge, auf die Blumen, auf den Herd, und der Duft frischgebackenen Maisbrots erfüllte das Haus.

In der Nacht, in der ungewohnten Behaglichkeit seines Betts, das zwischen den Pfosten hing, statt auf dem Lehmboden aufzuliegen, hörte er seinen Vater sagen: »Jonathan muß an meiner Stelle gehn«, und nun wußte er, was damit gemeint war.

Er stand langsam auf, zog Hosen und Jacke an und ging in den Raum, wo die andern Kinder schliefen.

»Mutter, ich habe euch gehört. Es war nicht meine Schuld.«

»Komm herein«, sagte sie. »Du kannst ruhig alles hören.«

»Ich habe gehört, was du gesagt hast, Vater«, wiederholte er. »Und darum bin ich aufgestanden, um zu erfahren, worum es geht.«

Clyde setzte sich im Bett auf. Seit seinem Unfall hatte er sich nicht mehr rasiert, und ein schwarzer Bart beschattete sein glattes, immer jugendliches Gesicht. »Mir ist's lieb, daß du mich gehört hast«, sagte er. »Deine Mutter wollte mich immer zum Schweigen bringen, bis ich beinahe zerplatzt wäre. Es ist nämlich so, Jonathan. Im Westen ist Grund und Boden billig zu haben, aber das wird nicht in alle Ewigkeit dauern, wenn die Leute wie bisher hinwandern. Jamie sagt, daß gestern allein vierzehn Wagen durchgezogen sind. So wird's nicht bleiben, denn das Land ist wunderbar. Ich habe letzten Sommer dort für einen Mann die Schafe gehütet. Doch ich will keine Schafe hüten. Dafür ist das Land zu gut. Es ist kein schwarzer, zäher Gummi wie dieser Lehm unter unseren Füßen. Es ist leicht und sandig, und dort gedeiht Weizen. Hier draußen kann man nicht mit einem lächerlichen Strich Land anfangen. Das macht man nicht mit einem Pferd und einer Kuh und zwei Schweinen und etwas von dem und etwas von jenem, damit man was ernten kann, wenn es geruht, zu reifen. Hier draußen muß ein Mann im Großen arbeiten, und wenn er das tut, dann wird er reich.«

Mary murrte. »Ach, ich hab von groß und reich schwatzen gehört, seit ich dich zum erstenmal in Blackpool gesehen habe. Da hast du an einer Straßenecke herumgelungert und hast davon geredet, wie du einen Walfisch fangen würdest.«

Clyde lachte. »Warte, bis ich mein Stück Land habe, Mary, und mitten drin ein großes Haus für dich.«

»Es wird Bäume haben müssen, bevor es mir gefällt«, sagte Mary mißgelaunt. »Ich habe dieses kahle Land satt.«

»Sobald das Fundament gelegt ist, werde ich Bäume pflanzen«, verhieß Clyde großzügig.

»Ach, wir sind Narren!« rief Mary. »Es gibt weder Haus noch Land, und wir sprechen von Bäumen!«

»Alles wird's geben, wenn du tust, was ich dir sage, Jonathan«, erklärte Clyde sehr ernst. »So habe ich's mir ausgedacht. Du setzt dich in einen Wagen und fährst hin und suchst uns dort einen Platz. Je früher, desto besser. Das Gesetz verlangt, daß irgendeine Art von Wohnstatt errichtet wird. Ein Lehmhaus wird's wohl tun, und du kannst sicher Hilfe kriegen, wenn du dafür auch selber für die andern Arbeit leistest. Und dann, wenn mein Bein es mir erlaubt –«

Mary schrie auf. »Ich mag nicht, daß Jonathan hingeht. Es ist nicht anständig von dir, Clyde, daß du ihm deine Arbeit auflastest.«

»Als ob ich ihm nicht das bessere Teil überlassen würde!« brüllte Clyde. »Was? Ich muß an diesem Ort stilliegen, der so langweilig ist wie ein Grab, und dort wartet alles!«

»Wo du bist, findest du es immer so langweilig wie ein Grab«, sagte sie. »Und was vor dir liegt, ist immer alles, das wartet. Du hast uns aus England hierher gelockt, und jetzt sind wir noch keine sechs Monate da, und schon ist es langweilig wie ein Grab –«

Auf Clydes dunkles Gesicht trat der Ausdruck, den Jonathan und seine Mutter wohl kannten. Wenn er jetzt dazu imstande gewesen wäre, so wäre er aus dem Haus gegangen. Doch das konnte er nicht.

»Schweig doch!« knurrte er.

Und während sie sich stritten, hatte Jonathan seinen Entschluß gefaßt. Es war nicht mehr eine lange Gegenrede, zu der er sich aufraffen mußte, er legte seiner nachgiebigen Natur feste Zügel an, als er sich zu einem großen »Nein« zusammenriß.

»Vater«, sagte er, »ich gehe nicht. Ich hatte gar keine Lust, England zu verlassen, aber ich habe es doch getan. Jetzt bin ich hier, und ich möchte nicht schon wieder weiterwandern.«

»Von allem verflucht albernen Geschwätz, das ein junger Mensch von sich geben kann, ist das das allerdümmste!«

schrie Clyde. »Wo stünde die Welt, wenn die Leute wären wie du, Jonathan? Nicht einmal entdeckt wäre die Welt, und wir würden alle miteinander in demselben Loch hocken und einander um ein Stück Brot umbringen, weil wir gar nicht wüßten, daß es draußen Reichtum und Fülle gibt!«

»Ich sage nicht, daß jedermann sein sollte wie ich, Vater«, entgegnete Jonathan sanft. »Ich erkläre nur, wie ich selber bin.«

Er nahm wahr, daß seine Mutter an der Seite des Bettes saß und allem lauschte, was er sagte. Was er sagte, war für ihre Ohren bestimmt.

»Und ich bleibe bei dir, mein Sohn«, sagte Mary.

Clyde breitete die Arme aus, schloß die Augen und preßte knirschend die Kiefer aneinander. Dann ließ er sich ins Bett fallen und zog die Decke um sich.

»Der Teufel soll euch alle beide holen!« brummte er.

Als Jonathan am nächsten Morgen zum Frühstück kam, saß sein Vater am Tisch, tauchte sein Maisbrot in den Tee und biß ein Stück davon ab. Jamie saß neben ihm.

»Nun, Vater«, sagte Jonathan und setzte sich an den Tisch. Er nickte Ruth zu. »Wo ist die Mutter?«

»Sie hat Kopfschmerzen, und da hab ich ihr gesagt, daß sie im Bett bleiben soll. Ich kann's schon schaffen.«

»Sehr brav«, meinte Jonathan. Ruth entwickelte sich zu einem tüchtigen Mädchen, war still und eifrig. Er mußte aber mit seiner Mutter sprechen, bevor er aufbrach.

»Du bist heute auf?« sagte er zu seinem Vater.

»Muß wohl«, entgegnete Clyde bitter. »Mein Bein taugt noch nicht viel, aber jetzt muß ich es eben machen, mit Jamie! Was, Jamie?«

»Ja, Dad«, sagte Jamie. Über eine Scheibe Kornbrot, dicht mit Melasse bestrichen, hinüber warf er Jonathan einen bedeutsamen Blick zu.

»Jamie und ich, wir gehn nach dem Westen«, sagte Clyde

laut. »Ich spreche nachher mit Drear und werde das in Ordnung bringen.«

Darum also hatte Mutter Kopfschmerzen! Würde Mutter ihn und Jamie wirklich ziehen lassen?

»Jamie soll seinem alten Dad helfen«, sagte Clyde, der sich unendlich leid tat. »Jamie ist der einzige in der Familie, dem ebenso zumute ist wie mir. Wir werden die schönsten Zeiten haben. Wir werden großartige Dinge zu sehen kriegen. Dort gibt's noch Büffel auf der Prärie und wilde Pferde, und du wirst Wachteln und andere Vögel in Schlingen fangen, und abends werden wir um ein großes Feuer lagern. Wir werden über die Berge fahren, und wir werden ein gutes Stück Grund und Boden finden, Jamie und ich miteinander, und dort werden wir ein prächtiges Haus bauen, und dann, wenn ihr nachkommt, werden wir vor der Türe stehen und rufen: ›Was haben wir euch gesagt?‹ Nicht wahr, Jamie?«

Jonathan konnte nicht länger zuhören. Er stand auf. »Geht's noch heute fort, Vater?« fragte er kühl.

»Sobald ich einen Platz auf einem Wagen finden kann«, erwiderte Clyde. »Vielleicht heute, vielleicht morgen. Ich kann meine Zeit nicht länger vergeuden, wenn ich den andern zuvorkommen will.«

Jonathan ging zu seiner Mutter. Sie lag zusammengekauert dort, wo er in der vergangenen Nacht seinen Vater liegen gesehen hatte. »Nicht wohl, Mutter?« fragte er.

»Schreckliche Kopfschmerzen«, sagte sie schwach.

Er blieb stehn. Es verlangte ihn danach, sie zu trösten, ihr zu sagen: Mach dir nichts daraus, Mutter. Laß ihn gehn. Du und ich, wir werden es schon schaffen.

»Ich gehe mittags zu Stephen Parry und sage ihm, daß er den Boden legen soll. Jetzt, da ich auch am Samstag arbeite, werd ich's schon schaffen.«

Da öffnete sie die Augen. »Das wird schön sein, Jonathan«, sagte sie, und er erblickte die Freude in ihren Augen.

»Gut«, sagte er und küßte sie auf die Stirne. Und als er sich bückte, hob sie die Hand und berührte seine Wange, und da wußte er, daß er das Gleichgewicht ihrer Seele wieder hergestellt hatte.

Sechs Tage später verließ Clyde Median. Die Wunde an seinem Bein war noch nicht geheilt, doch sie schloß sich scheinbar von innen.

Jonathan lief mitten am Vormittag aus dem Laden, um die Wagen fortfahren zu sehen. Wie sich der Abschied zwischen seinen Eltern abgespielt hatte, wußte er nicht, und er war dessen froh. Und es war auch gut für seine Mutter, daß sie einige Stunden für sich hatte, bevor er heimkam.

»Leb wohl, Vater«, sagte er gelassen.

Clyde hörte gar nicht auf ihn. Er war von Begeisterung erfüllt, seine Augen sprühten von Licht und Lachen.

Jonathan trat an den Wagen und berührte das Knie seines Vaters. »Leb wohl, Vater«, sagte er schlicht.

Clyde fuhr auf und schaute vom Wagen herunter. »Leb wohl, Jonathan. Ich hab mich schon nach dir umgeschaut.«

»Ich bin die ganze Zeit über hier gewesen«, sagte Jonathan trocken. »Leb wohl, Jamie, gib gut acht auf Vater und lauf nicht weg!«

»Das brauchst du mir nicht erst zu sagen«, erwiderte Jamie. Seine Wangen brannten, und er saß neben seinem Vater an den Rand des Wagens gepreßt, ein Bündel auf den Knien.

Der Wagen setzte sich in Bewegung, und der junge Mann schlug die Pferde, bis sie in Wirbeln von schwarzem Staub davongaloppierten. Die Räder knirschten, die Achsen quietschten. Jonathan sah dem Wagen nach, bis das Geräusch sich in der Ferne verlor und die Staubwolke über der Prärie just nur noch einer Flocke glich, die ein Mann mit der Hand auffangen konnte.

Um Mittag ging er heim, besorgt, aber entschlossen, sich möglichst unbefangen zu zeigen. Der Stimmung seiner Mutter konnte er nie gewiß sein. War ihr Abschied von seinem Vater schwer gewesen, so würde sie schon einen Grund finden, ihm einen Vorwurf zu machen, und darauf bereitete er sich vor.

Aber er fand sie ruhig, heiter und von einer Erleichterung erfüllt, die er nicht ganz begreifen konnte. Und auch er selbst fühlte sich so erleichtert, daß er nicht anders konnte — er mußte es ihr sagen. Als sie ihm vor das Haus folgte und er einen Augenblick mit ihr allein war, sagte er: »Mutter, ich hatte Angst, heimzukommen, weil ich meinte, du würdest gar zu traurig sein.«

»Ich bin traurig«, sagte sie rasch, »eine Frau ist immer traurig, wenn ihr Mann fortgeht. Alles verliert seinen Geschmack, es ist, als ob das Salz fehlen würde.

Es ist Zeit, daß ich dir etwas sage, Jonathan, weil du doch ein Mann bist«, sagte sie, »und weil du eines Tages eine Frau haben wirst. Ich hatte deinen Dad gebeten, mit dir und mit Edward zu reden, aber er hat sich immer davor gedrückt. Aber ich denke an deine Frau, und ich habe an Millie gedacht, und an Edwards Hochzeitstag habe ich mich aufgerafft und zu ihm gesagt: ›Laß Millie die richtige Stunde bestimmen.‹ Das war das einzige, was zwischen deinem Vater und mir nicht im Lot war. Immer hat er die Stunde bestimmt, und wie große Angst ich auch davor haben mochte, ein Kind zu kriegen, weil ich nicht die Kraft hatte, immer war er es, der die Stunde bestimmt hat. Ich will keine Kinder mehr, so herzlich lieb ich euch alle auch habe.«

Sie war im Sprechen sicherer geworden und doch nicht weniger zurückhaltend, und sie redete mit einer gewissen zärtlichen, scheuen Würde zu ihm. Er aber fühlte sich abgestoßen, und es war ihm elend zumute.

»Ich glaube, daß ich verstehe, Mutter«, sagte er, und sein Mund war sehr trocken. Er schaute über die Prärie hinaus, suchte nach irgend etwas, das seinen Blick fesseln und worüber er sprechen könnte. Aber da gab es nichts. Auf Meilen hinaus wogte das lange Gras im Winde, und der Himmel trug sein unendliches Blau. Er sah zur Erde vor seinen Füßen hinunter, und dann kam ihm ein Gedanke.

»Heute abend, wenn ich heimkomme, werde ich mit deinem Garten anfangen, Mutter. Die Abende sind jetzt schon lang.«

»Tu das, mein Sohn«, sagte sie ruhig, und so schieden sie in vollem Einverständnis.

9

Wie sie an dem Haus in Dentwater gehangen hatten, nachdem Clyde es verlassen hatte, so hingen sie jetzt an dem Lehmhaus in Median. Median war ein Meilenstein. Selbst jene, die ständig blieben, hatten kein eigenes Leben. Sie verbrachten ihre Tage damit, für die Bedürfnisse jener zu sorgen, die weiterzogen. Für sie war das Wirtshaus erbaut worden, der Laden wuchs mit dem Bedarf der Durchreisenden, und Stephen Parry hatte sogar eine Esse aufgestellt, um die Pferde der westwärts Wandernden zu beschlagen.

Eines Tages kam er mit einem glatten weißen Tannenbrett zu Jonathan. »Bitte, Mister Goodliffe«, sagte er respektvoll, »Sie mir wollen schreiben ein paar Buchstaben auf diese Brett?«

»Natürlich will ich«, sagte Jonathan. Er fühlte sich ein wenig geschmeichelt, weil jemand Mr. Goodliffe zu ihm sagte. So war er noch nie angesprochen worden. »Was für Buchstaben denn?«

»Ich nicht wissen, wie Buchstaben heißen«, gestand Stephen.

»Was wollen Sie denn sagen?« fragte Jonathan.

»Ich gern haben meine Name drauf«, erwiderte der Schwarze. »Und ich können machen Schreinerarbeit und Schmiedearbeit und nicht mehr verlangen als gerecht.«

Jonathan nahm ein Blatt Papier und schrieb darauf: »Stephen Parry, Schreiner und Schmied, mäßige Preise.«

Er schaute auf und merkte, wie Parrys Augen staunend und wehmütig an dem Bleistift hingen.

»Natürlich ich wünschen, ich können lesen«, sagte er.

»Wollen Sie, daß ich Sie's lehre?« fragte Jonathan.

Stephen Parry zauderte. »Ich wünschen, daß meine Kindern lernen«, sagte er. »Ich wünschen, daß geben eine Schule für sie.« Er sah, plötzlich ernst geworden, Jonathan an. »Mister Goodliffe, warum Sie nicht aufmachen Schule?«

»Es hat's niemand von mir verlangt«, sagte Jonathan mißtrauisch.

»Ich wünschen, jemand möchte verlangen«, sagte Stephen.

»Wie viele Kinder haben Sie?« fragte Jonathan. Er hatte kleine dunkle Geschöpfe aus der Hütte kommen gesehen, die Stephen bewohnte.

»Sechs«, erwiderte Stephen, »aber nur vier sein groß genug, zu lernen.«

»Ich will Ihnen was sagen, Mister Parry«, erklärte Jonathan. »Wenn Sie in unserm Haus einen Holzboden legen, dann werde ich Samstag nachmittags und abends die Kinder unterrichten.«

»Das ich tun gern«, sagte Stephen Parry. Er blieb stehn und drehte den Hut zwischen den Händen. »Ich nicht wissen, ob Sie haben bemerkt meine Sohn Beaumont. Meine Frau und ich, wir meinen, er sein klug. Wir möchten, daß er sollen eine Aussicht haben, nicht grad weil er sein unser Sohn, aber weil wir meinen, daß jetzt, wo wir Farbige haben Freiheit, nächstes Ding ist, zu zeigen, was wir damit können anfangen.«

»Beaumont«, sagte Jonathan, »ein seltsamer Name.«

»Meine Frau haben gehört der Familie Beaumont, bevor wir geheiratet«, sagte der Mann. »Ich sein immer gewesen Parry und meine Vater auch. Ja, und jetzt ich gehn weiter, Mister Goodliffe. Das werden sein gute Nachricht für meine Familie. Und ich werden zurechtmachen Holz für die Boden.« Er verzog sich mit seinem eigentümlichen Schlendergang.

So kam es, daß Jonathans erste Schüler vier schwarze Kinder waren. Sie tauchten noch am selben Tag früh am Abend auf. Stephen Parry brachte sie.

»Da sie sein, Sir«, sagte er, als Jonathan vom Abendessen aufstand und zur Türe ging. »Das sein Beaumont. Wie alt du sein, Beaumont?«

»Dreizehn«, sagte der hochaufgeschossene Knabe schnell.

»Er sein der einzige, den wir vor Krieg haben gehabt. Die andern sein alle geboren frei. Das sein Melissa, und das sein Gemmie und das sein Paul. Können ich hineingehen und nehmen Maß für Boden?«

»Kommen Sie nur«, sagte Jonathan. Er war ein wenig verlegen vor den vier Kindern, die alle so erwartungsvoll dreinschauten und so sauber waren. Sie traten ein und blieben eng aneinandergepreßt stehn. Seine Mutter, die gerade abräumte, sah auf.

»Setzt euch, Kinder«, sagte sie. Sie setzten sich sogleich, und die gestärkten Kleider der Mädchen raschelten. Mary lachte. »Seit wir von England fort sind, habe ich keine Stärke mehr gesehen.«

»Ma sie machen aus, aus 'toffeln«, sagte Melissa mit zaghafter Stimme und hüstelte aus Schüchternheit hinter der schwarzen kleinen Hand.

»Da werde ich sie um das Rezept bitten«, sagte Mary.

»Sie sie richtig kochen«, meldete sich Gem, die gar nicht schüchtern war. »Irgendwas Weißes kommen heraus und liegen auf Boden vor Topf. Das sein Stärke.«

Mary schnitt vier Stücke Brot und bestrich sie mit Melasse. »Jetzt eßt erst, bevor ihr mit der Arbeit anfangt«, sagte sie. »Lesen ist sehr schwer! Ich weiß es, ich bin selber einmal in England Lehrerin gewesen.«

Stephen Parry schaute von dem Fußboden auf, an dem er Maß nahm. »Wirklich, Ma'am? Darum Ihr Sohn sein auch so klug, meine ich.«

»Jonathan hat immer fleißig gelernt«, sagte Mary ruhig.

»Du wirst mir helfen, Artie, was?« sagte Jonathan scherzend.

Er wickelte den Knaben sorgfältig und recht fest in eine Decke, um die Knochen zu stützen, die nie stark genug zu sein schienen, um auch nur diesen schmächtigen Körper zu tragen.

Stephen sah ihm zu. »Krank?«

»Es geht ihm schon viel besser«, sagte Mary.

»Meine Frau können ihm geben ein paar Kräuter«, meinte Stephen ernst. »Sie sich gut auskennen mit Kranken. Sie mit eine Blick können wirklich sagen, ob einer werden gesund oder nicht.«

»Das ist das A«, sagte Arthur ernst und deutlich und blickte auf.

»A«, wiederholten die schwarzen Kinder laut und schnell.

Jonathan war es, als zerre etwas an ihm. Er sah instinktiv auf und merkte, wie Stephen Parry seine Kinder anstarrte, als wäre er vor den Kopf geschlagen. Dann hob er die Augen zu Jonathan, und plötzlich füllten sie sich mit Tränen, die über die Wangen tropften. Mit seiner großen, schwarzen Hand wischte er sie ab und lachte.

»Niemand in meiner Familie haben je vorher eine Buchstabe können lesen«, sagte er, »aber ich nicht wissen, warum ich müssen weinen, weil sie jetzt dürfen lernen.«

Zwei Tage später betrat Jennet nachmittags den Laden. Er erblickte sie, sobald sie in der Türe stand. Sie trug das rote Kleid und ein rotes Mützchen, das sie sich aus demselben Stoff zurechtgemacht hatte. Jeder im Laden sah sie. Es waren keine Frauen da. Die lebhaftere Verkaufszeit war vorüber. Sie ging zu Lew Merridy.

»Keine Post heute, Lew?« Ihre Stimme flutete unbefangen und klar über ihre Köpfe.

»Nein, der Postsack ist heute noch nicht da«, erwiderte Merridy. »Erwarten Sie einen Brief?«

»Ja«, sagte sie. Sie blieb stehn, schwenkte den weiten roten Rock ein wenig. »Was für Whisky ist das?« fragte sie.

»Einer, den ich selber aus Mais gebrannt habe«, sagte er. »Wollen Sie probieren?«

»Meinetwegen«, sagte sie und streckte die Hand nach dem Blechgefäß aus. Sie trank ihn, als ob er Wasser wäre. Sie trank den letzten Tropfen und stellte den Becher zurück.

»Gut ist er«, sagte sie.

»Brennt nicht, was?« fragte Merridy.

»Mich brennt gar nichts.« Und dann ging sie mit schimmernden grünen Augen auf Jonathan zu, und er konnte ihren Atem riechen, der süß und stark war.

»Die Leute sagen, daß Sie jetzt Schule halten, Jonathan!«

Er sah sie an und schaute schnell wieder zur Seite. »Mister Parry legt uns einen Fußboden, und dafür unterrichte ich seine Kinder«, sagte er und legte den Stoff zusammen, der morgens für eine Kundin auseinandergefaltet worden war.

»Ich kenne keinen Mister Parry«, sagte sie. »Ich hab nie von wem andern gehört als von dem alten Steve Parry. Er ist doch ein Nigger.«

Jonathan gab keine Antwort.

»Gefällt Ihnen mein Kleid?« fragte Jennet.

»Ich hab's nicht angeschaut«, sagte er vorsichtig hinter seinem Stoffballen.

»Na, dann schauen Sie's doch an!«

Einige Sekunden verstrichen, bevor er einen Blick auf das Kleid warf.

»Sehr hübsch«, sagte er mit wohlüberlegter Gleichgültigkeit. Er war zutiefst aufgerührt, als er sie in ihrem roten Kleid sah. Das eindringliche Scharlachrot steigerte sie zu wahrer Schönheit. Es beherrschte die roten Locken und ließ sie golden und bräunlich wirken, es vertiefte das Weiß ihrer Haut. Nur das Grün ihrer Augen blieb als scharfer Kontrast erhalten. Diese Augen erschreckten ihn jetzt mit ihrer Macht. Er wußte ebensogut, wie er seinen eigenen Namen wußte, daß er ein Mädchen lieben und sich in dieser Liebe völlig verlieren konnte. Er spürte, wie sein ganzer Körper zitterte und wandte ihr brüsk den Rücken. Er tat, als suchte er etwas auf einem Regal.

»Ich kann Rot tragen, weil ich es gern trage«, sagte sie. »Eine Frau kann immer tragen, was sie gern trägt.«

Er versuchte leise zu pfeifen, während er mit den Händen über die Stoffballen fuhr, aber es wollte nicht gehn. Seine Lippen waren zu trocken.

Der Teufel soll mich holen, wenn ich in sie verliebt bin, dachte er, und plötzlich war ihm so elend. Er wandte sich zu ihr. »Jetzt muß ich gehn«, sagte er.

»In die Schule?« neckte sie. »Wenn ich nicht älter wäre als Sie, Jonathan, würde ich Ihre Schülerin werden. Was könnten Sie mich denn eigentlich lehren?«

»Nichts, das ist wahr«, sagte er gegen seinen verzehrenden Willen. Ihr Kleid saß über den Brüsten zu knapp, dachte er und konnte den Blick nicht abwenden. Er ging zur Türe und auf den Platz hinaus, und sie folgte ihm und holte ihn ein. Es war ihm peinlich, daß er sie in ihrem grellen roten Kleid an seiner Seite hatte, und, ihrer Schönheit so bewußt, als hielt er sie in den Armen, ging er weiter, sah sie nicht an und erlitt das Brausen seines Blutes.

Inmitten des Platzes hielt sie ihn an. »Jonathan, ich geh fort«, sagte sie.

»Sie gehen fort?« wiederholte er wie betäubt.

»Tut's Ihnen leid?« Sie sah unter der roten Mütze in seine Augen, die auf gleicher Höhe mit ihren Augen waren.

»Nein«, sagte er und wurde ganz bleich, so sehr strengte es ihn an, zu lügen.

»Sie lügen«, sagte sie.

Darauf wußte er keine Antwort.

Und nun stellte sie ihm noch eine Frage: »Werden Sie Ihr ganzes Leben in diesem Loch von Median bleiben, Jonathan?«

»Ja.«

»Ja, so«, sagte sie und ließ ihn brüsk stehn, ging leicht durch das helle Sonnenlicht wie ein Feuer, das durch das Präriegras tanzte. Er schaute weg und ging weiter. Feuer, ja, das war sie. Er durfte nicht mit ihr spielen, denn sie würde weiterleben, er aber würde zu Asche verbrannt sein. Mochte sie doch nach dem Westen gehn und irgendeinen entflammen, wenn sie Lust hatte!

Am nächsten Tag hörte er, daß sie fort sei. Sie war mit dem ersten Wagen, der an jenem Morgen das Wirtshaus verließ, durchgebrannt. Wer der Mann war, der sie mitgenommen hatte, daran konnte sich, als sie nun vermißt wurde, kein Mensch mehr erinnern.

Als Jonathan an jenem Abend heimkam und durch die Tür trat, erblickte er unter seinen Füßen einen Boden von sauberem, weißem Holz. Seine Mutter lief ihm entgegen, und er sah, daß ihr kleines Gesicht strahlte, wie er es seit England nicht mehr strahlen gesehen hatte.

»O Jonathan, der Boden ist fertig!« rief sie.

»Gefällt er dir?« fragte er. Er ging darauf hin und her, als wollte er ihn erproben.

»Wunderbar ist er«, sagte sie. »Jetzt, da ich einen Holzboden unter den Füßen habe, fühle ich mich wieder heimisch.«

»Das ist gut, Mutter.«

Der winterliche Frühling, da Clyde fortgefahren war, machte einem Sommer Platz, so verschieden von allem, was sie je kennengelernt hatte, daß selbst die Sonne nicht jener zu gleichen schien, die über England geleuchtet hatte.

In Median aber gab es keine Bäume. Die Sonne schmolz das Land ein in Licht und Hitze, denen man nicht entrinnen konnte. Das Vieh ging an den versiegenden Fluß, stand bis zu den Fesseln in dem seichten Wasser und folgte dem dünnen Schatten der schwankenden Pappeln, der sich gegen Abend dehnte. Im Laden brütete die Hitze, und wenn die

Fenster geöffnet wurden, so zerrten die Winde an jedem losen Papierfetzen und knarrten und rasselten, bis das ganze Haus von einem unaufhörlichen, unerträglichen Lärm erfüllt war.

Dann wirkte das Lehmhaus so still und kühl wie ein Keller. Jonathan verließ es am Morgen widerstrebend und kehrte mittags froh in seine Dämmerung zurück. Seine Mutter hielt Fenster und Tür geschlossen und sprengte Wasser an die Wände, und der frische Geruch der feuchten Erde machte die Kühle des Hauses noch spürbarer.

Mary empfand in Median die ganze verzweifelte Gewißheit des Menschen, der auf einem Eiland mitten im Ozean gestrandet ist, das kein Schiff anläuft. Eine Hoffnung auf Rückkehr gab es nicht, und anderseits wollte sie nicht weiterziehen, und so schuf sie nach und nach ihr eigenes kleines England. Und so wirkte zwischen all den verschiedenartigen Wohnstätten von Median, Häusern aus Lehm, Hütten, Häusern aus Latten, Häusern aus Latten und Lehm, nur ihr Haus allein ein wenig wie ein Heim, wenn man eintrat. Aus zwei Kisten hatte sie Stühle gemacht und sie mit braunweißem Kaliko gepolstert. Ihr Fußboden war immer sauber, obgleich Wasser so kostbar war wie Silber und von dem Brunnen des Gasthauses herangeschleppt werden mußte. Und von den Bordbrettern, die sie mit Hilfe von Pflöcken an der Wand anbrachte, schimmerten ihre Teller und Schüsseln.

Bis zum Abend rührte sie sich nicht aus dem Haus. Der Garten, den Jonathan angepflanzt hatte, war rasch gediehen, verdorrte aber jetzt in der sommerlichen Sonne. Es gab zu wenig Wasser, und der Regen kam stets nur in Sturm und Sturzflut, so daß in wenigen Stunden alles vorüber war.

Das Dach sah recht seltsam aus, denn dem Lehm war langes Gras entsprossen, und wilde Sonnenblumen hatten ihre Keime darin entfaltet, und nun wirkte es wie ein Garten. Aber es ließ den Regen in großer Menge durch, bis Jonathan, der einen Einsturz befürchtete, Planken darunter anbrachte.

Jonathan war nun froh, daß der Sturm am Sonntag gekommen war, und daß er sich in diesem niedrigen Lehmhaus aufhielt, das sich an den Boden klammerte, nicht aber in dem dürftig gebauten Laden, wo die Blitze von einem Fenster zum andern hindurchzuzucken schienen. Er sah Mrs. Merridy kaum, denn sie verließ nur selten die Hinterzimmer, worin sie lebte. Doch wenn der Himmel sich vor dem Sturm verdunkelte, kam sie in den Laden, eine schmächtige, nervöse, schweigsame Frau, auf jedem Arm einen von den Zwillingen. Sie setzte sie in leere Kisten, und dann kauerte sie auf einem Stuhl zwischen ihnen, kreuzte die Arme über der Brust und wartete, bis der Sturm sich verzogen hatte.

»Bei so einem Sturm hat's im letzten Sommer in Hastys Mühle eingeschlagen, Lew.«

»Hat nicht viel Schaden angerichtet«, sagte Merridy und spielte mit seinen Zwillingen, die friedlich in ihren Kisten saßen und Biskuits knabberten.

»Wenn man nicht rechtzeitig gelöscht hätte, wäre das ganze Haus abgebrannt«, erklärte sie düster.

Der Regen prasselte auf das Blechdach.

Jonathan hatte den Kopf über die Geschäftsbücher gebeugt, versuchte das grünliche Licht der Blitze nicht zu sehen, nicht zu hören, wie der Himmel mit jedem Donnerschlag einzustürzen schien. Er spürte, wie der Schweiß ihm in Strömen über den Körper rann, bis er schließlich im Wasser zu stehn glaubte. Einmal kam ihm der Gedanke, wo sich Katie wohl bei Stürmen aufhalten mochte. Sie lief sonst tagsüber in den Laden und aus dem Laden, rief »Ma will Zwieback, Papa!« oder »Wir haben kein Korn Salz mehr!« Doch wenn es stürmte, sah er sie überhaupt nicht. Einmal fragte er sie: »Was fängst du mit dir an, Katie, wenn's stürmt? Du solltest doch hierher kommen, wo wir alle sind.«

Sie warf den dünnen braunen Zopf über die Schulter.

»Ich bin nicht so furchtsam wie Ma«, sagte sie, und dann setzte sie hinzu: »Der Blitz trifft einen nur, wenn man Angst davor hat.«

An diesen Satz erinnerte er sich von da an bei jedem Sturm.

Doch der Sommer bestand aus Stürmen und Dürre und trockenem blauem Himmel mit Sonnenschein. Sie wurden von einem Extrem ins andere geschleudert, bis sie dessen müde waren. Maggie ausgenommen, die wuchs und gedieh. Ruth hatte in diesem Sommer begonnen, Latein zu lernen. Das erbettelte sie bei den Mahlzeiten von Jonathan oder wenn er morgens im Garten arbeitete. Arthur blieb wieder im Bett, lag lange Stunden mit geschlossenen Augen und bewahrte durch Schweigen und völlige Stille das Leben in sich. Und Jonathan hielt sich dadurch aufrecht, daß er die Stunden des Tages in genau bestimmte Arbeiten umsetzte.

Das einzige außerordentliche Ereignis des Tages blieb Beaumont, der schwarze Junge. Denn in diesem Kind einer fremden Rasse war eine Intelligenz, wie Jonathan dergleichen nie erlebt hatte, und demütig erkannte er, daß dieser Knabe ihm weit überlegen war. Die andern drei Kinder lernten recht gut und hatten sich am Ende des Sommers durch ihre Fibel hindurchgestammelt. Beaumont aber entwickelte sich nicht so sehr dadurch, daß er Buchstaben und Wörter zu Sätzen fügte, sondern durch die Ideen, die in ihm aufstiegen.

»Was soll ich mit dir anfangen, Junge?« fragte Jonathan halb scherzhaft, aber auch ernstlich beunruhigt. »Meine Gelehrsamkeit wird das nicht lange aushalten.«

»Ich weiß nicht«, sagte Beaumont einfach. »Und meine Mutter weiß auch nicht. Sie fragt mich immer.«

Sie sahen einander ernst und fragend an. Die Begabung dieses Jungen, sagte Jonathan zu sich selber, darf nicht vergeudet werden. Und doch – war sie nicht dazu verdammt?

Der Sommer nahm an jenem Tag ein jähes Ende, da Clyde heimkehrte. Zweimal hatte er geschrieben. Unbestimmte, unklare Briefe, voll mit allerlei Dingen, die nicht erkennen ließen, ob sie lediglich Hirngespinste waren oder bereits ausgeführt. Das Land fülle sich schnell, schrieb er. Es sei ein

Glück, daß er seine Abreise nicht länger hinausgezögert habe. Die Leute kämen von der ganzen Welt zusammengeströmt, aus England und Rußland, aus Deutschland und Schweden.

»Ach, der alte Spaßmacher!« rief Mary, nachdem es ihr gelungen war, Clydes krause Schriftzüge und eigenartige Orthographie zu entziffern.

»Wozu wird's jetzt noch kommen?« sagte Mary streng.

Eines Tages im September kam Clyde herangehinkt. Sein Bein war geheilt, aber er trug noch immer einen Stock.

»Mary!« schrie er an der Türe.

»Clyde!« rief sie und kam hinter dem Vorhang hervorgelaufen. »O Clyde!«

Sie hing an seinem Hals, und er legte einen Arm um sie und lachte.

»Ich hab dir gefehlt!« schrie er triumphierend. »Du hast mich vermißt, was, Frau?«

»Schrecklich!« sagte sie und vergaß alles andere.

Niemand war im Hause, der sie hätte hören können, von Arthur abgesehen, der in seinem Bett lag.

»Ach, es ist schwer gewesen ohne dich«, seufzte sie. »Die Kinder tun ja, was sie nur können, und Jonathan ist immer ein guter Junge. Aber es ist doch eine andere Generation.«

»Ja, ja«, meinte auch er. Und jetzt, da er ihrer wieder sicher war, spürte er Hunger und Müdigkeit. »Laß mich eine Minute lang in Ruhe, Liebling. Mein Bein tut weh.«

»Ach, ist das Bein noch immer nicht in Ordnung? Laß mich sehen, Clyde!«

Er setzte sich und streckte das Bein aus, und sie streifte die Hose hinauf und betrachtete die tiefe, böse Narbe verhärteter Muskeln.

»Das wird nie wieder ganz in Ordnung kommen«, seufzte sie und strich mit sanfter Hand darüber. Wie nahe war er ihr wieder!

»Ich kann mich schon behelfen«, sagte er. »Ich hab's sehr gut fertiggebracht.«

»Wo ist Jamie?« rief sie plötzlich. »Wo ist denn der Junge, Clyde?«

»Ich habe ihn dortgelassen, Mary.«

»Clyde!« rief sie. »Doch nicht allein in diesem wilden Land?«

»Es wohnen Nachbarn auf dem nächsten Grundstück«, sagte er. »Und man darf keinen Fuß Siedlungsland verlassen, Mary. Während man fort ist, stiehlt es einem ein anderer.«

»Ja, aber, Clyde! Der kleine Junge!«

»Er ist in diesem Sommer in die Höhe geschossen«, sagte Clyde. »Und mit dreizehn ist man kein kleiner Junge mehr. Letzten Monat war er dreizehn.«

»Trotzdem«, sagte sie ärgerlich. »Du hattest kein Recht, ihn dort zu lassen. Aber du bist nie ein richtiger Vater gewesen. Es ging immer nur darum, was die Kinder für dich tun mußten, und nie um deine Pflichten gegen die Kinder.«

»Das ist doch von allen Albernheiten die größte!« schrie er. »Und wenn ich sie nicht gezeugt hätte, wo wären sie dann? Ich hab ihnen das Leben geschenkt.«

»Und sie hierher geschleppt«, entgegnete sie. Sie setzte sich seufzend und kreuzte die Arme. »Wo wohnt er denn?« fragte sie. »Hat das Kind eine Unterkunft?«

»Jetzt, Mary, hör auf mich, bevor du schimpfst und maulst. Er soll nicht lang dort bleiben. Ich fahre zurück – mit dir und den Kindern, wenn es nach meinem Wunsch geht, ohne euch, wenn es denn so sein muß. Ich hab ein Heim und dreihundertzwanzig Morgen vom besten Land ...«

»Was für ein Haus?« unterbrach sie ihn.

»Ich möchte nicht behaupten, daß es was anderes ist als ein gutes Lehmhaus, aber ein Holzhaus soll auch noch kommen, das verspreche ich dir.«

In diesem Augenblick trat Jonathan ein, denn es war Mittag.

»Nun, Vater«, sagte er.

»Nun, Junge«, erwiderte sein Vater.

»Jonathan, dein Vater hat Jamie dort gelassen«, rief seine Mutter.

»Nur für ein paar Wochen«, erklärte ihm Clyde. »Du würdest Jamie nicht wiedererkennen. Er ist groß wie ein Mann – und er reitet wie ein Cowboy. Draußen gibt's wilde Pferde, und er hat zwei davon gefangen und das eine gezähmt. Wunderbar klug ist er und fürs Leben geboren. Und es ist ein starkes Leben und verlangt starke Männer.«

»Wahrscheinlich«, erwiderte Jonathan, goß Wasser in die Blechschale und wusch sich, bevor er zu Tisch ging. »Ich muß gleich wieder zurück«, sagte er. »Mister Merridy hat heute nachmittag mit den Herbstwaren zu tun.« Er schüttete das Wasser über die Kürbisse vor die Türe.

Seine Mutter stand auf und begann den Tisch herzurichten. In einiger Entfernung wurde Ruth sichtbar, die hinter Maggie herlief.

»Median wächst, soviel ich sehe«, sagte Clyde.

»Zwölf Familien.«

»Zu dicht besiedelt für mich«, bemerkte Clyde. »Dort draußen kann man blicken, soweit das Auge reicht, und sieht nur sein eigenes Land.«

»Und Jamie ist dort ohne eine lebende Seele!« rief Mary. Das konnte sie ihm nicht vergeben.

»Ach, schweig doch endlich!« schrie Clyde.

Jonathan setzte sich zu Tisch, während seine Eltern noch miteinander stritten. Als Maggie kam, hob er sie auf sein Knie, wischte ihr den staubigen Schweiß vom Gesicht und fütterte sie von seinem Teller. Und dann ging er.

Als Jonathan an jenem Abend den Armvoll Knochen aufnahm, aus denen Arties Körper bestand, spürte er, daß das Kind fieberte.

»Du bist ja so heiß, Artie«, sagte er.

»Jonathan«, flüsterte das zarte Geschöpf, »ist Vater stärker als Mutter?«

»Das glaube ich schon«, meinte Jonathan, »aber was soll das?«

»Dann hab ich Angst vor ihm«, sagte das Kind.

»Unsinn«, beruhigte ihn Jonathan. »Er hat dich ebenso gern wie uns alle.« Er befühlte Arthurs Stirn, und seine Unruhe wuchs. »Mutter«, rief er, »das Kind glüht ja!«

Sie eilte herbei und befühlte Arties Kopf, Hände und Füße. »Er ist gleichzeitig heiß und fröstelt«, sagte sie. »Ach, Jonathan, leg ihn ins Bett und hol die schwarze Frau.«

Er lief durch die Dämmerung zu Stephen Parrys Frau. Aber sie verhielt sich zögernd und kam nicht gleich mit.

Sie kam am frühen Morgen und betrachtete das kranke Kind sorgfältig. Dann ging sie in das Nebenzimmer.

»Ich können ein paar Kräuter bringen«, sagte sie mit ihrer tiefen Stimme, »und ich können das Fieber wegschaffen. Aber wenn das Fieber weg sein, dann er haben nicht Kraft genug mehr in sich zu leben. Das Fieber werden alles Leben mitziehen, wenn es verschwunden.« Sie sah Mary an. »Ich Ihnen haben nicht sagen wollen, Ma'am, aber wie ich das Kind zum erstenmal gesehen haben, ich wissen, daß zu Ende mit ihm. Mir mächtig leid tun um Sie, Ma'am, aber nicht um ihn. Es sein harte Zeiten jetzt, wenn man nicht stark sein. Ihm werden erspart bleiben, was über seine Kräfte gehen. Daran Sie denken müssen.«

In dieser Wartezeit war das Haus unerträglich. Seltsamerweise war es Clyde, den sie alle trösten mußten, denn ihm fiel es am schwersten. Er saß da, hatte sein steifes Bein ausgestreckt, gab sich die Schuld an allem, bis sie nicht anders konnten, sie mußten ihm Trost zusprechen.

»Ich hab ihn umgebracht«, sagte er immer wieder. »Ich bin ein schlechter Kerl und hab nicht sehen wollen, wie's um meinen armen kleinen Jungen stand.«

»Beruhige dich«, sagte Mary. »Was hätten wir tun können?«

Es war ein lastender Friede, darin Arthur starb. Als Stephen Parrys Frau heimgekommen war und ihm erzählt hatte, daß das Kind verloren sei, hatte er aus frischem Pappelholz einen kleinen Sarg gezimmert.

»Sollen ich ihn schwarz anstreichen, Sue?« fragte er sie. »Ich haben genug Lampenruß dafür.«

»Er sein so klein«, sagte sie. »Wir wollen ihn lieber weißen.«

Er tünchte den kleinen Sarg schneeweiß, brachte ihn an dem Tag, da es nötig wurde, ins Haus, hob die kleine Leiche auf und legte sie hinein.

In Median gab es keinen Friedhof, aber auf einem Stück Land südlich von der Ortschaft lagen schon einige Menschen begraben, fast durchwegs Reisende, die auf dem Weg gegen Westen dem Alter oder der Krankheit erlegen waren.

An jenem Tag geschah es zum erstenmal, daß Jonathan alle Einwohner Medians beisammen sah. Einzeln waren sie schon gekommen, hatten Speisen, Brennstoff, Wasser gebracht und sich in diesen letzten Tagen auch hilfsbereit erwiesen, aber jetzt waren sie alle gleichzeitig da.

An jenem Abend, in dem Haus, das leer wirkte, weil etwas aus seinem Leben entschwunden war, fühlte Jonathan keinerlei Überraschung, als seine Mutter sagte: »Jonathan, ich gehe nun doch mit deinem Vater.«

»Ich weiß, Mutter«, erwiderte er.

»Ich muß an Jamie denken.«

»Ich weiß«, sagte er abermals.

Nun, da sie den Entschluß gefaßt hatte, konnte sie gar nicht schnell genug verwirklichen, was sie vorhatte, und Clyde drängte sie, weil er sagte, sie dürften das Herbstwetter nicht nutzlos verstreichen lassen. In diesem Jahr werde der Winter sehr früh eintreten.

In kummervoller Hast packte Mary in einen Wagen, den Clyde gekauft hatte, alles, was sie unbedingt mitnehmen mußte – eine Matratze, Decken, ihre englischen Leintücher, ihre Winterkleider und andere wärmere Kleidungsstücke aus Merridys Laden, getrocknete Lebensmittel und Sämereien.

Doch alles, was sie innerlich hoch schätzte, ließ sie bei Jonathan. Da gab es die Familienbibel, die sie aus England gebracht hatte und in die er jetzt mit seiner schönsten Schrift eintrug: »Arthur Goodliffe, geboren in Dentwater, England, am 10. November 1862, gestorben am 3. September 1871 in Median, Kansas, in den Vereinigten Staaten von Amerika.« Da gab es Bilder von ihren Eltern und von ihr selbst und Clyde an ihrem Hochzeitstag.

Und was sie auch sonst in den Wagen laden mochte, trug sie doch Sorge, das Haus um Jonathans willen so zu lassen, wie es gewesen war. Mitten in Sorgen und Lustlosigkeit gab es Augenblicke, da sie daran dachte, ob sie ihm nicht Ruth zurücklassen sollte, die für ihn den Haushalt führen könnte.

»Du behältst Ruth bei dir, Mutter«, sagte er. »Ich werde mich schon einrichten.«

Sieben Tage, nachdem der Entschluß gefaßt worden war, fuhren sie, und Jonathan machte sich an jenem Vormittag frei, um ihnen bei der Abreise behilflich zu sein. Es gab Aufregung genug, und Clydes Stimme dröhnte, wenn es sich um Dinge handelte, die vergessen worden waren. An der Türe des Lehmhauses drängte er seine Familie in den Wagen. Zwei Maultiere, die er nicht bezahlt hatte, zogen das Fahrzeug, aber Jonathan hatte sich schriftlich verpflichtet, zu zahlen, wenn sein Vater es nicht tun würde.

»Einsteigen, einsteigen, Frau!« rief er Mary zu. »Ein später Aufbruch bedeutet Pech für die ganze Reise.«

Jonathan hatte nur einen Augenblick zum Abschiednehmen übrig, den gönnte er einzig und allein seiner Mutter.

»O Jonathan«, weinte sie, »gib gut acht auf alles!«

»Gib vor allem acht auf dich selber, Mutter«, sagte er. Er hielt sie in den Armen, und zum erstenmal merkte er, wie groß er war, denn sie kam ihm jetzt so klein vor. »Leb wohl, leb wohl«, flüsterte er, und dann gab er sie frei.

ZWEITER TEIL

Ob er ihnen nachgeschaut hatte, oder ob er sogleich ins Haus zurückgegangen war, das wußte er nie. Er sah sekundenlang ihre Gesichter — seinen Vater, geschäftig und eifrig, Ruth verängstigt, Maggie, die Augen groß vor Staunen, und seine Mutter, Sehnsucht und Trauer in dem Blick, der ihm galt, der sich nicht von ihm lösen konnte. Als er wieder bei Besinnung war, hatte er alle Hände voll zu tun, um Geschirr zu waschen und den Boden zu fegen.

»Es ist mir zuwider, daß ich dir alles in solcher Unordnung zurücklasse, Jonathan«, hatte seine Mutter gesagt, als sie einen letzten Blick über die Räume warf.

»Damit bin ich im Handumdrehen fertig«, meinte er.

Doch es ging nicht im Handumdrehen. Jetzt, da seine Mutter fortgegangen war, sah er keinen rechten Grund dafür, daß er nicht mitgegangen war. Das Haus und der Garten, die er unmöglich verlassen konnte, solange sie darin weilte, bedeuteten nichts mehr, nachdem sie sie verlassen hatte, und seine Tätigkeit, die ein Anker gewesen war, weil er nur auf diese Art allwöchentlich das nötige Geld nach Hause bringen konnte, dünkte ihn jetzt sinnlos.

In diesen Monaten hatte er keine Zeit gehabt, an seine eigenen Wünsche zu denken, doch jetzt stiegen sie wieder in ihm auf. Nachmittags, während seiner Tätigkeit, dachte er darüber nach. Seine Mutter hatte gesagt: »Wenn wir fort sind, Jonathan, so richte dir das Haus gemütlich ein. Benütze den zweiten Raum als Schlafzimmer, dann hast du den Raum mit dem Kamin als Wohnzimmer, das wird bequemer sein.«

Er hatte Merridy gebeten, ihm diesen Tag frei zu geben, und das hatte Merridy auch getan. Jetzt verteilte er seine Habseligkeiten und nahm den Vorhang in der Ecke ab. Das Lehmhaus wirkte groß und geräumig, da er es allein bewohnte, und im Ablauf der Stunden wuchsen Raum und Ruhe und mit ihnen seine Einsamkeit und seine unbefriedigten Wünsche. Er fühlte sich erwachsen, er war ein Mann. Doch eines Mannes Leben mußte mehr Inhalt haben, als er ihm in Median zu geben vermochte.

Als er hinausschaute, sah er über diesen weiten Raum vier kleine, schwarze Gestalten kommen. Das waren seine Schüler. Ihm wäre es lieb gewesen, wenn sie nicht gekommen wären, denn er wollte sich in seinen schwermütigen Träumereien nicht stören lassen und war überdies müde. Aber er hatte vergessen, ihnen etwas zu sagen, und so waren sie gekommen wie gewöhnlich. Als Beaumont Jonathan sah, setzte er sich in Trab und hatte ihn lange vor den andern erreicht.

»Hello, Mister Goodliffe«, keuchte er.

»Hello, Beaumont«, erwiderte Jonathan. Das dunkle Gesicht des Knaben war in heller Erregung. »Was ist denn los?« fragte Jonathan.

»Hören Sie, Mister Goodliffe, das Buch, das Sie mir gestern gegeben haben – ich bin schon fertig damit. Ich hab nicht aufhören können, ich hab ununterbrochen gelesen, und mein Vater hat mir erlaubt, die Kerze brennen zu lassen, bis ich fertig war.«

Das Buch war »Robinson Crusoe«. Jonathan hatte es einst in Dentwater als Schulpreis gewonnen. Jetzt sah er in Beaumont sich selber, wie er einst all seinen Mut zusammengenommen hatte, tapfer zu Mr. Hopkins gegangen war und ihm in tiefer Erregung gemeldet hatte: »Ich bin mit dem ganzen Buch fertig, Sir – ich konnte nicht früher aufhören.« Nun erblickte er in den Augen dieses Knaben die gleiche Bewunderung, den gleichen Eifer, und nun war er selber die Quelle.

»Gut«, sagte er kurz.

Er war zu bewegt, zu aufgewühlt, um mehr zu sagen. Aber als er dann am Tisch saß, ließ er den Unterricht doppelt so lang dauern wie sonst und mit einem neuen strengen Ernst.

Am nächsten Morgen stand er sehr früh auf und bereitete sich sein Frühstück. Dann ging er auf das Geschäft zu. Die Tür stand offen, und er trat ein, doch niemand war da als

Mr. Merridy, der in die letzte Zeitung vertieft war, die Median erreicht hatte.

»Guten Morgen, Mister Merridy«, sagte Jonathan.

»Hello«, erwiderte Lew Merridy, ohne aufzuschauen.

»Mister Merridy, ich komme, um meine Entlassung zu erbitten. Sie werden es mir hoffentlich nicht übelnehmen.«

»Was ist denn los?« fragte Merridy.

»Ich möchte eine Schule eröffnen«, erwiderte Jonathan.

Jetzt legte Merridy die Zeitung zur Seite und sah auf. »Wir brauchen hier keine Schule, Jonathan«, sagte er. »Es gibt nicht genug Kinder, um eine Schule zu erhalten.«

»Soviel ich weiß, gibt es sechzehn Kinder.«

»Nein, soviel sind's nicht«, erklärte Merridy. »Hastys haben nur zwei Jungen, und die Familie in der Höhle am Ufer hat vier. Und die zuletzt Angekommenen sind noch nicht entschlossen, ob sie bleiben wollen. Median ist ein Ort, der sich entwickeln muß, aber es wird noch viel Kommen und Gehen geben, bevor es soweit ist, und Leute, die unterwegs sind, können sich nicht mit Schulbesuch belasten.«

»Dann gibt's noch die Kinder von Parrys«, sagte Jonathan ruhig, »und Bill White hat sechs.«

»Du wirst doch keine Schule für Nigger und Halbindianer aufmachen!« rief Merridy. »Das kann ihnen nur schlecht bekommen, wenn wir jetzt darangehen, ihnen Schulweisheit einzubläuen. Und was sollen wir nachher mit ihnen anfangen, wenn sie in der Schule gewesen sind? Sie werden zu nichts taugen, sage ich dir, Jonathan. Ich hab schon lange mit dir darüber sprechen wollen, daß du diese Kinder unterrichtest. Du tust ihnen nichts Gutes, und dem Ort auch nicht.«

»Beaumont ist ein sehr kluger Junge«, sagte Jonathan. »Er ist viel begabter als ich, Mister, und das weiß ich sehr wohl.«

»Um so mehr Grund, ihn nicht auch noch zu unterrichten, denn der Tag, da er das erkennt, wird ein trauriger Tag für dich und für uns alle sein«, erklärte Merridy. Seine Stimme wurde streng. »Ich sage dir, Jonathan, es war eine schlimme

Sache, schwarze Sklaven in dieses Land weißer Männer zu bringen, aber noch schlimmer ist es, ihnen die Freiheit zu geben. Kein Mensch weiß, was daraus für uns alle entstehen mag. Und wenn du sie Lesen und Schreiben und Rechnen lehrst, gibst du ihnen die Waffen des weißen Mannes in die Hand, und sie werden sie gegen dich und mich verwenden.«

»Ich nehme lieber diese Gefahr auf mich, als daß ich erklären würde, ich könnte Beaumont nicht unterrichten«, sagte Jonathan.

»Dann ist ja auch noch Katie da«, fuhr Jonathan fort. »Ich möchte doch meinen, daß Sie sie auch in die Schule schicken würden.«

»Nein«, sagte Merridy. »Ich halte nichts von der Schulbildung der Frauen. Sie hat bei ihrer Mutter lesen gelernt, und ich habe sie gelehrt, wie sie rechnen muß, damit sie mir helfen kann. Und ich kann nicht einsehen, was es ihr nützen soll, mehr zu wissen.«

Merridy war ihm nichts mehr schuldig. Jonathan hatte seinen letzten Lohn abgehoben, um ihn vor zwei Tagen seiner Mutter zu geben. Und er besaß nichts als die kargen Vorräte an Nahrungsmitteln im Lehmhaus. Wenn er eine Schule eröffnen wollte, so mußte er es gleich tun – um leben und arbeiten zu können.

Doch schließlich hatte er ja nur sich allein zu ernähren.

Plötzlich fühlte er, er vermißte nicht einmal seine Mutter. Das Vorderzimmer würde er zum Schulzimmer machen, und der Kamin würde es im Winter warm halten. Für sich selber brauchte er nur den andern Raum, sonst nichts. Wenn jeder Schüler sich seinen Stuhl mitbrachte, konnte er lange Bretter über Pfosten legen, damit sie auch Pulte hätten, zwei Reihen mit einem Gang dazwischen. Er besaß nur seine eigenen Bücher, doch da gab es die große Bibel, und er würde in jedem Haus, das er betrat, nach Büchern fragen. Eine Tafel konnte er leicht anfertigen, und im Laden gab es Kreide. So hatte er alles Nötige, um sein Werk zu beginnen.

Es war ein gutes Land, und vielleicht gerade darum für ihn gut, weil hier noch alles zu tun war. Hier war er der Einzige, der Schule halten wollte.

Ja, hier, just in Median, erlebte er das größte Abenteuer! Er klopfte an die Türe eines alten, für gewöhnlich leerstehenden Lehmhauses. Eine neue Familie hielt sich für einige Tage hier auf. Er wußte, daß die Leute Cobb hießen, und daß sie weiterwandern wollten. Doch vielleicht blieben sie, wenn sie erfuhren, daß es in Median eine Schule geben sollte. Er hatte Buben und Mädel herumlaufen gesehen.

Eine kleine, unhübsche Frau kam an die Türe. »Was wollen Sie?« fragte sie.

»Guten Tag, Ma'am«, sagte Jonathan freundlich und nahm den Hut ab. »Ich bin im Begriff, hier eine Schule zu eröffnen und wollte wissen, ob Sie Interesse dafür hätten.«

»Kommen Sie herein«, sagte sie. »Kommen Sie nur herein.«

Ihre scharfen Augen musterten ihn, und er unterwarf sich dieser Prüfung.

»Ich habe meinen Unterricht in England empfangen«, sagte er. »Ich hätte die Collegeprüfungen machen sollen, wenn ich geblieben wäre. Der Mann, bei dem ich gelernt habe, hatte in Cambridge studiert, und er hatte keine schlechte Meinung von mir. Auch meine Mutter ist Lehrerin gewesen.«

»Warum gehn Sie nicht nach dem Westen, wie alle andern es tun?«

»Mir ist es hier weit genug«, sagte er.

»Das ist es«, gab sie zu. »Für mich ist es mehr als weit genug. Wir wollten nach Ohio gehn, aber solange es noch etwas im Westen gibt, will mein Mann anscheinend weiterwandern. Ich sage ihm, daß er wandern wird, bis er an den Stillen Ozean kommt, und dann wird er weiterwandern, bis er darin ertrinkt. Eine wahre Sucht ist das!«

Ein Knabe und ein Mädchen von neun und zwölf Jahren kamen leise auf nackten Sohlen herein, stellten sich hinter ihre Mutter und starrten Jonathan an.

»Wenn wir irgendeine Arbeit finden würden, um uns über Wasser zu halten, würde ich Adam vielleicht dazu bereden können, daß er den Winter über hier bleibt und die Kinder sechs Monate lang in die Schule gehen läßt.«

»Er könnte sich um meine Stelle im Laden bewerben«, meinte Jonathan. »Ich habe eben gekündigt.«

Sie sprang auf, ihre vertrocknete, kleine Gestalt war mit Energie geladen. »Das ist eine Idee!« rief sie.

»Nun, Mister Goodliffe, das hier ist Martha und das ist Matthew, und sie werden mitmachen – wenn wir das Schulgeld bezahlen können, natürlich.«

»Das Schulgeld wird davon abhängen, wieviel Schüler ich haben kann«, sagte Jonathan. »Ein Dollar monatlich für jedes Kind wird wohl nicht zuviel sein?«

»Wenn wir die Stelle kriegen, dann werden wir das schon irgendwie aufbringen«, sagte sie. »Wenn wir bleiben, brauchen wir die Ochsen nicht, und vielleicht können wir sie verkaufen. Ja, Sir, notieren Sie Martha und Matthew Cobb!«

»O Ma«, klagte Matthew. »Gehn wir nicht nach dem Westen?«

»Nicht in diesem Winter, wenn ich ein Wort zu reden habe«, erklärte sie fest. »Das ist eure letzte Möglichkeit, etwas zu lernen.«

»Nun, leben Sie wohl, Mistreß Cobb«, sagte Jonathan.

Er ging weiter und über den Platz und dann zu der Mühle am Rand des Flusses. Er kannte sie gut, denn er hatte das Korn hierher geschafft, das manche Farmer im Austausch gegen Waren in den Laden brachten, und nun ging er zur Türe der Mühle und traf dort Samuel Hasty inmitten einer Dämmerung, die vor Mehl wie ein weißlicher Dunst war.

»Hello, Mister Hasty«, rief Jonathan durch den Lärm.

Der kleine Müller erblickte ihn und kam hinter einer Mehltruhe hervor. »Hello«, sagte er. »Was wollen Sie denn, Jonathan?«

»Ich habe vor, eine Schule zu eröffnen, Mister Hasty.«

Er setzte ihm seinen Plan auseinander, und der Müller hörte ihm aufmerksam zu.

»Ich weiß nicht recht«, sagte er. »Schulen sind schrecklich teuer, und die Jungen bilden sich nachher Gott weiß was ein. Mir ist die ganze Sache nicht recht geheuer. Bevor wir uns umdrehen, werden wir mit all der Schulbildung eine Aristokratie im Lande haben.«

»Aber ich will doch, daß alle Leute ihre Kinder schicken«, sagte Jonathan. »Stephen Parry und Bill White –«

»Ich hab keine rechte Lust, meine Jungen mit solchem Gesindel in die Schule gehn zu lassen«, sagte der Müller.

Jonathan gab nicht gleich eine Antwort. Dann begann er überredend: »Die Schule macht doch die Leute erst zivilisiert, Mister Hasty. Wir können schwerlich behaupten, daß dieses Land England ebenbürtig ist, wenn wir keine Schulen errichten.«

Mr. Hasty sah zur Seite. »Ich kann das Schulgeld nicht bezahlen.«

»Zahlen Sie, was Sie wollen«, sagte Jonathan, »meinetwegen in Mehl oder in Heubündeln.«

»Na ja, das muß noch überdacht werden«, sagte der Müller.

»Überdenken Sie's, Sir, und wenn Sie einverstanden sind, so schicken Sie mir Jim und Sam.«

Er griff an den Hut und ging. Am Ende des Tages hatte er in dreizehn Häusern von Median und in vier Bauernhäusern in der Nähe die Anmeldungen von siebzehn Schülern erlangt. Und dann, am späten Nachmittag, wandte er sich, zufrieden mit seiner Leistung, zu Stephen Parrys Werkstatt.

Sie war leer, doch es duftete nach gekochtem Fleisch und Maisbrot. Plötzlich packte ihn ein gewaltiger Hunger, und er griff nach einem Hufeisen und schlug damit auf ein anderes Eisenstück, das an der Wand lehnte. Beaumont kam gelaufen, ein Stück Maisbrot in der Hand, das er hinter dem Rücken versteckte, als er Jonathan sah.

»Pa kommt sofort«, sagte er.

»Nein, ich gehe mit dir, Beau«, sagte Jonathan heiter. »Ich habe Hunger, und ihr könnt mir vielleicht einen Bissen schenken.«

Die Familie saß beim Abendessen, aber alle sprangen auf.

»Lassen Sie sich nicht stören«, rief Jonathan. »Ich meinte nur, Sie würden mir vielleicht auch einen Bissen gönnen, Mistreß Parry. Ich wollte mit Ihrem Mann wegen der Schulpulte reden. Ich will eine Schule aufmachen. Möchten Sie mir etwas zu essen geben?«

»Ja, Sir«, sagte Sue Parry mit ihrer tiefen, kräftigen Stimme. »Ich werde Ihnen in der Werkstatt einen Tisch zurechtmachen.«

»Nein, nein«, sagte Jonathan. »Ich setze mich hier zwischen Beau und Gem. Und dann können wir sprechen.«

Er saß bereits, als Stephen die Hand hob. Alle waren stehn geblieben.

»Mister Goodliffe, es sein uns eine Ehre. Aber es sein nicht gut für Sie, Sir. Es werden ohnedies genug Unruhe geben. Es haben schon angefangen, Sir.«

»Was für Unruhe?« fragte Jonathan. Er stand auf, denn dazu fühlte er sich genötigt, weil sie sich nicht mit ihm an einen Tisch setzen wollten.

»Der Ort sein heute schon in zwei Teile gespalten«, sagte Stephen Parry. »Gleich hinter Ihnen sein Mister Samuel Hasty gekommen, und es sehen so aus, als ob ich nicht sollen meine Kinder in die Schule schicken, weil das Unruhe geben, Sir. Und ich müssen doch an mein Geschäft denken.

Mister Goodliffe, Sie sein hier neu, Sir, und ich wissen natürlich, daß Sie meinen es gut. Aber es sein besser, wenn Sie sagen Steve und Sue wie alle Leute. Wir schwarz, und wir das wissen.«

»Beaumont«, begann Jonathan.

»Beaumont sein auch schwarz«, sagte Sue fest.

»Ja, aber deswegen hat es doch einen richtigen Krieg gegeben!« rief Jonathan.

»Krieg nicht haben Gefühle verändert«, sagte Sue.

Sie war so groß, so sicher, so klug, so traurig, und sie alle waren so still, daß Jonathan sich überwältigt fühlte. Dann sah er Beaumont.

»So eine gottverdammte, verfluchte Ungerechtigkeit!« schrie Jonathan. »Ich lasse mich nicht unterkriegen!«

»Beaumont sein nicht mein Sohn«, sagte Stephen sehr ruhig, und Jonathan brach so jäh ab, als hätte man ihm einen Degen in den Hals gestoßen.

»Sein Vater sein ein Beaumont«, sagte Stephen. »Der junge Pierre Beaumont.«

»Ich habe gehabt keine Wahl«, sagte Sue traurig. »Ich sein nur fünfzehn Jahre alt gewesen, als er auf die Welt gekommen sein, und ich gehören den Beaumonts.«

»Als die alte Mistreß Beaumont haben entdeckt«, fuhr Stephen fort, »sie wollen verheiraten Sue, und ich davon hören und sie sehen, und so der alte Mister Stephen Parry, mein Massa, sprechen für mich. Beaumont wissen, wie alles geschehen sein, nicht war, Sohn?«

»Ja«, sagte Beaumont, »ich weiß.«

»Ich gebe nicht nach«, sagte Jonathan hartnäckig.

Sein Blut war aufgerührt durch das, was Stephen gesagt hatte, aber er war dennoch entschlossen. Er wollte alle beieinander in seiner Schule sitzen sehen.

»Sie sein mächtig gut«, sagte Stephen Parry.

»Nein, das bin ich nicht«, erwiderte Jonathan. »Im Grunde bin ich hierhergekommen, Mister Parry, um Sie zu fragen, ob Sie mir ein paar Pulte anfertigen können. Bretter auf Pfosten werden es tun.«

»Ja, Sir, ich sehr gern machen«, sagte Stephen.

»Schön.« Jonathan zauderte. Sie sahen ihn alle an – bis auf Sue. Sie stand mit gesenktem Kopf und hängenden Armen da. Auf ihrem guten, vollen Gesicht war ein Ausdruck, so still und doch so verhüllend wie eine Wolke.

»Nun, guten Abend, Mistreß Parry«, sagte er ernst.

»Guten Abend, Sir«, erwiderte sie, ohne jedoch die Augen zu heben.

Er verließ das Haus und wandte sich seinem Lehmhaus zu. Ununterbrochen plagten ihn Zorn und Verwirrung, und er wurde zwischen Vorsicht und dem stürmischen Verlangen hin und her gerissen, aufzutreten und von der ganzen Welt Gerechtigkeit für die schwarzen Kinder zu fordern.

Die Schule wurde am ersten Oktober eröffnet, und er war leidlich zufrieden, denn bis zu diesem Tage war er von Haus zu Haus gegangen und hatte, wo es nötig war, die Sache der Parrykinder verfochten. Für manche Siedler hatte das Problem keine Bedeutung. Bill White, der in der Herbstsonne döste, wachte auf und lachte.

»Ach, zum Teufel, mir ist's gleich«, sagte er. »Manche mögen die Menschen schwarz, andere weiß. Ich für meinen Teil ziehe die Braunen vor. Ich bin mit meiner Squaw zufrieden. Wenn sie Kinder hat, macht's mir keine Sorgen, was daraus werden wird. Ich stelle mir vor, daß man ihnen in einem Land wie diesem hier nur Zeit lassen muß, und dann wird sich alles untereinander mischen. He, du!« rief er der indianischen Frau zu, welche Kürbisse in lange Streifen schnitt, »dir ist's gleich, was für eine Farbe dein Mann hat?«

Sie nickte und lachte und ließ die weißen Zähne sehen.

»Ja, ihr ist's gleich«, brummte er.

Und so saßen drei halbindianische Kinder in der Schule so aufrecht wie Statuen und starrten Jonathan an, als er das Alphabet auf die Tafel schrieb. Tagelang sprachen sie kein Wort, und er sollte nie erfahren, was daran Schweigsamkeit und was sprachloses Staunen war. Aber sie waren es, die ihm Präriefrüchte brachten, wilde Pflaumen und Trauben und Haselnüsse und Hickorynüsse und schwarze Walnüsse. Sie brachten getrocknete Kürbisse, in Würfel geschnitten, und gedörrte Brombeeren und Himbeeren und Rhabarber und eingemachte Büffelbohnen und, bevor der Frost einsetzte, Sauerampfer, aus dem Katie eines Tages nach dem Unterricht einen Kuchen machte, der säuerlich war, obgleich sie den Sauerampfer in Melasse getaucht hatte. Und sie brachten ihm frisch geschlachtete Kaninchen und Wachteln und Präriehühner. Die Hälfte seiner Ernährung erhielt er von den Indianerkindern, nie aber einen baren Dollar.

Doch nicht in allen Fällen ging es so leicht. Lew Merridy blieb ein Gegner der Schule, bis Katie selber die Sache regelte. »Natürlich komme ich zu Ihnen in die Schule, Jonathan«, sagte sie.

Merridy starrte sie an, kratzte sich und lachte. »Na ja, wenn sie sagt, daß sie geht, dann geht sie«, erklärte er. »Aber das ändert nichts an dem, was ich gesagt habe, Jonathan. Ich halte nichts von der Schulausbildung für Farbige, für Indianer und für Frauenzimmer. Sie brauchen das nicht, und für uns andere bedeutet es nur Unruhe.«

Im Spätherbst erhielt er den ersten Brief seiner Mutter. Er las ihn immer wieder.

»Mein teurer Sohn Jonathan!«

Er sah den kleinen Mund mit den geschürzten Lippen vor sich, die aufrechte Gestalt und die Feder, die sie elegant an ihren kleinen Mittelfinger drückte.

»Ich greife nach der Feder, um Dir mitzuteilen, daß wir mit Gottes Hilfe unseren Bestimmungsort erreicht haben, und wenn die Umstände, unter denen wir leben, auch nicht just die besten sind, können wir doch den Winter durchhalten. Dein Vater hat vor, im Frühjahr noch ein weiteres Grundstück abzustecken, in der Hoffnung und Erwartung, daß durch die Viehzucht in großem Maßstabe ...«

Jonathan wußte, daß er glücklicher war als je, und wenn seine Mutter ihm auch manchmal fehlte und er Ruths und Maggies lebendige, heitere Anwesenheit vermißte, so gab es doch anderes. Er genoß die tiefe Genugtuung, daß er hungrigen Geistern etwas einflößen durfte, das sie ernährte.

Über Katie konnte er sich köstlich amüsieren. Sie hatte plötzlich zu wachsen begonnen, und ihr schmächtiger, kleiner Körper nahm die Rundungen einer reifenden Weiblichkeit an. Als er zum erstenmal bemerkte, wie die kleinen Brüste unter einem zu kleinen Kattunkleid schwollen, fand er das so widerspruchsvoll wie Federn an einem Küken. Sie war so ein häßliches, kleines Ding, dachte er. Er konnte sich nicht vorstellen, daß je eine wirkliche Frau aus ihr werden sollte.

»Jonathan, Sonntag kommt ein Geistlicher«, sagte sie.

»Ein Geistlicher?« wiederholte er. »Ja so was! Es ist doch wohl noch nie zuvor ein Geistlicher in Median gewesen, nicht?«

»Doch, manchmal kommt er ein- oder auch zweimal im Jahr«, sagte sie. »Und ich möchte, daß Sie auch zu der Betstunde gehn, Jonathan.«

»Warum?« fragte er erheitert.

»Weil die Leute sagen, daß Sie für einen Schullehrer nicht fromm genug sind«, erklärte sie. »Man sagt, daß Sie nicht vor dem Unterricht aus der Bibel vorlesen und ein Gebet sagen, wie es sein sollte.«

Er überlegte. Das war zweifellos richtig. Katie hinterbrachte ihm alles, was sie im Laden aufschnappte.

»Nun, es wird mir nichts schaden, einmal im Jahr in die Kirche zu gehen«, sagte er. Und dann, um sie zu necken, setzte er hinzu: »Wirst du auch dort sein, Katie?«

»Natürlich«, erwiderte sie feierlich, »ich bin doch christlich getauft! Haben Sie mich denn nicht gern?« fragte sie, und er merkte, daß sie gekränkt war.

»Doch, natürlich hab ich dich gern«, sagte er, hörte auf zu lachen, griff impulsiv nach ihrer Hand und tätschelte sie. Da aber sah er erschrocken, daß das Gesicht des Kindes sich veränderte und dunkelrot wurde.

»Ich habe Sie gern – furchtbar gern«, flüsterte sie.

»Das ist lieb«, stammelte er und ließ ihre Hand sinken, als hätte sie ihn verbrannt.

11

Judy Spender wartete, daß ihr Vater das Kirchenlied ankündigen sollte. Sie hatte auf den Knien die große, alte Harmonika, die sie seit dem Tode ihrer Mutter für ihn spielte, und betrachtete die Leute.

Ihr Vater rief sie zu ihren Pflichten zurück.

»Judy«, sagte er streng, »ich habe das Kirchenlied genannt – ›Beulah Land‹.«

Sie zog und schob mit besten Kräften an ihrer Harmonika, und dann erhob sie laut und klar ihre Stimme.

Jonathan beobachtete sie, und ihm war es, als hätte er noch nie ein so reizendes Mädchen gesehen. Sie war ihm sogleich aufgefallen, als er eingetreten war. Er kam aus dem leuchtenden Sonnenschein des Spätherbstes, und da wirkten alle Anwesenden auf ihn fahl und farblos, alle, bis auf ein blondhaariges, braunäugiges Mädchen in dunkelrotem Kleid, das mit einer alten Ziehharmonika auf den Knien dasaß. Sie sah ihn nicht, denn ihre Blicke wanderten durch den Raum, aber er beobachtete sie, während die Leute sich versammelten und auf Stühlen und Bänken, Kisten und Fässern Platz nahmen. Die Gestelle hinter dem Bartisch waren mit indianischen Tüchern drapiert, um die Flaschen zu verbergen, und der Bartisch selbst war mit Hilfe eines weißen Leintuchs zu einer Kanzel umgewandelt worden. Mrs. Drear hatte einen Topf mit Goldrute darauf gestellt, und dahinter stand ein hochgewachsener, dunkler Mann, um zu beten und zu predigen.

Jonathans Ohren waren zu empfindlich, als daß er es über sich gebracht hätte, ihm zuzuhören. Die Glut des Predigers ergoß sich in Sätze, die voller grammatischer Fehler waren und deren Worte er schlecht aussprach. So heftete er denn seinen Blick auf das junge Mädchen, ein schönes Ding mit gespitzten Lippen, das so lässig dasaß, daß die Harmonika ihr von den Knien geglitten wäre, wenn eine der braunen Hände sie nicht gehalten hätte. Sie hatte gelächelt, sah versonnen drein und hatte ganz gewiß nicht zugehört, und dann hob sie plötzlich den Kopf und öffnete den Mund zu einem Gähnen. Doch da hatte sie bemerkt, daß er ihr zulachte.

Die Plötzlichkeit, mit der sie den Mund schloß, und der Blick, den sie ihm zuwarf, beunruhigten ihn ein wenig. Dann aber beschloß er, sich nicht einschüchtern zu lassen, sondern Blick mit Blick zu beantworten. Er sah sie an, als der Prediger sie rief, und sie begann aus Leibeskräften die Harmonika zu bearbeiten. Als sie mit lauter, heller Stimme sang, sang er, zu seiner eigenen Überraschung, mit, obgleich es ihm zuwider war, in der Kirche zu singen. Das Mädchen spielte ein Kirchenlied wie einen Tanz, wiegte sich hin und her, übersteigerte den Rhythmus, und ihre Stimme schwang sich hoch auf – eine prachtvolle Stimme, aber nicht für Kirchenlieder geschaffen.

Nach der Versammlung ging er an die Bar, aber nicht zum Prediger, sondern zu ihr. Er mußte zu allen Zeiten seine Scheu überwinden, und auch jetzt kämpfte er dagegen.

»Ich bin Jonathan Goodliffe«, sagte er. »Verzeihen Sie, daß ich mich selber vorstelle.«

Sie streckte ihm ihre braune Hand entgegen, die weich und rundlich war. »Ich bin Judy Spender«, sagte sie.

»Die Tochter des Geistlichen?«

»Ja.«

Er konnte sich nicht zurückhalten. »Dann werden Sie wohl weiterwandern?« fragte er.

»Das hängt davon ab«, sagte sie, »ob die Leute einen ausgedehnteren Gottesdienst wünschen, manchmal bleiben wir auch.«

»Hoffentlich wünschen sie das«, sagte er ernst, »ja – das heißt, ich bin überzeugt, daß sie es wünschen werden.«

Sie lachte, und die rötesten Lippen, die er je gesehen hatte, öffneten sich. »Ich hoffe es auch«, sagte sie. »Es wäre mir lieb, wenn ich ein paar Tage irgendwo bleiben könnte, wenigstens, um unsere Sachen zu waschen.«

»Sie müssen bleiben«, sagte er. Unter seinem ruhigen Äußern widerhallte sein Herz: »Du mußt – du mußt!« Er spürte, wie sie ihre Hand sanft aus der seinen zog, und begriff entsetzt, daß er sie die ganze Zeit festgehalten hatte.

So verwirrt ging er fort, daß er an nichts anderes denken konnte. Selbst beim Sonntagessen bei Merridy nicht. Wie es dazu gekommen war, daß dies sich zu einer allwöchentlichen Gewohnheit entwickelt hatte, das hätte er selber nicht sagen können, aber so war es nun einmal. Katie hatte damit angefangen, als sie ihn eines Tages fragte, was er eigentlich zu essen habe, denn er sehe so mager aus, und dann hatte sie ihre Frage selber beantwortet, indem sie in seine Töpfe guckte und alle Kisten und Schubladen öffnete. Am nächsten Tage sagte sie energisch: »Ma sagt, Sie könnten sonntags regelmäßig bei uns essen, und wenn Sie zu stolz sind, so können Sie es von meinem Schulgeld abziehen.«

So hatte es begonnen, daß er jede Woche einmal in die Wohnung hinter dem Laden ging und mit den Zwillingen spielte, während Katie und ihre Mutter sich im Haushalt beschäftigten. Fast gegen seinen Willen aß Jonathan sich einmal in der Woche richtig satt und verbrachte den Sonntagnachmittag in behaglicher Abgestumpftheit im Kreise der Familie. Zu solchen Zeiten wurde es ihm bewußt, daß in diesen drei Zimmern eine gewisse Behaglichkeit herrschte. Aus den Vorräten des Ladens hatte Mrs. Merridy sich Musselinvorhänge für die Fenster gegönnt, geflochtene Teppiche für den hölzernen Fußboden, einen großen Rundofen im Winter, Schaukelstühle und wohlgefüllte Kissen.

Inmitten all dieser Üppigkeit gewahrte Jonathan, ohne sich dessen recht bewußt zu werden, Katies schmale, geschäftige Gestalt, die hin und her eilte, den Tisch deckte, die Zwillinge mit leichten Klapsen zur Ruhe brachte und auf seine Bequemlichkeit bedacht war. »Jonathan, setzen Sie sich nicht hierher. Der braune Schaukelstuhl ist besser. Jonathan, legen Sie die Füße auf diesen Stuhl!«

Heute sagte sie plötzlich bei Tisch: »Aber Jonathan, Sie essen ja gar nichts!«

»Doch, doch, ich esse.« Es war ihm peinlich, daß sie es bemerkt hatte, denn er hatte tatsächlich keinen Hunger. Judys wegen konnte er weder essen noch denken.

»Laß ihn nur, Katie«, sagte Mrs. Merridy bekümmert. »Ich weiß, wie das ist, wenn man bei einer solchen Betstunde war. Es verschlägt einem den Appetit, weil man an die ewigen Dinge denken muß. Ich sage, Mister Merridy, daß wir Bruder Spender auffordern sollten, eine Woche lang bei uns Erbauungsstunden abzuhalten, bevor der Winter einsetzt. Da hätten wir etwas, woran wir an den langen Abenden denken könnten, und vielleicht wird auch diese oder jene Seele vor der Hölle gerettet, wenn irgendwer sterben sollte, denn das wird sich ja kaum vermeiden lassen.«

»Na ja, du weißt, was ich immer sage, Lula – bei diesen langen Betstunden werden mehr Seelen gekuppelt, als gerettet.«

»Und ich sage immer, daß du dich solcher Reden schämen solltest, Lew Merridy. Besonders vor jungen Leuten darf man doch nicht so sprechen!«

»Ach, mein Gott, Lula, Jonathan ist doch ein erwachsener Mensch!«

»Ja, aber du solltest auch anfangen, an deine eigene Tochter zu denken«, erklärte Mrs. Merridy.

Mr. Merridy zog die Brauen hoch. »Was, Katie? Die ist doch ein kleines Mädchen!«

»Ich bin beinahe fünfzehn, Pa«, sagte Katie streng.

Er musterte sie und tat erstaunt: »Ja, wahrhaftig, du kleines Huhn!«

»Sie und ich, wir werden in der Küche essen müssen, Jonathan«, grölte er. »Wir sind nicht stubenrein!«

Jonathan lächelte und warf Katie einen Blick zu, darin ein leiser Widerwille war. Doch im Unterbewußtsein hatte dieser Widerwille auch etwas mit Judy zu tun. Seit er, wie in einem

Taumel, einem Rausch, diese Zimmer betreten hatte, dachte er nur an Judy und überlegte, wie man es anstellen könnte, damit ihr Aufenthalt sich verlängere.

Er lauschte, als Mrs. Merridy jetzt zu schelten begann: »Nun, Lew, benimm dich nicht wie das Behemoth aus dem Buch Hiob, sondern hilf mir. Es sind in diesem Sommer eine Menge unbekehrte Leute nach Median gekommen, und wenn wir sie bekehrt sähen, so hätten wir eine gute Wintersaison. Du sagst ja selber, daß diese Betstunden viel Gutes für sich haben – die Leute zahlen ihre Rechnungen und die Männer kaufen allerlei für ihre Familien ein.«

»Ja, ich hab gar nichts dagegen«, sagte Lew Merridy, »wenn's auch ein wenig spät im Jahr ist, um im Freien zu sitzen, und ich glaube nicht, daß Drear die Leute Tag für Tag bei sich haben will, wenn doch gerade jetzt vor dem Winter die Wagen nach dem Westen hier durchziehen.«

Jonathan hatte eine Eingebung. Er hob den Kopf und sagte schnell: »Wenn die Eltern nichts dagegen haben, den Unterricht eine Woche ausfallen zu lassen, so könnte man mein Schulzimmer benützen.«

Das leuchtete Lew ein. »Ja, das könnte man«, sagte er. »Das ist eine gute Idee, Jonathan, und die Eltern werden auch zufrieden sein. Sie sind immer froh, wenn sie ihre Kinder früh bekehren lassen können – manchmal erspart das viele Prügel. Seit du getauft worden bist, Katie, habe ich dich doch nicht mehr geprügelt, nicht wahr?«

»Nein, Pa«, sagte Katie.

»Ich glaube, daß das, von allen Seiten betrachtet, eine gute Idee ist«, sagte Merridy. »Die Leute werden herkommen und ihre Vorräte für den Winter einkaufen, und seelische Nahrung kriegen sie obendrein. In einer Gemeinschaft muß man Religion haben, sonst schlagen die Leute einander tot, besonders im Winter, wenn sie miteinander eingepfercht sind. Ich will heut nachmittag ein wenig herumgehn und mit Bruder Spender und den Leuten von Median reden. Im

Grunde bin ich ein frommer Mann, Jonathan.« Er lachte, daß sein Bauch wackelte.

Jonathan schob den Teller weg. Das Essen erstarrte und quoll in seinem Mund, er konnte es nicht hinunterschlucken.

»Ich fühle mich nicht ganz wohl«, sagte er. »Entschuldigen Sie mich, Mistreß Merridy.« Er sprang auf und verließ das Zimmer. Er war so erregt, daß er nicht stillsitzen, nicht sprechen noch zuhören konnte. Er war im Begriff, sich in Judy Spender zu verlieben!

In jenen Tagen der frommen Versammlungen stand er jeden Morgen sehr früh auf, fegte das Zimmer, reinigte Bänke, Pulte und die Tafel, ging vor die Türe und pflückte violette Herbstblumen, die er auf seinen Tisch stellte, der Joel Spender als Kanzel diente. Dann aß er sein Frühstück und wartete. Aber er brauchte nicht lange zu warten. Denn Joel Spender erschien sehr bald und ließ sich den Text für den Tag auf die Tafel schreiben. Und mit ihm kam Judy.

Jonathan schrieb mit seiner sauberen, klaren Schrift donnernde Flüche auf, während Joel neben ihm stand und sie erdröhnen ließ.

»Ja, zur Hölle fährst du, zur tiefsten Grube. Wer dich sieht, wird dich schauen und betrachten und sagen: Ist das der Mann, der die Welt zittern und die Königreiche beben machte . . .? Heule, Tor! Schreie, Stadt!

Geschrei geht um in den Grenzen Moabs. Sie heulen bis gen Eglaim und heulen bei dem Born Elim. Denn die Wasser zu Dimon sind voll Blut!«

»Vater übt sich an Ihnen, Jonathan«, sagte Judy boshaft. Sie stand an der Türe, entlockte ihrer Harmonika Musikfetzen, Anfänge von Melodien, die sie nicht beendete, ein paar Akkorde aus einem Kirchenlied, einige Klänge einer Melodie, die sie auf einem Flußboot gehört hatte.

»Keine Spur!« sagte Joel. Aber es wollte ihm nicht mehr gelingen, seine Worte so mächtig rollen zu lassen. »Du bist ein wahrer Dorn in meinem Fleisch, Judy, so wie auch deine Ma es gewesen ist«, sagte er entrüstet.

Sie antwortete nicht, und Jonathan, der rasch den Kopf wandte, sah ein lächelndes Profil, und da schaute er wieder fort, beängstigt durch die Gewalt seiner ersten Liebe.

Dann, wohl um Männer, Frauen und sogar Kinder dazu anzuregen, daß sie Gottes Worte hörten, kamen in jener Woche lange, goldene Tage über die Prärie. Die Leute von Median gingen in dem Sonnenschein über den Pfad, den die Füße der Schulkinder Tag für Tag zu dem Lehmhaus ausgetreten hatten, und durch das hohe Gras rollten Wagen und luden Männer, Frauen und Kinder aus. Sie sahen alle gleich aus, die Kleidung war verschossen, die Haut rotbraun.

»Seid Ihr gerettet, Bruder White?« brüllte Joel Spender.

»Ich bin schon vor langer Zeit gerettet worden«, erklärte Bill White.

»Sind auch alle andern gerettet? Will irgendwer gerettet werden?« schrie Joel und durchbohrte die Gemeinde mit seinen glühenden Blicken.

Als kein Mensch antwortete, sagte er zu Judy: »Spiel etwas, Mädel! Spiel etwas, das sie aus ihrem Todesschlaf erwecken soll!«

Und Judy, deren schönes Gesicht ungerührt blieb, spielte mit solcher Leidenschaft, solchem Drängen, daß die Leute auf ihren Sitzen hin und her rückten und einige sich kläglich schwitzend erhoben und ihre Sünden hervorstammelten.

Ein Tag ging in den andern über, und Jonathans Denken hörte auf, ein Denken zu sein und wurde zu einem Verlangen, bis er es eines Nachmittags nicht länger aushielt, aufstand, in sein Schlafzimmer ging, sich setzte und wartete, bis alle sich verzogen hatten. Als sie fort waren, kam sie in das Zimmer und strich sich die Haare aus der Stirn.

»Ach, ich bin müde!« seufzte sie, und als wäre sie hier ebenso daheim wie an irgendeinem andern Ort, warf sie sich auf sein Bett.

Er war entrüstet, und doch zitterte er, konnte den Blick nicht von ihr wenden und sah jede Biegung ihrer Brust und ihrer Schenkel. Und sie öffnete die Augen, die sie geschlossen hatte, und sah ihn an.

»Kommen Sie her, Jonathan«, sagte sie.

Wider Willen und doch ohne sich wehren zu können, stand er auf, ging zu ihr und setzte sich auf den Rand des Bettes.

»Ist das Ihr Haus, Jonathan?«

»Ja.«

»Und Sie werden immer hier wohnen?«

»Das hoffe ich.«

»Oh!« Sie seufzte und streckte die Arme aus. »Sich vorzustellen, daß man jeden Tag in demselben Haus aufwachen darf! Jonathan, legen Sie sich neben mich«, sagte sie plötzlich.

»Nein«, erwiderte er rauh.

Sie schlug die Augen weit auf. »Haben Sie nie von der Waliser Sitte des Freiwerbens gehört?« fragte sie.

»Nein.«

»Da ist nichts Böses dabei«, sagte sie und lachte. »Man legt sich einfach nebeneinander ins Bett, ganz angezogen wie wir, und spricht miteinander, und das ist alles.«

»Wie könnte das alles sein?« murrte er. Und entsetzt darüber, daß er der Länge nach in den Abgrund zu fallen drohte, der sich vor ihm auftat, sprang er auf und eilte in das andere Zimmer. Als Jonathan sah, daß kein Mensch mehr da war, ging er durch die Türe hinaus und nach Median.

Ich bin grundschlecht, dachte er. Und grundschlecht war er, wenn damit das gemeint war, was er zu tun begehrte, und was er getan hätte, wenn er nur noch eine Minute neben ihr geblieben wäre. Er ging in das Gasthaus. Henry Drear stand hinter dem Schanktisch.

»Einen Becher Whisky«, verlangte Jonathan.

»Hab nie gewußt, daß Sie das auch brauchen«, sagte Drear grinsend. Er schenkte den Whisky aus einem Krug ein, der hinter dem Bartisch auf dem Boden stand.

»Ich hab's auch nie zuvor gebraucht«, erwiderte Jonathan. Er schluckte das glühende Getränk widerwillig hinunter und wartete, ob eine andere Glut in seinem Innern sich abkühlen würde.

»Das kommt von der Religion«, meinte Henry umgänglich. »Wenn die Betstunden zu Ende sind, kommen viel mehr Leute hierher als sonst.«

Den ganzen Abend verweilte er schweigsam im Gasthaus, während die Männer kamen und gingen.

Er ging schließlich heim, und während er die Kerze anzündete, horchte er ängstlich. Wenn Judy noch da war, so war er verloren. Doch sie war fort. Er hob den Vorhang zwischen den zwei Räumen und sah das Bett in Unordnung, auf dem sie gelegen war und vielleicht geschlafen hatte. Er stand vor dem Bett, und seine Blicke konnten sich nicht von der Mulde abwenden, die ihr Körper geformt hatte, und abermals schlich sich die Liebe in ihn ein. Sie war unschuldig, ein unschuldiges, unbelehrtes Kind. Oder war sie nicht unschuldig? Sein Herz schrie, daß sie unschuldig sei. Dann aber erinnerte er sich, wie sie sich auf sein Bett geworfen hatte, und ein kalter, leiser Zweifel stieg in ihm auf.

Konnte sie unschuldig sein?

Die seltsame Glut dieses Nachmittags tauchte die Prärie in Wärme und Schweigen. Tag um Tag dieser sieben Tage regte sich nicht der leiseste Wind, und Joel Spender in dem Lehmhaus veränderte auch den Ton seiner Predigten. Er wandte sich von den Propheten ab und dem Hohenlied Salomons zu. Er zeigte den Gläubigen nicht länger einen zornigen Gott, sondern einen Gott, den es danach verlangte, ihre Herzen durch die Liebe zu gewinnen. Die Herzen wurden aufgewühlt und wollten diese Liebe mit ihrer unklaren Liebe erwidern. Sie standen auf, scheu, voller Scham, brummelten etwas von dem, was sie fühlten, ohne zu begreifen, was es war. Nur Beaumont war heiter und bekannte ohne jede Scheu.

»Ich lobe Gott!« rief er fröhlich und sprang auf.

Doch sie vergaßen alle Scheu, wenn Judy Harmonika spielte, und die Töne in Wogen fluteten. Wenn sie spielte, waren alle ihr auf Gnade und Ungnade ausgeliefert, und sie spielte, nach ihrem Gutdünken, und die Leute folgten ihren Stimmungen. Manchmal machte sie sie heiter, und einmal begannen die kleinen, schwarzen Kinder nach dem Rhythmus in die Hände zu klatschen.

Sie spielte schneller, und plötzlich nahm Sue die Melodie auf, sang in ekstatischer Verzückung, und alle sangen mit:

»Jesus, dein' Nam' ist mein' Lust.
Dein' Süßigkeit erfüllt mein' Brust.«

Jonathan, die Blicke auf Judy gerichtet, fühlte sein Herz im Busen schmelzen. Denn sie, die Harmonika schwingend und sich im Takte wiegend, hatte sich zu ihm gewandt und schaute ihn an, der in einem Winkel, weit von der Türe entfernt, saß. Sie hatten nicht mehr miteinander gesprochen, und morgen war der letzte Tag. Er hatte nicht gebetet. Wohl war auch er bekehrt, wohl hatte auch er sich gewandelt, doch nicht durch Gott, das wußte er.

Jonathan mußte noch einmal mit Judy reden. Was er sagen wollte, wußte er nicht, denn er wußte ja nicht, was er eigentlich von ihr wollte. Aber er konnte sie nicht gehn lassen, ohne irgendein Band zwischen sich und ihr zu knüpfen. Nur mußte er wissen, daß sie wiederkommen werde.

Am Ende jenes Tages verweilte Judy noch an der Türe. Joel war vorausgegangen und kümmerte sich nicht darum, ob sie ihm folgte oder nicht.

»Nun«, sagte sie, »jetzt ist es beinahe vorbei.«

»Ja, jetzt ist es vorbei«, sagte auch er. Er sprach mit jener milden Klarheit, die ihm eigen war.

»Ist es so gewesen, wie Sie es sich vorgestellt hatten?« fragte sie.

»Sie meinen – die Betstunden?«

»Ich meine – alles.«

»Ich glaube nicht, daß ich mir irgendwelche Vorstellungen gemacht hatte«, erwiderte er.

»Hoffentlich werden wir uns wiedersehen«, sagte er.

»Im Frühjahr dürfte ich wieder da sein«, sagte sie unbefangen. Sie sah über die Prärie, während sie sprach. »Wir kommen gewöhnlich zweimal im Jahr nach Median, und ich wüßte nicht, warum sich das ändern sollte. Jetzt wandern wir nach Süden, weil Vater im Winter hier oben nicht predigen kann. Die Leute rühren sich nicht aus ihren Häusern, wenn einmal die Schneestürme einsetzen.«

»Hoffentlich kommen Sie im Frühjahr zurück«, sagte er ernst. »Ich werde mich den ganzen Winter darauf freuen.«

»Soll ich es Ihnen versprechen?«

Ihre schwarzbewimperten Augen blitzten ihn an, und ihr Blick ruhte so wärmend auf ihm, daß er aus aller Vorsicht aufgescheucht wurde.

»Ja, das wünschte ich.«

»Schön, ich verspreche es Ihnen«, sagte sie. Sie lächelte, und dann streckte sie plötzlich die Hand aus und berührte seine Wange. Die Berührung war zu leicht, um eine Liebkosung zu sein, und dann ging sie rasch in die Dämmerung hinein.

Und er blieb stehn, war durch diese Berührung ihr Sklave geworden, und sie wußte es. Instinktiv hatte sie den einzig richtigen Zauber angewendet, eine Berührung von Fleisch zu Fleisch, sanft, schwebend und ohne Nachspiel, denn sie wanderte ja weiter. Ihr gefiel dieser junge Mann, der in jeder Beziehung so verschieden von ihrem Vater war, denn gegen ihren Vater hatte sie einen gewissen Widerwillen.

Irgend etwas an Jonathan hatte sie an ihre Mutter erinnert. Wenn er mich im Frühjahr fragen wird, ob ich ihn heiraten will, werde ich wohl »ja« sagen, und mit diesem Gedanken trat sie in das Gasthaus, lächelte drei fremden Männern, die an der Bar standen, besonders liebenswürdig zu und ging in die Küche.

»Darf ich für Sie die Kartoffeln schälen?« fragte sie.

»Ja, das wär schon eine mächtige Hilfe«, sagte Mrs. Drear begeistert. Judy band sich eine Schürze um und schälte lange, sich ringelnde Streifen von den Kartoffeln.

»Ist Ihr Pa zufrieden gewesen? Wird er wiederkommen?«

»Ich glaube schon«, sagte Judy verträumt.

Jonathans Schule wurde wieder instand gesetzt, und abermals begann er mit dem Unterricht. Aber es war eine Last geworden. Die Freude daran war vergangen. Mit tiefem Zweifel musterte er die Kinder. Eine schmutzige, zerlumpte Bande, dachte er mißgestimmt. Die Kinder der Familie Brewitt, die in einer Höhle am Flußufer hauste, trugen Säcke als Bekleidung, mit Löchern für die Arme. Sonst hatten sie kaum etwas an, und so zitterten sie bereits vor Kälte. Alle Kinder waren barfuß, aber das war in Median allgemein Sitte. Doch das Haar war nicht gekämmt und die Gesichter nicht gewaschen. Nur Martha und Matthew Cobb wirkten sauber und gepflegt.

»Jeder, der ein schmutziges Gesicht hat, soll sich waschen«, befahl er. »Das gilt für die Whites und für Sam und Abraham Hasty und für alle Brewitts und für Mary und Jim Anson. Die Cobbs und die Parrys sind sauber.«

Jonathan trat an die Tafel und schrieb zwanzig Wörter auf.

»Lernt diese Wörter«, sagte er streng. Dann setzte er sich an seinen Tisch und schlug die große Bibel auf. Wie durch einen Zauber öffnete sie sich beim Hohenlied, und er las es, während sein Herz vor Liebe schmerzte.

»Laß deine Brüste sein wie Trauben am Weinstock,
Und deiner Nase Duft wie Äpfel,
Und deinen Gaumen wie guter Wein,
Der meinem Freunde glatt eingeht
Und der Schläfer Lippen reden macht.«

Gott war es, der zu seiner gesegneten Brust, der Kirche, sprach, hatte Joel erklärt, als er diese Worte laut las. Doch Jonathan wußte es besser. Das waren die Worte eines Mannes zu einer Frau. Und er klappte das Buch zu.

12

Das Ende des Herbstes war gekommen. Jonathan mußte sich alle Mühe geben, um in den Wirrnissen von Beaumonts Denken den eigenen Geist klar zu bewahren. Es regte ihn an, und er wußte, daß er diesem Knaben nicht gewachsen war.

In den letzten Monaten war Beaumont schnell aufgeschossen. Er war größer als Jonathan und schwerer, obgleich er kein Fett ansetzte. Sein Gewicht entsprach seinem Körperbau, doch war er wohlgestalt und voller Anmut.

»Ich wollte, du könntest in eine andere Schule gehn«, sagte Jonathan. »In England würdest du an der Universität studieren können.«

»Das würde man mir in England erlauben?« fragte Beaumont plötzlich und hob den Kopf.

»Ich glaube wohl«, erwiderte Jonathan. »Ich habe zum mindesten nie gehört, daß dort die Hautfarbe eines Menschen darüber zu entscheiden hat, ob er Verstand hat oder nicht.«

Sie gingen vor die Tür.

»Ich rieche etwas«, sagte Beaumont.

Beaumonts Nüstern bebten wie die Nüstern eines Hundes. »Ich rieche Feuer«, sagte er.

»Nichts«, sagte Jonathan.

»Feuer«, wiederholte Beaumont.

Dann, als sie warteten, kam ein Wind im Westen auf. Es war kaum mehr als eine Abendbrise, die durch das Gras strich, doch sie hatte einen Rauchgeruch in sich. Es war keine Brise, sondern der erste Bote eines fernen Windes.

»Rauch!« rief auch Jonathan.

Kaum hatte er das Wort ausgesprochen, so glaubte er den Rauch zu riechen. Er hatte schon von Präriebränden gehört. Die Leute sprachen von Bränden, wie sie von Sturm, Gewitter und all den Kräften sprachen, die ihre Feinde waren.

»Muß es den Leuten sagen«, erklärte Beaumont. Mit langen, federnden Sprüngen begann er, auf das Gasthaus zuzulaufen. Jonathan lief hinter ihm her, doch bald blieb er stehn. Alles, was er besaß, war hier in diesem Lehmhaus. Es war sein Heim und der einzige Zufluchtsort, den er für seine Mutter und die Kinder hatte. Einen Augenblick lang dachte er nach und vergegenwärtigte sich, was die Männer als Hilfsmittel gegen das Feuer angegeben hatten. Die Leute am Fluß waren gesichert. Aber das Lehmhaus stand eine Meile vom Fluß entfernt. Er besaß kein Zugtier, das ihm Wasser herangeschleppt hätte. Bereits sah er andere Feuer aus dem Dunkel aufblitzen, das die zerstreut liegenden Häuser von Median umhüllte. Die Männer setzten die Prärie in Brand, und er ging ins Haus und kam mit einem brennenden Ast wieder. Der Wind wuchs von Minute zu Minute, und Jonathan blieb eine Sekunde stehn, um die Richtung festzustellen. Es wäre wichtig, daß das Feuer vom Hause fortgetrieben würde.

Im Lehmhaus war die Luft noch gut und kühl, und er warf sich keuchend zu Boden, um wieder zu Atem zu kommen.

Dann blieb er die halbe Nacht sitzen und wartete, daß der Brand ein Ende finden sollte. Zuerst brachte er es nicht fertig, still zu sitzen. Es drängte ihn aufzustehn, auf und ab zu gehn, irgend etwas zu tun, nur nicht ruhig zu sitzen und zu warten. Die Mauern des Lehmhauses waren stark, und Erde vermochte dem Feuer zu widerstehn. Dieser Gedanke beruhigte ihn. Er legte sich auf sein Bett und dachte nun daran, wie gut es war, daß seine Mutter und die Kinder nicht hier waren, und wie das Entsetzen auf sie gewirkt hätte. Und Judy – er war froh, daß sie fort war. Er dachte an sie, wie er sie am häufigsten gesehen hatte. In den langen Stunden, da Joel Spender predigte.

Er setzte sich auf, halb erstickt von der Hitze, zündete die Kerze auf der Kiste neben seinem Bett an, die ihm als Nachttisch diente, griff nach seinem Virgil und begann zu lesen. Doch nur ein Teil seines Denkens war bei dem Buch. Wenn er am Leben blieb – würde er je imstande sein, sich in diesem gewaltigen, eigenwilligen Land zurechtzufinden? Wenn ihm beschieden war, dieses Haus lebend zu verlassen – sollte er sich nicht für immer abwenden, nach England zurückkehren und auf Biegen oder Brechen den Weg zu dem Ziel suchen, das er kannte?

Er spürte, wie die Luft im Raum heißer und immer stärker von Rauch geschwängert wurde. Ein mächtiges, tiefes Dröhnen war rund um ihn, ein knisterndes Geräusch, das die Stimme des Feuers war. Seine Lungen begannen zu schmerzen. Er streifte sein Hemd ab, saß halbnackt da, und der Schweiß strömte ihm am rauchgeschwärzten Leib hinunter.

Just als er fast ohnmächtig vor Hitze war und der Rauch sich einen Weg in das Haus erzwang, spürte er plötzlich, daß das Feuer über seinen Kopf hinweg weitereilte. Er wartete einige Minuten. Die Luft wurde kühler. Das greuliche Dröhnen legte sich. Er ließ die Türe offen, warf sich auf sein Bett und schlief. Niemand kam am Morgen ihn wecken. Median schlief – Männer, Frauen und Kinder, ungewaschen, ohne Nahrung, aber in Sicherheit.

Am späten Nachmittag erwachte er und setzte sich auf. Alles im Haus war schwarz. Bett, Tisch, Stühle, Fußboden waren mit Asche bedeckt. An den Wänden, auf dem kleinsten Vorsprung lag schwarze Asche. Doch die Luft war rein und kalt, und seine Lungen waren wieder gesäubert und gesund. Er sprang auf und ging zur Türe. Der Himmel war blau, und die Sonne bestrahlte unverhüllt ein seltsam geschwärztes Land. So weit die Blicke reichten, gab es kein Lebenszeichen in dieser schwarzen Wüste. Median war nichts als eine Ansammlung einiger schwarzer Klumpen. Das Schild über der Gasthaustüre war verbrannt und hing kläglich herab, ein oder zwei verkohlte Bretter. Nirgends eine Spur eines Lebewesens. Und doch – wenn er am Leben war, so mußten es wohl auch die andern sein!

Zuerst wollte er in das Gasthaus gehn, doch als er zu dem Laden kam, stand Katie an der Türe, den Kopf mit einem Tuch umwunden, das Gesicht geschwärzt. Sie fegte und kehrte fieberhaft.

13

Das Feuer hatte in seiner Bosheit das gesamte Brennmaterial für den Winter verzehrt. Es gab nichts mehr auf der Prärie, was man hätte verwenden können.

Im Schulzimmer saßen die Kinder in ihre Kleider gehüllt, und darüber trugen sie alte Röcke und Mäntel ihrer Eltern. Am meisten litten die Negerkinder, und sie waren ganz grau vor Kälte.

Der Winter rückte vor. Es wurde Jonathans Hauptbeschäftigung, Brennmaterial für seine Schule zu finden. An schulfreien Tagen lieh er sich bei Henry Drear Wagen und Pferde aus und fuhr meilenweit, bis er in Gegenden kam, die vom Feuer verschont geblieben waren.

Vor Weihnachten erkannte Jonathan, daß irgendwie Abhilfe geschaffen werden mußte, wenn die Kinder nicht frieren sollten. Er verbrachte einen Sonntag damit, von Haus zu Haus zu gehn und mit den Eltern zu sprechen.

»Ich kann sie nicht unterrichten und für die Heizung sorgen«, sagte er immer wieder. »Es bedarf einer vollen Arbeitskraft, Brennmaterial zu holen und das Feuer in Gang zu halten. Da die Schule doch eine Sache der Allgemeinheit ist, meine ich, daß Sie mir helfen könnten.«

»Ja, ja, das werden wir«, sagte der eine oder der andere.

Dann kam ihm etwas in den Sinn. Gestern abend hatte Beaumont gesagt, er wollte Arzt werden.

»Arzt!« hatte Jonathan gerufen. Er betrachtete Beaumonts

olivenfarbene Hände, die langen Finger mit den eckigen Spitzen. »Ich hätte nie geglaubt, daß du Arzt werden möchtest«, sagte er. »Wie bist du nur darauf gekommen?«

»Mein Großvater Beaumont ist Arzt«, erwiderte der Knabe, und in dem stolzen Blick, den er Jonathan zuwarf, war er von Sue so entfernt, als hätte ihr Blut ihn verlassen. In dieser Minute war es all sein weißes Blut, das in ihm nach der Vorherrschaft strebte.

»Das ist eine Idee«, meinte Jonathan nachdenklich. »Du sagst, daß dein Großvater noch am Leben ist?«

»Er ist ein sehr alter Mann«, erwiderte Beaumont, »aber er lebt. Meine Mutter hat schon Wege, um solche Dinge zu erfahren. Wenn er gestorben wäre, wüßte sie es, sagte sie.«

»Und wo wohnt er?«

»In New Orleans«, sagte Beaumont. »Er heißt Pierre Beaumont, und Pierre ist auch mein erster Vorname. Ich habe mir ihn selber gegeben, als ich entdeckte, wer ich bin.«

Seine Stimme klang erregt, seine Augen glänzten, und Jonathan, der das merkte, wurde vorsichtig.

»Nun, ich weiß nicht recht«, sagte er. »Ich werde mir die Sache überlegen müssen.«

»Ja, Sir.« Beaumonts Gesicht verschattete sich schnell. Er war verletzt, und doch – was konnte Jonathan ihm denn versprechen?

Jonathan überlegte den Fall langsam und sorgfältig und kam zu dem Entschluß, an Pierre Beaumont in New Orleans zu schreiben, ohne Sue oder Stephen Parry ein Wort davon zu sagen. Etwas mußte für diesen außerordentlichen Jungen getan werden, und was konnte man ihm in Median bieten?

Es war der Sonntag vor Weihnachten, und Jonathan zog sich an und setzte sich an das Feuer, um einen Brief an Pierre Beaumont zu schreiben.

»Geehrter Herr«, schrieb er in seiner klaren, sauberen Schrift, »ich greife zur Feder, um mich in einer Angelegenheit an Sie zu wenden, die Sie persönlich angeht. Ich bin

Lehrer, und in meiner Schule ist ein Knabe, der den Namen Pierre Beaumont trägt. Darum glaube ich, Sir, daß Empfindungen der Natur und der Ehrenhaftigkeit Sie dazu bewegen werden, für die Ausbildung dieses ungewöhnlichen jungen Menschen zu sorgen, in dessen Adern Ihr eigenes Blut fließt, und der Ihren Namen trägt.«

Er unterzeichnete mit seinem Namen und setzte darunter »Schullehrer«. Dann faltete er das Blatt zusammen, versiegelte es mit Wachs und adressierte es an »Doktor Pierre Beaumont, New Orleans, Staat Louisiana, Vereinigte Staaten von Amerika«. Dann nahm er den Brief zu Lew Merridy mit, wo er, wie gewöhnlich, zu Tisch geladen war. Die Post ging einmal in der Woche vom Laden ab, Montag oder Dienstag, wenn nicht gerade ein Sturm tobte.

Als er an jenem Tage über den schwarzen, gefrorenen Boden ging, spürte er in dem Wind eine neue, bösartige Schärfe. Lew öffnete ihm die Türe.

»Es braucht eine volle Manneskraft, um die Türe gegen den Wind offen zu halten«, sagte Lew. »Nur herein, Jonathan. Ich weiß nicht, wie Sie heute wieder heimgehn werden. Es sieht nach einem Schneesturm aus.«

Katie warf Maiskolben in den Ofen, und so verbreitete sich eine wohltuende Wärme.

»Hello, Jonathan«, sagte sie. In der Schule nannte sie ihn nie bei seinem Namen, doch außerhalb der Schule hielt sie darauf, sich ihm gleichzustellen. »Setzen Sie sich hierher«, befahl sie, »und strecken Sie die Füße ans Feuer.« Sie zog einen Schemel heran.

Gehorsam setzte er sich. Jetzt, da er in der Wärme saß, wußte er, wie kalt es in seinem Lehmhaus gewesen war. Doch er hielt es nicht für richtig, das Heizmaterial, das die Eltern für die Kinder herbeischafften, für sich zu verwenden. Er zog den Brief aus der Brusttasche. »Sieh zu, daß dieser Brief richtig frankiert wird, wenn die Post vorüberkommt, Katie, ja?« sagte er.

Sie nahm ihn und buchstabierte den Namen. »Wer ist dieser Pierre Beaumont?« fragte sie.

»Das erzähle ich dir nächstens«, sagte er, um sie zu necken. Er dachte gar nicht daran, ihr etwas von der Sache zu erzählen.

»Katie wird ihn zur Post geben«, sagte Lew. »Sie erledigt jetzt regelmäßig die Post, und Samstag hilft sie im Geschäft mit. So verdient sie sich doch eine Kleinigkeit.«

»Die Arbeit im Geschäft ist leicht«, sagte Katie. Sie warf Jonathan einen Blick zu. Er merkte, daß sie gelobt werden wollte, und war gerührt. Er lächelte ihr zu, dann aber kam ihm Judy in den Sinn, und er schaute zur Seite.

Im Verlauf des Nachmittags, als sie mit dem Essen fertig waren, wurde es offenbar, daß der Schneesturm kam.

»Sie bleiben bei uns, Jonathan«, sagte Lew.

»Aber morgen ist doch Schule«, wandte er ein.

»Bei solch einem Sturm wird's vor Weihnachten keine Schule mehr geben«, sagte Lew.

»Ich sollte doch wohl heimgehn«, sagte Jonathan zu Lew.

»Warum? Kein Tier, kein menschliches Wesen erwartet Sie!« meinte Lew.

Und das war richtig. Es gab keinen vernünftigen Grund dafür, in das Lehmhaus zurückzugehn, außer daß es irgendwie doch sein Heim geworden war, da er kein anderes besaß und sich danach sehnte, irgendwo daheim zu sein.

»Sie würden nie den Weg finden, Jonathan«, sagte Lew. »In einem Blizzard kann ein Mensch sich verirren und zwischen seinem Haus und seiner Scheune erfrieren. Bleiben Sie nur ruhig da. Wir freuen uns, daß wir Sie hier haben.«

»Dann muß ich wohl«, sagte Jonathan, noch immer widerwillig. »Vielen Dank!« Wenn er darüber nachdachte, konnte er nicht recht erkennen, warum er eigentlich nicht bleiben wollte. Es gab ja tatsächlich kein lebendes Geschöpf, das ihn irgendwo erwartete. Plötzlich überkam ihn das Gefühl seiner Einsamkeit, und er wandte sich vom Fenster in die warme Stube, zu Licht und Wärme und dem Anblick Katies, die den zwei kleinen Knaben Lätzchen um den Hals band.

»Schluß mit dem Lärm!« sagte sie und küßte die Kinder. Sie wirkte sachlich und in ihrem Tun völlig normal.

»Du bist ein braves Mädchen, Katie«, sagte er.

Sie schaute zu ihm auf, und auf ihrem fahlen, unhübschen Gesicht war ein so seltsam scheuer Ausdruck, daß es ihn tief berührte.

»Das meine ich ganz ernst«, sagte er.

Sie zauderte sekundenlang, und dann wandte sie sich plötzlich ab und lief aus dem Zimmer.

An jenem Abend saßen Jonathan und Lew allein im Toben des Sturmes vor dem Ofen. Mrs. Merridy war früh zu Bett gegangen.

»Ein Mann«, sagte Lew jetzt und hob die Stimme, »fragt sich, wie er seine Kinder versorgen soll. Besonders wenn es sich um Mädchen handelt. Ein Mädchen hat nicht viel Aussichten. Sie ist von dem oder jenem Mann abhängig, und das ist noch das Beste, was ihr passieren kann. Sie muß das nehmen, was sich ihr bestenfalls bietet, und ein Mädchen wie Katie muß sich mit dem abfinden, der sie haben will.«

»Möglich«, sagte er verwundert.

»Katie wird eine ausgezeichnete Frau abgeben«, sagte Lew, »aber der dazugehörige Mann muß klug genug sein, um hinter ihr Gesicht schauen zu können.«

Jonathan sagte gar nichts mehr. Die Vorsicht regte sich in ihm.

»Zum Teufel noch mal«, sagte Lew brüsk und schlug sich aufs Knie, »es wäre eine mächtige Erleichterung für mich, wenn Sie dieser kluge Mann wären, Jonathan.«

Jonathan spürte, wie sein Körper erstarrte. Er hätte kein Wort zu sprechen vermögen. Er hatte diesen langen, ungepflegten Mann gern, er hatte auch Mrs. Merridy gern und liebte dieses Heim, wo er immer willkommen war. Aber er wußte, daß er Katie nicht heiraten konnte.

»Sie ist wie eine gute, treue Hündin«, sagte Lew. Er sah Jonathan nicht an. »Sie wird ebenso treu an einem Mann hängen, und wenn sie Kinder hat, wird sie sie gut pflegen und lehren, anständig zu kämpfen und nicht zu lügen. Wenn ein Mann erkennen kann, was für ein Mensch Katie ist, dann wird er mit ihr sehr glücklich sein.«

»Ich bin überzeugt davon, daß das alles richtig ist, Mister Merridy«, sagte Jonathan. Seine Stimme klang dünn. In seinen Ohren dröhnte das Blut stärker als der Wind vor den Fenstern. Lew wartete, doch Jonathan konnte kein Wort mehr hervorbringen, und schließlich merkte das auch Lew.

Dann sagte Jonathan, in Schweiß gebadet. »Ich habe Katie sehr gern — aber ich bin nicht frei — in gewissem Sinn — das heißt —« Er konnte nicht weiterreden.

»Ja, aber ich hab doch nie bemerkt, daß Sie ein Mädchen angeschaut haben!« rief Lew.

»Gewiß, aber — aber — ich bin verliebt —«

Lew starrte ihn an, und in seine blauen Augen trat ein feierlicher Ausdruck.

»Dann tut's mir leid, daß ich gesprochen habe«, sagte er. »Wenn ich das geahnt hätte, wäre kein Wort über meine Lippen gekommen. Aber daran hatte ich nie gedacht. Und Katie hat Sie so gern. Sie hat Sie schrecklich gern. Weil ich das gemerkt habe, kam ich auf die Idee, mit Ihnen zu reden. Sie kann nicht schmeicheln und schöntun und einen Mann anlocken, wie andere Mädchen.«

»Ich glaube, ich sollte nicht hierbleiben«, sagte Jonathan kläglich. »Ich glaube, ich sollte Ihr Haus auf der Stelle verlassen.«

»Das können Sie nicht«, erwiderte Lew. »Und ich würde es Ihnen auch gar nicht erlauben. Was ich gesagt habe, muß vergessen werden. Jetzt wollen wir ins Bett gehn. Glauben Sie, daß Sie auf diesem Sofa schlafen können?«

»Ja, natürlich.« Er stand instinktiv auf, als Lew jetzt zur Türe ging.

»Na, auf morgen!« sagte Lew über die Schulter. »Sie kümmern sich ums Feuer?«

»Ja.«

Als er allein war, legte er sich auf das Sofa und zog ein Büffelfell über sich. Katie hatte es hereingebracht und für ihn liegenlassen. Er konnte nicht schlafen. Er dachte an Katie, während sein ganzes Wesen sich gegen sie wehrte.

Ich hätte nicht anders sprechen können, als ich es getan habe, dachte er, obgleich seine Undankbarkeit ihm Kummer bereitete. Wie eigenwillig war doch die Liebe, daß sie sich jenem verweigerte, der sie verdiente, und sich über einen andern Menschen ergoß, der nichts tat, sondern nur aussah, wie eben Judy aussah, der ging, lächelte, sprach, wie Judy ging, lächelte, sprach! Es tat ihm leid, daß es so war, doch dagegen gab es kein Medikament.

14

In der kleinen Lehmhütte, die Clyde an einen Hügel inmitten seines Grund und Bodens gebaut hatte, lag Mary auf dem Kissen, in eine graue Decke gehüllt, und betrachtete das neugeborene Kind. Dann sah sie zu Ruth auf, die zaudernd neben dem Bett stand. Es war unpassend, daß Ruth, ihre eigene Tochter und selber noch ein Kind, ihr geholfen hatte. Doch das Kind war zu früh gekommen. Clyde war fort, und sonst war kein Mensch da.

»Soll ich dir Tee bringen, Mutter?« fragte Ruth.

»Das wäre sehr lieb von dir«, sagte ihre Mutter schwach. Das winzige Geschöpf in ihrem Arm lebte kaum. Sie betrachtete es abermals. »Ach, mein armes Kindchen«, flüsterte sie und schloß die Augen.

Aber Ruth sagte nichts. Nachdem sie den Tee gebracht und ihrer Mutter den Kopf gehoben hatte, um ihr den Tee einzuflößen, ging sie hinaus und löste den Strick, mit dem sie

Maggie an einen Baum gebunden hatte, damit das Kind nicht weglaufen konnte, während sie selber ihrer Mutter beistand.

»Ruth!« Vom Bett her klang die Stimme ihrer Mutter plötzlich ganz munter.

»Ja, Mutter?«

»Sag Jonathan nichts davon! Hast du ihm geschrieben?«

»Noch nicht.«

»Überlaß es mir! Ich werde es ihm schreiben. Er wird deinem Vater sehr böse sein.«

Doch Mary schrieb Jonathan nichts, auch als sie wieder aufgestanden war. Sie konnte es nicht. Wie sollte eine Frau in mittleren Jahren einem jungen Mann, der empfindsam, schwierig und noch dazu ihr Sohn war, erklären, warum sie immer wieder, gegen ihren Willen, Kinder gebar?

Sie ließ das kleine Wesen kaum aus den Armen. Mochte Ruth die Wirtschaft besorgen, wie es eben ging, sie selber lag Tag und Nacht im Bett oder saß an ein Kissen gelehnt, hielt das winzige Geschöpf an ihren Körper gepreßt, um es zu erwärmen. Clyde wurde ungeduldig.

»Du tust, als ob du sonst nichts auf Erden hättest«, murrte er.

Sie antwortete nicht. Sie stieß ihn zurück, wenn er sich nachts an sie preßte. Dann flüsterte sie wild: »Bleib, wo du bist, Clyde! Mit diesem armen kleinen Kind habe ich schon mehr als genug auf dem Gewissen.«

Sie hausten wie Tiere in einer Höhle. Sie besaßen keine Möbel. Ihr Bett war eine Matratze auf Pfosten, die in den Boden getrieben und mit Querleisten verbunden worden waren. Die Kinder schliefen auf Strohsäcken. Und das tierischste war es, in diesem Loch einem Kind das Leben zu schenken. Sie erinnerte sich an das Häuschen in Dentwater, und wie sauber ihre Küche gewesen war, und wie ihr Geschirr geglänzt und gefunkelt hatte. Und am Fenster standen immer ein oder zwei Blumentöpfe!

Ihre Kräfte wollten nicht zurückkehren, und schließlich

stand sie überhaupt nicht mehr auf. Das Kind wurde durch ihre Schwäche auch immer schwächer, und am Weihnachtstag starb es in ihren Armen. Sie wandte sich zu Ruth.

Sie deckte ihr totes Kind zu und wartete bis zum Abend, da Maggie schlief, und dann wusch sie es mit Ruths Hilfe, zog ihm das Taufkleidchen an, das sie aufbewahrt und von Dentwater mitgebracht hatte, und darin alle ihre Kinder getauft worden waren. Ruth hörte nicht auf zu weinen.

»Wein nicht, Kind«, sagte ihre Mutter traurig. »Wie könnten wir wünschen, daß sie hier leben sollte? Aber ich wollte, sie wäre getauft worden. Sonst ist es doch nicht anders als wie bei den Tieren.«

»Ach, Mutter, nicht!« klagte Ruth.

Sie warf sich auf das Bett, und Clyde trat ein und fand sie so.

»Was ist denn los?« fing er an, und dann erblickte er die kleine Gestalt in der Kiste, wie eine Puppe in dem langen, weißen Kleid. Er blieb stehn, und seine Züge veränderten sich. »Wann ist das geschehen?«

»Heute nachmittag«, erwiderte Mary. Ihr Gesicht zitterte. »O Clyde, so mußte es kommen!«

»Wahrscheinlich«, sagte er langsam.

Er rührte sich noch immer nicht, dann fragte er scheu, demütig: »Was soll ich tun, Mary?«

»Bring es in die kleine Mulde, Clyde, du weißt, die ich immer die Falte genannt habe. Und dann – ach, Clyde – leg einen Stein darüber – wegen der Coyoten.«

»Ja – gewiß –«

Er suchte ein paar Bretter und wollte die Kiste zunageln. Plötzlich hielt er ein.

»Was ist denn?« flüsterte Mary.

»Die graue Decke – Mary –, das Kind braucht sie nicht, aber wir brauchen sie –«

Marys Augen brannten. »Clyde, du läßt ihr die Decke!«

»Aber, Mary –«

»Das ist alles, was sie hat – diesen jämmerlichen Fetzen – keinen richtigen Sarg – kein richtiges Begräbnis –«

»Gut, gut, Mary! Mein Gott, ich habe eben mehr an die Lebenden gedacht als an die Toten.«

Ihre Tränen wollten nicht versiegen, und nach einer Weile seufzte er, gab es auf und ging, die Kiste unter dem Arm, zur Türe. Dann rief sie ihn. »Was willst du, Mary?«

»Clyde, begrab sie nicht, ohne irgend etwas zu sagen!«

»Ich werde das Vaterunser sagen«, erwiderte er leise.

In der Stille, die nur Ruths Schluchzen unterbrach, dachte sie an Jonathan. Sie hatte ihm nicht geschrieben, und sie würde ihm nicht schreiben. Es hatte keinen Zweck.

Jene Weihnachten brachten keine Briefe von Jonathans Mutter noch von Ruth. Drei Tage lang war Jonathan in Lews Haus geblieben. Lew hatte die Gelegenheit benützt, als sie einmal allein waren, um Jonathan zuzuflüstern: »Ich werde Katie keine Andeutungen machen, bevor Sie gehn.«

»Ich wüßte gar nicht, wie ich ein Wort herausbringen sollte«, sagte Jonathan bekümmert.

Doch schließlich blieb er am Weihnachtstage nicht allein. Henry Drear kam durch den Schnee gestapft und klopfte so energisch an die Türe, daß das Dach des Tunnels, den Jonathan gegraben hatte, über ihm einstürzte. Als Jonathan die Tür öffnete, fielen Mann und Schnee in den Raum, der zur Hälfte von ihnen erfüllt zu sein schien.

»Behandelt man so einen Menschen am Weihnachtsmorgen?« schrie Henry Drear. »Und ich bin noch gekommen, Sie einzuladen. Sie sollen von meinem heißen Rum trinken!«

Jonathan lachte. »Eine schöne Unordnung haben Sie mir hier angerichtet«, sagte er ruhig und griff nach der Schaufel, um den Schnee wegzuräumen.

»Es ist ja Ihr Schnee«, erklärte Henry Drear, »und ich hab ihn nur mit hereingebracht. Na, kommen Sie so um Mittag und trinken Sie ein Glas mit den Leuten aus Median!«

»Danke, ich komme gern«, sagte Jonathan, »obgleich ich ja kein großer Trinker bin. Das wissen Sie.«

»Ach was, Sie sind nun einmal der Schulmeister, und die Leute wollen Sie dabei haben.«

»Und ich will auch dabei sein«, sagte Jonathan.

Jonathan verbrachte den Weihnachtsmorgen damit, Schnee zu schaufeln. Aber er tat es gern. Er sah die Männer, die er seit Joel Spenders Versammlungen nicht mehr gesehen hatte.

Sie verbrachten den Nachmittag des Weihnachtstags im Gasthaus. Alle Bewohner von Median waren da, mit Ausnahme der Parrys. Jetzt, da er sie alle so guter Laune sah, kam ihm zu Bewußtsein, wie jung dieses Median war. Es gab nur wenige weiße Köpfe. Mrs. Cobbs Mutter war darunter und ein alter Mann, den er noch nie gesehen hatte, die meisten Einwohner von Median aber waren jung. Es wurde gesungen und getanzt, und er sah, wie auch Katie tanzte. Andere junge Mädchen gab es nicht in Median, und Katie erglänzte in einsamer Pracht, die zwar von ihrem unhübschen Gesicht beeinträchtigt wurde, dennoch aber einen Seltenheitswert besaß.

Er beobachtete die Gäste. Sie waren jetzt des Tanzens müde und begannen plötzlich zu singen, und im Singen fand jeder sein eigenes Ich. Jeder wurde unversehens zu dem, was er wirklich war. Und Jonathan, der nur einmal in eines von Joel Spenders Kirchenlieder eingestimmt hatte, war plötzlich gerührt, hob schüchtern seine Stimme und sang auch.

Es war gemütlich, und er war froh, daß er gekommen war. Es war eine aufrichtige Freude für ihn, als Mrs. Cobb auf ihn zutrat und auf ihre unmittelbare Art sagte: »Ich möchte Ihnen doch sagen, Mister Goodliffe, daß es sich gelohnt hat, in Median zu bleiben. Die Kinder lesen ja großartig.«

»Das freut mich, Mistreß Cobb«, sagte er ernst.

Was ihn an diesem Weihnachtstag am tiefsten rührte, war, daß er daheim auf seinem Tisch ein kleines Bündel in rotgefärbtem Zeitungspapier vorfand, das mit Stricken aus geflochtenem Gras zusammengebunden war. In Beaumonts schönster Schrift stand auf ein Stück Papier geschrieben »Fröhliche Weihnachten von Parrys«, und unter den Strick war ein Zweiglein geschoben. Drinnen gab es allerlei Süßigkeiten, getrocknete, wilde Himbeeren und ein paar Walnüsse in einem kleinen Holzkistchen, das sehr leicht war und so schön poliert, daß es sich wie Porzellan anfühlte.

Er zündete ein Feuer an, aß von den Süßigkeiten und dachte an seine Mutter, an die Kinder und an Judy. Dann aber dachte er zu seiner eigenen Überraschung auch an Katie. Er entdeckte, daß er gekränkt war, weil sie den Tag hatte vorübergehn lassen, ohne das Geschenk zu erwähnen, das sie, wie er wußte, seit langem für ihn vorbereitet hatte.

15

Am Nordrand der Stadt New Orleans stand Judy mitten in einer Menschenmenge und beobachtete die Leute. Es waren zumeist Männer, aber das störte sie nicht weiter. Sie erinnerte sich auch undeutlich an Jonathan, ohne doch zu irgendeinem Entschluß zu gelangen. Ihr unstetes Dasein hatte sie gelehrt, für den Augenblick zu leben.

Rund um das Gefängnis standen etwa zwei- oder dreihundert Menschen und warteten auf etwas. Die Straße war voll von Menschen, und so blieb sie stehn.

»Warum seid ihr denn alle hier?« fragte sie einen jungen Mann in braunem Anzug mit hohem Hut.

»Lem Beaumont wird heute aus dem Gefängnis vor das Gericht geführt«, sagte er.

Den großen Neger, der Pierre, den Sohn des alten Pierre Beaumont, getötet hatte, konnte sie nicht alle Tage sehen. Sie hatte die ganze Geschichte gehört, denn alle Welt sprach davon. Ob der junge Pierre tot war oder nicht, das kümmerte keinen Menschen. Er war der nichtsnutzige Sohn eines braven

Vaters. Aber er war ein weißer Mann, und Lem war der Sohn einer schwarzen Mutter, ein Mulatte, der einst ein Sklave der Beaumonts gewesen war. Es hieß, daß der junge Pierre sein Vater gewesen sei, doch Lems wahres Verbrechen war nicht Vatermord. Es war, daß ein schwarzer Mann einen weißen Mann getötet hatte – und, mehr noch, einen weißen Mann, dessen gesetzliches Eigentum er gewesen wäre, wenn der Krieg einen andern Verlauf genommen hätte.

Die Menge verhielt sich still.

Ein dicker, ältlicher Mann musterte Judy. Als sie aufsah, unbewußt durch seinen Blick beeinflußt, sagte er: »Sie täten besser dran, Ihrer Wege zu gehn. Was sich hier ereignen wird, ist ein Schauspiel nur für Männer.«

»Das stört mich nicht«, erwiderte Judy. Und sie schaute ihn so unbefangen und furchtlos an, daß er sich, aus der Fassung gebracht, verzog.

Hinter dieser Stille gab es ein Lauern. Eine Erregung lief durch die Menge, als jetzt die Türe sich öffnete und der Sheriff herauskam. Als er jetzt zu sprechen begann, geschah es mit langsamer, freundlicher Eindringlichkeit.

»Hört, Leute, so solltet ihr nicht vorgehn. Das Gericht wird entscheiden. Es ist gar kein Zweifel daran möglich, daß Lem gehängt wird. Ich gebe euch meinetwegen mein persönliches Ehrenwort.«

Die Männer erwiderten seinen Blick mit Schweigen.

»Na, ich wasche meine Hände in Unschuld«, brummte er, machte kehrt und verschwand wieder im Gefängnis.

Jetzt war eine leichte Bewegung in der Menge mehr zu spüren als zu sehen. Männer traten im Staub hin und her, Männer zogen den Hut tiefer in die Stirne und warteten.

Die Türe öffnete sich, und der Sheriff trat heraus. Hinter ihm waren zwei Wächter und zwischen ihnen ein großer Neger mit schlammfarbenem Haar und schieferblauen Augen.

Wie ein Tier, das sprungbereit gelauert hat, brach die Menge jetzt vorwärts. Judy sah sie zuspringen, sich auf ihre

Beute stürzen und mit ihr davonziehen. Das Schweigen wurde durch Stöhnen und Brummen und plötzlich durch einen gellenden Aufschrei des Negers zerrissen. Judy stand regungslos da und sah die Menge sich verziehen. Jenseits des leeren Raums zwischen ihr und dem Gefängnistor sah sie den Sheriff und die Wächter. Sie beachteten sie nicht, doch Judy hörte durch die klare, sonnenwarme Luft ihre Stimmen.

»Der alte Doc Beaumont wird mächtig wütend auf mich sein«, sagte der Sheriff.

»Das wird er«, meinte einer der Wächter.

»Die Leute haben's nicht vertragen, als es hieß, der alte Doc wolle nicht, daß der Staat eingreift. Das hat sie toll gemacht.«

»Es ist schwierig hier in der Stadt, einem Nigger nicht den Prozeß zu machen, wie er's verdient«, sagte der Wächter.

Der Sheriff wandte den Kopf, erblickte Judy und verzog den Mund zu einem Lächeln. Und Judy, der solch ein Lächeln auf den Zügen eines Mannes vertraut war, besann sich auf ihr Vorhaben und setzte nachdenklich ihren Weg fort.

Beaumont! In Jonathans Schule war doch ein hübscher Bursche gewesen, der Beaumont hieß! Wenn der Frühling kam und sie wieder nach Median wanderten und sie Jonathan wiedersah, wollte sie ihm von diesem Morgen berichten. Sie war ernüchtert bei dem Gedanken an das, was jetzt mit diesem grauhäutigen Neger geschah, der so seltsam gefärbte Augen hatte, aber sie war nicht weiter entrüstet. Solche Dinge mußten eben passieren. Selbst der Sheriff konnte sie nicht verhindern. Es war der Wille Gottes. Wenn sie nach Median zurückkehrte, wenn sie Jonathan heiratete und ihrem Vater gehorchte, so wäre auch das Gottes Wille. Doch wenn sie es nicht tat, so wäre es nicht weniger Gottes Wille.

Sie ging weiter und kam zu dem schäbigen Gasthaus, wo sie und ihr Vater wohnten. Er war nicht daheim, und sie versorgte die Waren, die sie gekauft hatte.

In seiner Bibliothek saß der alte Dr. Pierre Beaumont regungslos und hörte den Bericht des Sheriffs an.

»Setzen Sie sich, Harry«, sagte er plötzlich.

»Nein, Sir, ich steh lieber«, erwiderte der Sheriff. »Jedenfalls hab ich alles gesagt, was ich dazu sagen kann, wie ich alles getan hab, was ich tun konnte. Die Leute waren fest entschlossen, Doc. Nichts, was ich sagen konnte, nichts, was ich tun konnte, hätte sie zurückgehalten. Irgendwas in ihnen muß sie dazu angetrieben haben.«

»Ich nehme an, daß Sie alles getan haben, was Sie tun konnten, Harry«, sagte er jetzt. Er war ein sehr alter Mann, einundachtzig an seinem nächsten Geburtstag. Er fühlte sich müde. »Wenn der Bursche ohnehin sterben mußte, so war es ebensogut, die Sache gleich zu erledigen. Aber es ist mir verhaßt, wenn meine Familie in ein Lynchgericht verwickelt wird. Ich ziehe einen ordentlichen Prozeß gegen einen Nigger vor, auch wenn er meinen einzigen Sohn umgebracht hat.«

»Ja, Sir«, sagte der Sheriff. »Alle Welt weiß, was für ein gerechtigkeitsliebender Mann Sie sind, Doc.«

»Ja«, sagte der alte Mann langsam, »ich liebe die Gerechtigkeit.«

Das erinnerte ihn an den Brief, den er von einem jungen Mann aus Kansas erhalten hatte. Er hatte den Brief noch nicht beantwortet. Es handelte sich darin um einen Burschen namens Beaumont   Pierre Beaumont. Ein unberechtigter Anspruch hatte er gedacht, doch auch der Name Sue stand in dem Brief. Er erinnerte sich sehr genau. Sue, ein schönes Mulattenkind, das Lavinias Sklavin Bettina gehört hatte. Bettina war mit Lavinia gekommen und hatte ein sechs Monate altes Kind mitgebracht. Einmal hatte er Lavinia nach dem Kind gefragt, und Lavinia hatte den Kopf geschüttelt.

»Frag mich nicht, Pierre. Wir wissen es nicht, Bettina ist eine halbe Weiße und das Kind ist mehr als das. Ich habe Bettina nie gefragt. Wir wollen das nicht wissen. Das weiße Blut zählt jedenfalls nicht – nur das schwarze Blut entscheidet.« Lavinia, das sanfte, zartfühlende Wesen konnte manchmal hart sein wie Kristall.

»Leben Sie wohl, Harry«, sagte er leise.

»Leben Sie wohl, Doc. Tut mir leid, daß es so gekommen ist.«

Er zog sich zurück und stieß vor der Türe gegen einen alten Neger, der sich mühsam aufrichtete.

»He, du«, sagte er. »Was machst du da, Joe?«

»Nichts«, erwiderte Joe.

Der Sheriff musterte ihn. »Sieht nicht nach nichts aus«, bemerkte er. »Sieht verdammt komisch aus, wenn ein Mann sich bückt und durchs Schlüsselloch schaut.«

»Ich nicht schauen, ich hören«, sagte Joe. »Ich was wissen wollen.«

»Was denn?« fragte der Sheriff.

»Es sein richtig, Sir, daß die Leute Lem erwischt haben?«

»Ja, das ist richtig.«

Joes runzeliges Gesicht zitterte. »Alles, was ich wissen wollen, Sir«, sagte er.

»Was geht's dich an?« fragte der Sheriff.

»Lem sein mein Junge gewesen«, erklärte der alte Neger. »Oder doch er sein der Junge von meiner Frau gewesen. Sie ihn kriegen vor achtzehn Jahren, wie sie Kammerjungfer im Haus gewesen, und Doc Beaumont mir sagen, sie heiraten, weil jemand es tun müssen, und rasch dazu. Ich haben getan, um ihm gefällig zu sein, und dann Lem sein auf die Welt gekommen. Aber sie, die Mutter, sein brav gewesen. Jetzt ich müssen ihr wohl sagen, daß Lem tot sein.«

Der Neger verzog sich. Der Sheriff starrte ihm nach, zuckte die Achseln und setzte den breitkrempigen Hut auf.

In der Bibliothek saß der alte Dr. Beaumont, seufzte und rückte unruhig auf seinem Stuhl. Recht muß Recht bleiben, dachte er müde. Er griff nach seiner Gänsefeder, spitzte sie, und nach langer Mühe setzte er sich an den großen Tisch, um auf Jonathan Goodliffes Brief zu antworten.

»Geehrter Herr!
Mit Bezugnahme auf Ihren Brief vom 21. Dezember teile ich Ihnen mit, daß ich, falls der erwähnte junge Mensch fleißig und befähigt ist, gern bereit sein werde, ihm eine Summe von fünfhundert Dollar jährlich bis zur Vollendung seines Medizinstudiums zukommen zu lassen, vorausgesetzt, daß er keine weiteren Ansprüche an mich erhebt.

Ich bleibe Ihr sehr ergebener
Dr. Pierre Beaumont«

Dann setzte er sich wieder in seinem Stuhl zurecht und beobachtete die langen Schatten auf dem schwarzen Eichenholz ... Wie war es nur möglich, daß ein kleiner, blonder Junge mit Lavinias Augen zu einem Fremden, einem Müßiggänger, einem Verschwender aufwachsen konnte?

16

Der Winter ging vorüber, und der Frühling kam, und Median versank im Schlamm.

»Bevor das Ärgste vorüber ist, wird's keine Wagen geben«, sagte Henry Drear bekümmert in seinem leeren Gasthaus.

Jonathan gab es auf, den Fußboden zu putzen, denn die Kinder kamen bis zu den Knien mit Schlamm bespritzt. Er war ein strengerer Lehrer als je, denn der Schlamm machte ihn ungeduldig. Solange es diesen Schlamm gab, konnte der Frühling nichts Gutes bringen. Jonathan konnte nicht, wie die übrigen Bewohner von Median, den ganzen Tag lang mit einer Schlammkruste bis zu den Schenkeln herumgehn.

»Ich werde anfangen, Wege freizumachen«, sagte er eines Tages im Laden, wo er seine Einkäufe machte.

»Da lassen Sie sich in was Rechtes ein«, meinte Lew trokken. »Wo sollen die Wege beginnen, und wohin sollen sie in einem Land führen, das sich nach allen Seiten ausbreitet?«

»Sie werden in Median beginnen«, sagte Jonathan fest, »und sie werden so weit führen, wie die Leute von Median gehn müssen.«

Tatsächlich machte er sich in diesem Frühjahr an die Arbeit und legte von dem Lehmhaus einen schmalen Pfad bis zum Platz frei.

Dies war der Anfang von Bretterwegen in Median. Als Jonathan aus dem Lehmhaus längs der einen Seite des Platzes bis zu Merridys Geschäft in elf Minuten gehn konnte, erklärte Lew: »Ich könnte den Weg bis zu Drear verlängern, und er kann ihn bis zur Ecke weiterführen, wenn er es für richtig hält.«

Und nach manchen Einwänden war Drear dazu bereit. Und dann kam Jonathan, als er den trocknenden Schlamm auf dem Platz betrachtete, auf einen neuen Einfall.

»Nett wär's, wenn wir hier Gras und Bäume pflanzen würden«, sagte er. »Das würde den Ort wesentlich verschönern. Warum sollte die Schule das nicht tun?«

Er wirkte auf seine Schüler ein, obgleich manche von ihnen gar keine Lust hatten.

»Morgen werden wir keine Schule haben«, sagte Jonathan. »Morgen pflanzen wir statt dessen Bäume.«

Er merkte, daß Katie ihn streng ansah. »Ich kann mir die Füße nicht naß machen«, sagte sie.

»Du brauchst dir die Füße nicht naß machen«, entgegnete Jonathan. Katie war seit Weihnachten regelmäßig gekommen, aber nach dem Unterricht blieb sie nicht mehr, um aufzuräumen. Sie kam, war bei den Unterrichtsstunden leidlich aufmerksam und ging mit den andern Schülern heim. Und Jonathan hatte es aufgegeben, sonntags zu Merridys zu gehn.

Jetzt musterte er Katie mit einem gewissen Widerwillen. Er begriff, was sie meinte. Sie sah wichtig und distanziert drein. Plötzlich war er ihr böse, weil sie sich zur Frau entwickelte.

Am nächsten Morgen ging er mit den Jungen an den Fluß.

Sie suchten junge Pappeln, trockneten sie, legten sie auf einen Haufen, und dann schafften sie sie mit Hilfe eines Gespanns, das der Vater eines der Jungen ihnen lieh, nach dem Platz und pflanzten sie dort ein. Katie ließ sich nicht sehen, und Jonathan war dessen froh. Mit den andern Schülern arbeitete er angestrengt, und am Ende des dritten Tages hatten sie fünfzig junge Pappeln gepflanzt. Die Leute blieben stehn und sahen ihnen neugierig und erheitert zu.

Die Sonntage waren seine guten Tage. Sorgfältig teilte er sie ein. Zunächst kam das Rasieren und Waschen, dann nahm er sein Frühstück, und dann kam das Reinemachen des Hauses. Damit war der größte Teil des Vormittags ausgefüllt.

Er war gerade dabei, als er aufschaute und Sue erblickte. Sie trug ein lebendiges Huhn in der Hand.

»Kommen Sie nur herein, Mistreß Parry«, sagte er erstaunt. Er sah Stephen häufig, Sue aber kaum.

»Ich nur eine Minute brauchen, Mister Goodliffe«, sagte sie.

»Setzen Sie sich.« Jonathan stellte den Besen beiseite.

Aber sie setzte sich just nur auf die Kante eines Stuhls. Das Huhn begann zu flattern und zu gackern.

»Ich Ihnen bringen Henne«, sagte sie. »Ich meinen, Sie vielleicht wollen halten Hühner. Die da sein voll mit Eiern, werden gewiß brüten.«

»Vielen Dank, das freut mich sehr!«

Sie sah ihn aus traurigen, feierlichen Augen an.

»Mister Goodliffe, Sie je bekommen haben Antwort auf Brief, was Sie für Beaumont haben geschrieben?«

»Nein«, sagte Jonathan. »Sobald der Schlamm getrocknet ist, werde ich noch einen Brief schreiben. Die Post ist auch durch den Zustand der Straßen verzögert.«

»Ich warten«, sagte sie, »weil ich etwas wissen.«

»Was denn?«

»Ein Beaumont sein gestorben«, erwiderte sie bedächtig.

»Haben Sie einen Brief erhalten?« fragte er.

»Nein«, sagte sie. »Aber ich es wissen. Ich schon seit einige Zeit wissen. Aber ich nicht sein gewesen sicher.«

»Ich habe keine Nachricht«, sagte er. »Aber ich werde es Sie sofort wissen lassen, wenn eine Nachricht kommt, und wenn nicht, so schreibe ich noch einen Brief.«

Sie nahm Abschied, und er fegte den Boden seines Hauses.

Die erste Post brachte ihm einen Brief, und als er ihn öffnete, war es eine Mitteilung von einer Anwaltsfirma. Der alte Dr. Pierre Beaumont sei gestorben. Und seine letzte Handlung, denn er war allein in seiner Bibliothek gestorben, sei es gewesen, einen Brief zu schreiben, darin einem jungen Mann namens Pierre Beaumont eine jährliche Rente von fünfhundert Dollar ausgesetzt worden war. Und nun bitte man um nähere Informationen über diesen jungen Mann.

Jonathan war so erstaunt, daß er vergaß, wie enttäuscht er eben noch gewesen war, weil er keinen andern Brief erhalten hatte. Weder von Judy noch von seiner Mutter. Er ging sogleich mit dem Brief zu Sue Parry.

»Sie hatten recht«, sagte er. »Ein Beaumont ist gestorben. Und es sieht so aus, als hätte er Ihrem Jungen genug Geld hinterlassen, um ihm die Studien zu ermöglichen.«

Sie hob die dunklen Hände und streckte sie zum Himmel. »Dank Dir, Gott!« sagte sie zum Himmel. Ihre Hände sanken herab, und sie rief Beaumont. Er kam barfuß aus dem Haus gelaufen. »Junge, du sein frei!« sagte sie feierlich.

Beaumonts rote Lippen öffneten sich. Sprachlos sah er Jonathan an, der rasch sagte: »Es dürfte stimmen – ich will den Anwälten schreiben, wer du bist.«

Er reichte Beaumont den Brief. Der Knabe nahm ihn, las ihn sorgfältig und gab ihn zurück.

»Ich danke Ihnen, Mister Goodliffe«, sagte er, blieb einen Augenblick lang stehn und rannte dann über die Prärie davon. Jonathan und Sue sahen einander an und lächelten.

Jonathan kam zufällig eines Tages in das Gasthaus, um sich sein Laib Brot zu holen, und fand ein Gewimmel von Menschen, die er nie zuvor gesehen hatte.

»Die Leute sind auf der Wanderung«, brüllte Henry Drears ihm zu. »Zwei volle Wagen, und es sieht so aus, als kämen noch mehr.«

Jonathan schaute instinktiv nach der Türe. Über das sanfte dunkelnde Grün des neuen Rasens konnte er tatsächlich nicht nur einen Wagen rollen sehen, sondern drei, die es sichtlich sehr eilig hatten, um vor Einbruch der Nacht das »American House« zu erreichen.

»Wenn ich den ersten Wagen sehe, dann weiß ich, daß der Winter vorüber ist«, sagte Henry Drear. Eine junge Frau kam mit einer Schale Brei aus der Küche und verschwand in das Innere des Hauses. Henry sagte: »Furchtbar nette Leute! Sieht so aus, als ob wir alle Frühjahr nettere Leute hierher bekämen. Ich weiß nicht, was sie im Osten anfangen werden mit all dem Kommen und Gehn. Die hier ist aus Philadelphia, sie und ihr Mann und zwei kleine Jungen.«

Ein hochgewachsener junger Mann mit langem Gesicht trat ein. »Abend«, sagte er und ging an ihnen vorbei.

»Das ist ihr Mann – Blume heißt er«, sagte Henry Drear.

»Jennet wird den Kerl schließlich doch nicht heiraten«, sagte Mrs. Drear.

»Nicht?« fragte Jonathan. »Und warum nicht?«

»Das schreibt sie nicht«, sagte Mrs. Drear gereizt. »Es ist ein Fluch, wenn man in diesen Gegenden ein hübsches Mädchen hat, Jonathan. Es gibt zu viele Männer, unter denen sie wählen kann. So ein Mädel geht mit ihnen um wie mit einem Würfel und schaut nur darauf, von wem sie am meisten haben kann. Ich wollte, Jennet würde heimkommen. Jetzt schwatzt sie von Oregon. Was ist das, eine Truppe?«

»Ach, das sind reisende Schauspieler«, sagte er erstaunt.

»Na, und sie ist in einer Truppe«, sagte Mrs. Drear düster und schmetterte die Ofentüre zu.

Jonathan ging ins Freie. Die Wagen fuhren jetzt vor, und er konnte im Licht des Spätnachmittags die Gesichter der Leute sehen. Aber er schlug den Heimweg ein. Warum mußten die Menschen ohne Rast weiterwandern, wenn doch alles, was sie zu ihrem Glück brauchten, in vier Wänden, unter einem Dach, auf ein paar Quadratfuß Grund zu finden war? Wenn Wagen kamen, so kam auch Judy.

Vor der Türe grub Beaumont den Garten um.

Als er Jonathan kommen sah, straffte er sich und stützte sich auf seinen Spaten.

»Haben Sie von den Anwälten in New Orleans wieder etwas gehört, Mister Goodliffe?«

»Nein, nichts, Beau«, erwiderte Jonathan. »Und wenn ich nicht bald eine Antwort habe, dann werde ich noch einen Brief schreiben.«

»Und wenn Sie dann nichts hören, Sir?«

»Dann fahre ich vielleicht selber zu ihnen. Aber gerade jetzt möchte ich nicht gern fort.«

Jonathan ging ins Haus. Er wollte nicht fahren, denn nun konnte Judy jeden Tag in Median eintreffen.

Beaumonts schöner Kopf zeigte sich in der Türe.

»Mister Goodliffe, haben Sie ihnen geschrieben, daß ich kein Weißer bin?«

»Nein, das habe ich nicht getan«, entgegnete Jonathan scharf. »Das geht sie nichts an, meine ich. Aber ich mußte ihnen doch mitteilen, daß du ein natürlicher Sohn bist. Das zu erfahren, ist ihr gesetzliches Recht.« Er steckte die Hand in die Tasche und zog einen Silberdollar hervor.

»Da ist dein Geld, Beaumont«, sagte er. »Was wiegt er?«

Beaumont lächelte und hielt den Dollar auf der Handfläche. »Am wenigsten wiegt er, wenn ich an ein Buch denke.«

»Was für ein Buch?« fragte Jonathan.

»Ein Anatomiebuch, Sir«, sagte Beaumont. »Ich bin mächtig neugierig darauf, zu wissen, wie es in den Menschen aussieht.«

»Sehr gut, Beau«, sagte Jonathan. Er hatte sich vor langer Zeit die Anzeigen der Buchhändler im Osten aus den Zeitungen ausgeschnitten und im Verlauf des Jahres vier Bücher gekauft, obgleich immer mit einem gewissen Schuldgefühl, denn er wußte, vielleicht brauchte seine Mutter plötzlich alles Geld, das er aufzutreiben vermochte.

»Vielen Dank, Mister Goodliffe«, sagte Beaumont. »Dann geh ich jetzt heim.«

»Guten Abend, Beau«, erwiderte Jonathan.

Er erinnerte sich, daß er nach New Orleans fahren mußte. Ja, dorthin mußte er fahren, wenn es mit Beaumonts Erbschaft Schwierigkeiten geben sollte.

Bei dem bloßen Gedanken an eine Reise wurde die Heimstatt, die er hier auf der Prärie besaß, ihm plötzlich wertvoll. Ich gehe nicht, bevor Judy da ist, dachte er. Auf dieser weitgestreckten Prärie konnten zwei Menschen, die den ganzen Winter gewartet hatten, sich im Frühling sehr wohl verfehlen, wenn nicht einer von ihnen ständig dort blieb, wo er war.

17

Er hätte wohl gemeint, der Tag von Judys Ankunft müßte sich von allen andern Tagen unterscheiden, oder er, Jonathan, müßte doch beim Erwachen spüren, daß sie sich näherte. Jetzt brachte jeder Tag neue Wagen, und Median war voll Unrast. Lew hatte in seinem Laden so viel zu tun, daß Katie nicht in die Schule kommen konnte. Jonathan sah sie eines Nachmittags, wie sie ihr Regal unter dem Tisch, an dem sie alle saßen, aufräumte. Er achtete nicht darauf, denn sie putzte und räumte häufig an ihren wenigen Habseligkeiten.

»Ich komme jetzt überhaupt nicht mehr in die Schule, Jonathan. Papa braucht mich im Geschäft.«

»Gut, Katie«, sagte er. Sie stand vor ihm, ein eckiges, junges Geschöpf, völlig ohne jede Anmut, doch ein gütiger

Mensch. Und gerade weil sie so gütig war, tat ihm das Herz besonders weh. »Leben Sie wohl«, sagte sie.

»Warum so feierlich?« fragte er. »Ich werde dich ja sehn, sooft ich ins Geschäft komme, und vielleicht kommst du auch wieder einmal zu mir, um mir vorzuhalten, wie schlecht ich meinen Haushalt führe, nicht, Katie? Wie früher!«

»Ich werde zuviel zu tun haben«, sagte sie verdrossen.

Aber er verstand, warum sie so war, und vergab ihr.

»Dann komme ich manchmal und werde dir helfen«, sagte er. »Leb wohl, Katie.«

Er ging wieder an seine Arbeit und schrieb die Lektion für den nächsten Tag an die Tafel. Um Katie kümmerte er sich nicht mehr, obgleich er, auch wenn er ihr den Rücken kehrte, irgendwie ein leises Zerren an seinem Herzen oder vielleicht auch nur in seinem Gewissen spürte, als sie ging.

Es war ein Samstag und ein Feiertag. Aber seine Tätigkeit in der Schule war jetzt ohnehin dadurch eingeschränkt, daß die älteren Jungen auf den Feldern arbeiten mußten. Und Jonathan, der darüber nachgedacht hatte, wie er seine Einnahmen ein wenig erhöhen könnte, war darauf gekommen, daß er an Samstagen und Sonntagen sehr wohl in Henry Drears Gasthaus aushelfen konnte. Auf diese Art verdiente er sich die Verpflegung und einen halben Dollar im Tag. So kam es, daß er mitten in der Unruhe des Samstagmorgens einen Wagen anfahren sah, dem Joel Spenders lange, steife Gestalt entstieg, und dann sah er Judy, die sittsam ihre Röcke hielt und einen Augenblick lang wartete, bevor sie hinuntersprang. Er sah sie von der Tür des Gasthauses her, ein schönes Mädchen in grünem Kleid und grünem Häubchen, die goldbraunen Locken zu beiden Seiten des rosigen Gesichts. Er sah die großen, schwarzen Augen, die überall umherspähten, und dachte mit gehobenem Herzen, daß sie vielleicht ihn suchten. Er ging hinaus, wollte auf sie zulaufen, doch eine tiefsitzende Scheu hemmte ihn, und so ging er langsam auf sie zu.

»Hello, Judy«, sagte er unbefangen. Sein Herz schlug so heftig, daß er alle Mühe hatte, das nicht merken zu lassen. Dann sah er, wie alle Leute sie anschauten, Männer und Frauen, die von dem Laden zum Gasthaus kamen, und es war ihm zuwider, daß er vor aller Augen hier stehn mußte.

»Ich helfe Ihnen herunter«, sagte er.

»Ich kann schon allein abspringen«, sagte sie schnell und sprang, bevor er ihr helfen konnte.

»Wie geht's, Jonathan?« fragte sie.

»Leidlich. Und Ihnen?«

»Gut.«

Das war ein leeres Gerede und glich nicht im geringsten dem, was er sich vorgestellt hatte. Er war wütend und konnte doch nichts daran ändern. Wenn er von ihrer Begegnung geträumt hatte, waren sie immer allein gewesen.

Joel Spender kam geschäftig herbeigeeilt. »Guten Tag, Goodliffe«, sagte er. »Freu mich, Sie wiederzusehen. Judy, wir halten uns hier nicht auf. Nachmittag fährt ein Wagen nach Kalifornien. Es ist natürlich gegen meine Grundsätze, am Tag des Herrn zu reisen, aber ich habe eben gebetet, und Gott hat mich angewiesen, meinen Weg fortzusetzen, denn es ist schwer, einen Wagen zu finden, der zwei Leute nach Kalifornien mitnehmen kann, ohne sich unterwegs aufzuhalten. Doch Gott hat mir diesen Weg geebnet. Nun, Mister Goodliffe, ich habe den Ruf nach Kalifornien schon seit langem gespürt, und jetzt sieht es so aus, als könnte ich hingelangen. In dieses Land, wo Milch und Honig fließt. Ruh dich ein wenig aus, Judy, und nach dem Essen brechen wir auf. Entschuldigen Sie mich, Mister Goodliffe, ich habe noch verschiedenes zu erledigen.«

Und schon war Joel Spender verschwunden.

»O Judy«, keuchte Jonathan, »du kannst nicht – wenn wir überhaupt keine Gelegenheit hatten –, Judy, du hast mir nicht einmal geschrieben!«

»Ich wollte dir immer schreiben«, sagte sie mit ihrer

langsamen, angenehmen, vollen Stimme, »aber irgendwie ist mir immer die Zeit durch die Finger geschlüpft.«

»Judy, du wußtest, wie ich gehofft und gehofft habe – und all meine Briefe an dich!«

»Ich habe sie aufgehoben, Jonathan«, sagte sie.

»Das ist lieb von dir, Judy. Aber stell dir doch vor – ich besitze keinen Brief von dir, den ich aufheben könnte!«

»Ich hätte dir bestimmt schreiben sollen«, sagte sie bekümmert und wandte ihm ihre großen Augen zu.

»O Judy«, flüsterte er, »wohin sollen wir gehn?«

»Gehen wir zu dir«, schlug sie vor.

Ihm schwindelte, und er mußte hart kämpfen, um seine Vernunft zu bewahren. »Du solltest vielleicht nicht in das Haus eines Junggesellen gehn«, meinte er, »wir sind ja keine Kinder mehr, Judy.«

Sie lachte. »Schön, dann geh du allein, und ich werde nachkommen.«

Er klammerte sich an ihre Worte, lächelte ihr zu, und machte sich auf den Weg nach dem Lehmhaus.

Judy sah ihm nach, dann sah sie sich um und schien ihn vergessen zu haben.

Dann ging sie auf das Gasthaus zu. An der Türe machte sie halt, um Mrs. Drear zu begrüßen.

»Na, seid ihr auch da?« sagte Mrs. Drear. »Jedes Zimmer ist besetzt, mein Kind. Sieht so aus, als ob in diesem Frühjahr der ganze Osten gleichzeitig auf der Wanderung wäre!«

»Wir halten uns nicht auf, Mistreß Drear«, sagte Judy. »Darf ich mir in Ihrem Zimmer ein wenig die Haare machen?«

»Ja, natürlich, Kind«, sagte Mrs. Drear zerstreut. Wie sie dreißig Menschen gleichzeitig füttern sollte, das war keine kleine Sorge. Und Judy lächelte und eilte in das Schlafzimmer. Dann schüttete sie Wasser aus einem Krug in ein Porzellanbecken auf dem Waschtisch und wusch sich Gesicht und Hände. Aus dem Kirschholzkästchen nahm sie einen kleinen runden Spiegel, strich sich mit einer Feder über die Brauen und puderte ihre Nase. Dann setzte sie den Hut auf und schloß das Kästchen. Als sie jetzt den Weg zum Lehmhaus einschlug, konnte man ihr nicht ansehen, daß sie seit Wochen unterwegs war. Ohne es sich merken zu lassen, vermied sie es, ihrem Vater zu begegnen.

»Jonathan!« rief sie halblaut, aber sehr deutlich an der Türe des Lehmhauses. Sogleich kam er aus seinem Schlafzimmer. Sie bemerkte, daß er sein Hemd gewechselt und sein braunes Haar gekämmt hatte, und sie lächelte ihm zu.

»Komm herein, Judy, setz dich. Ich habe Tee vorbereitet, obgleich ich ja gar nicht weiß, ob du gern Tee trinkst. Setz dich hier auf diesen Stuhl. Ach, Judy!«

Sie setzte sich, und er blieb stehn und sah sie an.

»Judy«, sagte er feierlich, »immer habe ich dich hier in diesem Zimmer gesehen – den ganzen, langen Winter.«

Es verlangte ihn, neben ihr niederzuknien, und doch war er zu scheu dazu. Sie hätte ihm zum mindesten einen Wink geben müssen. Sie nahm den Hut ab und glättete ihre Locken. Er beobachtete jede Bewegung der weißen Hände in dem leuchtenden Haar.

»Ich habe an dich gedacht, Jonathan. Oft!«

»Wirklich, Liebste?« rief er. »Und du hast dich so nach mir gesehnt, wie ich mich nach dir gesehnt habe?« Nun durfte er niederknien, und zu seiner eigenen Überraschung entdeckte er, daß er seine Scheu so ziemlich überwunden hatte.

»Ich habe mir gewünscht, dich wiederzusehen«, sagte sie ernst. Ihre Blicke auf seinem Gesicht waren so rein und aufrichtig, daß er die Arme auszustrecken wagte. Ehrfurchtsvoll kniete er vor dieser lieblichen Gottheit.

»O Judy, du kannst nicht fortgehn, da du doch erst gekommen bist!« rief er. »Das kann ich nicht ertragen. So lange haben wir einander nicht gesehen, wir lieben einander – nicht, Liebste? Aber wir kennen einander ja kaum. Kannst du deinen Vater nicht überreden, daß er dich hierläßt?«

»Wo sollte ich wohnen?« fragte sie unschuldig.

Aus vollem Herzen begehrte er zu rufen: Bleib bei mir – heirate mich! Doch seine angeborene Vorsicht hinderte ihn.

Sie wartete und dachte: Wenn er mich jetzt bittet, ihn zu heiraten, dann werde ich das vielleicht als Gottes Willen hinnehmen.

»Du könntest bei Mistreß Drear wohnen, bis – bis wir einander besser kennen.«

Judys Stimme erhob sich süß und verstört. »Und wenn du mich nicht mehr gern haben solltest, nachdem wir einander besser kennengelernt haben, Jonathan? Dann wäre ich hier ganz allein.«

Darauf wenigstens wußte er eine Antwort. »O Liebste«, rief er, »ich würde dich nur noch lieber haben!«

Sie sah ihn an, und ihre Augen waren von Fragen erfüllt.

»Was hast du, Judy?« drängte er.

»Nichts, Jonathan«, sagte sie mit verlorener Stimme. Aber bei sich dachte sie, wenn er sie nur noch mehr lieben würde, warum bat er sie nicht jetzt, ihn zu heiraten?

»Judy, du hast etwas – ich kann es dir an den Augen absehen.«

»Nein, es ist nichts«, erklärte sie beharrlich, und dann, als wollte sie ihre Worte Lügen strafen, ließ sie zwei große, klare Tränen in ihre Augen aufsteigen, und so sah sie ihn an. Jonathan war tief unglücklich. Ohne zu wissen, was er tat, streckte er die Arme aus, und mit einem leichten Seufzer sank sie anmutig in seine Arme, legte ihren Kopf an seine Schulter, und er fühlte ihr süßes Gewicht.

»Oh!« stöhnte er und hielt sie Brust an Brust, Wange an Wange. Der Atem versiegte ihm fast. Sie klammerte sich so stark an ihn, ihr Fleisch war so nachgiebig und warm. Nur ein einziges Mal hatte er ein Mädchen in den Armen gehalten, und das war, als er in Dentwater mit Constance Favor getanzt hatte. Aber ihr Körper, vom Korsett steif umschlossen, ließ sich nicht mit Judys Körper in seinen Armen vergleichen. Unter dem Kleid spürte er die schlanke, weiche Gestalt, die kein Fischbein versteifte. Er machte eine Geste mit seiner Hand, um das Mädchen noch enger an sich zu ziehen, und da berührte er unter dem Schnürleibchen die reizende Brust. Das war ein Wunder, das ihn fast lähmte, und dann zog er rasch die Hand weg, denn instinktiv wußte er, daß er Herr seiner selbst bleiben mußte.

»Ach, meine süße Liebste«, sagte er zärtlich und strich ihr das Haar aus dem Gesicht, um ihre Augen zu sehen.

Das, meinte sie, sei doch ebenso gut wie ein Heiratsantrag. Jetzt sind wir verlobt, und da ich gern mit ihm verlobt bin, werden wir heiraten.

Plötzlich hob Judy den Kopf. »Ich könnte nicht hierbleiben, ohne meinem Vater einen Grund anzugeben«, sagte sie.

Er starrte sie an. »Nein, das kannst du nicht«, gab er zu. Er spürte ein leises Drängen, das von ihr ausging, als wollte sie ihn bis zu einem Punkt vorwärtstreiben, den er selber nicht zu erreichen imstande war.

Nach einer Weile sagte sie mit ihrer sanftesten Stimme: »So werde ich wohl besser weiterwandern müssen, lieber Jonathan.«

»Aber du kommst zurück«, flüsterte er. »Du kommst doch zurück, Judy? Weißt du, Liebste, wir werden einander schreiben – in Briefen werden wir einander sehr gut kennenlernen, und dann werden wir wissen, was wir zu tun haben.«

Sie wandte ihre Augen nicht von seinem Gesicht. Er spürte, wie ihr warmer Blick einmal auf seine Lippen gerichtet war und dann wieder zu seinen Augen aufstieg.

»Judy, liebst du mich?« fragte er.

Die schönen klaren Augen senkten sich nicht. »Woher soll ich das wissen, Jonathan?« sagte Judy. »Ich kenne dich doch nicht gut genug.«

»Jetzt muß ich zurück, Jonathan – es ist Zeit.«

»Aber du wirst schreiben, Liebste?«

»Jede Woche, Jonathan, wenn du willst.«

»Das will ich – und ich verspreche dir, daß ich auch schreiben werde.«

»Leb wohl, Jonathan.« Sie hob ihr Gesicht und küßte ihn so zärtlich auf die Wange, daß ihm die Knie zitterten.

»O Judy«, keuchte er, »ich kann nicht –«

Doch sie entzog sich ihm sanft und schnell, ging an die Türe, blieb stehn, lächelte ihm zu. Er wollte ihr nachlaufen, aber er beherrschte sich.

Er ließ sie gehn und verbrachte die Stunden nach dem Abschied damit, eifrig in seinem Garten zu arbeiten. Arbeiten, arbeiten – doch die Sonne ging unter, und er war hungrig und mußte essen, und dann wurde es Nacht, und er legte sich zum Schlafen nieder, und da entdeckte er den Dolch, den sie in ihm steckengelassen hatte. Irgendwie hatte sie seine kluge, richtige Entscheidung ergriffen, in den Händen gedreht, hatte sie zugespitzt und ihm ins Herz gestoßen. Wie sollte sie wissen, ob sie ihn liebte, hatte sie ihn in aller Ruhe gefragt, da sie ihn doch noch nicht genügend kannte?

18

»Welchen Zweck hat der Boden für einen Mann, der ihn nie zu bestellen weiß?« sagte Mary bitter. In dem heißen Sommerwind, der unablässig durch das kurze, steife Gras blies, strich sie eine Locke ihres trockenen Haars zurück.

»Wenn du aus einem üppigen Stückchen Land in England nichts herausbringen konntest, wie wirst du es in diesem Land tun können, das voll von Wilden ist?«

»Es ist nicht voll von Wilden, Mutter«, sagte Jamie. Er war über den Sonntag daheim, ein hochgewachsener Junge mit gebräuntem Gesicht, blauen Augen und lockigem Haar. »Weil zufällig gestern ein Indianer vorübergekommen ist und dich erschreckt hat, brauchst du doch nicht gleich zu glauben, daß das ganze Land voll von Wilden steckt.«

»Ich mag sie nicht, und ich werde sie nie mögen«, sagte Mary erbittert. Ihre Erbitterung war um so größer, weil sie nicht den wahren Grund der Angst sagen konnte, die sie noch immer beschattete. Gestern, mitten am Nachmittag, als sie allein im Haus war und Clyde Schafe einkaufen ging, während Ruth draußen auf dem Feld bei Maggie war, um sie vor Schlangen zu beschützen, war ein Indianer aufgetaucht.

»Ohne zu klopfen oder auch nur einen Laut von sich zu geben, um festzustellen, ob jemand da ist, oder um Erlaubnis zu fragen«, hatte Mary verärgert gesagt, als sie abends ihrer Familie das Abenteuer in großer Ausführlichkeit berichtete. »Ich stand da und knetete meinen Brotteig, da spürte ich eine harte Hand auf der Schulter, und ich sah auf und erblickte einen riesigen, zerlumpten Indianer, das verdammte dunkle Gesicht ganz nahe an dem meinen. Ich habe den Topf fallen gelassen und aufgeschrien, und der Teig war auf dem Boden, und ich mußte ihn nachher aufnehmen. Aber der Indianer zeigte nur auf seinen Mund. Hungrig war er! Einfach hungrig! Und ich mußte ihm Brot und Fleisch geben, bevor er wieder fortging.«

Keinem, selbst Clyde nicht, erzählte sie den Grund für den dauernden Schrecken. Da, in der Sekunde ihrer Angst, empfand sie die ersten Bewegungen des Kindes in ihrem Leib. Was konnte aus einem Kind werden, das auf solche Art zum Leben erweckt worden war?

»Übrigens, Mutter«, sagte Jamie, »sind Schafe hier das richtige, und Schafe sind leicht zu halten. Mister Banks sagt, daß er an den Herden leicht dreitausend verdient, ohne das Rindvieh zu rechnen.«

»Wenn dein Vater Schafe züchtet, werden sie alle an der oder jener Krankheit zugrunde gehn«, sagte sie.

»Sei doch vernünftig, Mary«, sagte Clyde, der sich beherrschte. Sie war wütend, meinte er, weil sie wieder ein Kind erwartete. Mary wäre die erste, die sich ärgern würde, wenn er seine Blicke auf andere Frauen werfen wollte. Das hatte er entdeckt, als er sich ganz harmlos mit Jennet Drear unterhielt. Mary hatte zu ihm gesagt: »Jetzt komme ich diesen ganzen langen Weg gefahren, nur um zu sehen, wie du dir die Augen nach einem geräuschvollen jungen Mädchen aussiehst, Clyde Goodliffe.«

»Du hast keine glückliche Hand, Clyde, und wirst sie nie haben«, sagte Mary bekümmert. Aber sie beruhigte sich. Nicht um Clydes oder Jamies willen, der seinen Vater immer verteidigte, sondern weil sie sah, wie Ruths Augen sich plötzlich mit Tränen füllten. Ruth wandte sich ab und zerschnitt für Maggie das Fleisch, um ihre Tränen zu verbergen. Ruth war zum Mädchen herangewachsen und so empfindsam, daß alles sie verletzte, und vor allem Streit und Zank im Hause.

Mary sammelte die verstreuten Reste ihrer Würde und erhob sich. Alles, was sie umgab, war ihr zum Ekel – die erddunklen Wände der Höhle, darin sie hauste, der Lehmboden, der Tisch, aus Brettern gezimmert, die wenigen kläglichen Näpfe, die alten, zerschlissenen Kleidungsstücke, die sie trugen, das Essen, das sie kaum genießbar machen konnte. Der Garten, den sie im Frühjahr anzubauen begonnen hatte, war ertraglos geblieben. Sie hatte sich danach gesehnt, frisches Gemüse zu schmecken, hatte Clyde zugesetzt, bis er ein Stück des harten, kurzen Rasens umgegraben hatte. Doch mit einem einzigen Umgraben hatten die zähen Wurzeln sich nicht töten lassen. Sie waren zu neuem Leben erwacht, hatten die zarten Keime erstickt, und dann waren die trockenen Sommerwinde und lange regenlose Wochen gekommen, nirgends war Schatten zu finden gewesen.

Und jetzt wehrte sie sich mit ihrem ganzen Wesen gegen die Schwangerschaft. Doch was sollte sie tun, wenn sie nun einmal mit einem Mann leben mußte, der verdrossen und zornig wurde, wenn sie ihm ihren Körper versagte? Heute konnte sie es kaum mehr glauben, daß Clydes Kuß einst wie ein Zauber gewirkt, daß sein Fleisch sie zutiefst erregt hatte. Irgend etwas mußte in alle Ewigkeit zwischen Männern und

Frauen nicht im Lot sein, wenn etwas Herrliches durch die Gewohnheit getrübt werden konnte. Manchmal sehnte sie sich danach, die frühere Seligkeit wieder aufleben zu lassen, und doch, wenn sie Clyde ihr Verlangen mit einem Blick, mit einem leisen Wort merken ließ, führte das immer wieder zu dem gleichen Ende, das irgendwie seinen Sinn verloren hatte und nur noch den Grund zu Furcht und Sorgen in sich barg.

Jonathan schrieb an seine Mutter: »Jetzt, da der Sommer seine Höhe erreicht hat, werde ich nicht müßig sein. Ich habe viele Pläne für die Entwicklung Medians im Kopf, und manche habe ich sogar schon zu Papier gebracht. Der Ort liegt sehr günstig, in der Nähe des Wassers und an einer Straßenkreuzung, aber man hat ihn aufs Geratewohl wachsen lassen, und so wirkt er vernachlässigt. Wenn Du wiederkommst, wird er hoffentlich ganz anders aussehen.«

Der Brief verlängerte sich, bis er alle Pläne Jonathans enthielt. Und auf der Rückseite des Blattes hatte er eine Art Landkarte gezeichnet, aus der sich ersehen ließ, wie Jonathan sich die Zukunft Medians vorstellte.

Kein Mensch in Median wußte von diesem Plan. Er hätte sich geschämt, ihn jemandem zu zeigen, denn er wußte sehr wohl, daß es anmaßend war, wenn ein eben erst angekommener junger Mensch Pläne für die Entwicklung des Ortes entwarf. Für die Leute von Median war Jonathan, trotz seiner Jugend, bereits einer der ansässigen Bürger, denn auf der Prärie war es üblich, nicht länger als einen Tag zu verweilen, und die Leute hielten sich nur dann länger auf, wenn eine Krankheit oder ein anderer Zwischenfall sie an der Weiterfahrt verhinderte, sonst aber nur, wenn es ihr Schicksal war. Median war just nur ein Rastplatz für eine Nacht.

Für Jonathan aber war es ein Ort, so gut wie ein anderer. Er war durch Zufall hierhergekommen, wie ein Samenkorn, das von den Winden oder von einem fliegenden Vogel fallen gelassen wird, und wie der Same, der hier Erde, Himmel und

Wasser findet, so konnte auch er hier seine Wurzeln in die Erde senken und Keime treiben. Denn ihm war es nicht gegeben, müßig zu sitzen. Nach dem Abschied von Judy fand er noch weniger Ruhe als je zuvor in seinem Leben. Das Essen schmeckte ihm nicht, und die Schule wurde zur Plage, bis sie endlich im Sommer aufhörte. Nichts, was er anfing, konnte beendet werden, er schien vom Pech verfolgt zu werden.

Von den Anwälten hatte er nichts mehr über Beaumonts Erbschaft gehört, und als er seine Mutter anflehte, ihm doch zu schreiben, erhielt er einen ihrer steifen, kurzen Briefe, die begannen: »Ich greife nach der Feder –« Er las den Brief immer wieder und konnte ihm doch nichts entnehmen. »Das Wetter ist gut«, las er. »Aber wie geht es dir, Mutter?« flüsterte er und versuchte, die Antwort auf seine Frage zwischen den Zeilen zu lesen. »Der beständige Wind ist ermüdend, doch ich versuche, mich nicht zu beklagen. Dein Vater hat zweihundert Schafe gekauft, die erst bei Wiederverkauf zu bezahlen sind. Jamie möchte um jeden Preis nach dem Westen, um nach Gold zu graben. Viehzucht ist nicht seine Sache. Aber er muß seinem Vater helfen. Ruth ist mein Trost, aber Maggie ist eine wahre Prüfung. Sie ist so eigensinnig, so ungezogen, spricht so laut, und ich habe nur wenig Zeit, ihr Manieren beizubringen. Mein lieber Sohn, ich sehne mich danach, Dich wiederzusehen, und bitte Gott, daß wir uns bald begegnen mögen. Deine Dich liebende Mutter.«

Sie klagte nicht, und doch spürte er die Atmosphäre einer geheimen Verzweiflung.

Und so schrieb er ihr jetzt, um sich selber zu beruhigen, von seinen Ideen und zeichnete einen Plan von Median, darauf alle Straßen ein regelmäßiges Netz bildeten. Er wußte bereits, wo eines Tages eine Kirche stehn sollte, eine Bank, ein Schulhaus, ein Postamt, ein Rathaus, neue Läden – aber von Judy ließ er kein Wort verlauten, und in seinen Briefen an Judy war keine Rede von Median. Sie handelten nur von ihm und ihr.

Und Judy fand in Kalifornien die Briefe auf dem Postamt von San Francisco, wie er es ihr vorher gesagt hatte. Sie hatte ihm auch beinahe jede Woche geschrieben, aber ihre Briefe waren anders als seine Briefe. Sie hatte nicht von sich selber geschrieben, denn sie verbrachte nur wenige Zeit damit, an sich oder an das, was vor ihr lag, zu denken. Und so schrieb sie Jonathan, daß sie an dem oder jenem Tag sechsundzwanzig Meilen zurückgelegt hätten, und an einem bestimmten Ort seien sie zur Eisenbahn gekommen und hätten einen Tag im Zug verbracht, der schmutzig war und ihnen alle große Angst eingejagt hatte, weil er so schnell fuhr, und es habe so geholpert, daß sie sich kaum auf ihren Sitzen halten konnten, und die Glocke der Lokomotive habe ununterbrochen geläutet, und einmal sei die Flinte des Zugführers von selber losgegangen.

Wenn Jonathan diese glatt dahinfließenden Briefe allein in seinem Hause las, fühlte er, daß er Judy besaß, und daß sie sich ihm dennoch entzog, denn während sie ihm alles sagte, sagte sie ihm doch im Grunde nichts.

»Schreib mir, was Du denkst und fühlst, Liebste«, antwortete er ihr. »Natürlich will ich auch alles andere wissen, und es ist so süß, von allem zu hören, was Du erlebst, aber am liebsten wüßte ich doch, was Du bei all dem denkst und fühlst, und vor allem schreib mir von Dir und mir.«

Als sie Jonathans Briefe gelesen hatte, war sie ehrlich bemüht gewesen, ihm einen langen Brief mit ihren Gedanken und Gefühlen zu schreiben. Statt dessen aber stand sie nach einer Weile auf und versorgte die Briefe in einer Lade.

Ich kann denken und fühlen, während Papa predigt, dachte sie, und nachher werde ich ihm schreiben.

19

An jenem Tag war Jonathan viel weiter von Judy entfernt, als er je gedacht hätte. Er saß in dem Anwaltsbüro von Bartlatt & Bayne, in der Stadt New Orleans. Er war so unversehens hergefahren, daß er es selber noch kaum glauben konnte. Eines Morgens war er damit beschäftigt gewesen, die Innenwände seines Lehmhauses zu weißen. Er hatte an das neue Schulhaus gedacht, das er in seinem Plan von Median eingezeichnet hatte, und nun wünschte er, es könnte doch schon fertig sein. Es sollte der Kirche gegenüber auf dem großen Platz stehn. Während er die Wände weißte, war Beaumont eingetreten.

»Ich habe Ihnen einen Brief gebracht, Sir«, sagte er. »Er ist aus New Orleans, Sir.«

Bei dem Wort Brief hatte Jonathans Herz gezuckt, denn es konnte immer ein Brief von Judy sein. Dann aber beruhigte sich sein Herz.

»Laß sehen, Beau.«

Der Brief war aus New Orleans, ein kurzer, offizieller Brief der Anwaltfirma, in deren Kontor er nun saß. Der Brief verlangte Beweise für Pierre Beaumonts Geburt und wollte ferner wissen, ob dieser angebliche Sohn von einer weißen oder einer schwarzen Mutter stammte.

»Sollte die Mutter keine Weiße gewesen sein«, schloß der Brief, »so müßte der Fall einer neuerlichen Erwägung unterzogen werden.«

»Ich muß hinfahren und mit den Leuten reden«, sagte Jonathan, nachdem er den letzten Satz gelesen hatte.

Doch vorher war er, noch an demselben Abend, zu Parrys gegangen und hatte Sue stundenlang schonungslos ausgeholt. Beaumont hatte sich ins Dunkel verzogen, denn er wußte sehr wohl, daß seine Mutter freier sprechen konnte, wenn er nicht dabei war.

Nach kurzem Schweigen begann Sue.

»Was ich soll sagen? Ich nicht Feldarbeiterin gewesen, Mister Jonathan. Meine Mutter sein Bettina gewesen und Kammerjungfer von Miß Lavinia, die Pierres Mutter gewesen sein. Ich geboren mehr als halb weiß – mein Vater sein Miß Lavinias Bruder gewesen, Sir. Seine Mutter sein aufgewachsen in großem Haus wie ich selber. Wir nichts zu tun haben mit andere Niggers, kaum im Haus, nur daß wir haben gegessen mit ihnen. Aber meine Mutter nicht einmal mit ihnen haben gegessen.«

»So ist Beaumont beinahe ein Weißer«, sagte Jonathan.

»Es sein das Schwarze, was zählen«, sagte Sue bitter. »Ganz gleich, daß sein Verstand weiß oder seine Haut hell und sein Haar braun. Wenn Beaumont von uns fortgehn, er können gelten für weiß.«

»Er muß mit diesem Geld fortgehn«, sagte Jonathan. »Wenn Sie mir die näheren Umstände von – von Ihrer Beziehung zu Beaumonts Vater erzählen könnten, würde mir das vielleicht später helfen. Das heißt – wenn Gewalt angewendet wurde – wenn Sie grausam behandelt worden wären –«

»Nein, Sir«, sagte Sue traurig. »Es sein nicht gewesen Gewalt, ich sagen – wenn Sie nicht gerade meinen, daß Sklavin wohl immer gezwungen, wenn ihr junger Herr sagen, daß sie ihn – ihn – in ihr Zimmer soll lassen.

Meine Mutter mich haben falsch erzogen«, sagte Sue plötzlich. »Sie immer sagen: ›Wenn weißer Mann dich wollen haben, du zu ihm gehen. Alle Art weißer Mann sein besser als Nigger. Schlechter weißer Mann besser sein als guter Nigger‹, sie sagen. ›Nie lassen eine Nigger dich anrühren, du hören, Sue? Aber wenn weißer Mann dich wollen haben, dann du sagen: Ich kommen‹.«

»Das du mir nie gesagt haben, Sue«, klagte Stephen aus dem Schatten.

»Ich wissen«, sagte sie. »Ich dir nicht gesagt haben, weil nicht so sein. Ich wissen, daß nicht so sein. Jede Art Nigger sein besser als weiße Mann, der Niggermädchen wollen haben. Meine Mutter haben gehabt unrecht. Sie sagen: ›Der einzige Weg, wie wir können aufhören, Nigger zu bleiben, wechseln unser Blut. Jedes Niggerfrau mit Kind von weißem Mann machen eine Schritt aufwärts und kommen zu Freiheit.‹ Aber Krieg und anders lehren, daß Freiheit uns nicht machen frei. Wir immer zurückgestoßen, wo wir gewesen – schwarze Blut zu schwarze Blut.«

»Ach Gott!« klagte Stephen halblaut im Dunkel.

Sue sprach weiter. »Ich denken, Pierre mich liebhaben – er mir das sagen. Einmal er sagen, er mich wollen heiraten, er mit mir nach dem Norden gehn, wo wir können sagen, ich spanisch. Und ich sein sechzehn gewesen, und ich ihm glauben jedes Wort, das er sagen. Aber als Beaumont sein gekommen auf Welt, Pierre mich wie Luft behandeln. Und alte Herr kommen und sagen zu meine Mutter, sie mich müssen sofort verheiraten an gute Nigger, und er Geld geben und zwei neue Kleider, und wenn sie mir erzählen, so ich sagen: Ich wollen schwärzestes Nigger auf ganze Welt.«

»Das ich sein gewesen«, stöhnte Stephen.

»Das du sein gewesen, und ich danke dem Herrn dafür«, sagte sie, stand rasch auf, trat zu ihm, und er schlang die Arme um sie.

Jonathan wandte sich rücksichtsvoll ab. »Jetzt weiß ich alles. Gute Nacht, ich danke euch beiden.«

Und damit ging er und ließ die zwei im Schatten allein.

Und nun saß er in diesem Büro und wartete.

Endlich erschien ein junger schwarzer Diener, die Hände voll mit Briefen.

»Mister Bayne können Sie jetzt empfangen, Sir«, sagte er.

Jonathan stand schnell auf und trat in ein Büro. Am Schreibtisch saß ein hochgewachsener, schwarzhaariger junger Mann in Hemdsärmeln, die Füße auf dem Tisch. Er war so schön, daß Jonathans Ärger sich sogleich in Schüchternheit verwandelte.

»Guten Morgen«, sagte der junge Mann heiter, aber ohne aufzustehn. »Treten Sie näher. Hoffentlich stört es Sie nicht, daß nur der jüngere Teilhaber Sie empfängt. Ich bin Evan Bayne. Mister Bartlatt hat bei Gericht zu tun.«

Er zündete sich eine lange, dünne, braune Zigarre an.

»Auch eine?« fragte er.

Jonathan schüttelte den Kopf. »Ich rauche nicht«, sagte er, »und wenn es Ihnen recht ist, Mister Bayne, möchte ich gleich zur Sache kommen. Ich bin Schullehrer, und der Beginn des Schuljahrs zwingt mich, möglichst bald zurückzufahren.«

Evan Bayne hob seine langen Beine geschickt vom Tisch herunter.

»Entschuldigen Sie, Sir«, sagte er, und mit raschen, flinken Händen entdeckte er wie durch ein Wunder einen Brief, darauf Jonathan seine eigene Handschrift erkannte. Evan Bayne studierte den Brief. Sekundenlang sah er ernst drein. Dann verwandelten sich seine beweglichen Züge. Seine schwarzen Augen funkelten, und die rechte Braue hob sich.

»Sie sind aus Kansas? Ich hatte immer Lust, einmal hinzufahren. Wie sieht's eigentlich dort aus?«

»Ich weiß nur, wie es in Median aussieht«, sagte Jonathan vorsichtig.

»Nun, und wie sieht's in Median aus?«

»Heute ist noch nicht viel daran zu sehen«, sagte er. »Es ist im Grunde kein Ort, den man sich aussuchen würde. Ich bin dort, weil mein Vater uns von England hingebracht hat. Meine Familie ist nach dem Westen weitergezogen, aber ich bin seßhafter Natur. Ich halte nicht viel davon, dauernd auf der Wanderung zu sein.«

»Das werden Ihnen nur wenige Menschen glauben«, meinte Evan Bayne lachend.

»Median ist nicht gar so schlimm«, erklärte Jonathan. »Es liegt an der Kreuzung der Straßen von Norden nach Süden und von Osten nach Westen. Ich habe im Kopf schon Pläne für die Zukunft von Median entworfen«, fuhr Jonathan fort.

»Nicht, daß das etwas mit meinem Beruf zu tun hätte, aber es macht mir Vergnügen, Pläne für etwas zu machen, das sich entwickeln kann. Und Median kann sich entwickeln, glaube ich.«

»Liegt es an der Eisenbahn?« fragte Bayne. Seine Augen leuchteten warm und scharf.

»Noch nicht.«

»Gibt's einen Grund dafür, daß es keine Eisenbahn hat?« fragte Bayne.

Sie hatten beide ganz vergessen, warum er gekommen war. Jonathan zog einen Stuhl an den Tisch, holte aus der Tasche einen Bleistift und einen Umschlag hervor. In diesem Umschlag war Judys letzter Brief, aber das bemerkte er gar nicht. Er begann auf der Rückseite zu zeichnen.

»Das hier ist der Platz«, erklärte er, »ein schöner, großer Platz, und meine Schüler haben ihn in diesem Jahr mit Bäumen bepflanzt. Hier ist das Warenhaus, und das ist das Gasthaus. Im Westen und im Osten ist offenes Land. Hier im Süden liegt mein Haus – gleichzeitig das Schulhaus –, und hier stehn vier oder fünf andere Häuser.«

»Kommen die Farmer von weit her?« fragte Bayne.

»Dreißig und vierzig Meilen und manchmal auch noch von weiter her«, sagte Jonathan. »In diesem Frühjahr haben wir einen Bretterweg rund um den Platz angelegt – im Frühjahr gibt's entsetzlich viel Schlamm. Eines Tages wird man Makadam verwenden, wenn Makadam sich wirklich für den Boden von Kansas so gut eignet, wie ich höre. Aus dem Platz wollen wir eine Anlage machen, aber in die Mitte soll das Rathaus kommen, und hier wäre der Platz für das Postamt und hier für eine neue Schule. Und dann werden die Straßen von dem Platz abzweigen, etwa so –«

Er zeichnete ein Median, das er ebenso gut zu kennen glaubte wie jenes, das derzeit vorhanden war, und Evan Bayne sah ihm zu.

»Sagen Sie, woher wissen Sie, daß es so kommen wird?«

Jonathan sah auf und fühlte sich gedrängt, seinen Ort zu verteidigen. »Es gibt genug Leute in Median, um es dahin zu bringen«, erklärte er. »Der Boden rundherum ist reich, und auf viele Meilen Entfernung gibt es keinen Ort, wo die Farmer ihr Geld ausgeben könnten. Und überdies fahren die Wagen durch. Im Frühjahr und Sommer haben ein bis zwei Dutzend Wagen täglich vor dem Gasthaus haltgemacht.«

»Gibt's einen Advokaten?« fragte Bayne.

»Weder Advokaten noch Arzt noch Kirche«, sagte Jonathan, »und alles brauchte man.«

Bayne lachte. »Sie wollen mich überreden«, sagte er.

»Nein, das will ich nicht«, erwiderte Jonathan rasch. »Ich weiß sehr wohl, wie Median auf einen Fremden wirken muß. Als ich es zum erstenmal sah, hatte ich den Eindruck, daß es ein Schlammloch in der Prärie sei und die Prärie nichts als eine grüne Wüste.«

»Aber jetzt sehen Sie es anders an?«

»Und ich kann nicht einmal sagen, warum«, sagte Jonathan offen. »Die Prärie wirkt nicht mehr wie eine Wüste. Ich bin dazu gelangt, die Unermeßlichkeit des Himmels über mir zu lieben. Und wenn ich auch nur ein Lehmhaus habe, so kann ich darin doch Schule halten, und es ist auf zweihundert Meilen keine andere Schule für die Kinder der Gegend vorhanden. Ich glaube, daß es keinen Grund gibt, warum Median sich nicht entwickeln sollte.«

»Ich bin überzeugt!« meinte Evan Bayne heiter.

»Sagen Sie nicht, daß ich Sie überredet habe!« erwiderte Jonathan.

»Nein, nein! Die Wahrheit ist, daß ich schon, bevor Sie kamen, zu drei Vierteilen überzeugt war. Ich habe dieses Büro hier satt. Es hat meinem Vater gehört. Er ist tot, aber sein alter Partner lebt noch, und mit dem muß ich weitertrotten. Ich möchte mich endlich auf eigene Füße stellen. Aber hier kann ich das nicht – die Familienbindungen sind zu stark.«

Sekundenlang saßen sie schweigend da, und während dieses Schweigens entdeckte Jonathan zu seiner Überraschung, daß dieser junge Mann ihm außerordentlich gut gefiel. Er hatte in seinem ganzen Leben keinen Menschen kennengelernt, für den er so rasch und gründlich Sympathie empfunden hätte. Es war etwas Offenes, Aufrichtiges an ihm, etwas Übersprudelndes, Heiteres, Ungeziertes, Spontanes. Für ihn würde es eine gewaltige Bereicherung Medians bedeuten, solch einen jungen Mann dort zu haben, einen gebildeten Mann, mit dem man sich über alles unterhalten könnte.

»Ich glaube, Median würde sich rascher entwickeln, wenn Sie dort wären«, sagte er mit dem Anflug eines Lächelns.

Evan Bayne lachte sein lautes Lachen. »Es würde wachsen oder zerspringen«, rief er. Er sprang auf und streckte seine Hand aus. »Ich komme«, erklärte er. »Zum mindesten glaube ich, daß ich kommen werde. Wann fahren Sie zurück?«

»Sobald mein Geschäft erledigt ist«, erwiderte Jonathan, und nun hatte das Lächeln sein ganzes Gesicht erobert.

Er berichtete Bayne alles, was Sue ihm erzählt hatte, was Beaumont für ein Mensch war, wie er, Jonathan, an den alten Dr. Beaumont geschrieben hatte, und wie die Antwort Bartlatts ausgefallen war.

Evan Bayne sagte: »Jeder Mensch weiß, daß der junge Pierre Beaumont ein Taugenichts war. Ich nenne ihn den jungen Pierre Beaumont, aber er war nicht mehr jung. Er war mindestens vierzig Jahre alt, als er im vergangenen Winter erschlagen wurde, aber er hat sein Leben lang nichts getan, als dem alten Mann das Dasein schwer gemacht. Der alte Herr war ein guter Mensch – ein reicher Mann, der es nicht nötig gehabt hätte, zu arbeiten, aber er war ein hervorragender Arzt, weil er arbeiten wollte. Der Sohn war überhaupt nichts.«

»Getötet?« fragte Jonathan.

»Ermordet«, sagte Bayne kurz. »Von einem Nigger. Es war ein Vatermord.«

Bayne erzählte ihm, wie Lem gestorben war. »Ich hörte, daß die Menge sich vor der Gefängnistüre sammelte, und ging zum Sheriff. Der alte Doktor Beaumont war unser Klient. Doktor Beaumont wollte keine Klage erheben. Er hatte eine lange Unterredung mit Lem im Gefängnis, und als er herauskam, sah er elend aus. ›Mein Sohn ist tot‹, sagte er, ›aber ich erhebe keine Anklage.‹ Nun, der Staat muß natürlich trotzdem einen Mordfall verfolgen. Aber die Leute haben die Sache selber in die Hand genommen. Ich war mitten in der Menge, und ich merkte, daß es losgehen würde. Die Leute waren allzu still. Wenn sie singen oder schreien, dann kann man noch hoffen, daß sich mit einer Volksmenge etwas anfangen läßt. Aber nicht, wenn sie totenstill ist. Und so wurde Lem gehängt.«

»Ja, aber – warum? Wenn der Prozeß doch von Staats wegen geführt wurde?« fragte Jonathan.

»Ein Schwarzer kann hier keinen Weißen töten und darauf rechnen, daß er die Gerichtsverhandlung erlebt«, sagte Evan Bayne einfach.

»Das werde ich Beaumont nie erzählen«, sagte Jonathan leise. »Und auch seiner Mutter nicht.«

Er stand auf und sah den Mann an, für den er so große Sympathie empfand. »Sie sehen, wie die Dinge liegen. Der Bursche, um den es sich handelt, ist zu drei Vierteln weiß. Er ist nicht dunkler als ein Spanier, nicht annähernd so dunkel wie ein Indianer. Und seine Lippen sind schmal und sein Haar kaum gekraust. Und es steckt etwas Geniales in ihm. Wenn wir ihn irgendwohin kriegen könnten, wo er sich in der Menge verlieren kann, wenn ich ihn zum Beispiel nach England bringen könnte, würde ein großer Mann aus ihm werden. Das spürt man. Wenn ich ihn nach England schicken könnte, würde ich meinen alten Lehrer dort schreiben, und er würde sich um ihn kümmern.«

»Sie gefallen mir«, sagte Bayne ohne jede Scheu. Jonathan spürte zwar, daß er feuerrot wurde, und schämte sich dessen, aber er überwand seine Scheu und erwiderte: »Sie gefallen mir ebensogut.«

»Ich heiße mit Vornamen Evan.«

»Und ich heiße Jonathan.«

»Ich gehe mit Ihnen nach Kansas.«

»Das freut mich aufrichtig.«

Sie schüttelten einander die Hand, warm und fest, und Evan stand auf. »Wann fahren Sie?«

»Sobald mein Geschäft erledigt ist«, sagte Jonathan.

»Ach, mein Gott, schon wieder!« rief Evan Bayne.

Sie lachten, und dann sagte Evan: »Hören Sie – ich werde das für Sie in Ordnung bringen. Ich werde dem alten Bartlatt sagen, daß er nachgeben muß – es sei kein gesetzliches Hindernis vorhanden. Ich werde ihm sagen, daß der Junge rein weiß ist.«

»Nein, das dürfen Sie nicht«, erklärte Jonathan rasch. »Sie müssen ihm die Wahrheit sagen.«

Bayne lachte wieder. »Was, ich – ein Advokat? Ich werde mich um diese besondere Lüge drücken«, sagte er. »Und jetzt gehen Sie und überlassen Sie mir die Sache. Ich werde Ihnen nicht sagen, wie ich es fertigbringen werde, aber ich werde es für Sie tun. Wann wollen Sie aufbrechen?«

»Morgen.«

»Übermorgen«, sagte Evan. »Ich muß doch erst mit meiner Mutter und meinen Schwestern reden.«

»Schön.«

»Und speisen Sie heute abend mit uns, damit meine Leute Sie kennenlernen und mich Ihnen anvertrauen«, sagte Evan mit seinem rasch bereiten Lachen. Er kritzelte einen Namen und eine Adresse auf ein Blatt Papier.

»Gern«, erwiderte Jonathan und nahm das Blatt.

Sie drückten einander abermals die Hand, jeder zufrieden mit dem andern und insgeheim überrascht, weil ihre Freundschaft sich so rasch entwickelt hatte.

Um halb sieben stand Jonathan vor der großen sahnefarbenen Türe eines alten Backsteinhauses und griff nach dem kupfernen Klopfer. Er war von seinem kleinen Hotel durch Geschäftsstraßen in Wohnstraßen gegangen, und endlich war er in diese stille, breite Straße gelangt, wo große alte Häuser aus Backstein oder aus weißgestrichenem Holz zwischen weinumrankten, bemoosten Bäumen standen.

Die Türe öffnete sich in eine Halle, aus der ein geräumiges Treppenhaus aufwärts führte. Und dann kam Evan aus einer anderen Türe herbeigeeilt. Er hatte sich umgezogen.

»Kommen Sie, kommen Sie!« rief Evan. »Ich wußte, daß Sie pünktlich kommen würden. Ich habe Ihnen gleich angesehen, daß Sie einer von den Leuten sind, die sich immer genau an Zeit und Ort halten.« Er klopfte Jonathan auf die Schulter und flüsterte ihm zu: »Ihre Angelegenheit ist erledigt.«

»Wie haben Sie es –«, fing Jonathan an.

»Pst!« machte Evan. »Kommen Sie nur – meine Mutter ist da, und die Mädchen haben sich feingemacht, als sie hörten, daß ein neuer junger Mann in Sicht sei. Sie sind Engländer, Jonathan – nicht vergessen! Kein Yankee! Als Yankee dürften Sie dieses Haus nicht betreten!«

Das alles sprudelte er mit seiner heiteren melodischen Stimme hervor.

»Evan!« rief eine klare Stimme.

»Wir kommen, Mutter!« rief er zurück.

Er legte den Arm in Jonathans Arm und ging mit ihm in einen großen ovalen Salon, wo eine kleine rothaarige Dame auf einem grünen Gobelinstuhl saß, die Füße auf einem Schemel gekreuzt. Hinter ihr stand ein hochgewachsenes hübsches Mädchen, das ihrem Bruder Evan ungemein ähnlich sah, und ein kleineres Mädchen, das den Kinderjahren noch nicht völlig entwachsen war.

»Das ist Mister Jonathan Goodliffe, Mutter«, sagte Evan.

Mrs. Bayne streckte eine kleine Hand so brüsk aus, daß

es fast wie ein Stoß wirkte. »Sie sind uns willkommen, Mister Goodliffe. Dies ist meine ältere Tochter Laura, und das hier ist Louisa.«

Die beiden Mädchen verbeugten sich, die größere freundlich, die kleinere nur andeutungsweise.

»Setzen Sie sich doch«, sagte Mrs. Bayne. »Mein Sohn hat mir berichtet, daß Sie Engländer sind. Wohnen Sie in London? Ich kenne London sehr gut. Der Vater meines Mannes war dort ein sehr berühmter Anwalt.«

»Ich kenne London nicht, Ma'am«, sagte Jonathan und setzte sich auf ein mit grauem Satin bespanntes Sofa. »Meine Heimat war ein Dorf bei Blackpool, ein kleines Dorf, und wir sind hierhergekommen, um unsere Lage zu verbessern.«

»Hoffentlich hat sie sich in Kansas verbessert, wenn ich das auch bezweifle«, sagte Mrs. Bayne mit leiser Schärfe.

»Das gilt mir«, sagte Evan lachend. »Meine Mutter hält mich für einen kompletten Narren.«

»Das tue ich nicht, denn du bist schließlich mein Sohn«, erwiderte Mrs. Bayne. »Aber ich halte es für töricht, nach Kansas zu gehn.«

Evan lachte sie aus und beugte sich über sie, um ihr einen Kuß zu geben, aber sie schob ihn weg.

»Nein, du wirst mir keinen Kuß geben. Du glaubst, daß du machen kannst, was du willst, und dann kommst du, gibst mir einen Kuß, und ich werde dir verzeihen. Diesmal verzeihe ich dir nicht!«

Sie sprach scherzend, doch klang etwas in ihrer Stimme nicht scherzhaft, und Jonathan spürte das.

»Einigen wir uns darauf, daß ich nur zu Besuch hinfahre, Mutter, oder einen Ausflug mache.«

»Wenn dein Vater nicht gestorben wäre, so hättest du eine Auslandsreise unternommen, wie sich das für einen jungen Mann schickt.«

»Da ich aber ein patriotischer Amerikaner bin, fahre ich statt dessen nach dem Westen«, erklärte er.

»Das ist nicht dasselbe.«

Während dieses Wortgefechts blieben die beiden Mädchen stehn, Louisa leise lächelnd und Laura sehr ernst. Sie sah ihre Mutter zornig an, und schließlich mußte Mrs. Bayne diesen Blick wohl gefühlt haben, denn sie wandte den Kopf.

»Laura, sag Jeems, daß wir essen wollen«, befahl sie.

»Ich gehe schon!« Evan sprang auf.

»Nein, ich!« sagte Laura eifrig.

Während des ganzen Abends fühlte Jonathan, wie die drei Frauen, jede auf ihre Art, sich an Evan klammerten. Die Unterhaltung war belebt, es wurde viel gelacht, und Evan neckte beständig eine der drei Frauen. Doch dahinter war das Drängen ihrer Liebe zu stark und zu verschiedenartig, als daß eine wahre Gemütlichkeit aufkommen konnte. Hinter der Unterhaltung bei Tisch war ununterbrochen das starke Drängen der Liebe zwischen diesen Menschen zu spüren, ein Einwirken der drei Frauen auf den einen Mann, wenn es auch am stärksten zwischen Louisa und ihrer Mutter fühlbar war. Das dauerte an, bis Mrs. Bayne aufstand und die Mädchen ihr folgten, während Jonathan und Evan sitzen blieben und der schwarze Diener Wein und Nüsse servierte. Da wich die Spannung, und Evan saß sekundenlang schweigend da und sah müde aus. »Mir fehlt mein Vater«, sagte er.

»Das ist verständlich«, bemerkte Jonathan, um doch etwas zu sagen.

»Vor seinem Tod war mir nie bewußt gewesen, wie sehr wir alle uns auf ihn stützten«, sagte Evan. Und als er jetzt Jonathan ansah, war alle Heiterkeit entschwunden. »Glauben Sie, daß ich bei meiner Mutter und meinen Schwestern bleiben sollte?«

Jonathan war betroffen. »Wie soll ich da etwas sagen?« erwiderte er. »Gibt es noch einen andern Mann in der Familie? Oder sind die Damen auf Ihre Unterstützung angewiesen?«

»Louisa ist verlobt«, sagte Evan, »und wird im Juni einen alten Freund von mir heiraten. Er wird sozusagen Wand an

Wand mit meiner Mutter wohnen. Wir haben auch zwei Onkel und ihre Familien hier – Hunderte von Cousins und Cousinen. Und meine Mutter braucht kein Geld. Aber ich – ich brauche Freiheit!«

»Ich weiß, wie das ist«, sagte Jonathan nüchtern. »Ich liebe meine Mutter sehr, und ich war tief bekümmert, als sie fortging, und doch bin ich jetzt glücklicher. Wenn ein Mann allein ist, spürt er nicht die ganze Zeit, daß etwas tief drinnen an ihm zerrt.«

»Ganz richtig«, sagte Evan. Er schenkte Wein ein und hob sein Glas. »Auf Ihr Wohl, auf mein Wohl und auf Kansas!« sagte er. Die gute Stimmung war wieder da, und Jonathan trank und wußte, daß ein neuer Abschnitt seines Lebens begonnen hatte.

20

Die Rückreise war für Jonathan vergnüglicher, als je eine seiner Reisen gewesen war. Und das bewirkte Evan durch seine bloße Gegenwart. Einen jungen Mann, der nur um zwei Jahre älter als er selber, zum Gefährten zu haben, und einen Gefährten, der die Augen so offenhielt, über alles, was er sah, so lebhaft zu sprechen wußte, der so liebenswürdig bereit war, jede Freude zu teilen, das genügte, um jede Stunde dieser Fahrt zu einem angenehmen Erlebnis und zu einem Genuß zu machen.

Evan sah sich mit gutgespielter Besorgnis um. »Ich werde erst dann ganz ruhig sein, wenn ich sicher bin, daß der alte Bartlatt mich nicht noch holen kommt«, sagte er. »Ich hatte nie gewußt, daß ich für die Firma so unentbehrlich bin. Ich glaubte, ich sei ein kleiner Büroangestellter.«

Jonathan lauschte mehr, als er sprach, während Evan ihm von den Reisen erzählte, die er unternommen, von den Mädchen, in die er sich verliebt hatte. Es war immer heiter und oberflächlich gewesen und hatte nie lange gedauert. Und doch war in diesem jungen Mann ein Zauber, der auch Jonathan seine Lebensgeschichte entlockte. Aber von Judy sprach er kein Wort. Das behielt er ganz für sich.

Als sie ans Ende ihrer Fahrt kamen und Median nur noch zwei Tagereisen entfernt war, wurde es Jonathan unbehaglich zumute, aus Furcht, er hätte Median doch schöner geschildert, als es in Wirklichkeit war. Ihm fiel es schwer, Median anders zu sehen, als es seiner Meinung nach eines Tages sein würde. Als sie den Zug verließen und die Fahrt über die Prärie antraten, wuchs seine Besorgnis. Evan blickte über die Prärie.

»Mein Gott«, sagte er, »geht das immer so weiter?«

»Ja«, erwiderte Jonathan.

»Kein Hügel? Kein Felsen?«

»Nie! Außer wenn man ziemlich weit in westlicher Richtung wandert. Das Land steigt an, aber man merkt es erst, wenn man den Horizont beobachtet.«

So kamen sie denn endlich nach Median. Im Westen glänzte der Himmel golden, und selbst der Osten war von diesem Licht erhellt. Median lag so, daß sie, vom Osten kommend, zwischen den wenigen Häusern den leeren Platz erblickten, und da nur im Süden und Norden des Platzes Häuser standen, wirkte Median wie ein Tor nach Westen zum Sonnenuntergang.

Abends sah es nicht schlecht aus. Mrs. Drear hatte die Fahne gewaschen, die an einer Stange vom »American House« wehte, und nun flatterte sie in Rot, Weiß und Blau, der Laden hatte neue Stoffe in den Schaufenstern, und Katie hatte ein großes Büschel Gras gepflückt und in eine grüne Flasche mitten in die Auslage gestellt. Rund um die Schwellen von dem Dutzend Häuser blühten späte Sonnenblumen, und Mrs. Cobb hatte aus den Samen, die sie aus ihrem Heim in Neu-England mitgebracht, Astern gezüchtet. Es hatte vor kurzem geregnet, denn die jungen Bäume auf dem Platz grünten und auch das Gras, das zu ihren Füßen wuchs.

Evan zog an den Zügeln in Jonathans Hand. »Halt«, sagte er, »lassen Sie mich einmal einen Blick auf das alles werfen! Nicht viel von einer Stadt«, sagte er. »Aber dahinter fängt der Westen an!«

Jonathan nahm die Zügel auf und fuhr über das Gras nach dem Lehmhaus. Ihn bedrückte der Gedanke, daß Evan am Ende doch nicht in Median bleiben würde, aber er war entschlossen, das nicht merken zu lassen. Mochte Evan bleiben oder gehn, er, Jonathan, würde sich sein Leben schon einrichten, und zwar in Median.

Im Zwielicht wirkte das Lehmhaus so klein wie eine Hütte, und der Garten davor sah zwischen dem hohen wilden Gras rundum sehr kümmerlich aus. Jonathan öffnete schweigend die Türe und erinnerte sich an das vornehme Haus, aus dem Evan gekommen war.

»Sie werden es armselig finden«, sagte er. »Aber hier wohne und arbeite ich.«

»Es sieht gemütlich aus«, sagte Evan.

»So habe ich es auch empfunden«, erwiderte Jonathan.

Er zündete die Petroleumlampe an. Das war ein Luxus, den er sich gönnte, denn auf diese Art konnte er abends besser lesen als bei dem flackernden Licht einer Kerze.

»Ich werde in den Laden gehn und etwas zum Essen einkaufen«, sagte er. »Wollen Sie mitkommen oder bleiben?«

»Bleiben und ein wenig von dem Reisestaub abwaschen«, sagte Evan.

»Da muß ich zuerst Wasser holen!«

»Ich werde Ihnen helfen«, erwiderte Evan. Er trug noch den langen eleganten Mantel und den hohen Hut, aber schon hatte er nach dem Eimer gegriffen und ging mit Jonathan, der den andern Eimer trug, zu Drears Brunnen.

In der Ladentüre stand Katie mit den beiden kleinen Jungen und beobachtete sie.

»Guten Abend, Katie«, rief Jonathan. »Wie geht's?«

»Gut«, erwiderte Katie und wandte keinen Blick von ihnen.

»Das ist eine meiner früheren Schülerinnen«, erklärte Jonathan.

»Nicht gerade ein schönes Musterexemplar der Mädchen von Median«, meinte Evan leise.

»Es gibt keine Mädchen hier.«

»Das hätten Sie mir allerdings sagen sollen«, sagte Evan scherzend. »Das ist wichtig!«

»Sie sollten –«, begann Jonathan, brach aber sofort ab. Was er beinahe gesagt hatte, war: »Sie sollten einmal Judy sehen«, aber er besann sich. Es war kein Grund dafür vorhanden, daß Evan Judy sehen sollte.

»Zwei Bewohner und die Schule, das ist zuviel für das Lehmhaus«, sagte Evan. Sieben Tage waren vergangen, und jeden Tag hatte Jonathan das Gefühl, daß Evans Bleiben in Median noch so ungewiß war wie das eines Zugvogels. Er selber hatte die köstlichste Woche seines Lebens verbracht, und das wußte er. Nicht einmal Judy hatte ihm das gegeben, was Evan ihm gab – die ständige, heitere, hilfsbereite Kameradschaft eines Geistes, der weit facettenreicher war als sein eigener.

Im Verlauf dieser Woche hatte Evan nach und nach ganz Median kennengelernt, blieb immer heiter und unbefangen, und abends unterhielt er sich mit Jonathan über seine neuen Bekannten, die er richtig zu beurteilen wußte.

»Drear ist ein Mann, mit dem man sich einlassen kann«, sagte er. »Und Merridy auch. Hasty ist ein dummer, gewöhnlicher Mensch, und Cobb ist degeneriert. Er hat Neu-England zu spät verlassen.«

Was Jonathan entzückte, war, daß Evan sich völlig seinem Urteil über Beaumont anschloß. Beaumont war schon am ersten Morgen gekommen, mißtrauisch und doch vor Neugier brennend. Es ging ja um sein Schicksal. Er kam an die Türe und wartete.

»Komm doch herein, Beaumont«, sagte er. »Ich habe gute

Nachrichten für dich.« Und zu Evan sagte er: »Das ist Pierre Beaumont.«

Der Knabe verbeugte sich, und Evan, der in beiden Händen Teller hielt, begrüßte ihn nur mit einem Nicken und einem Lächeln. »Hello«, sagte er.

»Guten Morgen, Sir«, erwiderte Beaumont.

»Dieser Herr, Beau«, sagte Jonathan und sah Evan zärtlich an, »dieser Herr hat deinen Dank verdient. Er ist es, der deinen Fall geregelt hat.«

»Ich danke Ihnen, Sir«, sagte Beaumont.

»Du solltest nach Paris gehn«, sagte Evan leichthin. »Ich kann mir vorstellen, daß du dort ein richtiger Franzose wärst – nicht nach England, Jonnie, nach England lieber nicht, aber nach Paris!«

»Ich kenne keinen Menschen in Paris«, sagte Jonathan.

»Sie sind ja nicht der einzige Mensch auf der Welt«, erwiderte Evan. »Ich darf mich vielleicht selber in Erinnerung bringen. Zufällig kenne ich einige Beaumonts in Paris – entfernte Verwandte des alten Herrn.«

»Ich habe nie von zuverlässigen Menschen in Paris gehört«, sagte Jonathan bedenklich.

»Immerhin – irgendwie wird doch drüben ein ganzes Volk regiert«, erwiderte Evan lachend.

»Ich habe jedenfalls noch nie einen Franzosen gesehen. Wie soll ich ahnen, was dort aus Beau werden kann? Und vielleicht würden sie ihn schlecht behandeln.«

»Sie werden sich in ihn verlieben«, erklärte Evan. »Ein Kind der Liebe – das ist ihre größte Freude!«

So diskutierten sie, bis Jonathan merkte, daß die dunklen Augen des Knaben verängstigt dreinschauten. Da brach er ab.

»Nun, darüber können wir ja später entscheiden«, sagte er. »Wichtig ist, daß du dein Legat hast, daß Mister Bayne es dir verschafft hat und du Arzt werden kannst.«

Beaumont lauschte, prägte es sich ein, dann öffnete er den Mund, schloß ihn wieder und schüttelte den Kopf.

»Ich danke den beiden Herren«, stieß er hervor und lief aus dem Zimmer.

Evan lachte laut. »Ein köstlicher kleiner Nigger, das!«

Aber Jonathan lachte nicht. Er begriff, daß Beaumont weinte, während er lief.

»Paris wäre das Richtige, Jon«, sagte Evan.

»Vielleicht«, erwiderte Jonathan.

»Paris ist eine gute Stadt, Jon.«

»Wirklich?« Das wollte Jonathan nicht glauben.

Evan lachte laut auf. »O Jon, ich habe dich furchtbar gern! Du hast doch nichts dagegen, daß ich Jon zu dir sage?«

Jonathan spürte, wie er über und über rot wurde, und darum antwortete er mit größter Ruhe: »Du magst mich so nennen«, sagte er, »obgleich ich bisher noch keinem Menschen erlaubt habe, meinen Namen abzukürzen.«

Evan sagte: »Ich werde mir ein Büro bauen. Es wird nur ein Büro sein, doch ich werde darin hausen, und du und ich, wir wollen sehen, was wir fertigbringen können! Warum sollte Median nicht der Hauptort des Distrikts werden? Drear sagt, daß die Absicht besteht, den Distrikt in zwei Teile zu teilen. Median als Hauptort, und dann kriegen wir auch die Eisenbahn hierher, und ich sehe nicht ein, warum Median nicht eines Tages eine Stadt werden sollte wie Chicago. Ich glaube, daß man in großem Stil planen muß.«

»Ach«, meinte Jonathan, »so spricht auch mein Dad. Aber du bist erheblich klüger als er. Er spricht immer von großen Plänen, aber er rührt keinen Finger, damit etwas draus wird. Und übrigens weiß ich nicht, ob ich Median so groß wie Chicago haben möchte.«

»Wenn ich erst einmal angefangen habe, wirst du das nicht aufhalten können«, sagte Evan.

Er fing zunächst damit an, daß er am Tage, da Jonathan die Schule wieder aufmachte, ins »American House« übersiedelte. Neben dem Gasthaus kaufte er von Henry Drear ein Grundstück und beauftragte Stephen Parry, ihm ein einstöckiges Riegelhaus zu bauen, einen Raum unten, einen Raum oben, der untere wäre die Kanzlei, der obere sein Schlafzimmer, und das Ganze sollte binnen zwei Monaten fertig sein.

Unterdessen bezahlte er Henry Drear zehn Dollar im Monat für dessen Vorratsraum, in dem jetzt nur ein Tisch und zwei Sessel übrigblieben, und fertigte ein Schild, von ihm selber angestrichen, und darauf stand: »Evan Bayne, Rechtsanwalt«.

Zu diesem Schild kamen, wie Sünder, die sich dem Himmel nähern, alle gelaufen, die einen Streit mit ihren Nachbarn hatten, die beim Landkauf, bei ihren Hypotheken betrogen oder von Rinderdieben bestohlen worden waren, und was es sonst an Schwierigkeiten und Sorgen gab. Aber Evan schien nie überbürdet zu sein. Er saß den ganzen Tag in seiner Kanzlei, die Füße auf dem Tisch, lauschte, lachte oder rief einen Bekannten an, der an der offenen Türe vorüberging.

In Median hatte ihn jedermann gern. Wenn Jonathan fähig gewesen wäre, Eifersucht zu empfinden, so hätte er jetzt eifersüchtig sein müssen, denn jeder ging zu Evan und wollte ihn zum Freunde haben. Aber Jonathan konnte nicht eifersüchtig sein. Überdies kam Evan, früher oder später, jeden Abend über den Bretterweg zu dem Lehmhaus gegangen, trat ein und half Jonathan bei dessen Arbeiten. Manchmal wurde es Mitternacht, bevor er heimging.

Das waren gute Stunden. Da schmiedeten sie Pläne für Beaumont, und eines Tages schickten sie ihn fort – in Evans schönem grauen Kammgarnanzug.

»Du darfst keinem Menschen sagen, daß du ein Nigger bist«, schärfte ihm Evan ein. »Von jetzt an mußt du nur daran denken, daß du in das Land deiner Ahnen zurückkehrst. Und lerne Französisch, bis es die Sprache deiner Seele wird!«

Das alles nahm der junge Mensch sich zu Herzen und ging, die Börse voll mit Geld und seine wenigen Kleidungsstücke in Evans bestem Koffer. Außer Stephen und Sue wußte kein Mensch in Median, wohin Beau reiste, ja, daß er überhaupt fortgegangen war.

Die beiden jungen Leute saßen in der monderhellten Dunkelheit der offenen Türe, solange die Frühherbsttage mild waren, und vor dem Feuer, als es Winter wurde.

»Was wir jetzt brauchten – –«, begann etwa Evan, und Jonathan lauschte. Und wenn dann die Reihe an ihm war, sagte er: »Der erste Schritt, den wir tun müßten, wäre –«

Und so folgte eine Anregung der andern, bevor sie schieden, und darüber vergaß Jonathan stundenlang, was ihn unglücklich machte, wenn er allein war – daß Judy ihr Versprechen, ihm jede Woche zu schreiben, nicht hielt.

Stephen Parry, der mit zahlreichen Überstunden an Evan Baynes Haus arbeitete, war fast ganz allein auf sich angewiesen, denn Arbeitskräfte waren schwer aufzutreiben.

Judy hatte Jonathan nur einmal alle drei Wochen geschrieben. Von seinen Briefen empfing sie jede Woche einen und überdies einen, den er im Überschwang seines Herzens am Tag des Erntedankfestes geschrieben hatte. Nach langem Nachdenken hatte er ihr geschrieben, was das Jahr ihm gebracht hatte, und wofür er Gott dankte. Die beiden Gaben würden stets die zwei besten Elemente seines Lebens bilden, was auch kommen mochte. Die erste Gabe sei Judy selber – »Mein Lieb, mein Engel, dessen letzten kurzen Blick ich wie einen Schatz hüte, so wie jede Berührung Deiner Hand eine kostbare Erinnerung für mich ist.« Nach Judy kam Evan, »mein Freund«, wie er an Judy schrieb, »ein kluger, ehrenhafter Mann. In ihm sind die besten Eigenschaften vereinigt, die ein Mann haben kann. Fröhlichkeit, Ehrenhaftigkeit, die ihn veranlassen wird, alles für einen Freund zu tun, wie er das auch wirklich für mich getan hat. Klugheit, denn er ist nach Median gekommen und hat sich binnen weniger Wochen einen Namen gemacht, der jedem seiner Klienten die

Gewißheit gibt, daß er seinen Prozeß gewinnen wird. Seine Kanzlei, eben erst in seinem neuen Haus eröffnet, ist bereits voll, und er spricht davon, sie zu vergrößern. Er kann jeden Menschen zu allem überreden.«

Jonathan war allein, als er diesen Brief schrieb, denn Evan veranstaltete an jenem Abend des Erntedankfestes eine große Tanzerei im »American House«.

»Meine Liebste«, schrieb er an Judy, nachdem er ihr die beiden Ursachen für seine tiefe Dankbarkeit mitgeteilt hatte, »nun bin ich bereit, Dich zu fragen, ob Du mein Weib werden willst. Du hast mir in diesen Monaten so schrecklich gefehlt. Judy, Liebling, ich mache Dir keinen Vorwurf daraus, daß Du mir so wenig schreibst und daß ich nach all diesen Wochen nur elf Briefe von Dir habe. Wenn der Sonntag kommt und kein neuer Brief von Dir da ist, dann setze ich mich eben nieder und lese die alten wieder. Aber wir müssen unser Leben so einrichten, daß wir immer beisammen sind, und dann trifft niemanden ein Vorwurf, wenn keine Briefe geschrieben werden.«

Als er das niedergeschrieben hatte, blieb er noch eine Weile in sehr feierlicher Stimmung sitzen. Viel mußte getan werden, wenn Judy als Braut und Frau in dieses Haus treten sollte. Zunächst einmal mußte die Schule übersiedeln. Er würde mit Evan darüber sprechen und zusehen, ob man durch Ausgabe von Obligationen genügend Geld für das Schulhaus aufbringen konnte.

Er stand auf und ging ein-, zweimal auf und ab, und dann, als sein Blick zufällig auf die Schuluhr fiel, die über dem Kamin an der Wand hing, sah er, daß er sich beeilen mußte, wenn er nicht zu spät zu dem kommen wollte, was Evan sein »Spektakel« nannte.

Evan drehte sich im Tanz an ihm vorbei. Er tanzte mit Katie, erblickte Jonathan und blieb sekundenlang, den Arm um ihre Taille, stehn. »Na, Jon! Ich wollte dich schon holen lassen!« rief er.

Er war so schön, seine dunklen Augen leuchteten so klar, daß Jonathan immer wieder stolz auf ihn war. Selbst Katie, von Evans Schönheit bestrahlt, war beinahe hübsch. Sie trug ein rosa Kleid, das er noch nie an ihr gesehen hatte. Ihre Schultern waren bloß, und der Rock raschelte über den Boden.

»Ist sie nicht reizend?« rief Evan. Er machte eine große Geste. »Hier, Jon, ich habe sie dir aufgehoben. Das jüngste und reizendste Mädchen von Median!«

Er verbeugte sich tief, führte Katie Jonathan zu, und fort war er. Jonathan sah ihn wenige Minuten später, wie er nicht tanzte, sondern sich an den Schanktisch lehnte und mit einem fremden Mann sprach, nach den Lederhosen und dem offenen Kragen zu schließen, ein Viehzüchter. Es kamen jetzt immer mehr Viehzüchter durch Median, rauhe, geräuschvolle Männer, die zuviel tranken und im Laden und im Gasthaus einherstolzierten.

Dann sah er zu Katie hinunter. Sie tanzte gelassen nach der neuen Melodie, die Bill angestimmt hatte, das schmale Gesichtchen war ganz ernst. Jonathan spürte ihre Hand lässig und ohne jeden Druck in der seinen.

»Ich tanze gewiß nicht so gut wie Evan«, sagte er wehmütig. Evan hatte den leichten Glanz mit sich genommen, der vorher von ihr auszugehn schien.

»Sie tanzen ganz gut«, erwiderte sie schnell. Aber sie sah ihn nicht an, noch lächelte sie, und obgleich er wußte, daß Koketterie ihr fern lag, fiel ihm plötzlich ein, ob Lew nicht am Ende unrecht gehabt hatte. Vielleicht hatte sie sich nie etwas aus ihm gemacht. Mit jähem, gewaltigem Verlangen dachte er an Judy und wußte, daß nur sie allein Schönheit bedeutete und daß es für ihn keine andere geben konnte. Die Musik brach ab, und er und Katie blieben sekundenlang zögernd stehn. »Vielen Dank, Katie«, sagte er und ließ sie gehn.

Fast graute der Morgen, als Jonathan mit Evan nach dem Lehmhaus ging. Die Häuser verdunkelten sich, während die beiden zwischen ihnen dahinschlenderten, und die Wagen rumpelten aus dem Ort heimwärts.

»Prächtige Leute«, sagte Evan, als er sich schließlich in Jonathans bequemsten Stuhl setzte. »Kümmere dich ums Feuer, Junge – dein Haus ist kalt wie ein Keller. Ich werde die Nacht über hier bei dir bleiben, Jon. Ich bin voll von Schwatzlust. Freu dich nicht auf den Schlaf, denn heute kommst du nicht dazu.«

»Nun, zum Glück ist morgen ein Feiertag«, erwiderte Jonathan. Die Flamme loderte hoch auf. Evan saß bequem in seinem Stuhl, die Füße an das Feuer gestreckt, die Hände hinter dem Kopf verschränkt.

»Jon«, sagte er plötzlich, »ich will aus Median ein Zentrum der Viehzucht machen.«

»Evan, du hast das doch nicht diesem Kerl gesagt – ein Viehzüchter aus Texas war er wohl, nicht wahr?«

»Das habe ich ihm gesagt«, erklärte Evan, »und warum nicht? Warum sollte Median nicht sein Teil von dem Geld der Viehzüchter kriegen? Das ›American House‹ würde davon profitieren, der Laden würde profitieren, es würde einen geschäftlichen Aufschwung geben.«

»Ja, aber das Ende der Straße liegt doch zu weit im Norden«, sagte Jonathan langsam.

»Median würde es um zwei Tage näher zur Bahn bringen – wir werden nämlich eine Bahn kriegen, Jon.«

»Und wo würde Median bleiben?«

»Was meinst du damit? Es gäbe mehr Median als zuvor!«

»Es würde Freßlokale geben und Tanzlokale, und das ›American House‹ würde eine Schenke sein, und es gäbe Bordelle und Raufereien und Totschlag – aber für Median wäre kein Platz mehr!«

»Ach, du verrückter Kerl«, sagte Evan lachend. »Median würde aufblühen! Wenn dies der Umschlagplatz wäre, würden Tausende hier ihren Lohn ausgezahlt bekommen, und die Leute würden auch ihr Geld hierlassen. Das ist doch das Gesetz des Wachstums, Mensch! Du kannst nicht die Quellen verstopfen und dann erwarten, daß Median wachsen soll!«

»Vielleicht sehen wir zwei Median mit verschiedenen Augen an«, sagte Jonathan.

»Vielleicht«, erwiderte Evan, »vielleicht siehst du Median nicht als aufblühende Stadt, die jedes Jahr größer wird, Geld in ihren Banken sammelt, Geld in ihren Läden verdient, Güter nach dem ganzen Westen liefert, ein Mittelpunkt des Warenaustauschs zwischen den beiden Landeshälften. Dazu kann es sehr gut kommen, denn wir liegen tatsächlich geographisch beinahe in der Mitte des Landes. Und du und ich, Jon, wir könnten alles werden, was wir wollen, Gouverneure, Senatoren, jedenfalls reiche Leute!«

»Ich will gar nicht reich werden«, sagte Jonathan kurz.

»Du willst doch gewiß nicht dein Leben lang in einem Lehmhaus wohnen, Jonathan! Du willst doch nicht Meilen von der Eisenbahn entfernt leben und Kerzen und Öllampen benützen und das Wasser aus einem Brunnen ziehen, wie — wie Abraham es getan hat.«

»Ich möchte eine anständige Stadt«, sagte Jonathan hartnäckig. »Ich möchte eine Stadt mit einem Schulhaus darin und einer netten Kirche. Geschäft, gewiß, aber nicht den Lärm, das Fluchen, das Raufen, wie es Viehzüchter mit sich bringen.«

»Und wie anders soll es hier Geschäfte geben, Jonathan? Du kannst ja nicht dasitzen und warten, bis die Geschäfte kommen. Du mußt sie irgendwie anlocken!«

»Median liegt in der Mitte von einer Menge gutem Boden«, sagte Jonathan nüchtern. »Man kann annehmen, daß tüchtige Bauern irgendwo kaufen und verkaufen müssen, daß sie ihre Kinder in die Schule schicken, ihre Märkte abhalten und sich treffen. Wenn sie auf ihrem Grund und Boden genug verdient haben und alt werden, dann werden sie in die Stadt ziehen, und sie haben auch Geld auszugeben, ebenso wie die Viehzüchter, und besseres Geld!«

Evan lachte.

»Du bist verliebt, Jonathan«, sagte er, ohne zu ahnen, daß er den Nagel auf den Kopf getroffen hatte.

»Ja, das bin ich: ich gestehe es«, sagte Jonathan einfach, »und ich spreche aus tiefster Seele über das, was mir am wertvollsten ist.«

»Wer kann es sein, Jon? Hier gibt's doch keine – nicht am Ende die kleine Katie Merridy?«

»Nein, sie ist es nicht«, sagte Jonathan und errötete. »Es ist keine, die du kennst, Evan, obgleich ich es dir schon längst sagen wollte. Es ist ein junges Mädchen, das ich vor einem Jahr kennengelernt und in das ich mich auf den ersten Blick verliebt habe. Ihr Vater ist Evangelist, sie ist derzeit in Kalifornien, und ich habe ihr gerade heute geschrieben, um sie zu fragen, ob sie mich heiraten will. Den Brief habe ich heute abend aufgegeben.«

»Und hast du Veranlassung zu glauben, daß sie dich haben will?« fragte Evan, und in seinen Blicken mischten sich Lachen und Zärtlichkeit. Wie unmöglich war es, diesen Jonathan nicht zu lieben, dachte er.

»Ja, ich habe einige Veranlassung«, erwiderte Jonathan.

21

In einem schmalen hohen Hause in Paris ertastete Beaumont sich seinen Weg. Er war wie ein Blinder. Nichts, was er zuvor gesehen hatte, half ihm hier – von den allergewöhnlichsten Dingen abgesehen. Es gab einen Stuhl, auf dem er saß, ein Bett, in dem er schlief, die Treppe, über die er zu dem Zimmer ging, das er mit seinem Cousin Georges teilte. Er hatte noch nicht gewagt, Georges als seinen Cousin zu bezeichnen, obgleich Georges ihn in der Schule stolz als »Mein Cousin Pierre aus Amerika« vorgestellt hatte. Einmal, in übertriebener Aufrichtigkeit, als die beiden wach in ihren

Betten lagen, begann Beaumont: »Ich muß es dir wohl eingestehen, Georges. Meine Mutter – ist noch Sklavin gewesen.«

Er hatte eigentlich sagen wollen: »Meine Mutter ist eine Negerin.« Doch das brachte er nicht fertig. Es war leichter, »Sklavin« zu sagen.

Darauf erwiderte Georges erstaunt: »Ja, was liegt denn daran? Die Sklaven sind doch jetzt in Amerika befreit worden. Mein Vater hat uns das gesagt.«

Pierre sagte mit pochenden Schläfen: »Sie ist – keine Weiße, verstehst du, Georges?«

»Und was weiter?« fragte Georges. »Ich habe einmal einen Schwarzen in einer großartigen Karosse auf den Champs-Elysées gesehen. Und dahinter fuhren noch zehn Karossen. Er war ganz in Rot und Gold gekleidet, auf dem Kopf hatte er einen goldenen Turban mit einer weißen Kokarde und Diamanten, so groß wie Marillen. Er war ein afrikanischer Fürst, und er war auch Franzose!«

Beaumont lachte, und dann schwieg er. Zwischen Georges und ihm erstreckten sich Jahre, die sie nie gemeinsam haben konnten. Niemals konnte er einem Menschen begreiflich machen, was es für ihn bedeutet hatte, hierherzukommen, wo kein Mensch sich um seine Rasse scherte. Zunächst hatte er geglaubt, daß Georges' Eltern Komödie spielten, als sie ihn aufforderten, zu ihnen Onkel und Tante zu sagen: »Wenn wir auch nur deine Cousins sind, mein lieber Pierre«, hatte Georges' Mutter gütig gesagt. »Wir sind nun einmal um so viel älter, daß es sich besser schickt, wenn du *mon oncle* und *ma tante* sagst. Es trifft sich sehr gut, daß du zu uns gekommen bist, Pierre, denn wir haben ja nur Georges, und manchmal fühlt er sich bei seinen Eltern vereinsamt. Wir haben zu spät geheiratet. Jetzt mußt du nur möglichst schnell unsere Sprache erlernen, und dann werden wir eine glückliche Familie bilden. Denn Englisch erlernen wir nicht mehr.«

Er lernte tatsächlich sehr rasch Französisch. Er war sogar

froh darüber, daß er auch seine Sprache ändern konnte. Er wollte alles verändern. Vielleicht war sogar seine Haut anders geworden, seit die Menschen ihn nicht einen Nigger nannten. Doch dieser völligen Wandlung war er erst dann ganz sicher, als er ein Jahr später Michèle Dubois kennenlernte. Zunächst vollzog sich die Bewegung mit steifer Höflichkeit in dem kleinen weißgoldenen Salon. Madame Dubois war Georges' Tante von der Seite seiner Mutter her, eine Witwe, die im Haus der Familie Dubois auf dem Lande lebte. Einmal im Jahr, zu Weihnachten, kam sie mit Michèle in die Stadt, um die Ferien bei ihrer Schwester zu verbringen. Georges hatte schon kurz und beiläufig von Michèle gesprochen, etwa wie ein Bruder von seiner Schwester redet.

»Sie ist ein nettes Mädchen – ganz hübsch, aber eben nur ein Mädchen!«

Doch Beaumont, der seine Verbeugung machte, wie Madame Beaumont es ihn gelehrt hatte, sah einen Engel, dessen blondes Haar gestutzt in die weiße Stirn fiel und wie eine Wolke über dem blauen Himmel ihrer Augen glänzte.

Zwei Tage später gestanden sie einander ihre Liebe.

»Aber ich bin doch so dunkel, Michèle!«

»Aber du bist doch so schön, *mon Beau!*«

Von diesem Tage an war er für seine Geliebte nur Beau.

Jenseits der Berge, in San Francisco, las Judy Jonathans Liebesbrief, ließ ihn auf den Schreibtisch sinken und fuhr fort, ihr langes, leicht gewelltes blondes Haar zu bürsten.

Nachdem sie ihr Haar zu einer flatternden Masse elektrischen Lebens gebürstet hatte, zähmte sie es mit ihrem Kamm und rollte es um die Finger. Dann steckte sie die Locken sorgsam am Hinterkopf zu einer Kaskade auf, erhob sich und schlüpfte in den weiten Rock ihres Kleides, das an einem Haken an der Türe hing. Ein leichtes Gleiten, ein anmutiges Biegen des Körpers, und der Kopf tauchte mit unversehrten Locken aus dem weiten Ausschnitt des Kleides hervor.

Nun blieb ihr nur noch übrig, den Schreibtisch in Ordnung zu bringen, einen Tropfen Parfüm auf Ohren und Brust zu sprengen, und dann klopfte sie an die Türe ihres Vaters.

»Komm nur!« schrie er.

Sie trat ein. Er stand am Fenster und schaute auf die Bucht hinaus.

»Ich bin jetzt fertig, Vater«, sagte sie. »Käpt'n Lusty kann jede Minute da sein.«

»Hast du einen Entschluß gefaßt?« fragte Joel scharf.

»Nein«, erwiderte sie ruhig.

»Die Wahrheit ist, Vater«, sagte sie, während sie Joels tabakbraunen Rock aufhängte, »daß der Kapitän kein Wort von Heiraten gesprochen hat.«

»Das wird er schon«, erklärte Joel. »Wenn du es richtig einfädelst, Judy, dann wird er schon begreifen, daß er das, was er haben will, nicht durch sündige Mittel erreichen kann. Und dann wird er eben genötigt sein, den Pfad der Tugend zu gehn. Auf diese Art und Weise fügt Gott die Seinen zusammen.«

»Ja, Vater«, erwiderte Judy.

An der Türe wurde laut gepocht, und eine Knabenstimme schrie: »Käpt'n Lusty is' unten.«

»Leb wohl, Vater«, sagte sie verhältnismäßig schnell.

»Leb wohl«, sagte Joel, ohne sie anzuschauen.

Judy schlüpfte durch den schmalen Korridor und ging mit den gleichen gleitenden Schritten die Treppe hinunter. Die Röcke hielt sie mit beiden Händen fest. Sie wußte, wie sie auf den hochgewachsenen Mann wirkte, der sie unten in der Halle erwartete, und war zufrieden, wenn sie auch nicht genügend Gewicht darauf legte, um eitel zu sein.

»Nun, meine Schöne«, sagte er mit kräftiger Stimme, als sie die letzte Stufe erreicht hatte.

»Guten Abend, Käpt'n Lusty«, sagte sie und streckte ihm die rechte Hand entgegen. Es war kein Mensch in der Halle, und er legte den Arm um die Schultern des Mädchens. Seine

Finger lagen in der weichen warmen Höhlung unter ihrem linken Arm. Sie entsandten aufreizende Botschaft in sein Hirn, und er war verloren.

»Ich werde dich küssen«, flüsterte er.

Sie sagte nichts, wandte sich ihm zu und schloß die Augen. Auf dem vollen warmen Mund spürte sie seinen Kuß, ohne ihn zu erwidern. Es war recht angenehm, fand sie – vielleicht zu feucht, aber so sind die Küsse der Männer meistens. Sie erlaubte ihm noch eine Sekunde zu verweilen, dann öffnete sie die schwarzen Augen weit. Der Anblick dieser Augen, die den seinen so nahe waren und ihn so unmittelbar anschauten, verdarb Kapitän Lusty die Freude an dem Kuß.

»Sie haben es mir angetan!« sagte er.

Ohne den leisesten Widerwillen merken zu lassen, machte sie eine Bewegung, und er entdeckte, daß er mit leeren Armen dastand.

»Wollen wir gehn?« fragte sie.

»Haben Sie denn Lust, zu gehn?«

»Nun, ich möchte doch das Schiff besichtigen«, sagte sie. »Ich bin noch nie auf einem richtigen Meerschiff gewesen. Die sind doch anders als die Flußschiffe, nicht wahr?«

»Ja, sie sind anders«, erklärte er verächtlich.

Sie legte die Hand auf seinen Arm und lenkte den Kapitän mit einem fast unmerklichen Druck zur Türe.

Vor der Türe wartete ein Wagen. Kapitän Lusty half ihr beim Einsteigen, sprang in den Wagen, beugte den Kopf zum Fenster hinaus und rief:

»Ahoi! Vorwärts, zum Kai, wo wir hergekommen sind, und halten Sie bei der ›Virgin Queen‹!«

Der Wagen setzte sich in Bewegung. Kapitän Lusty lehnte sich zurück. Als er sich in seiner Kajüte für den Abend umgekleidet hatte, da waren seine Gedanken ständig auf die Möglichkeiten dieser halben Stunde gerichtet gewesen, die er allein in dem Wagen mit einem schönen, kindlich unschuldigen Mädchen verbringen sollte. Jetzt aber war er sich nur ihrer dunklen Augen bewußt und des seltsamen Blicks, mit dem sie in seine Augen geschaut hatte.

»Ach, wie gern möchte ich die Sandwichinseln sehen!« sagte sie ernsthaft. »Wenn Sie davon erzählen, kann ich es nie satt bekommen.«

Kapitän Lusty ergriff ihre Hand und tätschelte sie. »Sie werden vielleicht eines Tages mit mir hinfahren, junge Dame, was?«

Sie überließ ihm ihre Hand, sie lächelte sogar. Doch als sie sprach, setzte sie ihre Worte mit ernster Einfachheit. »Wenn es Gottes Wille ist, Käpt'n Lusty«, sagte sie.

Er ließ ihre Hand sinken. »Sie haben manchmal wahrhaftig eine verdrießliche Art zu sprechen«, murrte er.

»Wirklich?« fragte Judy erstaunt. »Aber ich könnte doch nicht tun, was nicht Gottes Wille ist! Das würden Sie gewiß nie von mir verlangen, nicht wahr, Käpt'n Lusty?«

Kapitän Lusty fluchte leise vor sich hin.

»Was haben Sie gesagt, Käpt'n Lusty?« fragte sie.

»Verflucht und zugenäht, habe ich gesagt«, gestand er.

Sie lachte, und in der flackernden Straßenbeleuchtung sah er, wie ihre lieblichen Züge sich plötzlich belebten und heiter erwärmten. Sie lachte ihn aus! All diese Monate lang, seit er sie begehrte, hatte sie sich vielleicht über ihn lustig gemacht! Auf der Reise zwischen Honolulu und San Francisco hin und her hatte er nur an sie gedacht seit jenem Tage, da sie ihn auf der Straße gefragt hatte, wo sie einen Laden finden könnte. An jenem Tage war er mit ihr gegangen und hatte sie für ein nicht sehr tugendfestes kleines Ding gehalten. Noch jetzt glaubte er, daß er sie richtig beurteilt hatte. Wenn er von ihr getrennt war, fühlte er sich dessen sogar sicher. Und doch, obgleich sie ihm erlaubt hatte, sie manchmal zu küssen, hatte sie ihm nichts anderes gestattet.

Er setzte sich auf, das Gefühl seiner Würde erwachte plötzlich in ihm, und er hob nicht die Hand, um das Mädchen zu berühren. Schließlich war er der Kapitän eines guten Schiffes, ein wohlhabender, erfolgreicher Mann, und was war sie? Die Tochter eines verrückten Wanderpredigers!

»Dies ist mein Schiff«, sagte Kapitän Lusty plötzlich.

Der Wagen hielt. Er stieg aus, bezahlte den Kutscher, nahm dann zeremoniell Judys Hand und führte sie zu der Laufplanke. Ein Matrose, der auf dem Verdeck stand, grüßte und starrte sie an.

»Alles in Ordnung?« fragte der Kapitän.

»Alles in Ordnung«, erwiderte der Matrose, »und die andern warten.«

Es gab auch andere, denn Judy hatte sich geweigert, allein zu kommen, und so war der Kapitän gezwungen gewesen, seinen Maat einzuladen und ihn zu bitten, auch die Frau mitzubringen. »Aber sich rechtzeitig verziehen, verstanden?« hatte der Kapitän leichthin gesagt. »Ja, Sir«, hatte der Maat erwidert und an das versprochene Goldstück gedacht, das ihm winkte.

Und Judy ging hinter dem Kapitän und hatte ihre Freude an allem, was sie sah. Im Salon lächelte sie süß, als sie sich vor einer grauhaarigen Frau mit rotem Gesicht verbeugte und einem Mann die Hand reichte, den der Kapitän als »Mein Maat, Mister Briggs«, vorstellte. »Vielen Dank, daß Sie gekommen sind, Mistreß Briggs«, setzte er hinzu.

Das alles fand Judy sehr nett. Das Abendessen war ausgezeichnet. Es wurde viel gelacht, und die Männer erzählten Geschichten, über die Judy sich amüsierte, und alles verlief in schöner Eintracht, bis ein Matrose erschien und meldete, der kleine Junge von Mr. und Mrs. Briggs sei plötzlich erkrankt, und sie sollen sofort heimkommen.

Das ging so schnell, daß Judy sich des Vorfalls gar nicht recht bewußt wurde, und dann war sie allein mit Kapitän Lusty. Aber doch nicht wirklich allein, sagte sie sich, denn es waren ja die Seeleute und der Steward da.

»Kaffee und Dessert in die Kajüte!« befahl der Kapitän dem Steward, stand auf und legte Judys Hand auf seinen Arm.

»Da wir nur zu zweit sind, werden wir das Dessert natürlich zusammen essen«, sagte er, und sie ging mit ihm, ein wenig von Zweifeln bedrängt, und doch in der Meinung, daß sie gehn müsse, und wäre es auch nur, um zu entdecken, was Gottes Wille war. Überdies gab es so viel auf diesem Schiff, was sie noch nicht gesehen hatte.

Im Augenblick, da sie die Kajüte betrat, wußte sie, daß es unrecht war. Der Teufel, nicht Gott, hatte sie hierhergelenkt. Hinter ihr schloß der Kapitän die Türe. Sein schönes Gesicht war rot, und seine Hände zitterten, als er nach der Kaffeekanne griff. Judys Blicke schweiften durch den kleinen, luxuriös eingerichteten Raum und hafteten an einer Fotografie, die auf einem Brett oberhalb des Spiegels stand. Es war das Bild einer Frau, ein zartes, schönes Gesicht mit traurigen Augen und einem kleinen, traurigen Mund.

»Wer ist das?« fragte sie.

»Das ist meine Frau«, erwiderte Kapitän Lusty.

Und da wußte sie, daß sie hier nichts zu suchen hatte.

»Sie haben mir nie gesagt, daß Sie verheiratet sind«, sagte sie. »Lieber Gott, schütze mich«, betete sie dann im schlichtesten Ton und ganz laut.

»Jetzt ist es ein wenig spät für Gott«, erwiderte der Kapitän lächelnd. Er ging auf sie zu und legte die Hände auf ihre warmen entblößten Schultern. »Ein wenig spät«, wiederholte er und ließ langsam die Hände an ihren Armen nieder- und wieder hinaufgleiten, bis sie in den Höhlungen unter ihren Schultern landeten, und dann hob er Judy mit einem Ruck in die Höhe.

Und sie hing in ihrem Grauen schlaff wie eine Puppe herab. Sie fühlte, wie sie eiskalt wurde, und ohne die leiseste Erwiderung erduldete sie seinen Kuß.

Er aber, inmitten dieses glühenden Kusses, sah die weit aufgerissenen schwarzen Augen, die ihn vorher schon aus der Fassung gebracht hatten. Sie starrten so ausdruckslos, so jedes Gefühls bar in seine Augen, daß er ihre Lippen freigab. War das Mädel ebenfalls so verrückt wie ihr Vater? Er schüttelte sie. Es war, als schüttelte man einen Sack.

»Was hast du denn?« brüllte er sie an.

»Nichts von all dem ist Gottes Wille«, wisperte Judy.

»Du bist verrückt!« sagte er und ließ sie los.

Sie sank auf den Stuhl und keuchte. Sie griff in die kleine gelbe Musselintasche. Ja, da war Jonathans Brief.

»Ich bin verlobt«, sagte sie. »Ich bin mit einem braven, guten jungen Mann verlobt, der mich heiraten will, und ich hätte nie gedacht, daß Sie so schlecht sein könnten.«

Er zog an einer Glockenschnur und sagte zu dem Steward: »Bring diese Dame wohlbehalten vom Schiff!«

Ihr Gesicht war wieder völlig sündenfrei, als sie in Joels Zimmer kam. »Ich wollte dir gute Nacht sagen, Vater«, sagte sie.

Joel wandte sich zu ihr um. In seinen Augen brannte eine feierliche Glut.

»Judy, ich bin auf den Knien gelegen, seit du fortgegangen bist. Gott hat mir aufgetragen, westwärts zu ziehen, nach den Inseln auf dem Meer.«

Sie sah ihn unbewegt an. »Hat Gott dir das aufgetragen? Dann müssen wir uns voneinander trennen.«

»Aber Judy –!« Joels Verdutztheit brach sich an der Ruhe ihrer Augen.

»Ich heirate Jonathan Goodliffe«, sagte sie.

22

In dem Lehmhaus las Jonathan die Worte wieder und immer wieder.

»Denn mein Entschluß ist gefaßt, lieber Jonathan, und er lautet, daß ich Dich heiraten will.«

Judys Brief war kurz. Warum sollte sie viel schreiben, wenn sie doch sogleich nach Median aufbrach? Und es gab nichts, was sie noch zurückhalten konnte. Sie hatte Kapitän Lusty aus ihrem Sinn weggefegt, wie eine Frau Staub aus einem Raum fegt. Judy besaß die Gabe, eine Angelegenheit mit letzter Endgültigkeit abzuschließen. Sie hatte sich in ruhiger Gemütsverfassung und wachsender Freude darangemacht, ihre eigene Reise vorzubereiten.

Jedenfalls werde ich etwas haben, das ich mein nennen kann, hatte sie gedacht, nachdem sie ihren Brief geschrieben hatte.

Ich muß mit Mrs. Drear sprechen, dachte Jonathan. Judy wird einige Zeit bei ihr wohnen müssen. Sein blasses Gesicht färbte sich, wenn er an Judy dachte. Noch vor Weihnachten wäre sie hier! Sie würden sogleich heiraten. Was sollte er mit seiner Schule anfangen? Er erwog die Möglichkeit, Henry Drear dazu zu bestimmen, daß er ihm erlaubte, die Schule im »American House« zu halten. Im Lehmhaus ging es nicht, wenn er und Judy einmal verheiratet waren. Er wollte das Haus für sie beide allein haben. Und Evan – Evan mußte der erste sein, der es erfuhr. Er sprang auf. Zum Glück war heute Samstag, dachte er. Da war er nicht an seine Tätigkeit gebunden.

Er traf Evan, wie man ihn derzeit immer traf, in seiner Kanzlei und von Leuten umgeben. In der Mitte saß Evan, die Pfeife im Mund, die Füße auf dem Tisch, lauschend, lachend. Es war nicht festzustellen, ob die Leute geschäftlich bei ihm zu tun hatten oder lediglich gekommen waren, um zu schwatzen. Für Evan war alles Geschäft.

Für Jonathan blieb Evan immer der gleiche. Als Jonathan jetzt eintrat, sagte er: »Es ist nur gerecht, Jon, daß ich es dir schon heute mitteile. Wir haben die besten Aussichten, ein Zentrum des Viehhandels zu werden.« Er lächelte sein schönes, träges Lächeln und sah die Männer an, die in seiner Kanzlei herumsaßen.

Jonathan antwortete nicht. Hier durfte Judys Name nicht

erwähnt werden. Er trat ein und setzte sich. Evan stellte ihn mit leichter Geste vor. »Das ist mein bester Freund und hitzigster Feind, meine Herren. Er ist in allem und jedem mit mir einig, nur nicht über die Art und Weise, wie man aus Median eine große Stadt machen soll.«

»Zum Teufel! Am raschesten geht's mit dem Viehhandel!« rief ein Mann.

»Das sage ich ihm auch«, erklärte Evan. »Die Herren kommen von Texas her«, sagte er liebenswürdig zu Jonathan. »Die Eisenbahn wird bestimmt in südlicher Richtung geführt, Jon — das hat man mir versprochen, als ich vorige Woche in Topeka war. Wenn es nach den Plänen geht, so wird sie Median berühren. Sie kommt ganz sicher her, wenn wir aus Median ein Zentrum des Viehhandels machen.«

Der Atmosphäre des Raumes, dem Triumphgefühl, das er bei Evan feststellen konnte, entnahm Jonathan, daß etwas unmittelbar bevorstand. Bevor er selber einen Schritt tun konnte, mußte er ermessen, mit welcher Geschwindigkeit Evan an sein Werk ging, und um das zu tun, mußte er hierbleiben und zuhören. Aber Evan durchschaute ihn ebenso schnell. Evan stand auf.

»Gehn wir zu Lew hinüber«, sagte er lässig. »Ich zahle euch ein Glas!«

Er wandte sich zu Jonathan. »Hast du etwas von mir gewollt, Jon?«

»Ich wollte dir nur mitteilen, daß ich heiraten werde«, sagte Jonathan. Seine Stimme war ruhig und doch von seinem Gefühl beschwert, und zu seiner eigenen Überraschung traten ihm Tränen in die Augen. »Ich konnte das vor den Fremden nicht sagen.«

Und im Nu war Evan all das für ihn, was er, nach Jonathans Wunsch, sein sollte. Er kehrte in das Zimmer zurück, legte den Arm um Jonathans Schulter, und seine Freude war aufrichtig.

»Jon!« rief er. »Ist es Judy?«

»Es konnte keine andere sein«, sagte Jonathan feierlich. »Jetzt werde ich sie kennenlernen und ihr sagen, daß ich mit einem tüchtigen Knüppel über sie komme, wenn sie dir keine gute Frau sein wird. Du würdest ja deine Frau nie verprügeln, Jon, du bist zu weichherzig dazu. Aber sie soll dich glücklich machen – das schwöre ich! Sie muß dich glücklich machen!«

In Evans Stimme wollte die Rührung aufkommen. Er lachte, um das zu vermeiden. »Verdammt – ich – ich hab dich auch schrecklich gern«, sagte er.

Evan sagte: »Wir wollen es vor die Gemeinde bringen.«

In seinem Verhalten Jonathan gegenüber war nicht der leiseste Unterschied zutage getreten. In diesen letzten Tagen schien sich nach allem, was man beobachten konnte, ein Spiel zwischen ihnen abzurollen. Im Verlauf der Tage war es eine Art Wettlauf zwischen ihnen zu den verstreuten Bauernhöfen geworden. Einige wenige Male waren sie gleichzeitig bei einer einsamen Wohnstätte oder einem Lehmhaus angekommen. Und dann gab sich jeder die redlichste Mühe, ein faires Spiel zu spielen und dem andern den Vortritt zu lassen. Auch fragte keiner den andern, was gesagt worden war. Doch Jonathan konnte mit der Zeit ziemlich genau feststellen, wer Evans Anhänger waren und wer seine Anhänger. Was er »solide« Leute nannte, war auf seiner Seite, Männer, die gekommen waren, um ihren Boden zu bebauen und zu bleiben und ihre Kinder in die Schule zu schicken. Jonathan merkte, daß es tatsächlich am besten war, vor solchen Leuten zunächst von der Schule zu sprechen. Wenn Median die wohlgeordnete Stadt werden sollte, die er aus ihr zu machen gedachte, dann wäre es gut, wenn das Schulhaus möglichst bald gebaut würde. Obligationen wären das richtige Mittel dazu, meinte er. Das war ihm eingefallen, als er Evan über die Ausgabe von Eisenbahnobligationen sprechen hörte. Wenn man die Eisenbahn so finanzierte, warum nicht eine Schule?

Sobald er nun in ein Bauernhaus trat, begann er: »Ich bin der Schullehrer von Median. Ich sehe, daß Sie Kinder im Schulalter haben. Wollen Sie sie in die Schule schicken?«

Häufiger war es die Frau, die sprach, als der Mann. »Natürlich wollen wir, daß sie was lernen!«

»Ich nicht«, sagte dann der Mann, »ich kann ohne die Buben die Arbeit nicht schaffen.«

»Du kannst's ebenso gut, wie ich ohne die Mädel auskommen kann«, rief die Frau. »Wir können's schon schaffen. Und was soll's kosten, Mister?«

»Das hängt davon ab«, sagte Jonathan in seiner langsamen, schlichten Art, die allem, was er sagte, das Gewicht der Wahrhaftigkeit verlieh. »Ein Dollar im Monat ist die übliche Taxe. Aber ich denke an ein Schulhaus. Median müßte jedenfalls ein Schulhaus bekommen. Hätten Sie Lust, etwas dazu zu tun? Ich wäre bereit, mich mit dem halben Schulgeld zu begnügen und das übrige in den Bau zu stecken, wenn Sie sich auch entsprechend beteiligen würden.«

»Bares Geld hab ich nicht«, sagte dann meistens der Mann, »aber ich könnte es abarbeiten.« Zumeist waren es Versprechungen, deren Wert von der Ernte abhing. »Wenn die Ernte gut wird, könnte ich fünfzig oder auch hundert Dollar daranwenden.« Und dann war es nicht weiter schwierig, davon zu sprechen, wie Median sich entwickeln sollte. Nach zwei Wochen hatte Jonathan die Taschen voll von solchen Versprechungen, die auf Papier geschrieben waren.

»Ich bin bereit, es der Gemeinde vorzutragen«, sagte er zu Evan. »Das ist nur gerecht. Und gleichzeitig werde ich zu den Leuten auch von dem Schulhaus sprechen.«

Die erste Gemeindeversammlung von Median wurde im »American House« abgehalten. Evan hatte rasch erklärt: »Dein Schulzimmer ist zu klein.«

»Und deine Kanzlei auch«, hatte Jonathan erwidert.

Sie hatten sich auf den großen Raum im Gasthaus geeinigt.

Drear, der völlig auf Evans Seite stand, hatte rasch und gern eingewilligt.

Jonathan selber war insgeheim überrascht, als er sah, wieviel Volk an diesem kühlen Dezembertag in Median zusammenströmte. Es war ein Tag, wie der Frühwinter ihn den Prärien schenken mag, ein milder Tag, und weder morgens noch abends wehte der Wind. Als ob man wüßte, daß es der letzte schöne Tag sein konnte, kam jede Familie, die in einer mit Wagen und Pferden bequem zu überwindenden Entfernung wohnte. Den Proviant hatten sie in Körben verstaut, und die Frauen trugen ihre kleinen Kinder auf dem Arm.

Als die Leute sich lange vor Mittag jenes Tages in der Wirtsstube versammelt hatten, stand Evan auf, und Jonathan blieb beobachtend sitzen.

»Meine Damen und Herren«, begann Evan, »liebe Freunde –«, fuhr er fort. Die natürliche Liebenswürdigkeit seines Blickes erwärmte sich. Die Gesichter wandten sich ihm zu, und seine Augen strahlten immer wärmer. »Jonathan Goodliffe und ich haben eine mächtig große Verantwortung auf uns genommen, als wir euch aufforderten, euch hier einzufinden. Er und ich haben euch zwei Vorschläge zu machen, und da die Sache jedermann angeht, ist es wohl der einzig gerechte Weg, euch die Frage vorzulegen und euch entscheiden zu lassen. Jeder von uns mag Median auf andere Art betrachten. Jonathan sieht die Stadt mit seinen Blicken, ich sehe sie mit meinen Blicken. Nun, Leute, hört, wie meine Stadt aussieht. Es ist mehr als eine Stadt – es ist eine wachsende, geschäftige, aufblühende Großstadt. Es ist eine Stadt an der Eisenbahn – die Züge kommen von Osten her und bringen Vieh und Getreide nach dem ganzen Südwesten. Die Züge kommen zurück und bringen uns Industriewaren aller Art. In meiner Stadt wird es keine Lehmhäuser und Höhlen mehr geben. Es werden schöne Häuser und Kirchen sein und große Geschäfte und Hotels. Wir werden ein gewaltiges Zentrum sein, das ist möglich, weil wir an der Kreuzung der

Verkehrswege von Ost und West, von Süd und Nord liegen. Wir sind das Zentrum des großen Gebiets westlich des Mississippi. Und nun, Freunde, eine solche Stadt entsteht nicht, wenn man bloß pfeift. Ihr selber müßt mittun, damit es so weit kommt. Hier muß Geld ausgegeben, das Geschäftsleben muß hierhergelockt werden. Und unsere große Möglichkeit ist der Viehhandel. Alle Viehzuchtgebiete können hierhergelenkt werden. Das bedeutet, daß Tausende von Dollars hier in Median ausgegeben würden. Hier würden Leute ihren Lohn ausbezahlt erhalten, und sie würden das Geld hier ausgeben.«

»Und wie steht's mit den Schenken?« rief eine weißhaarige Frau von der Ecke einer Bank. Sie hatte das Glas abgelehnt, das Henry Drear ihr angeboten hatte. Evan wandte sich ihr zu, seine Züge verrieten ehrliches Verständnis.

»Madam, ich weiß, was Sie meinen, aber wir können in dieser Beziehung tun, was wir wollen«, sagte er. »Niemand kann uns in diesem freien Land zwingen, zu tun, was wir nicht tun wollen. Wir können den Viehmarkt ans Ende des Ortes verlegen, wenn es uns paßt, so weit, daß die Viehhändler niemanden stören.« Evans Gesicht nahm einen feierlichen Ausdruck an. »Madam, wir können auch noch mehr tun. Wir können Median zu einer idealen Stadt machen, einem Ort, wo die Menschen besser werden und nicht schlechter. Wir können die Konzession verweigern –«

Nach einer Stunde konnte Jonathan es nicht mehr aushalten. Er hatte sich mit Evan dahin geeinigt, daß jeder eine Stunde reden dürfte. Evan hatte weniger lang gesprochen, aber durch die gerissenste Mogelei – denn das ist Mogelei, sagte Jonathan grimmig zu sich selber – wiederholte Evan das, was er aus dem Gewirr der Stimmen, die brüllten und einander überschrien, wiederholt zu hören wünschte. Er bewirkte, daß es aussah, als ob sie alle den Viehhandel in den Ort ziehen wollten. Auf manchen Gesichtern wuchs die Besorgnis. Männer und Frauen schrien: »Wir wollen sie nicht!«

Jetzt stand Jonathan auf. Er war zu keiner Zeit eine auffallende Erscheinung, und auch jetzt beachtete kein Mensch den einfachen jungen Mann von mittlerer Größe, der sich am Ende des Raumes erhoben hatte. Er wartete eine Weile und suchte Evans Blick auf sich zu lenken. Und als ihm das nicht gelang, ging er durch den Raum auf den Schanktisch zu, wo Evan lächelnd, lauschend, sprechend lehnte.

»Deine Stunde ist um, Evan«, sagte Jonathan klar.

Evan sah überrascht drein und zog die goldene Uhr aus der Tasche.

»Wahrhaftig«, sagte er. »Ich dachte, es wäre erst eine halbe vergangen. Aber du wirst mich doch nicht darauf festlegen? Ich habe es nur für gerecht gehalten, die Leute selber reden zu lassen. Ich habe noch nicht die Hälfte von dem gesagt –«

»Ich halte mich an unsere Vereinbarung«, sagte Jonathan.

Evan fügte sich.

»Na schön, Jon«, sagte er. »Leute, dies ist mein Freund, der Schulmeister. Er vertritt den entgegengesetzten Standpunkt und möchte, daß Median bleiben soll, wie es ist.«

Ein brüllendes Gelächter verschaffte Evan einen guten Abgang. Er verbeugte sich und trat zur Seite. Jonathan wartete ab, doch Evan setzte sich nicht. Er blieb in anmutiger Haltung stehn, der Ausdruck seiner Augen war heiter und zärtlich.

»Vorwärts, Jon«, sagte er gut gelaunt.

Er war größer als Jonathan, sah viel besser aus, war rasch bereit zu lachen, duldsam und von oben herab zu schauen, wie eben ein Geschäftsmann einen Schulmeister anschaut.

Das erfaßte Jonathan. Dann aber verdrängte er diesen Gedanken. Er redete die Leute nicht an, aber er blickte beim Sprechen von einem Gesicht zum andern. Manche kannte er, manche nicht.

»Es verhält sich nicht so, daß ich wollte, Median solle bleiben, wie es ist«, sagte er. »Aber das Median, das ich vor mir sehe, unterscheidet sich allerdings von einer Stadt des Viehhandels. Das ist nur natürlich, denn ich denke an meine Schüler – und sie alle sind eure Kinder! Es hat keinen Zweck, sich darüber hinwegzutäuschen, wofür das Geld in einer Viehhandelsstadt ausgegeben wird. Diese Leute geben ihr Geld fürs Trinken, fürs Spielen und für Weiber aus. Essen wollen sie nur wenig, und auch für ihre Kleider geben sie nicht sehr viel aus.

Wenn wir ihr Geld haben wollen, so müssen wir Bordelle, Schenken und Spielhöllen einrichten. Wir haben ganz eindeutig zu wählen zwischen einer einfachen, ordentlichen Stadt mit einer Bibliothek, mit Schule und Kirche, mit Heimstätten und Geschäften, oder einer Viehhandelsstadt. Wenn die Stadt den Viehzüchtern gehört, werden unsere Burschen mit dem Gedanken aufwachsen, daß es wunderbar ist zu reiten, betrunken auf und ab zu galoppieren, zu schießen, und unsere Mädchen werden hinter der Türe gehalten werden müssen. Und welchen Nutzen hat das Geld für uns, wenn wir auf diese Art leben müssen, um es zu verdienen?«

Jonathans ruhige, leidenschaftslose Stimme wirkte auf diesen überhitzten Raum wie kühles Wasser.

»Amen!« rief eine Frauenstimme.

»Amen – Amen!« widerhallte es von mehreren Frauen.

»Die Damen sind für dich, Jon«, sagte Evan, und ein Lachen war in seiner Stimme.

Jonathan gewann seine Stadt.

»Hoffentlich verändert das nichts zwischen uns, Evan«, sagte er. Und jetzt gingen sie nebeneinander über den Bretterweg zu Jonathans Haus.

»Natürlich nicht. Was mir tatsächlich weh tut, Jon, ist, daß es die Frauen waren, die dir zum Sieg über mich verholfen haben. Die Männer hatte ich leicht genug auf meiner Seite. Es gibt keinen einzigen Mann, der heute abend nicht in seinem Herzen über die gute Gelegenheit jammert, die verlorengegangen ist. Aber die Frauen waren für dich, und das kränkt mich besonders. Ich glaubte immer, ich könnte eine Frau gewinnen!«

Jonathan lächelte. Evan war wahrhaftig ein großer Mann und über jeden kleinlichen Neid erhaben. Er konnte verlieren, ohne etwas von seinem Wesen einzubüßen.

»So erfolgreich bin ich noch nie zuvor gewesen«, sagte Jonathan mit einem schüchternen Versuch, es Evan gleichzutun.

»Ich weiß nicht, warum du das sagst«, erwiderte Evan. »Nach deiner eigenen Aussage bist du doch mit dem hübschesten Mädchen verlobt, das du je gesehen hast. Ich habe sie ja natürlich noch nicht gesehen, aber —«

»Du wirst dann das gleiche sagen wie ich«, erklärte Jonathan ernst. »Nicht daß die Schönheit das beste an Judy wäre. Auch das wirst du selber merken, Evan. Sie ist auch ein braves, gutes Mädchen — die Tochter eines Geistlichen.«

»Du hast bestimmt recht«, sagte Evan scherzend. »Aber mir kommt es auf das eine an — wie hast du sie nur alle gewinnen können, Jon? Du bist gewiß ein hübscher Kerl —«

»Hör auf, Evan«, sagte Jonathan. Ihm war immer unter solchem Spott kläglich zumute. »Wenn es darauf ankommt, siehst du zehnmal so gut aus wie ich. Das weißt du ganz genau, und ich weiß es auch.«

»Nicht zehnmal«, erklärte Evan, als ob er genau nachrechnen wollte, »aber vielleicht zweimal — ja, so weit will ich dir recht geben. Ach, Jonnie«, rief er. »Dich würde ich nicht für sämtliche Mädchen von Kansas hergeben! Wenn deine Judy dich mir wegnimmt, dann werde ich sie hassen. Versprich mir jetzt ehrlich, daß nie ein Frauenzimmer sich zwischen uns drängen darf.«

»Judy wird dich ebenso liebhaben wie ich, Evan — das weiß ich«, verhieß ihm Jonathan. Niemals, solange er lebte, würde er vergessen, daß Evan sein Freund war.

Gegen Ende eines grauen Tages stieg Judy aus einem Wagen. Die Kälte hatte nur bewirkt, daß das Mädchen noch blasser wirkte.

Das »American House« stand fest und aufnahmefreudig da, als sie jetzt über die harte, nackte Erde schritt und den Bretterweg betrat. Jonathans Bäume auf dem Platz begannen schon ansehnlich zu werden. Und sie beobachtete alles scharf, denn von jetzt an sollte doch alles in Median Bestandteil ihres Lebens werden. Und dann trat sie in das Gasthaus.

Mrs. Drear stürzte aus der Küche und umarmte sie.

»Grundgütiger Gott, das ist ja Judy!« schrie sie. »Da muß ich aber gleich irgendwen zu Jonathan schicken!«

Am Schanktisch standen, wie gewöhnlich, Leute, und einer trat sogleich näher.

»Ich gehe gern, Mistreß Drear«, sagte er.

Mit dem gewohnt flinken Blick sah Judy einen schönen, schlanken jungen Mann, dessen Augen dunkel waren.

»Es macht mir die größte Freude, wenn ich es bin, der gehn darf, Miß Judy. Ich bin Jons bester Freund – Evan Bayne. Er erwartet Sie.«

Er streckte die Hand aus, und sie ließ ihre Hand sekundenlang in der seinen liegen. Dann zog sie sie zurück.

»Warten Sie ein paar Minuten«, bat sie. »Ich bin hungrig und müde und verfroren.«

»Natürlich«, lachte Mrs. Drear, »sie möchte doch recht vorteilhaft ausschauen, wenn sie dem jungen Herrn vor Augen tritt! Warten Sie, bis sie etwas Warmes gekriegt hat, Evan. Das Abendbrot ist gerade fertig. Wollen Sie in der Küche essen, Judy, oder hier?«

»Hier«, seufzte Judy.

Sie schien keinen Menschen zu sehen, sondern fiel auf die Bank am Tisch, zog die Handschuhe aus und nahm den braunen Filzhut mit den Samtschleifen vom Kopf. Die Wärme lockte die gewohnten sanften Farben auf Judys Wangen, und ihre Lippen röteten sich wieder.

Sie saß da, schlürfte Apfelwein, schien keinen Menschen zu sehen, hatte den Kopf gesenkt und hob auch die Lider nicht. Doch alle beobachteten sie, als könnten sie gar nicht anders.

Evan rührte sich nicht, während er Judy beobachtete. Er war wütend. Aber er würde warten, bis dieses Mädchen den letzten Bissen ihres Abendessens geschluckt hatte, bevor er Jonathan holen ging. Er haßte sie schon jetzt, dieses selbstsüchtige, kalte Frauenzimmer, das nur an sich dachte und nicht an Jonathan. Er selber dachte an Jonathan mit dem leidenschaftlichen Bedürfnis, ihn zu beschützen.

Was lag diesem Mädchen dran? Evans Gedanken verdüsterten sich, als er in Judys schönes Gesicht blickte. Sie beeilte sich nicht einmal mit ihrem Essen.

Das war richtig. Judy, die immer gern beim Essen verweilte, ließ sich heute abend besonders viel Zeit. Das war ihre einzige Antwort auf die Blicke, die sie musterten. Evan verbeugte sich tief, als sie endlich den Löffel niederlegte.

»Nun, Madam, darf ich wohl meinem Freund melden, daß seine Braut angekommen ist?«

Seine Stimme war von Hohn beschwert, aber Judy hob nur die Wimpern.

»Wenn Sie so freundlich sein wollen«, sagte sie liebenswürdig. Ihre Blicke ruhten nachdenklich auf ihm, und Evan wandte sich ab und ging durch die Türe in die tiefe, kalte Dämmerung hinaus. Daß das Mädchen so hübsch war, dachte er, erschwerte die Sache für Jonathan. Es würde für einen Mann sehr schwierig sein, ein so hübsches Frauenzimmer zu vergessen. Er ging schnell und dachte wehmütig daran, daß dies ein Frauentypus war, der beständig Dienstleistungen von einem Mann verlangte, bis sein Leben sich in lauter Nichtigkeiten verzettelte. Und Jonathan würde das nicht einmal erkennen, dachte Evan in seltsamer Bedrücktheit.

Er klopfte kräftig an Jonathans Türe und trat ein. Jonathan saß am Feuer, ein Buch in der Hand

»Nun, Evan!« rief er.

»Judy ist angekommen.«

Jonathan ließ das Buch fallen und griff nach seinem Mantel. »Noch vor zehn Minuten hatte ich eine Ahnung!« rief er. Er nahm Evan die Laterne aus der Hand. »Ich werde sie tragen! Wie ist sie gekommen? Sieht sie gut aus?«

»Sie sieht gut aus«, erwiderte Evan so kalt, daß Jonathan ganz verblüfft war.

»Evan! Was ist denn los?«

»Nichts.«

»Du verschweigst mir etwas, Evan!«

»Da ist nichts zu verschweigen.«

»Warum also –?«

Evan blieb stehn. »Sie gefällt mir nicht«, sagte er, »und das ist nun einmal so.« Sie gingen durch die Dunkelheit weiter.

Jonathan hob die Laterne und sah in ihrem Licht, daß Evan verdrossen dreinschaute. »Du kennst sie nicht«, sagte er.

»Vielleicht«, erwiderte Evan, und sie gingen weiter.

Aber er ging nicht mehr in das Wirtshaus.

»Komm doch«, drängte Jonathan.

»Nein, ich muß noch heute abend eine Klage aufsetzen«, erwiderte Evan. »Du kannst mich heute nicht brauchen. Das weißt du ganz gut.«

Bei dem Klang seiner Stimme winkte Mrs. Drear Judy, sie solle in die Küche kommen, dann ging sie selber in die Wirtsstube und schloß die Türe.

»Sie wartet dort drinnen auf Sie«, sagte sie zu Jonathan. Ihr rotes Gesicht strahlte von mütterlicher Zärtlichkeit, und als Jonathan verschwand, sagte sie zu den Männern: »Gönnen wir's ihnen. So schön wird es nie wieder sein!«

Hinter der geschlossenen Türe standen Jonathan und Judy eine Sekunde lang. Dann streckte Judy die Hände aus und hob den Kopf.

»Lieber Jonathan«, sagte sie leise.

Und als er ihre Stimme hörte, trat er auf sie zu und nahm sie in seine Arme. »Judy – Judy«, flüsterte er. Seine Lippen waren auf ihrem Haar, auf ihrer Schläfe, auf der glatten, festen Rundung ihrer Wange und auf dem vollen Hals, und mit jedem Kuß preßten seine Arme sie fester an sich.

»Ach, Jonathan«, rief sie. Sie war ein wenig erschrocken.

Doch die Leidenschaft, die sich tief und langsam in seinem Wesen entwickelte, regte sich, erwachte, stieg an die Oberfläche von Augen und Lippen, eine neue Leidenschaft, die sich nie zuvor in ihm geregt hatte. Er drückte ihren Kopf an seine Schulter, hielt seine Handfläche an ihre Wange, und dann küßte er sie immer wieder.

Und doch war schließlich er es, der sie freigab, nicht sie, die sich ihm entzog. Er ließ sie los, wandte den Kopf ab und versuchte zu lachen.

»Was tue ich nur, Judy, Kind? Aber wir wollen ja bald Mann und Frau sein, nicht wahr, Judy?«

»Ja«, flüsterte sie. Sie war so überrascht gewesen, daß sie sich nicht gerührt hatte. Jonathan, dachte sie, war am Ende genau wie alle andern Männer. Irgendwie hatte sie sich vorgestellt, er würde anders sein, weil er so ruhig, so blaß, so sanft aussah. Sie rückte ein ganz klein wenig von ihm ab und begann verstohlen die Spuren seiner Umarmung unsichtbar zu machen. Mit einem leichten Griff an ihr Haar, an das Fichu an ihrem Hals, an die Spitzen an ihren Gelenken.

»Freust du dich, daß du hier bist?« fragte er.

»Ich bin wirklich froh«, sagte sie. Ihre Augen, die sich jetzt zu seinen Augen hoben, waren von einer lieblichen, sanften Scheu erfüllt. Für ihn war das der Inbegriff von allem, was an einer Frau köstlich sein konnte. Er schämte sich seiner Leidenschaft. Er wollte kein Mann sein wie sein Vater, nein, Gott weiß, das wollte er nicht! Er wollte nur imstande sein, dieser Frau ein starker Beschützer zu werden. Er ergriff ihre Hand.

»Meine Liebste«, sagte er. »Meine teuerste Liebste!«

Er zog sie sanft an sich, und als sie ihm nahe war, entdeckte er erschrocken in der braunen Tiefe ihrer Augen so etwas wie Furcht, spürte in ihrer zitternden Hand ein leises Widerstreben.

»Du hast doch keine Angst vor mir, Judy?« rief er. »Vor mir hat doch kein Mensch Angst!«

»Nein, es ist eigentlich keine Angst«, sagte sie.

»Was ist es denn?« fragte er. Sie war jetzt wieder ganz nahe an ihm, aber die Leidenschaft wurde durch ihren Blick, durch ihr Widerstreben gebändigt.

»Es ist nur – wollen wir jetzt nicht hinausgehen? Draußen wartet man schon auf uns.«

»Ich habe sehr lange auf dich gewartet, Judy«, sagte er.

»Ich weiß.« Aus eigenem Antrieb überwand sie die letzte Distanz zwischen ihnen und küßte ihn. Er fühlte ihren leichten Kuß weich wie eine Schneeflocke auf seiner Wange, und dann sagte er brüsk: »Du magst recht haben, Judy. Gehen wir hinaus!«

Ihre Hand auf seinem Arm, öffnete er die Türe zu der Wirtsstube, und im gleichen Augenblick brach ein Höllenlärm los. Der Raum war voll. Alle Bewohner von Median waren da. Und keiner, der nicht eine Blechschale oder ein Horn oder eine Kuhglocke in der Hand gehabt hätte, um Lärm zu machen, und dazu schrien und brüllten alle nach Leibeskräften. Dann sprang Evan auf den Schanktisch und schlug auf Mrs. Drears blechernen Waschtrog, der ihm als Trommel diente.

»Wir wollen die Braut sehen!« brüllte Evan.

»Kopf hoch, junge Dame!« schrie ein anderer Mann.

»Schauen Sie uns doch an, Judy«, grölte Henry Drear.

»Sieh sie eine Minute lang an, Judy«, flüsterte Jonathan ihr zu. »Sie meinen es ja gut!«

Und nach sekundenlangem Zaudern warf Judy die Locken zurück, hob den Kopf, und jeder, der im Raum war, konnte sie betrachten. Aber auch Jonathan sah sie an, sah, wohin ihre Blicke gerichtet waren. Sie lenkten sich in sanfter Bitte aufwärts, und Jonathan vermochte ihnen zu folgen, wie er dem Pfad eines Mondstrahls folgen konnte, und er sah das Ziel dieser Blicke. Judy sah Evan an, und auch Evan sah Judy an.

23

Stephen Parry legte sein Werkzeug nieder. Er bot dem harten Winter Trotz und arbeitete unermüdlich an dem Schulhaus, aber der Winter mußte über Stephen Parry siegen.

»Mister Goodliffe«, sagte er freundlich, »ich erst Schulhaus können im Frühjahr fertigmachen.« Er hielt seine Hände hoch. »Meine Hände heute ganz zersprungen von Kälte, und wenn Hände sein verdorben, ich nicht haben, womit Leben verdienen.«

Der Lärm der Kinder legte sich. Ihnen bedeutete es wenig, ob das neue Schulhaus fertig wurde oder nicht. Jonathans Haus war recht gemütlich, und es war sozusagen ihr eigenes Haus geworden.

Um Jonathans Mund spannte sich die Haut. »Ich will nicht, daß Ihnen die Hände erfrieren. Gewiß nicht«, sagte er. Er legte den Schürhaken nieder. »Und Sie haben gewiß versucht, Hilfskräfte zu finden?«

»Ja, Sir, überall. Aber kein Mensch wollen arbeiten im Freien bei diese Wetter. Ich wollen fertigmachen Dach jedes warme Tag, damit da sein Decke. Aber Gips werden frieren, bevor ich können mischen. Das sein keine rechte Arbeit.«

»Ja, da läßt sich wohl nichts machen«, sagte Jonathan. Er schwieg eine Weile, und dann hatte sein Gesicht den gewohnten Ausdruck. »Aber im Frühjahr wird das Ihre erste Arbeit sein, nicht wahr?«

»Ja, ja«, sagte Stephen und zog sich zur Türe zurück. »Mir schrecklich leid sein.«

»Ich kann dir keine Wahl geben, Judy, Liebste«, sagte er zu ihr. Sie waren in ihrem Zimmer im »American House« Sie hatte es behaglich und irgendwie nett einzurichten gewußt. Das Bett hatte sie mittels indianischer Decken, die sie als Vorhang benützte, abgesondert, und so blieb der übrige Raum als Wohnzimmer frei. Es gab einen Eisenofen, und daneben lag ein Berg von Holzscheiten. Auf dem Tisch stand eine Öllampe. Er saß in dem Schaukelstuhl vor dem Fenster, schaukelte aber nicht, denn sie saß auf einem Kissen am Boden und hatte den Kopf an seine Knie gelegt. Jeden Abend verbrachten sie miteinander in diesem Zimmer.

Er liebte ihr Haar. Es war ein angenehmes Gefühl, wenn es sich um seine Finger ringelte. Sie bewegte den Kopf unter seiner liebkosenden Hand nicht.

»Du heiratest eben den Schulmeister«, sagte er scherzend, »und so mußt du dich mit meiner Schule abfinden.«

»Ja, aber wo soll ich den ganzen Tag sitzen?« fragte sie. »Es gibt doch nur den winzigen Schlafraum. Und der Winter dauert noch an!«

Er hatte nur an die Abende gedacht, wenn er Pulte und Stühle in eine Hälfte des Schulzimmers zusammenrücken könnte. Er hatte nicht an all die Stunden gedacht, da sie allein sein würde. Jetzt erinnerte auch er sich daran, wie kalt der Schlafraum war.

»Du kannst dich im Schulzimmer ans Fenster setzen.«

Sie lächelte, ohne zu antworten. Ihr Gesicht war rosig und friedlich, dabei aber dachte sie an das, was sie sich selber wünschte. Doch davon sprach sie nicht.

»Wir wollen ja bald heiraten, nicht wahr, Liebste?« fragte Jonathan, und seine Hände schmiegten sich zärtlich unter den Locken an ihren weißen Hals. »Du und ich miteinander, wir wollen uns den Winter verkürzen. Wenn der Frühling kommt, übersiedelt die Schule, und dann haben wir ein ordentliches Haus für uns allein.«

Sie rieb den Kopf an seiner kosenden Hand wie eine Katze.

»Mir ist es nicht so wichtig, ob wir verheiratet sind oder nicht, wenn wir nur beisammen sein können«, flüsterte sie.

Jonathan lachte. »Du bist wahrscheinlich zu faul zum Heiraten«, sagte er. Ihre süßen, lässigen Bewegungen, ihr reizendes Tändeln bei allem, was sie tat, ihre lange, verträumte Schweigsamkeit, wenn sie beisammensaßen, das alles nannte er gern ihre Faulheit, aber er liebte sie so, denn hinter seiner eigenen Ruhe war er von rastloser, nervöser Energie erfüllt. Er hatte nie Ruhe gekannt, bevor sie in sein Leben getreten war. Sie lächelte zu ihm auf. Von Kind auf hatte sie gewußt, daß sie nicht nötig hatte zu sprechen, wenn sie lächelte. Darum war sie ein wenig gereizt, als Jonathan sie eine Sekunde später drängte.

»Sollen wir sofort heiraten, Judy? Warum auch nicht? Morgen. Es ist gerade ein Geistlicher hier.« Ein Wanderprediger war nach Median gekommen, und einer wunden Hand wegen, die Mrs. Drear mit Umschlägen behandelte, verweilte er noch.

»Nein, nicht morgen«, sagte Judy.

»Dann also nächste Woche«, drängte er. »Warum nicht, liebstes Herz?« Er hob ihr Kinn und schaute zu ihr hinunter. »Judy, hast du mich lieb?«

»Natürlich!« Ihre Lippen formten schweigend das Wort.

»Natürlich – was?«

»Natürlich hab ich dich lieb«

»Dann also nächste Woche – ja, Judy? Samstag!«

»Schön, Jonathan, aber erst in vierzehn Tagen.«

»Warum?« fragte er eigensinnig.

»Ich – ich – bin nächste Woche nicht bereit«, sagte sie. Er spürte, wie er errötete. Er wußte, daß Frauen bestimmten Zeitabläufen unterworfen waren.

Sein Zartgefühl meldete sich sogleich, und er war einverstanden. »Zwei Wochen, schön, Judy – und wenn ich den Geistlichen bestechen müßte.« Er hob sie auf seine Knie. »Das ist nun meine eigene Frau!« sagte er behaglich.

Sie saßen zusammen in dem Stuhl, der Raum war warm und still. Rund um das Haus heulte der Präriewind, und aus dem Gastzimmer erscholl das Klappern von Zinn- und Blechgeschirr, wurden die Stimmen der Männer laut. In die Stille ihres Zimmers hörte Jonathan eine Türe schlagen, und dann gab es ein lautes Gelächter.

»Das wird Evan sein«, sagte er.

Er prüfte, fast ohne sich dessen selber bewußt zu sein, das süße Gewicht von Judys Körper, der in seinen Armen lag. In all diesen Tagen hatte er nicht feststellen können, was Judy von Evan dachte noch was Evan von Judy dachte. Und keiner von beiden erwähnte es ihm gegenüber mit einem Wort. Aber in Judys Fleisch rührte sich jetzt kein Nerv. Sie regte sich nicht, noch wich ihr Blick ab, der in die offene Türe des Ofens gerichtet war.

»Alle haben Evan gern«, sagte Jonathan.

»Ich nicht«, sagte Judy träge. »Ich hasse ihn.« Sie sagte das ohne die leiseste Erregung, ganz langsam und sanft, wie sie alles sagte.

»Warum?« fragte Jonathan. Er war sehr überrascht.

»Ich weiß nicht«, meinte Judy scherzend. »Ich hasse ihn eben.«

Jonathan lachte in seiner Verzückung. Sie war so lieblich, so unvernünftig, so unlogisch, so wunderbar in all ihrer Torheit.

»Das darfst du nicht sagen, Judy«, schalt er sie zärtlich. »Evan ist doch mein bester Freund und durch und durch anständig. Er würde durch dick und dünn zu mir halten, um meinetwillen auch zu dir.«

»Ich mag seine Augen nicht«, murmelte sie.

»Seine Augen sind doch ungewöhnlich schön – wie dunkle Blitze!«

»Er ist eingebildet. Er glaubt, daß er einer Frau wegen nur die rechte Braue zu heben braucht«, sagte Judy. Sie ruhte reglos in Jonathans Armen.

»Ach nein, er hebt die Augenbraue, wenn er einen Scherz machen will«, rief Jonathan.

Sie setzte sich auf. »Du hast ihn lieber als alle andern – lieber als mich!«

Er war tief betroffen. »Rede doch nicht so, Judy, Liebste. Solche Dinge darf man gar nicht sagen. Er ist mein Freund, aber du bist meine Frau!« Doch in seinem Innern sagte er sich, daß dies die Ursache der Kälte zwischen Evan und Judy war. Sie waren eifersüchtig aufeinander.

»Wenn wir erst einmal verheiratet sind, dann wirst du sehen, daß Evan ebenso dein Freund sein wird wie meiner«, sagte er. Er preßte ihren Kopf in die Höhlung seiner Schulter. »Lehn dich nur an, Liebste«, sagte er.

Noch lange, nachdem er gegangen war, saß sie reglos am Ofen, die Ellbogen auf die Knie gestützt, die weichen Fäuste an den Wangen. Im Zimmer daneben waren noch Stimmen laut, und sie lauschte. Was hatte es für einen Zweck, ins Bett zu gehn, da sie doch nicht schlafen konnte?

Es war beinahe Mitternacht, als es endlich still wurde. Jonathan war, auf ihren guten Ruf bedacht, um halb zehn gegangen. Jetzt, im ersten Schweigen des Abends, stand sie auf, ging zur Türe und riß sie auf. Evan saß allein am Tisch, einen Krug Bier vor sich.

»Ich hatte gehofft, Sie wären auch schon fort«, sagte sie. »Ich möchte schlafen.«

»Ich gehe schon«, sagte er kurz.

Sie trat näher und blieb am Tisch stehn. »Samstag in einer Woche heirate ich Jonathan«, sagte sie.

»Der Teufel soll Sie holen!« erwiderte er und starrte sie an.

Mrs. Drear trat ein. Die Augen fielen ihr beinahe zu. »Es ist Sperrstunde, Kinder«, sagte sie. Die Worte waren freundlich, aber ihre Stimme war scharf.

»Ich habe Evan gerade mitgeteilt, daß Jonathan und ich

den Tag festgesetzt haben«, sagte Judy, ohne sich zu rühren. »Nächsten Samstag in einer Woche.«

»Das hör ich gern«, sagte Mrs. Drear und griff nach den benützten Bechern.

Evan stand auf. »Ich auch«, sagte er in herzlichem Ton. »Jon hat lange genug auf Sie gewartet, Judy.«

»Darf ich Ihnen beim Geschirrwaschen helfen, Mistreß Drear?«

»Wenn Sie Lust haben«, erwiderte Mrs. Drear.

Jonathan lag, wach vor Verlangen, in seinem Bett. Er erkannte das und schämte sich dessen. Liebe und Verlangen waren zwei verschiedene Dinge, und so meinte er es auch in Zukunft zu halten. Ich will nicht sein wie mein Vater, dachte er. Ich will nicht, daß meine Judy zu dem wird, was meine arme Mutter ist.

Seither hatte er bereits erfahren, daß seine Mutter noch ein Kind geboren und verloren hatte.

Bei Judy wollte er wiedergutmachen, was an seiner Mutter gesündigt worden war. Sie sollte nur dann Kinder kriegen, wenn sie selber es wollte. Und nie, nie würde er sie gegen ihren Willen dazu überreden, sie niemals mit seiner schlechten Laune abschrecken, wenn sie nicht in der rechten Stimmung war. Er lag da und dachte mit tiefem, unversöhnlichem Zorn an seinen Vater. Er wollte für Judy all das sein, was sein Vater für seine Mutter nicht gewesen war. Und dann, seltsam, als er so angefangen hatte, an seine Mutter zu denken, waren alle anderen Gedanken ausgeschaltet. Sie schien sich völlig seiner zu bemächtigen. Seit Wochen hatte er ihr nicht mehr so ausschließlich seine Gedanken gewidmet. Er versuchte, sich Judy wieder ins Gedächtnis zu rufen, doch nur seine Mutter war da. Er wurde unruhig und setzte sich schließlich in seinem Bett auf. Abermals versuchte er, an Judy zu denken und vermochte es nicht. Nur mit den Gedanken an seine Mutter schlief er ein.

24

In dem armseligen Lehmhaus, inmitten der Ebenen im Westen, hatte Mary den Kampf aufgegeben. Neben ihr lag Clyde in schwerem Schlaf und schnarchte. Die harte Arbeit hatte ihn ganz und gar verhärtet. Sein Körper, der alle Kräfte zum Tagewerk aufbieten mußte, frönte zum Ausgleich dem Essen, das er rasch und achtlos hinunterschlang, lautem Lärm, brüsken Stimmungen, einer Leidenschaft, die in ihrem Begehren oft zügellos war, und dann einem schweren Schlaf. Mary lag wach, am Rande des Bettes, möglichst weit von seinem ungewaschenen Körper entfernt, und weinte leise.

Ich gebe es auf, dachte sie. Es hat keinen Zweck. Ich kann nicht hier sterben, wo niemand ist als Ruth. Das ist zu schwer für sie. O Jonathan! So stark war die Sehnsucht nach ihrem Sohn, die aus ihr hervorbrach, daß ihr die Sinne zu schwinden begannen. »Jonathan!« Der Name entrang sich ihr in einem leisen, unfreiwilligen Stöhnen, als hätte irgend etwas ihn ihr entpreßt. Clyde wachte auf.

»Eh?« grunzte er.

»Clyde«, flüsterte sie in der Dunkelheit.

»Was denn?« Er hatte gar keine Lust, geweckt zu werden.

»Ich kehre nach Median zurück«, sagte sie.

Er wurde gereizt. »Wie soll ich von hier fort, wenn ich doch die Schafe und die Kühe zu besorgen habe? Und für mich ist es die schlimmste Zeit des Jahres, um solch eine Reise zu unternehmen. Wer soll sich um das Vieh kümmern, wenn ein Schneesturm ausbricht und ich nicht da bin? Das kann Jamie nicht allein bewältigen.«

»Aber Jamie kann Ruth und Maggie und mich hinfahren«, sagte sie. »Und du kannst bei deinen Tieren bleiben.«

Wenn sie nur nach Median gelangen könnte, wo Jonathan war, dann wäre es beinahe wie eine Rückkehr nach Hause.

»Ich fahre, Clyde. Es hat keinen Zweck, daß du noch ein Wort sagst!«

Amerika hatte sie zu einer bösen, groben Frau gemacht, aber sie vermochte nicht dagegen anzukämpfen. Alles war hier gegen die Frauen. Und sie mußte sich eben wehren.

»Wenn's keinen Zweck hat, dann sag ich eben nichts«, erklärte Clyde, drehte ihr den Rücken zu und zog die Decke über die Schultern. Sie wußte, daß er wütend war, und konnte doch keine Rücksicht darauf nehmen. Oft hatte sie sich gesagt, daß auch er ein schweres Leben hatte. Er war nicht faul. Auf seine Art arbeitete er hart, aber er hatte kein Glück. Die Rinder verliefen sich und gingen verloren, mochte er ihnen auch sein Zeichen einbrennen, soviel er wollte.

Zwei Tage vor seiner Hochzeit rasierte Jonathan sich im Zwielicht. Er rasierte sich abends und nicht am Morgen, weil er wollte, daß seine Wange, wenn sie sich an Judys Wange schmiegte, glatt sein sollte. Er pfiff vor sich hin. Alles ging nach Wunsch, bis auf eines, und auch das mochte sich noch fügen. Evan wußte nicht bestimmt, ob er bei der Hochzeit als Trauzeuge anwesend sein konnte. Heute hatte Jonathan den halben Nachmittag nach Schulschluß in Evans Kanzlei verbracht und mit ihm darüber geredet.

»Schieb die Hochzeit um einige Tage auf, und ich werde dasein«, hatte Evan unumwunden gesagt.

Jonathan war tief entrüstet. »Ein Mann schiebt seine Hochzeit nicht auf!«

Evan lachte. »Natürlich nicht! Ich wollte dich nur necken. Ich meine, daß du ruhig heiraten sollst, und wenn ich kann, werde ich dasein.«

Evan fuhr fort: »Nein, Junge, ich muß gehn. Ich bin der Anwalt der Leute von Santa Fé in diesem Gebiet, und die Ansprüche für das unterwegs geschlachtete Vieh müssen geregelt werden. Mit der Zeit ist das die Methode, wie erfolglose Viehzüchter sich bereichern. Sie treiben ihre Kühe –«

Evans volle Stimme hatte etwas Bestrickendes. Jonathan unterbrach ihn.

»Ich will keinen andern haben«, sagte er. »Wenn du nicht kommst, dann gehe ich allein zur Trauung.«

»Wenn es irgendwie möglich ist, bin ich hier«, erwiderte Evan, »obgleich ich gegen die Heirat bin.« Er hielt mit seiner Meinung über Judy nicht hinter dem Berg.

»Ist das der wahre Grund, weshalb du nicht kommen willst?« fragte Jonathan.

»Ich mag sie nicht, Jon, und das sollst du nur wissen.«

»Aber warum, Evan?« fragte Jonathan.

»Zu hübsch«, sagte Evan, ohne zu zögern. »Eine Frau, die so hübsch ist wie die, denkt nur an sich. Du verdienst eine, die nur an dich denkt.«

»Solche Dinge sollst du nicht sagen, Evan!«

»Ich muß sie sagen, wenn ich dein Freund bleiben will.«

»Nun, ich gebe die Hoffnung nicht auf«, sagte Jonathan mit einem schiefen Lächeln.

»Das ist recht«, erwiderte Evan herzlich.

Als Jonathan es Judy erzählte, hatte sie so seltsam dreingeschaut. Das wenigstens meinte Jonathan.

»Mir ist's lieb, daß er nicht kommt«, sagte sie. »Wenn er da ist, habe ich immer das Gefühl, als hätte ich mein Kleid irgendwie falsch angezogen.«

Jonathan hörte ein Geräusch. Das Rasiermesser in der Hand, lauschte er. Das frühe Dunkel vor den Fenstern war wie tiefe Nacht, und die Türe war zum Schutze gegen die Kälte geschlossen. Aber ein Wagen war vorgefahren und machte halt. Jonathan legte das Rasiermesser auf das Brett unter dem kleinen Spiegel und wischte sich die Seife von der Wange. Dann riß er die Türe auf.

Das Licht strömte aus dem Haus und fiel auf eine jämmerlich aussehende Gruppe von Menschen. Sekundenlang wollte er seinen Augen nicht trauen! Ein hochgewachsener Junge und ein Mädchen kletterten aus dem Wagen.

»Jonathan!« rief eine schwache Stimme. Er sprang vorwärts.

»Mutter! Das ist ja nicht möglich! Ruth – Jamie – ja, was, um Himmels willen, ist denn? Und Maggie auch! Wo ist Dad? O Mutter, was ist denn mit dir geschehen?«

Mary hatte sich vom Grunde des alten gedeckten Wagens erhoben, und er sah ihre verfallenen Züge.

»Komm herein«, sagte er, »komm rasch und leg dich auf das Bett. Mein Gott, Ruthie, in diesem Zustand laßt ihr sie herkommen!«

»Sie wollte es unbedingt«, sagte Ruth. Ihre angeborene Schüchternheit hatte sich in den langen Monaten auf den weiten Ebenen noch vertieft, und jetzt war sie so scheu wie eine Häsin.

»Rasch, bring mich ins Haus«, stöhnte Mary. »Und ruf gleich Mistreß Drear! Ich fürchte, daß meine Stunde da ist. Lieber Gott, wie habe ich gefleht, vorher noch heimzukommen. Nun, dies eine Mal hat Er meinen Wunsch erfüllt!« Sie ächzte vor Schmerzen, setzte sich auf das Bett und versuchte, die Schuhe auszuziehen.

»Helft ihr doch, Jamie – Ruth!« schrie Jonathan. »Ich laufe zu Mistreß Drear.«

Er eilte in die Dunkelheit hinaus und rannte über die knarrenden, trockenen Bretter in das Gasthaus. Mrs. Drear saß allein am Küchentisch und aß. Er stürzte auf sie zu.

»Meine Mutter ist gekommen«, keuchte er. »Und, Mistreß Drear – helfen Sie ihr – sie – sie braucht dringend eine Frau!«

»Ach, du guter Gott!« schrie Mrs. Drear. Sie sprang auf und nahm einen Kessel mit heißem Wasser vom Herd. Und dann waren sie fort.

Bis spät in die Nacht half Jonathan, so gut er konnte. Er dachte nicht an Judy, nicht daran, wo er jetzt eigentlich sein sollte. Er und Mrs. Drear und Ruth kämpften gemeinsam um das Leben seiner Mutter. Er hatte nie gesehen, wie ein Kind geboren wurde, und was er sah, erschütterte ihn zutiefst. Mußte jede Geburt ein anderes Leben derart zerstören? Er war völlig durchschwitzt und stöhnte laut, ohne es zu wissen, bis Mrs. Drear ihn hieß, still zu sein. Einen Augenblick lang eilte er in den Nebenraum und schluchzte vor Jamies verschüchtertem Gesicht, und dann lief er wieder zurück, denn er fürchtete, sie könnte just dann sterben, wenn er nicht da war.

Um Mitternacht wurde das Kind geboren, ein winziges, schwächliches Mädchen, aber es lebte. Eine Stunde später war Mary tot.

Als er, das neugeborene kleine Geschöpf in den Armen, vor dem Feuer saß, hatte er das seltsame Gefühl, als sei er verwitwet, bevor er noch verheiratet gewesen war. Jamie war zu Stephen Parry gegangen, den Sarg bestellen. Ruth brachte den Raum in Ordnung und schluchzte ganz leise. Es kamen keine Schüler, denn er hatte zur Feier seiner Hochzeit eine Woche Ferien gegeben. Mrs. Drear war geblieben, um Mary für das Begräbnis herzurichten. »Jonathan, ich will's Judy sagen. Man muß es natürlich aufschieben.«

Er hatte völlig vergessen, daß morgen sein Hochzeitstag sein sollte. Jetzt erinnerte er sich daran und nickte.

»Was soll mit dem Baby geschehen?« Mrs. Drears bekümmerte braune Augen wandten sich der Feuerstelle zu, wo das Neugeborene jetzt in einer Kiste lag und schlief.

»Ich weiß nicht«, sagte Jonathan. »Darüber werde ich noch nachdenken müssen. Ich danke Ihnen sehr, Mistreß Drear.«

Das Kind hatte plötzlich zu wimmern begonnen, und Jonathan hob es aus der Kiste, wickelte es in seinen alten Mantel und setzte sich. Es war das erstemal, daß er dazu kam, sich niederzusetzen. Er hielt das Kind, und von ihm strömte etwas Beruhigendes in das Kind über, und es schlief ein.

Es war ihm zumute, als wäre es sein eigenes Kind, dessen Mutter gestorben war. Ihm war mehr geraubt worden als die Mutter. Eine größere Verantwortung lastete jetzt auf ihm als die eines Sohnes.

»Wir können nicht warten, bis Dad kommt, nicht wahr?« Ruths leise Frage rüttelte ihn auf.

»Nein«, sagte er kurz. »Wie sollten wir? Ich werde tun, was getan werden muß.« Er beherrschte ein starkes Zittern in seiner Brust. »Warum habt ihr sie nicht schon längst heimgebracht?« fragte er. Eine Frau gemordet, dachte er düster, wenn es je einen Mord gegeben hat. Und er war froh, daß sein Vater nicht hier im Hause war.

»Wie hätte ich das tun sollen?« fragte Ruth schüchtern. »Sie hatte immer gesagt, es werde schon besser werden. Und wie hätte sie Dad allein lassen können?«

»Er hat vermutlich nicht gemerkt, daß er sie hätte hierherbringen müssen?«

»Nein, das hat er nicht«, erwiderte Ruth einfach.

Jonathan sah sie über das schlafende Kind hinüber streng an. »Sag mir die Wahrheit! Ist es die ganze Zeit so schlimm gewesen?«

Ruth nickte. »Ja, das war es. Sie hatte immer Angst. Da gab's die Schlangen, und sie fürchtete immer, Maggie könnte eines Tages gebissen werden. Fürchterliche Schlangen waren es. Sie sind durch die Ritzen im Lehm ins Haus gekrochen. Und Jamie flucht jetzt immer so greulich, und ihr hat's weh getan, daß er so wild und unwissend aufwächst. Und Maggie kümmert sich nie um einen andern Menschen.«

»Und Dad hat nichts gemerkt?«

»Er war den ganzen Tag weg, und in der Nacht oft auch.«

»Und hat's keine Nachbarn gegeben?«

»Nein, außer – nein, das konnte man nicht Nachbarn nennen.«

Das Kind begann abermals zu jammern. Vielleicht hatte es Hunger. Es war wohl nicht dringend nötig, ihm etwas zu geben, das wußte er. Doch das Kind war so ein schwaches Kind, vielleicht brauchte es die Nahrung früher als andere Kinder. Er versuchte, es zu beruhigen, wiegte es in seinen Armen, aber es hörte nicht auf zu schreien.

»Was sollen wir tun?« fragte er Ruth.

»Könnte ich nicht ein wenig Mehl mit Wasser mischen?« meinte sie.

»Das wird ihm doch wohl nicht schaden?«

»Ich glaube nicht.«

Doch während sie zauderten, öffnete sich die Türe, und Sue und Stephen traten ein. Sie hatte ein Tuch um den Kopf und einen Männermantel um die Schultern geschlagen wie ein Cape. Mit einem Ruck warf sie beides ab.

»Geben Sie's mir«, sagte sie. Sie nahm Jonathan das Baby aus den Armen und zögerte sekundenlang. Dann fuhr sie energisch fort: »Mister Goodliffe, Sie nichts haben dagegen, wenn ich der Kleinen geben Brust? Mein Kind sein sechs Monate, aber ich glauben, die Milch werden noch frisch sein, und ich haben große Menge.«

Er starrte Sue verwirrt an, und mit ihrer anormalen Empfindlichkeit schien sie plötzlich vor seinen Augen zum Standbild zu erstarren.

»Wenn Sie nicht wollen mich —«, sagte sie stolz.

Die Vernunft siegte im nächsten Augenblick. »Ich bin Ihnen sehr dankbar«, sagte er. »Das rettet dem Kind vielleicht das Leben.«

25

»Gehen Sie nicht zu Jonathan hinüber?« fragte Mrs. Drear, als sie Judy erblickte. »Er wird eine Frau brauchen, die ihm helfen kann.«

Sie war heute früh völlig erschöpft, und der Anblick Judys, die in einem roten Wollkleid mit rotem Samtkragen und Handkrausen reizend aussah, bewirkte, daß Mrs. Drear sich noch jämmerlicher fühlte.

»Ich gehe gleich nach dem Frühstück«, sagte Judy freundlich. Sie ging anmutig durch die Küche, schenkte sich aus dem großen Granitkrug auf dem Herd eine Tasse Kaffee ein, schnitt Brot ab und strich Butter darauf, ohne dem kleinen Mädchen mit dem runden Gesicht und den roten Haaren, das am Küchentisch saß, auch nur einen Blick zu gönnen.

»Natürlich könnt ihr morgen nicht heiraten.«

»Natürlich nicht«, hatte auch Judy gefunden. Das war alles, was sie gesagt hatte.

Ob es ihr leid tut, oder ob es ihr nicht leid tut – daran dachte Mrs. Drear jetzt, als sie gepökeltes Schweinefleisch briet und den Brei kochte.

Als Judy in ihrem roten Kleid, die Locken sorgfältig festgesteckt, eintrat, konnte man noch immer nichts sagen. Aber Rot, meinte Mrs. Drear, sei doch nicht gerade das Richtige. Das Mädchen hatte sich wahrscheinlich keine Gedanken darüber gemacht. Sie saß jetzt am Fenster und schnitt das Brot in kleine Streifen. Mrs. Drear warf ihr einen Blick zu und sah, wie Jamie mit Stephen und Sue am Fenster vorübergingen. Sie lief hinzu und klopfte an die Scheibe.

»Jamie!« schrie sie, und als er sich umwandte, winkte sie ihm, hereinzukommen. Und gleich darauf war er an der Türe, ein langer, schwarzhaariger Junge mit fröhlichem Gesicht – trotz allem, was geschehen war.

»Komm herein und iß was!« befahl Mrs. Drear. »Das hier ist Judy, deine zukünftige Schwägerin. Du kannst sie nachher begleiten.«

»Freue mich, Sie kennenzulernen«, sagte Jamie.

Jetzt hob Jamie die Blicke verstohlen zu Judy und sah hastig wieder weg.

»Da!« Mrs. Drear reichte ihm eine Schüssel Maisbrei. »Setz dich Judy gegenüber.«

»Danke.« Er nahm die Schüssel und setzte sich an das andere Ende des Tisches. Der Klang ihrer sanften Stimme ließ ihn aufblicken.

»Es tut mir furchtbar leid – das von heute nacht!«

Er nickte, und plötzlich war seine Kehle verstopft, und er konnte nicht schlucken.

»Wirst du jetzt ganz hierbleiben?« Judys sanfte Stimme richtete sich wieder an ihn.

Jetzt mußte er schlucken. »Ich werd wohl gleich zu Dad zurück müssen. Ein Mann allein kann nicht mit Schafen und Kühen fertig werden. Weiß nicht einmal, ob wir's zu zweit schaffen können.«

»Dann werden die andern Kinder wohl hier bei Jonathan bleiben?«

»Das werden sie wohl müssen«, sagte er. »Dort drüben könnten wir uns schwerlich um ein Baby kümmern.«

»O Judy!«

Jonathan sprang auf, schloß sie in die Arme und legte den Kopf auf ihre Schulter.

»Ich wußte, daß du kommen würdest. Es war eine furchtbare Nacht«, sagte er.

Sie legte die Hand an seine Wange. »Ich weiß es«, sagte sie, »und darum bin ich gekommen.«

Sie sah ein dunkelhaariges junges Mädchen, und über Jonathans Schulter hinüber lächelte sie dem Mädchen zu.

All diese Menschen, dachte sie. Und alle sollen in diesem Haus wohnen! Natürlich kann ich jetzt nicht heiraten.

Sie entzog sich sanft Jonathans Armen, aber sie hielt seine Hand fest. »Ist das das arme, kleine Kind?« fragte sie. Sie ging auf die Kiste zu, wo das Baby jetzt friedlich schlummerte, nachdem Sue es genährt hatte. »Es ist sehr klein«, sagte Judy. »Wie heißt es denn, Jonathan?« Sie blickte auf das Kind, ohne es aber zu berühren.

»Ich habe nicht – wir haben noch nicht daran gedacht«, sagte Jonathan traurig.

»Warum nicht Mary«, fragte Judy, »nach seiner Mutter?«

Jonathans und Ruths Blicke trafen sich. »Ja, warum nicht?« sagte auch er. »Siehst du, Ruthie, wie Judy sofort das Richtige trifft! Ja, sie soll Mary heißen – Mutter würde es freuen.«

Er hatte bisher noch nicht geweint, doch jetzt, Judys Hand sanft in der seinen, verlangte es ihn, zu weinen, ihr zu sagen –

Er legte seinen Kopf an Judys Schulter und ließ die Tränen in seine Augen aufsteigen. Ein Schluchzen entrang sich ihm.

»Kannst du einen Menschen wie mich heiraten, Judy, Liebste – mit all den Kindern im Hause?«

»Sprechen wir jetzt nicht davon, Jonathan«, sagte sie mit ihrer sanftesten Stimme. So sanft war ihre Stimme, daß er ihr gar nichts entnehmen konnte. »Aber wir dürfen Ruth nicht draußen lassen«, fuhr sie fort. »Es ist kalt heute, und sie hat keinen Mantel an.« Sie drückte leicht seine Hand und ging zur Türe. »Komm nur herein, Ruth«, sagte sie. »Es ist zu kalt draußen.«

Sie blieb fast den ganzen Tag. Mit Jonathan ging sie in den zweiten Raum und stand neben seiner toten Mutter, die auf dem lag, das morgen ihr, Judys Bett hätte sein sollen. Wenn sie auch daran dachte, so sagte sie doch nichts. Und als sie gegen Mittag Ruth behilflich war, das Mittagessen zu bereiten, und Sue eintrat, um das Kind wieder zu nähren, da ließ sie sich keine Überraschung anmerken.

»Ich wußte nicht, was ich tun sollte, und Sue hat sich angeboten«, erklärte Jonathan halb entschuldigend. Und gleichzeitig schämte er sich dieser Entschuldigung.

»Das ist sehr freundlich von ihr«, sagte Judy.

Im Laufe des Nachmittags flickte sie einen Riß in Jonathans Mantel und sah so ruhig und so schön aus, daß sein wundes Herz Frieden fand. Er zog einen dreibeinigen Stuhl neben sie.

»Vielleicht könnten wir es doch schaffen«, sagte er.

Sie lächelte. »Und Ruth und die Kinder hinausschicken, wenn wir einmal allein sein wollen?«

»Und wenn wir alle ins ›American House‹ übersiedeln würden?«

»Und keinen Platz für die Reisenden übriglassen? Von den Kosten ganz abgesehen!« Sie schüttelte den Kopf und nähte eifrig weiter. Sie wirkte so fern, daß er erschrak.

»Willst du warten, Judy?«

Sie hob die schönen schwarzen Augen. »Was meinst du?«

Er meinte, daß sie wohl bestimmt warten wollte, aber er sagte nichts.

Sie entzog ihm die Hand, weil sie weiternähen wollte. Und nach einer Weile sagte sie: »Evan wird nicht wenig überrascht sein, wenn er zurückkommt!«

Er hatte nicht an Evan gedacht oder sich doch höchstens daran erinnert, daß Evan in Topeka war.

»Wie kommst du auf Evan?« fragte er.

»Ach, nur weil er zufrieden sein wird«, erwiderte Judy. »Weil er doch nicht will, daß du mich heiratest.«

Ihre Züge blieben ungerührt. Er beobachtete ihre flinken Hände, sein Herz klammerte sich in seiner Trauer an sie. Keine Sekunde dieses Tages hatte er den stillen Körper vergessen, der auf seinem Bett lag. Und selbst jetzt konnte er ihn nicht vergessen. Bei Sonnenuntergang wollte Stephen den Sarg bringen.

»Es wird spät«, sagte Judy plötzlich und schaute nach dem Himmel. »Ich muß gehn, Jonathan, wenn ich hier sonst nichts tun kann. Ruth ist ja so geschickt.« Sie lächelte Ruth zu, die das Baby hielt und ihnen wohlbedacht den Rücken zuwandte.

Und er dachte: Ich muß sie gehn lassen. Warum sollte sie hier sein, wenn Stephen kommt? Es wäre eine zu schwere Prüfung für sie!

So ließ er sie denn gehn.

»Gute Nacht, Geliebte«, flüsterte er und hob ihren Kopf, um ihre Lippen zu finden.

»Gute Nacht, Jonathan«, sagte sie. Ihre Züge hatten nie süßer und reiner gewirkt als jetzt in dem blassen Abendlicht, und ihre Lippen waren weicher als Kinderlippen.

Mary wurde am Tag vor dem Schneesturm begraben. Über dem Grab las der Wanderprediger den dreiundzwanzigsten Psalm, aber der Wind zerriß seine kräftige Stimme, und vom Psalm blieben nur Fetzen übrig. Judy, das hatte Jonathan sofort bemerkt, war nicht da. Und dann hatte Henry ihm durch den Wind zugeschrien: »Wir werden alle erfrieren, Jonathan!«

»Wo ist denn Judy?« hatte er gefragt.

»Sie war schon angezogen, aber wir hatten nicht warten wollen«, hatte Henry gebrüllt, um das Sausen des Windes zu übertönen. Er sah zum Himmel auf. »Es kann jede Minute losgehn.«

Und so hatten sie die traurige kleine Zeremonie erledigt. Stephen Parry hatte durch eine Schicht gefrorener Erde hindurch das Grab gegraben. Es lag in der Ecke der zwei Morgen Land, die als Friedhof die Kirche umgeben sollten, die noch nicht gebaut war und in jener Stadt stehn sollte, zu der Median sich einst entwickeln würde.

Jonathan hatte nicht geahnt, daß seine Mutter als erste hier liegen würde. Und sie hatte doch alles entbehrt in ihrem kurzen Leben! Er beschloß, daß er im Frühjahr den kleinen Artie auch hier neben der Mutter begraben werde.

»... im finstern Tal ...«, brüllte die Stimme des Geistlichen, und der Wind fing die Worte ab und schleuderte sie über die Ebenen, wo es weder Hügel noch Täler gab.

Evan war nicht da, und Judy war nicht da. Aber sonst waren alle gekommen. Sie standen, eine Handvoll grauer Menschengeschöpfe, inmitten der weiten Leere, die sie umgab.

Nun war er diesem neuen Land verbunden. Judy – wo war sie nur? Er schaute auf den Weg zum Gasthaus, aber sie war nicht da. Und dann, als er traurig den Blick abwandte, sah er zufällig in ein anderes Augenpaar. Es waren Katies Augen. Seit Monaten hatte er sie kaum mehr gesehen. Den ganzen Sommer über sei sie bei ihrer Tante in Topeka gewesen, hatte Lew gesagt. Als sie wiedergekommen war, hatte Jonathan nicht daran gedacht, sich nach ihr zu erkundigen. Doch nun war sie da, ein hochaufgeschossenes, ein wenig linkisch wirkendes junges Mädchen, das in wenigen Monaten so stark gewachsen war, daß eigentlich nur noch die braunen Augen unverändert blieben. Sie waren ebenso rund und ehrlich wie immer in dem unhübschen Gesicht, und jetzt waren sie rot vom Weinen.

Er war ihr dankbar für ihre Tränen. Sie hatte ja seine Mutter kaum gekannt. Sie weinte, das wußte er wohl, um seinetwillen. Und über das offene Grab hinüber lächelte er ihr zu, ein schwaches, trauriges Lächeln.

Judy hatte das braune pelzgefütterte Cape unter dem Kinn zugebunden, dann auch das kleine, dazupassende Pelzhäubchen aufgesetzt, um rechtzeitig zum Begräbnis zu kommen. Sie glättete die Bänder der Schleife, und als sie durch die leere Wirtsstube ging, warf sie einen Blick auf die Uhr. Es war just die Stunde, zu der man sie mit Jonathan getraut hätte, wenn seine Mutter nicht gekommen wäre, und in diesem selben Raum. Selbst wenn seine Mutter drüben im Westen gestorben wäre, hätte jetzt die Trauung stattgefunden, denn man hätte es ja nicht gewußt. Aber die Kinder wären doch zu Jonathan gekommen, und dann wäre es für sie zu spät gewesen, um irgend etwas zu ihrer Rettung zu unternehmen. Jetzt war sie gerettet. Irgend etwas rettet mich immer, dachte sie feierlich. Das konnte nur Gott selber sein! Sekundenlang blieb sie stehn und schaute durch die Scheiben der Wirtshaustüre.

Ich wollte, irgend etwas würde mich jetzt davor bewahren, auszugehn, dachte sie. Das Wirtshaus war warm, war ein Schutz. Sie haßte den Winter, wie Joel ihn haßte, und jeden Winter ihres Lebens waren sie nach dem Süden gezogen, und dort hatte er gepredigt. »Es gibt auch dort Seelen zu retten, wo das Klima gut ist«, hatte er immer gesagt.

Sie verweilte noch auf die Gefahr hin, zu spät zu kommen

Alle andern waren fort, und sie war allein. Wenn sie nachher erklärte, sie habe sich plötzlich so schlecht gefühlt, daß sie nicht wagen wollte, auszugehn, so war kein Mensch vorhanden, der ihr widersprechen konnte. Die Türe von Evans Kanzlei öffnete sich, und er eilte hinaus, den großen Radmantel um sich gezogen, den Kopf gegen den Wind gebeugt. So war er eben erst aus Topeka zurückgekehrt, dachte sie, denn vor weniger als einer Stunde hatte Mrs. Drear, als sie mit Maggie aus dem Haus trat, gesagt: »Das wird Evan sehr leid tun. Er hat Jonathan doch so gern!«

Und kein Mensch hat es ihm gesagt, dachte Judy, die ihn beobachtete. Er kommt also, weil er noch immer glaubt, daß jetzt die Trauung stattfinden werde.

Rasch setzte sie sich an den großen Tisch, begrub das Gesicht in den Armen und wartete. Als sie hörte, wie die Tür geöffnet wurde, rührte sie sich nicht. Sie wartete auf seine Stimme.

»Judy!« flüsterte er.

Da hob sie den Kopf. Ihre Lippen waren rot und zitterten, ihre Wimpern waren feucht. Nie hatte sie so schön und so rührend ausgesehen.

»Was, um Himmels willen – was –«

»Es gibt keine Hochzeit«, stammelte sie, »ich heirate nun doch nicht. Statt dessen gibt's ein Begräbnis. Jonathans Mutter ist heimgekommen, und sie ist gestorben. Ein kleines Kind ist da.«

Sie wandte das bebende Gesicht zu ihm auf, schien gar nicht an ihn zu denken noch sich darum zu kümmern, wer er war, sondern nur von ihrer eigenen Not erfüllt zu sein. »Ich wollte – ich wollte gerade zum Begräbnis gehn. Und dann ist es über mich gekommen, daß es just die Stunde war – wenn alles verlaufen wäre, wie es sollte –, die Stunde, da wir nebeneinander – nein, da konnte ich nicht gehn –«

Evan war betäubt. »Und ich habe mich beeilt – um Jonathans willen –«

Sie nickte, zog ein kleines Spitzentaschentuch aus dem Muff und führte es an die Lippen. Evan setzte sich auf die Bank, aber nicht allzu nahe.

»Aber – Sie werden doch bald heiraten, Judy?«

»Wie?« fragte sie. »Wo sollen wir denn wohnen? Das Haus ist voll mit den Kindern – und dann ist auch noch das Baby da. Ich weiß nicht, wie man mit Neugeborenen umgeht. Und Jonathan – er kann überhaupt nicht heiraten. Er dürfte nicht – er kann ja einer Frau kein Heim bieten.«

»Sie wollen sagen – Sie würden ihn jetzt keinesfalls heiraten?« Sein Atem ging in Stößen. »Ist es das, was Sie damit meinen?«

»Wie sollte ich denn?« erwiderte sie ganz sanft. »Es ist ja kein Platz für mich vorhanden.«

»Das – dafür ließe sich schon ein Ausweg finden.« Plötzlich waren seine Lippen so steif, daß er kaum sprechen konnte. »Wenn Sie –«

»Evan – ach, halten Sie mich nicht für schlecht«, sagte sie rasch, »aber woher hätte ich es wissen sollen? Diese wenigen letzten Tage haben es mir gezeigt – ich liebe ihn nicht. Ich hätte ihn nicht heiraten können. Gott hat mich gerettet, Evan. Ich hätte es vielleicht doch getan und wäre so unglücklich gewesen! Jetzt bin ich gerettet!«

Er beugte sich vor, forschte in ihrem Gesicht, trank ihre Worte. Seine schwarzen Augen waren furchtbar in ihrem brennenden Blick, aber Judy wich ihnen nicht aus. Sie hätte sich in diese Glut werfen, von ihr erfaßt, verzehrt werden wollen. Sie lehnte den Kopf zurück und stand auf. Und auch er sprang auf, riß sie in seine Arme und küßte ihre Lippen, küßte sie wieder und immer wieder, und sie, die so oft unter den Küssen der Männer erstarrt war, wurde jetzt warm. Er hat mich die ganze Zeit über geliebt, als er mich haßte, dachte sie triumphierend. Niemals war ein Mann so grob gegen sie gewesen wie Evan, hatte sie derart in aller Öffentlichkeit verhöhnt, und das alles nur, weil er sie geliebt hatte.

Und ununterbrochen küßte er sie, und sie klammerte sich an ihn, bis sie schließlich erschöpft war und schwach wurde – diesmal ohne Komödie –, daß er sie halten mußte, sonst wäre sie zusammengesunken.

»Wir sind machtlos dagegen«, stöhnte er. »Aber wer wird es ihm sagen?«

Sie setzte sich auf die Bank. Er rieb seine Lippen mit dem Taschentuch, sie lehnte den Kopf gegen seine Beine, als er jetzt neben ihr stand, und sie erschauerte vor Kälte, vor Verzückung, vor Furcht. Ja, wer sollte es Jonathan sagen? Wer konnte sie jetzt retten? Sie beide? Sie sah in tiefer Angst zu ihm auf.

»Gehen wir fort!« flüsterte sie.

»In diesem Sturm?«

»Ist es so schlimm? Du bist doch im Sturm gekommen!«

»Ja – aber – weil ich dich noch einmal sehen mußte, bevor du – bevor du für mich verloren warst.«

»Darum bist du gekommen?«

»Ja.«

»Evan, hast du mich immer liebgehabt?«

»Ja, seit ich dich zum erstenmal gesehen habe.«

»Ich habe dich auch gleich liebgehabt«, sagte sie.

Jetzt hatte sie den Eindruck, daß sie ihn geliebt hatte. Zum mindesten hatte sie ihn an jenem Tage angesehen und gewußt, daß er ein Mann war, den sie lieben konnte.

»Gehen wir! Ich habe keine Angst. Evan, wir könnten jetzt gehn, und kein Mensch würde je wissen, daß du zurückgekommen bist. Man wird nur entdecken, daß ich fortgegangen bin. Und ich werde von Topeka aus an Jonathan schreiben, daß ich andern Sinnes geworden bin. Und dann, später, können wir – können wir ihm einfach mitteilen, daß wir verheiratet sind. Auf diese Art würdest du ihn nicht einmal verlieren, verstehst du? Er könnte dir keinen Vorwurf daraus machen, daß ich dich geheiratet habe, nachdem ich zu einem andern Entschluß gekommen war.«

Sie war so reizend, umwarb ihn so mit ihren Augen und ihrer Stimme, mit ihren Fingern an seiner Wange, an seinen Lidern, an seinen Lippen, und er war überzeugt davon, daß sie Jonathan nicht heiraten durfte. Dessen wenigstens war er immer sicher gewesen.

»Du würdest ihn unglücklich machen«, murrte er.

»Das weiß ich«, sagte sie mit ihrem heitersten, einschmeichelndsten Lächeln. »Du hast ihn wahrhaftig vor mir gerettet.«

Er lachte grimmig. »Auf meine eigenen Kosten wahrscheinlich!«

»Ja, aber dich werde ich schrecklich glücklich machen!«

Sein Kopf schwindelte, sein Blut brannte. Sie war genau das, wonach es ihn verlangte, das Gegenteil von seiner Mutter und seinen Schwestern, dieses erdgebundene, leidenschaftliche, dunkeläugige Weib mit ihrer kühlen und lässigen Art und der rahmfarbenen Haut, der lieblichen, sanften Stimme und jener Glutverheißung in sich, die zu spüren war, wenn Judy nur durch ein Zimmer ging, wenn ihre Augen den unbefangensten Blick auf ihn richteten.

26

Mrs. Drear ging mit Jonathan in das Lehmhaus, um nach dem Baby zu sehen. Sue nährte die Kleine, und Mrs. Drear gab es einen Ruck, als sie das blasse kleine Kind an der dunklen Brust sah. Doch sie beherrschte sich. Es geschahen ja die seltsamsten Dinge, und man fand sich damit ab. Aber Sue spürte dieses Überraschtsein, und sie zog ein Ende ihres Tuchs über die Brust.

»Brauchen nicht lange dauern, daß ich das muß tun«, sagte sie in ihrer Sprechweise, darin sich die Ausdrucksweise von Herren und Sklaven mischte. »Ich gewöhnen schon an Maismehl und Wasser und Kuhmilch. Sie schon können tüchtig an Fetzen saugen aus Flasche. Ich haben ausgewaschen sauber eine von flachen Whiskyflaschen.«

»Sehr gut haben Sie das gemacht, sehe ich«, sagte Mistreß Drear höflich.

Jonathan war ins Schlafzimmer gegangen, und jetzt kam er in seinem Alltagsanzug zurück, Maggie an der Hand. Genau wie ein Witwer, dachte Mrs. Drear und empfand großes Mitleid mit ihm. Sie dachte an Judy, und ihre große Nase juckte sie, wie immer, wenn sie gereizt war. Sobald sie daheim war, wollte sie sich Judy einmal vornehmen!«

»Haben Sie genug zu essen im Haus, Jonathan?« fragte sie.

»Ja, danke«, sagte er. Judys Name vermochte er nicht zu nennen, so tief kränkte es ihn, daß sie nicht zur Beerdigung seiner Mutter gekommen war. Aber wenn die Kinder gesättigt waren, wollte er sogleich ins Hotel gehn.

»Sonst noch was?« fragte Mrs. Drear.

»Wir werden es schon schaffen, glaube ich«, erwiderte Jonathan. Er versuchte zu lächeln, aber das wurde ihm zu schwer. »Später komme ich hinüber«, sagte er.

»Kommen Sie nur«, sagte Mrs. Drear herzlich. »Das wird Ihnen guttun.«

Sie nahm Abschied und stapfte durch den wachsenden Sturm und den Schnee.

»Wo ist Judy?« fragte sie heftig.

»Keinen Zipfel von ihr zu sehen gekriegt«, erwiderte Henry.

Mrs. Drear ging auf Judys Zimmer zu. »Ich werde ihr sagen, was ich davon halte, daß sie nicht zum Begräbnis gekommen ist!« rief sie schallend. Mochte sie's nur hören! Mrs. Drear riß die Türe von Judys kleinem Zimmer auf und sah sich um. Irgendwie war es Judy gelungen, daraus den einzig netten Raum im Hause zu machen. Alle ihre kleinen Habseligkeiten waren da, die spitzengesäumte Decke auf dem Schreibtisch, die gestickte Decke auf dem Tisch, Kissen auf dem alten Schaukelstuhl, eine Decke über das Bett gebreitet und gefältelte Vorhänge an den Fenstern.

»Wo mag das Mädel sich verstecken?« schrie Mrs. Drear. Ihr schwarzes Häubchen fiel ihr vom Kopf, als sie rasch einen Blick in den Kleiderschrank warf. Da hingen Judys spärliche Kleider, alle sauber, alle gut instand. »Sie hat nichts herausgenommen«, brummte sie, »da kann sie ja nicht weit sein.« Sie wandte sich zu den Männern, die durch die Türe spähten. »Könnte sie sich auf dem Weg zum Begräbnis verirrt haben?« fragte sie entsetzt.

»Sieht fast so aus«, sagte Lew langsam.

»Dann hinaus mit euch! Jeder Mann, der nur kriechen kann!« schrie sie. »Das wird Jonathan den Rest geben.« Sie überlegte sekundenlang. »Aber man muß es ihm wohl sagen. Henry, geh du zu ihm und sag's ihm!«

Jonathan leitete die Suche nach Judy auf den weiten sturmgepeitschten Ebenen mit so wilder und rastloser Energie, daß die Leute von Median von diesem Tage an in ihm nie mehr einen durchschnittlichen Burschen mit ruhigem, freundlichem Wesen und sanfter Stimme sahen.

»Nein, wir dürfen nicht rasten«, schrie er um Mitternacht, als sie in das Gasthaus zurücktaumelten. Seine Augen brannten tief in den Höhlen, seine Lippen waren aufgesprungen, sein Gesicht grau vor Kälte. Sein helles Haar war unter seiner Mütze erstarrt und trug einen Rand von Eis. Er stürzte eine Schale reinen Whisky hinunter.

»Ich könnte wetten, daß sie nicht tot ist«, sagte Mistreß Drear.

Henry zwinkerte ihr langsam mit dem halberfrorenen Lid zu. »Ich hab keine Lust, die Wette zu halten«, sagte er. Die winzigen Eiskristalle an seinem langen Schnurrbart klirrten ganz leise.

»Aber Jonathan wird überzeugt davon sein, daß sie tot ist«, brummte Mrs. Drear.

»Er ist es schon jetzt«, erwiderte Henry.

In dem Lehmhaus war es so still, so warm, daß eine bange Sekunde lang Jonathan dachte: Sie ist hier! Sie ist vielleicht gekommen und hat das Haus für mich gewärmt. Es roch nach gebratenem Speck und kochendem Kaffee.

»Setz dich, Jamie«, befahl er seinem Bruder. »Du bist ja ganz erschöpft!«

»Keine Spur«, keuchte Jamie. Aber er setzte sich. Er hätte geglaubt, er sei bereits kräftiger als Jonathan, aber Jonathan hatte diese Nacht besser durchgehalten als alle andern Männer.

»Ich esse etwas, und dann gehe ich wieder«, sagte er.

»Du bist verrückt«, erklärte Jamie. »Es kommt wohl noch schlimmer.«

Ja, so war es, und Jonathan wußte es. Doch nichts hätte ihn im Hause zurückhalten können, wenn er an Judy dachte, die gegen den Sturm kämpfen mußte. Sie mußte aus ihrem Weg geschleudert worden sein wie ein kleines Schiff auf hoher See, dachte er.

»Du gehst nicht wieder hinaus, Jonathan Goodliffe!«

Bei dem unerwarteten Klang dieser Stimme fuhr Jonathan auf. Aus dem Schlafzimmer kam eine Frau. Es war Katie, das Kind im Arm, und er war so überrascht, daß er nur stammeln konnte.

»Katie! Du bist's? Das ist furchtbar nett von dir!«

»Nein, das ist es nicht«, sagte sie mit ihrer spröden Kinderstimme, die ihm so oft widersprochen hatte, obwohl diese Stimme jetzt aus dem Mund eines erwachsenen Mädchens kam. »Ich meinte nur, daß ich hier nützlich sein und Ruth helfen könnte. Ma könnte mich entbehren. Unsere sind ja schon groß.«

Sie wußte das Kind mit einer ruhigen Sicherheit zu behandeln, die es günstig beeinflußte. Es lag mit dem kleinen Gesichtchen an der flachen jungen Brust, sah zu Katie auf und gähnte. Jonathan hatte das Kind noch kaum angesehen.

»Wie geht's ihr denn?« fragte er.

»Sie ist gut wie Gold«, sagte Katie lebhaft. Ihr unhübsches, braunes Gesicht wurde weich. »Sie saugt mit dem größten Vergnügen an einem Lappen mit Zucker. Darum brauchst du dir keine Sorgen zu machen.«

»Das tu ich auch nicht«, sagte er offen.

Darauf gab sie ihm keine Antwort. Doch als jetzt Ruth mit Maggie erschien, die frisch gewaschen und angezogen war und deren rotes Haar sich um den Kopf lockte, da reichte Katie ihr das Baby und bereitete das Frühstück. Jonathan aß. Er hatte keine Lust zu reden. Das Essen blieb ihm im Hals stecken, und doch wußte er, daß er etwas zu sich nehmen mußte. Als er mit dem Essen fertig war, das Katie vor ihn hingestellt hatte, stand er auf und wollte den Block wegschieben, der die Türe verschloß. Dann erst begann Katie zu sprechen. Vom Ofen her rief sie scharf:

»Und wenn du nicht wiederkommst – was soll aus den Kindern werden?«

Er hatte nie daran gedacht, daß er nicht wiederkommen könnte. Doch als sie die Frage so unverhohlen an sein Verantwortungsgefühl richtete, blieb er stehn. Ja, es konnte sein, daß er nicht zurückkam! Und was wurde dann aus den Kindern? Aus Ruth, aus Maggie und der neugeborenen Mary?

Er war dessen gewiß, daß er Judy nun dem bitteren Tode ausgeliefert habe.

Judy saß in einem kleinen Lehmhaus, weniger als zwanzig Meilen von Topeka entfernt, mit Evan und dem Hauseigentümer beim Frühstück. Sie hatte in dem Bettkasten auf einer Heumatratze leidlich gut geschlafen. Evan und Joe hatten sich auf den Boden gebettet. Die Pferde waren an der windabgekehrten Seite des Hauses in sicherer Hut.

»Auf der Fahrt nach Topeka?« fragte Joe.

»Ja«, sagte Evan

Er warf einen Blick auf Judys linke Hand. Irgendwoher hatte sie, zu seinem größten Staunen, einen einfachen goldenen Trauring hervorgezaubert, den sie jetzt an der Hand trug. Hatte sie Eheringe für solche Gelegenheiten in Bereitschaft? Spöttisch stellte er sich diese Frage und sah dann mit unwilligen Blicken und einem plötzlich verdrossen pochenden Herzen, wie frisch sie aussah, wie sauber und nett, obgleich sie in ihren Kleidern geschlafen hatte. Er selber hatte nicht geschlafen. Sie schlief in so süßer Ruhe, wie er noch nie ein menschliches Wesen schlafen gesehen hatte. Es war unmöglich, schlecht von ihr zu denken. Das sagte ihm seine Liebe.

Aber sie fühlte sich noch nicht ganz gerettet. Alles hing davon ab, wie sehr sie Evan in diesem Sturm an sich zu fesseln wußte. Wenn ihr sicherer Instinkt versagte, wenn sie seine Gewissensbisse nicht überwinden, nein an der Wurzel bekämpfen konnte, dann war er imstande, sie um Jonathans willen zu verlassen. Das merkte sie heute früh an dem kühlen Händedruck, an einer gewissen Abwehr in seinem Blick, und sie nahm es zwar ohne Eifersucht, aber immerhin mit Staunen hin. Was hatte Jonathan denn in sich, daß er einen Mann wie Evan dazu bringen konnte, sich so tief mit ihm zu verbinden?

Den ganzen Tag machte sie sich in dem jämmerlichen Lehmhaus zu schaffen, immer scheu und still, sagte kaum ein Wort zu Evan, sah ihn aber häufig mit ihren großen Augen an, die ihn, wie er meinte, wenn er diesen Blick auf sich gerichtet fühlte, gewissermaßen einem geheimen Urteil unterwarfen.

Sein Stolz war angestachelt.

»Tut es dir nicht leid?« fragte er.

Sie schenkte ihm ein wortloses, liebliches Lächeln, legte den Kopf an seine Brust und wartete. Als sie spürte, daß sein Herz unter ihrer Wange rascher schlug, faßte sie Mut. Es würde sich schon alles einrichten.

»Ich habe keinen Menschen auf der Welt«, flüsterte sie. »Ich bin ganz allein – nur dich habe ich.«

»Du gehst nicht zurück?« fragte er.

»Ich kann nicht«, flüsterte sie. Sie legte die Arme fest um ihn und hob den Kopf. »Auch wenn du sterben, wenn du mich verlassen würdest – ich ginge nie zurück.«

»Warum nicht?«

»Es wäre falsch. Jetzt weiß ich es.«

Er beugte sich und legte die Wange auf ihr weiches, helles Haar, und sie legte ihre Hand an seine Lippen.

»Du bist so süß«, flüsterte er, »du bist so vollkommen!«

Sie lächelte, senkte die Wimpern und fühlte auf ihren Lippen seinen starken, heißen Kuß.

Jetzt wird es dauern, dachte sie. Jedenfalls bis wir angekommen sind.

27

Auf ihre eigene, seltsame Art, erwog Jonathan schwerfällig, war Katie vollkommen. Am Ende des zweiten Tages wußte er, daß er den Sturm ohne sie nicht überdauert hätte. Wäre er in diesem Lehmhaus mit Jamie eingeschlossen gewesen, der ihn mit jedem Wort, jeder Geste an Clyde erinnerte, so hätte es Reibereien gegeben. Maggies ununterbrochenes Schwatzen, ihre ruhelosen Finger, ihr geräuschvolles Wesen, das alles wäre eine harte Prüfung für ihn gewesen, denn Ruth wußte nichts mit ihr anzufangen, war überdies jetzt völlig mit der kleinen Mary beschäftigt.

Und was ihn am meisten ermüdet und verärgert hätte, wäre die Trauer seiner Familie um die Mutter gewesen, eine Trauer, die bei ihm durch den unermeßlichen Schmerz über den Verlust Judys übertönt wurde. Denn sie war verloren, davon war er jetzt überzeugt. Wenn sie nicht in einem Bauernhaus Schutz gefunden hatte, war es unmöglich, daß sie den Sturm überleben konnte.

Bei all seinem Leiden und seinem Schweigen blieb Katie gelassen und kümmerte sich um das Haus und seine Bewohner. Sie kannte seinen Gram, aber nicht ein einziges Mal redete sie darüber. Wenn sie gesprochen hätte, wäre es unerträglich gewesen. Aber sie sprach überhaupt nur sehr wenig zu ihm und nur von dem, was unbedingt getan werden mußte.

»Kannst du ein wenig Dünger holen, Jonathan? Wir dürfen das Feuer nicht ausgehn lassen ...«

Er kämpfte sich um die Ecke des Hauses durch, dankbar für den Büffeldünger, den die Indianermischlinge statt des Schulgelds für den Winter gebracht hatten. Katie legte jetzt, ein Blatt Papier zwischen Daumen und Zeigefinger, die Stücke ins Feuer.

»Sie geben eine gute Hitze zum Backen«, erklärte sie.

Irgendwie schuf sie Ordnung überall im Haus und auch Ordnung in der Trauer der Familie. Ihr Eifer bei der Erledigung der kleinen häuslichen Streitigkeiten, ihre Energie beim Räumen, Waschen und Kochen ließ keine Gefühlsseligkeit aufkommen. Und auch Jonathan, tief in seiner Tragödie versunken, klammerte sich an diese klare, zielbewußte Gegenwart. Das Leben mußte weitergehn, das ließ Katie ihn fühlen. Essen, schlafen, waschen, kochen, für die Kinder sorgen – das mußte seinen Ablauf haben, mochte auch alles andere verloren sein. Langsam begann er wieder sein Teil an den Arbeiten auf sich zu nehmen, während er wartete, daß der Sturm sich legte.

Dann, bevor der nächste Tag vorüber war, kam die erste Post aus Topeka. Jonathan nahm den Brief und erkannte Judys Handschrift.

Er starrte den Brief an.

»Lieber Jonathan!« Das dünne Papier raschelte in seinen zitternden Händen. »Es ist wohl am besten, Dir offen zu sagen, daß ich fortgegangen bin, weil ich Dich nicht heiraten kann. Es ist über mich gekommen, als ich bereit war, zu dem Begräbnis zu gehn. So setzte ich mich in einen Wagen, der zufällig nach Topeka fuhr. Ich werde hier schon Arbeit finden. Verzeih mir, wenn Du kannst, aber ob Du es kannst oder nicht, weiß ich doch, daß ich recht hatte, und darum ist es schließlich für beide das Vernünftigste, ein Ende zu machen. Ich gebe Dir meine Adresse nicht, weil ich nicht gefunden werden will. Judy.«

Er zerdrückte den Brief, hielt ihn in der Hand und starrte über den endlosen Schnee. Er fühlte nichts. Er war jenseits aller Schmerzen. Er hatte erduldet, was er erdulden konnte. Dies war jenseits der Grenze.

Sie sagt nicht, warum, dachte er sinnlos. Aber Judy sagte nie, warum sie etwas tat. Und wann hatte sie ihm je in einem ihrer Briefe wirklich etwas gesagt? Sein Mund wurde trocken, und er fühlte sich mit einem Male so elend, als ob sein ganzes Wesen sich von allem befreien müßte, was in ihm war. In der Qual seines Fleisches stöhnte er auf und lehnte den Kopf an die Hausmauer. Ach, wenn er dieses Haus nur nie wieder betreten müßte! Wenn er wandern könnte, immer weiter wandern, durch diese Unendlichkeit, die vor ihm lag, und sich darin verlieren!

Doch die Türe öffnete sich, und Katies Stimme ertönte: »Jonathan! Zu Tisch!« Sie steckte den Kopf heraus und erblickte Jonathan. »Was ist denn mit dir geschehen?« rief sie. Und er, der seinen Kummer vor ihr nie in Worte zu bringen vermocht hatte, spürte jetzt, daß es jemand erfahren müsse, denn anders könnte er seine Einsamkeit nicht ertragen. Er streckte die Hand mit dem Brief aus, preßte ihn ihr in die Hand, und sie nahm ihn. Er hörte das leise Knistern, während Katie las. Dann hörte er das scharfe Geräusch zerreißenden Papiers und spürte, wie ihre rauhe Hand die seine ergriff.

»Du kommst jetzt herein und ißt, solange es warm ist«, sagte sie.

Zwischen Jonathan und Katie gab es jetzt dieses Geheimnis seiner zerbrochenen Liebe. Keines von beiden sprach davon, aber in jedem lebte es, obgleich Jonathan nicht die leiseste Wandlung in Katie feststellen konnte. Die Wandlung hatte nur in ihm stattgefunden. Er war in der Leere seines Innern so unendlich verloren, daß alles, was er tat, ihm nutzlos erschien, und dabei hörte er nicht auf zu arbeiten, vom ersten Tageslicht bis zum späten Abend, wenn die Müdigkeit ihn auf sein Lager warf. Er füllte jeden Augenblick bis an den Rand, war seinen Schulkindern dankbar, war der kleinen Mary dankbar, die gefüttert, gesäubert und schlafen gelegt werden mußte, war Maggie dankbar, die überall gleichzeitig zu sein schien. Irgendwie brachte er es fertig, all dieses Gewimmel unter einem Dach zu bewältigen, obgleich ihm manchmal völlig klar wurde, daß er es nie fertigbringen könnte, wenn Katie nicht morgens und abends gekommen wäre, um sich um alles zu kümmern. Ruth war nicht fähig, mehrere Dinge gleichzeitig zu überdenken. Mit dem zärtlichsten Herzen, dem sanftesten Wesen und einem Willen, der immer bereit war, sich einem andern Willen zu unterwerfen, schien sie doch nie mit irgend etwas zu Ende zu kommen. Katie aber vermochte in einer einzigen energiegefüllten Stunde den ganzen Haushalt in Ordnung zu bringen und alle gesäubert und gefüttert zu haben.

Es war unrecht, daß, trotz aller Erkenntnis ihrer Tüchtigkeit und Güte, keiner ihr mit dankbarem Herzen entgegenkam. Aber sie konnte gleichzeitig mit ihren Händen ein gutes Werk verrichten und es mit ihrer Zunge wieder zunichte machen. Seltsam war es mit den Frauen, dachte Jonathan bekümmert. Daß er Judy, die niemals etwas für einen andern Menschen tat und die ihn fürs Leben verwundet hatte, sein ganzes Leben lang lieben und begehren würde, weil sie so reizend aussah, eine so süße Stimme und ein so freundliches Wesen besaß ... Und obgleich Katie viel besser als Judy war, litt er an manchen Tagen Höllenqualen, bis sie endlich gegangen war. War sie denn nicht immer gütig zu ihm? Dagegen spürte er nur Schärfe in ihrer Stimme und sah nur alles Heftige in ihrem kantigen Wesen.

Und doch konnte sie Jonathan auch nicht allein lassen.

Wenn sie das Mittagessen, das sie oft zubereitete, auch mit ihnen teilte, dann drängte sie Jonathan zu essen, auch wenn er kaum einen Bissen zu sich nehmen konnte. Er hatte kein Verlangen nach Nahrung, und dennoch brachte sie ihn dazu, etwas zu essen.

Hätte er nach Topeka fahren und Judy suchen sollen? Wie aber – wenn er nicht von Haus zu Haus ging? Und wer würde Schule halten, wer sich um das Haus kümmern? Und dann dachte er daran, wie ja Judy selber die Verbindung abgebrochen hatte.

Die Tage vergingen, und Evan kehrte nicht nach Median zurück. Abermals kam und verging ein Schneesturm. Sechs Tage lang gab es keine Schule, und während zwei Tagen konnte auch Katie nicht kommen, und er selber mußte das Kind mit einem dünnen Milchbrei füttern. Es war ein harter Winter, dessen Schneestürme Jonathan dafür verantwortlich machte, daß Evan ausblieb. Zunächst war er froh darüber, daß Evan nicht da war, der ja von Anfang an gegen Judy gesprochen hatte. Dann aber sehnte er sich von ganzem Herzen nach Evans Freundschaft und Zuspruch. Wenn er mit Evan redete, vermochte er alles zu vergessen.

Aber Evan kam nicht. Der Februar endete mit einer Reihe milder Tage, bevor der März anbrach, und dann sickerte etwas über Evan und Judy nach Median durch. Ein Farmer, George Lacey, der beim Anwalt war, brachte die Nachricht nach Median mit.

»Haben Sie den Namen der Frau gehört?« fragte ihn Lew.

»Er hat sie Judy oder Julie oder sonstwie gerufen«, sagte George Lacey.

»Judy«, flüsterte Lew. »Hat sie große schwarze Augen gehabt?«

»Ja, ja – das ist mir aufgefallen. Warum? Kennen Sie sie denn?«

»Möglich.«

Lew brachte die Neuigkeit mit zu Tisch. Katie war an jenem Tage daheim. Obgleich sie es Jonathan nicht merken lassen wollte, hatte er sie doch morgens mit einem rauhen Wort gekränkt. Sie hatte gesagt: »Laß die Kinder nicht mit den schmutzigen Schuhen hier hereinstapfen, Jonathan. Das hat doch keinen Sinn. Ich hab Stroh zusammengebunden, daran können sie die Schuhe abputzen.«

Und er, der überhaupt nur selten ein Wort sagte, hatte sogleich erwidert: »Ich habe genug damit zu tun, wenn ich etwas in ihre Köpfe bringen will. Ich kann mich nicht auch noch um ihre Füße kümmern!«

»Du mußt ja nicht hinter ihnen aufwaschen –«, begann sie, aber er hatte sie nicht aussprechen lassen.

»Laß nur gut sein, Katie, es gibt Dinge, die mir mehr am Herzen liegen als räumen und aufwaschen.«

Daraufhin hatte sie ihre Schürze abgebunden und war heimgegangen, und obgleich er ihr nachgerufen hatte, sie solle doch zurückkommen, war sie nicht gekommen.

»Ich hab was verdammt Merkwürdiges gehört«, sagte Lew langsam bei Tisch zu seiner Frau. »Evan und Judy sind verheiratet!«

Mrs. Merridy geriet der Tee in die unrechte Kehle. »Das kann nicht wahr sein, Lew Merridy!«

»Es ist so sicher wahr, wie ich auf der Welt bin«, sagte Lew. »Und wenn Evan sich noch je in Median sehen läßt, dann greife ich nach meiner Flinte!«

Katie sagte kein Wort. Ihr sommersprossiges Gesicht verfärbte sich. Sie hörte auf zu essen und legte die Hände in den Schoß.

»Wer wird's Jonathan sagen?« fragte sie.

»Ich weiß nicht«, sagte Lew. »Es ist einfach scheußlich, das ist es. Willst du's ihm beibringen, Katie? Du bist doch fast alle Tage dort.«

»Ich kann nicht«, sagte Katie aus gepreßter Kehle.

»Ich will einmal mit Drear reden«, meinte Lew.

Nach dem Essen ging er in das Wirtshaus hinüber, und nach einer Stunde wußte es ganz Median, bis auf Jonathan, und keiner wollte es ihm sagen, und dann erschien Jonathan auf einmal selber.

Als er eintrat, wurde das halbe Dutzend Männer, die sich versammelt hatten, so still, als ob er ein Fremder wäre. Dann begrüßten sie ihn alle geschäftig, und ihre Stimmen klangen allzu herzlich. Und dann steckte Mrs. Drear den Kopf durch die Küchentür, um zu sehen, was es wohl gäbe. Ihr Gesicht wurde streng.

»Sie, Jonathan, kommen Sie einmal zu mir!« sagte sie.

Er ging in die Küche, und sie schloß die Türe hinter ihm. »Setzen Sie sich«, sagte sie. »Und jetzt hören Sie zu! Ich muß Ihnen etwas mitteilen, was Schreckliches –«

»Es ist doch Jamie nichts zugestoßen?«

»Nein, Ihnen selber ist etwas zugestoßen. Judy hat Evan geheiratet.«

»Evan«, flüsterte er.

»Da – trinken Sie einen Schluck!« Sie schob ihm ihr Bierglas hin, aber er sah es nicht.

»Aber – aber – Evan hat sie doch nicht leiden können!« stieß er hervor. »Oder niemand konnte etwas gegen sie haben, aber – aber –«

»Vielleicht war es so«, sagte sie. »Aber jetzt, Jonathan, tragen Sie's wie ein Mann. Es gibt andere Mädel, die ebenso gut und besser sind. Es ist ein Jammer, daß Sie zuerst Judy gesehen haben. Jedem Mann ist's bestimmt, ein Mädel zuerst zu sehen, und dann glaubt er, daß es gar nichts anderes gibt. Und sie sind alle wie Judy.«

Jonathan lauschte und hörte doch nichts. Er stand auf, die Blicke auf den Boden geheftet.

»Danke«, sagte er, und dann ging er zu der Türe und durch das Schweigen der Gaststube hinaus ins Freie. Zaudernd blieb er stehn, sehnte sich danach, irgendwohin auf der Welt zu gehn, um nur nicht hier zu sein.

An der Türe seines Hauses stieß er auf Katie. Als sie ihn ins Gasthaus eintreten gesehen hatte, faßte sie einen raschen Entschluß. Sie legte das alte rote Tuch ihrer Mutter um den Kopf und lief über den Bretterweg zu seinem Haus. Sie wollte ihm nicht begegnen, noch wollte sie, daß er sie sah. Doch während er fort war, konnte sie sich sehr wohl vergewissern, daß im Haus alles in Ordnung und sein Essen bereit war. Als sie durch den Laden eilte, nahm sie eine Blechbüchse mit Obst mit, Pfirsiche aus dem Osten, und überlegte, wie sie daraus einen Nachtisch für Jonathan machen könnte. Sie arbeitete in emsiger Stille, um die beiden Räume in Ordnung zu bringen, fütterte das Baby, legte es in seine Kiste, wusch Maggie, der sie zu essen gegeben hatte, legte sie zu Bett, schließlich schürte sie das Feuer und flüsterte Ruth zu: »Mit den Pfirsichen machst du es, wie ich dir gesagt habe – sag nicht, daß ich sie gebracht habe. Sag, daß sie von meinem Dad kommen!«

»Schön, Katie«, sagte Ruth verdutzt.

All das hatte Katie aufgehalten, und so stand sie Jonathan gegenüber, als sie die Türe öffnete. Er sah in ihr Gesicht hinunter, das von dem roten Tuch beschattet war. Im Zwielicht vermochte er ihre Züge kaum zu unterscheiden. Aber er konnte ihre stärkende Gegenwart empfinden, und er wußte, wie gut sie war.

»Du bist wiedergekommen, um mein Haus in Ordnung zu bringen, Katie?« sagte er düster.

»Es ist nichts weiter dabei«, sagte sie mit trockenen Lippen.

»Doch, es ist viel dabei«, sagte er plötzlich. »Sehr viel. Es ist mehr, als irgendwer auf der Welt für mich tun würde.« Er nahm die Hände aus den Taschen und legte sie auf Katies schmächtige, abfallende Schultern. »Und darum frage ich dich, Katie – willst du mein Weib werden?«

Unter dem Druck seiner Hände blieb sie sekundenlang stehn, ihr Atem ging schwer. Dann ließ sie ein Keuchen hören, duckte sich, rannte über den Bretterweg in die Dunkelheit hinein und ließ ihn ohne Ja oder Nein stehn. Und er sah ihr nach. Warum nicht, dachte er schwerfällig. Es kommt nicht darauf an.

Er ging ins Haus, aß, was sie ihm vorbereitet hatte, und wußte, auch ohne zu fragen, woher die Pfirsiche kamen. Er war sehr freundlich zu Ruth und trocknete die Teller ab.

Er zündete seine Laterne an, stapfte durch die Dunkelheit zurück zu Lews Laden und öffnete die Türe. Es war Samstagabend, und die Männer von Median waren noch da. Lew stand hinter dem Ladentisch, aber er kam hervor, und Jonathan zog ihn vor die Türe.

»Ist Katie daheim?« fragte er.

»Sie ist zu Bett gegangen«, sagte Lew. »Ist vor einer Weile heimgekommen und hat gesagt, daß sie sich nicht wohlfühlt.«

»Dann möchte ich sie nicht stören. Aber ich muß es Ihnen doch sagen – ich habe sie gefragt, ob sie meine Frau werden will.«

»Katie?« Lews Unterkiefer sank herab. »Hören Sie, Jonathan, machen Sie jetzt nichts Übereiltes. Es wäre bestimmt ein Fehler –«

»Nein, nein«, unterbrach ihn Jonathan. »Das ist es nicht. Teilen Sie ihr mit, daß ich es Ihnen gesagt habe, und sagen Sie ihr auch, daß ich mir morgen die Antwort holen komme und daß ich von ganzem Herzen hoffe – sagen Sie ihr das –, daß sie mich nehmen wird.«

Er verschwand wieder in der Dunkelheit und ließ Lew stehn. Er war froh, daß er sie nicht gesehen hatte. So hatte er Zeit. Er hatte die ganze Nacht vor sich.

Der Schmerz betraf etwas, das vorüber und zu Ende war. Der Schmerz würde vielleicht nie enden, aber er selber, Jonathan, mußte sein Leben weiterleben, wie es auch sein mochte. Er setzte sich in einen Schaukelstuhl, den Katie eines Tages gebracht hatte, damit man darin sitzen und das Baby schaukeln könnte.

Dieser Schaukelstuhl hatte einen geflochtenen Sitz, Katie hatte ein altes blaues Kissen daraufgelegt, und nun saß er bequem. Er schaukelte sich sachte, und nach einer Weile begann er mit Ruth zu sprechen, wie er seit dem Tode der Mutter nicht mehr gesprochen hatte, erkundigte sich, wie es in den Monaten gewesen war, da seine Mutter im Westen gelebt hatte, und faßte die Lebensabschnitte zusammen, von denen Ruth ihm bereits berichtet hatte. Als er zu Bett gegangen war, spürte er zum erstenmal seit vielen Nächten, daß er nun wieder schlafen konnte. Er hatte gewissermaßen den Boden des Leidens erreicht.

Er dachte in aller Ruhe an Katie, und wie er morgen zu ihr sprechen wollte, und dann war er zu müde, um einen Plan zu fassen.

Nach langem Schlaf erwachte er, empfand einen Augenblick lang einen bohrenden Schmerz, und dann erinnerte er sich. Er stand auf, wusch sich, zog seinen zweitbesten Anzug an, und dann, als er zufällig seine Wange berührt hatte, griff er nach dem Rasiermesser. Meine Wange wird Katie sonst zu rauh sein, dachte er.

Ohne Eile setzte er den Hut auf und ging langsam über den Bretterweg. Es war ein schöner Märztag, fast schon wie im April. Die Luft war klar im Sonnenschein, obgleich unter den Brettern der Schlamm und der schmelzende Schnee noch bodenlos waren. Aber Jonathan wußte sich davon reinzuhalten. Er ging geradewegs in den Laden und klopfte an die Türe der Wohnung, die dahinter lag.

Lew selber öffnete die Türe. Er sah feierlich drein. »Kommen Sie herein, Jonathan«, sagte er und hüstelte hinter seiner Hand. »Lula, Jonathan ist da.«

Mrs. Merridy saß in ihrem schönsten Kleid auf dem Sofa. »Guten Tag, Jonathan, kommen Sie herein«, sagte sie. Sie schüttelten ihm die Hand, als ob er ein Fremder wäre. Er fühlte sich selber fremd und wollte dem ein Ende machen.

»Ist Katie da?« fragte er einfach.

»Sie ist im Wohnzimmer«, sagte Lew freundlich.

Er ging in das Wohnzimmer, wo er in seinem ganzen Leben noch nicht gesessen war. Es war das einzige Wohnzimmer in Median, und bisher war noch kein Anlaß so festlich gewesen, daß man es benützt hätte. Aber nun saß Katie hier auf dem Roßhaarsofa, die Hände im Schoß des braunen Popelinkleides verschränkt. Sie sah ihn unglücklich an, zwei hellrote Flecke auf den Wangen, und obgleich sie ihr braunes Haar glattgebürstet und auf ihrem Kopf geknotet hatte, sah sie doch genauso aus wie immer. Sie war eine jener Frauen, die, was sie auch tragen mögen, immer gleich aussehen. Dieser Gedanke streifte seinen Geist, aber er ließ ihn vorüberziehen. Er setzte sich neben sie und ergriff eine ihrer Hände. Die Hand war steif und unwillig, aber die Finger zitterten, als seine Finger sie berührten.

»Hast du einen Entschluß gefaßt, Katie?« fragte er.

Sie nickte, und er sah, daß ihr Gesicht weiß war.

»Hoffentlich sagst du ja!«

Sie nickte abermals, ihr Mund war so ausgetrocknet, daß sie nicht sprechen konnte.

Er zauderte und spürte, wie sein armes, geschundenes Herz sich noch einmal in Qualen wand. Doch das war alles. In tiefstem Schweigen beugte er sich zu ihr und küßte sie auf die Wange. Dann sagte er sanft: »Wollen wir es jetzt deiner Familie sagen?«

Sie stand rasch auf, und, ihre Hand noch in der seinen, führte er sie ins Nebenzimmer.

»Es ist zwischen uns alles in Ordnung«, sagte er zu Lew und Mrs. Merridy.

Sie standen auf, streckten ihm die Hände entgegen, die er schüttelte, eine nach der andern, und dann setzten sie sich alle, und Lew räusperte sich.

»Jetzt ist's vorbei«, sagte er, »und ich –«

Doch in der Nacht erwachte er plötzlich, und da kam es über ihn. Was hatte er so schnell getan? Er hatte sich selber zu seiner eigenen Kreuzigung gedrängt, ohne abzuwarten, ob es denn überhaupt notwendig war. Er hätte nach Topeka gehn müssen und sich davon überzeugen, ob die Geschichte wahr war. Er hatte Lew nicht einmal gefragt, woher die Nachricht stammte. Er hätte Evan aufsuchen und ihn fragen müssen, ob Judy wirklich seine Frau war. Und nun lag er da, entsetzt über das, was er sich angetan hatte. Es war zu spät.

Aber ich werde schreiben, dachte er grimmig. Und noch am selben Tage schrieb er:

»Evan, wo ist Judy? Jonathan«

Das war alles, was er von Evan wissen wollte.

Nach der Zeit, die es für jeden Brief und jede Antwort brauchte, kam Evans Brief, viele Zeilen, kreuz und quer geschrieben, in der flüssigen, vertrauten Schrift.

»Du mußt wissen, lieber alter Jon, daß ich sie nicht genommen habe, bevor sie sich selbst darüber klargeworden war, daß sie einen Irrtum begangen hatte. Ich fand sie bereit, davonzulaufen – sie beharrt darauf, daß ihr Entschluß nicht anders gewesen wäre, auch wenn sie mich nie gesehen hätte. Ich bitte Dich, mir zu glauben, daß ich immer der gleiche bleibe und bereit wie nur je, Dir zu helfen, wo ich kann. Würde Dir eine Stellung an der hiesigen Mittelschule zusagen? Ich könnte sie Dir verschaffen ...«

Er las den Brief, warf ihn in den Ofen und ging dann auf die Suche nach Stephen Parry.

»Wann werden Sie denn mein Schulhaus zu Ende bauen?« fragte er. »Der Winter ist beinahe vorbei, und ich möchte im Frühjahr alles von neuem beginnen.«

»Ich mich gleich an Arbeit machen«, versprach Stephen.

Judy war in ihrem neuen Heim. Es war ein schönes Haus, das sich hinter einem ungewöhnlich breiten Rasen von seiner besten Seite zeigte. Vier Pappeln und zwei Ulmen verliehen ihm Würde und spendeten Schatten. Vor dem Haus war die Rampe. Am Nachmittag ließ der schwarze Diener, den sie genommen hatten, dort den Wagen halten, sie stieg ein, den kleinen rüschenbesetzten Sonnenschirm über dem Kopf, und fuhr die Straße hinunter zu Evans Kanzlei und wartete. Gewöhnlich brauchte sie nicht lange zu warten. Er kam mit raschen Schritten, wohlgelaunt, heraus, gekleidet in einen zweireihigen Gehrock mit gestreifter grauer Weste und Hose, und setzte sich neben sie. So fuhren sie durch die Straße.

Zu solchen Stunden feuchteten Judys Augen sich vor Glück. Sie war lieblicher anzusehen als je. Man müsse sich in sie verlieben, dachte Evan. Er hätte unmöglich eine häßliche Frau heiraten können. Zumeist, ja eigentlich immer war er entzückt von Judy, war stolz auf ihre Schönheit und stolzer noch auf ihren raschen Instinkt für das, was in jeder Umgebung das Richtige war. In der Öffentlichkeit konnte sie mühelos die hübscheste Frau sein, aber sie war mehr. Sie war die stillste und die anmutigste unter den Frauen.

Wenn sie in ihrem neuen Heim, dessen Einrichtung ihn so viel gekostet hatte, daß er am liebsten gar nicht darüber nachdachte, miteinander allein waren, war sie nicht weniger lieblich, nicht weniger vollkommen. Tag und Nacht war sie entzückend, war leidenschaftlich, wenn er Leidenschaft begehrte, und zurückhaltend, wenn sie bei ihm den Wunsch nach Zurückhaltung spürte.

Ohne Schrecken sah er seinem ersten Besuch im Hause seiner Mutter entgegen. Judy, die sich ihm schrankenlos hingeben konnte, war vor andern Frauen züchtig wie ein junges Mädchen. Im Mai brachte er sie nach New Orleans.

Evan hatte nie größeren Anlaß, sie zu bewundern, als im

Haus seiner Mutter. Wenn Judy keine geborene Dame war, so wußte sie die Dame doch so gut zu spielen, daß sich vor der Welt kein Unterschied zeigte. Heiterkeit und Bewunderung mischten sich, wenn er sie hinter den großen Jasminbusch im Vorgarten seiner Mutter zog, und wenn er sie küßte, war noch immer die Erregung des ersten Tages in ihm. Es war ebenso erregend, als müßte er die Küsse stehlen, wenn er die Blüten zwischen Judys runde Brüste legte.

Doch manchmal nachts, in ihrem eigenen Haus, wenn sie sich rückhaltlos seiner Leidenschaft hingab, kam ihm in den Sinn, wie kühl sie Jonathan beiseite geschoben hatte, wie leicht sie zu ihm gekommen war. Er liebte ihren Körper und hätte ihr ganzes Wesen zu lieben vermocht, wenn er nur hätte vergessen können, daß sie seinen Freund verraten hatte, und in ihrem gemeinsamen Leben blieb immer der feine, geheime Nerv des leisen Mißtrauens lebendig.

Doch davon wußte Judy nichts. Sie lag in jener heiteren Leere, die sie als Glück ansah, in seinen Armen. Vor ihr dehnten sich die Tage, von Entzücken erfüllt. Kleine Veränderungen in der Einrichtung, Blumen, die in einer neuen Vase arrangiert wurden, Spitzen, die sie auf ihr weinrotes Taftkleid nähen wollte, die Herrschaft über die schwarze Dienerin, die Evan für die Hausarbeit aufgenommen hatte – all das waren Dinge, die man freudig und ohne Verantwortung tun konnte.

Er fand am nächsten Tag Jonathans Brief auf seinem Schreibtisch im Büro der Santa-Fé-Eisenbahngesellschaft. Er hatte seinen Schreibtisch zu seinem dauernden Inventarstück dieses Büros gemacht, weil er das Recht der Eisenbahn, jedermanns Land zu durchqueren, so glänzend verteidigte. »Fortschritt, das Recht der Nation vor dem Vorrecht des einzelnen.« Das waren Worte, denen er einen leidenschaftlichen Klang zu geben wußte.

Er ging heiter durch den morgendlichen Sonnenschein,

schwang seinen Stock und dachte daran, wie Judy in ihrem cremefarbenen Spitzenschlafrock ausgesehen hatte. Sie war hinter dem silbernen Kaffeeservice gesessen, das seine Mutter ihnen zur Hochzeit geschenkt hatte. In solcher Laune hatte er sich von Jonathans Brief gerade nur die Sekunden lang stören lassen, die er zum Lesen gebraucht hatte. Und gleich darauf dachte er, halb mitleidig und ohne allzu große Gewissensbisse, darüber nach, was er für ihn tun könnte – vielleicht eine Stelle in der neuen Stadtschule. Wenn Jonathan hier wäre, könnte er ihm auf diese und jene Art behilflich sein, nicht um etwas wiedergutzumachen, sondern um ihm zu zeigen, daß eine Frau nichts an einer Freundschaft zwischen Männern verändern mußte. Als Jonathans Antwort kam, zuckte er die Achseln und hatte das Gefühl, er habe alles getan, was ein Mann tun konnte, und sei abgewiesen worden.

Jonathan begann nun in jenem Frühling eifrig mit dem Aufbau eines neuen Lebens. Was dem Herz versagt blieb, mußte der Kopf ersetzen. Er sagte zu Katie: »Wir heiraten erst, wenn alles so ist, wie wir es haben wollen.«

Und zu Lew sagte er: »Ich will für Katie alles so haben, wie ich es für – für die andere geplant hatte.«

»Das ist gewiß nur recht und billig, aber ich meine doch, daß es sehr gut von Ihnen ist.«

»Katie verdient mehr«, sagte Jonathan.

»Das glaub ich schon«, sagte Lew friedlich. Eine Weile lang kaute er an einem Gedanken, und dann sagte er: »Sie brauchen mir gar nichts zu sagen. Sie und Katie, ihr könnt es halten, wie ihr wollt.«

Die gemeinsamen Sonntagsmahlzeiten hatten wieder begonnen, und Jonathan und Katie saßen eine Weile im Wohnzimmer, oder, wenn die Tage schön waren, sie gingen miteinander den Fluß entlang. In solchen Stunden hatte er den Arm um ihre Schulter gelegt oder ihre Hand in der seinen und sprach ziemlich viel. Er war sich immer des Unterschieds zwischen Katies Hand und Judys Hand bewußt, bis er diesen Gedanken in schwerem Kampf verjagt hatte. Eines Tages betrachtete er sie. »Eine gute Arbeitshand«, sagte er freundlich. »Eine nützliche, gütige, immer geschäftige Hand.« Er dachte in aller Redlichkeit, daß in dieser Hand etwas Festeres war als in der rosigen und sahnefarbenen Hand, die er einmal so leidenschaftlich an die Lippen geführt hatte. Katies Hand küßte er nie und würde es wohl auch in Zukunft nicht tun.

Aber er konnte mit Katie sprechen, wie er nie mit Judy gesprochen hatte. Judy hatte immer alles aus seinem Kopf verdrängt. Wenn er mit Katie beisammen war, formte sein Geist Pläne, und sie, die immer schweigsam und scheu war, wenn der leiseste Hauch einer Zärtlichkeit sie berührte, antwortete auf alles, was er vorbrachte.

Das Schulhaus wuchs, durch die Obligation bezahlt, die die Ortsansässigen gezeichnet hatten. Die Geldmittel genügten jedoch nicht, um einen jener neumodischen Öfen im Kellergeschoß einzurichten, von denen er in einer Schulzeitschrift gelesen hatte. Er hatte ein wenig Geld in der Bauernbank in Topeka, das er für seine Mutter zusammengespart hatte. Doch Katie wollte nicht, daß er es jetzt verwendete.

»Hast du einmal angefangen, dein Geld für die Schule auszugeben, dann hat's nie ein Ende damit«, sagte sie so entschieden, daß er nicht wagte, ihr ungehorsam zu sein.

Er überwand seinen Stolz und schrieb an Evan, ersuchte ihn um eine Anleihe für den Bau der Heizung und erklärte sich bereit, selber dafür zu bürgen.

Evan antwortete sogleich mit all seiner alten guten Laune. Er sei froh, daß Jonathan sich an ihn gewendet habe, obgleich er ihm selber kein Geld leihen könne. Sein eigenes Haus sei ihn sehr teuer zu stehn gekommen, und er wollte, daß Judy alles habe, was sie sich nur wünschte. Aber er könne ihm eine Anleihe der Städtischen Bank vermitteln und werde selber die Bürgschaft übernehmen.

Insgeheim tat er das ganz besonders gern. Er war in Jonathans Schuld, und dies machte die Rechnung quitt. »Ich möchte Dir helfen, soviel ich nur kann«, schrieb er an Jonathan, und Jonathan schrieb ihm einen Dankbrief, ohne allerdings Judy oder Katie zu erwähnen. So fühlten sie sich wieder als Freunde, wenn auch auf große Entfernung.

Im Hochsommer stand das Schulhaus fertig da, ein viereckiges Fachwerkhaus auf einem Fundament von Backsteinen, einstöckig und mit Blech gedeckt. Drinnen gab es Räume mit guten Fenstern, vier Räume unten und vier Räume oben. Den kleinsten gleich neben der Türe richtete Jonathan sich als Büro ein. Er hatte in einer Zeitung im Osten eine Anzeige erscheinen lassen, daß er Lehrer suche. Ein Dutzend Briefe lief ein, und aus ihnen wählte er zwei Angebote aus – eines Lehrers und einer Lehrerin.

Ohne vorher die Absicht gehabt zu haben, seine Heirat hinauszuziehen, zögerte er wiederum, als das neue Schulhaus beendet war. Das Lehmhaus, sagte er eines Sonntags zu Katie, sei zu klein und zu dunkel.

»Wenn ich jetzt aus meinem neuen Büro heimkomme«, sagte er, »ist das Lehmhaus wie ein Keller. Wie soll es überdies Platz für uns alle haben? Ruth ist beinahe ein junges Mädchen, und sie, Maggie und die kleine Mary sollten doch ein Zimmer für sich haben. Und wir brauchen ein Wohnzimmer und eine Küche.«

Es war nie davon gesprochen worden, daß sie die drei Kinder nicht bei sich behalten sollten. Weder er noch Katie dachten daran, allein zu wohnen. Das Ende war, daß er aus der Bauernbank in Topeka seine Ersparnisse nahm – diesmal war Katie einverstanden –, und sie kauften von der Gemeinde Median einen Platz neben der Schule, groß genug, um ein kleines, niederes Fachwerkhaus darauf zu errichten. Er und Katie planten drei Schlafzimmer, ein Wohnzimmer, eine kleine Küche und eine Veranda.

»Ich hätte gern eines von diesen neumodischen Badezimmern«, sagte er. Die Leute im Osten fingen jetzt an, Badezimmer zu haben.

»Wer hat je von so was gehört?« rief Katie. »Ein ganzes Zimmer, nur um sich darin zu waschen, wenn man doch eine Küche hat! Das ist die reinste Verschwendung!«

Und so ließ er diese Frage vorläufig fallen, denn er hatte ja ohnehin mit dem Bau des Hauses reichlich zu tun. Um Kosten zu sparen, legte er selber Hand an, und der junge Matthew Cobb arbeitete während der letzten Sommertage und -abende mit ihm und Stephen. Matthew war jetzt beinahe fünfzehn und bereits ausgewachsen. Er war nun ein mäßig hübscher Bursche an der Schwelle der Mannheit, und er sprach ruhig davon, daß er sich, nicht zu weit im Westen, eine Farm kaufen wolle, wenn er genügend erspart hätte.

In jenem Sommer, während sie die Balken ineinanderfügten, die Sparren unter das Blechdach nagelten, die Innenwände mit Latten und Gips verkleideten, lernte er Matthew näher kennen. Lew erlaubte Katie, sich von seinem Lager Tapeten auszusuchen, und wenn auch, was sie wählte, für Jonathans Geschmack zu blumig war, sagte er doch kein Wort. Er hatte ihr gegenüber ständig ein Schuldgefühl, als hätte er ihr ein Unrecht zugefügt, und so ließ er sie immer mehr schalten und walten. Doch wenn er in seinem Innern forschte, um zu entdecken, was für ein Unrecht er ihr eigentlich zugefügt hatte, kam er zu keinem vernünftigen Schluß. Er wußte, daß kein anderer Mann sie zur Frau begehrt hatte. Er wußte, daß sie bei ihm gut aufgehoben war und daß seine Güte nie wanken würde. Er wußte, daß ihre Eltern ihm dankbar waren. Am letzten Tag des Oktobers heiratete er Katie.

Mrs. Merridy rief: »Es ist nur richtig, daß ein Mädchen in ihrem Elternhaus heiratet.«

Doch das Wohnzimmer war klein, und Jonathan bestand hartnäckig darauf, daß alle seine Schüler mit ihren Eltern kommen sollten. Und vor solchem Zustrom – denn auch die übrigen Bewohner von Median mußten erwartet werden — war natürlich das Wohnzimmer kaum mehr als ein Wandschrank. Sein eigenes neues Haus reichte ebensowenig. Und dort hätte Katie die Trauung auch nicht haben wollen.

»Ich möchte nicht am ersten Tag nach der Hochzeit Großräumerei in meinem Haus haben!« erklärte sie vernünftig.

Als er eines Tages in das leere, durchsonnte Schulhaus trat, kam ihm selber der richtige Einfall. Warum nicht hier? Hier, an dem Ort meiner Arbeit! Über diesem Haus gab es weder Schatten noch Trauer. Er wartete darauf, sein Leben zu beginnen. Mochte es denn mit ihm seinen Anfang nehmen! Die Bänke, die Stephen aus Fichtenbrettern gezimmert hatte, rochen sauber und frisch. Wenn man die Verbindungstüren öffnete, waren die Räume groß genug. Und wo die Tafel stand, konnte man einen Altar aufstellen. Er wollte den Geistlichen aus Topeka kommen lassen.

Bis Mittag arbeitete er ruhig an seinem Schreibtisch, dann ging er heimwärts, und unterwegs wollte er noch erfahren, was Katie von seiner Idee hielt. Er fand sie in der Küche ihrer Mutter. Sie rührte Gurken in kochenden Essig und Zukker auf dem Herd.

»Heiraten wir doch im Schulhaus, Katie!« sagte er.

Sie hatte eine graue Schürze umgebunden, die sie vom Hals bis zu den Füßen bedeckte, und ihr Gesicht war von der Ofenhitze rot übergossen. Sie hielt nicht in ihrer Tätigkeit ein, als er in die Küche trat und zu ihr sprach.

»Das ist wahrhaftig ein guter Einfall«, sagte sie.

Aus den Scharen der Durchziehenden hielt Median in diesem Jahr zwölf Familien fest.

»Es ist das Schulhaus, das es ihnen angetan hat«, sagte Henry Drear. »Wenn eine Frau mit Kindern eine Schule sieht, dann können Himmel und Hölle und all ihr Mannsvolk sie nicht weiterkriegen!«

Er war gut gelaunt, denn das Haus war voll, die beiden

Lehrkräfte würden den ganzen Winter bei ihm untergebracht sein, und so hatte er seit langem aufgehört, Jonathan einen Vorwurf daraus zu machen, daß Median kein Zentrum des Viehhandels geworden war. Seine Hoffnungen waren jetzt auf die neue Eisenbahn gerichtet, die nach dem Westen fahren sollte.

»Obwohl wir auch Gas oder Petroleum finden könnten wie andere Orte«, brummte er in seinen Bart. »Eine Stadt muß neben einer Schule noch etwas anderes haben, Jonathan!«

»Findet es nur!« meinte Jonathan heiter. »Mein Beitrag zu Median ist die Schule, und darauf beschränke ich mich.«

Es gab bereits Tage, da er der Meinung war, daß sein Leben auf einer guten festen Grundlage aufgebaut war. Jetzt hätte er die Trauung gern schon hinter sich gehabt. War es einmal so weit, so würde eine bestimmte Türe sich hinter ihm schließen und sich nicht wieder öffnen. Und hinter dieser Türe würden er und Katie sich ihr Leben zimmern. Sie liebten die Arbeit, und an Arbeit war kein Mangel.

Er selber hatte mit den Vorbereitungen zu seinem Hochzeitstag wenig zu tun.

Jonathan spähte nach Wanderpredigern aus und erwischte zufällig eines Tages im Frühherbst einen kleinen buckligen Mann, der seine Habseligkeiten in ein Bündel geschnürt trug und nach dem Westen wanderte. Er trug einen staubigen, schwarzen Anzug, auf dem Kopf saß ein breitkrempiger, schwarzer Hut. Der Mann war im Begriff, ein Brett an einen der Bäume auf dem Platz zu nageln.

»Was treiben Sie denn da?« hatte Jonathan von der Türe des Schulhauses her gerufen.

»Das Werk meines Vaters«, hatte der kleine Mann zurückgerufen, und Jonathan betrachtete das Brett. Es war glatt gehobelt und sauber, und darauf stand in kühnen, schwarzen Buchstaben: »Ihr müßt wiedergeboren werden!«

»Sind Sie ein richtiger Geistlicher?« fragte Jonathan.

»Methodistenprediger von Gottes Gnaden«, sagte der Mann.

Jonathan legte die Hand auf den erhobenen Arm des Mannes. »Dann hat Sie wirklich Gott gesandt«, sagte er. »Wollen Sie bleiben und mich mit meiner jungen Frau trauen?«

»Wenn es Gottes Wille ist«, sagte der Mann gelassen. Ohne weitere Umstände fiel er vor Jonathans Füßen auf die Knie, hob die Augen, betete ein oder zwei Minuten in tiefem Schweigen, und dann stand er auf und putzte sich den Staub von den Knien. »Gott sagt: ›Tu diesmal, wie du willst, Paul Higgins!‹ Und so will ich bleiben und mich ein wenig ausruhen. Ich bin des Wanderns müde. Nicht jeden Tag finde ich einen Wagen. Von Indiana aus bin ich zumeist gewandert.«

»Paul Higgins?« sagte Jonathan. Er war ein wenig erstaunt über diesen knorrigen, kleinen Mann, der jetzt so frei daherschwatzte, als hätte Gott es ihm höchstpersönlich erlaubt.

»In England war ich ein von meinen Eltern getaufter Saulus, aber vor zehn Jahren habe ich mich bekehrt und bin zum Paulus geworden. Seit zehn Jahren nagle ich Gottes Wort allenthalben in diesem Land an die Bäume. An einem Baum ist Christus gestorben, sage ich mir, und auf die Bäume müssen die Menschen schauen, wenn sie ihr Heil suchen.«

»Ich glaube es Ihnen«, sagte Jonathan trocken. »Kommen Sie mit mir!«

Er führte ihn in das Gasthaus, wo er Henry Drear im Holzschuppen fand, eifrig damit beschäftigt, den Whisky für den Winterbedarf herzustellen.

»Das ist unser Geistlicher«, sagte er.

Henry starrte den kleinen Mann an und klopfte ihm auf die Schulter.

»Gut!« rief er. »Wie haben Sie ihn erwischt?«

»Gott hat mich hierhergeführt«, sagte der kleine Mann.

Henry Drears Unterkiefer sank herab. »Na ja, ich hab sie schon in allen Farben gesehn«, sagte er, und dann begrüßte er ihn, wie er jeden Reisenden begrüßte: »Kommen Sie herein und essen Sie etwas!«

Der seltsame, kleine Mann vollzog die Trauzeremonie mit großer Sachkenntnis. Er hatte ein Buch in zerrissenem Leineneinband, aber er las nicht daraus.

»Was bei Beerdigungen, Trauungen und Taufen zu sagen ist, weiß ich auswendig«, sagte er zu Jonathan vor Beginn der heiligen Handlung. »Auf diese Art bin ich für alles gerüstet, was die Leute brauchen.«

»Meine geliebten Brüder und Schwestern, wir sind hier versammelt . . .« Er hatte eine sanfte, klagende Stimme, die klar war wie die Stimme eines wilden Vogels.

Jonathan beobachtete ihn, lauschte ihm, gab seine Antworten und hörte auch Katies Antworten. Ihre Stimme brach ein wenig, als sie ihr »Ja« ernst hervorbrachte, und dann hob sie die rechte Hand und hüstelte leicht dahinter.

Und so wurde er denn getraut für gute und böse Tage, solange er lebte, und hatte sich von Katie nicht zu trennen, bis der Tod sie schied. Doch sie waren jung, und das Leben streckte sich lang vor ihnen.

»Und so seid ihr von Stund an Mann und Frau.«

Jonathan wandte sich um, Katies Hand schwer auf seinem Arm. Die Räume leuchteten von Herbstblumen, und die Oktobersonne strömte durch die Fenster, die kein Vorhang bedeckte. Sie bestrahlte diese geduldigen Menschen von Median, die arbeitsam und gut, aber gar nicht schön waren. Schweigend und mit gemessenen Schritten ging er zur Türe. Jetzt war er einer von ihnen. Er hatte in ihren Lebenskreis geheiratet, war Fleisch von ihrem Fleisch, Geist von ihrem Geist geworden.

Die Leute standen auf und traten auf sie zu, um ihnen Glück zu wünschen.

»Oben ist das Essen bereit!« brüllte Lew, und so ging man in das obere Stockwerk. Jonathan und Katie gingen voran, hinter ihnen Ruth und Maggie, Sue mit Mary, deren Augen weit aufgerissen auf die Negerin gerichtet waren. Das kleine Geschöpf, das langsam und mühselig sein erstes Jahr erlebte, konnte sogleich zur Ruhe gebracht werden, wenn Sue sie auf die Arme nahm.

Gelächter, lautes behagliches Schwatzen und Kindergeschrei füllte die Räume und brach sich Bahn auf die schweigende Prärie hinaus. Jonathan ging dahin und dorthin, sorgte dafür, daß auch alle etwas zu essen hatten und drängte jedem Brötchen und Kuchen auf. Eiscreme war Lews Sache, und er ruhte nicht, bevor jede Schale sich zweimal gefüllt hatte. Man hatte Zeit, und niemandem eilte es, aufzubrechen. Die Abende waren lang, und man hatte den Beginn der Feier mit gutem Bedacht sehr früh angesetzt. Und Jonathan und Katie hatten ja nichts anderes vor, als über die Schwelle des Nachbarhauses zu treten. Er wollte keine Hochzeitsreise unternehmen, denn der Schulbeginn war nahe, und Katie brannte darauf, ihr eigenes Haus zu beziehen.

»Wenn wir wegfahren würden, müßte ich immer an all die Dinge denken, die hier erledigt werden sollten«, hatte sie zu Jonathan gesagt.

Und so verweilte er bei seiner Hochzeitsfeier, lauschte und lächelte, wenn Lew und Henry abwechselnd zur Unterhaltung der Gäste Geschichten erzählten.

Jonathan ging zu jedem einzelnen von seinen Schülern, redete mit ihnen, und besonderen Lohn erhielt er, als Mistreß Drear sich von ihm verabschiedete und zu ihm sagte:

»Sieht aus, als ob ganz Median heiraten würde und nicht bloß Sie und Katie!«

Die Leute konnten sich nicht trennen. Es gab so wenig Gelegenheit zu allgemeiner Fröhlichkeit, daß man sie möglichst lange dauern ließ. Auch in Jonathan war keinerlei Gefühl der Hast, nur Ruhe und Gelassenheit. Er hörte zu, nahm an der Unterhaltung teil und vergaß beinahe, daß Katie jetzt seine Frau und dies ihr Hochzeitstag war. Einmal fiel sein Blick auf ihre steife, junge Gestalt, und er dachte an gar nichts, bis er zufällig an ihrem Finger den neuen Ehering erblickte, den er selber ihr angesteckt hatte.

Meine Frau, dachte er.

Es würde Zeit brauchen.

Als schließlich alle gegangen waren und nur er und Katie zurückblieben, stiegen sie die Treppe hinunter. Katie sah sich in den unordentlichen Räumen um.

»Das wird eine Arbeit geben!« sagte sie nüchtern.

»Denk nicht daran«, sagte er. »Dafür ist morgen Zeit!«

Morgen! Und dazwischen war die Nacht. Doch diesmal war es nur Katie. Sie stand wartend da, und er zog ihre Hand auf seinen Arm. Dort ließ sie die Hand reglos liegen, und abermals kam ihm der seltsame Mangel an Beziehung zwischen der flinken Energie ihres Körpers und der breiten, schweren Hand zum Bewußtsein. Aber er legte seine Hand auf ihre Hand, und miteinander durchschritten sie den kleinen Raum, der sie von ihrem eigenen Haus trennte.

In dem neuen Hause waren die Läden geöffnet, und Ruth hatte sämtliche Lichter angesteckt. Sie erwartete sie und öffnete ihnen die Türe, als sie kamen. Sie hatte Mary auf dem Arm, und Maggie stand neben ihr. »Willkommen daheim!« sagte sie schüchtern. Sie hatte sehr viel an diesen Augenblick gedacht und hatte ihn gefürchtet. Es ist nur natürlich, daß sie lieber allein nach Hause kommen würden, hatte sie bei sich gedacht. Wenn es sich um sie allein gehandelt hätte, wäre sie mit Jamie nach dem Westen gegangen. Aber da waren ja auch noch die zwei Kinder!

Sollten Katie und Jonathan gewünscht haben, allein in ihrem Haus zu sein, so ließen sie jedenfalls nichts davon merken. »Danke, Ruth«, sagte Jonathan, und nahm Mary auf den Arm, wie er das jeden Abend tat, wenn er heimkam. Und Maggie klammerte sich an sein Bein und lachte, als er sie beim Gehen schüttelte.

Katie trat mit gewohnter Energie ein und schloß die Türe. »Es ist kalt«, sagte sie. »Ich wäre gar nicht überrascht, wenn's heute Nacht Frost gäbe.«

Es war wie an jedem andern Abend, nur daß sie in dem

neuen Haus waren, und alles gewissermaßen einen neuen Gang nehmen mußte. Es glich mehr einer Übersiedlung als einer Hochzeitsnacht. Nach dem Essen ging er zu der Türe des zweiten Schlafzimmers und sah, daß Maggie und Mary schon zu Bett gebracht worden waren. Mary in der Krippe, die er blau angestrichen hatte, und Maggie auf einer Matratze.

Jetzt lag die Nacht vor ihm. Nun gab es kein Verschieben mehr. Ruth schlüpfte aus dem Zimmer, und er und Katie blieben allein. Er zog die Uhr auf und deckte das Feuer mit Asche. Katie stand auf, und dann sah er sie an und bemerkte, was er zuvor noch nicht bemerkt hatte, kalte Furcht in ihren Augen. Im Nu übermannte ihn das Mitleid.

»Du darfst keine Angst vor mir haben, Katie«, sagte er. »Nichts hat sich verändert. Ich bin nicht anders, als du mich immer gekannt hast, mein – mein Kind.«

Sie konnte nicht sprechen, und er nahm sie bei den Schultern und schob sie zur Türe.

»Geh nur hinein«, sagte er. »Ich bleibe noch eine Weile hier.«

Er setzte sich einsam vor das Feuer und meinte, daß er jetzt eigentlich Lust hätte, eine Pfeife zu rauchen, ein Wunsch, den er bisher noch nie gekannt hatte. Das Haus war sehr still – sein Heim, dessen Herr er jetzt war, und Katie war sein Weib. Und dann war er entsetzt. Kein Funken Leidenschaft flammte in ihm auf. Jetzt wußte er, warum er in Katies Schuld war und sein Leben lang bleiben würde.

Sie war im Bett, als er eintrat, ihr blaßbraunes Haar war in zwei Zöpfe geflochten, wie sie es gewöhnlich trug. Sie sah genauso aus wie immer, und einen Augenblick lang hatte er das Gefühl, daß diese Nacht völlig unmöglich war. Aber er zog sich schwerfällig aus, löschte das Licht und stieg in das große Bett, das ein Hochzeitsgeschenk ihrer Eltern gewesen war. Sie lagen wach, sprachen in abgerissenen Sätzen von dem oder jenem, und jedes fürchtete sich vor dem, was unausbleiblich war.

»Hast du die Türe zugesperrt, Jonathan?«

»Ja.«

Und er: »Psst — ist das nicht der Wind, der aufkommt?«

Uns sie: »Wenn es der Wind ist, dann gibt's keinen Frost.«

Doch irgendeinmal in der Nacht — er hätte nicht sagen können zu welcher Stunde, wandte sein Körper, erstmals sein Naturgesetz erfüllend, sich ihrem jungfräulichen Körper zu, und so geschah das, wovor er sich gefürchtet hatte, gleichsam gelöst von den wahren Empfindungen seines Wesens.

Und aus dieser unfreiwilligen Vereinigung formte sich seine Ehe. Es war eine Ehe ohne Worte. Der Urquell seiner Sprache war versiegelt. Manchmal wunderte er sich, denn es kam ihm in den Sinn, wie, in seiner Liebe für Judy, die Worte sich unbewußt, wie Poesie, aus seinem Innern hervorgedrängt hatten. Als er Judy in den Armen gehalten hatte, da hatte er beständig Liebesworte flüstern müssen, während er sie koste.

Doch zwischen ihm und Katie herrschte Schweigen, es sei denn, daß sie von seiner Arbeit oder von den Dingen des täglichen Lebens sprachen. Wenn es sich um Wiesel im Hühnerstall oder um eine Schlange unter der Veranda handelte, konnte sie wenigstens gesprächig werden, und manchmal redete sie unermüdlich und allzu gerne über irgendeinen Ortsklatsch. So, wenigstens, dünkte es ihn, wenn er selber müde war. Doch wenn sie allein miteinander waren, wenn nachts die unbegreifliche Vereinigung sich vollzog und eine wenn auch nicht allzu häufige Gewohnheit wurde, dann schwiegen beide. Ihr gemeinsames Leben war, wie er manchmal fand, nur wenig anders, als es sich vor ihrer Hochzeit abgespielt hatte, nur daß Katie jetzt nie mehr sein Haus verließ.

Drei Jahre blieben sie kinderlos, und dann empfing Katie ihr erstes Kind. Sie sagte kein Wort davon, trug es in der zurückhaltenden Art aller Präriefrauen, bis das Geheimnis nicht länger gewahrt werden konnte. Dann, mit roten Flecken auf Backenknochen und Hals, sagte sie:

»Ma meint, daß es bei uns Zuwachs geben wird, Jonathan.«

Das sprudelte sie eines Abends im Frühjahr hervor, als er über den Abrechnungen der Schule saß und sie eine Flickarbeit auf dem Schoß hatte. Er verstand nicht gleich.

»Ja — Katie — du meinst —«, stammelte er, und dann errötete auch er. Er fühlte, wie das heiße Blut in seinem Körper aufwärts strömte und bis in die Wurzeln seiner Haare stieg. »Ja, nun«, sagte er und legte den Bleistift nieder.

Wieder senkte sich das Schweigen über sie. Ihm war es, als hätte er einen Schlag erhalten, und eine heimliche Zärtlichkeit schlich sich in sein Herz. Wie kläglich war es doch, daß eine Frau das Kind eines Mannes tragen mußte, der sie nicht liebte, und in dieser Stunde begann sich seine Schuld gegenüber Katie bergehoch zu türmen.

»Meine Liebe«, sagte er sanft, ohne jedoch aufzustehen und zu ihr zu gehn. »Ein Kind ist mir lieber als irgend etwas anderes auf Erden.«

Sie sah ihn in ihrer gewohnten Scheu an, und er glaubte, Tränen in ihren Augen zu bemerken. Sie ließ die Flickarbeit auf den Schoß sinken. »Ich bete darum, daß es ein Knabe sein soll«, sagte sie leise.

»Mir ist Knabe oder Mädchen willkommen«, sagte Jonathan. An jenem Abend wollte es mit den Rechnungen nicht mehr gehn, er schob die Bücher zur Seite und beobachtete seine Frau, während sie ihre Arbeit beendete, und dann merkte er, daß seine beobachtenden Blicke ihr unbehaglich waren, und so erhob er sich, zog die Uhr auf, und das Haus nahm sein allabendliches Aussehen an.

Die Tage verstrichen, und das Schweigen zwischen den zwei Menschen wurde nicht gebrochen. Als im Dezember der erste große Schneefall kam, legte Katie sich eines Abends früh ins Bett, und vor Mitternacht war sein Sohn geboren. Er ging erst ins Zimmer, als Sue Parry ihn rief.

»Das kleine Kind sein da«, sagte Sue sanft. »Eine Junge, Sir!« Er war nicht hineingegangen, weil er wußte, daß es Katie peinlich gewesen wäre. Jetzt aber stand er auf, und Sue wartete an der Türe, bis er ins Schlafzimmer trat.

Und da sah er in Katies Arm ein kleines Wesen, ein Köpfchen mit schwarzem Haarschopf, und er beugte sich darüber. In diesem Augenblick hatte er Katie vergessen. Er war so völlig von diesem neuen Lebewesen in Anspruch genommen, das ihm gehörte, wie nichts anderes auf dieser Welt ihm gehören konnte! Endlich hatte er etwas, das sein eigen war.

Dann sah er Katies Gesicht, das ihm zugewandt war, und das Herz in der Brust wurde ihm schwer. Noch ein Geschöpf hätte mehr sein eigen sein können – ein Kind von ihm und Judy. Hätten ihr und sein Fleisch sich gemischt, so wäre das Glück vollkommen gewesen. Das wußte er in dieser Minute tiefster Qual. Er wartete, bis sie vorüberging, und dann berührte er den Kopf des Kindes.

»Ich danke dir, Katie«, sagte er.

Er war überrascht, als er sah, daß ihre kleinen, braunen Augen sich mit Tränen füllten. »Du mußt müde sein, meine Liebe«, sagte er gütig.

Sie schüttelte den Kopf. »Es ist nicht das«, flüsterte sie.

»Was sonst?« drängte er sie. Ihre Hand lag schlaff auf ihrer Brust, und er zwang sich, diese Hand zu ergreifen und festzuhalten.

»Was ist es sonst, Liebe?« fragte er noch einmal.

Aber sie schüttelte ihren Kopf ganz leise. »Ich weiß nicht«, stammelte sie. »Ich bin es, die dir zu danken hat.«

Als zwei Jahre später seine Tochter geboren wurde, beschloß er, daß er nun keine Kinder mehr wolle. Seinen Sohn hatte er Jonathan genannt, und die Tochter nannte Katie Lula, nach ihrer eigenen Mutter. Aber er sagte Katie nicht, daß er keine Kinder mehr haben wolle. Auch hierüber wurde das Schweigen zwischen ihnen nie gebrochen.

DRITTER TEIL

»Ruth, ein Landstreicher kommt durch die Gartentüre!«

Maggie, ein rundliches rosiges Mädchen von fünfzehn Jahren, stellte den Teller hin, den sie gerade trocknete, und huschte ans Küchenfenster. Ihre roten Zöpfe schwangen auf ihrem Rücken hin und her, als sie jetzt durch den Vorhang spähte. »Er hat einen großen, schwarzen Bart«, flüsterte sie.

»Ach, mein Gott!« rief Ruth ängstlich leise.

In jenem Jahre 1881 gab es viele Landstreicher. Es hatte seit fast zwei Jahren nicht mehr richtig geregnet, und von der westlichen Hälfte des Staates zogen zugrunde gerichtete Männer durch Median.

»Wenn nur Katie nicht drüben im Laden wäre«, sagte Ruth. Die ganze alte Furcht zitterte noch in ihr. Sie dachte an die zwei Kinder oben, die Katie ihrer Sorge überlassen hatte, während sie selber im Laden mithalf. Lew hatte im vergangenen Jahr einen Schlaganfall erlitten, und so verbrachte Katie viele Nachmittage im Geschäft.

»Wenn sie wenigstens den kleine Jonnie und Lula mitgenommen hätte!« sagte sie.

»Er kommt geradewegs auf die Türe zu!« rief Maggie.

Ruth wurde von Furcht übermannt. »Lauf in die Schule hinüber und sag Jonathan, er solle doch gleich herkommen!« flüsterte sie. »Ich werde die Türe zusperren.«

Sie gab Maggie einen Schubs, schlüpfte zur Türe und drehte den Schlüssel geräuschlos im Schloß. Dann blieb sie mit dem Rücken zur Türe stehn. Wenn der Landstreicher durch das Fenster schaute, konnte er sie nicht sehen, und die Küche schien leer. Sie blieb stehn, und zwischen den Schulterblättern verspürte sie den Schlag einer kräftigen Hand gegen die Holztüre. So stand sie da, das Geschirrtuch in der Hand, als Jonathan von der anderen Seite herbeistürzte.

»Was ist denn –«, begann er.

»Ein Landstreicher«, flüsterte sie. »Ein großer –«

»Nun, er wird dich ja nicht aufessen«, sagte Jonathan kurz. »Geh von der Türe weg, sei ein vernünftiges Mädchen!«

Wenn es keine Hilfe gab, dann war Ruth gegen ihre Furcht völlig machtlos. Warum hätte sie sonst auch so lang gezögert, den braven, jungen Matthew Cobb zu heiraten! Sie hatte Angst vor der Ehe, weil sie die Ehe in jener Höhle auf den Ebenen des Westens allzu nahe miterlebt hatte. Das war ja nun wieder sein Problem, und er dachte immer daran, wenn er Ruth sah, denn irgendwie mußte es erledigt werden. Matthew war beständig hinter ihr her.

Er zog an der Türe. »Ja, was –«

»Ich habe zugesperrt«, sagte sie atemlos.

Er drehte den Schlüssel im Schloß. »Das ist mir wirklich sehr unangenehm, Ruthie. Dort drüben mußte ich den Geschichtsunterricht unterbrechen –« Gegen seinen Willen riß er die Türe auf. »Guten Tag«, sagte er mit fester Stimme.

Ein Mann mit dichtem Bart, in staubigem Anzug, die Füße mit Lumpen umwickelt, ein Bündel unter dem Arm, stand vor ihm.

»Hello, Jonathan«, sagte er. »Du hast doch hoffentlich deinen Dad nicht vergessen?«

Jonathan starrte ihn an. Clyde war schwerer, haariger, brauner geworden, aber seine Lippen leuchteten rot wie immer aus dem dunklen Bart. »Nein, ich habe dich nicht vergessen«, sagte Jonathan, »obgleich ich nicht daran gedacht habe, daß ich dich in diesem Zustand wiedersehen würde.«

»Komm herein«, sagte er. »Wo ist Jamie?«

»Er ist bei einer Gruppe, die wilde Pferde fängt, zureitet und nach dem Osten schickt«, sagte Clyde und trat in die Küche. »Für einen jungen Burschen ist das ganz gut, aber über diese Jahre bin ich hinaus, wenn ich auch sonst noch beinahe zu allem zu gebrauchen bin. He, das kann doch nicht Ruth sein! Mach mir doch etwas zu essen! Sei ein braves Mädel! Ich bin ganz verhungert.« Er setzte sich, legte das

Bündel unter den Stuhl und begann, die Lumpen zu lösen, die seine Füße umhüllten. »Das letzte Stück Leder von meinen Sohlen hab ich schon längst verloren«, sagte er.

»Hast du nicht fahren können?« fragte Jonathan. Er stand noch immer. Was sollte er mit diesem Mann anfangen? Das Haus war ohnehin zu voll. Wären die Zeiten besser gewesen, so hätte er schon für seine zwei Kinder ein Zimmer an das Haus angebaut, aber die Zeiten waren nun einmal schlecht, und nichts deutete auf eine Besserung hin, solange es keinen Regen gab. Der Sommer war vergangen, man war im Herbst, und noch immer kein Regen!

»Die Leute lassen einen nicht umsonst mitfahren«, sagte Clyde.

»Du hast's sehr schön hier, Jonathan«, sagte Clyde. »Von allem, was man braucht, ist was da! Ein Kohlenofen – und eine Pumpe in der Küche – eh, Mary hätte das gut gefallen! Wie ist das mit dem Wasser? Ein Brunnen oder eine Quelle?«

»Eine Quelle«, sagte Jonathan kurz. Er zauderte. Konnte er Ruth jetzt verlassen oder nicht? »Meine Klasse wartet, Dad«, sagte er und warf einen Blick auf Ruth. Sie nickte leicht, aber er fühlte sich nicht ganz sicher. »Ich werde Maggie um Katie schicken, und sie ist im Nu da, während du in Ruhe essen kannst.«

Clyde setzte sich an den Tisch. »Du geh nur zu deiner Arbeit«, sagte er laut und heiter vor seinem Essen. »Sobald ich fertig bin, werde ich mich ein wenig waschen, und wenn deine Frau kommt, sehe ich wieder zivilisierter aus.«

»Schön«, sagte Jonathan. »Tu nur, als ob du zu Hause wärst.«

»Das will ich«, erwiderte Clyde. »Das brauchst du mir nicht erst zu sagen. Kaffee, Ruth!«

Er war unverändert, dachte Jonathan grimmig, ging hinaus und sah auf die Uhr. Für seine Unterrichtsstunde war es zu spät. Jetzt wollte er selber zu Katie gehn. Sie würde wahrscheinlich aus der Fassung geraten.

Er ging an den sechs Häuserblocks vorüber zu dem Laden seines Schwiegervaters. Das waren jetzt richtige Häuserblocks. Der alte, morsche Bretterweg war weg. Das hatte Jonathan vor zwei Jahren durchgesetzt, und jetzt säumte den Platz ein Weg, der mit einem harten, nach dem Erfinder McAdam genannten Material belegt war.

Jetzt war er beim Laden. Hier hatte sich seit seiner Ankunft in Median nichts geändert. Drinnen maß Mr. Cobb gestreiften Kattun für eine Kundin ab, die Jonathan nicht kannte. Da sieht man, wie Median gewachsen ist, dachte er. Jetzt gibt es schon Menschen hier, die ich nicht kenne.

»Wo ist Katie?« fragte er.

»Drin«, sagte Cobb. »Lew geht's nicht so besonders.«

Jonathan öffnete die Türe zur Wohnung und sah Lew, der unförmig dick geworden war, auf einem Diwan ausgestreckt, eine alte gehäkelte Decke über dem Bauch. Mrs. Merridy saß an seiner Seite und schaukelte sich bekümmert. Die mageren Hände hatte sie über dem Schoß gekreuzt.

»Nun?« sagte Jonathan. »Tut mir leid, daß du dich nicht wohl fühlst, Lew!«

»Mein Bauch läßt mir keine Ruhe: Zu Tisch habe ich Mais aus der Büchse gegessen, und das ist das Ergebnis!«

»Sonst hast du doch Mais aus der Büchse gegessen wie ein Habicht«, sagte Mrs. Merridy besorgt.

»Ja, das tut mir aufrichtig leid«, meinte Jonathan. »Wo ist denn Katie?«

»In der Küche, kocht mir Pfefferminztee«, sagte Lew schwach. »Sie glaubt, daß das helfen wird.«

Er ging in die Küche, wo Katie eifrig Geschirrtücher wusch. Als Jonathan eintrat, schaute sie auf.

»Es tut mir leid, daß du dir noch diese Mehrarbeit machen mußt«, sagte er freundlich.

»Na ja, das muß eben sein«, erwiderte sie. »Und es wird noch mehr werden. Das Geschäft geht ja vor die Hunde. Dieser Cobb kann gerade nur ein Stück Stoff über den Ladentisch reichen, wenn man's von ihm verlangt. Wenn aus Matthew auch nicht mehr wird, so soll Ruth nur getrost nein sagen.«

»Irgendwas daheim nicht in Ordnung?« fragte sie.

»Ja, allerdings. Mein Vater ist angekommen, Katie.«

»Dein Vater?« wiederholte sie. Dann schwieg sie, die Hände im Waschtrog. »Ja, wozu denn?«

»Es geht ihm sichtlich sehr schlecht«, sagte Jonathan entschuldigend.

»Du meinst, daß er bei uns bleiben will?«

»Ich weiß es nicht – er kann nicht bei uns wohnen, aber –«

»Als ob's nicht schon genügen würde!« rief sie. Abermals wandte sie sich den Geschirrtüchern zu. »Ist er krank?«

»Nein, nein, er sieht ganz gesund aus«, sagte er schnell. »Nicht einmal älter sieht er aus. Es ist geradezu erstaunlich.«

Sie sagte kein Wort, während sie die Tücher auswand, den Trog leerte und sie wieder hineinlegte. »Ich muß sie noch rasch aufhängen, und dann bin ich gleich drüben.«

»Ich werde dir helfen«, sagte er.

»Nein, nein! Ich mag nicht, daß die Leute sagen, du hättest mir helfen müssen, die Handtücher meiner Familie aufzuhängen. Geh du nur voraus – ich komm schon nach.«

Sie wollte völlig unabhängig sein. Seine Stellung als Leiter der Schule war in ihren Augen etwas Erhabenes, und erst nachher kam ihr Wille, sich bei ihrer Arbeit höchstens von Ruth und Maggie helfen zu lassen.

»Schön, schön, aber laß mich wenigstens den Trog nehmen.« Sie gingen durch die Küchentüre in den Hinterhof, und dort nahm sie ihm den Waschtrog ab. »Die Sache mit Dad tut mir sehr leid«, sagte er.

»Da kann man nichts machen«, sagte sie. Das war alles, was sie zu sagen hatte, was sie immer sagte, und er schwieg dazu, wie er immer schwieg, und ging nach Hause. Er hatte längere Zeit bedurft, um zu erkennen, daß dieser Satz weder bitter noch ungütig war, sondern lediglich ein Zeichen dafür, daß Katie zunächst wohl »aus der Fassung« geraten war, jetzt aber bereit wurde, sich mit der Lage nach besten Kräften abzufinden.

Er hastete ins Haus und hörte Clydes brüllendes Gelächter aus der Küche. Lula saß auf seinen Knien, und der kleine Jonathan stand daneben und lutschte seinen Daumen.

»Und dann sag ich zu dem dummen Bären: ›Ich muß den Honig haben, nicht du.‹ Und dann heb ich meinen Stock, und der Bär sieht meinen Bart und denkt: Aha, das ist ein Bär, der größer ist als ich selber, und da schau ich lieber, daß ich heimkomme! Und so hab ich am nächsten Tag Honig zum Frühstück gehabt!«

Am Schüttstein wusch Ruth das Frühstücksgeschirr Clydes und lächelte. Keiner erblickte Jonathan, und er schlich sich davon.

Er ging ins Schulhaus und fragte sich zum erstenmal in seinem Leben, ob seine Mutter ihn nicht ungerecht gemacht hatte. Die Ehe war vor allem für die Frauen da, und die Männer hatten vielleicht weniger Anteil daran. Er seufzte, straffte die Schultern, setzte sich an seinen Schreibtisch und griff nach dem Blatt, das er hingelegt hatte, als er zur Geschichtsstunde gegangen war. Es war der Text des neuen Gesetzes, das den Verkauf von Spirituosen im Staate Kansas verbot. Und es war von Evan Bayne unterzeichnet, der jetzt zu den Gesetzgebern gehörte. Noch immer konnte Jonathan den Namen nicht sehen, ohne das alte Ziehen in der Brust zu spüren, und er sah ihn jetzt sehr oft. In all diesen Jahren war er Evan nie gegenübergestanden, obgleich sie einander schrieben, wenn sie einander etwas mitzuteilen hatten — Jonathan, als Median die Schulden für das Schulhaus abgezahlt hatte, Evan, um ihm zu gratulieren, Jonathan, um Evans Hilfe zu erbitten, damit die Zweigbahn nach Südwesten durch Median gelegt werde, und Evan, um ihm mitzuteilen, daß er es durchgesetzt habe, und Jonathan, um Evans

Rat betreffend das neue Postamt einzuholen, und Evan, um ihm zu schreiben, welche Formulare einzusenden seien.

Doch derzeit gab es in Median sechs Schenken, und das Gasthaus war auch nicht viel besser als eine Schenke, aber er mußte an die Bauernsöhne denken, die im Winter nach Median kamen, um hier die Schule zu besuchen.

Jonathan hatte sich um seine Schüler gekümmert, hatte für das Antialkoholgesetz gekämpft, obgleich es sich gegen Henry Drear richtete, und war den ganzen Sommer lang durch den Distrikt gereist, um Propaganda zu machen.

»Ich glaube an die Unabhängigkeit des Mannes, aber ich spreche für jene, die noch keine Männer sind«, so hatten seine Reden immer begonnen. Wenn er und Henry zusammentrafen, so bewahrte er seine gute Laune gegen Henrys heftige Angriffe.

»Deine eigene Nase ist zu rot, Henry«, sagte er gemütlich, »aber das ist mir gleich. Schließlich ist es deine Nase. Doch ich bin dagegen, daß Will Healey, der erst sechzehn Jahre alt ist, aus deiner Türe herausschwankt. Er ist einer meiner ältesten Schüler.«

»Wenn wir aus Median eine Stadt für Säuglinge machen«, tobte Henry Drear, »dann zieh ich fort. Ich kann ohne Bar in meinem Hotel nichts verdienen, und das weißt du sehr gut, du verdammter Sohn eines Engländers! Ja, und ich wollte, dein leiblicher Vater könnte dich sehen! Ihm hat der Schnaps ebensogut geschmeckt wie sonst wem!«

Das Ende war ein Sieg, den Jonathan nicht so schmackhaft fand, als er es normalerweise getan hätte. Aber Katie war von Herzen auf seiner Seite.

»Und was hast du Drear geantwortet?«

»Ich habe nur gesagt, daß Burschen von sechzehn Jahren nicht gerade Säuglinge sind, und daß sie für die Zukunft des Ortes wichtig seien.«

»An deiner Stelle hätte ich ihm noch andere offene Worte gesagt. Er führt in seinem Wirtshaus eine Spielhölle!«

»Das glaube ich nicht, Katie!«

»Alle Leute sagen's!« Das war ihre ständige Antwort, und ihm war es zuwider.

»Alle Leute sagen so manche Dinge!«

»Ja, ich weiß wohl, daß du nie glauben willst, was ich sage, aber du mußt schließlich auch an deine eigenen Kinder denken!«

»Ich mag keine Schenken, aber trotzdem halte ich es nicht für richtig, daß der Staat in einem freien Lande einem Mann sagen darf, ob er trinken darf oder nicht. Das muß wohl erwogen werden, und was ich jetzt tue, ist nur ein Schritt in der Richtung zu einer endgültigen Lösung. Die Schenken sollen aus Median hinaus, und dazu sehe ich derzeit keinen andern Weg als die Prohibition. Vielleicht werde ich darüber nachdenken, wie man es einrichtet, damit ein erwachsener Mann sein Glas haben kann, wenn er Lust dazu hat.«

Sie sah ihn an, und ihre Augen wurden rund vor Entrüstung. »Dann wirst du dich schämen müssen!«

»Gut, meinetwegen, wenn du dieser Ansicht bist«, erwiderte er und lachte vor sich hin.

Dann aber vermochte er sein Mitleid nicht zu unterdrükken, und die Gewissensbisse plagten ihn. Sie führte sein Haus so gut, war so peinlich gerecht zu seinen Schwestern, gab sich redliche Mühe, sie nicht anders zu behandeln als ihre eigenen Kinder. Und nie hatte sie ihn fühlen lassen, daß ihr irgend etwas an ihm fehlte. Sie mochte ihm Vorwürfe machen, doch dann zeigte sie bald, daß es ihr leid tat, und das konnte er kaum ertragen.

Und doch war es eine Ehe. Es war zu einer Ehe geworden. Die Liebe war nur eine einzelne Bindung, aber die Ehe konnte ein Gewebe von tausend Fäden werden, deren keiner allein stark genug ist, doch vereinigt gewinnen sie mit der Zeit die Kraft der Liebe. Daran zu denken hatte er schließlich gelernt.

»Was hast du eigentlich vor, Vater?« fragte Jonathan eines Tages im Vorfrühling ganz offen. Clyde hatte den Winter bei ihnen verbracht, ohne einen Penny und ohne daran zu denken, einen Penny zu verdienen. Nachts schlief er auf einer Matratze im Wohnzimmer, und tagsüber lungerte er, wenn das Wetter schlecht war, in der Küche herum. Trotzdem war Katie nicht ein einziges Mal ungeduldig geworden. Clyde fand sich leidlich mit ihr ab, ohne allerdings auch nur eine Sekunde lang zu vergessen, daß sie häßlich war. Insgeheim wunderte er sich, daß Jonathan es fertigbrachte, mit ihr zu schlafen. Natürlich hab ich auf diese Art nur so wenige Enkel, dachte er boshaft. Verdammt, mir imponiert Jonathans Charakterstärke! Er betrachtete seinen Sohn nicht ohne Ironie.

»Ich warte, bis sich irgendwas zeigt«, sagte Clyde.

Er wartete den ganzen Sommer, und dann abermals einen Winter, bis ein neues Frühjahr anbrach. Dann gab es Regen, und alles, was in der Erde gewartet hatte, keimte früh zum Leben, und plötzlich war er bereit, weiterzuwandern.

»Jetzt werde ich wohl gehn«, sagte er, »wenn du fünfzig Dollar für mich übrig hast, Jonathan.«

»Das mag wohl sein«, sagte Jonathan, ohne Katie anzusehen. Er nahm das Geld von seinen geringen Ersparnissen und gab es seinem Vater. Der steckte es in den Anzug, den Jonathan ihm geschenkt hatte, und bestieg den Zug nach dem Westen. »Es wird mir gut tun, einmal meinen eigenen Grund und Boden wiederzusehen«, sagte er. »Na, lebt wohl, alle miteinander!«

Clyde hatte seinen Bart gestutzt, und an seinem Hals flatterte eine rote Schärpe, die Katie ihm zu Weihnachten geschenkt hatte. Fröhlich winkte er ihnen von der Plattform des Waggons zu. Er sah um zehn Jahre jünger aus als bei seiner Ankunft — noch immer ein junger Mann, dachte Jonathan angewidert.

»Du hast dich wunderbar benommen«, sagte Jonathan nachts. »Du mußt nicht glauben, daß ich das nicht in all den Monaten sehr gut bemerkt und daß ich deine Güte nicht bewundert hätte.«

Aber er war einigermaßen verdutzt, als sie ihm erwiderte: »Ach, ich weiß nicht recht. Es ist etwas an ihm, was ich ganz gern habe.«

Und eine günstige Folge hatte Clydes Aufenthalt gehabt. Manches Angstgefühl wich für alle Zeit aus Ruths Wesen. Sie hatte ihren Vater gefürchtet, weil sie sich an die Jahre voll Zank und Streit erinnerte, wenn er nachts ihre Mutter bedrängt hatte und sie als Kind wider Willen alles anhören mußte. Ruth hatte auf der Matratze unweit der Decke geschlafen, die als Vorhang das Bett der Eltern abschloß.

»Laß mich doch!« hatte sie ihre Mutter flüstern gehört.

»Eh? Was ist denn jetzt wieder los? Kopfschmerzen oder Bauchschmerzen Nacht für Nacht – oder eine Zehe, die weh tut, oder ein verbrannter Finger!«

»Sei doch still, Clyde! Du wirst die Kinder wecken!«

»Meinetwegen!«

»Clyde, um Himmels willen! Was soll Ruth denken!«

»Sie wird's bald genug auch wissen.«

Jetzt aber, da Clyde allein war, gewöhnte sie sich in diesen Monaten an ihn, und ihre Angst verschwand.

Sie lachte ihm zu, und er machte sich darüber lustig, daß sie Matthew gegenüber so spröde war. Wenn Matthew am Sonntagnachmittag zu Besuch kam, machte ihm Clyde die Türe auf.

»Nur herein, Junge. Sie wartet schon den ganzen Tag auf dich. Konnte keinen Bissen herunterkriegen, unsere Ruth Und ihr bestes Kleid hat sie auch angezogen!«

Aber Ruth ließ sich nicht blicken. Dann rief er Matthew zu: »Setz dich und warte, ich werde sie schon finden!« Und er stürmte durch das ganze Haus, suchte unter den Betten und in den Schränken, und irgendwo fand er sie tatsächlich und schob sie, die halb weinte, halb lachte, bei den Schultern in das Wohnzimmer.

»Da ist sie, Junge!« brüllte er und schlug die Türe hinter sich zu.

»Du bist ja ein schrecklicher Mensch!« hatte Katie gesagt. Aber auch sie hatte gelacht.

Und Jonathan, der dergleichen nie fertiggebracht hätte, wußte doch, daß es gerade das war, was diese beiden schüchternen Geschöpfe brauchten. Hinter der geschlossenen Türe errötete Ruth, wischte sich die Tränen aus den Augen, versuchte schüchtern zu lachen, und so hatte Matthew eine gewisse Chance.

Jonathan war darum auch nicht weiter überrascht, als am Sonntagabend, nach Clydes Abreise, Matthew aus dem Wohnzimmer in die Küche kam, wo Jonathan und Katie saßen, seine Schultern straffte und sagte:

»Mister Goodliffe, wenn Sie nichts dagegen haben – Ruth sagt, daß sie mich zum Mann nehmen will.«

Jonathan schaute von seiner Zeitung auf, und seine Augen zwinkerten. »Ich habe schon lange nichts dagegen, Matthew«, sagte er. Und dann stand er auf, ging in das Wohnzimmer und sah Ruth allein auf ihrem Stuhl, eine Locke ihres Haares um den Finger wickelnd.

»Nun, Ruth!« Er küßte ihre feuerrote Wange, die unter seinen kühlen Lippen glühte. »Ich freue mich, daß es so gekommen ist. So ist es recht!«

»Glaubst du das wirklich, Jonathan?« flüsterte sie.

»Ja, natürlich«, sagte er. »Matt ist ein braver, anständiger Junge, und er wird gut zu dir sein und du zu ihm.«

Und zu Katie sagte er an jenem Abend: »Wenn mein alter Dad das fertiggebracht hat, dann verzeihe ich ihm einen Teil von all dem Ärger, den er dir im Hause bereitet hat – und mir zu allen Zeiten. Aber es ist doch merkwürdig, daß er darauf gekommen ist.«

Clyde wanderte über das Land, das jetzt im neuen Grün dalag. Das Bündel trug er auf dem Rücken. Die Santa-Fé-Bahn ging zwanzig Meilen von seinem Grundstück entfernt vorbei, und er stieg in Garden City aus, einer Reihe von einstöckigen Häusern an einer ungepflasterten Straße. Wenige Minuten später hatte er die Siedlung hinter sich und marschierte in südwestlicher Richtung. Er war gut ausgeschlafen, war mit gutem Essen, Unrast und Ungeduld bis an den Rand gefüllt. All die alte Kraft war wieder in seinem Blut.

Er verzehrte das Brot und das Pökelfleisch, das er in Garden City gekauft hatte, und dann legte er sich nieder und schlief eine Stunde. Die Wärme, der Geruch des jungen Grases und die feuchte Erde weckten ihn wieder.

Ich müßte wieder heiraten, dachte er. Als Mary gestorben war, hatte er erklärt, die Ehe sei ein Fluch für einen Mann. Später aber war es über ihn gekommen, daß nicht alle Frauen wie Mary waren. Es gab Frauen, denen sehr viel an den Männern lag und gar nicht daran, ob sie Kinder kriegten oder nicht. Langsam stand er auf und konnte das Gewicht seines Verlangens kaum ertragen.

»Es hat keinen Zweck, daran zu denken!« brummte er. »Das macht's nur noch schlimmer.« Er warf das Bündel wieder über den Rücken und marschierte weiter. Acht Meilen hatte er nur noch vor sich.

Ärgerlich stapfte er weiter, und noch immer peinigte ihn sein Blut. So kam er zu seinem Lehmhaus. Es sah inmitten der grünen Prärie wie ein Erdklumpen aus, aber trotz zwei Wintern, trotz dem Regen stand es noch immer. Er eilte darauf zu und bemerkte entrüstet, daß die Türe offen war.

»Welcher Hundesohn hat sich da breit gemacht, während ich fort war?« schrie er. Er warf sein Bündel zu Boden, zog den Rock aus und ging auf die Türe zu.

Jemand stand am Ofen, wo sonst Mary gewöhnlich gestanden war. Es war eine Frau, der das rote Haar über den Rücken flutete. Als er eintrat, wandte sie sich um.

»Hello, Clyde«, sagte sie.

Clyde ließ seine erhobenen Arme sinken, und sein Atem stockte.

»Jennet! Das kann doch nicht mit rechten Dingen zugehn?«

»Warum denn nicht?« sagte sie. Sie hatte einen Löffel in der Hand, den sie mit der Zungenspitze ableckte. Über dem rechten Auge hatte sie eine Schramme. »Ich bin den ganzen Winter hier ein- und ausgegangen. Du hast doch hoffentlich nichts dagegen?«

Sie war nicht annähernd so schön mehr wie einst. Ihr Gesicht war bleich und ihr Haar war eine Flamme. Ihre grünen Augen glitzerten noch immer wie Edelsteine, aber die Lider waren müde.

Sie kam ihm so gelegen, daß er ganz betäubt war und ihn schwindelte.

»Ich wüßte nicht, zu wem ich lieber heimgekommen wäre als zu dir, Jennet!«

»Wenn du willst, kann's dabei bleiben.« Sie kehrte ihm den Rücken.

»Der Engländer wird dir den Schädel einschlagen«, sagte er.

»Glaub's nicht.« Sie drehte ihm noch immer den Rücken. »Ich bin von ihm fortgegangen.«

»Endgültig?«

Sie lachte wieder kurz auf. »Wegen der Heirat«, sagte sie. »Ist's nicht dasselbe?«

Die Kehle schnürte sich ihm zu. »Und wie wär's mit mir, Jennet?«

»Meinetwegen«, sagte sie gleichgültig. »Aber vorher wird nicht angefangen!«

Doch nachts ergab sie sich ihm plötzlich, und er schrie laut auf vor Glück.

»Eine wie dich zu heiraten«, keuchte er, »das wird ein Spaß sein!«

Vor dem jungen Geistlichen stand Jonathan, an dessen Arm Ruth sich klammerte, als sie ihre ehelichen Gelübde schwur. Mit der Hochzeit hatten die jungen Leute warten müssen, bis im Juni ein Geistlicher sich in Median aufhielt. Es war ein junger Missionar, der nach dem Westen unterwegs war zu den Indianern.

Doch die lange Wartezeit hatte Jonathan in seinem Entschluß bestärkt, daß nun der Bau einer Kirche in Median an der Reihe sei. Auf dem Plan, den er einst mit Evan angelegt hatte, waren Schulhaus und Postamt jetzt durchgestrichen. Nun hatte er die Wahl zwischen einem Gerichtsgebäude und einer Kirche. Wenn der große Distrikt in zwei Teile aufgeteilt werden sollte, wie man allgemein behauptete, so würde Median der neue Hauptort des Distrikts werden, und dann müßte das Gerichtsgebäude zuerst an die Reihe kommen. Unterdessen könnte man den Gottesdienst in den zwei Schulräumen abhalten, wo er und Katie getraut wurden.

Aber dieser Paul Graham gefiel ihm. In seinen ruhigen, grauen Augen war nichts von Joels Fanatismus. Er war ungestüm, aber gütig. Und da Jonathan nie an etwas, das mit Judy zusammenhing, denken konnte, ohne auch an sie selber zu denken, fragte er sich wie schon oft zuvor in geheimem, traurigem Sinnen, ob Joel ein wenig von seinem Wesen auch auf Judy vererbt hatte.

Noch immer sah er Judy in klareren, leuchtenderen Farben als irgendeinen andern Menschen. Katies Gesicht, das er täglich sah, verschwamm vor ihm, wenn er an Judys Gesicht dachte, das er nie sah und wohl auch nie mehr sehen würde.

Eben jetzt war das Gesicht des jungen Geistlichen tief errötet. Dies sei seine erste Trauung, hatte er Jonathan erzählt, und er stammelte die Worte hervor, und Ruth fühlte sich plötzlich ganz behaglich. Er ist genauso schüchtern wie Matthew und ich, dachte sie.

Matthew, das wußte sie nun, war sogar noch schüchterner als sie. Diese Entdeckung hatte ihr eine gewisse Freude bereitet, und jetzt bedauerte sie, daß sie so kindisch gewesen war. Jetzt, als Paul Graham die entscheidenden Worte sprach, ließ sie Jonathans Arm fahren, legte die rechte Hand auf Matthews Arm und preßte ihn sanft. Er hatte seine Farm gekauft, hatte darauf ein Zweizimmerhaus gebaut, und dort würden sie heute abend einziehen.

Jonathan tat für jeden Menschen alles Mögliche. Aus dem ganzen Distrikt kamen die Leute zu ihm, um sich mit ihm über ihre Kinder zu beraten, und in Median selbst geschah nichts ohne ihn. Er war zu Ruth besser gewesen als irgendein anderer Mensch, und bei ihm hatte sie ein Heim gefunden. Sie meinte, sie sollte jetzt Mary zu sich nehmen, doch damit war er nicht einverstanden.

»Du wirst deine eigenen Kinder haben«, sagte er mit seiner trockenen, ruhigen Stimme.

»Du wirst mir fehlen, Ruth, meine Liebe«, hatte Jonathan gesagt, aber sie fehlte ihm nicht. Wie Ruth auch gewesen sein mochte, hatte doch ihre bloße Anwesenheit bewirkt, daß Maggie als Kind angesehen wurde. Und nun war Maggie eines Tages als wohlgestaltes, junges Frauenzimmer von ihrem Bett aufgestanden. Und über Nacht schien jedes männliche Geschöpf im Distrikt das bemerkt zu haben.

Zum erstenmal gab es Unfrieden zwischen den Frauen in seinem Hause. Katie schalt Maggie, wie sie alle Mitbewohner schalt, aber Maggie wollte es sich nicht länger gefallen lassen. Diese Zwistigkeiten störten Jonathan, der solchem Weibergezänk keine Bedeutung beimaß, und noch mehr, weil er damit beschäftigt war, aus Median den Hauptort des Distriktes zu machen.

»Und glaub nicht, daß du den Distrikt mit deinen friedlichen Mitteln gewinnen wirst«, sagte Henry Drear streng. »Ich lasse mir auf eigene Rechnung zwanzig Flinten aus dem Osten kommen. Wir werden sie noch brauchen. Ich weiß das noch von Ashbee her.«

»Ich werde das Geld für das Gerichtsgebäude beschaffen, wenn du dafür sorgst, daß Median Hauptort des Distriktes wird.«

Dem Geistlichen, Paul Graham, setzte er klar auseinander, wie die Dinge standen. »Median braucht Kirche und Gericht. Unsere Seelen brauchen die Kirche und unsere Taschen das Gericht. Lassen Sie uns nur Zeit, und wir werden beides bekommen. Und nun möchte ich, daß Sie hierbleiben und sich um unsere Seelen kümmern, bis wir zum Hauptort des Distriktes gewählt werden.«

»Aber ich habe mich doch zur Indianermission entschlossen«, sagte Paul Graham.

»Ich habe mich nie viel mit den Indianern beschäftigt«, sagte Jonathan jetzt. »Es war gut und vernünftig, sie in Reservaten unterzubringen, so daß man sich um sie kümmern kann. Ihr mögt sie natürlich retten, wenn sie das Heil brauchen, aber warum soll das Heil nicht zuerst zu uns kommen? Sie können im Schulhaus predigen, und sobald wir das Gerichtsgebäude haben, ist die Kirche mein nächstes Ziel.«

»Median ist eine Stadt, die Sie selber aufbauen, nicht Gott«, sagte Paul Graham mit schwachem Lächeln.

»Wenn ich mich an Sie wende, so ist es Gott, den ich um seine Hilfe bitte«, erwiderte Jonathan.

Inmitten all dieser Sorgen heimzukommen und festzustellen, daß Katie und Maggie sich stritten, war eine schwere Prüfung für seine Geduld. Katie sagte:

»Ich möchte, daß wir Maggie so rasch wie möglich verheiraten. Sie ist nicht wie Ruth. Sie ist mehr wie dein Vater, der alte Bock! Und sie hat nichts im Kopf als die Männer, obgleich sie doch erst siebzehn ist! Und wie sie mir antwortet! Heute hab ich ihr eine Ohrfeige geben müssen, Jonathan, sie wird's dir erzählen, und darum sollst du wissen, wie es sich abgespielt hat. Mag sie nachher sagen, was sie will – so und nicht anders ist es gewesen. Ich hab ihr gesagt, daß sie ihr Schlafzimmer aufräumen soll. Sie tut nichts von dem, was sie tun soll. Na, da hab ich es selber getan, und auf dem Schreibtisch lag ein Brief ganz offen. Ich hab ihn nicht gelesen, aber die erste Seite hab ich gesehen. Sie steigt abends durch ihr Fenster und geht in den Drugstore, wenn wir glauben, daß sie längst im Bett ist.«

Am nächsten Tag sprach er mit Maggie. Er rief sie in sein Büro in der Schule, wie er das mit jedem Schüler tat, der eine Predigt nötig hatte.

»Setz dich, Maggie«, sagte er. Er musterte sie, wie er jedes Schulmädchen gemustert hätte, und bemerkte, daß ihr junger Leib das verblichene Kleid beinahe sprengte. »Scheint, daß du ein neues Kleid brauchst, Kind«, sagte er.

»Kann ich eins kriegen, Jonathan? Ich brauchte es schrecklich dringend!«

»Du brauchst das nicht mehr zu tragen, Maggie«, sagte er. »Du bist jetzt in ein Alter gelangt, mein Kind, in dem du sorgfältig darauf bedacht sein mußt, wie du dich sehen läßt – das heißt, wenn du einen braven, ordentlichen Mann kriegen willst. Und das willst du doch. Es hat keinen Zweck, sich etwas vorzumachen, denn was jedes Mädchen im Kopf hat, ist, wie sie den Mann finden soll, den sie heiraten kann. Benimm dich so, daß er nur dich sieht, wenn er dich anschaut, und daß du nichts anderes aus dir machst, als was du bist.«

In ihren hellblauen Augen standen plötzlich heiße Tränen. Sie war auf soviel Sanftmut nicht gefaßt gewesen, denn sie wußte ja sehr wohl, daß sie sich Katie gegenüber unverschämt benommen hatte.

»Katie wird finden, daß es zuviel Arbeit für sie ist, mir neue Kleider zu machen«, sagte sie.

»Katie hat sehr viel zu tun«, sagte Jonathan streng. »Gestern hat sie dein Zimmer aufräumen müssen, obgleich das deine Sache wäre. Geh in den Laden und such dir Stoff für zwei Kleider aus. Du kannst Lew sagen, daß ich es bezahlen werde. Und dann bring den Stoff nach der Schule zu Parrys und sage Sue, daß ich dich geschickt habe, und daß sie dir sagen soll, wie du dir deine Kleider selber machen kannst. Und jetzt lauf und laß dir dein Zimmer nicht wieder von Katie aufräumen!«

»Jedermann gehorcht meinem Bruder Jonathan«, sagte Maggie stolz. Sie hatte einen Schwatz mit Sue, die nur wenig sprach, aber desto besser zuzuhören wußte. Die Aufregung über das grünrotkarierte Gingankleid, dessen Rock ihr jetzt über dem Knie zurechtgesteckt wurde, mußte sich Luft machen. Aber es gab noch mehr als die neuen Kleider. Gestern, als sie in den Laden ging, hatte sich etwas Seltsames ereignet. Sie hatte einen Brief erhalten. Noch nie hatte sie einen Brief erhalten. Sie konnte es gar nicht glauben!

Maggie steckte ihn in die Tasche. Mit dem Stoff unter dem Arm ging sie aus dem Ort hinaus auf die Prärie, die Hand in der Tasche auf dem Brief. Als sie ziemlich weit gegangen war, zog sie den Brief hervor. Sie riß ihn auf und las langsam. Der Brief war von jemandem, dessen Namen sie nie gehört hatte. Von einem gewissen George Tenney.

»Liebe Maggie,
Du wirst überrascht sein, von mir zu hören, denn Du kannst Dich ja kaum noch an mich erinnern. Frag aber Deinen Bruder Jonathan, ob er sich noch an George Tenney erinnert, der Dir auf dem Schiff gewöhnlich sein Frühstück gegeben hat. Ja, Maggie, jetzt mußt Du ein erwachsenes Mädchen sein oder doch nicht weit davon. Ich hab's am Anfang schwer gehabt, aber voriges Jahr ist's mir gut gegangen, und jetzt sitz ich in der Wolle. Und da hab ich an die kleine Maggie gedacht, die ich einmal kennengelernt hatte. Ist Dein Haar noch immer so rot? Einen dieser Tage werde ich kommen und selber nachsehen.

Hochachtungsvoll Dein
George Tenney«

31

Als die Sommerferien begonnen hatten, wandte Jonathan sich seiner nächsten Tätigkeit für seine Stadt zu. Einen müßigen Tag konnte er nicht ertragen. Sein Leben war schön, wenn er abends nach einem Tagewerk heimkam. Doch das kleine Haus war ein Käfig, wenn er drin ausharren mußte. Katies Stimme, an sich nicht unangenehm, hatte eine eigenartige Kraft, die Wände und Türen durchdrang, so daß jeder Raum von ihrer Gegenwart erfüllt war. Ohne sich darüber Rechenschaft abzulegen, mußte er dieser Stimme entrinnen. Von dem leeren Schulhaus aus wob er das Gespinst der Angelegenheiten Medians.

Am dritten Juli kamen seine besten Freunde zusammen, um den Feldzugsplan festzulegen – Lew und Henry, die drei Hastys, Samuel und seine beiden Söhne, Jim White und dessen ältester Sohn Frank, und dann hatte er Matthew ersucht, zu kommen, wenn es ihm möglich wäre. Sie kamen nun – die Alteingesessenen, wie er sie nannte, als er ihnen jetzt die Stühle zurechtschob. Diese Zusammenkunft war für sie ein feierlicher Anlaß, und sie unterhielten sich mit gedämpften Stimmen über die Ernte.

Sie warteten auf Jonathan. Er saß an seinem Schreibtisch vor seinen Papieren. Und nun hob er die rotblonden Brauen.

»Na, Leute, jetzt wollen wir anfangen. Die erste Frage ist, wo die Grenze des Distriktes gezogen werden soll. Soll sie dreißig Meilen westlich von Median gehn und Hyman einschließen? Oder sollen wir Hyman bei Ashbee lassen?«

Die Männer beugten sich über die Landkarte, die Jonathan ihnen vorlegte.

»Wenn wir Hyman auslassen, dann wird Median genau in der Mitte des neuen Distriktes liegen«, sagte Jonathan.

Matthew hüstelte. »Ich weiß nicht, ob das etwas zu bedeuten hat«, sagte er sanft, »aber meine Farm liegt gerade auf der andern Seite von Hyman. Gestern bin ich einem

Fohlen nachgeritten, das sich verloren hatte, und nach fünf Meilen hab ich es in einem Loch gefunden. Im Loch war Wasser, und das Wasser war mit Petroleum verschleimt. Wenigstens hat's so gerochen wie Petroleum.«

»Weiß schon jemand davon?« fragte Jonathan.

»Keine Seele«, erwiderte Matthew.

Petroleum! Die Männer sahen einander an und gaben sich alle Mühe, skeptisch dreinzuschauen.

»Könnte nicht hingeschafft worden sein, was?« Henry Drears Stimme klang heiser.

»Ich wüßte nicht wie«, sagte Matthew. »Hat auch kein Mensch ein Wort davon gesagt. Der Mann, dem der Boden gehört, weiß selber nicht, was in dem Loch drin ist.«

»Hat er dir nicht dabei geholfen, wie du das Füllen herausgezogen hast?« fragte Samuel Hasty.

»Nein, er war gestern nicht daheim.«

»Wir sollten die Grenze doch lieber westlich von Hyman ziehen«, sagte Lew.

»Die Frage ist, wie weit westlich«, sagte Jonathan. »Läuft das Öl nach Osten oder nach Westen? Wir könnten das Beste davon wegschneiden, was wir auch tun mögen.«

»Zehn Meilen westlich«, meinte Henry Drear.

»Lieber fünfundzwanzig Meilen«, sagte Lew.

Jonathan studierte die Karte. »Der Fluß fließt dreißig Meilen im Westen und im Süden. Das ist wahrscheinlich die Grenze. Sagen wir also dreißig Meilen.«

Er sah sich in einem Kreis nickender Köpfe um und zog langsam einen Strich. Dann legte er den Bleistift nieder.

»Der nächste Gegenstand unserer Beratung ist die Art und Weise, wie die Stimmen zwischen Ashbee und Median gesammelt werden sollen.«

»Du hast mir überlassen, die Stimmen zusammenzukriegen, Jonathan«, knurrte Henry Drear. »Die Leute nehmen die Abstimmung sehr ernst. Du setzt den Tag an, und ich werde eine Bande auftreiben und das Nötige tun.«

Jonathan runzelte ungeduldig die Stirne. »Ich will nicht, daß Median auf solche Art abstimmt. Damit ist keiner zufrieden, und es ist kein Glück an einer Sache, wenn nichts als Ärger draus entsteht. Median ist ein anständiger Ort, und wichtiger ist es, daß Median ein anständiger Ort bleibt, als daß es der Hauptort des Distriktes wird.«

Henrys Stuhlbeine stießen mit lautem Krachen auf den Boden auf. »Du mußt mir das Wahlgeschäft überlassen.«

»Was meinen die Anwesenden dazu?« Jonathans ruhige Stimme war stahlhart geworden.

Die Männer sahen einander an.

»Ich bin durchaus für Frieden, wenn's damit abgeht«, sagte Lew. »Aber ich meine, daß man die Büchsen bei der Hand haben soll.«

»Das mein ich auch«, grunzte Samuel.

Jonathan wartete. Kein anderer sprach. Nach einer Weile fuhr er fort: »Die nächste Frage ist das Datum der Wahl. Ashbee möchte es heute in einem Monat haben.«

Er wartete abermals. Die Männer waren von ihren Gedanken erfüllt.

»Mögen sie haben, was sie wollen, da sie ja sonst nichts kriegen«, sagte Henry. Er stand auf. »Ich mein, daß ich jetzt gehe«, sagte er.

»Nein, du gehst nicht«, sagte Lew langsam, aber nachdrücklich. »Wir wollen die Sache gerecht anfangen.«

Sämtliche Männer, außer Jonathan und Matthew, standen auf und gingen zur Türe. Doch Lews umfangreicher Leib füllte sie bereits.

»Wir stellen uns vor dem Schulhaus auf«, sagte er. Er zog eine Pistole aus der Tasche. »Wenn ich feure, dann geht's los. Es wird keinem Nutzen bringen, wenn er sich vorher davonmacht.«

Er stieg schwer die Stufen hinunter, die Pistole hing in seiner Hand, und dann wartete er, bis das halbe Dutzend Männer in einer Reihe stand. Er feuerte und setzte sich gleichzeitig in Bewegung, und nun liefen sie alle die Hauptstraße von Median hinunter, jeder nach seinem Pferd.

Jonathan und Matthew waren sitzen geblieben. Sie hatten sich nicht gerührt. Jonathan brachte die Papiere auf seinem Schreibtisch in die gewohnte Ordnung.

»Hast du Grund zu glauben, daß auf deinem Boden auch Öl ist?« fragte er.

»Weiß noch nicht«, erwiderte Matthew. »Auch keinen Grund dagegen. Das Loch ist kaum eine halbe Meile von meinem Grenzpfahl entfernt.«

»Öl ist ein verhextes Zeug«, sagte Jonathan nachdenklich. Er versuchte, sich Matthew und Ruth vorzustellen, wie sie plötzlich ebenso fabelhaft reich wurden wie alle, die diesen Schatz in ihrem Boden gefunden hatten.

»Hättest du nicht Lust, dir hier in der Gegend ein Stück Grund zu kaufen, Jonathan?« fragte Matthew.

»Ich habe keine Zeit, mich mit dem Reichwerden abzugeben«, sagte Jonathan und lächelte leise. »Für mich wird es wahrscheinlich leichter sein, das Geld, das ich brauche, von den andern Leuten zu erhalten, wenn sie reich werden.«

»Ruth und ich, wir haben bisher nicht viel Glück gehabt«, sagte Matthew. »Vorige Woche hat eine Kuh versucht, über den Zaun zu springen, und hat sich den Bauch aufgerissen. Wir haben sie rasch geschlachtet und ihr Fleisch verwendet, aber es war eine gute Kuh und noch ganz jung. Es ist zu heiß, um Fleisch lange zu halten, und ich konnte nicht viel davon loswerden. Ruth hat versucht, es einzusalzen, und heute habe ich Katie etwas gebracht.«

»Das mit der Kuh ist schlimm. Aber für das Fleisch sind wir sehr dankbar«, sagte Jonathan.

»Dann habe ich auch für Stephen Parry bei meinem Hausbau Schreinerarbeit gemacht«, fuhr Matthew fort. Seine tonlose Stimme paßte zu ihm.

»Ja, es braucht Energie«, sagte Jonathan aufmunternd. »Ich glaube nicht sehr an Glück.«

»Darüber kann man verschiedener Ansicht sein«, meinte Matthew zweifelnd. »Es war keine Energie, die das Öl in die Grube geschafft hat.«

Jonathan lachte. »Da hast du mich allerdings erwischt! Nun, dann viel Glück, Matt!«

Sechs Männer kletterten an den schleimigen, schwarzen Wänden des Lochs hinunter. In Lews Gesicht standen die Adern violett hervor. Sein Herz pochte, als wollte es aus der Brust springen. Aber auch er kletterte in das Loch hinunter.

»Nach dem Aussehen kann man kaum dran zweifeln«, meinte Henry Drear. Er tauchte die Hand in das schillernde schwarze Wasser und roch daran. Das Wasser roch faulig und verdorben, aber stärker noch war der Petroleumgeruch.

Sie rochen ihn, und dann prüften sie die Wände des Lochs. Die Erde war feucht, doch nicht von Wasser.

»Alles voll von Öl«, sagte Samuel Hasty.

Zwei Männer kletterten schnell hinauf und bestiegen ihre Pferde.

»He, ihr!« schrie Henry.

Sie kletterten an den schmierigen Wänden hoch, klammerten sich dabei an das Gras, dessen starke Wurzeln nicht nachgaben. Jeder dachte nur an sich, keiner bemerkte, daß Lew zurückgeblieben war.

»He, Henry!« schrie er. Keine Antwort. Er hörte das Klappern der Hufe auf dem harten Lehm. »Samuel!« kreischte er. Er versuchte, an den schlüpfrigen Wänden hinaufzuklettern, aber sein Körper war zu schwer. Noch eine letzte Anstrengung, und dann spürte er einen harten, heißen Blitz, der durch seinen Kopf schoß. Denken und Erkenntnis waren im Nu ausgelöscht, und er stürzte hinab in das ölige Wasser.

»Du müßtest doch Hans sagen, daß du in seinem Wasserloch Petroleum gefunden hast«, meinte Ruth, während sie bei Rindfleisch und Kohl saßen.

»Hab noch gar nicht daran gedacht«, rief Matthew.

»Wir wären sicher dankbar, wenn man's bei uns gefunden hätte und jemand es uns sagen würde«, sagte Ruth.

Wenn sie Öl fänden, würden sie ein Wohnzimmer an das Haus anbauen, sie würden einen leichten Wagen kaufen und ein Pferdegespann statt der Maulesel, und sie würden ein Harmonium kaufen und eine große Puppe für die kleine Mary und für Maggie neue Kleider und für Katie einen Pelzmuff und für Jonathan eine goldene Uhr.

Eine Stunde später fanden Hans und er Lews aufgetriebenen Körper. Kopf und Schultern waren unter dem öligen Wasser.

Hans, ein gutmütiger, sentimentaler Deutscher, klagte: »Ich hätte alles Öl dafür gegeben, wenn das nicht auf meinem Grund und Boden geschehen wäre!«

Die beiden Männer vermochten nur den Kopf aus dem Wasser zu heben.

»Ich werde Jonathan holen müssen«, keuchte Matthew »Kannst du solange hier bleiben, Hans?«

Matthew kletterte hinauf, stieg auf sein Maultier und galoppierte nach Median. Das Schulhaus war leer, aber an seinem Schreibtisch saß Jonathan.

»Lew ist ertrunken!« schrie Matthew. »Er ist in dem Wasserloch. Wir werden uns zusammentun müssen, um ihn herauszukriegen.«

Jonathan sprang auf. »Sie haben ihn doch nicht zurückgelassen!«

»Muß wohl so sein.«

»Ich wollte, du hättest das verdammte Zeug nie gefunden, Matt. Es macht, daß Menschen zu Bestien werden!«

»Was soll ich tun, Jonathan?«

»Ruf sie zusammen! Nimm den Wagen vom Gasthaus, heb die Hintersitze heraus und leg eine Decke auf, damit wir Lew drauflegen können. Ich werde es Katie sagen müssen. Und dann komme ich zu euch. Wartet aber nicht auf mich! Geh, rufe die andern! Mein Pferd ist schnell, ich hole euch schon ein.«

»Katie, Liebe, ich habe eine schlimme Nachricht.«

Ihr Mund öffnete sich, und ihre runden Augen wurden noch runder.

»Dein Vater ist — ist gestorben, Katie.«

Sie sank auf den Stuhl. »O Jonathan!«

»Auf seltsame, schreckliche Art, Katie —«

Er hatte ihr nichts von Matthews Entdeckung erzählt. Je weniger Leute davon wußten, desto besser, hatte er gedacht. Aber der wirkliche Grund war, daß er nicht von ihr zum Kauf von Grund und Boden gedrängt werden wollte. Er sei Schulmeister, so hatte er gedacht, als Matthew eingetreten war. Er spekulierte auf menschliche Wesen, nicht auf menschlichen Reichtum.

»Schande über diese schlechten Männer!« schrie Katie. »Auch über diesen Henry Drear, dem Papa immer geholfen hatte!« Das Entsetzen hatte ihr die Stimme geraubt, sie hob die graue Kattunschürze an die Lippen. Ihre Augen füllten sich mit Tränen.

Er machte einen Schritt auf sie zu. Er spürte, daß er ihr irgendwie seine Teilnahme an ihrem Schmerz zeigen mußte. »Ich habe ihn sehr gern gehabt«, sagte er leise. Ein- oder zweimal klopfte er ihr sanft auf die Schulter. »Er wird mir auch sehr fehlen, Katie, das kannst du mir glauben. Aber jetzt muß ich mich beeilen.«

»Ich werde es Ma sagen müssen«, sagte sie bedrückt.

Er schlich hinaus, das Herz von Kummer und Mitleid beladen, ohne sich aussprechen zu können, denn zwischen ihnen gab es keinen verbindenden Weg. Er konnte nur jene allgemein zugänglichen Wege gehn, die er benützt hätte, um ihr zu helfen, auch wenn sie nie seine Frau gewesen wäre. Und doch sehnte er sich danach, ihr in ihrer Not näherzukommen. Er kannte sie, wenn auch nicht im hellen Strahl der Liebe, so doch mit der nüchternen Erkenntnis der Tage und Nächte, die sie miteinander unter demselben Dach verlebt hatten. Dieses Leben aber war von dem umrissen, was gesagt, getan, gehört werden konnte. Alles, was jenseits dieser Grenzen lag, hatten sie nicht miteinander geteilt. Doch jetzt war nicht der Augenblick, darüber nachzudenken. Er eilte weiter.

Zwei Stunden später half er, Lews massigen toten Körper vom Wagen zu heben, durch den Laden in das Hinterzimmer zu tragen und auf den Diwan zu legen. Sue Parry wartete bereits, denn es war mit der Zeit ihr Geschäft geworden, die Toten in Median zur Bestattung herzurichten.

Mrs. Merridy war da und mit ihr die Zwillinge.

»Führ Joe und Jack hinaus«, sagte Jonathan streng zu Katie.

Sue hatte seine Worte gehört. »Ihr alle jetzt hinausgehn«, befahl sie, aber ihre volle, weiche Stimme bewirkte, daß die Worte sanft klangen. »Ich müssen tun, was ich können, bevor er sein ganz starr.«

Sie zogen sich auf Fußspitzen zurück, als könnten Lews Ohren sie noch hören. Katie hielt den Arm ihrer Mutter.

Nachts hörte Jonathan sie weinen. Er rückte von seiner Seite des großen Doppelbetts, wo er in langer Gewohnheit seinen schmalen Schlafplatz hatte, an sie heran und streckte seine Hand aus, die ihr Haar berührte. »Bist du wach, Liebe?« fragte er leise.

»Ich hab nachgedacht«, erwiderte sie. Ihre Stimme war fest, als ob sie gar nicht geweint hätte. Er wartete darauf, was sie nun sagen würde.

»Jonathan, es gibt etwas, das du tun solltest.«

»Wenn ich kann, gewiß, Katie«, sagte er freundlich.

In ihrer stolzen Unabhängigkeit hatte sie nur sehr wenig von ihm verlangt. Manchmal meinte er, es wäre leichter für ihn gewesen, wenn sie ihn häufiger benötigt hätte. Eine sanfte, anlehnungsbedürftige Frau hätte vielleicht eine tiefere Zärtlichkeit in ihm erweckt. Ihre Stimme drang aus dem Dunkel zu ihm.

»Ich möchte, daß du das Geschäft übernimmst.«

Seine Ohren hörten es, aber sein Geist weigerte sich, es zu erfassen. »Ich kann doch nicht die Schule und das Geschäft führen!«

»Du könntest doch die Schule aufgeben.«

»Nein, das kann ich nicht!« Seine Stimme klang scharf.

»Warum nicht?« fragte sie. »Ich wollte, du tätest es, Jonathan. Ich habe mir das schon oft gewünscht. Auch wenn Pa nicht gestorben wäre. Mich macht es ganz verrückt, daß du von der Schulverwaltung abhängig bist, wie du jedem Rede und Antwort stehn mußt, wie du nehmen mußt, was ihnen beliebt, dir zu bezahlen. Im vergangenen Jahr haben sie dir dein Gehalt um ein Drittel gekürzt, und du hast nicht den Mund aufmachen dürfen. Du hast nicht die geringste Unabhängigkeit – du gehörst dem Ort. Aber im Geschäft hättest du niemanden, der dir vorgesetzt wäre!«

»Ich kann nicht«, sagte er beinahe keuchend. Er vergaß völlig, daß er daran gedacht hatte, sie zu trösten. Sie bedurfte keines Trostes. Er war es, der Kraft brauchen würde, um ihr Widerstand zu leisten.

»Du wirst mich hoffentlich nicht dazu drängen wollen, Katie«, sagte er und versuchte streng zu sein. »Denn ich will mich nicht dazu drängen lassen. Ein Mensch soll das tun, was ihm am meisten am Herzen liegt, und mein Wunsch ist es immer gewesen, Lehrer zu werden.«

»Dann ist es dir gleichgültig, wenn eine Bande von nichtsnutzigen Leuten sagt, daß man dir nicht bezahlen kann, was du verdienst?« rief sie wütend.

»Ja, es ist mir gleichgültig«, sagte er. »Besonders wenn ich weiß, daß es ein schlechtes Jahr gewesen ist und keiner erhalten hat, was er verdient.«

»Ja, und ich muß euch trotzdem zu essen geben«, erwiderte sie. »Im Geschäft würdest du doppelt so viel verdienen. Pa sagt, das letzte Jahr sei sein bestes Jahr gewesen. Er hat mehr zurückgelegt, als er ausgegeben hat.«

»Ich brauche nicht mehr Geld, als ich verdiene, Katie«, sagte er sanft. »Ich kann meine Rechnungen bezahlen. Und wenn ich es nicht könnte, würden die Leute in Median mir Kredit geben. Ich will nicht einmal Grund und Boden kaufen, auch wenn man Öl darin findet. Ich möchte weiterhin so leben, wie wir jetzt leben. Wenn ich überflüssige Zeit habe, möchte ich sie lieber so verwenden, wie ich es getan habe, um das Postamt durchzusetzen. Wenn wir bei der Wahl siegen und Median zum Hauptort des Distrikts wird, dann will ich darauf ausgehn, daß wir in diesem Sommer ein Gerichtsgebäude bekommen. Ich habe Drear versprochen, daß er sagen darf, Median würde sein eigenes Gerichtsgebäude bauen, wenn es zum Hauptort gewählt wird.«

»Du bist nur allzu sehr bereit, auch ohne Bezahlung zu arbeiten, aber irgendwer muß es doch bezahlen.« Ihre Stimme klang bitter. »Ich muß es bezahlen, und die Kinder müssen es bezahlen!«

»Aber du hast doch, was du brauchst, Katie!« rief er. »Was würdest du denn mit mehr Geld anfangen?«

Seine Frage war ganz aufrichtig. Sie las nicht, sie spielte kein Musikinstrument, Kleider konnten sie nicht verändern oder ihre Eitelkeit wecken.

»Ich hätte gern Geld auf der Bank«, sagte sie. »Wenn dir etwas zustoßen sollte –«

Er unterbrach sie. »Mir wird nichts zustoßen. Ich werde noch sehr lange leben.«

In der Dunkelheit der Mitternacht fühlte er sich unendlich müde. In dieser Dunkelheit mußten er und Katie liegen, Seite an Seite. Es würde noch sehr lange dauern, bis der Tag anbrach. Aber sie sprachen kein Wort mehr miteinander.

Und doch — immer, wenn der Tag anbrach, war alles wieder gut. Jonathan war ein Mensch, der sich an kleinen Dingen freuen konnte. An gutem Essen, am Sonnenschein, an der sachten Hebung der Ebenen dem Himmel entgegen, die seine Augen immer wieder bemerkten, an der vertrauten Einsamkeit des Stuhls in seinem Büro, an den Papieren auf seinem Schreibtisch, an einem Buch, das er sich insgeheim kaufte und zu den andern Büchern auf das Regal stellte, an einem Schulbuch, das ihm zugeschickt wurde, an dem Anblick seines Sohnes Jon, der ihm abends entgegengelaufen kam —, ja, die Tage hatten ihre kleinen Freuden!

Lews Begräbnis war kaum vorüber, als Katie wieder anfing.

»Was soll mit dem Geschäft geschehen, Jonathan?«

»Es kann verkauft werden«, sagte er fest.

»Nein, es wird nicht verkauft«, erwiderte sie.

Er antwortete nicht. Auf seine ruhige Art, ohne sich dessen bewußt zu werden, konnte er doch ebenso hochfahrend sein wie Clyde.

Als er nach Wochen merkte, daß Katie den Laden nie verkaufen würde, sondern versuchte, ihn gemeinsam mit ihrer Mutter zu führen, sagte er sanft:

»Ich werde die Bücher in Ordnung halten, das Inventar aufnehmen und die Bestellungen notieren.«

»Das wäre eine Hilfe«, sagte sie.

Aber sie gab den Kampf nicht auf, und das wußte er. Er spürte, daß zwischen ihr und ihrer Mutter ein Netz um ihn gesponnen wurde, und er verhielt sich sehr vorsichtig, und doch, ohne es zu wissen, hatte er Mrs. Merridy den Frieden zu verdanken, den er genoß.

»Quäl Jonathan nicht«, sagte Mrs. Merridy zu Katie. »Er gehört zu den Leuten, die ohne das besser fortkommen. Lew hast du plagen können, denn er hat alles getan, um dich loszuwerden. Aber Jonathan geht seinen eigenen Weg.«

»Es wird trotzdem eines Tages so gehn, wie ich es will«, sagte Katie. »Ich werde keine Ruhe geben, bevor er im Geschäft ist.«

Die dunkle, regenbogenfarbene Verheißung des Öls erfüllte sich. Vierzehn große Ölquellen waren rund um das Wasserloch erschlossen worden, darin Lew ertrunken war. Das »American House« war gesteckt voll mit Betten für die Männer, die von überall hergekommen waren, wo sich das Gerücht verbreitet hatte. Selbst in den Zeiten der Wagen, die nach dem Westen gefahren waren, hatte es nicht so viele Reisende gegeben. Doch der Hauptteil des ölhaltigen Bodens war nicht mehr verkäuflich. Die Sonnenölgesellschaft hatte ihn bereits erworben. Kein Mensch wußte, wer die Leute waren, die hinter dieser Gesellschaft standen. Hans Röhrs sagte: »Nachdem Lew in meiner Wassergrube ertrunken war, ist ein Mann zu mir gekommen – ein netter Mensch, der Lew gut gekannt hat. So sagte er. Und er hat mich gefragt, ob ich das Wasserloch verkaufen wolle und vielleicht noch fünfundzwanzig Morgen Land rundherum. Er meinte, vielleicht sei Öl darin, und wenn Öl darin wäre, würde ich fünfundzwanzig Prozent kriegen. Und so hab ich meinen Namen auf das Papier gesetzt.«

Derselbe Mann kam eines Tages zur Mittagszeit zu Matthew. Matthew und Ruth saßen bei Tisch.

»Guten Tag«, sagte der Mann. »Ich freue mich, daß ich gleich mit Ihnen beiden reden kann. Die Ehegefährtin eines Mannes ist immer ein guter Partner. Ich hätte gern eine Option auf Ihren Grund, Mister Cobb. Wegen des Öls. Ich zahle mehr, als man gewöhnlich zahlt – sagen wir fünfzehn Dollar im Jahr, und wenn wir auf Öl stoßen, gehört Ihnen ein Viertel vom Ertrag. Halten Sie das nicht für gerecht?«

Ruth sah Matthew an. Andere hatten ihnen fünf Dollar im Jahr angeboten, dann acht, dann zehn.

Matthew sah Ruth an. »Kann kaum schaden, wenn man das höchste Gebot annimmt, was?«

»Ich glaube nicht«, erwiderte sie schwach.

»Wollen Sie also dieses Papier unterzeichnen?« Der Mann hatte ein gefaltetes Papier bei sich. »Lesen Sie's zuerst. Ich will nicht, daß Sie etwas unterschreiben, was Sie nicht gelesen haben.«

»Es wird wohl schon in Ordnung sein«, sagte Matthew. »Viel versteh ich ja doch nicht davon, aber es kostet mich ja nichts, nicht wahr?«

»Natürlich nicht«, sagte der Mann schnell. »Im Gegenteil. Grade umgekehrt. Sobald Sie unterzeichnet haben, lege ich Ihnen das Geld auf den Tisch.«

Er zog seine Börse aus der Tasche und zählte fünfzehn Dollar ab.

Matthew unterschrieb und nahm das Geld, während der Mann das Blatt rasch zusammenfaltete und einsteckte. Dann hob er die Hand zum Gruß an den Hut und lächelte sein freundliches Lächeln. »Guten Tag«, sagte er, und fort war er.

Matthew war wie vor den Kopf geschlagen. »Ist mir da etwas zugestoßen oder nicht?«

Ruth lachte. »Du hast doch das Geld in der Hand, du dummer Kerl! Wie war der Name auf dem Papier?«

»Verdammt, wenn ich's weiß«, sagte Matthew reumütig. »Das hätt ich mir anschauen sollen, was?«

»Ach was«, meinte Ruth leichtfertig, »es ist nicht so wichtig. Wir haben das Geld. Ach, Matthew, und wenn sie auf unserem Boden Öl finden!«

»Was werden wir mit dem Geld anfangen?«

»Matthew, dürfte ich mir ein Klavier kaufen?«

»Natürlich darfst du!« Er bückte sich zu ihr, gab ihr einen Kuß und setzte sich wieder.

»Es ist aber töricht, wenn ich doch nicht spielen kann.«

»Das wirst du eben lernen, nicht?« meinte er. »Wenn man Öl findet, werden wir übersiedeln müssen. Könnten uns vielleicht ein Haus in Topeka kaufen. Dort gibt's gewiß Klavierlehrer!«

»Was willst du in Topeka anfangen«, fragte sie ängstlich.

»Könnte Möbel zimmern«, sagte er langsam. »Ich hab immer eine Neigung zur Arbeit mit'm Holz gehabt. Solches, das man schön glatthobeln kann, daß die Maserung gut herauskommt.«

Sie blieben eine Weile schweigend sitzen. In seiner Hemdtasche hatte er die fünfzehn Dollar, den Keim aller Hoffnungen.

»Jonathan sollte auch kaufen, aber er will nicht«, sagte Matthew. »Er mag sich nicht mit dem Reichwerden abgeben.«

»Dann könnten wir's Jamie schreiben!« sagte Ruth.

»Gute Idee«, sagte Matthew großzügig. »Weißt du, wo er steckt?«

»Er ist noch immer auf der Ranch, wo er gewesen ist. So steht's in seinem letzten Brief.«

»Dann gewiß«, sagte Matthew. »Eine Briefmarke können wir uns jetzt wohl leisten, was, Ruthie?«

»Das glaub ich«, sagte sie lachend. »O Matt, sind wir nicht glückliche Leute?«

»Großartig!« sagte er.

Auf der Ranch lag Jamie um Mittag im Gras, faltete Ruths Brief zusammen, steckte ihn in die Hemdtasche und reckte sich. Wer hätte gedacht, daß es in Median Öl geben würde? Er war größer als seine Brüder, größer als Clyde, hatte blaue Augen und schwarze Haare. Das Reiten in Sonne und Wind hatte seiner Haut die Kupferfarbe eines Indianers verliehen. »Schnellster Weg auf der Welt, um reich zu werden«, brummte er vor sich hin.

Er hatte einen Kontrakt mit der Ranch, der ihn verpflichtete, bis zum Winter zu bleiben, aber er hatte sich jetzt entschlossen, diesen Kontrakt zu brechen. Kein Kontrakt hatte ihn je festgehalten, wenn die Laune ihm danach stand, aufs Pferd zu springen und über die Prärie zu galoppieren. Er besaß das beste Pferd. Das Pferd gehörte nicht ihm, doch darum machte er sich keine Gewissensbisse. Er legte nur den größten Wert darauf, es immer in bester Form zu halten. Wenn ich ein gutes Pferd habe, dachte er häufig, so bedeutet das meine Freiheit.

Jamie machte bei dem Hause halt, wo die Männer ihre Schlafstellen hatten. Es war leer. Alle waren zur Arbeit gegangen. Er ging zu seiner Bettstatt, öffnete das Ende des Strohsacks unter den Decken und zog ein kleines Bündel, in Öltuch gewickelt, heraus. Darin war der Lohn vom Sommer und alles, was er sonst besaß, bis auf ein Hemd, das unter dem Kissen lag. Auch das zog er jetzt hervor und stopfte es unter sein Hemd. Dann ging er wieder ins Freie.

Wenn ich mich davonmache, dann lieber gleich, dachte er. Er beschleunigte seine Schritte und kam zu einer kleinen Einfriedung, darin Pferde umherliefen.

»Komm her, Lady«, rief er.

Ein Brauner streckte den Kopf nach ihm aus, und Jamie führte ihn an dem langen schwarzen Mähnenhaar ins Freie.

»Bleib stehn, bis ich den Sattel geholt habe«, befahl er.

Im Nu war er wieder bei dem gehorsamen Tier, warf ihm den Sattel über, der ihn den Lohn eines halben Jahres gekostet hatte. Die Stute zitterte, doch er zog die Gurte fest und prüfte die Steigbügelriemen. Dann sprang er auf. Kaum spürte das Tier sein Gewicht, als es auch schon vorwärts stürmte und über den Lehmboden galoppierte.

Solange er in Sicht der Ranch war, hielt er auf die Hürde zu, doch noch bevor er sie erreicht hatte, bog er scharf nach Osten ab. Und nun beugte er sich vor und ließ das Pferd laufen. Wenn es dieses Tempo einhalten konnte, war er bei Sonnenuntergang daheim.

Als er sich jetzt bückte, um durch die Türe von seines Vaters Haus zu treten, stockte ihm sekundenlang der Herzschlag. Dort, am Ofen, saß eine Frau, das Kinn in der Hand. Er sah eine dicke Flechte rotes Haar über ihre Schultern schwingen, als sie jetzt den Kopf nach ihm wandte, und er erkannte sie sogleich.

»Hello, Jennet«, sagte er.

»Hello«, sagte auch sie, ohne sich zu rühren. »Wo kommst du denn her?«

»Das könnte wohl eher ich dich fragen«, erwiderte er und trat ein. »Ich gehöre gewissermaßen hierher, aber du?«

Sie lachte laut auf und streckte die linke Hand aus. Ein goldschimmernder Ring glänzte daran.

»Sag deiner Stiefmutter guten Tag!«

»Du lügst«, sagte er langsam. Ärger und Bewunderung mischten sich sekundenlang in ihm, ein unklarer Ärger seiner Mutter wegen, der Jennet immer unsympathisch gewesen war und an deren Platz Jennet jetzt stehn sollte, und eine Bewunderung für seinen Vater, der noch als alter Mann ein junges Frauenzimmer zu gewinnen wußte. Dann lachte er.

»Ach, Dad ist ein richtiger Halunke!« rief er. Dann setzte er sich, ohne den Hut abzunehmen, an den Tisch. »Und wie hast du's fertiggebracht, Seine Hoheit zu verlassen?«

»Ich hab's satt gehabt, mich immer hinauswerfen zu lassen, wenn er geglaubt hat, er könnt auch ohne mich auskommen«, sagte sie. »Jetzt bin ich eine ehrbare Ehefrau.«

»Kommt er herüber?« fragte Jamie und starrte sie an.

»Das einzige Mal, da er's versuchen wollte, hat dein Pa nach der Flinte gegriffen«, erzählte Jennet. Sie sahen einander an und brachen in ein lautes Gelächter aus.

»Dad ist wahrhaftig ein Kerl«, sagte Jamie und spuckte auf den Lehmboden. »Den kriegt man nicht unter!«

»Er spricht davon, daß er mitlaufen will, wenn ein neues Territorium erschlossen wird«, sagte Jennet und lachte abermals.

»Wie will er mit seinem lahmen Bein mitlaufen?« schrie Jamie. »Und er hat doch nie gelernt, richtig auf einem Pferd zu sitzen!«

»Er hat sich auf die Hinterräder eines alten Wagens einen

Sitz festgenagelt«, sagte Jennet, »und jetzt will er aus einem Fohlen einen richtigen Traber machen.«

Jetzt sahen sie Clyde rüstig über das Gras auf sie zuhinken. Jamie sprang vom Tisch auf und ging ihm entgegen.

»He!« schrie er.

Clyde drückte seinen Lieblingssohn an die Brust. »Wo hat's dich denn hergeblasen?« Unter dem zerrissenen Hut aus indianischem Stroh flatterte sein Haar in grauen Locken, aber die Augen waren scharf wie immer, und um den Hals hatte er ein rotes Taschentuch geknotet. Er sah weit jünger aus, als er war, und lebensfrisch wie immer.

»Ich geh nach Osten«, sagte Jamie. Er zog Ruths Brief aus der Tasche.

»Man ist auf Öl gestoßen!«

»Doch nicht auf ihrem Boden?« schrie Clyde.

»Gleich daneben«, sagte Jamie. »Und nun wird man auch bei ihnen einen Versuch machen.«

»Der Teufel soll mich holen, wenn ich mich nicht lieber um Öl kümmern würde als um den Boden!« Clyde hinkte schneller, um mit seinem Sohn Schritt zu halten. »Unglaublich, was für Chancen sich hier einem Mann bieten. Auf der einen Seite spritzt das Öl aus dem Boden, und auf der andern liegt freies Land. Ich weiß wahrhaftig nicht, was ich tun soll.«

»Wie geht's denn hier?«

»Gut, soweit es überhaupt geht. Aber ich hab nicht genug Boden. Mit dreihundertzwanzig Morgen kommt man nicht weit. In diesem Land muß man in großem Maßstab denken.«

»Aber wie willst du das Land da und dort bewirtschaften?«

Clyde warf seinem Sohn einen Blick zu. »Ich glaube, du könntest deinem alten Dad dabei helfen. Du bist immer der einzige gewesen, auf den ich gerechnet habe, Jamie.«

»Aber ich will Öl graben gehn!«

»Ich bring's schon allein fertig«, sagte Clyde so selbstbewußt, daß Jamie ihn ansah und dann den Blicken seines Vaters folgte. Sie waren auf Jennet gerichtet, die auf der

Schwelle stand und mit der Hand die Augen beschattete, um den beiden Männern entgegenzuschauen. Auf ihrem roten Haar spielten die Sonnenstrahlen.

Jamies weiße Zähne blinkten. »Ja, ich glaub selber, daß du's fertigbringen wirst«, sagte er. »Du bist ein richtiger Teufelskerl!«

»Ja, ich bin noch ganz gut beisammen«, sagte Clyde, und seine roten Lippen glänzten aus dem Bart heraus.

33

Jonathan saß mit drei andern Männern in seinem Büro und zählte Stimmzettel. Er häufte sie zu Päckchen, um die er ein Gummiband legte. Die Kiste auf dem Boden zu seiner Linken war Ashbee, auf der Rechten war Median. Draußen brannte die Hochsommersonne eines Augustnachmittags auf ein Gedränge von Menschen und Pferden und Wagen.

Jonathan unterbrach seine Tätigkeit und beugte sich aus dem Fenster. »Brecht mir nicht die Äste von den jungen Bäumen ab!« rief er. »Pappeln soviel ihr wollt, aber die andern habe ich eigens aus dem Osten kommen lassen, um sie hier auf dem Platz anzupflanzen.« Er zog den Kopf wieder ein, als die Männer draußen laut lachten, und zählte weiter.

Henry Drear wartete geduldig, eine Flinte über den Knien. »Wenn wir siegen, wird Ashbee die Wahl als ungesetzlich erklären«, sagte er.

»Das können die Leute nicht machen«, erwiderte Jonathan, und seine Lippen murmelten Zahlen.

»Ashbee kann allerhand«, meinte Henry. »Aber ich werde schon mit den Burschen fertig.«

Jonathan hielt mit dem Zählen ein. »Median wird nichts Ungesetzliches tun.«

»Zähl du nur ruhig weiter«, sagte Henry.

Jonathan zählte.

»Auf manchen Stimmzetteln sehen die Schriften einander gar zu ähnlich!«

»Solange sie Median draufschreiben –«

Jonathan schlug mit der Faust auf den Tisch. »Der Teufel soll mich holen, wenn ich bei einem Schwindel mitmache!« rief er. »Sieht mir gar zu sehr nach deiner Klaue aus, Henry!« Seine gewandte Hand griff etwa ein Dutzend Stimmzettel heraus. Alle zeigten die gleiche unregelmäßige Handschrift.

Die drei Männer brüllten vor Lachen. Henry gab sich keineswegs geschlagen. »Ich sehe gar keine Ähnlichkeit.«

Jonathan knüllte sie zusammen und warf sie in den Papierkorb. Henry Drear kaute an den braunen Enden seines langen Schnurrbarts.

»Hör einmal, du kannst doch nicht –«

»Dann erklären wir die ganze Abstimmung für gefälscht!«

»Na, auch gut!« knurrte Henry.

Doch Jonathan an seinem Schreibtisch hatte einen Brief in die Hand genommen. Es war ein sehr kurzer Brief:

»Lieber Jonathan,
ich werde mich jederzeit freuen, Dich zu sehen, aus welchem Grund auch immer. Wollen wir Samstag, den Achtzehnten, festsetzen? Judy schließt sich meinen Grüßen an. Wie immer

Dein Evan«

Am Ende des Briefes hatte Evan mit seiner eigenen Handschrift geschrieben: »Komm in mein Haus!«

Oben, im großen Schlafzimmer, verbarg Judy sich hinter dem Vorhang aus rosa Satin und schaute zum Fenster hinaus. Es war noch immer das gleiche Haus, in das Evan sie geführt hatte, aber zu beiden Seiten waren Flügel angebaut worden, und nun hatte es sich zu dem entwickelt, was die Zeitung in Topeka ein »Herrenhaus« nannte. Judy selbst wirkte stattlicher. Ihr Haar war hoch aufgebürstet und lag in Locken auf dem Kopf. Doch über dem Spitzenkragen ihres Kleides war ihr Nacken immer noch so weich wie der eines Kindes. Ihre Hände, die sich an den Vorhang klammerten, waren in ihrer Form auch seltsam kindlich, ihre Lippen hatten alle Reinheit bewahrt, und die Augen glänzten über dem weinroten Taft des weitärmeligen Kleides noch immer so dunkel.

»Hast du etwas dagegen, daß Jonathan hierherkommt?« hatte Evan sie gestern abend gefragt.

»Warum sollte ich etwas dagegen haben?« hatte sie erwidert und die Wimpern gehoben.

Ihn verwirrte der Anblick dieser langen Wimpern nicht mehr, die sich aufwärts bogen wie die Flügel dunkler Schmetterlinge.

»Ich wüßte wirklich keinen Grund, mein Kind«, sagte er. »All diese Schmerzen sind vorüber, und heute wirken sie ein wenig lächerlich.«

Darauf antwortete Judy nicht. Wäre aber jemand im Zimmer gewesen, der sie liebte, so hätte er die Scheu in dem Blick erkennen mögen, den sie auf ihren Gatten warf. Sie hatte Angst vor ihm, weil sie ihn liebte, und weil er sie nicht liebte. Wann es in ihrem gemeinsamen Leben dazu gekommen war, daß Evan aufgehört hatte, sie zu lieben, das wußte sie nicht.

»Ich habe mich doch nicht verändert«, murmelte sie dann häufig vor sich hin.

Sie war schön wie eh und je. Sie prüfte ihre Hände, ihr Gesicht, sogar, mit einiger Scheu, ihren Körper vor dem Spiegel, wenn sie allein war. Nein, sie hatte sich nicht verändert, und sie wußte nicht, daß gerade darin das Geheimnis für Evans Abkehr lag.

Denn Evans Fluch war es, daß er das Gewissen eines anständigen Menschen besaß und daß er, auf seine Art, Jonathan lieber gehabt hatte als irgendein anderes menschliches Wesen. Niemals hatte sein Geist die Vereinigung mit einem andern Geist erreicht, außer bei Jonathan. Selbst jetzt, da er und Jonathan seit Jahren getrennt waren, geschah es, daß er sich an die Stunden erinnerte, da sie miteinander gesprochen, da sie als junge Männer einander alles erzählt, da sie miteinander diskutiert und gestritten, aber, vor allem, einander immer vertraut hatten. In Jonathans Gesellschaft war er er selber gewesen, hatte sein gutes, großzügiges, offenes, freies Ich entwickeln können. Jonathan war seine Folie gewesen und hatte ihn inspiriert. Er hatte sich bemüht, von Jonathan abzustechen, war schön gewesen, weil Jonathan nicht schön, heiter, weil Jonathan nüchtern, ein Sturm, weil Jonathan die Ruhe selbst war. Er hatte Jonathan nach wie vor geliebt, weil er wußte, daß er sich durch Jonathan allein dahin steigern konnte, sein Bestes zu geben. Und er wußte, daß er dann am glücklichsten war, wenn er sein Bestes geben konnte. Er lachte selber über seine Advokatenschliche, aber er verachtete sie. Unanständigkeit konnte ihn nicht erfreuen.

Und Judy lieben hatte er aufgehört, als er begriff, daß er von ihr nie etwas anderes erhoffen konnte als die Schönheit ihres Körpers. An ihrer Schönheit hatte er seine Freude, vor allem, wenn sie miteinander in der Öffentlichkeit erschienen. Allein mit ihr erschöpfte sich diese Genugtuung schnell.

Unvernünftig, dachte er jetzt, als er in ihr reizendes Gesicht blickte. Denn gerade jetzt hatte er sie in rasch aufflammender Leidenschaft in die Arme gezogen. Einer Leidenschaft, die durch den Gedanken an Jonathans Kommen erregt worden war.

»Tut's dir nicht leid, daß du mit mir durchgebrannt bist, Judy?« flüsterte er.

Sie schloß die Augen und legte ihre weiße Hand auf seine Lippen. »Niemals, Evan — wenn du mich nur immer liebhast!«

Er küßte sie flüchtig. »Natürlich«, sagte er und gab sie frei. Welch eine Entartung des Gefühls, eine Frau nur darum nicht zu lieben, weil sie einen so sehr liebte? Doch Judy war immer zur Ergebung bereit, und er liebte Widerstand und Erregung.

Wenn er aus dem Haus trat, beobachtete sie ihn, und wenn er nicht aus dem Haus trat, starrte sie auf die Straße. Doch hinter dem Vorhang, den ihre kindliche Hand vor das Gesicht hielt, sah sie jetzt einen schlanken Mann mit blassen Wangen und glanzlosem Haar aus einem Mietwagen steigen und sekundenlang stehenbleiben. Er hob den Kopf, betrachtete das Haus, dann schien sein Blick auf sie zu fallen, wie der Strahl einer Lampe. Sie erschauerte hinter dem Vorhang und verbarg das Gesicht in den Händen.

»Oh«, flüsterte sie, »er ist völlig unverändert!« Sie setzte sich auf den Stuhl, der mit rosafarbenem Taft überzogen war, und wartete darauf, ob Evan sie holen würde.

Unten in der Bibliothek sahen Evan und Jonathan einander nach vielen Jahren zum erstenmal wieder an. Evan sah Jonathan, doch zwischen sich und Evan sah Jonathan Judy. Evan war Judys Gatte. Dies war Judys Heim. In diesen Räumen bewegte sie sich Tag für Tag.

»Nun, Jonathan!« Evan hatte seiner Stimme einen herzlichen Klang verliehen. Er war aufgestanden, um Jonathan die Hand zu schütteln, und dann setzte er sich wieder an seinen Schreibtisch. Er hatte vorgehabt, förmlich und geschäftlich zu bleiben, doch der Anblick Jonathans, der in dem gewohnten grauen Anzug ruhig vor ihm saß, hatte eine Wärme in ihm erweckt, die er in diesen Tagen wachsenden Erfolgs nicht häufig spürte. Auch das Amt des Gouverneurs wartete auf ihn.

»Wir wollen wieder dort anfangen, wo wir aufgehört haben, Jonnie.« Sein feines und sympathisches Lächeln verjüngte sein Gesicht so sehr, daß Jonathan ihn darin wiedererkannte. Sein erster Gedanke war gewesen, daß Evan sich sehr verändert hatte. Das frühe Grau in dem dunklen Haar hatte ihm etwas Fremdes verliehen.

»Ich komme nicht wegen vergangener Dinge, Evan«, sagte er ruhig. »Ich komme wegen einer Frage, die mich beschäftigt. Ich werde eine ganze Menge Geld brauchen. Für Median, nicht für mich. Es sieht aus, als ob wir zum Hauptort des Distrikts gewählt würden, wenn Ashbee keinen Protest gegen die Wahl erhebt, und wenn Ashbee es tut, so wäre es für uns von Vorteil, sagen zu können, daß wir die Mittel zum Bau eines Gerichtsgebäudes besitzen.«

Wieder lächelte Evan. »Du wolltest nicht zulassen, daß ich aus Median ein Zentrum des Viehhandels machte. Jetzt könnte ich Rache nehmen. Ich möchte nicht sagen, daß ich dazu nicht imstande wäre.«

»Ein Hauptort eines Distrikts zu werden ist eine respektable, würdige Sache«, entgegnete Jonathan, »etwas ganz anderes als eine lärmende, wüste Viehhändlerstadt. Wenn Median Hauptort des Distrikts wird, so wird man Kirchen bauen, und Gesetz und Ordnung werden herrschen. Die Leute, die sich ansiedeln, werden zur besseren Art gehören.« Er sah mit seinen kühlen, grauen Augen ruhig Evan an.

Er hat Judy vergessen, dachte Evan. Er ist ein komischer, kalter Bursche, aber irgendwie habe ich ihn noch immer gern, wenn er auch nie etwas anderes sein wird als der Leiter einer Kleinstadtschule.

»Baust du noch immer Median auf, Jonathan?« fragte er laut. »Wie weit hältst du denn auf dem Plan, den wir miteinander entworfen haben?«

»Das Schulhaus ist da, das Postamt ist da, und nach dem Gericht möchte ich an den Bau der Kirche gehn. Ich habe einen jungen Menschen für die Stelle des Geistlichen im Sinn, obgleich er jetzt bei den Indianern ist. Aber ich werde ihn zurücklocken – vielleicht mit der Kirche.«

»Hast du Kinder?« Evans Frage war ein Vorstoß.

»Einen Jungen und ein Mädchen«, erwiderte Jonathan.

»Da bist du glücklicher als ich«, sagte Evan. »Judy hat nie ein Kind gehabt.«

Der Name fiel zwischen sie wie ein Stein, und Jonathan konnte kein Wort hervorbringen. Sekundenlang versagte ihm die Sprache, so sehr er sich auch mühte. Sein Herz, das er sogar vor sich selber so sorgsam verbarg, pochte unter dem grauen Rock, und Evan, der ihn beobachtete, sah, wie ein stumpfes Rot in die farblosen Wangen aufstieg.

Er denkt noch immer an sie, dachte Evan mit kühlem Mitleid. Er wandte die große Fotografie auf dem Schreibtisch plötzlich um und zeigte sie Jonathan. »Sie hat sich nur wenig verändert«, sagte er leichthin.

Jonathan rührte sich nicht um Haaresbreite. Die Hände auf den Knien, blieb er sitzen. Doch mit seinem ganzen Herzen blickte er auf Judys Züge. Sie war sehr schön. In der Üppigkeit eines Abendkleids, mit Juwelen um dem bloßen Hals, sah sie unendlich viel schöner aus, als er sie in Erinnerung hatte. Wie schlecht hätte sie in sein einfaches, bescheidenes Heim gepaßt! Nein, Katie war der Frauentypus, den man aus seiner Türe treten zu sehen erwartete. Eine geschäftige Hausfrau, ein sauberes, gebräuntes Gesicht, in das ein zweites Mal zu schauen niemanden gelüstete.

»Was vergangen ist, ist vergangen«, sagte Evan. Er lachte kurz. »Ich glaubte, Judy werde launisch sein, Jon, wie das bei hübschen Mädchen häufig vorkommt, aber sie hat sich mit der Ehe befreundet. Sie ist eine sehr merkwürdige Frau, Jonathan.«

»So?« erwiderte Jonathan steif. Er wollte Evan nicht über Judy sprechen hören. Nein, er wollte von keinem Mann ein Wort über dessen Frau hören.

Evan sah, wie das blasse, unhübsche Gesicht streng wurde. Es sollte also keine Sühne geben! Er lachte unbehaglich. »Du meinst, daß ich mir mein Bett selber gemacht habe!«

»Ich denke nur an das, was mich hergeführt hat. Willst du tun, was ich von dir erbeten habe?« Doch sein Herz pochte in seinem ganzen Körper. Wie konnte dieser Mann es wagen, in seiner Liebe enttäuscht zu sein? Hatte Judy bereut, was sie getan hatte? Rührte ihre Kälte von etwas Tieferem in ihrem Wesen her? Erinnert sie sich noch an mich? fragte sein Herz.

»Nun, Evan?« fragte er und ließ seine Stimme trocken klingen.

Evan stellte die Fotografie wieder auf den Schreibtisch. »Was hast du mir vorzuschlagen?«

»Eine Anleihe von zehntausend Dollar zu sechs Prozent Zinsen, als Sicherheit die neuen Baugründe der Stadt.«

»Könnt ihr sie verkaufen?«

»Mit der Zeit bestimmt.«

»Welcher Zeit?«

»Zehn Jahre.«

»Wie viele Einwohner habt ihr heute?«

»Dreitausendzweihundertzehn.«

»Die Neger inbegriffen?«

»Warum nicht?« In Jonathans blassen Augen funkelte ein kalter Blitz, und Evan lachte.

»Noch immer so eine hohe Meinung von den Niggern?«

»Keine höhere als von den andern Leuten, aber auch keine geringere.«

Evan beugte sich vor. »Sag, was ist denn aus dem Burschen geworden, den du nach Frankreich geschickt hast?«

»Er hat voriges Jahr in Paris seinen Doktor gemacht. Er hat eine junge Französin geheiratet.«

»Was du nicht sagst! Aber die Franzosen sind doch Weiße!«

»Ich glaube schon«, sagte Jonathan sehr kalt.

Evan hielt den Atem an. »Na, hier könnte das nicht passieren!«

»Beaumont selber ist ein Beweis dafür, daß es auch hier passieren kann.«

»Was meinst du damit?« fragte Evan.

»Beaumonts Vater war doch ein Weißer!«

»Na, Jon – das ist doch etwas anderes, und du weißt es ganz genau!« rief Evan.

»Nein, ich weiß es nicht.«

Jonathans magerer Körper hatte sich in Kampflust gestreckt, und plötzlich lachte Evan. »Du hast nicht ein Haar auf deinem Kopf verändert, Jon! Du hast dich nicht verändert, und dabei wollen wir es bewenden lassen. Und nun zu der Geldfrage. Du sollst es haben. Ich mache kein Hehl daraus, daß ich nicht so viel Geld in Median stecken würde, wenn es nicht um deinetwillen wäre, Jonathan. Median ist keine Stadt nach meinem Sinn. Hier in Topeka haben wir eben Obligationen für den neuen Trolleybusverkehr ausgegeben, und das ist eine vernünftige Anlage. Trolleys wird man brauchen, solange die Stadt steht. Aber ich weiß nicht, ob Median jemals so groß werden wird, daß es Trolleybusse brauchen könnte. Tatsächlich sehe ich keinen rechten Grund, weshalb Median wachsen sollte.«

Jonathan unterbrach ihn. »Ich habe gar nicht den Wunsch, Median wachsen zu sehen, nur damit es eine große Stadt wird. Was für Leute in Median leben, ist wichtiger, als wie viele. Und wir haben anständige Menschen bei uns. Es sind ehrenwerte Leute. Du brauchst keine Angst zu haben. Euer Geld wird durch Steuern hereingebracht werden.«

»Solange du lebst, bin ich sicher«, sagte Evan. Sein gutes Lächeln durchwärmte seine Worte.

»Dank dir«, sagte Jonathan. Er stand auf. »Ich habe vor, recht lange zu leben.«

Sie schüttelten einander kurz die Hand und trennten sich. Beiden war bewußt geworden, daß sie nicht mehr Brüder waren wie einst, und darum waren sie auch traurig, als sie sich trennten.

In der Halle zog Jonathan rasch seinen Mantel an und nahm den Hut aus der Hand des Negers. Es drängte ihn, dieses Haus zu verlassen, und doch konnte er nicht anders – er mußte sich umsehen und die Stiege hinaufblicken. Wie still war dieses Haus! Kein Laut kam aus diesen Räumen, die mit Teppichen belegt und mit Vorhängen verschlossen waren.

Doch er blieb, von einer seltsamen, lähmenden Ahnung befallen, stehn, als wüßte er, daß sich die Türe nicht endgültig geschlossen hatte. War das nun alles oder nicht? Er wollte gehn, und dennoch hatte er das Gefühl, als sei er noch nicht frei. Und während er verweilte, öffnete die Türe sich plötzlich wieder. Judy stand vor ihm.

Im Augenblick, da er sie sah, wußte er, daß er nur darum gekommen war und daß es ihm unmöglich gewesen wäre, wegzugehn, ohne sie zu sehen. Sie war schöner, als seine Erinnerungen sie bewahrt hatten. Er hatte vor Judy noch nie ein schöneres Mädchen gesehen, und er hatte auch noch nie eine schöne Frau gesehen, bevor er Judy zu sehen bekam.

Sie begann endlich zu sprechen. »Jonathan, ich konnte – ich konnte dich nicht einfach so gehn lassen.«

Er brachte kein Wort heraus, sah sie an, und dann streckte sie die Hand nach ihm aus.

»Du bist mir doch nicht noch immer böse, Jonathan?«

Er schüttelte den Kopf und spürte, wie ihre Hand in der seinen lag, die wie in einem Krampf zitterte. Sie schaute dahin und dorthin und flüsterte: »Ich habe oft gedacht, daß du mich doch am meisten geliebt hast, Jonathan.«

Er konnte nicht reden. Er führte ihre kleine Hand an die Lippen, und dann wußte er, was er zu tun hatte, er wandte sich um, eilte die Stufen hinunter und sprang in den Wagen, der ihn erwartete. Noch einen Blick warf er nach der Türe. Sie stand noch immer dort und hielt die Hand, die er geküßt hatte, an den Mund.

»Vorwärts!« rief er dem Kutscher zu. Es graute ihm vor sich selber. Ich darf ihr noch nicht nahe kommen, dachte er. Ich liebe sie immer noch.

»Hast du das Geld gekriegt?« Katies Stimme, ihr Gesicht über den Eßtisch hinüber, die Kinder zwischen ihnen – das war es, was er Abend für Abend vor sich hatte. Nichts war besser, nichts schlechter geworden.

»Ja, ich habe es bekommen«, sagte er.

Katie musterte ihn. »Du bist doch nicht krank, Jonathan?«

»Nein – ich bin nur müde.«

»Und ich hatte geglaubt, ein Tag in der Stadt würde dich aufpulvern!« sagte sie.

Er brachte ein schwaches Lächeln auf. »Findest du denn, daß ich eine Aufpulverung nötig habe?«

Er war abends, vom Gefühl seiner großen Schuld Katie gegenüber beschattet, in sein Heim getreten. Ja, er schuldete ihr viel, dieser hart arbeitenden Frau, die in sein Haus gehörte und daraus ein Heim machte, wie es einem Manne wie ihm gemäß war. Judy wäre ein Paradiesvogel gewesen, und was hätte ein Mensch wie er mit ihr anfangen sollen?

Freundlich sagte er: »Ich habe ein paar interessante Dinge gehört. In Topeka werden Trolleybusse eingeführt –«

»Für mich ist nur wichtig, daß du nicht krank bist«, sagte Katie.

Doch in der Nacht, als er schlaflos neben ihr im Bett lag, empfand er plötzlich das Bedürfnis, Katie sein ganzes Herz auszuschütten. Es wäre eine Erleichterung für ihn, die Last seiner Liebe zu teilen, ihr zu sagen, daß er für alle Zeit in ihrer Schuld stehn müsse, weil er sie geheiratet hatte, obgleich er eine andere Frau liebte und seit heute wußte, daß er diese andere Frau sein Leben lang lieben werde. Warum sollte er Katie etwas sagen, was zu schwer war, als daß sie es ertragen könnte. Solange sie lebte, würde sie unter diesem Wissen gebeugt sein.

Ein anderer Mann würde Katie verlassen, dachte er bitter, aber ich kann es nicht – ich werde es nicht. Zu sehr liegt mir am Herzen, was ich hier in Median aufgebaut habe.

Ja, er war einer jener Männer, die eine Frau mit aller Kraft und allen Qualen lieben können, und dennoch dieser Liebe wegen nicht aufgeben, was sie sind. Nein, auch um einer Liebe willen konnte er nicht sich selber aufgeben.

»Dad hat Jennet geheiratet«, sagte Jamie, als ob er einen guten Witz erzählen würde.

Jonathan schaute von einem Stoß Baupläne auf, die vor ihm lagen. Vor einer Stunde war Jamie eingetreten.

»Was sagst du da, Jamie?« rief er.

»Weiß Gott, es ist so. Dad hat Jennet Drear geheiratet«, wiederholte Jamie grinsend.

»Das ist doch unmöglich!« sagte Jonathan.

»Diese Jennet!« schrie Katie.

»Sieht so aus, als ob sie dagewesen wäre, als er eines Nachts heimkam, und so – ist's passiert«, berichtete Jamie.

»Wieso ist sie denn überhaupt dort gewesen?« fragte Katie. Sie erinnerte sich an Jennet, wie ein häßliches kleines Mädchen sich an ein älteres, hübscheres Mädchen erinnert. Ein alter Neid meldete sich stechend in ihr.

»Na, sie ist eben von der nächsten Ranch hinübergekommen, wo sie eine Zeitlang gehaust hatte.«

Plötzlich nahm Jonathan seine Papiere und verließ das Zimmer. Er wollte allein sein, um sich selber darüber klarzuwerden, warum er so wütend auf seinen Vater war. Er ging durch Schatten und Mondschein über das Gras, die Stufen zum Schulhaus hinauf, in sein Büro und zündete die Petroleumlampe auf seinem Schreibtisch an. Er warf die Pläne auf den Boden, setzte sich, schob die Hände tief in die Taschen und starrte vor sich hin.

An der Wand hing eine Karte von Europa, und in einer Ecke sah er den länglichen, farbigen Streifen, der England war. Seine Mutter wäre noch heute am Leben, wenn sie dort geblieben wären. Sie war gestorben, weil sein Vater, von Ungeduld geplagt, nichts von stetiger Arbeit wissen wollte, nichts von dem, was Engländer als recht und gerecht ansehen. Und selbst jetzt, als alter Mann, hatte er nicht das Anstandsgefühl, um ihretwillen Witwer zu bleiben, um ihretwillen, die so winzig und verloren in ihrem kleinen Grab unter dieser endlosen Ebene lag!

34

Es war beinahe sechs Uhr an einem Sommertag des nächsten Jahres, als Jonathan Schritte auf dem Aschenpfad hörte, der von seinem eigenen Hause zu der offenen Türe des Schulhauses führte. Es war ihm unbehaglich bewußt, daß Katie ihn jeden Augenblick zu Tisch holen lassen konnte.

Sekundenlang glaubte er, bevor er aufschaute, es sei Maggies Schritt. Doch das war nicht Maggie. Er sah auf, und ein fremder Mann stand in der Türe. Der Abendsonnenschein des Sommertags fiel durch ein staubiges Westfenster und ließ ihn einen breitschultrigen Mann mit kräftigen Beinen erkennen, das Gesicht rasiert, als ob er noch jung wäre, und doch bewiesen die Furchen, daß er nicht mehr jung war.

»Sie sind Jonathan Goodliffe?«

Der Mann lehnte Arm und Hand an den Türrahmen.

»Ja, das bin ich«, erwiderte Jonathan.

»Sie kennen mich nicht?« fragte der Mann.

»Nicht daß ich wüßte«, erwiderte Jonathan.

»Haben mich noch nie gesehen?«

Jonathan musterte das sonnverbrannte Gesicht. »Könnte nicht sagen.«

»Nie den Namen George Tenney gehört?«

Jonathan sah ihn nochmals an, und jetzt schien das Gesicht jung und vertraut zu sein. »Sie waren auf dem Schiff, das aus England kam.«

»Ja, da war ich, und ich habe Ihnen meinen Namen genannt, aber Sie haben mir nie eine Nachricht von Maggie zukommen lassen, obgleich Sie mir's versprochen hatten.«

»Ich hatte das nicht so ernst genommen«, sagte Jonathan lächelnd.

George Tenney musterte Jonathan. »Sie hätt ich erkannt, wo's auch gewesen wäre«, sagte er.

»Ich verändere mich wohl nicht sehr«, sagte Jonathan ruhig. »Kommen Sie doch herein!«

Doch nun waren es Maggies Schritte, fest und eilig.

»Jonathan!« Ihre helle, junge Stimme klang durch das Schweigen des Abends. »Zu Tisch!«

»Das ist Maggie!« sagte George Tenney.

»Woher wissen Sie das?« fragte Jonathan.

»Ich kenne Maggie«, erwiderte George Tenney. Ein seltsamer scheuer Ausdruck trat auf seine Züge, und er schaute über die Schulter zurück. Und dann kam Maggie näher und musterte mit jugendlicher Strenge den Mann in der Türe.

»Nun?« fragte sie ohne Scheu.

George Tenneys blaue Augen lächelten ihr zu. »Geh einmal unter meinem Arm durch, damit ich sehen kann, ob du auch die rechte Größe hast«, sagte er langsam.

Maggie war leicht gekränkt.

»Ich weiß nicht, was meine Größe mit Ihnen zu schaffen haben soll!« rief sie.

»Ziemlich viel«, sagte er. »Ich bin George Tenney.«

Er konnte nicht mehr verlangen, als daß sich Maggies Wangen plötzlich rot färbten.

»Hast du meinen Brief bekommen?«

Sie warf den Kopf zurück. »Was für einen Brief?«

»Du hast mir nicht geantwortet, und da bin ich selber gekommen.«

»Ich antworte Fremden nicht!« rief sie.

»Ich bin kein Fremder«, sagte er mit seiner langsamen, tiefen Stimme. »Geh unter meinem Arm durch, Maggie.« Sie rührte sich nicht, und er wiederholte die Worte, aber sie klangen nicht wie ein Befehl. Seine Augen lächelten ihr zu.

Sie blieb stehn, widerspenstig, unwillig, scheu. Aber in ihr arbeitete es, und sie wollte diesen Mann jenem andern konturlosen Mann angleichen, dessen Brief sie all diese Monate aufbewahrt hatte. Sekundenlang sah sie die beiden Männer nebeneinander, und dann wuchs dieser wirkliche Mann neben dem heraufbeschworenen Schatten zu starker Wesenhaftigkeit, und plötzlich, ohne den Kopf zu beugen, ging sie unter seinem Arm hindurch. Er ließ seine Hand leicht auf ihre Schulter fallen.

»Du hast genau die Größe, die ich mir vorgestellt hatte«, sagte er freundlich. Die Hand noch immer auf ihrer Schulter, wandte er sich zu Jonathan. »Ich komme mit Ihnen zum Abendessen, Jonathan, da ich ja doch zur Familie gehöre.«

»Maggie ist zu jung für Sie, George«, sagte Jonathan. –

Während des Abendessens beobachtete er George Tenney, wie er aß und trank und sich mit einem Kinde nach dem andern anfreundete und zu Katie ein Mal übers andre Mal sagte: »Ma'am« und »Vielen Dank!« Jonathan freute sich darüber, wie dieser fremde Mann jedem Kind gegenüber einen netten Ton fand. Zum kleinen Jon sprach er über seine Tätigkeit ebenso ernst, als spräche er zu einem Erwachsenen.

»Ich beschäftige mich mit Viehzucht«, sagte er. »Ich treibe die Herden von Texas zusammen. Es ist ein recht gewöhnliches Geschäft, aber es trägt etwas. Und ich hab nicht vor, dabei zu bleiben. Ich hab noch andere Eisen im Feuer – eine Ranch zum Beispiel, mit Pferdezucht, und wenn dein Pa es erlaubt, könntest du mich besuchen und mir einen Sommer lang helfen. Du kannst dir ein junges Pferd aussuchen.«

»Darf ich, Vater?« fragte Jon sehnsüchtig. Er war ein stämmiger Junge und glich mehr seinem Großvater Lew.

»Vielleicht«, erwiderte Jonathan.

George neckte Lula mit ihren blonden Locken.

»Kommen aus dem Laden«, sagte er. »Darauf könnt ich schwören, so etwas ist nicht auf deinem Kopf gewachsen. Du hast sie dir gekauft und mit Leim festgeklebt.«

»Keine Spur!« schrie Lula entsetzt und zog an den Haaren, um ihn zu überzeugen.

»Und die roten Backen sind angemalt, und wirkliche Augen sind nie so blau wie deine. Du bist einfach eine Puppe, wie man sie im Laden kauft.«

»Nein – nein – nein!« kreischte Lula außer sich vor Freude. »Ich bin ganz lebendig!«

»Komm her und laß deine Arme fühlen! Alles voll mit Sägemehl, was?« sagte George in tiefem Ernst. Er zwickte sie in den kleinen Arm. »Nein, wahrhaftig, sie ist ja lebendig, Jonathan! Ich hätt's nicht geglaubt. Sie sieht aus wie eine Puppe aus dem Schaufenster, aber sie ist gar keine Puppe!«

Und während er schwatzte und die Kinder neckte, hatte er den Arm um Mary gelegt, die schmächtig, still und dunkel war. Sie neckte er nicht, noch redete er viel zu ihr, aber sie fühlte sich in dem mächtigen Schutz seines Armes sicher und zufrieden. Jonathan hatte seine Freude daran, daß George sich im Kreis der Familie so wohlfühlte, und daß ihm offenbar nichts dran gelegen war, mit Maggie allein zu sein. Es mußte noch manches Wort zwischen den beiden Männern gesprochen werden, bevor Jonathan Maggie mit diesem Mann allein lassen wollte, der alt genug war, um ihr Vater zu sein. Maggie war stiller als je zuvor in ihrem Leben, und niemand konnte erraten, was hinter dieser Stirne vorging. Als die kleineren Kinder zu Bett gingen, stand sie auf und sagte zu Katie: »Heute abend werde ich das Brot backen.« Und dann verzog sie sich in die Küche.

Die drei Erwachsenen blieben allein, und Katie, die Lippen zusammengezogen, griff nach ihrem Nähkorb. Jonathan würde sprechen, aber sie würde zuhören und auf seiner Seite sein. Sie wollte Maggie verheiraten und diese Sorge loswerden, gewiß, doch nur, wenn dies der Mann war, den Jonathan in der Familie haben wollte.

»Ich bin ein wenig zu alt für Maggie«, gab George zu, »aber nicht gar zu alt. Ich bin vierzig, und Maggie ist achtzehn. Aber ich bin ein junger Vierziger, und sie ist für achtzehn sehr reif. Hier draußen sind die Mädchen sehr früh reif. Und ich möchte nicht, daß jemand mir Maggie wegschnappt. Ich habe jetzt viele Jahre lang an Maggie gedacht und sie als meine zukünftige Frau betrachtet.«

»Es ist doch kaum vorstellbar, daß ein Mann sich an ein kleines Kind erinnert«, sagte Jonathan.

»Es war kein kleines Kind, an das ich mich erinnert hab, sondern Maggie.«

Jonathan dachte eine Weile lang über Maggie nach. Ein unruhiges, gesundes Kind. »Sie werden einige Schwierigkeiten mit ihr haben.«

»Ich hab eine Menge Pferde gezähmt«, sagte George Tenney, »und immer mit Güte. Ich hab nie eine Peitsche gebraucht.«

»Für den Viehhandel habe ich nicht viel übrig.«

»Ich auch nicht, und ich will mich auch auf die Pferdezucht verlegen. Ich hab meine eigene Ranch, und mir gehört eine halbe Goldmine, die eine Menge Geld trägt. Ich möchte meiner Frau ein Klavier kaufen und auch einen eigenen Wagen, wenn sie ihn haben will.«

Katie schaute von der Socke in ihrer Hand auf. »Maggie ist furchtbar halsstarrig«, sagte sie.

»Ja, Ma'am, das hab ich schon bemerkt«, erwiderte George höflich. Jonathans Frau war die ehrbare, tüchtige Hausfrau, wie man sie hier im Lande allgemein traf, das Salz der Erde, dachte George, der sie sehr sympathisch fand, obgleich sie gar nicht hübsch war.

Katie spürte Jonathans Blick auf sich und stand auf. Er brauchte kein Wort zu sprechen. Sie verstand, daß er mit dem Mann allein bleiben wollte, und so ging sie. Nun räusperte sich Jonathan.

»George, ich vertrete sozusagen Vaterstelle an Maggie.«

»Ist der Alte Herr gestorben?«

»Nein, aber er kümmert sich nicht um die Kinder«, sagte Jonathan. »Und um meiner toten Mutter willen muß ich Sie fragen, ob Sie, Ihrer eigenen Ansicht nach, der rechte Mann sind, um ein reines, junges Mädchen zu heiraten. Wenn Sie in ihrem Alter wären, würde ich Sie nicht fragen. Aber bei Ihrem Geschäft gibt es – gibt es Versuchungen. Und Sie sind jetzt zwanzig Jahre lang dabei.«

»Versuchungen?« George lachte auf. »Ja, wenn's Versuchungen gegeben hat, so hab ich ihnen meist widerstehn können. Ich bin gesund, wenn's das ist, was Ihnen Sorgen macht, und jetzt, da ich mein Mädel gefunden habe, ist alles andere vorüber. Es gibt nur zweierlei Frauenzimmer auf der Welt, gute und schlechte, und die schlechten sind im Leben des Mannes nur vorübergehende Abenteuer.«

Jonathan widersprach ihm nicht. Katie gehörte zu den guten, Jennet zu den schlechten. Und was war Judy? Doch vielleicht war Judy ein Einzelfall auf der Welt.

»Nun, ich sage noch immer, daß Sie zu alt sind oder Maggie zu jung. Aber ich meine, daß Maggie selber zu einem Entschluß kommen muß«, sagte er widerstrebend.

»Ich bin bereit, es Maggie zu überlassen«, sagte George. Er stand auf. »Soll ich zu ihr in die Küche gehn?«

»Ich werde sie Ihnen hereinschicken«, sagte Jonathan. Er empfand einen leisen Widerwillen gegen die Erregung, die er in Georges Augen aufsteigen sah.

»Ich möchte lieber in der Küche mit ihr reden«, sagte George.

»Gute Nacht denn«, sagte Jonathan brüsk.

Katie war bereits zu Bett gegangen. »Willst du sie ihm geben?« fragte sie.

»Maggie soll tun, was sie selber will«, sagte er. Er blies das Licht aus und stieg ins Bett. Er war der Liebe und all ihrer Wege müde. Er hatte anderes vor sich, und er wollte alles, was mit der Liebe zu tun hatte, verdrängen. Aber anderseits war es ihm recht, daß Maggie früh aus dem Haus kam. Mit Leidenschaften wußte er nichts anzufangen.

»Ist dir auch ganz wohl?« fragte Katie. Sie befühlte seine Stirn. »Du hast doch nichts mit der Galle?«

»Nein«, sagte er sanft. Plötzlich war er ihr dankbar.

»Bei deiner guten Küche kann ein Mann nichts mit der Galle haben, Katie«, sagte er.

»Ach«, sagte Katie, doch er fühlte, daß sie glücklich war.

George Tenney saß in dem alten Küchenstuhl, der mit Stoffresten gepolstert war, und hielt Maggie auf den Knien. Der Herd war warm, denn George hatte Holz nachgelegt.

»Ich bin froh, daß du dich zu was Rechtem entwickelt hast, Mädel«, sagte er. »Frauenzimmer, die ausschauen wie Anfeuerholz, hab ich nie leiden können.«

Maggie errötete, und sie lachte laut. »Ich bin zu dick.«

»Nicht für mich«, meinte er.

»Ich bin aus allen meinen Sachen herausgewachsen«, erzählte sie stolz. »Und nun hat mein Bruder Jonathan mir erlaubt, daß ich mir zwei neue Kleider nähen darf.«

»Hast du das auch selber gemacht?« fragte er. Er strich den hellgrünen Stoff über ihren runden Schenkeln glatt. Er wollte sehr gut zu diesem jungen Ding sein. Sie war heiß wie Feuer, das konnte er merken, und eine Beute für jeden Mann, weil sie sich selber noch nicht kannte. Solche Mädel sollten lieber bald heiraten, und zwar einen Mann, der mit ihnen umzugehen wußte. Er war jedenfalls just im rechten Augenblick gekommen, bevor ein anderer Mann sich der Sache annahm. Seine Hand war an ihr in die Höhe geglitten und hatte ihre junge Brust erreicht. Sie wehrte ihn ab.

»Nicht!« sagte sie scharf und wollte aufstehn.

Aber er hielt sie fest. »Warte«, befahl er. »Ich werd's nicht wieder tun, wenn du nicht magst. Ich hab mit Jonathan gesprochen, und er sagt, daß du's halten sollst, wie du willst. Na – willst du mich haben, Maggie?«

»Ich kenne dich doch kaum.«

»Du kennst mich, aber du erinnerst dich nicht mehr.«

»Du bist doch erst heute wiedergekommen!«

»Hast du den Brief behalten, den ich dir geschrieben habe?«

Sie senkte den Kopf. »Er ist hier«, sagte sie und legte die Hand auf die Brust.

»Hast du darum meine Hand weggeschoben?«

Sie antwortete nicht, aber ihr sehr bereites Blut pochte.

Sie zitterte seiner Liebe entgegen. Er war schöner als irgendein Mann in Median, ein schöner, aufrechter Mann, so wie sie die Männer gern hatte, mit breiten Schultern und stämmigen Beinen und einer Stimme, die man weit übers Feld hören konnte. Und sie war nur ein Mädchen, und, wie sie manchmal fürchtete, kein sehr hübsches Mädchen. Ihr Körper begann sie zu schmerzen, und sie sah George an. Und dann plötzlich barg sie das Gesicht an seiner Schulter.

Er hielt sie, als ob sie ein dreijähriges Kind gewesen wäre. »So, so – so! Ich werde dich nicht drängen oder irgendwie zwingen. Es soll alles so geschehen, wie du selber es willst, meine kleine Mags!«

Doch sie ergriff seine Hand und preßte sie an ihren Busen.

»Da ist er«, flüsterte sie und hielt seine Hand fest auf ihrem warmen, jungen Fleisch.

Einen Monat später waren in Jonathans Heim nur drei Kinder zurückgeblieben, sein Sohn, seine Tochter und seine kleine Schwester Mary. George Tenney war gegangen und zweimal wiedergekommen, und beim dritten Male hatte er Maggie mit sich genommen. Es war eine sehr passende Verbindung. Jonathan gewann seinen neuen Schwager mit jedem Male lieber, obgleich George nur wenig Schulbildung besaß und in seinem ganzen Leben noch kein Buch von Anfang bis zu Ende gelesen hatte. Doch in diesen Gegenden war es bei den meisten Männern nicht anders, und Maggie selber war auch nicht gerade aufs Lesen versessen.

In jenem einen Monat wurde sie zur heiratsreifen Frau. Ihr ganzes Wesen wurde durch die Liebe bestimmt. Sie gab das wenige Geld, das Jonathan ihr zukommen lassen konnte, behutsam aus, und kein einziges Mal kam es zu Zwistigkeiten mit Katie. Statt dessen notierte sie sich Rezepte, kümmerte sich um die Küche, lernte willig alles, wogegen sie vorher rebelliert hatte. Katie war großherzig, unterwies sie, half ihr mit allerlei Ratschlägen und erlaubte ihr, sich im Laden auszusuchen, was sie brauchte. Als Jonathan einmal im Gemüsegarten das Unkraut jätete, machte Maggie ihrem Entzücken über Katies Güte Luft.

»Es ist allerdings nicht mehr viel da«, fügte sie sachlich hinzu. »Das Geschäft geht schrecklich zurück, Jonathan.«

Er sah von seinen Rüben auf. »Ja?« fragte er scharf. »Auf welche Art?«

»Nun, das Lager ist kläglich«, sagte Maggie, »und Mistreß Merridy ist nicht viel im Laden, die Buben nehmen, was sie nur wollen, und der alte Cobb ist richtig faul. Er arbeitet nur, wenn Katie oder Mistreß Merridy da ist.«

»Ich muß einmal mit Katie reden«, sagte Jonathan. Er sprach sonst mit voller Absicht nicht mit Katie über das Geschäft, denn auf ihm lastete das unbehagliche Wissen, daß sie ihn am liebsten wieder hinter dem Ladentisch gesehen hätte. Aber vielleicht war er das Lew überhaupt schuldig. Überdies brauchte Median ein gutes, kleines Warenhaus. Er schob die Erörterung dieser Frage nach der Hochzeit auf. Die Trauung fand in der neuen Kirche statt.

Eine neue, kleine Zeitung bahnte sich einmal in der Woche den Weg in die Öffentlichkeit, und dies war die erste Hochzeit, über die sie berichten durfte.

Als die Hochzeit vorüber war und man sich in Jonathans Haus zu Kuchen und Limonade traf, nahm er George beiseite.

»Meine Mutter sagte immer, Maggie bedürfe hin und wieder einer kleinen Tracht Prügel. Sei also nicht gar zu sanft mit ihr!«

»Nur keine Sorge«, grinste George. »In meinen Jahren werde ich die Oberhand behalten können!«

Er sah, wie sie sein Haus verließen und den geräuschvoll klappernden kleinen Zug bestiegen, der sie nach dem Westen entführen sollte. Derzeit waren Reisewagen nicht mehr beliebt. Die Leute fuhren von Median mit der Eisenbahn nach dem Westen. Jonathan steckte Maggie eine Zehndollarnote in die Hand, als er sie zum Abschied auf die Wange küßte, und dann schlang sie die Arme um ihn und küßte ihn noch.

»Du hast schon viel zuviel für mich getan«, flüsterte sie ihm zu.

»Nimm's nur«, sagte er. »Es ist ja nur zum Verbrauchtwerden da!«

»Aber du hättest es selber nötig!«

»Ich habe, was ich brauche, glaube ich.«

Als er die Türe seines Hauses öffnete, war es, als ob die Stille ihn ins Herz treffen würde.

Eins nach dem andern schickte er sie von sich fort, die Kinder, die seine Mutter ihm hinterlassen hatte, und bald würden auch seine eigenen Kinder an der Reihe sein. Und dann würden er und Katie allein bleiben und nichts zwischen ihnen als Schuld. Wenn dieser Tag einmal kommt, werde ich alt sein. Doch er schob den Gedanken an das Alter gleich wieder weit von sich. Vorher habe ich noch eine ganze Menge zu tun, dachte er.

35

Die Sonnenölgesellschaft war, wie Jamie entdeckte, identisch mit Evan Bayne, dem neuen Kandidaten für das Amt des Gouverneurs im Staate. Jamie hatte die letzten Monate in Ruths Haus verbracht. Hier schlief er bei Nacht, und die Tage verbrachte er damit, auf seinem Pferd jeden Morgen des umliegenden Landes zu untersuchen. Er kaufte dreihundert Morgen Land und eine Option auf das Dreifache, bis er seine Ersparnisse aufgebraucht hatte. Dann sah er sich nach weiteren Hilfsmitteln um, und Matthew erzählte ihm von der Gesellschaft.

Ohne Kapital fuhr er nach Topeka, um mit dem Direktor zu sprechen und sich selber der Gesellschaft anzubieten. Nirgends auf seinem Besitztum war bisher Öl gefunden worden, doch das konnte in jedem Augenblick geschehen. Für einen jungen Menschen waren seine Aussichten gut, auch wenn er kein Kapital besaß.

So dachte auch Evan, der ihn genau musterte. Ein hübscher Kerl, dieser Bruder Jonathans! An dem war keine Spur von Jonathans sanftem, englischem Aussehen und Wesen. Er war groß, hatte einen verwegenen Ausdruck, sein kurz geschnittenes schwarzes Haar war rauh und gekraust. Sein Mund hatte einen entschlossenen Zug. Plötzlich kam es Evan in den Sinn, daß seine Schwester Laura zu Besuch kommen wollte, und bei ihrem letzten Besuch hatte sie erklärt, sie käme nicht wieder, wenn er ihr nicht wenigstens einen einzigen in Betracht kommenden Mann vorstellen könne. Sie habe keine Zeit mehr zu verlieren, sagte sie. Kam dieser junge Mann in Betracht?

»Ich glaube, daß ich vielleicht etwas für Sie tun kann«, sagte Evan. »Ich habe Ihren Bruder sehr gern.«

Jamies Gesicht verriet nichts. »Ich möchte natürlich nicht, daß Sie nur Jonathans wegen etwas für mich tun. Ich will auf eigenen Füßen stehn.«

»Gewiß –«

Eine junge Frau trat ins Zimmer. Sie war nach neuester Mode gekleidet, und das glänzende schwarze Haar umrahmte ihr blasses Gesicht. Sie war nicht hübsch, und da sie ihm noch nicht vorgestellt wurde, beachtete Jamie sie nicht. Doch sobald sie sprach, horchte er auf. Sie hatte eine Stimme, so tief und voll wie die Saite eines Cellos. Diese Stimme erregte ihn tief.

»Haben Sie geläutet, Mister Bayne?«

»Dies ist meine Sekretärin, Miß Power«, sagte Evan jetzt. »Rachel, wann kommt Laura?«

»Samstag, Sir.«

»Kommen Sie Samstag abend zu uns«, sagte er zu Jamie. »Wir speisen um sieben Uhr. Nachher können wir uns unterhalten. Rachel, ich muß bis dahin die letzten Statistiken der Sonnenölgesellschaft haben.«

»Ja, Sir.« Abermals die tiefe, volle Stimme.

»Einverstanden, Sir.« Jamie stand auf.

Das schwarzhaarige Mädchen reichte ihm eine Karte, auf die sie schnell etwas notiert hatte. »Hier, Sir.«

Wieder spürte er die Erregung bis in die Wirbelsäule, und er schaute in ein schmales Gesicht, das nicht hübsch war, aber so klug, daß es ihn verwirrte.

Zu schön, dachte Laura. Soll ich's wagen?

Sie war älter als dieser Mann, vielleicht um ein Jahr älter, vielleicht aber auch um drei Jahre. Aber sie war so klein und er so groß. Überdies wollte sie nicht den ersten besten heiraten.

»Ich hasse Petroleum«, sagte sie. »Es riecht so sehr!«

Über ihre weiße Schulter lächelte sie Jamie ins Gesicht. Nicht ganz ein Gentleman, dachte sie, aber anderseits waren alle Männer, die sie kannte, Gentlemen, und sie hatte sie gründlich satt.

»Es riecht«, gab Jamie zu, »aber es lohnt sich.« Sein braunes Gesicht verzog sich zu einem strahlenden Lächeln, und sie lachte auch.

»Sie haben wohl nichts gegen Geld, was?« sagte sie.

»Es ist das, wonach ich vor allem Ausschau halte.«

»Mehr als nach irgend etwas anderem?«

»Wenn ich es habe, werde ich auch nach einer Frau Ausschau halten«, sagte er unverschämt.

Vor diesem Mädchen erwachte in ihm das Naturell seines Vaters. Kein hübsches Frauenzimmer hatte ihn je in seinem Leben so gereizt. Er mußte sich anständig benehmen, denn sie war die Schwester seines Chefs, aber seine Kühnheit wuchs. Kaum zehn Minuten war er im Hause gewesen, als Evan ihm schon mitgeteilt hatte, es werde sich ein Platz für ihn bei der Gesellschaft finden, wenn er mit gewissen finanziellen Abmachungen einverstanden wäre.

»Darauf können Sie wetten, Mister Bayne«, hatte er gesagt. Dann erblickte er das dunkle Mädchen neben dem Ellbogen seines Chefs und hörte ihre tiefe Stimme.

»Ich habe die Akten bereitgemacht, aber Sie werden wohl erst nach Tisch darüber sprechen wollen, Mister Bayne?«

»Ja – in der Bibliothek, Rachel!«

Sie hatte sich verzogen, doch bei Tisch saß sie zur Linken des Hausherrn. Jamie sah auch Judy, die am andern Ende des Tisches saß.

Abends, als Evan ihn vorgestellt hatte, war ihre einzige Antwort ein leichtes Neigen des Kopfes gewesen. Er erinnerte sich daran, wie er sie zum letzten Mal gesehen hatte, doch das erwähnte er nicht. Jetzt fragte er sich, was sie wohl von dieser dunklen jungen Frau neben ihrem Mann dachte, deren Cellostimme sich nur selten erhob, aber jedesmal Gehör erzwang. Jedermann konnte beobachten, daß Evan sich immer an sie wandte, wenn er etwas wünschte.

»Kann irgendwas Gutes aus Kansas kommen?« Lauras sympathische Stimme klang an seinem Ohr.

»Ich«, sagte er schlagfertig.

»Ich glaubte, Sie seien Engländer?«

»Wenn ich's je gewesen bin, so ist das jetzt vergessen.«

»Einmal habe ich Ihren Bruder kennengelernt – er war sehr englisch.«

»Ja, Jonathan ist ungefähr noch genauso, wie er immer gewesen ist. Er wohnt in Median. Wir haben uns in alle Winde zerstreut.«

»Und Jonathan will sich nicht um die Ölbohrungen kümmern?«

»Nein, er ist Lehrer. Er will nichts anderes sein. Median ist rund um ihn gewachsen, aber er geht seinen Weg wie bisher.«

»Ich würde ihn gern wiedersehen.«

»Er ist völlig unverändert.«

»Ist er wirklich so ganz anders als Sie?«

»Man würde uns nie für Brüder halten.«

»Vielleicht würde er mir besser gefallen als Sie.«

»Das würde mich überraschen, aber er wäre wohl noch überraschter als ich.«

Sie lachte ihr munteres Lachen. »Sie gefallen mir ganz gut«, sagte sie. Ihre unverhohlene Koketterie sollte recht harmlos wirken.

Jamie beugte sich zu ihr. »Ich möchte Ihnen so gut gefallen wie nur möglich.«

»Warum?«

»Weil ich mich vielleicht eines Tages in Sie verlieben werde.«

»Sie haben es zu eilig«, flüsterte sie. »Wir sind ja noch nicht einmal beim Dessert!«

»Dort, wo ich herkomme, hat man's immer eilig«, sagte er.

Katie saß am Fenster des Wohnzimmers und schaute auf die Uhr. Es war sechs Uhr, ein Novembertag, und der Himmel war bereits schwarz. Gegenüber brannte das Licht im Büro des Schulhauses. Jonathan arbeitete noch immer. Früher hatte sie ihn durch das vorhanglose Fenster sehen können. Dann hatte er eines Tages erklärt, es falle zuviel Licht aus dem Fenster, und hatte seinen Arbeitstisch so gestellt, daß sie ihn nicht mehr sehen konnte.

»Mary!« Ihre Stimme hob sich bei der letzten Silbe.

»Ja, Mom?« Marys helle, kindliche Stimme flutete aus dem Zimmer im ersten Stock herab.

»Geh, ruf deinen Bruder zu Tisch!«

»Ja, Mom.«

Katie seufzte, legte die Näharbeit hin und ging in die Küche. Sie mußte heute mit Jonathan reden. Sie mußte es, denn sie hatte es satt, zu schweigen, wenn die Leute sich beklagten, wie er die Schule leitete. Heute, im Laden, hatte sie der dicken Mrs. Tenber zuhören müssen, die von ihr verlangte, Katie solle Jonathan fragen, warum er ihren Theodor nicht in die sechste Klasse aufsteigen lasse.

»Dreimal macht er jetzt schon dieselbe Klasse durch, Mistreß Goodliffe, und noch immer will Mister Goodliffe ihn nicht versetzen!«

»Er würde ihn gewiß versetzen, wenn Ihr Theodor dazu reif wäre«, hatte sie gesagt.

Sie hatte vor Mrs. Tenber keine Angst, aber sie fühlte sich ganz elend, wenn sie daran dachte, was Jonathan leistete, und wie doch jeder, der gerade Lust hatte, an ihm herummäkeln durfte. Schullehrer zu sein war ein undankbares Amt. Und bei der letzten Ausschußsitzung hatten die Männer klar ausgesprochen, daß Jonathan auf keine Gehaltserhöhung hoffen dürfe, und wenn er hundert Jahre alt werden sollte. Sie hatte sich darüber mit Jonathan gestritten, nicht weil sie mehr Geld wollte, sondern weil die Kerle ihn gekränkt hatten.

»Es ist nur natürlich, daß sie jetzt, neben all den jungen Menschen, die von den Universitäten im Osten kommen, einen Mann wie mich eigentlich nicht mehr brauchen, Katie. Das kann ich begreifen.«

»Bei allem, was du getan hast!« rief sie. »Jedes Kind behandelst du, als ob's dein eigenes wäre, und Sommer wie Winter, an Samstagen und in den Ferien mußt du deine Sklavenarbeit machen.«

»Das verlangt man nicht von mir, Katie. Wenn ich es freiwillig mache, so kann ich kaum erwarten, daß man mich dafür bezahlt.«

»Und deine langjährige Erfahrung zählt nichts?«

Er wußte, daß ihr Groll nicht ihm, sondern den Männern vom Schulausschuß galt, und so konnte er geduldig bleiben. »Während ich Erfahrungen sammle, Katie, werde ich auch älter.«

»Mir ist am meisten zuwider, daß diese Leute glauben, sie dürften dir befehlen, weil sie dir von den Steuereinnahmen dein Gehalt zahlen. Ein jämmerliches Gehalt ohnehin! Ich wollte, du würdest ins Geschäft gehn. Da hätte dir kein Mensch etwas dreinzureden.«

»Ich kann meine rechtmäßige Tätigkeit nicht aufgeben, Katie.«

Keiner von beiden erwähnte das Geld des Geldes wegen. Manchmal fragte er sich, ob Katie einen Ausgleich darin sehen würde, wenn er ihr mehr Bequemlichkeit verschaffen könnte. Wie aber sollte er seine Schule aufgeben?!

Gerade jetzt bereitete er sich in seinem Büro auf die Quartalssitzung des Schulausschusses vor. Die Zeiten hatten sich sehr geändert seit jenen Tagen, da er einfach Schüler um sich gesammelt hatte. Damals wurde das Schulgeld von den Eltern bezahlt, die einen Unterricht für ihre Kinder haben wollten. Jetzt waren die Schulen eine Sache der Öffentlichkeit. Die Leute murrten über die Steuern, und dann erwarteten sie von den spärlichen Dollars, die sie bezahlten, wahre Wunder. Das Unterrichten war ihm ein Lebenszweck, aber er konnte sich nicht völlig diesem Teil seines Amtes widmen. Er mußte seine Kräfte auch anderweitig verzetteln, sparen und immer wieder sparen, um mit unzureichenden Mitteln sein Auskommen zu finden. Im Lehmhaus hatte es so wenige Bücher gegeben, daß jedes einzelne wertvoll gewesen war. An die Möglichkeit, neue Bücher zu kaufen, hatte er kaum je denken dürfen. Jetzt wurden so viele Bücher angeboten, daß sie nicht mehr wertvoll waren. Allzu viele neue gab es zu jedem Schulbeginn. Kinder kamen und gingen, mit Büchern beladen, ohne sie richtig zu schätzen. Aber er war noch immer wütend, wenn er entdeckte, daß ein Kind ein Buch verschmierte und zerfetzte.

»Ein Buch ist ein Schatz«, sagte er immer. »Du mußt lernen, wie man diesen Schatz auffindet. Dazu kommst du in die Schule.« Das war der Kern seines Unterrichts. Aber seine Unterrichtsauffassung wurde bald nicht mehr geschätzt.

Jonathan aber meinte, die Mädchen könnten daheim in der Küche der Mütter haushalten lernen, und die Burschen sollten ihre Lehrzeit beim Schmied und beim Tischler machen. Die Schule aber war der Ort, wo man sein Wissen aus Büchern schöpfte, welche die Früchte menschlicher Erkenntnis und Gedanken waren.

Ihn beschäftigte sein Entschluß, sich bei der Aufforderung des Ausschusses zu widersetzen, der Kurse in handwerklichen Arbeiten an die Mittelschule angliedern wollte. Es würde zu einem Kampf kommen, aber er war bereit, ihn durchzufechten und zu gewinnen. Ferner brauchte er das Geld für einen neuen Geschichtslehrer. Die Leute hier hatten für Geschichte nichts übrig. Alles, was sie brauchten, war die Zeitung – das Gestern war ja so fern, und nur das Heute war wichtig. Wie aber konnte ein Mensch sein Maß finden, wenn er die Geschichte der Menschheit nicht kannte?

Katie sagte: »Jonathan, ich wollte über etwas mit dir sprechen.«

Bevor sie noch begonnen hatte, wußte er, wovon sie sprechen wollte. Es war abermals ein Gefecht in ihrem langen Krieg gegen die Schule. Je nach Laune und physischer Verfassung vermochte er bei seiner Verteidigung ruhig und heiter zu bleiben, sich zu decken, zu parieren, hinauszuzögern oder aber brüsk zu antworten. Heute war er nicht sicher, zu welcher Gegenwehr er greifen würde. Er beobachtete sie, während sie ihr Kattunnachthemd über den Kopf streifte. In all diesen Jahren, seit er mit ihr verheiratet war, hatte sie sich immer nur unter dieser Überfülle an weißem Stoff entkleidet. Auch jetzt schraubte und drehte sie sich darunter aus ihren Kleidungsstücken heraus.

»Jonathan, Mistreß Tenber regt sich schrecklich darüber auf, daß ihr Junge nicht versetzt wird.«

»Ja?« Er spürte sogleich, daß er nicht in der Stimmung war, die Frage mit Humor zu behandeln.

»Sie will sich beim Schulausschuß beklagen.«

»Das wird ihr nichts nützen. Der Junge ist ein Dummkopf. Ich habe ihr gesagt, daß sie ihn als Lehrling in eine Fabrik stecken soll. Er kann auch Stallknecht werden.«

»Jonathan! Das hast du getan?«

»Ja, das habe ich getan.«

Katie blieb eine Weile stehn und versuchte, Mrs. Tenbers Seelenzustand nachzufühlen. »Sie findet wahrscheinlich, daß sie Steuern zahlt und darum ebensogut wie jeder andere ein Recht hat, ihren Jungen in die Schule zu schicken.«

»Wenn unser Land auch eine Demokratie ist, so kann es doch keine Sicherheit dafür geben, daß keiner seiner Bürger als Dummkopf geboren wird«, erwiderte Jonathan. Er spürte, daß er gelaunt war, sich zu ärgern, und er ärgerte sich.

»Auch der Ausschuß kann das nicht begreifen. Statt sich mit der Wahrheit abzufinden, daß die Menschen wohl frei, aber niemals gleich geboren werden, wollen sie das Problem so lösen, daß sie meiner Schule eine Schlosserwerkstatt, eine Tischlerwerkstatt und was weiß ich alles angliedern. Es gibt solche Werkstätten in der Stadt in großer Menge, doch nein, die Dummköpfe sollen glauben, daß sie hier Allgemeinbildung erhalten, wenn sie nur mit ihren Händen herumpfuschen, weil sie eben zu wenig Verstand haben.«

Er war so wütend, daß er jetzt an den rauhen Enden seines Schnurrbarts kaute. »Es geht nicht um einen Jungen, Katie, es ist eine schwierige Situation – ein Kampf – und ich werde ihn gewinnen oder abtreten.«

»Dann bin ich froh, wenn du ihn nicht gewinnst«, entgegnete sie. »Unterrichten ist ein kümmerliches, unlohnendes Gewerbe.«

»Unterrichten ist das Höchste, was ein Mensch tun kann«, sagte Jonathan fest. »Aber in diesen neumodischen Zeiten lassen sie mich nicht mehr nach dieser hohen Auffassung unterrichten. Als ich damals im Lehmhaus begann, war ich fähig zu lehren. Ich konnte mich völlig darauf konzentrieren, und ich habe aus den rohen, ahnungslosen Jungen und Mädchen, die man mir anvertraute, verständige Menschen gemacht. Jetzt soll ich Mechaniker, Tischler und Schmiede heranziehen statt gebildete, zivilisierte Menschen.

Das verspreche ich dir, Katie. Wenn ich die Schule nicht so erhalten kann, wie ich sie will, dann gebe ich sie auf.«

»Und übernimmst das Geschäft?« Sie flocht ihren dicken, braunen Zopf.

»Und übernehme das Geschäft!«

Doch er hatte nicht die Absicht, es dahin kommen zu lassen, denn er war von zähem Eifer für sein Werk erfüllt. Er ging zu Bett und lag starr und reglos, während er die Mitglieder des Schulausschusses, einen nach dem andern, vor das Tribunal seines Geistes zitierte.

36

Als Jonathan den Mietwagen vor seinem Haus sah, erkannte er, daß es eine jener Kutschen war, die gewöhnlich hinter dem Bahnhof standen. Dann sah er seinen Bruder Jamie aus dem Wagen springen, sich umwenden und einer schlanken Frau heraushelfen. Sie traten in das Haus, und nach einer Weile kam Katie aus der Türe, die Schürze in der Hand, und er eilte ihr entgegen.

»Jamie hat sein Mädel mitgebracht«, rief sie.

»Ich hab gar nicht gewußt, daß er ein Mädel hat«, schrie Jonathan.

»Das ist wohl auch ganz was Neues!« sagte sie. »Es ist eine Miß Bayne – Laura Bayne!«

Der Name traf ihn wie ein Schlag, und er biß die Zähne zusammen. Evans Schwester, das stolze Mädchen, das er vor Jahren kennengelernt hatte! Ja, jetzt mußte sie erwachsen sein – und nicht mehr allzu jung. Älter als Jamie. Warum aber wollte sie Jamie heiraten? Er trat in die kleine Halle. ... Würde diese Heirat ihn und Evan einander wieder näherbringen? Das wünschte er gar nicht.

»Hello, Jonathan!«

Jamie stand an der Türe des Wohnzimmers. Er steckte von

Kopf bis Fuß in neuen städtischen Kleidern. Jonathan musterte ihn, um Zeit zu gewinnen. »Du siehst ja prächtig aus!«

»Ich bin auf Öl gestoßen«, sagte Jamie grinsend. »Eine gute, tiefe Quelle. Komische Geschichte! Nicht hundert Fuß von Ruths und Matthews Kuhweide entfernt. Ich habe das Land neben ihnen gekauft.«

»Und sie sind nie auf etwas gestoßen?«

»Keinen Tropfen. Ich habe den Boden selber untersucht. Das ist die verrückteste Sache, die ich je gesehen habe.«

»Hm«, machte Jonathan und zog an seinem Schnurrbart. »Vielleicht kommt es daher, daß ihr es ihnen entzieht.«

»Möglich, aber wenn wir es tun, so geht's ganz legal zu.« Jamies kühne blaue Augen blieben ganz ruhig. »Natürlich ist's ein Pech für Ruth. Ich wollt, sie wäre wenigstens nicht gerade meine Schwester.«

»Pech für alle!« sagte Jonathan trocken. Dann hörte er das Rascheln eines Taftrocks und straffte sich. Laura trat in die Türe.

Sie streckte ihm die Hand entgegen. »Sie erinnern sich nicht an mich?«

»Doch, doch.«

Jamie grinste. »Ich bin nicht nur auf Öl gestoßen. Laura und ich wollen heiraten, Jonathan. Wir sind hergekommen, um dir das zu sagen.«

»Ich bin gekommen, um Jonathan wiederzusehen«, protestierte Laura, und ihr Schmollen war noch mädchenhaft genug, um reizend zu wirken. »Sie haben seinerzeit einen tiefen Eindruck auf ein gewisses junges Ding gemacht, Jonathan. Das junge Ding hat eine ganze Weile an einen ersten jungen Engländer gedacht – lang genug, um sich seinen Bruder zweimal anzusehn.«

»He – wer von uns ist der glückliche Mann?« fragte Jamie laut. Er war nicht wenig stolz darauf, daß sie eine wirkliche Dame war.

Aber er war auch auf sich selber stolz. Das Glück umbrauste ihn geradezu. Das Geld strömte auf sein Bankkonto, und Evan sprach davon, ihn zum Vizepräsidenten der Gesellschaft zu machen, damit Jamie, falls Evan zum Gouverneur gewählt werden sollte, die Leitung übernehmen könnte.

»Kommt und setzt euch«, sagte Jonathan. Er hatte seine ganze Selbstbeherrschung wiedergewonnen, und er ging voran ins Wohnzimmer und nickte, als Katie Kaffee und Kuchen holen ging.

Daß sein Bruder Evans Schwester heiraten sollte, überstieg jegliche Vorstellungskraft.

Bei dem Gedanken an die Verbindung dieser zwei fühlte er ein seltsames Tönen im Blut, denn irgendwie rückte sie die getrennten Kreise seines und Judys Leben einander näher. Dann erkannte er, daß dies die Ursache seiner Erregung war, und verdrängte sie mit aller Kraft. Er wandte sich brüsk zu Jamie. »Erzähl mir doch von Ruth. Empfindet sie es schwer, daß auf ihrem Boden kein Öl gefunden worden ist?«

»Ruth hält sich großartig«, sagte Jamie.

Laura dachte: Er ist so ein schöner Mensch, und wenn wir erst einmal verheiratet sind, werde ich ihm Manieren beibringen, und ich werde den Anzug wegwerfen, den er jetzt trägt, diesen Anzug, der kariert ist wie ein Schachbrett. Aber Jamie wurde mit jedem Tag schöner und eleganter. Die Stadt hatte ihm gutgetan.

Ihre Mutter hatte Jamie längere Zeit gemustert. »Ein sehr hübscher Mensch«, erklärte sie schließlich. Ihre Stimme war noch immer eigensinnig, hatte aber einen silbrigen Altersklang.

Aber ich habe Mutter überredet, dachte Laura und sah Jamie an. Ihre grauen Augen strahlten vor Liebe.

Jonathan fing diesen Blick auf und fühlte sich so unbehaglich, als lauschte er am Schlüsselloch. »Verzeihung«, sagte er. »Ich will einmal Katie ein wenig behilflich sein.«

»Ob Jonathan noch immer Judy liebt? Ich frage mich, ob

es das ist, was bei Judy nicht recht stimmt. Auch wenn sie ihn nicht liebt, aber weiß, daß er sie noch liebt! Die Liebe ist solch ein Gift, wenn sie andauert, auch wenn man noch sehr möchte, daß sie aufhören soll. Sie vergiftet Liebende und Geliebte.«

Die Türe öffnete sich. Katie kam mit Kuchen und Kaffee. Hinter ihr kam Jonathan. Seine Augen blickten kalt, seine Lippen waren fest geschlossen. Mit ihnen kamen die Kinder. Er wollte sie hier bei sich haben, und als er sich setzte, hielt er sie in Reichweite seiner Arme.

Etliche Wochen später erteilte Laura Jonathan den Auftrag, bei ihrer Hochzeit zu erscheinen.

Er lachte leise. »Ach, Laura, ich bin ein sehr einfacher Mensch, und Evan ist jetzt ein großer Mann.«

»Unsinn! Evan vergißt seine alten Freunde nicht. Männer wie Sie sind solche Snobs. Ihr meint immer, daß ihr zu gut für Leute seid, die ihr ›groß‹ nennt!«

Jonathan wußte, daß sie ihn nur neckte, dennoch aber war Wahrheit in dem, was sie sagte, und jedes Atom Wahrheit genügte, um ihn in Verwirrung zu bringen.

»Darin mögen Sie vielleicht recht haben«, gab er zu. »Mag sein, daß ich einfache Menschen gern habe, weil es meinem Selbstbewußtsein schmeichelt, wenn ich unter ihnen bin.«

»Aha!« rief sie und hob den Zeigefinger gegen ihn.

»Ich bin noch nicht fertig«, sagte sie keck, und dann, als wolle sie ihm das Herz aus der Brust reißen, um es in ihrer Hand pochen und zucken zu sehen, beugte sie sich rasch vor und flüsterte: »Sie lieben Judy noch immer.«

»Ich werde sie wohl auf eine besondere Art immer lieben«, erwiderte er leise. Zu keinem andern Menschen als zu dieser ungestümen, klugen Frau hätte er das zu sagen vermocht. Doch nun, da es einmal in Worte gefaßt worden war, empfand er eine Erleichterung. Sie aber empfand tiefes Mitleid mit Jonathan.

»Lieber Jonathan«, flüsterte sie. »Sie brauchen nicht zur Hochzeit zu kommen, wenn es ein Schmerz für Sie ist.«

»Es ist nicht der Schmerz«, sagte er. »Es ist — die Sinnlosigkeit des Schmerzes. Aber ich werde kommen.«

Das war es — es war sinnlos, Judy auch nur zu sehen. Und doch sah er sie ruhig und unbefangen an, während Jamie und Laura getraut wurden. In dieser Kirche, darin sich die Menschen drängten, sah er einzig und allein die schöne Frau, die neben Laura stand. Er wollte sie einfach ansehen, ohne Erinnerung an die Vergangenheit, ohne Gedanken an die Zukunft, ohne Leidenschaft oder Besitzgier. Und während er sie ansah, überkam ihn das Bewußtsein, daß sie heute ebenso sehr sein Leben war, wie sie es je gewesen sein mochte.

Er wurde des leisen Schnaufens an seiner Seite gewahr, das das Symbol von Katies Vorhandensein war, und er kehrte zu seinem Alltag zurück.

»Eine schreckliche Zugluft!« flüsterte sie.

Er sah sich in der Kirche um. »Ich wüßte nicht woher. Es ist doch alles fest geschlossen!«

»Mir ist kalt!«

Er hob ihren Mantel von der Lehne der Bank und wollte ihr hineinhelfen. In diesem Augenblick rauschte der Hochzeitsmarsch auf, und der Hochzeitszug wandte sich dem Ausgang zu. Jetzt, in der nächsten Sekunde, mußte Judy an ihm vorübergehn — in Reichweite seines Armes. Bestimmt würde sie ihn sehen. Er fühlte sich elend.

Er hatte seine Blicke auf das Gesicht gerichtet, das sich näherte. Ihr Kopf war gesenkt, doch just als sie seine Bank erreichte, hob sie den Kopf plötzlich und schaute gerade vor sich hin, ohne jemanden zu sehn. Und er sah ihr Gesicht, das noch immer unschuldig wirkte.

So ging diese Sekunde vorüber. Sie hatte ihn nicht gesehen.

»Na, jetzt ist's vorbei«, sagte Katie halblaut. Sie schob den Fuß wieder in den unbequemen Schuh, den sie abgestreift hatte.

»Ja, jetzt ist's vorbei«, sagte er. »Gehen wir heim!«

Er war an jenem Abend besonders nett zu Katie. Sie beklagte sich über Kopfschmerzen und Kälte, und er machte ihr Ingwertee und erwärmte einen Ziegelstein. Als er den Stein an ihre Füße legte, fiel ihm auf, wie mager sie war. Er bemerkte dergleichen so selten, daß er sich jetzt schämte.

»Bist du auch ganz wohl, Katie?« fragte er.

»Natürlich bin ich wohl«, erwiderte sie.

Sie sah an ihm vorbei, und er sagte nichts mehr. Das ursprüngliche Schweigen zwischen ihnen war nie gebrochen worden. Doch in jener Nacht lag er lange wach und staunte darüber, wie unbegreiflich das Leben doch verlief. Katie, deren kleine, kaum entwickelte Brüste ihn immer nur gestört hatten, diese Katie war in all diesen Jahren seine Frau gewesen und hatte jetzt das Ende ihrer Jugend erreicht. Er dachte an Judy, die nur noch schöner geworden war.

37

»Sie können nicht gegen die Zeit gehn«, sagte Abram Hasty. Und dann setzte er »Sir« hinzu. Vor Jahren hatte Jonathan ihm dieses Wort tief eingeprägt.

Es war die letzte Sitzung des Schuljahrs, und die seit langem schwebende, immer wieder hinausgeschobene Frage des Handwerksunterrichts in der Schule verlangte nun eine Antwort.

»Sie sind doch so ein praktischer Mann, Goodliffe«, sagte Faience höflich. Faience war aus Virginia gekommen. »Ich kenne niemanden, dem die Stadt mehr Dank schuldet als Ihnen. Die Leute sagen mir ja, daß Sie so ziemlich alles durchgesetzt haben, was wir hier an vernünftigen Dingen besitzen. Aber Ihre Haltung in dieser Frage überrascht mich.«

»Ich bin lange genug Schullehrer gewesen, um zu wissen, was man durch Unterricht erreichen kann und was nicht«, sagte Jonathan. »Es ist die Sache des Lehrers, in den höheren Klassen immer sorgfältiger Auslese zu halten. Jedermann sollte lesen und schreiben können, sagen wir. Wenn ich auch nicht einmal weiß, ob das wirklich für jedermann nützlich ist. Aber nicht jeder muß unbedingt höhere Mathematik und Latein lernen.«

»Ganz richtig«, sagte Faience, »und gerade für diese wäre die Ausbildung im Handwerk von Nutzen. In einem großen demokratischen Land ist gerade sie es, die der Bildung den richtigen Nachdruck verleiht. Sie sagt dem einfachen Mann: Die Arbeit, die du mit deinen Händen leistest, verdient ebenso ein Diplom wie das Lernen aus Büchern.«

»Aber das Handwerk wird besser dort gelehrt, wo es auch ausgeübt wird. Kleine, nutzlose Dinge anzufertigen, die man nicht verkaufen kann, die nicht benötigt werden, das ist keine Ausbildung. Es hat mit der Wirklichkeit nichts zu schaffen.«

»Und doch sollte ein Bursche auch ein Diplom kriegen können, wenn er nicht so und so viele Seiten aus Büchern auswendig lernen kann«, meinte Abram Hasty.

Jonathan wurde blaß. Seine Augen glitzerten, und um sein Herz schien sein Blut zu gefrieren.

»Sehr schön, meine Herren. Ich will Ihnen etwas sagen. Ich bin bereit, zurückzutreten, wenn in der Schule Hobeln, Schmieden und Korbflechten gelehrt wird. Es wäre unanständig von mir, zu bleiben.«

»Na, na, Mister Goodliffe«, protestierte Abram Hasty.

Jonathan stand auf und schob seinen Stuhl unter den Schreibtisch. Er hielt den Kopf hoch, und unter den fahlfarbenen Bogen der Brauen waren seine Augen wie Achate und von kaltem Licht erfüllt. »Wenn Sie gestatten, werde ich mich jetzt zurückziehen, während Sie darüber verhandeln. Wenn Sie sich gegen mich entschließen, trete ich zurück.«

Er verließ den Raum, die Schultern steif, ging über den Rasen und in sein Haus. In der Stille des Mainachmittags war es leer. Die Kinder waren in der Schule, und Katie war im Geschäft. –

»Evan Bayne als Gouverneur?« verkündeten die Zeitungen. Er starrte sie an. Er war weder froh darüber, noch bedauerte er es. Die Worte bedeuteten nur, daß Judy ihm noch weiter entrückt wurde.

Nein, ich bin verdammt froh darüber, dachte er.

Es trennte ihn von ihr, verknüpfte ihn dagegen noch tiefer mit Median. Hier in Median war seine Existenz. Wenn ihm die Schule genommen wurde, hatte er das Geschäft. Und er würde es entwickeln. Er legte die Zeitung zusammen, ging zur Türe des Ladens, trat ein und sah ihn zum ersten Male als etwas an, das möglicherweise sein eigen werden konnte. Er rief: »Katie!«

Sie kam aus dem Hinterzimmer, zwei Bleistifte steckten im Knoten ihres Haars. »Jonathan! Wie kommst du zu dieser Tageszeit hierher? Wir sind gerade beim Inventurmachen –«

Sie sah so müde aus, und sein Herz neigte sich ihr zu. Diese treue Frau war sein Heim, seine Wohnstätte in Median. Ihr gutes, redliches Gesicht, ihre reizlose Gestalt, ihre arbeitsamen Hände – das alles gehörte ihm. Ihm gehörte ihr ganzes Wesen, das aus Treue, Hingabe und Selbstverleugnung bestand. Wie konnte er ihr je vergelten, was er ihr schuldete? Er wußte es. Es lag in seiner Hand, sie zu belohnen. »Katie, ich gebe wahrscheinlich die Schule auf.«

»Jonathan Goodliffe!« Sie schlug die Hände zusammen. »Hoffentlich tust du es nicht deswegen, was ich gesagt habe!«

»Nein. Der Ausschuß will eine Tischlerei, eine Schmiedewerkstatt und ähnliche Sachen an die Schule angliedern. Aber das ist keine Schule mehr . . .

Ich könnte gleich anfangen«, sagte er und trat hinter einen Ladentisch. Ja, er konnte gleich anfangen, denn er hatte nichts anderes zu tun. Jetzt konnte er Katie seine Schuld bis auf den letzten Cent bezahlen.

Zum erstenmal in seinem Leben wandte er seiner Ehe einen großen Teil seiner Gedanken zu. Keine Liebesgedanken zwar, denn was die Leute unter Liebe verstehen, war zwischen ihm und Katie nicht zu finden. Aber es gab anderes.

Da gab es die Kinder. Er hatte sich damit abgefunden, daß sie Durchschnittskinder waren, unberührt von jener Flamme, die in Beaumont glühte. Aber daraus machte er ihnen keinen Vorwurf. Er hatte diese Flamme in keinem von den vielen hundert Kindern gefunden, die seine Schüler gewesen waren. Und warum sollte er glauben, daß sie dergleichen von ihm oder von Katie geerbt haben könnten?

Ich bin ein Durchschnittsmensch, dachte er, und es bedürfte schon eines sehr ungewöhnlichen Einflusses, um aus meinen Kindern etwas anderes zu machen.

So waren sie alle, gut und durchschnittlich.

Einmal im Jahr kam Maggie mit George. Im Verlauf von zwei Jahren hatte sie ihm zwei Kinder geboren, doch das hatte sie nicht verändert. Sie war noch immer ungeduldig und ungestüm, aber George wußte mit ihr umzugehen. Es ging ihnen gut, wenn sie auch keinen Wert darauf legten, das vor andern Leuten zur Schau zu stellen. Maggie war sehr schlau und eine gute Hausfrau. Sie liebte gutes Essen und schöne Kleider, und beides hatte sie. George hatte sich noch immer nicht vom Viehhandel zurückgezogen, obgleich Maggie ihm in den Ohren lag und sich darüber beklagte, daß er so schlecht roch. Die Krise kam einmal in der Nacht, als sie aus dem Bett kletterte und sich in das Gastzimmer einschloß.

»Und hier bleibe ich, bis du aufhörst, wie ein Bauernknecht zu stinken!« erklärte sie.

Am nächsten Tag schon hatte George sich eine Beschäftigung im Versicherungswesen gesucht, denn er war noch immer in das kräftige, stramme, rotwangige Mädchen verliebt, das er zu seiner Frau gemacht hatte. Und nun wollte sie, daß er nach dem Osten übersiedelte, und früher oder später würde er es auch tun. Obgleich er den Westen liebte.

Jonathan entdeckte, daß er sogar am Geschäft seine Freude hatte, da er nun wußte, daß dies sein Schicksal war.

Er richtete alles so ein, wie es ihm entsprach, und das war eine angenehme Beschäftigung. Er fragte keinen Menschen um Rat, und das war gut. Wenn er auch keinen jener erhebenden Augenblicke mehr genoß, die ihm beschieden gewesen waren, als er Dutzende junger Gesichter schauen durfte, die seinem Wort lauschten, so lernte er doch Stunden ehrlicher Befriedigung kennen. Es machte ihm Spaß, das herauszusuchen, womit er irgendeinen Wunsch eines Kunden erfüllen konnte. Wenn jemand etwas verlangte, so empfand Jonathan das Bedürfnis, antworten zu können: »Ja, ich habe es.« Es war sein Ehrgeiz, im Laden alles zu führen, was nur jemand in Median benötigen konnte, und es zu haben, bevor es verlangt wurde. Er hatte Fliegenfenster, bevor noch jemand daran dachte, daß die Fliegen ein vermeidbares Übel seien und daß man sich ihrer anders erwehren könne als mit einem Zweig, den man vom nächsten Baum brach. Er führte Blechwärmflaschen und Gummiwärmflaschen zum Bettwärmen, anstatt der Ziegelsteine, die nun langsam aus den Häusern von Median zu verschwinden begannen.

Abends sperrte Jonathan das Geschäft zu, ging nach Hause und unterhielt sich mit Katie über die Ereignisse des Tages. Als er noch in der Schule tätig gewesen war, hatte es nur wenig Gesprächsstoff zwischen ihnen gegeben. Jetzt aber handelte es sich um Dinge, die sie ihr ganzes Leben lang gekannt hatte – um den Preis von Stoffen und Bändern, die Qualität von Teppichen, die Marken von Kolonialwaren, die Farben von Hüten und Vorhängen, den Schnitt von Kleidern, die Menge an Möbeln, an Unterwäsche, an Arbeitskitteln, an Hemden, an Kurzwaren, an Eisenwaren und um die Gemüse und Eßwaren, welche die Frauen ihnen verkaufen wollten.

In all dem war Katies Instinkt nadelfein und so sicher wie Geld in seiner Tasche nach einem Verkauf. Sie war selber so sehr Durchschnitt, daß sie immer wußte, was der Durchschnitt haben wollte, und wenn er Bestellungen aufgab, hatte er das größte Zutrauen zu ihr.

Ja, kein Zweifel, es war einträglicher, im Laden zu arbeiten als Schule zu halten. Er hielt ein kleines Lager ältere und neue Schriftsteller für den Fall, daß sie verlangt werden sollten. Doch das kam selten vor. Selbst Charles Dickens, dessen Romane seine Mutter so sehr geliebt hatte, lag unbegehrt auf dem Regal in Median. Jonathan las manchmal einen Band, blätterte darin, wenn an regnerischen Nachmittagen der Laden eine Stunde leer blieb, aber Monate vergingen, ohne daß eine andere Hand als die seine nach diesen Büchern griff. Er führte sie, fragte sich, warum er einen so großen Teil seines Lebens daran gewendet hatte, die Menschen lesen zu lehren, und wo sie eigentlich steckten, die er unterwiesen hatte.

Und so fanden er und Katie in dieser Lebensform den Weg zueinander. Es war Katies Leben, und er wurde darin heimisch. All die lange, unausgesprochene Reibung zwischen ihnen war nun endlich gewichen. Jetzt war sie auf niemanden und nichts eifersüchtig, denn sie und er hatten im Geschäft ein gemeinsames Leben. Nun billigte sie, was er tat, und er fand in dieser Billigung seinen Frieden. Das machte ihn frei. Er hatte etwas getan, was er für sie tun mußte. Er hatte getan, was sie vor allem andern von ihm erwartet hatte. Und so fand er, daß seine Ehe besser war als je, eine unverbrüchliche Alltagskameradschaft, darin er und Katie an den Quellen von Geld und Gut und Nahrung gleichen Anteil hatten.

Das Geschäft blühte auf, und weil es das tat, schien auch sein ganzes Leben aufzublühen.

Nachdem er vier Jahre lang im Geschäft gearbeitet hatte, gründete Median eine Handelskammer, und er wurde ihr erster Präsident.

38

Eines Augusttages in einem heißen Sommer saß Jonathan in seinem Büro. Es war früh am Nachmittag.

In dem tiefen Schweigen hörte er, wie die Ladentüre geöffnet und geschlossen wurde, und dann ertönte Jons Stimme.

»Hättest du was dagegen, wenn ich zur Marine ginge?«

Jonathan nahm die Brille ab. »Was redest du da, Junge?«

»Ich habe dieses Nest satt.«

Jonathans Augen schauten in seines Sohnes Augen, die den seinen völlig glichen. »Warum?«

»Weil's hier immerfort dasselbe ist.«

»Nein, das ist es nicht. Jeder Tag ist anders als der andere. Ich bin jetzt mehr als dreißig Jahre hier, und kein Tag hat dem andern geglichen. Wenn ich an Median denke, wie ich es zum erstenmal gesehen habe, als ich in deinem Alter war, ist es wie eine andere Welt. Selbst die Prärie hat sich verändert.«

»Für mich ist's immer dasselbe.«

»Wohin willst du denn gehn?«

»Nach Manila.«

»Nach Manila?« rief Jonathan.

In Jonathans Vorstellung war Manila seit letzter Zeit eine sehr klar bestimmte Gegend, weil es die Hauptursache für Unzufriedenheit im Innern des Landes geworden war. Er sprach nur selten über Politik, denn er hatte früh entdeckt, daß die Menschen über Politik ebenso unvernünftig dachten wie über Religion, und Unvernunft war ihm verhaßt. »Nach dem Westen, nach dem Westen!« brummte er, »als ob dort der Himmel wäre!«

Den Zug nach den Sandwichinseln hatte er als die letzte Torheit eines Volkes angesehen, das ohnehin bereits mehr Land besaß, als es erobern konnte. Und nun wurde auch über diese andern Inseln geredet!

»Was hast du mit Manila zu schaffen, Junge?« fragte er.

»Ich möchte gern ein wenig reisen«, sagte er rasch. »Du bist in meinem Alter schon über den Ozean gekommen, Dad. Aber ich war mit Müh und Not zweimal in Topeka.«

Jonathan musterte seinen Sohn. Er liebte ihn, aber der Bursche war nicht ganz und gar sein eigen. Zur Hälfte gehörte er Katie, und das vergaß Jonathan nie. Es war seltsam bedrückend für ihn, aber er konnte seinen Kindern keinen Vorwurf daraus machen, daß er wußte, um wieviel mehr er sie geliebt hätte, wenn Judy ihre Mutter gewesen wäre. Um so eifriger bemühte er sich, ihnen gegenüber gerecht zu sein.

»Willst du zur Marine gehn oder willst du einfach reisen?« fragte er seinen Sohn.

»Ich hab einfach Median satt.«

»Ich will dir etwas sagen. Du solltest eine Reise nach Washington machen. Ich werde mit dir fahren. Ich wollte schon seit langem die Hauptstadt des Landes kennenlernen. Die solltest du sehn – nicht irgendeinen Ort auf der andern Seite der Welt, der uns als Amerikaner nichts angeht.«

»Ich möchte gern nach Washington fahren«, sagte der junge Jon vorsichtig. »Was aber, wenn ich nachher noch immer zur Marine will?«

»Dann magst du zur Marine gehn«, sagte Jonathan. »Es ist gegen meine Überzeugung, aber wenn du dennoch gehn willst, so soll es lieber mit meinem Ja geschehen als mit meinem Nein.«

Zum erstenmal wurde ihm bewußt, daß sein Sohn zu groß geworden war, als daß er ihm kurzweg befehlen könnte.

Trotz aller scheinbaren Ruhe bedeutete der Plan der Reise nach Washington eine Aufregung für ihn, die den ganzen Monat andauerte. Er ließ den jungen Jon ins Geschäft kommen und stattete ihn mit einem neuen blauen Anzug und braunen Schuhen aus. Für sich selber wählte er einen grauen Anzug. Von seinem Lager nahm er ferner zwei neue Koffer, etliche Paar Socken, die nötigen Hemden und zwei Krawatten.

Insgeheim beunruhigte es ihn, daß der junge Jon sich die farbenfreudigsten aussuchte.

Für sich wählte Jonathan das diskreteste Muster. Ohne sich darüber klar zu sein, beurteilte er doch die Männer von Median nach ihren Krawatten. Er mißtraute Faience, weil der Bankdirektor leuchtende Farben liebte. Das schickte sich nicht für einen Bankdirektor. Häufig schon hatte Jonathan erwogen, sein Guthaben auf die Staatsbank in Topeka überweisen zu lassen.

An einem Septembermorgen, am Tag vor der Eröffnung der Schule, traten sie ihre Reise nach Washington an. Diesen Zeitpunkt hatte er gewählt, weil sein Herz immer noch schmerzlich zuckte, wenn er sah, wie die Kinder sich in die Schule drängten.

An dem Tage, da diesmal die Schule ihre Türe öffnete, saß er mit Jon im Zug und fuhr nach dem Osten. Er saß an dem einen Fenster und der junge Jon an dem andern, und er sprach zu Jon von diesem Land und zum erstenmal auch davon, was er noch von England in Erinnerung hatte.

»Mir ist heute anders zumute als damals, als ich hierherkam, Jon. Damals fühlte ich mich einsam und verloren. In England schloß sich alles um den Menschen, und man wußte, wohin jeder Pfad führte. Doch als wir zum erstenmal nach Kansas kamen, da gab es überhaupt noch keinen Pfad, nur Himmel und Erde, und wo man auch war, ging es immer so weiter. Jetzt bin ich an die Ausmaße gewöhnt, und ich weiß nicht, ob ich mich noch in die Abgeschlossenheit zurückfinden könnte. Vielleicht wäre es mir zu eng –«

Der junge Jon hörte höflich zu. England war für ihn ein Name, sonst nichts.

Als sie in Washington ankamen, kaufte Jonathan im Hotel einen Führer und strich an, was sie ansehen wollten, und am Ende jedes Tages strich er ab, was sie gesehen hatten. Welche Wirkung die Stadt auf seinen Sohn ausübte, darüber hätte er nichts auszusagen vermocht.

Um Mitternacht eines regnerischen Tages verließen sie Washington. Der junge Jon kauerte sich auf seinem Sitz zusammen, aber Jonathan konnte nicht schlafen. Er saß aufrecht da und dachte nach.

Er wußte jetzt, daß sein Land ein großes Land war. Doch das hatte er bereits in Median gewußt. Kein Tag war vergangen, da er über eine Straße von Median geschritten wäre und auf die endlose Prärie hinausgeschaut hätte, ohne zu wissen, daß sein Land ein großes Land war. Washington hatte ihm eine große Nation gezeigt, eine große, zivilisierte Nation. Schöne Gebäude, große Bibliotheken, Gemäldegalerien, prächtige Straßen, Botschaften, Hotels, Parkanlagen und Gärten, und in der Mitte von all dem ein einfaches weißes Haus, dessen Schönheit gerade in seiner Einfachheit lag, und darin ein einfacher Amerikaner wohnte. Rein zufällig hatten sie den Präsidenten gesehen, als sie den Senat besuchten. Ein vierschrötiger Mann mit breitem Gesicht, der einen langen Gehrock trug, war durch die Halle gegangen, den Zylinder in der Hand. Von Mund zu Mund hatte ein Flüstern eingesetzt. »Der Präsident!« »Ist das der Präsident?« »Das ist der Präsident!«

Er und Jon hatten die Augen aufgerissen wie alle andern. Nachher hatte Jon gesagt: »Er sieht doch aus wie jeder gewöhnliche Mensch, nicht, Dad?«

Und Jonathan hatte erwidert: »Das ist eben seine Größe!«

Er fuhr nach Median zurück, stolz auf alles, was er gesehen hatte. Ja, es war ein großes Land, und er gehörte dazu. Männer wie er wählten einen einfachen Mann und forderten ihn auf, nach Washington zu gehn und für sie die Nation zu regieren, und solange sie es wollten, vertrat er sie. Wenn sie dies aber nicht mehr wünschten, schickten sie ihn wieder heim, und er kehrte an irgendeinen unbedeutenden Ort, wie beispielsweise Median, zurück und war dort nicht mehr und nicht weniger als irgendein anderer Bürger.

Ein Jahr später kam Jon an einem Sonntag nach der Kirche wieder zu seinem Vater. Es war die freie angenehme Stunde nach dem Gottesdienst und vor dem Essen. Jon war in diesem Jahr sehr gewachsen. Nun mußte er nicht mehr barfuß gehn.

An jenem Sonntag, zu jener Stunde erging sich Jonathan unter den Bäumen auf dem Platz. Er hatte es sich zur Aufgabe gemacht, die Bäume zu beobachten und dafür zu sorgen, daß sie gesund blieben. Er suchte in dem Stamm einer Ulme nach Bohrlöchern, als sein Sohn im Schatten daherkam. Jon hatte seinen dunkelblauen Sonntagsanzug an und war ein stämmiger Bursche. Jonathan war stolz auf ihn, tat aber, als sähe er ihn nicht.

»Hello, Dad!«

»Hello, mein Sohn. Bist du's?«

»Ja, Dad. Was machst du da?«

»Ich suche ein Bohrloch. Ich hab's schon gefunden.«

Jonathan zog sein Taschenmesser und öffnete einen engen, gewundenen Tunnel. Der junge Jon sah zu, wie sein Vater einen dicken weißen Wurm hervorholte und zertrat.

»Damit ist die Sache erledigt«, sagte Jonathan.

»Dad!«

Der Klang von Jons Stimme ließ Jonathan aufhorchen. Nun sollte gewiß eine Frage an ihn gerichtet werden.

»Ja, mein Junge?«

»Ich möchte dich an etwas erinnern, das du mir versprochen hast.«

»Wenn ich's versprochen habe, dann werde ich mein Wort halten.«

»Erinnerst du dich daran? Du hast mir gesagt, ich könnte zur Marine gehn.«

Median begann sich rings um Jonathan zu drehen. Der Bursche hatte es nicht vergessen!

»Ja, ich erinnere mich.«

»Ich will nicht zur Marine gehn, aber ich möchte fort!«

»Ich möchte, daß du das wirst, was du selber werden willst,

Jon. Das ist die Größe Amerikas, daß ein Mann das zu seinem Sohn sagen kann. Du brauchst nicht Kaufmann zu werden, weil ich es bin. Es spielt keine Rolle, als was du geboren bist. Es spielt nicht einmal eine Rolle, wieviel Geld ich habe. Du kannst dich selber zu allem hinaufarbeiten. Hast du daran gedacht?«

»Ich möchte von Median fortgehn, Dad.«

»Du kannst ins College gehn, wo du willst, mein Junge.«

»Ich möchte nicht mehr in die Schule gehn, Dad.«

»Du willst nicht mehr in die Schule gehn?« wiederholte er. »Das habe ich ja bisher noch nie von dir gehört.«

»Ich wollte es dir nicht sagen, weil du so großen Wert auf die Schule legst«, gestand Jon. Er war sehr rot und schwitzte vor Angst.

»Ich kann mir das nicht vorstellen«, sagte Jonathan. »Wenn ich denke, wie ich mich in Dentwater nach der Schule sehnte, wie ich Mühe und Plage auf mich nahm, um in die Schule gehn zu können – und hier ist sie frei! Wenn du nicht länger in die Schule gehn willst, dann dürfte es ziemlich gleichgültig sein, was du wirst. Bauer, Seemann, Schmied –«

Jonathan zog an seinem Schnurrbart. Durchschnittsmenschen waren eben Durchschnittsmenschen. Das war eine der nicht beachteten Schwächen der demokratischen Idee.

»Ich möchte nach Nevada gehn«, sagte Jon. »Wahrscheinlich in die Goldminen.«

»Geh, wohin du willst«, sagte Jonathan kurz und wußte, daß ihm das Sonntagsessen nicht schmecken würde. Er würde kaum einen Bissen hinunterbringen können.

Der Schmerz, der ihn überkam, als er den Zug abfahren sah, der seinen Sohn nach dem Westen entführte, wurde schon nach knapp zwei Tagen durch andere Gefühle abgelöst. Clyde war nach Median zurückgekommen.

»Jonathan, kommen Sie schnell ins Hotel! Jennet ist da und Ihr Vater auch!«

Jedermann kannte seit langem die Geschichte von Jennet und Clyde, aber man hatte keine Fragen gestellt, denn Mrs. Drear erklärte rundheraus: »Ich bin jedem Mann dankbar, der einen Ehering über Jennets Finger streift.«

»So was!« Jonathan flüsterte: »Ich komme gleich. Geht's ihm gut?«

»Sieht aus wie das Bild eines verteufelt rüstigen alten Mannes«, sagte Mrs. Drear und lachte.

Aber Jonathan brachte nicht einmal ein Lächeln auf. »Ich komme gleich.«

Er eilte ins Hotel hinüber. Sein Vater hatte ihm seit Jahren nicht mehr geschrieben. Er selber schrieb pflichtgemäß zweimal im Jahr, aber er hatte längst aufgehört, eine Antwort zu erwarten. Neuigkeiten von seinem Vater erfuhr er durch Jamie, dem Jennet manchmal schrieb. Er trat in die Halle des »American House«.

»Welches Zimmer hat mein Vater?«

»Das Zimmer über der Küche – achtundzwanzig.«

Jonathan stieg die Treppe hinauf, ging über einen schmalen teppichbelegten Gang und klopfte an der Türe des Zimmers Nummer achtundzwanzig.

»Herein!« brüllte Clyde.

Er öffnete die Türe und sah seinen Vater und Jennet vor sich. Sie saßen in Schaukelstühlen, und auf dem Boden zwischen ihnen stand ein Korb voll mit gelblichen Orangen. Orangen begannen jetzt aus Kalifornien importiert zu werden, aber sie waren noch immer ein Luxus. So sehr Jonathan auch darauf vorbereitet gewesen war, gab es ihm dennoch einen Stich, als er Jennet im Zimmer seines Vaters sah.

»Na, Jonathan!« Clyde sprang auf, ergriff die Hand seines Sohnes und schüttelte sie. Und auf den ersten Blick sah Jonathan, daß sein Vater sich Haar und Schnurrbart gefärbt hatte. Sie waren schwärzer als je, und er hatte den Vollbart abrasiert. Am bloßen Hals traten die Adern wie Stränge hervor. Zum erstenmal in seinem Leben sah Jonathan das

Kinn seines Vaters. Es war ganz und gar nicht das Kinn, auf das er gefaßt gewesen wäre. Statt unter dem buschigen Schnurrbart kühn hervorzuspringen, war es schmal und wich ein wenig zurück. Und in dieser Minute, vor solchem Anblick, verlor Jonathan für alle Zeit alle Furcht vor seinem Vater.

»Hello, Dad«, sagte er kühl, und zu Jennet, ohne ihr die Hand zu reichen: »Guten Tag.«

Aber Jennet lachte, und ihr Lachen war unverändert. »Du nimmst mir's doch nicht übel, daß ich deine Stiefmutter bin?«

»Gewiß nicht«, sagte Jonathan mit großer Würde. Aber er wußte, daß er seinem Vater nie vergeben konnte. Marys zierlicher Geist schlüpfte an seine Seite und sah verächtlich auf dieses rothaarige Frauenzimmer in dem goldbraunen Taftkleid, das sich allzu straff über ihrem Busen und ihren Schenkeln spannte.

»Du siehst gut aus«, sagte Jonathan zu seinem Vater.

Und dann fragte er: »Bleibst du lange hier?«

Clyde zog die Schale in Streifen von dem reifen, gelblichen Fleisch einer Orange. »Was uns noch an Zeit bleibt«, sagte er. »Jennet und ich haben verkauft und das Geld auf die Bank gelegt. Es ist uns gut gegangen. Und jetzt sind wir heimgekommen, um den Alten zu helfen.«

»Du meinst – –«

»Pa und Ma brauchen Hilfe«, sagte Jennet, »und Clyde und ich werden das ›American House‹ übernehmen.«

»Ah?« sagte Jonathan. Plötzlich war er froh darüber, daß der junge Jon fortgefahren war. Es wäre für einen anständigen jungen Burschen doch allzu schwierig geworden, diesen wenig soliden alten Mann zum Großvater zu haben.

In seiner Unstetheit beschloß Clyde nach zwei Wochen in Median, über den Ozean zu fahren und einmal nachzuschauen, wie es im England von heute zuging.

»Nun ist all das Geld auf der Bank, und wenn ich jetzt nicht fahre, wird nie mehr etwas draus«, sagte er.

Jennet war durchaus dafür, denn sie hatte ihn satt. Aber trotzdem war sie immer nett zu dem Mann, der sie zu seiner Ehefrau gemacht hatte.

»Eine gute Idee«, sagte sie und tat das ihre, daß er zwei neue Reisesäcke mit allem, was er brauchte, auf die Reise mitnahm.

Er kam in England an. Das erfuhren sie von Jennet, die einen Brief erhalten hatte, den sie auch Jonathan zeigen wollte. Und Jonathan, der den Brief las, erkannte zum erstenmal, wie völlig ungebildet sein Vater war. Ein Kind hätte diese großen ungleichen Worte hingekritzelt haben können. Weder Orthographie noch Interpunktion waren in Ordnung. Doch Clyde wußte nichtsdestoweniger klar auszudrücken, was er mitzuteilen hatte. Er war geradezu angewidert, weil sich in England nichts verändert hatte.

Jonathan faltete den Brief brüsk zusammen und gab ihn Jennet über denselben Ladentisch hinüber, an dem er ihr einst ein rotes Kleid verkauft hatte, und sie lachte.

»Er amüsiert sich, aber das tut er ja immer, was?«

»Es scheint so«, erwiderte Jonathan trocken.

Und dann hörte sie nichts mehr von ihm, Monate vergingen, und Jennet hatte Zeit, im »American House« das Unterste zuoberst zu kehren, die Wände frisch streichen und tapezieren zu lassen und ein neues Lokal einzurichten, wo man ein rasches Mittagessen haben konnte. Aber von Clyde gab es noch immer keine Nachricht. Immer wieder kam sie in den Laden, um sich bei Jonathan zu erkundigen, ob sie irgendwas wegen Clyde unternehmen müßte, und dann brachte plötzlich eines Tages im Januar Katie einen Brief in den Laden, weil er eine englische Marke und eine ihnen völlig unbekannte Handschrift aufwies.

»Lieber Bruder Jonathan,
ich greife zur Feder, um Dir eine traurige Nachricht mitzuteilen. Unser Vater ist am 6. Dezember verschieden. Er

ging auf dem Eisenbahngeleise. Wir hatten ihn gewarnt und ihm gesagt, daß es nicht sicher sei, weil häufig Züge vorbeifahren, aber er war an Amerika gewöhnt und überhaupt ein schwieriger alter Mann. Er sagte, die englischen Züge seien so langsam, daß er schneller laufen könne als sie. Er fand sein trauriges Ende durch einen Zug und ist bös zugerichtet worden. Wir haben seine Überreste auf dem Friedhof in Dentwater begraben.

Uns allen geht es gut. Das Geschäft entwickelt sich ordentlich. Wir haben vier Söhne und zwei Töchter, die älteste ist verheiratet, und zwei Jungen sind schon im Geschäft. Milli schickt Dir ihre besten Grüße, und das tue auch ich.

Dein innig lb. Br.
Edward«

Er reichte Katie den Brief, und sie las ihn. Ihre Blicke trafen sich.

»Daß gerade Dad es war, der nach England zurückgekehrt ist und auf dem Friedhof von Dentwater begraben liegt«, sagte er bitter. Und er dachte an seine Mutter und an ihr Grab hier in Median, das er hegte und pflegte.

»Ich werde meiner Mutter einen neuen Grabstein setzen«, sagte er zu Katie. »Einen Grabstein mit einem Engel darauf.«

Einige Monate später stand er vor dem Engel auf dem Grab seiner Mutter. Der Engel war sehr hübsch gelungen, ein schönes Stück aus Marmor von Vermont.

Seine Stimmung war nicht so gut wie gewöhnlich. Doch da sonst nur Frauen im Hause waren – Katie, Mary und Lula – und er der einzige Mann, so genoß er gewisse Vorrechte.

Er war zu dem jungen Dr. Peter Hall gegangen und war mit ihm stolz auf das schimmernd neue Ordinationszimmer. Er hatte mit großem Ernst unter dem Stethoskop ein- und ausgeatmet und dem jungen Arzt erlaubt, ihn gründlich abzuklopfen.

»Sie brauchen Ruhe«, hatte Peter Hall zu ihm gesagt.

»Ruhe?« rief Jonathan aus. »Warum?«

»Nun, Sir, Sie sind nicht mehr so jung wie früher«, meinte Peter.

Darauf gab Jonathan keine Antwort. Insgeheim bedrückte ihn seit einiger Zeit das ungewohnte Gefühl, daß das Leben zerrann und er nichts mehr vor sich hatte als ein von Tag zu Tag. Dieses Gefühl überkam ihn jetzt mit aller Wucht, als er seinen Anzug zuknöpfte und auf das Rezept wartete.

»Einen Monat Urlaub – das wäre das Richtige«, sagte Peter Hall.

»Einen Monat!« hatte er ausgerufen. »Und was soll ich damit anfangen?«

»Müßig gehn«, hatte Peter Hall lächelnd gesagt. »Tun, wozu Sie Lust haben.«

Müßig gehn! Er hatte das Ordinationszimmer mit dem Gefühl eines zum Tode Verurteilten verlassen.

»Der Teufel soll mich holen, wenn ich jetzt Lust habe, nach Hause zu gehn und Katie zu sehen«, brummte er in den warmen Frühlingssonnenschein. Doch dann war er entsetzt über solche abscheulichen Gedanken. Die Gewissensbisse hatten ihn hierher auf den Friedhof geführt, er suchte Trost vor dem neuen Engel auf dem Grab seiner Mutter. Es würde mir wohl gefallen, zu tun, wozu ich Lust habe, dachte er feierlich bei sich.

Doch was wäre das eigentlich? Gab es überhaupt noch irgend etwas, das er tun wollte? Median war zu einer schönen Stadt aufgeblüht. Es wäre jetzt für die Bürger ein Leichtes, auf diesem Weg fortzuschreiten und alles, was sie haben wollten, durchzuführen. Man sprach von einem Park und einem Schwimmbad.

Wüßte nicht, warum ich nicht ein wenig müßig gehn könnte, dachte er. Ich werde nicht mehr so dringend gebraucht wie früher, glaube ich.

Und dann schlich sich tief in sein Herz die kleine Schlange des Verlangens wieder ein. Vor dem Engel auf dem Grab seiner Mutter begann es, und im Duft der Veilchen im Gras zu seinen Füßen fand es seine Fortsetzung.

»Judy ist es, an die ich immer noch denke«, sagte er zu sich. »O Judy, Liebste!«

Ja, das war das einzige, wozu er Lust hatte. Sie wiederzusehen, mit ihr zu reden, vielleicht ihre Hand zu halten.

Nicht daß ich irgend etwas von ihr haben wollte, dachte er. Nur von ihren eigenen Lippen zu hören –

Nur von ihren eigenen Lippen zu hören, warum sie an jenem entsetzlichen Tag vor ihm davongelaufen war, nur zu hören, ob Evan sie gut behandelte, nur ein für allemal klarzusehen, wie es in Wirklichkeit um sie stand!

Er hob das Gesicht dem warmen Sonnenschein entgegen, schloß die Augen und blieb so, die Hände hinter dem Rücken geballt, stehn. Er spürte, wie die Tränen unter seinen Lidern brannten.

»Ich habe sterbensallein gelebt, Judy«, flüsterte er.

Dann, von der Angst gepackt, jemand könnte ihn gehört haben, öffnete er die Augen und schaute sich um.

Und ich sehe nicht ein, warum ich meine Geliebte nicht noch einmal sehen sollte, dachte er. Es wird Katie nicht kränken, wenn sie nichts davon erfährt.

Doch es war unmöglich, an einem einzigen Tag mit den Gewohnheiten von Jahren zu brechen. Er müßte sich darauf vorbereiten, müßte einige Wochen darüber nachdenken, davon träumen, Pläne schmieden.

Auch Evan würde ich aus dem Spiel lassen, dachte er. Langsam ging er durch die Straßen nach Hause. Es war Mittag, und Katie würde sich Sorgen machen, wenn er zu spät zum Essen käme. Und wenn Evan eintritt, werde ich ihm einfach die Wahrheit sagen. Daß es mir nach all den Jahren vergönnt sein muß, ihre Stimme zu hören. Er hob den Kopf, als er diesen Entschluß gefaßt hatte, und ging schneller.

In diesem Augenblick hörte er Lulas schrille Stimme, die ihn über die Straße rief.

»Dad – Dad – wo bist du denn gewesen? Wir haben dich nirgends finden können!«

»Warum denn, Lula –« Er eilte ihr entgegen.

»Dad, Dad!« schluchzte Lula. »Mutter ist in der Küche zu Boden gefallen!«

Er hastete weiter, Lulas Hand in der seinen, und bestürmte sie mit Fragen. Aber sie wußte nicht, wie es sich ereignet hatte. Sie war oben in ihrem Zimmer gewesen, »hatte gelesen, die Ohren mit den Fingern verstopft, weil ich niemanden hören wollte«, schluchzte sie, von Reue erfaßt, und Mary war gekommen und hatte sie bei der Schulter gerüttelt.

»Ich hab unten in der Küche einen Krach gehört«, hatte Mary gerufen.

»Wir sind hinuntergelaufen, und da ist die Mutter auf dem Boden gelegen«, schluchzte Lula, »und sie ist immer noch ohnmächtig.«

Er ließ ihre Hand los, lief zur Hintertüre in die Küche. Katie lag am Boden, und Mary kniete neben ihr. Sie hatte ein Kissen unter Katies Kopf geschoben und sie mit einer alten Decke zugedeckt. Aber Katie war nicht bei Bewußtsein. Die Teller, die sie wegstellen wollte, lagen zerbrochen rund um sie auf dem Fußboden.

Jonathan starrte entsetzt auf Katies geschlossene Augen, auf das schmale, dunkle Gesicht.

»Was, um Himmels willen –«, stieß er hervor.

Er bückte sich, hob den schlaffen Körper auf, und die schweren Hände sanken ihr wie Gewichte zu beiden Seiten nieder. Er trug Katie ins Wohnzimmer und legte sie vorsichtig auf den Diwan.

»Mary, ruf den Doktor!« rief er über die Schulter.

Jetzt nahm er Katies Hände, die herabgeglitten waren, und legte sie auf ihre Brust. Und dann, weil er die Qual ihres röchelnden Atems nicht ertragen konnte, ging er in die Küche, füllte ein Becken voll mit kühlem Wasser, nahm ein sauberes Handtuch und wusch ihr heißes dunkles Gesicht.

Das war die vertraulichste Hilfe, die er ihr je geleistet hatte. Die eigenartige Unabhängigkeit, die ihr Wesen ausmachte, hatte einen Stolz darin gefunden, daß Katie alles für sich tat, so wie sie alles für die Familie tat, was sie nur tun konnte. Jetzt, als er ihre Stirne und Wangen benetzt und über den zusammengepreßten Mund fuhr, wurde er scheu und verlegen und zu Tränen gerührt. Arme Katie, die nie zuvor in ihrem Leben hilflos gewesen war.

»Meine liebe Frau!« flüsterte er. Doch jetzt konnte sie ihn nicht hören.

»Mein Gott!« rief Peter Hall aus, »ihr Blutdruck —«

Seine Lippen verkrampften sich, und er begann die Untersuchung. Er kannte ja alle Anzeichen so gut. Diese behenden, zähen, mageren Frauen, die sich mit der Geißel ihrer eigenen Energie anspornten, die sich mit der eigenen gärenden Unruhe vergifteten. Er hatte Katie gern, er schätzte ihre ungeschminkte Redeweise. Seine eigene Mutter war auch so eine Frau gewesen, eine Präriefrau, mager und zäh und unbändig wie der Präriewind.

»Ein Schlaganfall«, flüsterte er.

»Sie meinen, daß sie gelähmt bleiben wird?«

»Wenn sie es überlebt«, sagte der Arzt.

Er stand auf, und sie betrachteten Katie. Mary, hinter ihnen, hob die Schürze zu den Augen und begann zu schluchzen. Der Doktor drehte sich um.

»Sie werden ihren Platz einnehmen müssen, mein Kind. Ihre Mutter wird nie mehr imstande sein zu arbeiten.«

»Dann würde sie lieber sterben«, sagte Jonathan.

»Ja, aber vielleicht kann sie nicht sterben«, erwiderte der Doktor, »und ich bezweifle, daß sie je wieder auch nur die Hand heben kann.«

Jonathans Mund wurde trocken. »Was soll ich tun?« fragte er heiser.

»Sie zu Bett bringen und ihr das Essen geben, sie pflegen,

als ob sie ein kleines Kind wäre«, sagte der Doktor bekümmert. »Das ist alles, was man tun kann. Und warten, welche Muskeln und Nerven wieder bewegungsfähig werden. Ich werde Ihnen helfen, sie zu Bett zu bringen.«

Er legte die Hände unter Katies Arme, und Jonathan hob die steifen, reglosen Füße. Einer der Hausschuhe glitt zu Boden. Die beiden Männer legten Katie nun aufs Bett.

»Mary kann ihr das Nachthemd anziehen«, sagte Peter Hall. »Nicht wahr, Mary?«

Mary nickte, und sie überließen ihr die Ohnmächtige. Draußen im Wohnzimmer setzten sie sich nieder.

»Hat sie Ihnen gesagt, daß sie sich nicht wohlgefühlt hat?« fragte der Doktor.

»Sie hat nie mit irgendeinem Menschen von sich selber gesprochen«, sagte Jonathan mühsam. Er zitterte. Immer wieder fragte er sich, was er beginnen solle. Wenn Katie so hilflos blieb wie jetzt, was sollte er tun? Was sollte überhaupt einer von ihnen ohne Katie anfangen?

Der Doktor hüstelte. »Als Arzt muß ich Ihnen sagen, Mister Goodliffe, daß Ihr Eheleben beendet sein dürfte.«

Jonathan starrte ihn verständnislos an. Dann begriff er und errötete, wie er seit Jahren nicht mehr errötet war. »Sch-schon gut«, stammelte er. »D-as wäre das wenigste.«

»Nun, ich bin froh, daß Sie es so aufnehmen können«, sagte der Doktor feierlich. »Bei den meisten Männern ist es anders. Sie sind ein anständiger Mensch, Mister Goodliffe.«

Er wollte dem Doktor sagen, daß das nichts mit Anständigkeit zu tun habe. Wie aber konnte er dem Doktor erklären, daß er nur die pure Wahrheit gesagt hatte, und ihm gleichzeitig verständlich machen, wie gut seine Ehe gewesen war und wie lieb er seine Frau gehabt hatte? Die Ehe ist eine komplizierte Sache, dachte er, und im Hinblick auf die vielfältigen Möglichkeiten der Beziehung zwischen Mann und Frau war er auf seine Art mit Katie glücklich gewesen. Durch ihre alles überwindende Güte hatte Katie ihn beglückt.

»Zwischen uns gab es viel mehr als das«, sagte er fest.

Der Doktor neigte den Kopf.

»Dann haben Sie eine echte Ehe geführt, Mister Goodliffe.«

»Vielleicht«, erwiderte Jonathan.

Tag und Nacht, an tausend winzige traurige Dinge denkend, wachte Jonathan neben dieser schweigsamen, reglosen Frau. Er rückte den Diwan aus dem Wohnzimmer in das Schlafzimmer, und darauf lag er während der langen Stunden der Nacht und lauschte auf die leiseste Bewegung. Aber es gab keine Bewegung, nur Katies Atem, der kam und ging, stoßweise, unstet. Morgens stand er auf, und während er mit ihr allein war, wusch er ihr Gesicht und Hände und bürstete ihr mattbraunes Haar, das noch kein Grau aufwies.

Doch ihren Körper zu waschen und ihr Hemd zu wechseln überließ er Mary und Lula. Er konnte es nicht ertragen, jetzt, da sie bewußtlos war, ihre Nacktheit zu sehen, die sie in peinlicher Zurückhaltung stets vor ihm verborgen hatte. Wenn sie es gewußt hätte, wäre es ihr schmerzlich gewesen, daß überhaupt ein Mensch sie sehen konnte, aber er meinte, daß ihr doch die Mädchen für diesen Dienst jedenfalls lieber wären als er.

Sie könne jeden Augenblick zum Bewußtsein kommen, hatte der Doktor gesagt. Und wenn dieser Augenblick da war, mußte Jonathan neben ihr sein. Keine Sekunde verließ er das Haus. Stunde um Stunde, bei Tag und bei Nacht wartete er.

Am fünften Tag, um drei Uhr morgens, kam der Augenblick. Bei dem stärkeren Geräusch ihres Atems sprang er von seinem Bett auf. Er drehte den Docht der Petroleumlampe auf dem Tisch neben dem Bett höher, sah, wie Katies Lider sich hoben, und sah dann in ihren Augen das aufsteigende Entsetzen ihres erwachenden Bewußtseins. Zum erstenmal in ihrem ganzen gemeinsamen Leben bückte er sich, nahm sie in die Arme und hielt sie fest.

»Du wirst wieder ganz gesund werden, Katie«, sagte er mit lauter, klarer Stimme, damit sie ihn hören konnte: »Ich werde alles tun, damit du wieder gesund wirst, meine – meine Liebste. Du brauchst keine Angst zu haben – vor nichts. Ich bin da. Ich werde um dich besorgt sein, Tag und Nacht.«

Das sagte er immer wieder, während die Tränen ihm über das Gesicht und in ihr Haar strömten, das an seinen Lippen lag, und plötzlich starb sie.

Er legte sie in die Kissen und sah instinktiv auf die Uhr, die auf dem Kaminsims stand. Ein Leben war abgelaufen, und er spürte, daß es sein eigenes Leben war.

39

Die Stunden vor dem Engel auf dem Grabstein seiner Mutter waren jetzt nichts als ein Traum. Er dachte manchmal daran, und es lastete auf seinem Gewissen wie eine Sünde.

Er wußte, worin seine Sünde bestand. Er hatte von Judy geträumt. Nichts anderes hatte ihn aufgehalten. Den Traum auch jetzt noch fortzuspinnen, war unmöglich. Es war wieder vorbei, sagte er sich.

Er kehrte verbissen zu seinem Leben im Laden zurück, und Mary und Lula führten ihm den Haushalt. Die Geschäfte gingen schlecht, und er hatte viel freie Zeit. Ohne Katie schmerzlich zu vermissen, fühlte er sich doch einsam. Dann kam im August ein Brief von Jon. »Ich bin hier in San Francisco, Dad, und ich gedenke mich anzusiedeln. Ich habe mich mit einem reizenden Mädchen verlobt, Isabel Dent heißt sie, und wir hoffen, bald heiraten zu können. Ihr Vater will mir eine Stellung bei der Eisenbahn verschaffen.«

Jonathan antwortete ihm mit einiger Bitterkeit: »Warum willst Du nicht heimkommen und mir im Geschäft behilflich sein? Du kannst es hier gut haben, wenn Du nur Lust hast. Ich denke daran, Ferien zu machen.«

Er hatte bisher nicht an Ferien gedacht, doch sobald er es niedergeschrieben hatte, wußte er, daß er sie nötiger wie je brauchte. Und Jon erwiderte umgehend: »Warum hast Du das nicht schon früher gesagt, Dad? Natürlich kommen wir, wenn Du zu unserer Hochzeit kommst.«

Aber er wollte nicht zur Hochzeit fahren. Mit Hochzeiten und Liebe war es aus. Er wollte allein auf Reisen gehn.

Er spürte, wie seine Phantasie hemmungslos schweifte. Er wollte so weit gehn, wie er nur gehn konnte, fort von allem!

»Wohin willst du gehn, Dad?« drängte Lula.

»Gehn?« wiederholte er und forschte nach dem, was sein Herz ersehnte. »Ich gehe fort – ich gehe nach England. Und vielleicht komme ich nicht mehr wieder.«

»O Dad!« klagte Lula. Und über den Tisch sah Mary, seiner Mutter Kind, ihn aus dunklen, traurigen Augen an.

Aber er schloß die Lippen und versprach ihnen nichts. Wenn er jetzt nicht tat, was er wollte, wann sollte er es tun? Judys Bild erstand vor seinen Augen, und er starrte es an. Nicht du, dachte er. Nicht du!

Denn zu seiner Schande hatte er schon bei Katies Begräbnis an Judy zu denken begonnen. Er war mitten unter den Seinen gestanden und doch tief einsam. Er war frei, und er hatte Angst vor seiner Freiheit.

Ich muß aus all dem heraus, hatte er gedacht, als er in Katies Grab hinunterschaute. Ich handle aus Antrieben heraus, die nicht zu dem Menschen gehören, der ich in Wirklichkeit bin. Ich will für eine Weile fortgehn und mein eigenes Wesen wiederfinden.

Damals war es, daß er plötzlich an England gedacht hatte. Doch es waren Verzögerungen eingetreten, eine nach der anderen. Paul Graham kam nach Median als Geistlicher der neuen Episkopalkirche.

Er sagte ihm im Herbst offen, er sei nach Median zurückgekommen, weil er Mary heiraten wolle, und Marys Wunsch sei es, in Median zu bleiben. Mary war seit langem reif für die Ehe, ein zartes, schönes Mädchen, das aber unter seiner Zartheit die Zähigkeit ihrer Mutter verbarg. Doch diese Hochzeit war auch ein Grund für Jonathan gewesen, seine Reise zu verschieben. Es schickte sich nicht, so bald nach Katies Tod Hochzeit zu feiern, und anderseits verbot ihm sein Pflichtgefühl Marys Mutter gegenüber, fortzugehn, ohne mit eigenen Augen zu sehen, wie glücklich Mary mit Paul Graham war. An einem Februartag hatte er Mary in aller Stille mit Paul Graham trauen lassen, und nun glaubte er die letzte Pflicht gegen seine Mutter erfüllt zu haben.

Schwierig war es gewesen, seine eigenen Angelegenheiten in Ordnung zu bringen. Martha Cobb und die Zwillinge konnten das Geschäft sehr wohl führen, und nach einiger Überlegung hatte er Matthew und Ruth aufgefordert, mit Lula in seinem Hause zu wohnen. Es würde Ruth guttun, von dem einsamen Gehöft, das wie ein trockenes Eiland inmitten eines Meeres von Öl lag, nach Median zu kommen.

Aber der wahre Grund für diese Verzögerungen, die sich Monat um Monat einstellten, war nichts von alledem. Judy, nur Judy allein hatte ihn in Median gehalten. Doch warum ihr einen Vorwurf machen? Die Arme wußte ja nichts davon.

Im Mai, erst einen Monat nach Katies Tod, war Laura zu ihm gekommen. Sie und Jamie waren zur Zeit des Begräbnisses in New York gewesen. Evan hatte Jamie hingeschickt, um neue Aktien auf den Markt zu bringen. Doch sobald sie wieder in Topeka waren, kam Laura mit einem neuen, hellgelben Automobil mit Jamie am Steuer nach Median. Sie waren teilnahmsvoll gewesen, allzu teilnehmend, und bald wünschte Jonathan, sie würden wieder gehn. Und dann hatte Laura alle andern aus dem Zimmer geschickt und in einer ihrer Herrscherlaunen erklärt, sie müsse allein mit Jonathan sprechen.

Er hatte befürchtet, daß sie etwas über Katie sagen werde. Statt dessen hatte sie sich in ihrem niedrigen Stuhl vorgebeugt, hatte die beringten Hände über dem Knie verschränkt und brüsk gesagt: »Jonathan, Judy ist sehr unglücklich.«

Er hatte leise aufgeschrien: »Was?« Er schämte sich des Schreies, der noch kaum seinem Mund entfahren war.

»Sie lieben sie noch immer!« hatte Laura ausgerufen. »Und jetzt, Jonathan, müssen Sie mir sagen, was für sie geschehen soll.«

Er saß regungslos in dem alten Windsorstuhl, die Blicke auf Lauras hübsches, geschminktes Gesicht gerichtet. Sie redete ungestüm, mit Gesten und Grimassen.

»Ich bin wütend über Evan, Jonathan – aber in Wirklichkeit ist diese Rachel Power allein schuld. Sie hat ihn so lange angelockt, bis er sie zu seiner Geliebten gemacht hat. Das dauert nun schon Jahre, und er leugnet es nicht einmal. Sie sind die ganze Zeit in seinem Büro beisammen. Ach, mein Gott – immer wenn er ein Frauenzimmer ins Büro genommen hatte, pflegte Mama zu sagen, daß es so enden würde. Mama sagt, daß die Natur solche Situationen immer ausnützt.«

»Halt«, unterbrach sie Jonathan. »Sie sagen da etwas sehr Schwerwiegendes.«

»Und glauben Sie, daß ich es nicht weiß?« rief sie.

»Gibt es Beweise?«

»Jedermann weiß es –«

»Jedermann weiß nicht immer das Richtige!« sagte er.

»Halt!« unterbrach sie ihn jetzt. »Vergessen Sie nicht, daß Evan mein Bruder ist. Ich habe keine Angst vor ihm. Ich habe ihn gefragt, und er hat es nicht in Abrede gestellt. Wissen Sie, was er gesagt hat? Es solle sich nur jemand unterstehn, Rachel deswegen schlecht zu behandeln, hat er geschrien. Er wird mit seiner gewohnten überheblichen Art das Verhältnis fortsetzen, und wir müssen sie uns als seine Sekretärin gefallen lassen.«

»Was hat das zu bedeuten?« fragte Jonathan, und seine Hände klammerten sich an die Armlehne des Stuhls.

»Das hat zu bedeuten, daß Rachel den ganzen Tag in seinem Büro bleibt, ihn auf allen seinen Reisen als seine Sekretärin begleitet und in seinem Hause bei Tisch sitzt. Und keiner darf ein Wort sagen – Judy am allerwenigsten.«

»Warum ist sie so hilflos?« fragte er streng.

»Sie hat anscheinend, abgesehen von mir, keine Freunde«, erwiderte Laura.

»Hat er sie grausam behandelt?« fragte er. Er sah Judy vor sich, wie er sie zuerst gesehen hatte, jung, fröhlich, ungezwungen.

»Meinen Sie damit, ob er sie geschlagen hat? Nein«, sagte Laura. »Aber Evan ist doch grausam. Er denkt nur an sich.«

»Das tun viele Männer«, sagte Jonathan. Seine Lippen waren fest aufeinandergepreßt, und seine blassen Augen leuchteten.

Wieder beugte Laura sich vor. Ihr kleines, lebhaftes Gesicht brannte. »Natürlich denken die Männer nur an sich, Jonathan. Auch Jamie ist selbstsüchtig – als ob ich das nicht wüßte! Doch es gibt eine Grenze, wo Jamie vernünftig genug ist, zu wissen, daß er an mich denken muß. Um seiner selbst willen. Nun, diese Vernunft besitzt Evan nicht. Und Judy versteht es nicht, mit ihm zu sprechen. Judy kann auch mit andern Menschen nicht richtig sprechen. Sie ist wie alle lieblichen Dinge – sie ist! Sonst nichts.«

Er bezwang die Erregung seines Herzens. »Und jene – jene andere Frau –«

»Rachel Power –?«

»Sie ist anders als Judy?«

»So verschieden wie Tag und Nacht. Sie ist ebenso selbstsüchtig wie Evan und tüchtig genug, um diese Leidenschaft auszubeuten. Und er hört auf alles, was sie sagt, weil sie so tüchtig ist.«

»Ich werde mit Evan sprechen«, sagte Jonathan.

Laura legte ihre schmale Hand auf seine Hand. »Er wird auf keinen andern Menschen hören, Jonathan. Ich kenne meinen Bruder. Auf Sie wird er am wenigsten hören, weil er sich noch nicht einmal selber einzugestehn vermochte, daß er Ihnen einst ein Unrecht zugefügt hat.«

Ja, auch auf ihn hatte Evan nicht gehört. Als das kurze, harte Gespräch vorüber war, wußte Jonathan, daß er und Evan einander nie mehr begegnen würden. Die Worte, die sie miteinander gewechselt hatten, sollten das Ende ihrer Freundschaft bedeuten.

»Ich komme, um dir etwas zu sagen, Evan.«

»Sag nur, was du willst, Jonathan.«

Sie waren in Evans Büro. Rachel Power war dagewesen, eine dunkle, schöne Frau, einfach gekleidet, und Evan hatte sie aus dem Zimmer geschickt. Sie hatte Jonathans Blick kühl und anmaßend erwidert und dann die Türe geräuschlos hinter sich geschlossen.

»Evan, ich höre, daß Judy unglücklich ist.«

Das hatte er Evan entgegengeschleudert, und Evan hatte seine Überraschung hinter einem raschen Lächeln verborgen. »Wo hast du das denn gehört?«

Evan hatte Erfolg, war reich, aber die Zeichen mancher Enttäuschungen waren in seinem Gesicht deutlich erkennbar. Seine schönen Augen hatten sich verhärtet, und das Lächeln seiner Lippen war höhnisch. Er hatte sich zweimal als Kandidat für den Posten des Gouverneurs aufstellen lassen und war beide Male geschlagen worden. Das erstemal von dem Populisten, das zweitemal, ohne daß man recht wußte, warum. Daraufhin hatte er sich von der Politik abgewandt und war nur darauf aus gewesen, Geld zu verdienen. Jetzt hatte er die Zügel von einem halben Dutzend Gesellschaften in den Händen.

»Es kommt nicht darauf an, wo ich es gehört habe«, sagte Jonathan laut. »Ich will dir nur eines sagen: Was vorbei ist, ist vorbei. Ich habe mein Leben hinter mir, und ich bin zufrieden. Jetzt fahre ich nach England.«

»Um zu bleiben?« fragte Evan.

»Möglich«, sagte Jonathan. »Und darum möchte ich dich daran erinnern, daß du es mir schuldig bist, Judy – Judy glücklich zu machen. Das ist alles.«

Evan saß ganz still. »Ach, verdammt«, sagte er langsam. »Ich bin dir gar nichts schuldig.« Jetzt stand er auf, stützte die Hände auf den Schreibtisch und beugte sich vor. »Ich bin keinem Mann auf der Welt etwas schuldig – und auch keiner Frau.«

Auch Jonathan stand von seinem Sessel auf. »Wenn man eine Frau heiratet, nimmt man eine Schuld auf sich, Evan – wenn man ein Mann ist!«

»Judy hat alles gehabt, was sie sich wünschte«, sagte Evan.

Ein Jahr später ging er eines Morgens hinunter, um sich sein Frühstück zu machen. Seit Katies Tod hatte er die Gewohnheit angenommen, knapp vor der Morgendämmerung zu erwachen. Dann blieb er gewöhnlich liegen, bis es völlig Tag war, lauschte dem Gezwitscher der Vögel in dem Efeu, der sich um sein Fenster rankte. Sobald der Tag die Vögel zum Schweigen gebracht hatte, stand Jonathan auf, wusch sich, zog sich an und ging hinunter. Es war sechs Uhr, und er hörte, wie Bill Hasty, Abrams Junge, das Morgenblatt auf die Veranda warf und pfeifend weiterging. Er öffnete die Türe und nahm die Zeitung. Der Wind hatte sie entfaltet, und große, schwarze Lettern sprangen Jonathan an. *Evan Bayne vom wahnsinnigen Vater seiner Frau getötet.* Er packte die Zeitung mit beiden Händen und starrte auf die Zeilen, während der kühle Herbstwind ihm durch das spärlicher werdende Haar wehte.

Im Nu sah er alles klar vor sich, als ob er dabei gewesen wäre. Man hatte den alten Joel aus Honolulu zu seiner Tochter heimgeschickt. Er war auf der Straße aufgefunden worden – ein Landstreicher, ein Bettler. Vor weniger als einer Woche war er in Judys Haus gewesen, und gestern war er in

Evans Büro eingedrungen, hatte auf ihn geschossen und ihn dabei getötet.

Jonathan zog seinen besten Anzug an und rief Lula.

»Ich fahre nach Topeka«, sagte er. »Ich weiß nicht, wann ich zurückkomme. Evan Bayne ist gestorben.«

Der schwarze Butler öffnete die Türe, aber Laura war sogleich da. In ihrem schwarzen Taftkleid rauschte sie aus dem Wohnzimmer.

»O Jonathan, wie habe ich gebetet, daß Sie doch kommen möchten!«

»Wo ist Jamie?« fragte er.

»Im Büro. Er ordnet die Papiere. Ach, Jonathan, es ist so furchtbar!« Sie ergriff seine Hand und zog ihn in das Wohnzimmer. »Setzen Sie sich – lassen Sie sich erzählen. Es ist alles in einer Minute geschehen. Ich kann Judy nicht dazu bekommen, daß sie sich rührt. Sie sitzt wie versteinert in ihrem Musikzimmer und starrt ihre Hände an.« Laura warf einen Blick nach der geschlossenen Türe. »Und ihr armer, alter Vater – vollkommen verrückt! Man hat ihn bis auf weiteres in einer Polsterzelle im Spital untergebracht.«

»Es wird zu keinem Prozeß gegen ihn kommen«, sagte Jonathan.

»Wie sollte es auch?« rief sie. »Er ist ja nichts als ein Gespenst. Und er sagt ununterbrochen zu allen Leuten, Gott habe es ihm befohlen. Kein Mensch wußte, daß er überhaupt im Haus war. Er ist einfach in Evans Büro gegangen.«

»Und es war niemand im Zimmer?«

»Rachel Power natürlich. Sie sagt, er habe versucht, sie auch zu erschießen. Aber sie packte ihn – er ist ja so alt und schwach!«

Jonathan sagte kein Wort. Er horchte über Lauras Stimme hinweg. Sie merkte es und sagte: »Jonathan, Sie wollen Judy sehen?«

»Lieber nicht«, erwiderte er kaum vernehmbar.

»Ich werde sie zu Ihnen schicken«, sagte sie und ging.

Im nächsten Augenblick schon öffnete sich die Türe, und er sah Judy in dem weichen, üppigen, schwarzen Kleid vor sich stehn. »Ich wußte, daß du kommen würdest, Jonathan«, sagte sie.

»Natürlich«, sagte er und ergriff ihre Hände. Sie waren so weich wie immer und ließen sich so willig pressen — wie genau er sich dessen entsann!

»Ich wollte nicht fortgehn, Jonathan, weil ich wußte, daß du kommen würdest, sobald du nur könntest.«

»Armer Papa«, sagte sie sanft. »Er glaubte, er tue das Rechte. Du weißt ja, wie er ist, Jonathan. Er hat immer wieder gesagt: ›Ich habe Gottes Willen ausgeführt, Judy, und Gott hat mir geholfen.‹ So zufrieden war er mit sich selber, der arme Papa. Man wird ihn doch nicht töten, Jonathan?«

»Nein, Judy.« Sie war so schön, so erschreckend schön! Ihr liebliches, leuchtendes Haar, das über dem schwarzen Kleid schimmerte, und die dunklen, süßen, langbewimperten Augen!

»Und du, Liebste«, sagte er mit tiefster Zärtlichkeit, »wie trägst du es?« Er hielt ihre Hände an seine Brust, streichelte sie, küßte sie. Nach all diesen Jahren konnte er sich nicht mehr beherrschen. Und sie entzog ihm ihre Hände nicht, noch wandte sie die Blicke von seinem Gesicht. Aber große, klare Tränen rollten über ihre bleichen Wangen.

»Ich habe Evan so sehr geliebt«, sagte sie. »Was immer er auch tun mochte — ich habe ihn geliebt.«

Sie sprach mit so unschuldiger Aufrichtigkeit, daß ihm war, als stocke sein Blut. Sanft legte er ihre Hände auf ihre Knie.

»Hast du ihn geliebt, Judy?« Seine Stimme tönte so dürftig und schwach in seinen Ohren. »Wie soll ich dir dann helfen, Liebste?«

Sie schluchzte auf und lehnte den Kopf an seine Schulter.

»Ach, sei mein Freund, Jonathan – bitte!« Es verlangte ihn, den Arm um sie zu legen, aber er blieb starr und steif sitzen.

»Das will ich, Judy, immer. Darauf kannst du rechnen, Liebe«, sagte er und zwang sich zu einer unecht klingenden Unbefangenheit.

»Man hat den armen Papa von Honolulu zurückgeschickt, Jonathan. Man hat ihn zurückgeschickt, weil er völlig mittellos war. Er bettelte auf den Straßen – bettelte und predigte. Ich möchte, daß er zu mir kommt und bei mir lebt, ich werde für ihn sorgen. Ich habe ja jetzt nichts anderes zu tun.«

»Das müssen wir noch abwarten, Liebe«, sagte er. Seine Stimme zitterte wieder, aber er beherrschte sich. »Das hängt von andern Leuten ab, nicht von dir und mir.«

Der Kummer verfärbte ihre Wangen. »Aber, Jonathan, du wirst ihnen doch sagen –«

»Gewiß, gewiß«, versprach er, und plötzlich konnte er es nicht länger aushalten. »Ich gehe jetzt, Judy. Ich werde mit deinem Vater reden und sehen, wie die Sache steht.«

»Ach, ich danke dir, Jonathan! Jetzt, da du hier bist, fühle ich mich wieder sicher.«

Er ging, ohne ihre Hand zu berühren, doch das merkte sie gar nicht. Und als er beim Abschied in ihre umflorten Augen blickte, da empfand er einen Schlag, der sein Herz erkalten ließ. Die kurze Flamme, die aus dem alten, schwellenden Brand seiner Liebe emporgezüngelt war, erstarb plötzlich und endgültig. In der Sekunde, da er die Türe schloß, wußte er, daß sie ihn nie geliebt hatte.

Statt dessen war sie mit Evan davongelaufen und all diese Jahre hindurch Evans Frau gewesen. Heute, da Evan tot war, heute, da kein Zweifel daran bestand, daß Evan aufgehört hatte, sie zu lieben, hatte sie noch immer keinen Gedanken für Jonathan, den sie so einsam zurückgelassen hatte!

Und wie treu habe ich sie doch geliebt! dachte er mit tiefer Bitterkeit.

Jetzt bin ich hoffentlich kuriert! dachte er.

Doch er spürte eine Wunde in seinem Innern, einen abgrundtiefen Verlust, eine Trauer um etwas, das immer nur in seinen Träumen vorhanden gewesen war.

Gut zu wissen! dachte er.

Er knöpfte seinen Rock zu und ging, um sein letztes Versprechen zu halten.

Im Städtischen Spital verlangte er Joel Spender zu sprechen. »Ich bin ein Freund Evan Baynes gewesen, und Mistreß Bayne hat mich gebeten, nach ihrem Vater zu sehen.«

Ein Wärter führte ihn in einen versperrten Raum, in dessen Mitte der alte Joel kerzengerade auf einem hölzernen Stuhl saß. Er hob den Kopf, als er die Türe gehn hörte, stand auf, als Jonathan eintrat.

»Sie erinnern sich nicht an mich?« fragte Jonathan.

»Zu meinem Bedauern muß ich sagen, daß ich mich nicht erinnere«, erwiderte Joel mit starker, volltönender Stimme. Die hellen Augen des Irren sahen Jonathan nicht an. »Sind Sie von Gott zu mir gesandt?«

Jonathan lächelte. »Vielleicht«, sagte er. »Ich bin Jonathan Goodliffe. Ich war als junger Bursche in Median, als Sie vor vielen Jahren dort gepredigt hatten.«

»Der Herr hat mich dorthin gesandt«, erklärte Joel energisch.

»Und der Herr hat Ihnen auch aufgetragen, Evan Bayne zu töten?« fragte Jonathan in aller Ruhe.

Die leeren blauen Augen flackerten, glitzerten, und ihr Blick richtete sich auf Jonathan. Joel hob eine Hand und griff in sein Haar. »Der Mann wollte mich nicht zu Judy lassen – er wollte mir nicht einmal sagen, wo Judy war.« Plötzlich klang Joels Stimme schwach und kindlich und hatte ihren Klang verloren. »Ich bin heimgekommen, um bei Judy zu leben, und der Mann hinter dem Schreibtisch sagte: ›Steckt den alten Narren ins Asyl!‹«

»Und was haben Sie da getan, Mister Spender?« fragte

Jonathan. Seine Stimme war ruhig und gütig, und Joel antwortete unverzüglich.

»Ich eilte aus dem Raum, und die Frau vor der Türe drückte mir eine Pistole in die Hand, und da hörte ich die Stimme des Herrn.«

»Und was sagte die Stimme des Herrn?« fragte Jonathan.

»Sie sagte: ›Geh hin und töte diesen Mann!‹«

Joel reckte sich zu voller Höhe auf und hob die Hände. »Gesegnet sei der Name des Herrn!« brüllte er.

»Mister Spender«, sagte Jonathan, »setzen Sie sich. Ich werde versuchen, Sie zu Judy zu bringen.«

Jonathan berichtete das seltsame Gespräch bei dem nächsten Polizeiamt, und in weniger als einer halben Stunde stand er mit einem Polizeioffizier hinter der verschlossenen Mahagonitüre von Evans Büro und hörte, was die dunkle, schöne Frau ihnen zu sagen hatte.

»Er wollte mich nicht heiraten«, sagte sie verdrossen mit ihrer seltsam tiefen Stimme. »Er liebte mich, aber er wollte mich nicht heiraten. Er sagte, es würde ihn zugrunde richten, wenn er sich scheiden ließe, um mich zu heiraten. Die Leute würden einem geschiedenen Mann ihr Geld nicht anvertrauen. Er sagte, es müsse so bleiben, wie es war. Er ließ mich an seinem Tisch sitzen, ihm gehorchen, für ihn arbeiten. Er nützte mich aus wie eine Dienstmagd. Die Pistole hatte ich schon vor Wochen gekauft. Als der verrückte alte Mann aus dem Zimmer kam und von Gott faselte – da ergriff ich die Gelegenheit.«

»Bringt sie ins Untersuchungsgefängnis«, befahl der Offizier seinen Leuten.

Jonathan beschloß, sogleich nach England zu fahren.

Das Schiff legte am Kai an, die Leute drängten sich auf der Laufbrücke. Als Jonathan sich anschickte, ihnen zu folgen, spürte er, wie seine Schultern gepackt und festgehalten wurden.

Erstaunt sah er auf, sah einen schlanken Mann mit dunklem Gesicht, der ihn weit überragte, und erkannte ihn sogleich. »Beaumont!« rief er. »Ja, wie –?«

»Mutter hat mir geschrieben, daß ich Sie abholen soll, Sir, und da bin ich. Dies ist meine Frau Michèle.«

Zwei weiche Hände legten sich um seine Hand, er atmete ein zartes Parfüm ein, ein reizendes Frauengesicht unter einem kleinen Spitzenhut beugte sich ungestüm vor, und ein Frauenmund küßte seine Wange.

»Ach, Mister Goodliffe, so viel habe ich von Ihrer Güte gehört – und nun darf ich Sie sehen!« Ihre warme Frauenstimme sprach mit einem bezaubernden Akzent. Überraschung und Freude überwältigten ihn derart, daß er selber nichts zu sagen vermochte.

Je mehr er die beiden Menschen ansah, desto verschüchteter war er. Sie waren so schön, so gut gekleidet, ihre Gesichter widerstrahlten das sorglose Glück jener, die keine geheimen Sorgen haben. Sie nahmen ihn bei den Armen und zogen ihn fort. Protestierend und doch entzückt ließ er sich in ein Hotel schleppen, dem man schon an den vielen uniformierten Pagen vor der Türe ansah, daß es kostspielig sein mußte.

»Nein, nein«, widersprach er. »Hier kann ich nicht wohnen, Beaumont. Das entspricht nicht meinen Lebensformen!«

»Sie sind unser Gast!« rief Beaumont lachend. »Daß ich mir das einmal gönnen durfte!«

Sie führten ihn in einen großen, mit Mahagoni getäfelten Lift und dann durch weite Hallen in ein Appartement, dessen Fenster nach dem Meer blickten.

»In zwanzig Minuten wollen wir zu Mittag essen«, verkündete Beaumont, »und wir erwarten Sie im Salon. Es gibt doch so unendlich viel, worüber wir sprechen müssen – keine Sekunde darf verschwendet werden, *mon cher*!«

Jonathan verstand kein Wort von dem Französisch, das die beiden miteinander so selbstverständlich sprachen, wie sie atmeten, aber er verstand sie. Er hatte noch nie zwei so prächtige Geschöpfe gesehen. Im Wagen war er zwischen ihnen gesessen, hatte von einem zum andern geschaut, während sie schwatzten, und hatte daran gedacht, daß Beaumont alle Verheißungen erfüllt hatte, die in ihm vorhanden gewesen waren, und daß er das nur in der Luft eines Landes vollbringen konnte, wo er so frei war wie in Frankreich. Jonathan dachte an den traurigen Kontrast zu Stephen und Sue in Median, die ihr Leben demütig im Schatten verleben mußten. Aber auf Beaumonts Leben fiel kein Schatten.

Ich habe ihn rechtzeitig daraus verjagt, dachte Jonathan erfreut.

Und Michèle hatte jede Möglichkeit einer Erinnerung verscheucht. Sie war ein entzückendes Wesen, ihr braunes Haar kräuselte sich um das reizende, lebhafte Gesicht, und in ihren veilchenblauen Augen tanzten und schimmerten die Lichter. Die Liebe zwischen ihr und Beaumont war unverhohlen, und sie wollten sie auch nicht verhehlen.

Gerade weil Amerika so groß ist, können die Menschen immer anderswohin übersiedeln, dachte er. Hier wissen sie, daß sie bleiben müssen.

Neben dem Schlafzimmer lag ein Badezimmer, so geräumig, daß er bewundernd stehn blieb. Selbst Amerika hatte noch keine solchen Badezimmer.

Alles inspizierte er, schaute aus dem Fenster. Dann öffnete er die Türe in den Salon und lächelte den beiden zu.

Eine Stunde später, in dem großen, eleganten Speisesaal des Hotels, sagte er sich, daß dergleichen in Amerika unmöglich gewesen wäre. Mit leiser Besorgnis zauderte er den Bruchteil einer Sekunde lang an der Türe des Speisesaals, zwischen Beaumont und Michèle stehend. Beaumont sah so stolz und selbstsicher aus, ganz offenbar ein Mann aus den höheren Ständen. Doch das Zaudern erwies sich als überflüssig. Schon eilte der Oberkellner auf sie zu.

»Ja, Sir – Doktor Parry, bitte, hier, Ihr Tisch ist reserviert!«

Sie waren ihm gefolgt und hatten sich an einen Tisch gesetzt, von dem aus sie durch ein hohes Fenster auf das Meer blicken konnten.

Und ununterbrochen hörte er dem jungen Paar zu. Es war wie ein Duett, und jedes von beiden wollte ihm alles auf einmal erzählen. Und doch konnte er ihnen kaum zuhören, so sehr war er damit beschäftigt, sie anzuschauen.

»Ich wünschte, Ihre Mutter könnte Sie sehen, Beaumont.«

»Ja, ich wünschte auch, wir könnten sie sehen«, sagte Beaumont eifrig. »Wir haben öfters daran gedacht, nach Amerika zu fahren – nur zu Besuch natürlich. Ich bin noch immer Amerikaner. Wir sprechen häufig davon, nicht wahr, Michèle?«

»Wie häufig!« klang Michèles Stimme als Echo. »Ich sehne mich danach, meine liebe *belle mère* und meinen guten *beau père* und die Brüder und Schwestern kennenzulernen, Gem – ist das nicht ein süßer Name?«

»Wir wollen später davon reden«, sagte Jonathan ruhig. Doch vorher mußte er noch von Beaumonts großen Leistungen als Chirurg in dem Spital hören, wo er »unbeschränkt herrschte«, wie Michèle stolz sagte. Sie legte ihre weiße Hand auf Jonathans Arm. »Ich muß Ihnen doch sagen, was er natürlich verschweigt – daß er ein sehr bedeutender Chirurg ist. Die Leute kommen aus der ganzen Welt zu ihm – aber er hat sich auf die Gehirnchirurgie spezialisiert. Vorigen Monat kam ein Fürst aus Indien zu ihm, der an einem Gehirntumor zugrunde gegangen wäre, und mein Beau hat ihn operiert und geheilt, und jetzt geht es dem Fürsten ausgezeichnet. Wenn er wollte, könnte mein Beau auch ein großer Musiker sein, aber er will lieber das tun, womit er den Menschen helfen kann.«

Beaumont lachte, seine weißen Zähne schimmerten in dem dunklen Gesicht, und seine Blicke hafteten zärtlich auf seiner Frau.

»Jetzt bin ich an der Reihe, Michèle«, sagte er, und dann

erzählte er Jonathan in wenigen, gedrängten Worten, was Michèle ihm bedeutete.

»Bald nachdem ich angekommen war, hatten wir einander liebgewonnen«, sagte er. »Wie es mir ohne sie ergangen wäre, das kann ich mir gar nicht vorstellen. Sie war mein Heim, meine Liebe, meine Sicherheit, mein Zufluchtsort. Sie ermutigte mich, wenn ich den Mut verlor, sie lobte mich, sie schalt mich. Ich fühlte mich nie gedemütigt, nie einsam – und das nur, weil sie bei mir war.«

Michèles Augen wurden feucht. »Und war es nichts für mich, daß ich dich all die Jahre haben durfte?«

Vor solcher Liebe begann die alte Wunde in Jonathans Herz neu zu bluten. Er hatte immer gewußt, daß dies die Liebe war, auch wenn sie es nicht für ihn sein konnte. »Sie, Beaumont – Sie haben Ihre volle Größe erreicht, mein Sohn.«

Ja, dieser hochgewachsene, braune, junge Mensch war sein Sohn, der Sohn seines Geistes. Jonathan betrachtete die großen, geschickten, lebensrettenden Hände. »Sie dürfen nie nach Amerika zurückkommen, Beaumont«, sagte er langsam. »Nie – nie!«

In Beaumonts Zügen zitterte es. »Ist Amerika noch immer, wie es war?«

Plötzlich war Michèle still geworden. Ihre leuchtenden Augen wandten sich von einem zum andern. Ach, diese beiden Menschen, dachte Jonathan, so glücklich, so reich einer durch den andern.

»Amerika hat sich in seinem Herzen nicht verändert«, sagte Jonathan auf seine stille, traurige Art. »Der Körper ist gewachsen. Und wie der Körper gewachsen ist! Sie würden Median nicht wiedererkennen, Beaumont! Das Gerichtsgebäude, die Kirchen, das Postamt, die schöne Schule – aber ich bin jetzt nicht mehr Lehrer –«

»Ich kann mir nicht vorstellen, daß Sie nicht mehr Lehrer sind«, sagte Beaumont. Die Zärtlichkeit in seiner tiefen, warmen Stimme griff Jonathan ans Herz.

»Ich führe jetzt das Geschäft«, sagte er. »Aber ich nehme an, daß Ihre Mutter Sie über die Neuigkeiten in Median auf dem laufenden hält.«

»Ja«, sagte Beaumont einfach.

»Wenn Amerika sich nicht ändert«, sagte er düster, »wenn sein Herz nicht wächst, um menschliche Bruderschaft zu begreifen, dann wird es entzweigerissen werden, sobald der große Krieg kommt.«

»Der große Krieg?« wiederholte Jonathan verständnislos.

»Es wird vorher noch kleinere Kriege geben«, sagte Beaumont. Seine prophetische Stimme hatte den Klang einer Glocke. »In den nächsten fünf Jahren wird es einen Krieg in Europa geben, doch das wird ein kleiner Krieg sein. Vielleicht wird es auch zwei oder drei solche Kriege geben. Doch nachher kommt der große Krieg, der Krieg um die Brüderlichkeit unter den Menschen.«

Er war in die Sprache seiner Kinderzeit zurückgefallen. Michèle sah ihn ängstlich an. »Beau, was sagst du?« rief sie.

Beaumont schüttelte seinen Kopf. »Nein, wir werden nicht nach Amerika fahren, du und ich, Michèle. Wir wollen im Sonnenschein Frankreichs bleiben. Aber ich werde meine Mutter nie wiedersehen.«

Vier Tage blieben sie beisammen, sprachen jeden Tag weniger und kamen einander dennoch näher. Abends setzte Beaumont sich ans Klavier und spielte, und manchmal, während er spielte, warf er den Kopf zurück und sang. Und wenn die starke, klangvolle Stimme den Raum erfüllte, griff Michèle nach Jonathans Hand und drückte sie. »Sie begreifen, warum ich ihn vergöttere«, flüsterte sie, und Jonathan nickte. Beaumont sang auch das eine oder andre der Sklavenlieder seiner Kinderzeit, und dann traten Tränen in Jonathans Augen. Nein, Beaumont durfte nie wieder zurückkehren!

Am Morgen des fünften Tages wurde Beaumont durch ein Telegramm nach Paris zurückberufen. Der einzige Sohn eines

Ministers hatte bei einem Autounfall einen Schädelbruch erlitten. Beaumont mußte sofort abreisen.

»Kommen Sie doch mit uns, Sir«, bat er Jonathan.

Aber Jonathan widerstand. »Nein, ich bin gekommen, um England wiederzusehen, und es war ein seltenes Glück für mich, daß Sie und Michèle mich abgeholt haben. Ich werde diese Tage nie vergessen.«

40

Nur wenige Tage vergingen, und dann wußte Jonathan schon, daß er keine Lust hatte, in England zu bleiben. Eine Gemeinsamkeit, wie Beaumont und Michèle sie ihm zu geben vermocht hatten, fand er nicht wieder. Er bestieg den Zug nach Blackpool und wurde dort am Bahnhof von Edward und dessen zwei ältesten Söhnen abgeholt. Er sah die drei mittelgroßen, bescheiden gekleideten Gestalten und erkannte sie sogleich.

»Na, Jonathan«, sagte Edward und schüttelte ihm die Hand.

»Na, Edward«, erwiderte Jonathan.

»Das ist Tom, mein Ältester, und das ist Ed.« Edward zeigte mit dem Stock auf seine beiden Söhne.

»Stramme Burschen«, sagte Jonathan freundlich.

Die jungen Leute hoben seine Koffer auf, und die Brüder gingen voran. »Heute wollen wir ausnahmsweise einen Wagen nehmen«, sagte Edward.

»Nicht meinetwegen«, wehrte Jonathan ab.

Doch sie drängten sich in einen Wagen, der losfuhr und vor der Türe des Ladens hielt. Nichts war verändert. Jonathan erkannte die Räume, kaum daß er sie betreten hatte, und er erkannte auch Millie, die in mittleren Jahren war. Die jüngeren Söhne arbeiteten als Lehrlinge, um ein Handwerk zu erlernen, aber das Haus schien dennoch von Edwards Kindern erfüllt zu sein.

Doch nach dem ersten Tag kam ihn das Sprechen hart an. Edward und Millie erzählten, während er nur zuhörte, und er erblickte das Bild ihres Lebens – die kleinlichen Zänkereien mit andern Geschäften, die Konkurrenz der allzuvielen, die am gleichen Ort ihr Brot verdienen wollten, das ängstliche Bedachtsein auf kümmerlichen Profit. Es war ein ehrbares Leben, aber wie kleinlich! Jetzt erkannte er, daß sein eigenes Leben in Median von riesenhaften Dingen erfüllt gewesen war.

England war klein, zu klein für ihn, und er wußte, daß er keine Lust hatte, zu bleiben. Gegen seinen Willen hatte Amerika seine Seele geweitet. In den engen Gassen von Blackpool dachte er viel an Median, und er sehnte sich nach den weiten Ebenen und den weiten Himmeln von Kansas. Dort gab es Raum zu wachsen, dachte er.

Am zweiten Sonntag machte er sich auf den Weg nach Dentwater. »Wartet nicht auf mich!« sagte er.

Er schlug die vertraute Straße ein, wo er und Edward auf den Kohlenwagen geklettert waren, als sie Clyde begleiteten, der nach Amerika fuhr. Nichts an dieser Straße hatte sich verändert. Er kam nach Dentwater und stellte fest, daß kein neues Haus hinzugekommen, kein Kamin verändert worden war. Ein verdammt abgeschlossenes, fertiges Land, dieses England, dachte er, als er sich im Dorf umschaute. Dann ging er zu dem Häuschen, das einst sein Heim gewesen war, betrachtete es.

Dann verließ Jonathan das Dorf und wanderte die Straße hinunter zur Schule. Das Haus wurde nicht mehr als Schule benützt. Zwei verwitterte alte Männer saßen auf einer Bank vor der Türe, durch die er an jedem Schultag mit so viel Eifer getreten war.

»Was ist das für ein Haus?« fragte er sie. Einer war taub, aber der andere nahm die Pfeife aus dem Mund und sagte: »Das Armenhaus von Dentwater.«

»Zu meiner Zeit war es eine Schule«, sagte Jonathan, und

hätte er eine Antwort erhalten, so hätte er sich nach seinem alten Lehrer erkundigt. Dann ging er in die leere Kirche, wo er eine Weile sitzen blieb. Ein junger Geistlicher trat ein, der die Jahre der Pusteln noch nicht hinter sich hatte. »Kann ich etwas für Sie tun, Sir?« fragte er.

»Als Knabe bin ich mit meiner Mutter in diese Kirche gegangen«, sagte Jonathan. »Der Geistliche war damals sehr alt. Er hieß Clemony.«

»Er ruht auf dem Friedhof«, sagte der junge Priester. »Wollen Sie vielleicht sein Grab sehen?«

»Gern«, erwiderte Jonathan.

Er folgte dem flatternden langen Rock über den moosbewachsenen Pfad des Kirchhofs und stand bald am Fuß von zwei schmalen Gräbern.

»Wo ist Clyde Goodliffes Grab?« fragte er brüsk.

»Hier«, sagte der Geistliche.

Und nun stand er neben seines Vaters Grab. Es war schwer, zu glauben, daß unter diesem stillen, grünen Boden die unsteten Knochen dieses unbezähmbaren Mannes lagen.

»Haben Sie ihn gekannt?« fragte der Geistliche.

»Ja«, sagte Jonathan. Und nichts mehr.

»Er war von Amerika heimgekehrt, und seine Familie lebt zum größten Teil drüben – nur ein Sohn wohnt in Blackpool, glaube ich«, sagte der Geistliche.

»Ja«, erwiderte Jonathan und wandte sich ab. Er war froh, daß er die Überreste seiner Mutter nicht hierher auf diesen düsteren alten Friedhof gebracht hatte. Mochte sie im hellen Sonnenschein des Westens ruhen, wo sie jetzt lag!

Er ließ ein wenig Geld in den Opferstock fallen, bedankte sich bei dem Geistlichen und ging.

Er belegte für die nächste Woche einen Platz auf einem Schiff nach Amerika.

Er entdeckte, daß er auf dem Schiff, das den Ozean überquerte, vor Ungeduld nicht schlafen konnte. Er stand beim Morgengrauen auf und ging aufs Verdeck, wo er die Geschwindigkeit der Fahrt spüren, die Wogen sehen konnte, die der Bug zerteilte. Und während sein Körper zu seiner eigentlichen Heimat getragen wurde, schweifte sein Geist über die Jahre zurück und zu jener ersten Reise über diese gleichen Wasser.

Ich müßte meinem Vater schließlich dankbar sein, dachte er, als er sich daran erinnerte, mit welchem Widerstreben er ausgewandert war. Heute bin ich froh, daß er mich aus Dentwater herausgerissen hat. Ich wollte, ich könnte es ihm sagen.

Er war aus einer engen Umgebung in eine unendliche Weite versetzt worden. Er dachte mit ehrlicher Freude an Median. Es war doch der Kern seines Daseins.

Das ist eine Stadt, wie ich sie liebe, dachte er zärtlich.

Auf seltsame Art hatte sein Vater mit seiner Lebensauffassung recht gehabt und seine Mutter unrecht. Aber sie konnten sich nie vereinigen. All ihre Leidenschaft, die sie aneinander schmiedete, hatte ihren ewigen Gegensatz nie aufheben können, er, der Wanderer, sie, die Häusliche.

Ich bin die Mischung, dachte er einigermaßen erstaunt.

Die Liebe zu einer Stadt, dachte er mit warmem Herzen und wußte, als er diese Worte sagte, daß Judy endlich ihre Macht über ihn verloren hatte. Jetzt war es nicht Judy, die ihn anzog, sondern Median, die Schöpfung seines wahren Wesens.

Er entdeckte, daß er sehnsüchtig darauf wartete, Median wiederzusehen. Er konnte kaum den kurzen Aufenthalt zwischen Schiff und Zug ertragen, und als er endlich auf einem Fensterplatz im ersten Zug saß, der von New York nach dem Westen fuhr, beobachtete er, wie die schroffen Berge des Ostens niedriger wurden und sich zu Ebenen glätteten. Und sein Herz begann schneller zu schlagen. Besser als irgendein menschliches Antlitz kannte er die Umrisse seiner Stadt, ihre behagliche und wohlgegründete Gestalt, in der Prärie wurzelnd und dem Himmel offen. Er war froh, daß Median nie zu einer Großstadt werden sollte. Er hatte sie vor den Ausschweifungen der Viehhändler bewahrt und gegen die wüsten Männer geschützt, die sie mit Spielhöllen und Rennplätzen verdorben hätten. Median war jetzt, was es seinem Willen entsprechend sein sollte, der Hauptort eines aufblühenden Bauernlandes, eine Stadt, wo Gesetze ohne Grausamkeit gegeben und aufrecht erhalten wurden, verlockend, um hier Heimstätten zu gründen, die zudem auch dem Alter Ruhe gewährten.

Rund um Median, vom Süden ausgenommen, wo die Ölquellen waren, dehnte sich ununterbrochen das Land, auf dem der Weizen wuchs, grün im Frühjahr und gelb zur Erntezeit. Er lieferte das schönste Mehl des Landes.

Mit wachsender Liebe haftete sein Geist an diesem Aspekt seiner Stadt. Er war stolz auf sein eigenes, sauberes, weißes Haus mit den grünen Läden und auch auf sein Geschäft. Jetzt war Jon da und machte sich schon nützlich. Seines Sohnes Kinder würden auch hier in der Stadt auf die Welt kommen. Median war eine gute Stadt für Kinder, genauso, wie er es sich vorgestellt hatte.

Er sollte im Lauf des Samstagnachmittags ankommen und hatte niemanden vorher verständigt. Seine Ankunft hatte er sich immer wieder ausgemalt. Er würde ganz einfach aus dem Zug steigen, dem alten Jackson am Billettschalter »Hello« sagen, dann über die Straße zu seinem Haus gehn und eintreten. Vielleicht waren die Kinder alle draußen. Sie würden heimkommen und ihn finden. Hello, würde er sagen. Nun, da bin ich wieder!

Als der Zug die letzte Station verließ, sah Jonathan das alles in seinem Geiste vor sich und spürte, wie stark sein Herz pochte.

Sein Herz hörte nicht auf, heftig zu pochen, und er mußte ausharren, während der Zug in die Station fuhr. Er machte sich mit seinen Koffern zu schaffen, vergaß seinen Hut, eilte zurück, um ihn zu holen. Schließlich stieg er aus, und eine

Sekunde lang stand er ganz verblüfft da. Er war der einzige Passagier für Median gewesen, und schon pfiff der Zug und fuhr weiter. Noch stand er unsicher da und schaute sich um. Dann hörte er plötzlich Stimmen.

»Da ist er!«

Und über den Bahnsteig kam eine große Schar auf ihn zu. Er blieb stehn und lächelte verständnislos. Er erkannte alle. Es sah aus, als wäre die ganze Stadt ausgezogen, um ihn abzuholen.

»Woher habt ihr gewußt, wann ich ankommen würde?«

»Wir haben an Onkel Edward gekabelt«, sagte Jon stolz. »Er hat uns mitgeteilt, mit welchem Schiff du kommst, und wir haben natürlich gewußt, daß du deine Zeit nicht in New York verlieren würdest. Wir sind für alle Fälle zu jedem Zug gegangen.«

Er war wie in einem Nebel von Glückseligkeit. Die ganze Stadt wollte ihn wiederhaben!

»Und ich wollte unbemerkt ins Haus schleichen und euch alle überraschen!« sagte Jonathan.

»Jetzt wirst du's sein, den man überraschen wird, Dad!« erwiderte Jon.

»Wo ist Isabel?« fragte Jonathan. Ihm begann es zu schwanen, daß irgendeine überspannte Begrüßungsfeier ihn erwartete, und um sich dagegen zu wappnen, daß sein Herz vor Rührung schmolz, sah er streng drein.

»Daheim. Sie fabriziert Kuchen und Eiscreme, um die ganze Stadt zu füttern«, sagte Jon lustig.

Doch es blieb keine Zeit mehr zu weiteren Gesprächen. Schon drängte sich die Menge um ihn, jeder wollte ihm die Hand schütteln. Faience, der noch immer Bürgermeister war, nahm ihm einen der Koffer ab.

»Ich kann ihn schon selber tragen«, sagte Jonathan. »Ich habe ihn zweitausend Meilen weit getragen.«

Doch kein Mensch antwortete ihm. Alle waren randvoll mit Geheimnissen beladen. Jackson sperrte die Türe des Bahnhofsgebäudes zu und schloß sich dem Zug an, der jetzt die Hauptstraße hinunterströmte, die jungen Leute sangen und brüllten, die Kinder hatten Pfeifchen mitgebracht und machten einen Höllenspektakel.

»Ich habe nie gewußt, daß es in Median soviel Lärm geben kann!« rief Jonathan.

»Hat's auch vorher noch nie gegeben!« schrie eine Stimme.

Sie zogen durch die Hauptstraße, am Gerichtsgebäude vorbei, an der Kirche vorbei.

»Wohin gehen wir denn eigentlich?« fragte Jonathan.

»Darauf kommt es nicht an«, erwiderte Faience lachend. »Hauptsache, daß wir gehen!«

Sie überquerten die Straßen, umwimmelten Jonathan, hefteten sich an seine Sohlen. Und dann machten sie halt, und auch er blieb stehn. Hier auf einem großen, freien Platz, wo er vor Jahren am Rande der Siedlung dauerhafte Bäume gepflanzt hatte, sah er jetzt die Fundamente eines mächtigen Gebäudes. Das Kellergeschoß war bereits ausgemauert, doch nur an einer einzigen Ecke erreichten die Mauern das Niveau der Straße.

»Ja, was –«, setzte er an.

»Pssst!« machte Jon.

Er sagte kein Wort, und die Menge zog sich ein wenig zurück. Er senkte die Blicke zu Boden und sah just vor seinen Füßen einen großen, weißen Marmorstein, zu einem Würfel behauen und wohlgeglättet. Es waren Buchstaben darein gegraben – er las seinen Namen.

Jonathan-Goodliffe-Schule.

Ein Zittern überkam ihn, und er fühlte die Hand seines Sohnes auf seinem Arm. Dann trat der Bürgermeister vor, zog ein Blatt Papier aus der Tasche, begann zu lesen, und die Leute lauschten.

»Freunde und Mitbürger von Median«, sagte der Bürgermeister mit lauter Stimme. »Wir sind hier versammelt, um eine höchst bedeutsame Handlung zu vollziehen.«

Jonathan stand ganz steif da, die Blicke auf den Stein gerichtet. Hier, auf dem ewigdauernden Marmor, las er: »So genannt zu Ehren Jonathan Goodliffes, des Mannes, der mehr als irgendein anderer die Stadt Median zu einer wahren Heimstätte für uns und unsere Kinder geschaffen hat.«

Die Stimme des Bürgermeisters tönte unter den Bäumen. »Wir haben die Fundamente unserer neuen Mittelschule gelegt, die wir heute Jonathan Goodliffe weihen, dem Mann, den zu ehren uns allen eine große Freude bereitet. Wir haben mit gutem Bedacht beschlossen, ihm unsere Liebe und Dankbarkeit zum Ausdruck zu bringen, während er noch lebt und tätig unter uns weilt. Er soll heute erfahren, welche Gefühle Median beseelen!«

Median hatte ihm ein Denkmal gesetzt.

Der Bürgermeister hatte geendet. Er bückte sich, hob etwas auf und drückte es Jonathan in die Hand. Es war eine schimmernde silberne Kelle. »Wollen Sie jetzt den Eckstein unserer neuen Schule legen, Jonathan?« fragte er, und seine Stimme hatte wieder ihren natürlichen Klang angenommen.

»Ja«, brachte Jonathan hervor. »Natürlich – ja –«

Doch der große, weiße Stein verschwamm vor seinen tränenden Augen. Zwei Männer traten vor – sein Sohn und Steve Parry.

»Ich war mit Beaumont beisammen«, flüsterte er Steve zu. »Ich muß Ihnen erzählen –«

»Später, Mister Goodliffe, später, Sir«, flüsterte auch Steve.

Sie rückten den Stein vor ihn hin, Steve nahm die Kelle, füllte sie mit Mörtel, legte sie ihm wieder in die Hand, und irgendwie gelang es Jonathan, den Mörtel auf den Stein zu schmieren, den Jon und Steve nun endgültig an seinen Platz setzten.

»Der Eckstein ist gelegt!« verkündete der Bürgermeister.

Es war vorüber. Alle blickten auf Jonathan. Er schaute fort, doch wohin er auch schaute, begegnete er den Blicken Medians, die warm auf ihn gerichtet waren. Eine unüberwindbare Scheu überflutete ihn. Er versuchte zu lächeln und spürte, wie sein Gesicht erstarrte.

»Wir haben ein Dutzend Dinge erörtert, mit denen wir Sie ehren wollten«, sagte Faience feierlich. »Einige wollten Ihnen ein Standbild aus Bronze errichten.«

Jonathan fühlte, wie seine Zunge sich löste. »Reiner Unsinn!« sagte er scharf. »Hinausgeworfenes Geld! Und wozu?«

Ein brüllendes Gelächter antwortete ihm, und er lächelte und merkte, wie sein Blut wieder ruhig zu kreisen begann. Er wies mit der Hand auf die Fundamente und bemühte sich, seine Geste möglichst unpathetisch wirken zu lassen. »Die Schule! Auf die Schule kommt es an«, erklärte er. Seine Augen blinzelten. »Ich werde hier an dieser Ecke Efeu pflanzen und wachsen lassen. Ich bin ein ganz gewöhnlicher Mensch – es ist ganz unnötig, daß mein Name mit dieser Schule deutlicher verbunden sein soll als irgendein anderer.«

Abermals wurde laut gelacht, alle umringten ihn und erstickten ihn fast mit ihrer Liebe.

»Er ist immer derselbe!« rief einer dem andern zu. »Jonathan Goodliffe, Sie haben sich nicht um ein Haar verändert!«

»Immer derselbe Knicker und Leuteschinder«, meinte er. »Warum auch nicht?«

Sie zogen, Jonathan in ihrer Mitte, über die Straße. Es war doch merkwürdig, sich vorzustellen, daß sein Name für alle Zeiten in diesen Eckstein eingemeißelt bleiben sollte! Lange nachdem er tot und begraben, sein Leib zu Staub geworden wäre, würde sein Name dauernd hier inmitten von Median lebendig sein. Generationen von Kindern würden kommen und gehn und lesen: Jonathan Goodliffe.

Anna Lee Waldo

SACAJAWEA

Die heroische Saga einer ungewöhnlichen Frau

Sacajawea hat die Besiedlung des Westens erlebt, den Bau der transkontinentalen Eisenbahn, das Eindringen der Mormonen in Utah, die Ausrottung des Büffels, die systematische Ausbeutung des Landes durch die Weißen und die damit verbundene Unterwerfung der Indianer – Sacajawea, eine Heldin der amerikanischen Geschichte.
1804 machen sich die berühmten Entdecker Lewis und Clark auf, die Rocky Mountains zu überqueren. Auf dieser Expedition treffen sie das Shoshonen-Mädchen Sacajawea, das von Kriegern der Minnetarees geraubt worden war. Lewis und Clark nehmen sich des Mädchens an. Als sie fünfzehn ist, gewinnt sie der Trapper Toussaint Charbonneau im Glücksspiel, nimmt sie zur Frau, und im ersten Winterquartier von Lewis und Clark bekommt sie ihren Sohn Jean Babtiste. Sie begleiten die Expedition weiter. Sacajawea wird den weißen Männern unersetzlich und kann ihnen mehr als einmal sogar das Leben retten.
Nach vielen Demütigungen aber läuft sie dem Weiberhelden Charbonneau davon, irrt allein durch die Wildnis, bis ein Comanchen-Krieger sie mitnimmt in sein Tipi. Hier erlebt sie, wie die Büffelherden hemmungslos abgeschlachtet werden, und wie rigoros die Armee gegen die Indianer vorgeht. Als ihr Mann von einem Raubzug nicht mehr zurückkehrt, gibt ihr sein Stamm keine Heimat mehr, und sie muß wieder fliehen. Ruhelos sucht sie ihren Sohn in den Pelzhandelsstationen des Nordens, ohne ihn zu finden.
Als sie endlich zu ihrem Volk zurückkehrt, haben sich auch hier die Zeiten verändert. Im Indianerreservat stirbt sie über hundertjährig. Die Geschichte ihres Lebens ist Legende geworden. Flüsse, Berge und Seen tragen ihren Namen. Dieser große Roman erzählt ihr Leben.

Roman. 750 Seiten